히든젠더

강은송 판타지소설

히든젠더

아이를 낳은 남자

Hidden Gender

좋은땅

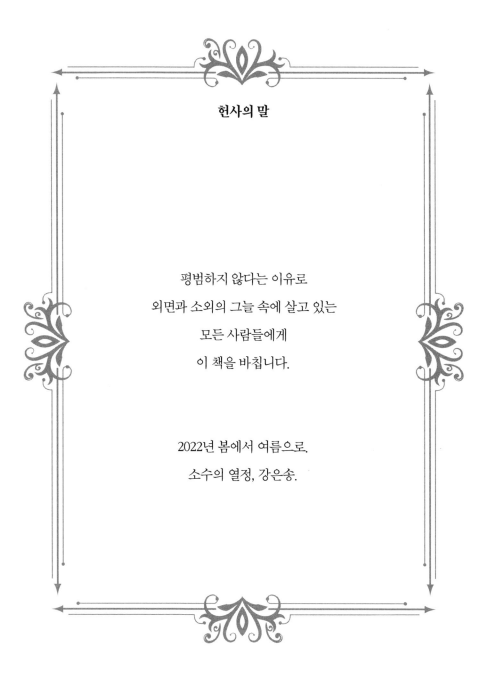

헌사의 말

평범하지 않다는 이유로
외면과 소외의 그늘 속에 살고 있는
모든 사람들에게
이 책을 바칩니다.

2022년 봄에서 여름으로.
소수의 열정, 강은송.

프롤로그

나는 지렁이가 아니다.
나는 괴물이 아니다.

인간이다.

태초부터 이 땅에는 여성과 남성이 존재했고,
무수한 시간이 흘러
나는 그들의 두 가지 성을 모두 가지고
신의 계획으로 태어났다.
나는 말한다. 은총의 아이라고,
사랑의 씨앗,
그리고 축복받은 생명체다!

이제 이 세상은
세 가지 성이 존재한다는 걸 알아야만 한다.
여성, 남성, 그리고 신비한 제3의 성이다.

누군가 물어본다. "Who is Peter?" (피터가 누구지요?)

나는 대답한다. "It's me." (접니다.)

누군가 또 물어본다. "Then… male or female?"

(그러면… 남성인가요 아니면 여성인가요?)

나는 당당하게 나를 드러낸다. "The 3rd gender."

(제3의 성입니다.)

Hidden Gender, Peter!

숨겨진 성을 가지고 태어난 피터의 기적 같은 이야기는 여기서부터 시작된다.

그의 꿈을 그리던 조그만 교실에서….

목차

3부

4부

5부

6부

1부

피터 Who

"피터가 누구지?"

저 멀리서 이브의 목소리가 메아리처럼 들려왔다.

뒷좌석 창가에 기운 없이 수그리고 앉아 있는 아이. 그가 수줍은 듯 천천히 손을 들어 올리고 있다. 구불구불 컬이 진 어깨까지 내려오는 단발머리에 초록 눈동자가 신비스러운, 비쩍 마르고 키 큰 소년이 바로 피터다. 엄마도 아빠도 없이 성당 보육원에 사는, '은총의 아이'라 이름 지어진 소년. 언뜻 보기에는 가냘픈 소녀처럼 보이는 사내아이.

"It's me."

짧은 대답에는 사뭇 단호함이 배어 있다.

방금 전 그는 그림 속의 여자아이에게 성모 마리아와 같은 백색 후광을 입히려 하고 있었는데, '어쩔 수 없다.'며 색연필을 내려놓고 말았다. 하얀색 도화지 위에 아무리 하얀 색깔을 덧칠하더라도, 사람들의 눈에는 그것이, 제대로 보일 리 없기 때문이다. 피터의 손가락 마디마디에는 누구보다도 열심히 꿈결을 쫓아다닌 알록달록한 흔적이 남아 있었다. 놓치지 않으려고 있는 힘껏 꿈을 거머쥐고 있었던 흔적이… 그의 손에 고스란히 무늬를 남겨 놓았다.

별이 그려져 있는 색연필을 쥐고 꿈결을 그려 넣고, 소망의 색을 입히는 아이들… 매끈하게 다듬어진 컬러심은 블랙홀 같은 나선형의 스프링에 감겨져서 위로 돌출되기도 하고, 원통 안으로 모습을 감추기도 한다. 아이들은 색연필을 길게 쭉 뺐다가, 아주 짧게 줄여 보기도 한다. 여러 가지 색깔을 끄적거려도 보고, 실수로 잘못 그리기도 한다. 그들은 자신의 꿈을 표현하기 위해 혼신의 열정과 힘을 기울이고 있다.

"아, 너였구나, 피터! 앞으로 나와서 너의 그림에 대해 설명해 줄 수 있겠니…."

선생님이 공손히게 빌표를 부탁하자, 그는 순간, 살짝 망설이는 표정을 지었다. 그러다가 갑자기 용기가 났는지, 두 주먹을 불끈 감아쥔다.

그림을 들고 모두가 기다리는 교단 앞으로 터벅터벅 걸어 나간다. 그는 오늘도 어김없이 발목까지 오는 초록색 부츠를 신고 있다. 그래도 발걸음은 전혀 무겁지 않다. 자신이 되고 싶은 미래의 꿈을 확실하게, 모두의 앞에서 자랑처럼 말할 기회가 드디어 온 것이다.

부모가 없는 고아가 되어 '은총의 아이'로 이름 지어진 그 순간부터, 성당 식구들의 보살핌만으로 살아온 그였다. 부모와 함께 다정한 모습을 보이는 친구들을 바라볼 때마다, 자신이 한없이 부족했다. 늘 수줍은 느낌이 먼저 도드라졌다. 쭈뼛거리는 용기는 한참 뒤에 오는 그다음, 다음이었다. 기가 죽을 때마다 피터는, 원장 수녀님의 말을 번쩍 번쩍 떠올려야 했다.

'용기가 없을 때는 하늘의 반짝이는 별이라고 생각하세요. 모든 이들이 바라보면서 희망을 갖는 별 말이에요. 그러니 밝게 웃어야 해요. 남들이 그 별을 보고 기운이 날 테니까요.'

'그래… 나는 별이야. 혼자 있어도 기죽지 않아. 많은 사람들이 나를 보면서 희망을 가지잖아. 용기를 내야 해. 나는 빛나는 별이니까!'
수줍음에 가려서 사라지려고 하는 용기를 끌어내서 아름다운 말로 다짐을 시켰다.

그의 그림은 가슴속에 오래도록 꽁꽁 숨겨 두고 있었던 보물 같은 것이었다. 마음에 간직하고 있던 그리움을 담아, 피터가 되고 싶은 미래를 그린 꿈이다. 꾸밈없이 솔직하게 표현한 미래의 세계…. 그는 제대로 그렸으니 되었다고 했고, 보는 사람들이 이상하게 생각하건 말건, 그것은 아무짝에도 쓸모없는 '괜한 걱정'이라고 자신에게 일러 주었다.

"이건 피터예요. 나중에 커서 좋은 엄마가 되고 싶은 피터예요. 나는 엄마가 없거든요. 그래서 나는… 커서 꼭꼭 좋은 엄마가 될 거예요."
그림 속에는, 피터가 자라서 어른이 된 듯한 모습의 뽀글뽀글 파마머리를 한, 키 큰 아줌마가 그려져 있었다. 앞치마를 두른 채 손에 국자를 들고 서서, 활짝 웃는 모습으로 아이를 바라보고 있었다. 의자에는 예쁜 여자아이가 앉아 있었는데, 그녀도 역시 피터를 마주보며 행복하게 웃고 있었다.

"자기가 엄마래…."

아이들은 옆에 앉은 친구들과 귓속말을 시작했다. 키득거리며 웃고 있었다, 피터는 얼굴이 빨개졌지만 기죽지 않고 이야기를 계속했다.

"나는 아빠도 없고, 엄마도 없지만… 하지만, 원장 수녀님이 엄마처럼 잘해 주세요. 이레나 수녀님께서 나는 별처럼 빛나는 아이라서 모든 사람들에게 희망을 준다고 하셨어요."

친구들끼리 쑥덕거리는 소음을 잠재우려는 듯, 피터는 두 손에 힘을 주고 당당하게 또박또박 말을 이었다. 아이들이 수군거릴수록 그의 목소리가 조금씩 더 커지고 있었다.

목소리가 우렁차게 들리자, 또래 아이들은 더 이상 수군거리지 않았다. 두 주먹을 꼭 쥐고 자신 있게 말하는 피터가 히어로처럼 당당해 보였다. 학급 아이들은 이제 서서히 그를 받아들이며, 그의 말을 이해하려고 노력하고 있었다.

올해 만 7세가 되는 피터는, 모든 사물에 대해서 궁금증투성이였다. 어찌해서 부모와 함께 살지 못하고 성당에서 생활하게 된 것인지 갑자기 캐묻고 싶어졌다. 그는 다른 아이들보다 더 깊은 생각을 가지게 되었고, 모든 행동에 있어서도 또래 아이들보다, 나이가 많은 형처럼 의젓하고 지혜로우며 똑똑했다. 비록 부모님의 보살핌 없는 고아로 살고 있지만, 그는 진실로 사랑했던 부모 사이에서 소중한 희망을 담은 생명체로 태어났다. 따뜻하게 안아 주는 엄마 아빠는 없을지언정, 그를 품어 주는 마음들은 항상 가까이에 존재했다. 성당 가족들과 넉넉한 대지의 품은 그가 필요할 때면 언제나 그를 안아 주었고, 피터는 그곳에 안겨서 티끌 없이 자라나는 소수의 특별한 아이였다.

꿈의 나라

아오테아로아 길고 흰 구름의 나라.

솜사탕을 돌돌 말아서 하늘에 뿌려 놓은 것처럼 푸른 창공에 구름이
멈추어 섰다. 크림색 구름이 달콤하고 사각거릴 것처럼 반짝 빛나면서
부드러워 보였다. 이음선이 전혀 끊기지 않고 길게 연결되어 있는 하얀
구름, 그것은 마치 옛이야기에 나오는 남녀의 만남을 이루게 하던 천상
의 구름다리처럼 보였다. 하늘에 빨래를 널 수 있는 빨랫줄이 있다면, 구
름을 모아서라도 만들 수 있을 것이라고, 엉뚱한 생각이 났다.

국화는 직항 비행기 안에서 현지 도착을 몇 분 앞두고 기류에 몹시 흔
들리던 비행기가 너무나도 무서웠다. 비행기라면 전혀 타 본 경험이 없
었다. 비행기 직항으로도 11시간이 족히 걸리는 머나먼 이국땅에, 아는
사람 하나 없이 용감하게 뛰어든 잔다르크 같은 국화였다. 발 디딜 육지
가 아득한 공중에서, 자신이 혹시 죽는 건 아닌가 하고 별의별 생각을 다
하고 있었다. '이까짓 거야!'라고 두 손을 불끈 쥐고 이빨을 앙다물고 있
었더라도, 무서운 건 수그러들지 않고 그저 아찔한 악몽 같았다. 수만 가
지의 혼란이 빛처럼 스쳐 지나가고 언제 그랬냐는 듯 다시금 평화가 왔
다. 아주 신기한 듯 하늘의 구름과 창밖의 풍경을 바라보는 순간, 그녀는
다시 온전해졌다. 그녀는 자신의 선택이 옳았다고 했다.
"그래, 이곳은 확실히… 아름다운 곳이야."
저 멀리 육지의 흐릿한 아웃라인이 보이기 시작했다. 비행기의 고도

가 살짝살짝 발끝을 잡아당길 때마다 육지의 굴곡은 선명해졌다. 찬란한 풍경들이 서서히 맑은 시야로 집결되었다. 그린, 블루, 오렌지, 알록달록한 불규칙 모습의 지붕까지, 일부러 난센스로 맞춰 놓은 양 균형미가 있었다. 물오른 식물들과 창공을 꿀꺽한 바다. 저마다 독특함을 뽐내고 있는 집들의 모양새가, 그녀의 기억을 오래도록 잡아채려는 듯 디테일하게 눈에 들어왔다.

국화는 꿈에 그리던 미래의 나라, 뉴질랜드에 발을 붙였다.

"드디어 이곳에 왔구나…."

오클랜드 공항은 한국의 국제공항보다 훨씬 작았으나, 사방에서 바다 냄새가 풍기는 신선한 뉴 플레이스였다. 국화에게는 물 건너 멀리 떠나온 어리바리한 낯섦을 가진 외국이었다. 눈에 가득 호기심이 들어차는 느낌은 그녀가 들뜨기에 충분했다. 비행기가 육지에 닿고 출구로 통하는 문이 열리자, 흰 구름 속에서 부유하던 국화의 마음은 문득, 수화물의 짐들을 잃어버릴지도 모른다는 객의 기우로 바뀌고 있었다. 번뜩이는 의심이 국화를 서두르게 만들었다. 그녀는 걷고 뛰는 것을 반복적으로 하고 있는 자신의 다리를 얼렀다. 일부러 촌티를 내지 않으려고 애써 침착함으로 위장했다. 국화의 머릿속처럼 빙글빙글 돌고 있는 수화물 레일로 바짝 다가서서, 여유 있게 굴어야 한다고 자신에게 속삭였다. 눈에 띄게 보라색 끈으로 손잡이를 묶은 계획적인 행동이 이익을 볼 차례다. 그녀는 자신의 캐리어 두 개를 우아한 동작으로 재빠르게 낚아챘다.

그녀의 객지 생활을 안전하게 책임질 의지처란 현재 가방 두 개의 우정뿐이다. 감사한 우정, 뚱뚱한 캐리어 두 개에 꾸벅! 절이라도 해야 한다. '나를 내동댕이쳐서는 절대 안 된다.'고 그들에게 잘 보일 필요성이 있다. 국화는 검수를 하는 직원처럼, 찾아온 짐들을 이리저리 바퀴 아래까지 세밀하게 확인한다. 경험자들의 뼈저린 충고를 잊지 않을 차례다. 해외여행의 주의사항을 너무도 맹렬히 검색한 탓에 염려할 일들은 잊지 않고 모두 실시하고 있었다. 숙맥 같은 아시아인을 노린 비열한 물건의 동승은 없는지 열린 혼적을 조사한다. 망가진 곳은 없는지, 바퀴와 손잡이도 고장 나지 않았는지, 천천히 당겨보고 훑어보았다.

"모든 곳이 이상 무!"

스트레인저가 된 검은 머리의 자신이 그렇게 나이브하지 않은 것이 일단은 안심이다. 그녀는 이어서 입국 차례를 적어 온 수첩을 꺼냈다. 다음 행동이 뭔가를 확인한다. 정신이 다른 곳을 얼쩡거리고 있을 틈을 타서 혼란스러운 일이 발생할까 봐서, 미리 적어 온 글자만을 굳게 믿고 있었다. 도착지 공항에서의 행동 순서를 적어 두었던 수첩이다.

국화의 꼼꼼한 성격은 어려서부터 부모님의 칭찬을 수시로 받았던 부분이었다. 지금도 그 생활습관이 그녀의 어정쩡한 외지인의 모습과 뒤섞였어도 여전히 빛을 발하고 있었다. 차분하게, 천천히 당황하지 않고, 처음이지만 낯설지 않게 행동하려는 그녀다.

"그다음은 뭐더라…."

이것저것 적어 놓았던 준비물 목록대로 많은 물건들을 꾹꾹 밀어 넣어서, 복부인격을 갖춘 가방을 바라본다. 앞부분이 불룩하게 튀어나와 가까스로 여미어 놓은 금속 지퍼가, 금방이라도 튕겨져 나올 것처럼 빵빵했다. 타국에서 구매할 수 없을 거라는 생각으로, 두 개의 캐리어에 초과 바로 직전까지 한국 물품을 빽빽하게 밀어 넣었었다.

뉴질랜드에 이미 익숙하게 정착하고 있는 현지인들의 이야기를 글로 읽었을 땐, 하나같이 안심을 시키던 부분이었는데도, 국화는 일일이 본인의 필요한 물품을 고집스럽게 챙겨 넣었다. 두 눈으로 확인하기 전까지는 '뉴질랜드에 있는 한인 식품점에 없는 음식이 없다.'라는 문구에 미심쩍은 마음이 가시질 않아서였다.

픽업기사가 어라이벌 출구 쪽에 서 있는 것이 보였다. A4용지 정도의 작은 피켓. 딱 보아도 한국 사람이었다. 피켓 위에는 그의 노력이 고스란히 보였다. 반복해서 겹쳐 쓴 글씨체로 굵게 만들려고 애쓴 흔적.

한국에서 온 국화 씨!

그의 얼굴은 현지인의 흔적을 보여 주듯 노르스름한 황인종 고유의 피부색 위에, 거무스름하게 그을린 피부가 선팅처럼 덮여 있었다. 코팅된 것처럼 칙칙한 얼굴색을 하고 있었다. 그의 얼굴이 이것저것 신경 쓸 것 없다는 듯 빙그레 웃자, 까매진 피부와 대조적으로 치아에서 환한 빛이 났다.

"아이고, 오시느라 수고 많으셨어요."

커다란 수트케이스 두 개를 무겁지 않은 듯 트롤리에서 거뜬히 두 손으로 들어 올린 그는, 아주 잰걸음으로 자신이 주차한 콜 밴 쪽으로 앞서서 걸어갔다.

국화가 워크비자를 제공받고 일하게 되는 곳은 오클랜드의 한인들이 많이 사는 북쪽 마을이었다. 한 집 건너 한 집마다 한인들이 있다고 하니, 오래전부터 이 나라가 국화 같은 사람들의 간절한 소망이 되었을 거라는 생각이 들었다. 미지인들의 꿈과 아름답게 연결 지은, 동화스러운 이야기가 많았다고 추측했다. 그러한 실체가 까칠한 다큐멘터리건 눈물겨운 드라마건 펼쳐보지 않고도, 말로만 아끼는 상자 속의 보물 나라가 되었음 직하다. 뉴질랜드의 의미도 '새로 발견한 보물'이라고 했으니까.

공항에서부터 국화의 숙소가 있는 마을은 족히 1시간 정도가 걸렸다. 좁은 비행기 좌석에서 움츠렸던 다리… 힘 빠진 두 손으로 어르듯 주물러서라도 에너지를 넣어 보려 했다. 몸도 마음만큼이나, 이 나라의 공기에 신선해졌으면 좋겠다는 생각을 했다. 밖으로 보이는 낯선 풍경은 국화가 생각했던 것보다 훨씬 더 많이 보답하고 있었다. 이파리들은 유난히 반지르르한 게 참기름을 발라 닦아 준 듯 선명했다. 미관상으로는, 침엽수보다는 활엽수들이 더 넉넉해 보였다. 그들은 보기에도 푸짐해 보였고, 느긋하고 평화로운 모습으로 서 있었다. 깨끗한 도로에는 담배꽁초 하나 보이지 않았다. 이들의 문화적 선진을 예상하게 했다.

'선진국, 맞다. 아주 잘 온 거야. 야 멋지다, 이 나라. 나는 확실히 럭키인 거야!'

사실… 럭키가 맞았다. 뉴질랜드 한인 인터넷 카페에서 구직의 기회를 얻고, 몇 개월간의 비자 준비를 마쳤다. 직업까지 얻어서 타국으로 온 국화는 굉장한 행운아였다. 같은 영문과를 졸업하고 한국에서 학원 강사나 무역회사에 취직한 친구들은, 외국행 티켓을 거머쥔 국화에게 저마다 부러움의 시선을 보냈었다.

'해외 취업이라니…'

그러나, 국화의 부모님은 며칠 밤낮을 한숨으로 일관했다. 그놈의 만만한 땅에 아끼던 딸자식을 빼앗긴 것 같다는 말과 함께 걱정으로 가득 찼다. 꿈이고 뭐고 출국을 만류하시던 부모님이었다. 어쨌거나 결과적으로는, 딸을 붙잡고 싶은 마음을 접어야 했다. '품 안의 자식'이라는 오랜 전통적인 명언을 반강제적으로 받아들여야만 했다.

국화는 어려서부터 고집 세고 꼼꼼하며 똑똑하던 딸이었다. 은근히 믿는 구석이 있었는지 모를 일이다. 돈을 넘치도록 싸들고 개척길에 오르는 딸은 아니었지만, 그간 적립해 두었던 적금을 풀어서 그녀의 어학 공부를 위해 예치금도 후하게 마련해 주었다.

국화는 나름 알뜰한 계획으로는, 타국에서 민첩하게 둥지를 틀 계획을 했다. 본인에게 관련되는 것들을 제대로 더 배울 수 있는 학습의 기회를 억척스럽게 움켜쥐고 놓치지 않을 것이라고 다짐했다.

그녀의 취업행은 사실은 이민이었다. 그 사실을 알면서도 모르는 척 흐지부지… 이민이란 말은 입에서 꺼내지도 않았다. 작별 준비로 며칠 전부터 못질을 해 댄 부모님의 마음에, 다시금 고통의 느낌을 안겨 드릴 수 없었다. 그래서 '그저 유학'이라고 일단락 지었다.

그녀는 새로운 땅에 발을 디디고, 일찌감치 미래로 던져 놓았던 꿈을 향해, 대단한 시작을 선포하고 있었다.

"꼭 성공하고야 말 거야. 이제부터 몇 배로 더 열심히 사는 거야… 나의 꿈의 나라에서."

키위새

와일드필드.

국화의 새로운 인생이 펼쳐지는 곳.

오랫동안 굳건히 자신의 자리를 지키며 사는 나무처럼 이곳에 뿌리를 내리고 싶은 마음. 첫 느낌부터 그녀를 위한 마을인 듯 끌리면서 정이 갔다.

마을 어귀 끝 편으로 야생림이 모두의 수호자인 듯, 든든하게 자리를 잡았다. 예쁜 지붕과 해가 잘 들어오게 방향을 낸 아치형 창문, 지붕의 처마 끝까지 닿을 정도의 키가 고만고만한 창밖의 나무들. 주변의 초록빛과 건축물들의 색상이 조화롭게 어울렸다. 각자의 집에 얼마간의 여유로운 공간을 차지한 가지런한 잔디밭은, 아침 이슬이 걷히면 언제든 맨발로 뛰어나가 공을 차고 놀 만한 여유를 암시하고 있었다. 각자의 집들은, 서로의 프라이버시를 적당히 지켜 줄 간격만큼 고맙게 분리되어 있었고, 시멘트의 투박한 울타리 대신 튼튼한 활엽수가 담장을 대신했다. 그것들은 2미터가 족히 넘게 자라서, 가지들끼리 친근하게 얽혀 있었다. 집을 지키는 보디가드의 군집처럼 빈틈없어 보였다.

오클랜드 북쪽 마을인 '티아라'는 해외 관광객들이 필수로 거쳐 가는 코스 관광지로 선정되어, 내국인이나 외국의 낯선 이들로부터 자연의 민낯을 풍부하게 경험하게 한다. 사람의 손이 닿지 않은 자연 그대로의 볼거리와 숲의 생태를 직접 확인하면서, 애써 조작하지 않은 힐링을 훌륭하게 선사할 수 있었다. 이곳은, 사람이 보호를 받는 것처럼 야생 숲이 보호를 받으며, 사람이 안전한 만큼 동식물 또한 사람들과 함께 안전하게 뿌리를 내리며 어울려 사는 곳이다.

　일정 기간을 일하는 조건으로 워크비자를 받고 야생 숲의 트랙을 돌며 관광 가이드로 일하게 된 국화는, 지상낙원처럼 때 묻지 않은 아름다운 나라에 머물 수 있는 자체만으로도 행복한 마음이 가득했다. 일을 열심히 하면서 몇 년이 지나고 나면, 워크비자를 영주권으로 연결하는 카테고리도 찾을 수 있는 좋은 기회였다. 야박하지 않은 주급과 계속되는 일에 지치려는 주중의 5일이 지나면, 적당히 쉴 수 있는 이틀간의 주말 휴일이 있었고, 관광객들 중 간혹 다수가 참여하는 한국인들을 만날 수 있는 서프라이즈 같은 반가움도 있었다.
　전공학인 영어와 모국어인 한국어, 두 가지 언어로 가이드를 하는 일은 그녀에게 그다지 어려운 일은 아니었다. 프로그램된 코스를 돌며 일련의 반복적인 안내 사항을 설명했고, 무엇보다도 아름다운 곳에서 근무하는 것이 피곤한 몸을 위로해 주었다. 여러 사람과 피크닉을 간다는 기분으로 순간순간을 즐기려 했다. 나뭇가지 사이로 부는 바람, 찬란한 햇빛, 새소리와 풀벌레 소리, 그리고 센터 내에서 마주치는 친절한 키위 동료들의 따뜻한 인사말들이 모두, 그녀를 감싸 주는 응원단이었다.

　가이드 프로그램은 크게 네 가지로 나뉘어져 있었다.
　양털 깎기 쇼, 야생 숲 안내 프로그램, 반딧불 동굴 탐험, 키위새 탐방. 국화는 가장 빈번하게 야생 숲 프로그램에 가이드로 동원되었다.
　피곤에 늘어진 몸을 일으켜 신선한 숲의 향기가 다시금 그리워지는 주말이면, 동료 직원이 활동하고 있는 주말 체험 반딧불 동굴 탐험에 동행하곤 했다.

그곳은 120년이 넘도록 문화와 자연사의 명소로 자리 잡았으며, 동굴 천정에서 마술처럼 빛을 뿜어내는 수천 마리의 반딧불이 서식하는 곳이다. 어두운 동굴을 수많은 작은 별빛으로 수놓은 듯 자연의 신비함이 있는 곳이다. 그것은 순식간에 관광하는 모든 이들의 시선을 사로잡는다. 관광객들은 그 생명체의 살아 있는 별빛을 보며, 잠시나마 삶의 고된 연결에서 벗어나는 듯 보였다. 잊었던 동심의 세계가 다시 그들에게로 찾아와서, 무한히 가졌던 희망과 환상을 선물해 주곤 했다.

국화에게도 그랬다.

매일 반복되는 고된 스탠딩 업무에서 벗어나 앉은 채로 보트를 타고 동굴 아래로 미끄러져 가는 동안은, 아이처럼 순수해졌고 행복을 찾았다. 반짝이는 천장에 두 눈을 고정할 때면, 마냥 웃고 떠들던 어린 시절로 돌아가는 듯했다. 커다란 꿈과 보이지 않는 미래의 신비로움이 마음속에 가득했던 차일드후드로….

그녀가 특이하게 접한 것은, 뉴질랜드 대표적인 키위새에 관한 이야기였다. 어두운 곳에 서식하는 새라서 눈이 퇴화되어 잘 보지도 못하고, 날개는 있지만 날 수도 없는 새. 그것이 '키위새'였다. 그것의 이야기를 듣는 동안 국화는, 마음 한구석이 물웅덩이가 파인 것처럼 슬프게 울렁거렸다. 울컥 눈물이 솟아나올 것만 같았다. '날지 못하는 새라니, 무슨 낙으로 살아가며, 얼마나 불쌍한가….'

어찌 보면 새로서 갖추어야 할 고유한 장점을 잃어버린 새였지만, 화려한 날갯짓보다는 자신의 영역에서 고요함을 즐기며 천천히 걸어 나오는 키위새… 그것은 아이러니하게도 무척 고고하면서도 순수했다. 기본만큼 가져야 할 욕심마저도 부릴 수 없는, 다른 새들이 누리는 것을 전혀 누리지도 못할 운명, 그래서 더 귀하고 고고한 존재로 느껴졌을까… 관광객들은 그 새를 보기 위해 잠자코 몇 분 동안 기꺼이, 숨죽이며 '기다리겠노라.'고 했다.

돌아오는 휴일, 국화는 그 키위새를 보러 갈 계획이었다. 소박하면서도 우아한 걸음걸이를 가진 새… 가까운 시일에 서둘러서 꼭 다시 만나러 가고 싶었다.

"미셸, 이번 주에 내가 오프인 날 키위새 관광 코스에 관람객으로 가고픈데, 명단에 조인이 가능할까?"

프로그램 안내를 맡고 있는 동료 미셸에게 물었었다.

"물론이지! 다른 사람도 아니고, 플라워가 간다는데 당연히 추가 인원으로라도 OK."

"고마워 미셸, 내일 점심 커피는 내가 확실히 쏠게."

"OK, 플라워. 고마워!"

근무 첫날, 동료들은 그녀에게 한국 이름을 물었었다. 그녀는 또박또박 한 글자씩 이름을 말해 주었다. 그러나 역시 예상했던 대로, 이곳 사람들은 국화라는 발음의 '국'은 아무리 여러 번 발음을 교정해 주어도 결국은 '쿡'이 되어서, 사무실 동료들은 한바탕 웃어 버리고 말았다. '쿡'은 요리하다의 'cook'이라서 의도했던 것과 달리, 다른 의미를 떠올릴 수밖에 없게 되었다. 결국 국화의 이름은 발음이 너무 어렵다며, 그냥 영어로

'플라워'라고 부르기로 입을 모았다. 그녀의 이름은 '플라워'가 되었다.

국화는 그 이름이 참으로 맘에 들었다. 한국에서 부모님이 불러 주었던 애칭 '꽃님'과 같았다. 대부분의 귀한 딸에게 붙여 주는 '공주'라는 애칭 대신 '꽃님'이란 이름으로 불릴 때면, 어느 시인의 시구처럼 그녀는 꽃이 되고 싶었다. 그래서 더욱 아름답고 소중한 사람으로 살고 싶었다.

돌아오는 목요일은 국화가 한 달에 한 번 월차를 낼 수 있는 날이었다. 일하는 직원들이 많은 날이어서 국화가 맘 놓고 월차를 내고 쉬어도 될 만큼, 프로그램 진행이 원활하게 진행됐다. 그날, 국화는 키위새를 다시 한번 자세히 보러 가겠다는 계획을, 기어이 행동으로 옮기려고 마음먹고 있었다.

이른 아침, 그녀는 일어나자마자 세수도 하지 않은 게슴츠레한 눈으로, 소형 백 팩을 부지런히 꾸려놓았다.

'새로운 음식을 시도해 볼 차례다.'

특별한 날의 아침 식사를 위하여, 미셸이 귀띔해 준 상표의 오트밀을 미리 구입해 두었었다. 그녀는 공기가 선선하게 통하는 창문 쪽 맨 위 서랍장에서 오트밀을 꺼내어 오목한 소형 냄비에 적당량을 넣고, 냉장고에서 우유를 꺼내어 유통기한을 확인했다. 오트밀의 부드러움을 위해서 물 대신 우유를 넣고 끓였다. 언뜻 보면, 애완견용 죽이나 소죽을 끓여 놓은 것처럼 모양새가 간단했지만, 뉴질랜드에서는 손이 많이 가지 않으면서 영양이 충족되는 맛 좋은 간단 음식이었다. 화려하지 않으면서 담백한 맛이 그녀의 관심을 끌기엔 충분했다. 맛이 일품이었다.

"보리강냉이 같은 것에 우유를 부으니, 이런 맛이 나는구나. 참 신기하다니까…."

그녀는 후루룩 국물까지 다 들이켠 후, 빠른 걸음으로 센터까지 경보하기로 했다. 익숙한 걸음걸이로 센터에 당도하자, 리스트를 점검하고 있는 미셸이 보였다. 그녀가 일찌감치 국화를 반겼다.

"플라워, 굿 모닝! 일찍 왔네."

그녀는 차트에 체크를 하면서 출발 전 해야 할 일들을 입으로 한 번씩 중얼거리고 있었다.

"굿 모닝, 미셸. 커피 포 유."

국화는 테이크아웃 아메리카노커피를 그녀 앞에 내밀었다.

"역시! 말한 것은 철저히 지키는, 플라워는 최고야!"

두 사람은 각자의 테이크아웃 커피의 뚜껑을 열어서 탁자 위에 잠시 식혀 두었다. 그리고나서, 10분간의 짧은 수다 시간과 더불어 커피 흡입 힐링을 효과적으로 마쳤다.

"숏 타임 힐링, 나우, 리얼 쇼 타임!"

미셸이 다 마신 컵을 자랑처럼 들어 올리며 머리에 탈탈 털어 보였다. 그때, 커피 물이 그녀의 머리 위로 한 방울 뚝 떨어졌다. 그녀는 당황한 기색 없이 그저 깔깔거리며 웃어버렸다.

그들은 곧 관광객이 집결하는 센터 광장으로 향했다.

오늘 동행은 20인. 그중 반절이 넘는 인원이 아시아인 관광객이었다. 미셸은 한 명씩 이름을 불러 인원을 체크하기 시작했다. 열아홉 명 중 1인 불참.

"지난밤 음식을 잘못 먹고 배탈이 나서 한 명은 참석하지 못했습니다."

관광버스 기사가 불참자의 이름과 불참 사유 설명을 덧붙였다. 국화는 잠깐이었지만, 자신의 경험을 떠올렸다. 뉴질랜드 도착 후 처음으로 먹었던 시큼한 맛이 나던 포테이토칩과 기름기가 많은 튀김 음식들, 그리고 주식으로 먹는 빵과 여러 가지 소스들을 떠올렸다. '식성이 다르긴 하지. 우리와 여기 사람들….' 음식으로 인한 불참 사연을 듣고 웃으면 안 되는 줄 알면서도, 국화 자신도 모르게 큭큭! 웃고 있었다. 오늘의 불참자도 역시나… 여행자의 호기심으로 미개척의 음식들을 용감하게 맛보았을 것이라고 추측했다.

그날 국화가 관광객으로서 참여했던 키위새 프로그램.

관람객들은, 해가 기운을 잃을 때까지 기를 쓰고 기다렸다. 드디어 해가 뉘엿뉘엿 어둑해지자, 키위새가 조심스럽게 걸어 나왔다. 날지도 보지도 못하는 동물…. 그것의 초라한 모습에 그 새를 가려 주고 싶은 충동을 느꼈다. 국화는 눈물이 핑 돌았다. '너무나 가엾다… 새의 모습을 했지만, 새가 아닌 것 같은 새라니.' 마음이 아팠다. 구경하며 쑥덕거리고 있는 사람들의 눈앞에 연막을 터트리고 싶었다. 차라리… 가엾은 키위새가 사람들을 전혀 의식하지 못하기를 바라고 있었다.

평화로운 동물의 일상을 구경삼아 보러 와서, 앞을 못 보는 것과 날지 못하는 새의 모습을 귓속말로 속닥거리는 것조차, 그녀에게는 무척 탐탁지 않은 일이었다. 설사 관람객으로 대동한 국화였다지만, 동물을 접하는 신기함보다는 안타까움이 우르르 밀려왔다. 급기야는 '바라보는 자체가 예의 없다.'는 미안함으로, 마음이 축축해지고 있었다.

"아임 쏘 쏘리…."

그녀는 자신도 모르게, 키위새에게 속삭이며 죄인처럼 사과하고 있었다.

그날 밤 국화는 불을 끄고 누웠지만, 쉽게 잠이 오지 않았다. 자꾸만 낮에 보았던 키위새가 떠올랐다. 한 발 한 발 주위를 탐지하듯 조심스럽게 내딛던 키위새의 모습이… 꼭 자신의 모습처럼 안타까웠다.

그녀는 다짐했다. 남들 앞에서 결코 초라한 모습을 보이지 않겠다고.

"나는 훨훨 날고 말 거야! 높이, 아주 높이!"

흰색 슈트의 청년

격자무늬 유리창을 통과해 들어오는 강하고 밝게 빛나는 태양에 압도되어, 윌리엄은 미처 뜨지 못한 눈을 힘겹게 껌벅거리더니 가까스로 기지개를 폈다.

일 년 중 가장 기후가 좋다는 뉴질랜드의 12월이다.

윌리엄 랑카스터는 호화스럽게 치장된 영국의 커다란 저택을 떠나 자처하여 원정을 왔다. 뼈대 있는 가문의 후손으로서 으레 짊어지는, 대를 이어 앞으로 해야 할 일이 정해져 있는 사람으로서 어디서나 그리고, 언제나 묵직하고 예의 바르며 현명하게 대처하는 방법을 익혔다. 어려서도 어른인 양 의젓함이 아주 자연스럽게 보이는 모습이어야 했다. 모든 이들에게는 우러러 보이게끔 노블레스 오블리주를 실천해야 했다. 기업을 위한 고유한 경영 철학을 배우고, 정에 이끌리지 않는 냉철한 방식을 어렸을 때부터 익혀 온 그였다.

그렇지만, 대지의 안락함에는 마술처럼 끌렸다. 그곳으로부터 불어오는 향기로운 미풍에 숨이 트이는 것은 어려서부터 터득한 자신만의 치유 영역이었다. 가끔씩 숨통을 조이는 완전함에 지쳤을 때는 그것이 너무도 감사한 일이었다.

지구상에 남은 마지막 지상낙원이라는 명칭이 붙은 이곳 뉴질랜드에 오려고 했던 이유는, 가문의 기업을 돕고 배우겠다는 뚜렷한 목표가 있었다. 그러나 사실상은 짓눌려 있는 진실을 찾아내는 것. 청년기를 지나고 있는 인간적으로 가엾은 윌리엄, 그 자신의 정체성을 확인하라는 포상휴가라는 생각이 마음속 깊이 자리 잡고 있었다.

부모님의 계속적인 후계자 자질에 관한 관찰과 숨 막히는 말 '언제나 너는 최고여야 한다.'는 기대심 안에서 그는 거대해 보이는 성인이 되었지만, 완전한 자신만의 세상이란 존재할 수 없었다. 가끔씩 그의 판단과 행동이, 진정 그의 의지로부터 시작하는지에 대해 의문이 소용돌이처럼 생겨나곤 했다.

'과연 이대로 몸체를 감싸고 있는 고치에서 빠져나와 날개를 펼치고, 이 왕국을 떠나서도 진정으로 주체성 있는 사람으로 살 수 있을까….' 윌리엄은 먼 타국에서, 대단한 집안의 의무가 아닌 하나의 소소하고 평범한 인간이 되어 자연스럽게 자신의 실체를 점검해 보기로 마음먹었다.

부모의 지대한 관심사에서 벗어나고픈 자유로운 청년기의 영혼의 날갯짓, 그것이 필요했다. 응원군이 필요하다면, 그런 시기를 거친 보통의 사람들은 쉽게 그의 마음을 읽고 응원해 줄 것이다.

이슬을 끌어안고 물기가 사라지기도 전에 당도한 신선한 아침햇살. 사람들의 발자국 소리에도 낯가림 없이 자리를 뜨지 않고 속닥거리는 새들의 귓속말. 듣는 이의 마음을, 하얗고 넓은 손바닥으로 어루만지는 백색소음 파도 소리와 소금에 담가진 짭조름한 맛이 풍기는 바람 향기까지, 이곳은 퍼펙트한 지상낙원이다. 저택에서 매일 접할 수 있는 반듯하고 윤기 나는 대리석 벽면과 먼지 한 톨 없는 카펫의 푹신한 느낌보다도 더 완벽함을 준다. 인간의 손을 거치지 않고 저절로 만들어진 자연의 섬세함과 조화로움에 그는 이미 여러 번 감탄하고 있었다. 이것은 위대한 자연이 그에게 선사하는 고귀한 선물이었다. 부유함으로는 누릴 수 없는, 영혼을 살리는 훨씬 더 가치 있는 것들이다.

그는 침상에서 일어나서 강렬한 오렌지색 빛으로 커튼 사이를 뚫고 들어오는 태양을 위해 아이보리색 커튼을 활짝 젖혔다. 창문 밖에는 이미 크리스마스다.
뉴질랜드의 나무 '포후투카와'는 선홍색의 꽃과 초록 이파리로 어우러져, 12월의 뉴질랜드를 경축하며 서 있었다.
가까이 보이는 항구에 정박된 35피트와 39피트짜리 세일보트들. 차렷 자세로 대장의 검열을 기다리는 하얀 세일러복을 둘러 입은 늠름한 마스트가 북을 치고 있다. 탁탁! 소리가 경쾌하다. 윌리엄에게는 그 소리마저도 마음을 편하게 하는 템플의 목탁소리 같다. 그것을 들을 때면, 마음속으로 합창하며 명상을 하게 만든다.

　윌리엄은 침대 쪽으로 걸어가서 깜박한 듯 정신을 가다듬고 벨을 눌렀다. 건장한 한 남자가 들어왔다. 수행비서 잭슨이다. 어려서부터 항상 곁을 지켜 주는 동무이자 보호자 격인 잭슨. 윌리엄보다 몇 배 더 차분하고 지혜로우며, 조언을 아끼지 않는 사람. 언제나 '어른이'로 행동하는 세 살 연상의 그는, 몇 분 전부터 문밖에서 대기 상태였다. 잭슨은 벨을 누르자마자 뚜벅뚜벅 힘차게 걸어 들어온다. 소형 에스프레소 머신… 매일 아침의 첫 번째 위로를 실은 이동용 트롤리를 끌고, 그가 유유히 다가왔다. 덜덜거리는 트롤리의 소음을 조금이라도 덜기 위해서 그는, 바퀴 소리에 스텝을 맞추는 노력에 기꺼이 달가워했다. 그리고는, 안단테 발걸음으로 멈추어 섰다.

　커다란 킹사이즈 침상 좌측 편으로 창밖이 잘 바라보이게 놓인 부드러운 가죽으로 된 1인용 소파가 보였다. 그리고 야외에 내 놓아도 잘 어울릴 것 같은 통나무로 만들어진 탁자, 그 탁자의 움푹 파인 부분에 두꺼운 유리가 얹어져 있다. 우윳빛이 감도는 그린 색으로 조각된 마오리 보석이 그 유리 안쪽에 놓여 있다. 귀족들처럼 목을 빳빳이 세우고 똑바로 곧추서게 박혀 있는 그린스톤. 각기 도끼 모양, 고사리 모양, 낚싯바늘 모양으로 조각되어 있었다.

　"이곳은 탁자마저도 범상치 않군. 참으로 자연과 잘 어울리는 색을 지닌 보석이야."

　윌리엄은 영국에 돌아갈 때 어머니를 위하여 그린스톤을 선물하리라 마음먹었다.

그린스톤의 조각 모양을 찬찬히 살피고 있는 윌리엄 곁으로 조용히 다가온 잭슨은 조용히 움직였다. 찻잔 소리가 나지 않게 하려고, 레이스로 된 직사각형 매트를 두 손으로 반듯하게 폈다. 그리고 그것을 탁자 위에 매끈하게 깔았다. 그다음으로, 액체크림을 담은 조그만 단지를 내려놓고 마지막으로, 무늬가 그려진 아름다운 도자기 찻잔과 금색 티스푼을 놓았다. 조금도 틀어지지 않는 완벽한 각도로 내려놓았다.

"참 아름다운 조각들이죠? 각각 의미가 있는 모양이랍니다. 도끼날은 '토키'라 하여 힘을 상징하고, 고사리 모양은 '코루'라 하여 생명과 희망과 새로운 시작을 상징하며, 낚싯바늘 문양은 '헤이 마투아'라고 하여 여행 중의 안전과 건강, 번영을 가져온다고 합니다."

잭슨은 언제 그러한 사항들을 일일이 알아냈는지, 윌리엄이 묻기도 전에 보석이 조각된 의미를 하나하나 손가락으로 가리키며, 도슨트처럼 친절히 설명해 주었다.

"오늘은 무슨 커피로 드실까요… 에스프레소 투 샷? 저스트 아메리카노? 분부를 내려 주십쇼."

잭슨은 오른쪽 입술을 위로 올려 살짝 장난스러운 미소를 지으며, 오른손은 이미 에스프레소 머신 위로 향하고 있었다. 능숙한 바리스타처럼 커피 추출을 위한 스탠바이 자세를 취하는 것이다.

"아, 오늘은 햇빛이 좋으니, 부드러운 라떼로 시작해 볼까?" 윌리엄은 침대에서 나온 잠옷 차림 그대로, 창밖이 바라다 보이는 편안한 소파에 몸을 더 깊숙이 파묻었다. 머리와 등 쪽이 높이 디자인된 등받이에 기대었다.

"아주 탁월한 선택이십니다."

잭슨은 능숙한 동작으로 커피를 내리고, 스티밍을 위해 움직였다. 왼손으로 찻잔을 들어 김이 모락모락 나는 에스프레소 커피추출액을 먼저 담고, 오른손으로 따뜻한 우유가 담긴 스테인리스 비커를 높이 들어 올렸다. 그는 자만심에 가득한 표정으로 정교한 동작을 재빠르게 끝냈다. 커피 위에 나뭇잎 모양의 아트를 만들었다. 그리고는 자신의 명작을 망치지 않기 위해, 매우 조심스럽게 움직이고 있었다. 찰랑찰랑한 커피가 쏟아지지 않게, 슬며시 커피 잔을 받침 위에 내려놓고 이미 놓여 있던 티스푼의 자리를 다시 한번 정돈했다.

윌리엄이 가는 곳이라면 기꺼이 지구 끝까지 따라가, 최선을 다해 수행할 것이 의심스럽지 않은 충성스러운 잭슨. 그들이 둘만 남겨져 있을 때는 자연스러운 친구 사이가 된다. 서로 웃을 수 있는 가벼운 농담이나, 가끔은 가슴 깊숙한 곳에 자리 잡은 속마음 얘기까지 터놓을 수 있는 사이였다. 둘은 제일 친한 친구가 되어 있었다.

윌리엄은 어려서부터 일반인들과는 달리 자랐다. 외부에서 뛰어놀며 맘대로 친구들을 사귈 만큼 자유롭지가 않았다. 그에게는 보통 아이들이 쉽게 가질 수 있는 자유로운 개인 시간이 절대 허용되지 않았다. 태어나면서부터 의무와 책임감이 곁들여진 어마어마한 부유함을 가졌기에, 세상 사람들이 쉽게 가질 수 있는 자유는 반납해야 했다. 물적으로 동경받는 소수의 삶을 받아들여야 했다. 담장 밖의 사람들은 모두들 윌리엄을 높이 바라보며 부러워했겠지만, 넘치도록 풍요로움 속에 휑하니 구멍이 뚫린… 정의 빈곤함을 알 턱이 없었다. 고귀함의 뒤편에 개인의 존재가 인내를 감내해야 하는 불공정함이 있었는데, 시간이 갈수록 이제 그것들은 슬슬 역류를 일으키고 있었다.

아무하고나 어울릴 수 없는 까다로운 사교계에서는 마음으로 교류하는 대신, 사람들을 꿰뚫어 보는 신랄한 평가가 대인관계의 바탕이 된다는 것을, 어려서부터 냉철하게 익힌 그였다. 그래서 그의 전체적인 생활의 질을 따지자면 인간적으로는 평민들보다 더 불행했다. 그로서는 일반인 친구란 결코 얻을 수 없는 희귀한 존재들이었고, 그러기에 가족사의 모든 것을 자연스레 이해하고 가장 가까이에 있는, 잭슨만큼이나 믿음직하고 의지 되는 친구는 아직까지 없었다.

그는 어려서부터 윌리엄의 보좌인으로서 특별히 발탁되었다. 철저하게 가문의 사람으로서, 보좌에 필요한 일류 인력으로 교육되어졌다. 소소하게는 바리스타의 전문지식부터 경호를 할 수 있는 고단수의 무술까지, 귀족 가문을 경호하고 윌리엄의 개인 수행비서로서 부족함이 없게 훈련되어졌다. 기업경영을 물려받아야 할 후계자를 돕고 비서직의 임무를 착실히 수행하기 위해, 여러 가지 기술과 학문을 습득했다. 그의 교육내용은 랑카스터 가문의 가드가 되기 위해, 가히 최고 수준에 이르기까지 완성되어졌다.

그 대단한 수행원이자 친구인 잭슨이 윌리엄만큼이나 충분히 이곳의 체류를 반가워하고 있었다. 그간 그도 윌리엄과 같은 마음 질병으로 순식간에 숨이 멎을 것 같은 기분이었을까… 겉만 번지르르 건강해 보이는, 보이지 않는 지병 같은 급성 호흡기 질환자였을지도 모를 일이다. 그들은 너무나 오랫동안 그럴싸한 겉보기에… 너무도 깊게 길들여져 있었다.

"커피를 드시면서 아름다운 이곳에서의 오늘 일정을 들으시겠습니까? 아니면 커피타임이 끝나고 따로 들으시겠습니까?"

동행인으로서 누릴 기회가 보너스처럼 발생한 뉴질랜드 일정에 기대가 만발한 잭슨이다.

"티타임과 함께라도 과히 나쁘진 않겠군."

"우선 오늘 오전 시간엔 연구소에 들러 임원진과 1시간 정도의 신약개발에 관한 전반적 의논 미팅이 있으시고, 식사 후 후식 시간을 이용해 시티마리나 호텔 로비에서 야생 숲 탐사 안내에 관한 개인 브리핑이 있습니다. 좀 더 여유 있게 시간을 활용하시라고 특별히 숲 프로그램 관계자를 개인적으로 그곳으로 모셨습니다."

"그거 좋군. 이제 슬슬 이 나라의 숨어 있는 식물들을 보고 싶으니까 말이야."

영국의 랑카스터 가문에서는 대를 이어서 인류애의 공헌을 목표로, 갖가지 치료를 위한 식물 채집과 연구를 계속하고 있었다. 이번 뉴질랜드 연구소를 런칭하면서 윌리엄에게 가문의 일원으로서 연구 활동에 관여할 수 있는 이사 직책을 부여했다.

사실 그가 경영대학원을 졸업하고, 2차적으로 관심을 가진 분야가 식물의학 쪽이었다. 처음에는 기업을 물려받는 후계자로서 의학적인 전문 지식이 필요해서 가진 관심사였지만, 시간이 지날수록 더욱 식물에 대한 관심과 관련된 의학 분야의 다양함에 깊숙이 빠져들었다. 메말랐던 인간 본성의 풋풋함이 식물의 새싹처럼 살아나서일까… 자연에 쉘터를 틀고 살아가는 동물과 식물을 관찰하는 것이 그의 관심사였다. 그의 삶이 복잡한 풀이 방식을 가진 수학 문제라면, 종국에는 어차피 들어맞을 수밖에 없는, 짧은 정답 같은 것이 '자연에의 복귀'였다.

그의 개인적인 바람은 복잡한 가업을 이어가야 하는 머리 아픈 업무 경영보다는, 인간으로서 자연의 한가운데 평화롭게 서 있기를 원했다. 그는 가끔씩 저택의 커다란 정원에 있는, 키 큰 활엽 나무들 사이에 서 있기만 해도 마음이 평화로워지는 것을 느꼈다.

이번 프로젝트에 선뜻 외국행을 결심한 윌리엄은, 피부암 치료제를 개발하기 위해 각종 식물을 연구하는 데 있어서 꼭 기여하고 싶다는 마음이 들었다. 해외 연구소 설립 후, 탐사 프로젝트에 개입하기로 한 관찰자 시점의 체류는, 길게 1년이란 기간으로 여유롭게 잡았었다. 뉴질랜드의 방방곡곡을 다 뒤져서라도 약효가 될 만한 희귀식물을 찾으려고 계획했다. 그간 구전으로 떠돌던 식물에 관한 자료들도 이미 어렵사리 구해서 파일로 만들어 놓았었다.

그중 수 세기에 걸쳐 내려오는, 신비한 꽃에 대한 이야기가 떠돌던 뉴질랜드의 마오리마을 지역이 바로 그의 지대한 관심을 끌어냈다. 그곳이 정확히 어느 지점인지는 기록되어 있지 않았으나, 실마리를 찾아 야생 숲을 꾸준히 탐사하고 조사하다 보면 기어코 그 식물을 찾을 수 있을 거라는 기대감도 있었다.

윌리엄은 자신감이 필요한 공식적인 자리에 참석하거나 뭔가 행운의 사건을 기원할 때, 습관처럼 말끔한 흰색 슈트를 입는 것을 즐겨 했다. 그는 흰색 슈트를 차려입고 회의에 참여했다.

오전에 열린 임원진의 회의에서는, 앞으로 연구할 화산지대에서 자생하는 식물들과 마오리 빌리지의 야생 숲을 탐사하여 수집하기를 바라는 식물들에 대하여, 장기적 계획을 의논했다. 그들은 본격적인 숲 탐사를 위해 윌리엄이 선두에 설 것을 건의사항에 올렸으며, 기꺼이 윌리엄의 동의로 1차 답사 격 탐사를 제외하고는, 본격적으로 그의 팀이 구성되어 움직일 계획이었다. 윌리엄이 이번 일을 성공적으로 진행하는 것이 가문의 일원으로서 위신도 서겠지만, 무엇보다도 그에게 있어서는 낯선 곳의 탐사라 하더라도 불편함 없이 익숙한 기분이었다. 울창한 나무들이 초록 잎사귀를 펄럭거리며 신선한 공기를 뿜어내는 것은, 오랜 친구처럼 편안하기만 할 것이므로….

윌리엄과 잭슨은 임원진과의 프로젝트 미팅을 마친 뒤 식사를 했고, 후식 시간에 진행된 30분간의 짧은 현지인과의 미팅도 신선하게 진행했다. 딱딱한 발음의 마오리 현지인의 숲 탐사 아웃라인 설명은 꽤나 솔깃하게 들렸다. 마오리 현지인은 자부심이 들어간 손짓을 섞어 가며, 이 나라가 얼마나 아름다운지의 설명을 장황하게 두어 번 반복했다. 그리고 마지막에는 윌리엄의 여행 코스에 대한 조언을 곁들이는 것으로 막바지 설명을 끝마치고 있었다.

"아름다운 우리나라에는 관광객의 발길이 뜸한 마오리 빌리지의 코스도 몇 개 있지만, 초보자의 보행은 우선 사람들이 많이 찾는 쉬운 코스의 숲길부터 진행하는 것이 좋겠습니다."

그는 정해진 인원수가 도보 처음부터 끝까지 함께 행동하는 그룹에 윌리엄도 동행할 것을 원칙으로 내세웠다.

"이곳에서는 누구라도 예외 없이 정해진 그룹을 이루어서 코스 여행을 하셔야 한다는 점이 좀 불편하실 수도 있겠습니다만… 하지만 원칙이….."

윌리엄은 여유 있게 미소 지으며 고개를 끄덕이며 상대방의 말을 이어
주었다.

"괜찮습니다. 저도 평범하게 그들과 동행하고 싶습니다. 충분히 그럴
준비가 되어 있습니다. 다만 2인 동행을 함께 예약하여 주시길 부탁드립
니다."

윌리엄이 잭슨을 바라보며 한쪽 눈을 찡긋했다. 그는 두어 테이블 멀
찍이 서서 말이 이어지는 내내 관심 있게 경청하고 있었다.

"아… 2인 정도의 동시 예약은 물론 지금도 가능하십니다. 그렇게 하
겠습니다. 그럼 당일 날 집결지에서 뵙도록 하겠습니다. 그날 안내는 한
국인 관광객이 많은 관계로, 이중 언어 구사가 가능한 한국인 가이드가
안내할 예정입니다."

몸집이 잭슨보다 더 건장한 마오리 뉴질랜더는, 걱정스레 예상했던 전
통식 인사(코를 비비는 마오리식 인사) 대신 악수로 인사를 마감했다. 혹시
나… 하는 우려가 다행히도 그대로 사라졌다.

그는 자신 있게 근육질 두 팔을 휘휘 저으며, 빠른 걸음으로 로비를 빠
져나갔다.

우드피스(WOODPEACE)

'국화'라는 이름은 국화의 어머니가 좋아하던 꽃 이름이었다.

그녀는 어릴 적 할머니와 함께 대가족을 이루고 살았다. 부모님과 할
머니의 사랑을 독차지하며, 금지옥엽 외동딸로 자라났다.

대기업체의 중견 간부로 오랜 직장 생활을 하시던 아버지는 할머니가 연로하여 혼자 거동이 불편해지자, 간병인이나 요양원에 모시는 것을 극구 반대하고 퇴직을 결심하기에 이르렀다. 그의 극진한 효도를 받으며 몇십 년을 가족과 함께 사시던 할머니가 돌아가시자, 아버지는 무척이나 힘들어했다. 동네 사람들로부터 효자로 소문난 국화의 아버지는 모친의 나이가 90이 넘어서 돌아가셨어도, 모친을 떠나보낼 마음의 준비가 안 된 자식처럼 때때로 훌쩍거리면서 눈물을 흘렸다. 그러다가 몇 번인가, 어린 국화에게 들키기도 했다.

1년이 지나자, 그는 가까스로 마음을 추스르고 새로운 사업을 오픈했다. 시대에 발맞추어 수요가 많은 택배 배송 회사를 차렸다. 대중적으로 그 시대의 쇼핑 트렌드는 인터넷 구매였다. 일일이 외출해서 직접 쇼핑을 하던 시대가 끝나가고, 편리한 안방 쇼핑으로 인터넷 배송이 호황을 누리던 시기라서 아버지의 사업은 급속도로 번창했다.

국화가 고등학교에 입학해서 부모님의 지대한 관심 없이도 상위 1%의 우수한 성적을 거두며 학업 생활에 몰두하게 되자, 부모님도 마음 놓고 사업에만 매진할 수 있었다. 사업에서 벌어들인 많은 돈으로 그들은 큰 아파트를 장만했다. 좋은 곳으로 이사하고 국화의 학비도 아낌없이 지원했다.

외국의 언어에 특별히 관심이 많던 국화는, 원하던 K대 영문학과에 당당히 입학했다. 평소에도 영어 잘하는 사람들을 부러워했던 그녀는, 한 걸음씩 한 걸음씩 목표점에 다가섰다.

부모님은 국화에게 많은 것을 바라지는 않았다. 하고 싶은 일을 하면서 살기를 바랐고 눈을 들어 멀리 바라보라고 했다. 무엇보다도, 건강한 사람으로 평화롭게 살기를 바라셨다.

가끔씩 바쁜 시간을 짜 맞추어 세 식구가 한 테이블에 앉을 기회가 있을 때마다, 부모님은 그녀를 위해 덕담을 해 주시곤 했다.

"꽃님아, 사람이 행복하게 산다는 것은 그리 어려운 일이 아니란다. 그것은 작은 것에서부터 시작되는 것이니, 너무 큰 것에서 행복을 찾으려 애쓰지 말거라."

아버지는 항상 그간의 인생 경험에서 우러나오는 심오한 철학이 깃든 말씀을 해 주셨다.

"우리 딸, 나는 네가 어디에 있거나 몸과 마음이 건강하길 바란단다. 색깔이 화려한 꽃이 되기보다는, 강한 줄기와 잎사귀를 가지고 사는 건강한 국화처럼 말이다, 알지?"

어머니는 사람의 인생을 식물에 비유할 때가 많았다.

이젠 어느새 뉴질랜드에서 숲 가이드로서 일한 지 1년이 되어 간다. 작년 이맘때, 햇살이 아름다운 날 처음으로 이 나라에 발을 붙였었다. 고요하고 아름다운 뉴질랜드를 보았던 찰나의 시간을 떠올렸다. 커다란 카우리나무와 길고 하얀 구름, 깨끗한 거리에 탄복했던 모습이 기억난다. 국화는 이제 익숙한 솜씨로 탐사 팀원들을 인솔할 수 있는 여유가 생겼고, 영국식 뉴질랜드 발음에도 비교적 익숙해졌다. 't' 발음을 강하게 내는 영국식 발음은 국화에겐 사우어 크림 같았다. 톡 쏘는 새콤한 맛이었다. 새로운 익숙함이었다. 그녀는 무모한 듯, 억세게 읽히는 마찰음의 매력에 흠뻑 빠졌다.

우드피스.

오늘의 체험 그룹은 아시아인이 압도적으로 많은 관광객들을, 단체로 인솔할 예정이었다.

우드피스센터로 가는 길은 신나는 드라이브 길이 펼쳐진 그녀의 보편적 힐링 시간이다. 날씨가 좋거나, 아침 식사를 마치고 출근 시간까지 여유시간이 넉넉한 날이면, 일부러 걸어서 출근하는 것이 또 하나의 낙이었다.

"한국에서 오신 박수경 님, 김세나 님, 이영진 님… 호주에서 오신 브라이언 스미스, 셸리 브라운… 영국에서 오신 윌리엄 랑카스터, 잭슨 테일러…."

이름을 부르고 하나하나 얼굴을 확인해 가며 눈인사를 하는 시간만 해도, 서둘지 않자면 5분은 족히 걸렸다.

팀을 유지하며 때로는 울퉁불퉁한 야생 숲을 걸어야 하므로, 서로가 도움을 주기 위해 좀 더 친해질 수 있는 기회를 만들어야 했다. 이름을 부르는 동안이라도 부드러운 시작으로, 일부러라도 낯선 사람들의 친밀감을 만들어 내려고 애썼다.

한국인에게는 한국어를, 외국인에게는 영어로 설명을 해 가며 그간 진행될 탐사 일정을 천천히 설명했다. 그녀는 계획적이면서도 상냥했다. 뒤에 따라오는 사람들을 수시로 체크해 가며 걷기 시작했다. 여행객들의 안전을 위해서 그룹의 맨 뒤쪽에는 든든한 가이드가 한 명 더 붙었다.

오늘의 숲 체험 인원은 모두 23명이었다. 안내인 3명에 여행객이 20인. 초반 도보 길은 트랙이 워낙 매끈하게 잘 닦여져 있어서 걷기에 편했으나, 총 코스의 반절 정도의 길을 지난 다음부터는 길이 조금씩 불편해졌다. 울퉁불퉁 작은 돌이 박힌 비포장 흙길과 우레탄으로 포장된 길이 교대로 나타났다. 걷는 시간이 오래 흐를수록 한국인은 한국인끼리 호주인은 호주인끼리, 같은 나라에서 온 사람들끼리 자연스럽게 이야기를 나누며 친해진 듯했다. 국적이 같은 사람들끼리 두세 명씩 붙어서 앞서거니 뒤서거니 하더니, 한참 지나서는 낯선 이질감이 속도를 늦추듯, 그들의 발걸음도 속도를 늦추고 있었다. 걸음이 느려지면서 짧은 영어문장으로 인사를 나누게 되었으며 자연스럽게 말이 섞이고 있었다. 목적지가 가까워지자 결국에는, 거의 모든 사람들이 이웃처럼 낯설지 않고 다정해 보였다.

두 사람만 빼고는 그랬다. 영국에서 온 윌리엄과 잭슨.

국화는 그들의 어색함을 희석시키기 위해 자신이라도 나서야겠다고 마음먹었다. 잰걸음으로 앞서 걸어가서, 자신이 서 있는 지점까지 그들이 다가오기를 기다렸다. 그들이 국화 옆까지 다다르자 자연스럽게 따라붙었다. 부드럽게 말을 건네 보았다.

"이번이 폴스트 트립? 뉴질랜드는 처음이세요?"

"네? 아… 네."

묻는 말에만 짧게 대답하는 키 큰 청년을 보고, 국화는 왠지 짓궂은 마음이 생겼다. '도저히… 자신의 담장 밖으로 탈출하지 못할 사람들이네….' 부가적 질문을 해서라도, 그들의 고립을 덧대어 잇고 싶은 고집스런 마음이 고개를 디밀었다. 그녀는 또 물었다.

"뉴질랜드가 맘에 드시나요?"

이번에는 건장한 체격의 남자에게 물었다

"네, 그렇습니다."

그도 역시 짧게 대답했다. 둘 다, 단답식 로봇 같았다.

'복장이 어딘가 모르게 산행에는 어색하고, 하지만… 좋은 사람들 같긴 해.' 그녀는 속으로 생각했다.

가파르지 않은 산행의 선두에 선 사람들이 쉴 만한 장소에 다다랐다. 계속되는 오르막길에 에너지를 많이 소비한 여행객들 대부분은, 몸의 움직임으로 더위와 갈증을 느꼈다. 물을 마시며 겉옷을 벗는 사람도 있었고, 모자를 벗어 부채질을 하는 사람도 있었다. 영국에서 온 단답식 신사들도 고개를 뒤로 젖히고 신선한 산바람을 쐬고 있었다. 한 사람은 모자를 벗었고, 다른 한 사람은 겉옷과 안에 입은 조끼를 벗었다. 모든 사람들에게 쉴 수 있는 시간을 준다면, 마침 이즈음이 안성맞춤이라고 느꼈다.

"모두들 여기서 20분간 쉬어 가도록 하겠습니다."

모두들 기쁜 마음으로 앉을 만한 자리를 물색하기 시작했다. 평평한 바위를 찾아 조그만 방석용 돗자리를 깔았다. 마른 땅을 찾아서 안내소에서 가져온 안내서나 신문 조각을 깔고 앉는 사람도 있었다. 산 중턱에는 휴식하는 객들을 위해서 만들어 놓은 벤치가 그다지 많지 않았으므로, 몇몇만 운 좋게 나무 벤치를 차지할 수 있었다. 여행객들은 약간의 허기가 동했는지 배낭 안의 간식을 꺼내 먹는 사람들이 여럿 있었다. 호흡이 아직 고르지 않은 채 숨을 몰아쉬며, 들뜬 목소리로 통화를 하는 사람도 보였다. 그들은 모두 맑아진 얼굴로 숲과 닮아 있었다. 숲의 기운을 얻어 마시고, 나무들의 모습으로 숨 쉬고 있었다.

20분간의 휴식은 5분처럼 알뜰하게 금방 지나갔다.

"여러분 다시 목적지로 이동하도록 하겠습니다."

국화는 맨 뒤에 있던 가이드와 자리를 바꾸었다. 뒤에 서서 하행 도보를 돕기로 했다. 그녀는 마지막 한 명까지 앉아 있던 자리를 털고 일어서는 것을 눈으로 꼼꼼하게 체크하고 있었다. 모두가 하행하기 시작하는 것을 확인해야 했다.

이윽고 모두가 몸을 일으키는 것을 잠자코 지켜보고 있다가, 맨 마지막 탐사객이 자리에서 일어나 신문지를 털고 움직이기 시작하자, 그녀도 따라서 발걸음을 뗐다. 그때, 그녀의 발밑에 무언가가 보였다. 누군가 실수로 떨어뜨린 듯, 투명하게 코팅된 신분증 같은 것이 보였다.

'누가 이걸 빠뜨리고 갔군. 주인을 찾아 돌려줘야겠어.'

국화는 그날 무척 바빴다. 코스 종료 후, 잃어버린 물건을 찾아 주는 것도 깜빡 잊고 있었다. 체험에 참가했던 모든 인원이 시원스레 돌아가고 나서야, 숲에서 집어 들었던 그 물건이 번뜩 생각났다.

퇴근 시간이 임박하자, 국화가 주머니에 넣어 두었던 그것을 꺼냈다. 그리고 들여다보지도 않고 배낭 앞쪽 주머니에 깊숙하게 찔러 넣어버렸다. 코스길 내내 두 가지 언어로 안내하느라 에너지 소비도 두 배로 탕진된 듯했다. 온몸에서 기운이 쭉 빠졌다.

'힘들었으나, 보람된 야생 숲 탐사. 그래도… 오늘도 주저앉지 않고, 해내고야 말았지!' 그녀는 행복했다. 집에 도착한 국화는 거울을 보며… 그을린 얼굴에 미소를 보냈다.

우드피스에 몸담고 있는 동안 그녀는 식물도 되어 보고 동물도 되어 본다.

'새가 된다…' 보람된 마음으로 귀가하는 길은 숲에 사는 새가 된다. 그 새는 자유롭게 날아다니며, 즐겁게 노래한다. '나무가 된다…' 아름다운 대지에 뿌리내리는 꽃나무가 되기도 하고, 카우리나무나 리무나무처럼 하늘에 닿을 만큼 순식간에 높이 자랄 수도 있다. 머리카락을 훌훌 풀어헤치고 바람에 그 머리카락을 씻어 말리기도 한다.

우드피스! 평화를 주는 숲.

분실물

'아 참… 어제 물건 주인을 못 찾아 주었지….'
국화는 시계를 바라보았다. 더 자려고 뒤척이다 갑자기, 어제 숲에서 주웠던 물건이 떠올랐다.

휴일이라 늦잠을 잤다. 그녀는 헝클어진 머리로 얼른 일어났다. 몸의 중심이 잡히지 않은 어지러움을 감당하려고 침대 가장자리를 한 팔로

지지했다. 어젯밤 대충 벗어 놓은 슬리퍼 한 짝이 멀찌감치 떨어져 있는 것을, 가까스로 끌어당겨 신었다. 데일리 배낭으로 향했다. 방구석에 국화만큼이나 축 처져 있는 가방… 너무 피곤한 나머지 내팽개쳐 둔 그녀의 살붙이. 그대로 밤을 지새운 국화보다 더 피곤한 듯 다섯 살짜리 백팩 가방이 구원을 기다리고 있었다. 국화는 미안한 마음으로 그것을 쓰다듬어 주고는, 오른손을 뻗쳐 가방의 앞쪽 주머니를 점검했다. 그리고는 넉넉한 공간에서 이리저리 잡히는 물건들을 만져 보았다. 오른쪽 모서리에서 차가운 플라스틱 느낌의 물건이 잡혔다. 꼼꼼하게 살펴보았다. 자세히 들여다보니, 신분증 앞면에 커다란 영어가 눈에 띄었다. 영어 고딕체로 'Lancaster Family'라고 큰 글자가 인쇄되어 있었다. 로고인 듯, 새의 모양도 인쇄되어 있었다. '혹시라도 연락처가 있을까…' 뒷면을 살펴보았으나 연락처가 될 만한 전화번호나 주소는 전혀 보이지 않았다.

'아무래도 내일 방문객들의 기록을 찾아보아야겠어.'

계속해서 실마리가 딸려 나오는 것을 머릿속에서 싹둑! 어느만큼은 잘라 내야만 했다.

샤워를 하고 아침 식사를 마친 국화는, 그간 바빠서 미루어 두었던 당연히 누려야 할 개척자의 권리를 꼭 실천해 볼 참이었다. '해변에 가면 멍 때리며 일광욕하기. 정말로, 제대로… 제발, 한 번이라도 해 봐야지.' 국화는 폼 나는 일광욕을 위해 두 시간 정도를 할애할 참이다. 일광욕을 마치면 스완레이크로 갈 것이다. 두 번째 목적지까지 점찍어 놓았다.

그녀는 신이 나서 짐을 챙기기 시작했다. 갑자기 비가 쏟아질지 모르는 뉴질랜드의 변덕스러운 날씨에 대비해서 간편하고 가벼운 우비도 챙겨 넣었다. 국화가 가벼운 산책 시에 꼭 간식으로 챙겨 가는 오이, 초콜릿, 비스킷도 가방 안에 넣고, 보온병엔 온수를 담고, 핸드드립용 티백과 멋진 도자기 드리퍼 그리고 커다랗고 가벼운 머그잔도 준비했다.

"아참, 해변용 배 깔이 수건!"

새로운 시도의 일광욕을 위해서는, 용감한 마오리 전사가 그려진 기다란 직사각형 수건을 챙겨야 했다. 여름 태양 볕이 사람들의 외출을 부추기는 날이면, 해변 모래바닥에 긴 수건을 깔고 누워 있는 사람들이 부러워 보였다. 여자들은 건강해 보이는 갈색 피부를 만들기 위해 적절한 선탠을 원했다.

뉴질랜드 생활에서 국화가 여자로서 가장 뿌듯한 것은, 남성과 여성에 대한 성차별이 없다는 점이었다. 국화가 여자라서 능력 면에서 약자 취급을 받는다거나, 성적 호기심 대상으로 눈요깃거리가 되는 일은 결코 없었다. 남자들의 시선이 치욕적으로 날아오다가 국화의 시선에 걸리는 일도 없었다. 이들은 '프라이버시'라는 용어를 사용하며, 그 단어는 존중받는 삶을 위한 타당한 공식 단어처럼, 모두에게 통용되는 듯했다. 쓸데없는 간섭이 누군가의 인생에 슬며시 구멍을 뚫고 들어와 개인적 존엄성을 무시하는 불상사는 없었다.

'낫 온 마이 비즈니스!' 국화는 이 말이 맘에 들었다.

본인의 생활과 직접적인 관계가 없는 사람이라면, 간섭할 대상으로 주시하지도 않았다. 비즈니스는 비즈니스, 사생활은 사생활. 개인생활은 개인이 알아서 행동하고 책임을 지며, 마땅히 보호되어야 할 것은 적당히 거리를 두고 잘 지켜지고 있었다.

'내일은 출근하자마자 물건 주인을 찾아봐야겠어, 잃어버린 사람한테는 꼭 필요한 물건일 테니까….' 배를 깔고 누워 뉴질랜드의 많은 것들에 호감을 나열하고 있던 그녀는, 갑자기 분실물이 생각났다. 잃어버린 사람이 그것을 애타게 찾고 있을지도 모른다는 조바심이 생기기 시작했다.

"이것은 어디까지나 온 마이 비즈니스지. 내가 꼭 찾아줘야만 하는!"

그녀가 명쾌하게 외쳤다.

다음 날 국화는, 아침 식사를 하고 여느 때처럼 부지런히 센터로 향했다. 동료 두어 명이 미리 와서, 오늘의 숲 프로그램 일정을 체크하고 있었다.

"굿 모닝, 플라워! 오늘도 굿 데이!"

미셸이 반가운 얼굴로 국화에게 따뜻하게 말을 걸었다.

이곳 센터에 와서 제일 먼저 친해진 키위 친구다. 그녀는 금발머리에 아름다운 갈색 눈을 가졌다. 그녀의 눈을 들여다보며 얘기 나누다 보면, 한국 친구와 얘기하고 있는 착각마저 들었다. 그녀에게서 '외국인과의 거리감'이라는 말은 당치 않았다. 친절이 몸에 배인 그녀는 누구에게나 친절했지만, 특히 국화에게는 특별하게 챙겨 주는 현지의 친구였다. 타국에서 사귄 첫 번째 친구. 그런 존재가 가까운 곳에 있다는 것만으로도 위로가 되었다. 찡하게 마음이 통하는 사람이었다.

약간 통통한 체격에 작은 키를 가진 그녀는, 동양인과 비슷한 체형을 가지고 있었다. 그래서인지 덩치가 큰 서양 여성들과의 사이에서 오는 거리감이 급격히 줄어들었다. 미셸은 첫인상부터가 쉽게 맘 놓고 다가설 수 있는 따뜻한 미소의 소유자였다.

일이 일찍 끝나는, 럭키 데이엔 가끔씩 소호주점으로 가서 술도 함께 했다. 영화관이나 커피숍도 함께 다닐 정도로 단짝이 되었다. 둘은 우드 피스의 입사 시기도 거의 비슷했다. 그래서인지 시작점부터 서로에게 정이 가고 동료애가 깊었다. 시간이 갈수록 우정이 탄탄해지고, 절친에 게나 털어놓는 크고 작은 고민거리도 서로 나누며 의지가 되는 사이였 다. 지구상의 마지막 낙원 뉴질랜드에 1년여… 아는 사람 0이던 타지에 서, '내가 필요한 것이 거의 갖춰졌다.'고 국화는 기뻐했다. 그녀가 나고 자라지는 않았으나, 뉴질랜드는 이미 그녀의 제2의 고향이 되어 가고 있 었다.

커피가 있는 주방 쪽으로 이동하고 있던 미셸이 국화에게 물었다.

"플라워, 커피 한잔할 테야?"

"고마워, 미셸. 오늘은 롱 블랙으로 부탁할게. 마침 가방 안에 쿠키도 가져왔으니 같이 먹자."

국화는 가방을 내려놓고 직원용 조끼를 평상복 위에 걸쳐 입었다. 국 화가 있는 탁자 쪽으로 커피를 들고 다가오는 미셸에게 신분증을 내밀 었다.

"미셸, 나 좀 도와줄 수 있어? 어제 숲의 쉼터에서 분실물을 발견했는데, 그날 체험에 참여했던 고객 리스트 중에 이 사람이 있는지 체크해 줄래?"

미셸은 에스프레소 잔을 살짝 한 입 입술에 대어보고는 'So hot!'이라 고 놀라서 외쳤다. 그리고, 너무 뜨거웠던지… 바로 커피 잔을 내려놓 았다. 국화를 보고 어쩔 수 없었다는 듯 싱긋 웃었다. 그녀는 국화가 내 밀었던 신분증을 받아 들더니 발길을 옮겼다.

"웨잇…. 커피가 식을 때까지, 내가 당장 임무를 완성해 주지."

그녀는 관광객의 접수 철이 있는 곳으로 갔다. 그리고 3분도 채 안 되어 빠르게 돌아왔다.

"아, 여기 있다. 영국인 두 사람이 함께 예약했던 윌리엄 랑카스터와 잭슨 테일러, 아마도 랑카스터는 그 말끔한 신사분… 있지? 그 두 명이서만 줄곧 붙어 다녔던 등산복 안에 흰색 정장을 입었던, '윌리 왕카' 같던 좀 특이했던 신사분들. 하하하."

그녀는 자신의 조크가 만족스러운 듯 소리 내어 웃었다.

국화는 문득 흰색 슈트를 떠올렸다. 외모와 흰색 슈트가 짜 맞춘 콤보 인형처럼 참으로 잘 어울린다는 생각을 했었다.

'새하얀 슈트의 주인공.'

그녀는 키 큰 그의 모습에 상상으로 슈트를 입혔다.

"아 그 사람이었구나. 나도 이제 기억나. 혹시 연락처를 알 수 있을까, 미셸?"

"슈어."

미셸이 주소를 적은 쪽지를 건네주며, 제일 편리한 방법을 권장했다.

"분실물을 우편으로 보내는 건 어때?"

그녀는 갑자기 생각난 듯 덧붙였다.

"내 생각에는 급한 신분증이면 직접 전달하는 것이 좋을 것 같아."

국화가 덧붙여 말하기를, 어제 탐사 후에 바로 돌려주지 못한 본인의 게으른 책임도 있다고 설명했다.

"그런 방법은 더욱 좋지, 역시 플라워는 책임감 확실한 굿 걸."

미셸은 '역시나!'라는 얼굴로, 국화에게 배운 한국의 '엄지 척'을 해 보였다.

국화는 미셸이 건네준 개인 핸드폰에 연락을 넣어 보았다. 몇 번이고 전화를 해 보았으나, 전화는 몇 분 동안 계속 부재중이었다. 사실 그 시각 윌리엄은 임직원들과 1회 차 숲 탐사 격인 체험을 마치고, 본인의 탐사 소감을 얘기하고 있었다.

윌리엄은 자신이 관찰했던, 몇몇 관심 어린 식물들에 대한 더 자세한 사항을 알아볼 것을 직원들에게 지시하고 있었다. 미팅을 마치자, 탁자 위에 뒤집혀 있는 핸드폰을 들어 화면이 얼굴 쪽을 향하게 다시 돌려놓았다. 언뜻 보니, 부재중 전화가 다섯 차례씩이나 걸려 왔다. 발신자는 전혀 모르는 곳에서 걸려온 개인 번호였다. 윌리엄은 낯선 번호에 전화 할 필요까진 없다고 생각하고, 전화 대신 문자메시지를 보냈다.

업무 중이니 메시지를 남겨 주시기 바랍니다.

수화기를 다시 내려놓기도 전에 바로 응답이 왔다.

숲 체험 프로그램 가이드 국화, 정입니다. 랑카스터 씨의 분실물을 보관하고 있습니다. 계신 곳을 알려 주시면 찾아뵙도록 하겠습니다.

윌리엄은 '정국화'라는 문자를 보고 기억을 거슬러 올라갔다. 자그마한 키에 검은 머리를 두 갈래로 곱게 땋아 내리고, 브라운 아이즈 눈빛이 반짝거리던, 아름다운 아시아 여인을 기억했다. 그는 그녀를 보았을 때 첫 느낌으로는 뉴질랜드에서 보기 드문 아시아 미인이라는 생각을 했고, 그녀의 영어 실력 또한 영국식 억양을 제법 잘 구사하는 실력 있는 가이드라고 생각했었다. 가이드 솜씨도 모국어가 아닌 영어를 제1외국어로 사용하는 타국인치고는, 전문성이 높았다고 평가했다.

사실, 그는 그녀를 다시 보고 싶었다. 신분증이야 쉽게 다시 제작이 가능했다. 분실물을 찾는다는 것은 핑계다. 그것을 핑계 삼아 그녀를 만나보고 싶은 마음이 들었다.

제게 필요한 물건이니 괜찮으시다면 방문해 주시기를 부탁드립니다. 저희 회사 맞은편 건물 1층 로비 커피숍, 그곳에서 내일 저녁 6시에 뵙겠습니다. - W. 랑카스터

일직선상

그들은 호텔 로비에서 만났다.

국화와 윌리엄은 첫 만남 이후로, 서로에게 끌리고 있었다.

윌리엄은 숲에 관한 정보를 얻고 싶다는 이유로, 티타임이나 점심식사에 국화를 자주 초대했다. 그녀는 나름, 본인이 외국 회사의 신약개발에 동참하여 인류에게 도움이 된다는 것에 보람을 느꼈다. 낯선 외국인에 대한 호의가 점점 개인적인 관계로 발전해 가는 것도 운명 같은 느낌이었다. 몇 주간 친숙한 사이가 되자, 주말이면 잠깐씩이라도 만남이 유지될 수 있는 지속적인 데이트를 시작했다. 체험 프로그램의 특별한 행선지가 선정되면, 윌리엄이 예약자의 1순위에 등장하게 되었다.

시간이 지나면서, 두 사람은 서로의 감정에 더 솔직해졌다.

국화는 그녀의 가족에 관한 이야기를 꺼내 놓았고, 본인이 꿈꾸는 희망적인 이야기들을 털어놓았다. 윌리엄은 자신의 가문에 대한 자부심, 그러나 남들이 우러러 볼지언정 개인의 자유가 제한적으로 존재하는 극소수의 귀족적인 삶에 대해서 말했다.

국화와 윌리엄은 확실하지 않은 미래를 확실하게 만들기 위해서, 하나의 마음으로 꿈꾸기를 시작했다. 섬의 나라에서 따뜻한 햇살의 호위를 받아 무성하게 자라는 나무처럼, 그들의 관계는 무럭무럭 그리고 튼튼하게 성장하고 있었다.

그들의 사랑은 머지않아, 우드피스의 일부 직원들에게도 자연스럽게 '커플'로 알려졌으며, 특히 절친이자 동료인 미셸은 그들의 러브스토리를 부러워하며 칭송했다.

그녀의 말을 빌리자면 국화와 윌리엄은 '동서양의 조화가 이루어진 지구상의 가장 아름다운 커플'이라고 했다

♣

사귄 지 8개월이 지나자, 윌리엄이 국화를 초대했다.

그가 개인적으로 머물고 있는 커다란 저택이 있는 특별한 장소로… 그녀를 정식으로 초대했다.

어느 날, 눈이 목장화의 목 부분을 넘실거릴 정도로 눈이 수북하게 쌓

인 대문 앞으로, 누군가 뚜벅뚜벅 걸어왔다. 윌리엄의 수행원 잭슨이었다. 그는 한 손에는 봉투를, 다른 한 손에는 커다란 선물 박스를 들고 있었다. 국화는 그에게서 봉투를 먼저 건네받았다. 그리고 그것을 열어 보았다. 금박 꽃무늬가 새겨진 화사한 분홍색 봉투 안에는 그녀를 위한 초대장이 들어 있었다. 그녀가 좋아하는 분홍빛. 윌리엄의 관심 어린 센스가 돋보이는 사려 깊은 편지였다.

사랑하는 국화에게.

오늘은 우리를 위하여 근사한 저녁 식사를 준비했습니다. 내일 저녁 6시에 집 앞으로 차를 보낼 테니, 내가 보내준 의상을 꼭 입고 와 준다면 기쁘겠어요. - 당신의 윌리엄

선물 박스를 열자, 그곳에는 은빛 스파클이 달린 이브닝드레스가 놓여 있었다.

"너무나 아름다워요… 마치, 하버브릿지에서 내려다보는 은빛 물결 같아요."

국화는 아름다운 드레스를 바라보면서 무척 감격했다. 난생처음으로 파티에 참석하는 수줍은 소녀처럼, 심장이 마구 뛰었다. 마치 신데렐라가 수호천사의 도움으로 아름다운 드레스를 입고 공주로 변신한 듯, 거울 앞의 그녀는 이전의 평범하게 차려입은 가이드가 아닌, 커다란 성에서 온 어여쁜 공주였다. 자신도 모르게 거울 속으로 빨려 들어갈 뻔했다.

바다 속 인어가 지상의 파티를 위해 입을 것 같은, 눈부시게 빛나는 은빛 드레스였다.

다음 날 저녁 윌리엄은, 자신의 슈트만큼이나 새하얀 리무진을 그녀에

게 보내왔다. 모든 사물이 깨끗하게 비쳐 보일 정도로 말끔하게 광택이
나는 멋진 리무진이었다. 수행비서 잭슨이 윌리엄을 대신해서 숙소에
도착했다.

"진정하렴. 제발!"

국화는 나직하게… 두근거리는 심장에게 속삭이고 있었다.

윌리엄의 저택으로 향하는 동안 그녀는, 과거의 기억들을 되돌려 생
각하고 있었다. 그들 둘 사이에 피어났던 사랑의 감정들…. 입가에는 미
소가 떠나지 않았다. 1시간이 넘는 거리를 서서히 지나쳐 오면서 그녀는
과거에서 차분하게 빠져나왔고, 과거에서 현재로 그리고 이제는, 미래
로 이어질 질문으로 성큼 성큼 옮겨가고 있었다.

'오늘이 무슨 날인가, 그의 생일? 아니… 그의 생일은 지난달이었는데.
그러면, 신약개발이 완성되었나….'

끝말을 붙이는 단어들이 창밖의 커튼이 되어, 번쩍거리는 시가지를 걷
어치우고 있었다.

한참이 더 시끄럽게 지나자 이번엔 부유해 보이는 산뜻한 마을이 나타
났다. 양쪽에 가로수가 반듯하게, 왕궁의 병정들처럼 줄을 맞추어 늘어
서 있는 길이 보였다. 미색과 붉은색 벽돌로 지어진 우아한 저택의 주차
장에 들어섰다.

윌리엄이 마중 나와 있었다. 그는 역시 반듯한 흰색 슈트 차림이었다.
특별한 일이 있을 때마다 입는 그의 새하얀 정장.

"기다리고 있었소, 플라워."

윌리엄은 예를 갖추어 그녀의 손등에 키스를 하고, 그녀의 손을 잡고 집 안으로 들어갔다. 그들은 샹들리에가 화려하게 빛나는, 동그란 대리석 식탁이 있는 양쪽 끝에 앉았다.

어디선가 가느다랗고 섬세한 음악 소리가 들려왔다. 아름다운 서곡의 선율은 바이올린 연주였다. 이어서 피아노의 멜로디가 어우러져 들려왔다. 주변을 둘러보니 우측과 좌측의 선반에 분홍빛이 나는 꽃장식과 뉴질랜드 고유의 구아바 열매가 보였다. 키가 큰 두 개의 금빛 촛대 위에는 정성 들여 만들어진 분홍색 초가 꽂혀져 있었는데, 꽃 이파리가 색상 그대로 살아 있는 예쁜 수제 아로마 초였다. 응축된 분홍빛 파라핀을 기본으로, 꽃잎을 담은 붉은빛과 단풍을 연상케 하는 노란 빛이 적절하게 섞여 있었다. 그것들이 가진 향은 신비스럽게도 마음을 편하게 하는 마술을 부리는 듯했다.

국화에게 낯설어야 할 그곳의 편안함이 그녀에게는 신기했다. '이 익숙한 느낌은 향초 때문은 아닌 것 같아. 아마도 윌리엄, 이 사람 때문일 거야… 내가 마음을 열고 기대고 있는 바로 이 사람.' 아로마 향초가 미세한 기류에 살랑거릴 때마다, 그녀의 마음도 덩달아 나비처럼 춤추고 있는 듯했다. 그에게 향하는 국화의 마음은 단단한 자존심이 밑바탕이던 고체에서, 유연하게 수렴할 준비가 된 말랑말랑한 액체가 되고 있었다. 향기가 퍼지는 향초처럼, 그에게서 아로마 향이 나는 것 같았다.

그녀의 상상 속에서는, 이미 우아한 왈츠가 시작되었다.

불빛을 타고… 윌리엄과 국화, 둘만의 춤이 시작되고 있었다. 리듬을 타고 그녀의 마음도 역시 사뿐사뿐 걸음을 옮기고 있었다. 촛불처럼 활활 타오르는 결심의 불을 밝히며, 그가 있는 한쪽 방향으로 휘어지고 있었다. 그들의 사랑은 절대적으로 진실하고, 진실로 옳은 것이라고 국화에게 끄덕거리고 있었다.

그들은 감미로운 음악을 들었고, 다정하게 이야기를 나누며 식사를 마쳤다. 이전과 다른 이러한 분위기는 그녀에게 아주 특별한 날임을 눈치채게 했다. 국화는 뭔가 중요한 일이 이제 막, 자신의 현재 순간에 시작되고 있음을 알아챘다.

윌리엄은 조용히 일어나 국화가 있는 테이블의 끝으로 와서 정중하게 한쪽 무릎을 꿇었다. 오른손에는 조가비 모양의 금빛 케이스가 하얀 손바닥 위에 올려 있었고, 그는 그것의 뚜껑을 열었다. 그 안에는 아름답게 빛나는 작은 다이아몬드가 박힌, 손이 맞잡은 형태의 금으로 된 김멜링 반지가 있었다. 두 손이 마주치는 부분의 동그란 테두리 위에는 아름다운 문양이 새겨져 있었는데, 그것은 윌리엄의 회사 로고에서 볼 수 있었던 새의 문양이었다.

그가 물었다.

"플라워, 나랑 결혼해 주겠어요?"

청혼이라니!

국화는 이러한 분위기가 익어갈 즈음, 어쩌면 이런 일이 생길 것이라는… 어느 정도는 추측은 가능했으나, 이런 일이 이토록 빠르게 진행될 줄은 몰랐다.

"윌리엄… 아…. 네, 물론이죠!"

잠시 4초 정도의 짧은 주저함이 있었을 뿐, 국화는 자신의 대답에 확신했다. '그를 사랑하고 있다.' 이런 일은 그녀의 인생에 다시는 일어나지 않을 것임을 확실히 알았다.

윌리엄은 반지를 꺼내어 국화의 손가락에 끼워 주었다. 그는 예상했다는 듯이, 안도의 미소를 지으며 가슴을 쓸어내리는 것 같았다.

"사랑해요, 국화. 나의 하나뿐인 소중한 플라워."

윌리엄은 그녀에게 부드럽게 키스했다.

그녀는 따스함 속에서, 화사하게 퍼져나가던 자신감의 비밀, 그것이 시작되었던 바로 그 뿌리를 찾아냈다.

'꽃이었어. 나는 그의 꽃이 되어 있었던 거야. 언제부턴가….'

"사랑해요, 윌리엄!"

그녀는 그를 힘 있게 안았다.

이 세상에… 윌리엄만 곁에 있다면, 절대로 외롭거나 두렵지 않을 것 같았다. 국화는 이런 일은 꿈에서나 가능할 일이라고 생각했다. 꿈은 마법처럼 현실이 되어 있었다. 더군다나 현실로 된 꿈의 나라에서 그녀가 원하던 사랑을 찾아낸 것이다.

그들은, 둘만의 방식으로 사랑을 키워 나갔다. 윌리엄은 부잣집 아들의 허울을 벗고 평범한 모습에 익숙해지기를 원했다. 국화도 그의 그런 모습이 더 좋았고, 더 편안했다. 그의 배려가 그녀의 모든 어색함을 하나둘씩 버리게 만들었다. 진정 마음의 교류를 즐거이 공유했고, 사소한 것들에서도 웃음이 만들어지곤 했다. 즐거운 얼굴빛과 서로를 배려하고 아끼는 마음은 어디에서나… 밝아 보이고 빛나 보이게 했다.

그들에게 뉴질랜드에서 공식적으로 남겨진 시간은 이제 겨우 4개월 남짓이었다. 나무들이 태양 빛으로 보양을 하는 찬란한 여름이 시작되면, 윌리엄은 임무를 마치고 영국으로 귀국하는 일정으로 계획되어 있었다.

국화는 염려스러운 깊은 생각으로, 화살같이 날아가는 소중한 시간들을 결코 낭비하고 싶진 않았다. 그들의 남겨진 시간이 비록 시한부라고 하더라도, 그녀는 현재의 시간에 감사하며 몰두했다.

윌리엄은 각오했다.

뉴질랜드에서의 임무를 마치고 영국으로 돌아가면 둘의 이야기를 꺼내고, 결혼 승낙을 얻어 낼 생각이었다. 국화는 그의 사랑과 능력을 조금도 의심하지 않았다. 오로지 그와 함께할 미래의 일들을 생각하는 기쁨으로 충만했다.

그렇게 그들의 사랑은 겨울을 지나, 새싹이 움트는 봄을 향하여 더욱 아름답게 자라나고 있었다.

약혼을 한 그들은 여느 파트너들처럼 함께 지내기 시작했다. 국화의 근무가 5일 내내 연속되는 평일에는, 회사가 지원해 준 숙소에서 지냈으며, 주말이 되는 금요일 저녁에는, 윌리엄이 보내 준 리무진을 타고 그의 저택으로 이동했다. 그들은 제한적인 시간 안에서도 영원을 이룰 수 있었다. 아껴두었던 자신의 인생을 서로에게 아낌없이 내어 줌으로써, 더없이 행복했다.

♣

그 후로부터 2개월이 지났다.

10월의 뉴질랜드에 봄이 왔다.

나무들의 기지개에 새싹들이 튀어 오르고, 초록 이파리들은 햇빛과 비를 끼니 삼아 쑥쑥 자라나기 시작했다. 그들은 모두가 성장할 수 있는 여름에 닿기 위해서, 시간의 선상 위에서 열심히 뜀박질하고 있었다.

보통 때와 다름없이 국화는 출근했고, 윌리엄은 연구소에서 업무를 보고 있었다.

잭슨이, 당황스러운 얼굴로 들어오더니 윌리엄에게 보고했다.

"도련님, 영국에서 부모님의 수행비서가 도련님을 뵈러 왔습니다."

당황한 윌리엄이 안색을 붉히며 말했다.

"내게 연락도 없이 그가 왜 온 거지? 부모님께 무슨 일이 생기기라도 한 것인가…."

근심 어린 말이 끝나기가 무섭게 잭슨의 대답 따위는 필요 없다는 듯이 떡대 좋은 남자가 들이닥쳤다. 아버지의 수행비서다. 그는 윌리엄과 눈이 마주치자, 예를 갖추어 정중히 몸을 굽히며 인사했다. 인사가 끝나자마자 그가 강하게 엄포했다.

"도련님, 아버님께서 도련님을 예정보다 일찍 귀국 조치하라는 엄명을 내리셨습니다. 당장 함께 귀국하셔야겠습니다."

갑작스러운 말에 윌리엄의 머리는 어지러웠다.

'이게 무슨 일이지. 달리 연락이 없으셨는데….'

윌리엄은 아버지의 명령에 불복하는 일 없이 일생을 살아왔다. 갑작스럽고 조금은 부당함이 깔려 있는 조치일지라도 감히 그것에 대항할 수가 없었다. 아버지의 말은 곧, 성에서 군림하는 왕의 어명이나 다를 바가 없었다.

그는 아무런 저항도 없이 속히 귀국했다. 그는 귀국하는 전용비행기 안에서, 급하게 두 손가락을 움직이며 국화에게 메시지를 남기고 있었다.

집안의 급한 일로 속히 귀국할 일이 생겼소. 곧 돌아오도록 하리다. 염려 말고 기다려 주시오. - 당신의 윌리엄

청천벽력 같은 윌리엄의 메시지.

국화는 일이 다 끝나고서야, 겨우 메시지를 확인했다. 가슴이 철렁 내려앉았다. 머릿속 가득 불길한 느낌이 밀물처럼 쏴아 밀려왔다.

'왜 이러지… 이토록 불안한 마음. 어쩌면… 우리의 사랑과 이별은 처음부터, 숙명의 일직선상에 있었는지도 몰라….'

호화로운 새장

날개가 있어도 날지 못하고 갇혀 버린 새처럼 연민투성이… 진정 원하는 것을 꿈꿀 수도 없는 하찮은 인생.

뉴질랜드에서 강제로 떠나온 윌리엄은 성에서 지내는 하루하루가 목이 눌리는 것처럼 답답하기만 했다. 햇살을 받아 눈에 부시도록 반짝거리는 크리스탈 식기는 그 자태를 뽐내고 있다. 곱게 담긴 맛깔스러운 음식이 구미를 당기는 테이블에 앉아도, 입은 그것들을 받아들이기를 거부했다.

그가 몸담고 있는 커다란 성의 모든 공간은 대대로 살고 있는 유력 귀족의 웅장함과 보이지 않는 막중한 책임을 나타내는 표식만이 곳곳을 둘러싸고 있었다. 죽어서도 계속적으로 책임과 의무를 묵시하는 듯, 조상들의 근엄한 표정의 초상화와 사진들, 그것들을 귀하게 받들고 있는 사각 금장식의 프레임, 높은 곳에서 화려한 불빛으로 사진들을 투시하고 있는 커다란 샹들리에까지, 모두 그의 어깨를 짓누르는 숨 막히게 고귀한 값어치 덩어리들이었다.

그나마 조금이라도 숨통이 트이는 것은 그가 좋아하는 차분한 색상의 목재로 짜인 책장과 식물에 관한 빛바랜 고서들. 그 밖의 것들은 무시할 수만 있다면, 정중히 거절하고픈 그의 뿌리박힌 의무였다. 모든 호화로운 것들은 윌리엄을 가두는 무언의 철장으로 느껴졌다.

의학적인 표본들이 놓여 있는 2층의 전시 룸은 윌리엄이 짊어져야 할 미래의 방향을 제시하는 역사적 과제였다. 이 작은 성에서는 윌리엄 개인의 일생이 존재한다기보다는, 책임감에 못 박힌 군대의 사령관으로 존재한다. 그렇듯 살아가야 한다. 아랫사람에게 그 어떤 연약한 모습을 보여서는 안 되는 강인한 존재, 무리를 이끌기 위해서는 감정적 자유를 쉽게 허락해서는 안 되는 절도 있는 지휘관으로⋯ 그러한 삶을 즐기는 듯한 거짓으로 완전하게 위장해야만, 배신당할 염려 없이 우러름 받으며 고스란히 제 자리를 지킬 수 있을 것만 같았다. 이것이 또한 가문의 인정과 휘하들의 존경을 얻어 내는 피치 못할 계약인 듯했다.

이런저런 중압감에 휩쓸려 창밖을 멍하게 바라보며 한숨을 내리 쉬고 있는 윌리엄에게 친숙한 잭슨의 목소리가 들려왔다.

"윌리엄 도련님, 부모님께서 오늘 점심 식사를 함께하시겠다고 하십니다."

잭슨은 그의 대답이 어떨 것인지, 걱정 어린 눈빛을 보이며 윌리엄의 표정을 조심스레 살폈다.

"알겠어….."

마지못해 대답하는 윌리엄. 그는 옷매무새를 고쳤다.

기다랗고 굴곡이 완만한 회오리 모양의 2층 계단을, 될 수 있는 한 아주 천천히 내려갔다. 어렸을 때 하던 습관대로 고민스러울 때는 이런 방법을 썼다. '아무 생각 없이 숫자를 세는 거야.' 이것이 단순하게 마음을 비우고, 정해진 대로 행동하는 데 도움이 되었다. 그가 카운팅을 계속하면서 정해진 시간을 질질 끌듯 내려가서 다이닝 룸에 발을 들였다.

테이블 세팅이 완벽하게 차려진 양쪽 끝에, 아버지와 어머니가 단정히 차려입은 모습으로 허리를 꼿꼿하게 세우고 앉아 있었다. 마치 예쁘게 꾸며진 남녀의 품격인형 같았다. 윌리엄은 예를 갖추어 간단히 목례를 하고, 말없이 우측의 중간쯤에 자리 잡고 앉았다. 세 사람의 앉은 간격이 각각 족히 3미터는 넘어서, 그들은 함께 식사한다기보다는, 파티를 끝내고 게스트들이 뜨고 난 자리를 가족들만이 지키고 앉아 있는 듯 서먹서

먹했다. 휑한 빈 공간의 공백에 그들이 피할 수 없는 무거운 주제로 대화가 오고 갈 때면, 그 모습 또한 윌리엄에게는 언제나 부담이었다. 잠깐의 눈속임이나 찬스를 줄 만한 서로의 나직한 음성이나 속삭임이 통할 위치가 아니었다. 그들은 가족이었으나, 서로의 따스한 기운이 오고 갈 정도의 가까운 거리에 앉을 수 없었다.

세 사람은 몇 분간 말소리 없이 포크와 나이프의 메탈 음만 냈다. 조용히 달그락거리는 쇳소리를 배경으로 한참 동안 음식에 집중했다. 소량의 코스 메뉴가 두어 번 지나고 나서야, 정적을 깨려는 듯 목소리를 가다듬는 큼큼거리는 성대 조절 음성이 났다. 이윽고 윌리엄의 아버지가 나직하게 그리고 위엄 있게 먼저 한마디 건넸다.

"윌리엄, 너는 그냥 한 개인이 아니라는 것을 명심하렴. 예정보다 일찍 귀가조치를 한 이유는 내가 자세히 말하지 않아도 네가 이미 알 것이다."

아버지의 행동과 말 하나하나가 흔들림 없이 엄숙함을 표현했다. 감히 아무도 그의 말에 대꾸를 하면 안 될 듯 무게 있는 어조였다. 그의 처사를 당연히 짐작해 알고 있지만 윌리엄은 그간 참았던 억울함이 밀물처럼 다가와서, 꿀꺽 삼켰던 음식과 함께 토할 뻔했다.

그는 격앙된 목소리로 화를 억누르듯 말문을 열었다.

"저의 개인적인 사생활이 이제는 배려를 받으며 지켜질 때라고 생각했습니다. 그리고 제가 개입한 기업에 관계되는 탐사도 아직 끝내지 못한 상태입니다. 아버님께서 저에게 미리 개인적인 의사를 물어보실 수도 있었다고 생각합니다."

랑카스터 대공은 아들의 개인적인 사생활이란 말에 심기가 더욱 불편해진 듯, 미간을 찌푸리며 한층 높아진 어조로 말하기 시작했다.

"배려라는 것이 그리 중요한 것은 아니었다. 탐사작업이란 것은 네가 우리 가족의 일원으로서 현장 경험을 위하여 투입된 것이었고, 비상시에 마무리하지 못할 상황까지 대비하여 이미 너의 자리를 대신할 사람도 준비해 두었었다. 그것보다도 가문의 리더로서, 장차 너의 미래가 더 중요한 것이다. 가업도 이끌어야 하고 든든한 가정도 이루어야 하니, 너의 사생활이란 것은 우리에게는 그다지 중심적인 토론주제가 안 될 것 같구나. 자세한 일은 어머니와 천천히 시간을 두고 가장 적절하게 상의하도록 하거라."

길게… 그러나, 남기면 안 될 것 같은 아주 짧은 여운으로 일단락하는 랑카스터 대공은, 말이 끝나자 물을 한 모금 마시고는 손짓으로 다음 코스메뉴를 들이게 지시했다.

"저도 저 자신의 미래를 꿈꿀 자유를 주세요! 저의 삶은 제가 정할 수 있도록 허락해 주십시오. 이제까지 부모님 뜻을 저버리는 행동을 한 적이 없지 않습니까? 저는 이제 우유부단한 어린아이가 아니란 말입니다."

윌리엄이 말하는 것을 끝까지 참을성 있게 듣고 난 뒤 대공이 다시 차분하게 말을 이었다.

"아들아, 우리에게 과거와 미래는 크게 다르지 않다. 전통적으로 내려오는 우리가 해야 할, 나라에 공헌할 책임과 가문의 명예만이 있을 뿐이다."

랑카스터 대공은 그 말을 끝으로 굳게 입을 다물었다. 더 이상은 말할 이유도, 할 말도 없다는 듯이….

불편한 듯 몇 마디의 언쟁이 있었던 식사를 마치고, 필수적으로 어머니와 둘만의 후식 시간을 가지게 되었다. 그의 어머니는 항상 인자한 미소로 대면하고 친구처럼 다정한 말을 건네는 지혜로운 여인이었다. 그녀는 윌리엄의 흥분한 모습을 다독거리려는 듯, 지엄한 아버지의 음성과는 대조적으로 부드러운 음성으로 말을 꺼내기 시작했다.

"윌리엄, 그간 뉴질랜드에서의 네 행적은 이미 우리에게 보고되고 있었단다. 물론 네가 기분이 과히 좋지 않을 거란 생각도 안다. 그러나 너는 개인의 삶보다는 더 큰 것에 속해 있는 중요한 인물이란 것을 한시도 잊으면 안 된단다. 얘야… 네가 사귀던 그 한국 여자는 대체 언제 정리할 생각이었니? 네게는 당치 않은 만남이었다. 어느 누구도 우리 가문에서는 평민과의 결혼은 성립되지 않는다는 것을, 너도 어려서부터 알고 있지 않니. 더군다나 아시아 여인이라니….'

평소에 모든 것을 이해하며 윌리엄 편을 들어주던 어머니였지만, 감정적인 판단으로 연결되는 아들의 불장난 같은 사랑이나 가족의 동의 없는 개인적인 결혼 약속에 대한 일은, 결코 아들에게 당연한 듯 자유를 주거나 잠자코 일임할 수는 없는 일이었다.

그녀는 평정을 유지하며 계속 말을 이었다.

"이번 일로 인해 아버지께서 엄명을 내리셨다. 네가 그 여자와 다시 만남이 있어서는 절대 안 될 것이고, 서둘러 너의 혼사를 클라크 공 댁의 케이트 공녀와 진행하라는 지시를 내리셨다."

윌리엄은 어머니를 바라보며, 답답함으로 그늘을 드리운 간절한 눈빛으로 말을 이었다.

"어머니, 저는 이미 결혼을 약속한 여인이 있어요. 그녀는 제가 원하는 모든 것을 가졌어요. 저희와 같은 귀족은 아니지만, 제게 숲과 같은 안식을 주는 하나밖에 없는 여인이라구요!"

어머니는 아들의 감정적인 결정에 동의할 수는 없었으나, 언제나 힘이 되고 싶은 모성애는 변함없이 가득했다. 그녀는 어머니로서, 아들이 원하는 것을 선뜻 내어 줄 수 없는 안타까움으로 윌리엄의 두 손을 꼭 잡았다.

"윌리엄, 사랑이라면 나도 잘 안다. 하지만, 엄마도 아빠도 더 큰 뜻을 위하여 이 길을 택했었고, 이 가문에 속한 너 또한 대의를 따라야만 한단다. 지금으로서는 다른 좋은 방법은 생각나지 않는구나. 이루어질 수 없는 사랑이라면, 빨리 잊도록 하는 것이 최선이구나. 네가 이것을 거스른다면 아버지는 화를 내실 것이고, 네가 사랑한다는 그녀의 앞날에 대한 평화로운 보장 또한 할 수 없다고도 하셨다. 아버지의 잔인한 면을 너도 잘 알 것이라고 생각한다. 더 이상 일을 어렵게 만들지 말거라. 네게도 그녀에게도…."

그녀는 이렇게밖에 위로할 수 없는 본인의 말이 싫다는 눈빛을 언뜻 보였다. 사랑에 빠진 아들에게 어쩌지 못하는 냉정한 결론만을 말해 주고 있는, 어머니라는 자신을 슬쩍 원망하고 있는 듯했다.

"어머니, 제발… 제게 이런 일은 너무나 견디기 어려운 일이에요. 사랑하는 여인을 다시는 보지 말라니요. 너무 잔인한 해결 방법이에요. 제게 좀 더 정리할 수 있는 시간을 주실 수는 있으셨잖아요. 작별 인사도 하지 못하고 귀국하게 하다니… 이 방법은 중벌을 받을 죄수에게나 내리는 무기징역 같은 거예요."

나직하게 부는 바람에 커튼 끝에 달린 레이스가 휙 하고 흔들렸다. 이

중으로 드리워진 어두운 회색 커튼 앞에서, 두 사람은 눈물이 맺힐 듯이 우중충한 단어들로 계속해서 어두운 단어들을 만들어 냈다. 윌리엄은 본인이 처해진 운명에 숨이 막혀 죽을 것 같은 생각이 들었다.

랑카스터 대공의 보수적이고도 뿌리박힌 생각과, 윌리엄의 창조적이며 시대적 변화에 동조 가능한 생각은 방향부터가 달랐다. 윌리엄은 이 상황하에서는 본인의 방향대로 한 스텝도 갈 수 없음을 직감했다. 그러므로 그가 자신에게 솔직했던, 옳다고 생각했던 행동들은 이제 온통 결점투성이가 되어 버렸다. 국화에게 연결되어 있는 둘의 관계로 인해 그녀에게 조금의 해라도 가해진다면, 그는 더 이상 온전하게 살 수 없을 것이다. 그는 온통 국화 생각뿐이었다.

'그녀를 보호해야 한다.'

그녀와의 만남과 사랑, 그리고 자신의 약속. 아무런 예고 없이 벌어졌던, 강행에 이끌려 영국으로 소환되어야만 했던 윌리엄. 그를 믿고 애타게 기다리는 그녀의 얼굴이, 밤새 밝혀 놓았던 카모마일 향초의 흔들림처럼, 그의 눈앞에서 아른거렸다.

'아니야. 이것이 결코 마지막일 리는 없어. 우리는 분명 다시 만날 수 있을 거야. 어떤 방법으로든 길이 있을 거야. 신이 계시다면 우리를 이렇게 야속하게 끊어 버리진 않으실 거야.'

몇 주 동안 주변의 사물들은 남의 세상에 존재하는 것처럼 희미하게만 보였다. 그는 세상의 모든 것을 버리고 싶은 마음이었다. 해가 지고 밤이 되자, 피곤함으로 눈꺼풀을 내리 덮고 괴로움을 멈추고자 했다. 몸은 휴식을 원해도 마음은 계속해서 답답해졌고, 쉽게 잠들 수 없었다. 차라리 다음 날이 다시는 밝지 않았으면 했다.

며칠 밤 윌리엄의 하얀색 공단 베개는 눈물로 얼룩져서 마를 줄을 몰랐다. 뜨거운 촛농이 바닥에 떨어져 굳어지듯, 그의 얼굴은 핏기 없이 베개에 얼어붙은 듯했다. 그는 호화로운 새장에 갇혀서 자유를 빼앗긴 새처럼 밤이면 상처받은 가슴을 들썩이며 울었고, 창문 밖으로 얇게 새어 나가는 탄식 어린 흐느낌에, 정원의 수양버들도 슬프게 몸을 떨어 댔다.

다음 날 아침, 윌리엄은 결심한 듯이 펜을 꼭 쥐었다. 냉정하게 다짐한 듯 국화에게 살얼음 같은 편지를 썼다.

사랑하는 나의 여인, 국화!

그대와의 짧은 삶은 나에게 아름다운 천국이었소.

나는 이곳 머나먼 땅, 나의 나라에서 호화로운 새장에 갇힌 새의 모습이 되었구려! 이곳에서 나는 당신에게로 날아가지 못하는 비극의 새가 되었소. 이 상황을 모두 당신에게 설명할 수는 없지만, 분명하게 말하는 것은 당신만이 나의 일생 동안의 '오직 사랑'이라는 것을 믿어 주시오. 이렇게 떨어져서 잊혀지는 것, 이것이 끝이 아니라는 것을 나는 믿고 있다오.

내 사랑, 그대는 나에게 결코 잊혀지거나 사라지는 사람이 아니라오. 하지만, 지금은 안녕이라고 말할 수밖에···. 나를 절대로 용서하지 마시오. - 당신의 윌리엄

연이어 아버지에게도 편지를 썼다.

아버지께.

저는 사랑하는 여인을 위하여 아버지의 뜻을 따르도록 하겠습니다. 이것은 가문을 위하는 것이기보다는 그녀를 위한 선택입니다. 그녀에게는 아무런 해가 되지 않을 것이라는 것을

믿고 행하는 것이니 제발, 그녀를 그대로 살아갈 수 있도록 방해하지 마십시오. - 윌리엄

지금은 국화를 안전하게 하는 것이 그가 할 수 있는 최선이라는 것을 알고 있었다. 그러기에, 자신이 거부할 수 없는 책임에 대한 분노를 억누르며, 냉철하게 현실과 타협하고자 했다.

두 통의 편지를 마무리하고, 잭슨을 불러 그녀에게 가급적 빠르고 안전한 방법으로 편지를 전달하라고 지시했다. 순간, 그의 편지를 받고 절망할 국화의 모습이, 그의 가슴을 갈기갈기 찢어 놓는 듯 아물지 않는 상처를 남겼다.

'부디 행복하시오. 나를 빨리 잊어 주시오, 국화. 그것만이 당신이 행복해지는 길이오.' 그는 기도했다. 간절히 기도했다. 그 자신을 빨리 잊게 해 달라고 두 손을 모아 어린아이처럼 눈물을 흘리며 기도했다. 살아온 이래 이토록 신께 간절히 기도한 적은 한 번도 없었다.

몇 개월이 흘러 윌리엄은 집안의 혼사 준비에 그저 끌려가는 감정 없는 인간처럼, 느낌 없는 기계처럼 그의 속내를 꾹꾹 눌러 가며 드러내지 않았다. 주인의 말에 복종하는 말이나 소처럼 가문의 지시에 합당하게 행동했다. 영혼을 저당 잡힌 사람처럼 윌리엄 랑카스터는 말끔한 육체만이 존재했다. 기쁨과 밝음이란 따로 없었으며, 유일한 낙은 요트 세일링을 하며 물결을 바라보는 동안, 분노의 고요함이었다.

본인을 옭아매고 있는 올가미를 풀어놓고 의무에서 잠시 멀어질 수 있

는 바다의 풍경. 그것은 잠깐이나마 그의 위로가 되었다. 그곳에 가면 웃고 있던 국화의 모습이 선명하게 떠올랐고, 그들이 함께했던 바다가 아름다운 추억을 불러왔다.

국화가 입었던 아름다운 드레스처럼 은빛으로 출렁거리고 있었다. 그는 지난날의 행복을 기억할 수 있었다. 대단하게 보이는 어느 것 하나도 윌리엄을 기쁘게 하는 것은 없었다. 단지 미친 사람처럼… 때때로 겹쳐 보이는 사물에 국화의 모습이 댕그랗게 매달려 뜨면, 그것만이 위로가 되었다.

그리운 그녀의 얼굴…

시간이 지나면서, 그는 국화의 곱게 땋아 내린 머리카락과 그녀의 얼굴이 어떻게 변했을까 상상을 하곤 했다. 세월은 그들의 추억을 사그라지게 하고, 소중하게 생각하던 기억들을 점점 희미하게 만들어 갔다. 그래야 살 수 있는 것이 인간이라는 듯이. 망각은 윌리엄이 살아가는 동안 항생제 같은 약효를 발휘했다. 무성하게 자라나던 슬픔을 짓눌러, 아픔과 분노의 성장을 멈추게 했고, 더 이상 덧나지 않게 하려는 것처럼 그것들을 먹어치웠다.

아름다운 기억의 꽃잎이 시들해지자, 윌리엄의 인생은 본인이 원하지 않아도 시간에 따라 열매를 맺을 수 있었다. 이별 후의 시간들은 그가 계획하지 않은 대로 그의 인생이 되는 것 같았다.

'사랑과 이별은 진정으로 일직선상에 있었던가….' 그들의 사랑은 잊고 싶지 않은 아름다운 기억으로 강하게 각인됐다고 생각했지만, 세월 앞에서 모든 흔적은 어느 순간부터 조용히 물러서고 있었다.

후유증

월리엄의 편지는 재앙이었다.

모든 것들이 순식간에 잿빛이 되었고, 희망을 담고 바라보던 아름다운 하늘과 별은 어디론가 사라진 듯, 마음속에는 절망과 암흑만이 가득했다. 국화는 '용서하지 말라.'는 그의 말을 자비롭게 받아들이지 않았다. 파랗게 멍든 원망만이 커다랗게 부어올랐다. '지금껏 믿어 왔던 사랑의 힘이라는 것이 과연 그녀에게도 있었던가….'라는 의심과 함께, 깊게 각인됐던 사랑의 흉터는 시간이 지나도 희미해질 기색이 보이지 않았다.

후유증은 결코 만만하지 않았다. 자신의 마음에서 비롯되었던 밝은 바탕색은 검게 퇴색되었고, 쉽게 믿어 왔던 것들이 하나씩 의심으로 변모해갔다.

월리엄에 대한 미움이 커다랗게 자리 잡으면서부터, 자신을 위로할 방법을 찾아내야만 버틸 수 있을 것 같았다. 그래야만 국화꽃처럼 강인하게 살 수 있을 것 같았다.

'인생의 꽃이 피었다 잠시 시들었다고 생각해 보는 거야. 그래도… 꽃이 화사하게 피었을 때는, 참으로 아름답고 진한 향기로 행복했잖아. 때가 되어 꽃잎이 떨어지고 시들 수도 있잖아. 시간이 훌쩍 지나면 나는 다시 아름다운 꽃을 피울 수 있을 거야.' 그녀는 살기 위해서… 잊기 위해서… 미래의 희망에 모든 것을 걸고 자신을 다독거려야만 했다.

"그는 그만 잊어야 해. 그래야 나와 그를 용서할 수 있어. 시간이 지나면 모든 것들이 괜찮아질 거야."

몇 주간 그녀는 시계처럼 움직였다. 시간이 되면 마음속에서 종이 울렸다. 다음 동작, 그리고 그다음 동작… 규칙적으로 그저 할 일을 했다. 직장과 집만 기계처럼 오갔다.

나뭇잎이 무성한 가까운 공원도 평화와 여유를 주지 못했다. 자신을 기쁘게 하던 새로운 것에 대한 탐구도 싫증이 났다. 그간 취미 삼아 무엇이든 열심히 했던 것들도 손을 놓아 버렸다. 마음의 힘이 사그라지고 당분간은, 먹고살기 위해서 계속해야 하는 기본적인 업무에 매달렸다. 그녀의 몸은 물에 흠뻑 젖은 솜방망이처럼 무거웠다. 정신마저도, 과거의 생각들로 가득 차서 깔끔하게 비워 낼 수 없음이 답답했다. 강한 추억에 오랫동안 사로잡혀 있는 그녀는, 옴짝달싹할 수 없는 과거의 거미줄에 걸려든 가엾은 벌레 같았다.

'정신 차려야 해. 이렇게 망가질 순 없잖아. 제발… 제발 후유증에서 벗어나야만 해.' 마음이 애원했지만, 몸은 그것을 따르지 못했다.

가끔씩 이유 모를 현기증과 메스꺼움이 느껴졌다. 국화가 다음 탐사가 시작되는 날짜를 체크하다가, 깜짝 놀라 손가락을 꼽아 보았다.

순간, 번개처럼 내리치는 의심스러움.

그녀는 얼른 일어나서 약국으로 향했다.

♣

새로운 생명이 자라고 있다.

불행 중 다행인지, 불행 중 부가된 불행인지… 안타깝게도, 축복받아야 할 생명의 시작이 어려운 상황에 놓여 있었다. 혼란스러웠다. 모든 밸런스가 산산조각 나서 중심을 잡을 수가 없었다.

며칠간의 고심 끝에 그녀는 삶의 태도를 곧추 세우기로 결심했다. 디디고 일어서야 그나마 간신히 버티며 살아갈 수 있었으므로.

'침착해야 해. 부족한 나에게로 온 생명을 감사해야지. 하느님이 주신 선물이야. 이것이 내가 살아가는 처음이자 마지막의 고귀한 임무일 수도 있어. 마음을 다시 밝혀 보는 거야. 넌 할 수 있어, 국화야!'

국화는 새 생명의 잉태를 신의 축복이라고 받아들였다. 낙태라는 것은 감히 상상조차 할 수 없었다. 그녀는 기쁨으로 아이를 받아들이고 더불어 본인의 삶 또한 사랑하기로 했다.

국화는 한국의 부모에게 정기적으로 연락을 취했었지만, 이제는 당분간 철저히 혼자이고 싶었다. 본인의 행동에 따른 결과들을 믿고 혼자서 감수하고 이겨 내리라 마음먹었다.

고국에서 외동딸을 믿고 기다리는 부모님께는 현재 상황을 솔직하게 말할 수가 없었다. 걱정을 안겨 주고 싶지 않았다. '당분간 일정이 바빠서 연락이 없더라도 염려치 말라.'고 얼마전 마지막으로 영상통화를 했었다. 한국에서 지내던 밝은 모습 그대로… 들키지 않게.

그녀는 도약을 위하여 몸을 낮추고 자세를 웅크렸다. 그것도 부족하다면… 차라리 오랜 시간 동안 우직한 곰처럼 동면에 들겠노라고 다짐했다.

'나의 인생엔 당분간 아이와 나만 존재한다고 생각하자. 그래야만 나의 아이에게 믿음직한 미래를 줄 수 있어.'

아이의 임신 소식은 단짝인 직장동료 미셸에게만 넌지시 말해 주었다. 그녀는 축하의 말과 함께 윌리엄의 무책임한 행동에 욕설을 퍼부어 댔고, 국화를 위로하며 격려해 주었다. 영국에 있는 윌리엄을 찾아가 이 사실을 알려야겠다고 길길이 뛰는 미셸에게, '그런 것은 원치 않는다.'며 더 이상의 고통은 만들지 말자고 쐐기를 박아버렸다.

국화의 배가 불러오면서 그녀의 임신 소식은 자연스럽게 주변에 알려졌다. 모두들 편견 없는 마음으로 국화의 임신을 축하해 주었고 그녀를 돌봐 주었다. 특히 미셸은 국화의 거처와 생활비를 걱정하며 발 벗고 나서서 돈이 되는 번역 일들을 소개해 주었다. 직장과 번역 일의 부수입까지 가세하여, 그녀의 생활은 비교적 안정적이었다.

회사 측에서는 그녀의 숙소를 조금 더 넓고 쾌적한 곳으로 이동해 주었다. 국화로서는 정말 마음 따뜻한 은혜를 입었다는 생각이 들었다. 그녀가 혼자가 아니라는 생각들은, 잃었던 자신감과 타인에 대한 믿음과 사랑을 조금씩 회복하고 있었다.

배반으로 흉터를 남긴 후유증은 따뜻한 배려와 믿음으로 다시금 천천히 치유되고 있었다.

♣

그러던 어느 날, 국화에게 변고가 생겼다. 프로그램 가이드 동행을 나섰다가 돌부리에 걸려 넘어진 것이다.

있어서는 안 될 붉은 하혈이 있었다. 그녀는 임신 초기의 위험성을 최대한 줄이기 위해서 며칠간 입원해야만 했다. 유산을 막기 위한 약물치료를 받고, 다시 일상으로 회복하기 위해서 조심하고 또 조심했다.

잃을 뻔했던 소중한 태아의 생명은 다행히도 구해냈다.

그녀는 마음을 다잡았다. 아이를 위해서만 열심히 살아갈 것을, 다시 한번 각오했다. 사랑의 후유증이 국화의 몸과 마음에 커다란 상처를 남긴 것은 사실이었으나, 그녀는 강한 여인이었다. 새로운 생명체… 그것으로부터 시작된 희망의 울림이, 그녀를 축복하며 새로운 세상을 가져다주고 있었다. 희망의 빛이 그녀를 비추고 있었다.

"후유증은 불치병이 아니라서 다행이야… 나의 희망… 네가 있어서 난 기적처럼 살아났구나.'

2부

남녀추니

"왕자님을 얻으셨습니다."

국화는 순산했다.

갓 태어난 생명이 그녀의 가슴 위에 선물처럼 안겨졌다. 감격스런 순간, 조그만 생명체의 시작을 알리는 우렁찬 울음소리에… 국화, 그녀의 인생 초침도 째깍째깍! 처음부터 다시 시작되고 있었다. 새로운 장으로 거듭나기 시작했다.

'이제부터 나는 영원히 혼자가 아닌 거야….'

아기를 안고 있는 그녀의 감정은 어떤 단어로도 정확히 표현할 수 없었다.

"나의 아가, 이 세상에 온 걸 환영해."

국화는 또 다른 커다란 세상을 얻었다.

아기의 이름은 국화가 좋아하던 영화 캐릭터 '피터팬'의 'Peter'로 지었다. 일생 동안 아름다운 동심을 잃지 않고, 순수하게 살기를 바라는 마음에서 지은 이름이다. 피터는 국화의 호적에 올려졌다. 한국의 부모님께는 아이의 탄생조차 말할 수 없었다.

국화의 사랑과 혼자 남겨짐 그리고 새로운 생명의 탄생, 어느 것 하나도 제대로 말할 수 있는 용기가 없었다. 그녀가 혼자 감당할 몫이었다. 무겁더라도 짊어지고 걸어가야 할 그녀만의 책임이었다.

'강하게 살 거야. 나의 아가를 위하여 더 강해지고 더 열심히 살 거야.'

♣

아기는 탈 없이 무럭무럭 자라났다. 뉴질랜드의 나무들처럼 건강하게 자라났다. 피터, 그의 미소는 강하게 비추는 햇살보다도 밝았으며, 청정 지역의 바닷물보다도 맑았다.

국화가 일하는 동안은 탁아시설에 맡겼고, 일이 끝나자마자 아기와 귀가했다. 모든 생활패턴은 아기를 양육하고 안정적으로 생활하는 것에 중심을 맞추었다. 혼자서 아이를 키우는 편모 입장으로서는, 어려우면서도 복잡한 하루 일과였다.

"건강하게만 자라다오. 우리 이뿐이, 아프지 말고. 너에게 엄마의 몫까지 할당받은 모든 축복을 나누어 줄 테니, 부디 건강하게만 자라다오."

국화는 아이를 위해서 본인의 모든 것을 헌신할 각오가 되어 있었다. 티 없이 맑은 아기 피터의 그린 눈동자를 바라보며, 자신도 맑아지려고 노력했다. 새로운 마음가짐으로 열심히 살고자 현재의 삶을 지지하고 부축했다.

♣

어느덧 시간이 흘러, 피터는 백일이 되었다.

사람들을 알아보고 반응하는 표정을 지었다. 작은 얼굴에 오동통하게 뽀얀 살이 오르고, 의미를 모르지만 방긋거리며 웃었다.

영유아 검진일이 도래하자, 국화는 기쁘게 첫나들이를 준비했다. 그들은 자신의 마을에서 가장 가까운 종합병원으로 향했다.

병원에 당도하자, 대기표를 뽑고 기다렸다. 한참 만에야 그들의 차례가 되어 피터는 검진을 시작했다.

검진을 마친 의사는 달갑지 않은 얼굴이었다. 표정이 불편해 보였다. 꺼림칙한 말을 꺼내기 시작했다.

"어머님께서 괜찮으시다면, 아기를 위해서 추가적인 검진을 권장하고 싶습니다."

의사는, 미심쩍은 표정으로 부가적인 검진을 권장했다.

국화는 걱정스럽게 물었다.

"혹시, 아이의 건강에 문제가 있나요?"

"건강에 이상이 있는 것은 아닙니다. 아기는 건강합니다만, 그저 다른 아이들과는 다른 점들이 보입니다."

경직된 표정을 덮으려고 애쓰며, 의사는 오른쪽 입꼬리를 살짝 올렸다. 억지 미소인 것을 금방 알아볼 수 있는 얼굴 표정이었다. 개운치 않은 질문과 대답…. 수수께끼를 풀지 못한 가운데 기본적인 검진이 끝났고, 즐겁지 않은 상담도 끝났다.

의사는 타 병원에서 부가적인 검진을 마치고 나서, 다음 예약 일을 정하자고 했다. 육아에 꼭 필요한 안내 사항들이 있으니, 다시 방문하라고 말했다.

병원 문을 나서는데 오늘따라 안개가 자욱했다. 앞을 내다볼 수 없는 짙은 장막이, 그 뒤에 도사리고 있을 불행을 예견하고 있었다. 안개는 그녀를 두렵게 만들었다. 트라우마가 되어버린 짧은 행복의 배신. 그것이 다시 그녀를 집어삼키려고 혀를 날름거리고 있었다.

"안 돼! 우리에게 기쁨 외에는, 더 이상의 불행은 안 돼."

그녀는 혼잣말로 중얼거렸다. 마치… 주문을 외우는 사람처럼 '안 돼, 안 돼, 안 돼.'라고 반복적으로 중얼거렸다. 성큼 다가선 어두운 그림자를 단번에 몰아내고, 확실치 않은 의심의 골을 메꾸어 버리려 했다.

"아프지만 않으면 괜찮아. 건강하게 자라 주면 난 더 이상 바랄 것도 없어."

아이와 눈을 맞추면 근심을 몰아내버린 듯 밝게 웃을 수 있었다.

피터는 특히 아버지의 외모를 많이 닮았다. 오뚝한 콧날에 쌍꺼풀이 진한 커다란 눈을 가지고 있었다. 게다가, 그의 눈동자는 초원을 상상하게 만드는, 신비로운 그린 색이었다.

피터의 얼굴을 볼 때마다, 윌리엄의 얼굴이 겹쳐 떠올랐다. 그를 생각하면… 옛 추억으로, 지독한 아픔으로, 진저리를 치고 있는 자신을 발견할 수 있었다.

"너에게 아버지의 사랑을 줄 수가 없게 되어서… 미안하구나…."

피터는 엄마의 말을 알아듣기라도 하듯 조그만 입을 오물오물 움직였다. 백일이 지난 아이는 이제 기본적인 의사 표현을 울음으로 대신했다. 깨어 있는 시간이 조금씩 길어지고, 가끔 잠투정도 심하게 했다.

국화는 업무와 육아를 중복하기가 힘들었지만, 비교적 잘 견디고 있었다. 우드피스에 양해를 구하고, 가능한 서류 업무는 재택으로 돌렸다.

업무상 꼭 외근이 있을 때는 탁아시설에 맡기거나, 베이비시터를 부르고 나서 정시에 출근했다.

타 병원의 소아과 닥터와의 상담일이 곧 다가왔다. 국화는 긴장된 마음으로 또 다른 병원으로 무거운 발길을 향했다.

차량 시트에 베이비용 안전의자를 설치했다. 국화가 긴장감으로 조심스럽게 운전하는 동안 아무것도 모르는 피터는… 평화롭게 잠들어 있었다. 그는 엄마에게만 의지하고 있는 가녀린 천사였다.

"카펜터 선생님께 예약했습니다."

국화는 소아과 접수창구에 다가가서 대기표를 받았다.

접수창구에는 두꺼운 안경을 쓰고 무표정하게 말을 건네는 여직원이, 업무에 꽤 지친 듯 앉아 있었다. 그녀는 사무적으로 이름과 생년월일을 물어보고 컴퓨터 화면만 뚫어져라 쳐다보았다. 많은 사람들이 오가는 직장에서 본인의 에너지를 아끼기라도 하려는 듯, 필요한 업무에만 충실한 모습이었다.

"국화 정, 아기 피터와 함께 오늘 예약이 되어 있으시군요. 잠시만 기다려 주세요. 진료가 끝나면 안으로 들어가서도 되겠습니다."

접수창구의 여직원이 그제야 힐끗, 가벼운 시선을 던졌다. 상냥하지 못한 직원의 사무적인 태도에, 냉정한 병원은 더욱더 차가워지고 있었다. 자신도 모르게, 피터를 둘러싼 포대기는 더욱 꽁꽁 여며지고 있었다.

이윽고 국화의 차례가 왔다.

닥터는 진료실로 들어선 피터를 이리저리 찬찬히 살펴보더니 좀 더 자세한 검진을 권유했다. 어린 피터는 또 한 차례 검진을 받았다.

30분쯤 지난 후, 국화의 앞에 어색한 그림이 펼쳐졌다. 여아와 남아의 생식기가 그려진 그림. 의사가 그것을 국화 쪽으로 바짝 밀어놓더니, 손으로 하나씩 짚어 가며 자세하게 설명하기 시작했다.

"이 부분이 보통 우리들의 성별을 알게 해 주는 생식 기관입니다. 보시다시피 이 부분과 이 부분이 아기의 상이한 부분입니다. 다른 아이들과는 다른 생식기 구조를 가지고 있다고 볼 수 있겠습니다. 아주 드물게 소수의 사람이 가지는 인터섹스의 특성을 보이는 아이입니다. 제가 아는 바로는 세상 인구의 0.15-0.7% 정도의 신생아들이 이렇게 태어나는 경우가 있다고 알고 있습니다. 어머님께서 이 사실에 매우 혼란스러우시겠지만, 아이에 대한 이해가 우선적으로 되어야만 합니다. 피터가 현재는 남아로 보이지만… 자라면서 여성의 성징이 나타날 수도 있겠습니다."

날벼락이 내리쳤다.

의사의 말은 천둥이고 번개였다.

그녀의 머리는 그 벼락을 맞았고, 정신이 불타 버렸다. 국화는 처음에는 이 말이 무슨 뜻인지 어리둥절했다. 머릿속이 하얘지며, 아무런 생각도 나지 않는 백치가 된 느낌이었다. 무엇을 이해하라는 말인지… 그것조차도 몰랐다. 인터섹스라니… 이게 무슨 단어인지도.

"인터섹스라니, 그게 뭐죠?"

당황한 국화는 의사 앞으로, 몸을 조금 더 가까이 기울였다.

의사의 안색은 좀 더 어두워졌고 곤란한 표정이었으나, 그녀의 이해를 돕기 위해서 의사는 다음 말을 이어야만 했다.

"지금은 남자아이로 보이나, 사실은 여자아이이기도 한 것입니다. 뭐라고 더 이상 정보를 드리기는 부족합니다만, 우선 어머님께 이해를 시켜 드리고, 더 자세한 사항은 그간의 데이터가 있는 대도시에 있는 큰 병원에 가서, 더 많은 정보를 얻는 것이 좋을 듯합니다. 물론 그것은 어머님의 선택입니다만…."

국화의 눈에 갑자기 소나기 같은 눈물이 떨어지기 시작했다. 그 눈물이 떨어지면서 마른 땅을 갉아먹고, 깊게 팬 물웅덩이를 만들 것 같았다. 앞이 흐릿해지면서 진료실이 갑자기 진공상태처럼 느껴졌다. 단정히 입었던 블라우스의 단추들이, 숨통을 조이는 듯 답답해졌다.

'대체 왜 나한테 이런 일들이… 자꾸 생기는 거야. 나의 희망은 이제 이 아이뿐인데….' 그녀는 숨이 막힐 것 같았다. 앞으로의 겪어야 할 일들이 빠른 필름처럼 획- 하니 지나쳤다. 그동안 세웠던 계획들이 모두 산산조각이 나서, 중심의 갈피를 잡을 수 없었다. 세밀하게 계획했던 일들이 마구 뒤엉키며 혼란스러운 실타래가 되어 마룻바닥에 뒹굴고 있었다. 아무리 눈을 부릅뜨고 찾아보아도, 실타래의 처음과 끝을 도저히 찾아낼 수 없을 것 같은 상황이 되었다. 그녀는 고개를 두어 번 세차게 흔들고, 기를 쓰며 정신을 차렸다. 아기에 대한 상담을 시작한 이상, 중요한 것 한 가지는 분명히 들어야 했다. 그녀는 경직된 얼굴을 가다듬고, 눈물을 삼켰다. '약해져서는 안 돼. 국화야… 제발, 정신 차려.' 제발 그래야만 했다. 그녀는 질문했다.

"선생님, 저의 아이가 건강상으로 이상이 없는지만 확실하게 말씀해주세요. 이전에 이런 소수의 경우가 있었다니, 성인이 되어서도 살아가는 데는 지장이 없는 것이지요? 선생님… 그냥… 남들과 다른 것뿐이라고 말씀하시는 거지요?"

국화는 거의 애원하다시피 재차 물었다. 답변은 꼭 '괜찮다.'는 말이어야만 했다.

"물론입니다. 아기 피터는 건강상 괜찮습니다. 어디가 아프거나 한 것이 결코 아닙니다!"

그는 긍정의 말에 힘을 주어 가며, 보호자에게 조금이라도 안심을 주려고 애썼다.

"감사합니다, 선생님. 그럼 됐습니다."

말이 끝나자, 그녀는 아이처럼 걷잡을 수 없이 엉엉 소리 내어 울고 말았다. 창피고 뭐고 없었다. 들이닥친 자신의 불행에 억장이 무너졌다. 걷잡을 수 없이 쏟아지는 눈물을 훔치며, 작아지려는 눈을 가까스로 크게 부릅뜨고 출구를 찾아 병원을 나왔다.

아기 피터는 엄마가 슬픈 것을 알아챈 것처럼 엄마의 얼굴에 눈을 맞추며 빤히 쳐다보았다.

'아가, 엄마가 미안해….' 국화는 아기의 작은 손을 잡았다. 피터의 손은 참으로 따뜻했다.

국화는 며칠 동안 근무하던 센터에 병가를 냈다. 정말 많이 아픈 것처럼 두통이 밀려왔고, 몸살 환자처럼 온몸이 늘어져 기운이 없었다. 평범하지 않다는 아이… 피터를 바라보기만 하면, 국화의 눈에서는 금세라도 홍수 같은 눈물이 미어져 나왔다.

"난 그저 네가 행복하고 평화롭기만을 바랐는데, 이제는 그런 작은 소망도 이루어질 수 있을지 의심이 가는구나. 네가 행복하고 평화로울 수 있을까 엄마는 걱정이 되는구나. 내가 힘이 빠지면 안 되는데, 강해져야 하는데, 나는 왜 이렇게 겁이 나는 걸까…."

멍하니 앉아 있는 동안 수많은 나쁜 상상들이 머릿속에서 맴돌고 있었다. 아이가 커서 손가락질을 받고, 얼굴을 숙이고 다니며 기를 못 펴는 모습이 상상되었다. 사람을 만날 때도 당당하게 살 수 없을 거란 생각과 갖가지 편견에 힘들 수밖에 없는 일들이 꼬리에 꼬리를 물고, 불행한 스토리가 되어 좀처럼 삭제되지 않았다.

좋은 일만 생각하면 된다고 마음을 다져도, 다시금 솟아오르는 불안감들이 밀물처럼 쏴아 온 방 안에 들이치고, 방 안은 금세 슬픔의 물속에 잠식되어 버렸다. 꺼억꺼억 불안감에 숨이 막혀서 금방이라도 질식사할 것 같은 느낌이 들었다.

'나는 앞으로 어찌 살아야 할까… 내가 이 아이를 제대로 양육할 수는 있을까….' 국화의 하루하루는 힘겨웠다. 그러나 어린 피터의 맑은 눈동자를 보면 의사의 말은 다 거짓인 듯 믿겨지지 않았다. 아니, 믿으려 하지 않았다. 거부하고 싶은 진실의 끈이 아른거릴 때마다, 그녀는 그것을 삭둑 잘라내고는, 세차게 도리질을 쳤다.

'남녀한몸이라니… 한 몸에 여성과 남성이 존재할 수 있다니….' 여느 사람들이 기대치를 희망에 담아 특별한 사람이 되고 싶다는 그 말처럼,

피터는 지구상의 극소수 영역, 아주 특별한 아이로 태어났다.

'평범하지 않은 아이, 어쩌면 다른 행성에서 태어났더라면, 여성과 남성을 두루 갖춘 완전체로서, 신비의 존재가 될 법도 한 그런 특별한 아이, 내 사랑스러운 아이 피터!'

국화는 긍정적으로 모든 생각을 돌려야 했다. 그것은 그녀가 살 수 있는 처절한 삶의 몸부림이었다. 죽지 않고 아기와 살아야 할 이유를 찾아내야 했다.

'이 아이는 왜 나에게 왔을까, 이런 비범한 모습으로… 나는 앞으로 어떻게, 이 아이를 지킬까….'

이제부터의 삶의 목적은 아이를 안전하게 지키는 데에 초점을 맞추어야 했다. 여러 가지 생각들이 난무했다. 그녀는 평범하게 꿈꾸었던 미래를 정돈해 보려고 애썼다. 시간이 있을 때마다, '간성인'에 대한 자료를 미친 듯이 찾기 시작했다.

'하나라도 더 알고 있는 것이 힘이 될 거야. 난 지금부터 더 지혜로워지고 강해져야 해. 이 아이를 지켜 주기 위해서. 그리고 필요하다면 독해질 필요성까지도 있어.'

그녀는 떠돌아다니는 자료들을 모으며, 전혀 예상치 못했던 '제3의 성'에 대한 새로운 사실들을 알아내게 된다.

'조선왕조실록 세조실록에 사방지라는 사람이 있었다. 사방지는 태어날 때부터 남성과 여성의 특징을 둘 다 가지고 태어났다'고 인터넷에 적혀 있었다.

'사방지'의 어린 시절에 어머니는 그를 여자로 키웠다고 했다. 그래서 그는 특히 바느질 솜씨가 좋았으며, 그 덕에 그는 양반 댁에 자주 드나들었고, 여자와 여자가 사랑 놀음을 하는 것이 사헌부에 들어가 체포되었으며, 그를 조사하던 중에 그의 놀라운 신체의 특징이 탄로 났다고 한다.

또한 '명종실록'에도 비슷한 내용이 존재했다.
함경도에 '임성구지'라는 양성을 가진 사람이 있었다. 그는 시집도 가고 또한 장가도 갔다.

고대 그리스 사회에서는 여성과 남성의 특징을 두루 갖춘 사람을 완벽한 이상형으로 여기기도 했다고 한다. 그리스 신화에 물의 요정에 관한 이야기가 있었다.
님프 '살마키스'(카리아 지방 샘물에 사는 님프)와 '헤르마프로디토스'(그리스신화에서 헤르메스와 아프로디테의 자식으로 에로스의 형제이며, 그의 이름은 부모의 이름을 합쳐서 만들어졌다)의 신화가 있다. '헤르메스'와 '아프로디테'의 아들인 '헤르마프로디토스'는 15살이 되어 세상을 여기저기 여행하게 된다. 그러다가 카리아 지방에 다다라서 살마키스의 샘물에 도착하여 투명한 물에 몸을 담그는 순간 '살마키스'가 신에게 '그를 사랑하므로 그와 떨어지지 않고 항상 함께하게 해 달라'고 간절히 소원을 빈다. 신들은 '살마키스'의 소원을 들어주어 둘을 한 몸으로 만들어 준다. 그렇게 남녀한몸이 된 '헤르마프로디토스'는 자신의 부모에게 자신의 샘물에 들어오는 자는 누구나 남녀한몸이 되게 해달라는 소원을 빌고, 그의 부모는 그의 소원을 들어주게 된다.

여기저기 정신없이 검색하던 국화는, 새로운 사실에 울렁거리는 마음을 다스리려고 애썼다. '남녀한몸'인 간성인은 피터가 처음이 아니라는 사실을 알아냈다.

그나마 조금은 위로가 되었을까…. 그렇지만, 자신에게로 온 아가 피터를 생각하면 앞으로의 지탄의 현실들은 아직도 까마득하게 두렵기만 했다.

'…피터가 가엾다….'

그녀는 아무 잘못 없는 피터를 안쓰럽게 바라보았다.

"평범하지 못하게 태어난 것이 이 엄마의 잘못인 것 같구나. 미안하다, 아가야…."

국화는 작은 동작으로 꼼지락거리는 피터의 가녀린 두 손과 두 발을 조심스럽게 만져 보면서, 슬프게 흐느끼고 있었다.

"피터는 그리스 신화 속의 샘물에서처럼 엄마의 몸속에서 유영했을 텐데, 나의 양수는 어쩌면 '살마키스'의 샘물로 만들어진 것이었을지도 몰라."

국화는 잠깐 동안 심각해진 현실을 잊으려고, 신화적인 상상을 하기도 했다.

"남들과 다른 염색체 배열을 가지고 태어났다는 이유로 그는 평범하지 않게 되었지만, 그것이 괴물이라거나 장애라거나 그렇진 않지. 사회에서 지탄받아야 할 해로운 존재가 아닌데도 평범한 사람들은 그 사실을 전혀 받아들이지 않을 거야. 남과 다를 뿐이라는 것을 말이야. 문명이 발달하고 문화인이라고 거들먹거릴 사람들이 인권존중을 외치지만,

정작 자신들과 다른 모습의 사람은 외계인인 양 취급하겠지.' 마술사가 입속에 숨겨 두었던 물체들을 끊임없이 토해 내는 것 마냥, 이런저런 생각들이 줄줄이 연결되어 나오고 있었다. 그녀는 그것을 멈출 수가 없었다. 생각의 시간이 연장될수록, 뭉클뭉클한 불만들이 치솟고 알 수 없는 부당함에 몸을 부르르 떨기도 했다. 그녀의 분노는 어디에서 시작되는 것인지 알 수는 없었으나, 분명히 아이에게 닥칠 부당한 처우가 염려되어… 그 가중이 시작되었다는 것은 분명했다. 피터는 당연히 존중받아야 마땅한 인간의 세계에 험난하게 발을 디딜 존재였다.

'한 치도 그것으로 부끄럽게 생각할 필요가 없으나, 노틀 담의 꼽추처럼 손가락질 받을지도 몰라. 사람의 눈을 피해 자신의 몸을 숨기고 살 필요도 없지만, 그래야만 살 수 있을지도 몰라. 충분히 찬란하게 꽃피울 인생의 의미를 찾아야겠지만, 하고자 하는 것을 방해받을지도 몰라. 품고 있는 희망의 불꽃을 의기소침한 어둠으로 꺼뜨릴 필요가 없지만, 주변이 그를 어둠으로 끌어내리려고 할 거야.' 그녀의 얼굴빛은 생각이 꼬리를 물수록 어두운 잿빛으로 타들어 가고 있었다.

'나의 아기, 피터는 주눅 들지 않고 당당히 제3의 성을 가졌다고 말할 수 있는 용감한 사람이 되면 좋겠어. 그런 세상이 오면 난 더없이 감사하겠지.' 그녀는 여기까지 생각하고 차디찬 마룻바닥에 무릎을 꿇었다. 두 손을 모으고 어린 피터 앞에서, 눈물 어린 간절한 기도를 올렸다.

"부디 이 아이를 가엾이 여기시어 은총을 내려 주소서."

국화는 둥글고 커다란 초에 불을 켰다. 어린 피터는 영문도 모른 채 속눈썹이 긴 눈을 평화스럽게 감고 새록새록 잠들어 있었다. 그 초가 30분 동안 촛농을 녹이며, 맑은 눈물을 쏟아내며 힘겹게 흔들거릴 때까지 기도는 계속됐다.

창문 사이로 들어온 미세한 바람이 촛불을 흔들어 대자, 뜨거운 초가 더욱 많은 액체를 연거푸 토해 냈다. 애원하는 기도를 밝히는 새하얀 초가 몸을 사르며 타들어 가는 동안, 국화의 볼은 눈물로 굵어진 줄을 하염없이 그어 대고 있었다.

바보스런 결심

국화는 최선의 답을 얻게 해 달라고 매일매일 신께 간절히 기도했다. 이런 시련을 극복할 번뜩이는 지혜를 달라고 기도에 매달렸다.

"제발 제 아이를 지켜 주세요. 평화롭게 자라서 일생을 행복하게 보낼 수 있게 제발 제발 도와주세요. 그럴 수만 있다면 저의 정해진 행복을 담보로 저당 잡혀도 좋습니다. 저의 모든 행운을 팔아 우리 피터에게 주어도 좋습니다. 그렇게 해서라도 이 아이만은 아름답게 살 수 있도록 꼭 지켜 주세요."

이른 아침 제일 먼저 침상에서 일어나면 그녀는 두 손을 모았다. 영혼을 끌어모았다. 그녀의 기도는 침상을 눈물로 적실만큼 애틋한 내용이었고, 새벽 동이 틀 무렵까지 여러 번 반복됐다.

♣

시간이 지나고, 근무 복귀가 시작될 무렵, 국화는 맑은 정신으로 일에도 집중할 필요가 있다고 재차 마음먹었다. 현재 상황에 맞는 가장 현명한 계획을 세우려고 발버둥 쳤다. 가장 빠르고 효과적인 결정을 얼버무리게 하는, 감정적인 마음으로부터 쏟아져 나오는 모성애… 그 따뜻하면서도 무모한 애정의 물길을 냉정하게라도 당분간 잠그려 했다.

단호하고 효과적인 지름길 주행… 그것을 이윽고 실행하리라는 독한 결심을, 점점 굳히고 있었다.

우드피스 센터에서는 마침 주재원으로 파견할 프로젝트의 팀장 인사 발령을 고려중이었다. 남섬의 추운 지방으로, 눈 덮인 산악지형의 식물 탐사 프로그램을 계획 중에 있었다. 그곳에 장기간 체류하면서 일에만 몰두할 수 있는 적절한 인재를 채용하거나, 현재의 직원 중에서 전근 인사 조치를 공지할 예정이었다. 우선, 사내 지원자를 받기로 했다. 내부 충당이 안 될 경우에는, 현지에 있는 간부사원 채용이 이루어질 계획이었다. 추운 지방에서의 고생이 확실한 작업 환경, 그것이 남섬의 어려운 근무조건이다. 그래서인지, 북섬의 센터 직원보다 50퍼센트 더 많은 보수가 책정되어 있었다. 부가적인 보수를 받는다는 장점과, 임무를 마치고 귀환 시에는 인사고과에 많은 영향을 미칠 것이라는 예고도 있었다. 그러나 아직까지 원정에 나설 지원자는 없었다. 가족과 고향을 떠나 멀리 타향살이를 쉽게 맘먹을 키위(뉴질랜드 사람)들이 아니었다. 그들의 행복의 척도는 돈이 아닌 평화로운 삶이었다. 조금 벌어서도 틈틈이 여행을 즐기고, 가족과 친구와 아름다운 시간을 보내는 생활이 더 중요했다.

누군가 막중한 임무를 들쳐 메고 3년간 프로젝트를 이끌 인재를 정하는 내용이 며칠간 구체화 중이었다.

그러던 어느 날, 국화는 센터장과의 개인 면담을 신청했다.

"센터장님, 잠시 상담하고 싶습니다."

키가 180센티미터가 넘고, 머리카락의 80퍼센트가 은발로 덮인 '눈 덮인 나무' 같은 백발에 가까운 센터장. 그레이스는 '모든 사람들에게 항상 인자하다.'고 향기로운 소문이 돌았다. 그녀는 은퇴를 앞두고 있는 60이 넘은 센터의 최고 상관이었고, 직원들의 의견수렴을 지혜롭게 잘하고 있으며, 두뇌 회전이 빠르고 똑 떨어지는 결단력을 가진 훌륭한 리더였다. 그래서 모든 직원들이 존경했다. 이제껏 어떤 결정이 내려져도 직원들의 뒷담화가 없고, 군더더기로 등장하는 건의사항 또한 발생하는 일 없이 직원들 모두가 수월하게 잘 따르는 존재였다. 뉴질랜드 사람들이 말하는 '한없이 너른 품을 가진 마더 네이쳐'와 같은 그녀였다.

"오, 쿡화. 아니… 플라워, 오늘 저와 티타임을 하고 싶으신가 보군요. 어서 이리로 들어와 앉도록 하세요."

그레이스는 사무실 문을 공손하게 두 손으로 열어 주며 장난기 어린 미소를 띠었다. 꽃을 좋아하는 그녀의 사무실에는 여기저기 꽃들이 있었다. 응접 테이블과 사무를 보는 탁자, 그리고 단순한 싱크대가 있는 작은 난간에도 꽃과 초록 이파리들이 꽂혀 있었다. 업무용 탁자 위에는 프리지아 꽃이 한 다발 묶음 째로 꽂혀 있었고, 응접용 직사각형 탁자 위에는 안개꽃과 분홍장미가 보기 좋게 어우러져 있었다. 싱크대의 난간에는 '물에만 두어도 뿌리가 쉽게 내린다.'는 스킨 이파리 세 개짜리 줄기가 이제 막 투명한 꽃병 아래에 가느다란 실선의 뿌리를 내리고 있었다.

'저 식물도 드디어 안식을 찾았군.' 국화는 자리에 앉기 전 그것들을 힐끗 보고는, 잠시 동안 식물들의 기쁨을 상상했다. 그동안, 후유증의 귀퉁이에 생채기 난 채로 찌그러져 있던 자신의 맑은 미소를, 오랜만에 펼쳐 보는 듯했다.

그레이스는 느리고 여유 있는 걸음으로 커피그라인더 쪽으로 가더니, 선반에서 꽁꽁 묶어 놓았던 원두 주머니 끈을 풀었다. 끈을 풀자, 4미터 정도 떨어진 국화 쪽으로 숨겨 두었던 향기가 강풍처럼 몰려왔다. 국화가 좋아하는 '블루마운틴' 향기였다. 두 사람은 동시에 흡- 하고 깊은 들숨을 쉬었다. 호흡 뒤에 두 사람의 눈이 마주치자, 동시에 빙그레 웃었다.

사발 모양으로 디자인된 그라인더의 메탈 상판 위에 또르르 또르르 구르는 커피콩의 청량한 소리와, 드르륵 드르륵 수동 손잡이를 돌리는 소리가 연이어 났다. 굵은 원두가 갈리며 가느다랗게 쪼개질수록, 온 방 안에 커피 향이 더욱 진해졌다. 칙칙한 사무실 냄새가 언제 그랬냐는 듯, 향기로운 희망의 기운으로 가득 찼다. 그레이스는 잠시 동안 아무 말 없이 핸드드립 커피를 추출하는 일에 몰두했다. 정성 들인 손의 움직임에 커피 향의 기원을 담는 사람처럼, 그녀는 무척 신중해 보였다.

5분쯤 지나서, 그녀는 두 개의 뜨거운 커피 잔을 들고 국화 앞으로 와서 살며시 앉았다. 깊숙하고 편한 자세로 소파에 몸을 담는 그녀의 움직임에도 블루마운틴의 향기가 묻어 있었다. 그녀의 온화한 미소만큼이나 마음을 안정시키는 커피 향이었다. 국화는 그동안 끌어안고 있던 무거운 근심걱정이 일순간 날아가 버린 듯했다.

"삶이 이렇게 향기롭기만 하다면 얼마나 좋을까요… 그러나 가끔은 까맣게 로스팅된 못난 콩도 섞여서 아주 쓴맛을 내고, 본연의 맛을 망가뜨리기도 한답니다. 우리 인생처럼요."

그녀의 말대로 현재 국화의 삶은, 쓴맛이 가득한, 까맣게 탄 원두가 곳곳에 섞여 있는 삶이라는 생각이 들었다.

'그래서 삶이 이토록 감당하기 어렵게 쓰디쓴 것일까…'

국화는 커피의 김이 피어오르기 시작한 머그잔을 두 손으로 감싸 쥐었다. 그리고는 향을 맡아 보고는 한 모금 쓰-읍 조심스럽게 마셨다. 목구멍을 타고 내려가는 따뜻한 액체가, 어떻게 말을 꺼내야 할지 꽁꽁 묶여 있던 국화의 마음을, 자연스럽게 풀어 주는 듯했다. 그녀는 이윽고 하고 싶던 말을 꺼냈다.

"센터장님, 제가 남섬의 팀장으로 지원하고 싶습니다. 그간의 경험으로 어려운 프로젝트를 잘 이끌 준비가 되었습니다. 저를 보내 주신다면, 최선을 다하여 그곳 탐사에 성과를 거둘 자신이 있습니다. 개인적인 상황으로는 피터와 저를 위해서라도… 안정적인 터전을 빨리 마련하는 것이 계획 중에 있어서, 그곳 생활에서 오는 당분간의 고생은 각오하고 있습니다."

그레이스는 오른손 가까이에 있던 그녀의 전용 머그잔을 들어, 커피를 두어 모금 천천히 마시고 나서 반가운 표정으로 말했다.

"그곳은 기온이 낮고 탐사 프로그램도 험난해서, 국화가 피터를 데리고 가서 지낼 수 있는 환경이 아닐 텐데요… 그래도 가능할지 알고 싶어요."

센터장의 있을 법한 질문을 미리 예상했다는 것처럼 그녀는 적절하게 답변했다.

"저의 아이 피터는 당분간, 믿을 만한 곳에 양육을 맡길 생각입니다."

"아, 그러셨군요. 그렇다면 마음의 준비가 이미 다 된 것이겠군요. 그럼 이번 달 말에 저희 임원진 회의 때, 이 문제를 본격적으로 의논해 보도록 하겠습니다. 준비 기간은 있지만 몇 주 남지 않아서, 좀 빠르게 준비하서야 할 것입니다. 남섬에 있는 프린스타운의 센터가 거의 마무리단계니까요."

"네 알겠습니다. 감사합니다."

국화는 그녀에게 목례를 하고 일어섰다.

물질… 그 한 가지를 원하는 것이 크게 자리 잡은 현실적 결정이었지만, 그 뒤에 벌어질 혹독한 결심은 너무나도 두려운 현실적 독단이었다.

그날 근무를 마치고 집으로 돌아오는 국화의 발걸음은, 어지럼증이 있는 빈혈 환자처럼 발바닥의 중심이 잡히지 않았다. 정신을 놓으면 바로 길바닥에 주저앉아 버릴 듯, 흔들거리고 기운이 없었다. 그녀는 편리하게 이용하던 차량도 운전하지 않고 일부러 걸어서 귀가했다. 천천히 걸으며 주변의 사물들을 하나하나 다시 바라보았다.

윌리엄과 사귀면서 마음에 가득 찬 기쁨으로 모든 사물들이 즐겁게 노래 부르던 날들이 있었다. 국화를 향하여 일제히 미소 짓는 것처럼 보였던 행운의 날들이었다. 지금은 현실의 삶으로 슬픈 결정을 고집해야 하는 상황이 되어 버렸지만… 사실, 주변의 사물들은 변한 것이 없었다. 변함없이 아름다운 그대로였다. 국화가 변해 버린 것이다. 주변은 어색해진 국화를 보고, 예전과 같이 순수하게 웃어 주지 않았다. 영혼의 울림 같은 메아리 소리도 전혀 들려주지 않았다.

"수고했어요, 신디. 어서 귀가해요. 내일도 같은 시간에 오는 걸 꼭 기억해 주고."

청바지를 즐겨 입는 통통한 십 대 소녀 신디는, 이웃에 사는 소녀다. 아이를 좋아하는 그녀에게 피터는 작고 귀여운 아기 친구였다. 용돈벌이라기보다는 그녀가 아기 피터와 함께하는 시간을 아주 좋아했다. 베이비시터로 가끔씩 국화의 집에 놀러 와 주곤 했다. 나이에 비해서 어른스럽게 행동하는 신디는, 다행스럽게도 피터를 아주 잘 돌봐 주었다.

"물론이에요. 피터는 참 잘 웃어서 너무나 예뻐요."

국화의 요청에 신디는 흔쾌히 대답했다. 그녀는 서둘러 재킷을 걸치고 피터를 바라보고 윙크를 날린 다음, 현관문을 열고나서 콧노래를 부르며 사라졌다.

업무를 마치고 귀가한 국화와 피터와의 시간은 참으로 귀했다. 일하는 동안 모유를 먹이지 못해 땡땡하게 뭉친 젖을 마사지하여 수유를 하고, 어린 피터를 어깨에 조심스럽게 안아 올려 등을 토닥거려 트림을 시켰다. 사소한 것들이었지만, 국화에게는 신성한 책임 의식과 같았다. 때로는 밤잠을 설치며, 깨어 있는 아이를 돌보는 일에 지쳐 졸린 눈으로 출근을 하더라도, 어떠한 조그만 불만의 단어도 생각나지 않았다.

아이와 함께할 수 있는 것, 그 이상의 행복은 그녀에게 없었으므로.

피터는 엄마의 정성에 답을 하듯 무럭무럭 건강히 자라며, 옹알이도 제법 하고 미소도 자주 보였다. 물건을 보여 주면 잡으려고 허우적거리며 손을 내밀 수도 있었다. 이제 막 4개월째로 접어든 피터는 목도 가누고, 가슴을 굽히기도 하고, 젖힐 수도 있었다. 엄마의 동선을 따라 가는 아이의 그린 색 눈동자는, 세상에 단 하나뿐인 안전한 존재를 바라보고 있었다. 시선을 놓치지 않으려고 무척 열심이었다.

"아가야. 엄마는 요즘 아주 어려운 계획을 하고 있단다. 이런 너를 두고 내가 어찌 발걸음이 떨어질까 모르겠다. 하지만 몇 년만… 우리가 서로를 바라보는 시간이 멈춰진 채 지내자. 그 이후론 다시는 너와 떨어지지 않을 거라고 엄마가 맹세할게."

설거지를 하다가 중얼거리던 국화는 갑자기 앞치마를 벗어 던졌다. 왈칵 쏟아지는 눈물을 참지 못하고 피터에게로 달려가서, 그를 놓칠세라 꼭 안아 주었다.

"당신은 사랑받기 위해 태어난 사람, 당신의 삶 속에서 그 사랑받고 있지요. 태초부터 시작된 하나님의 사랑은 우리의 만남을 통해 열매를 맺고, 당신이 이 세상에 존재함으로 인해 우리에게 얼마나 큰 기쁨이 되는지…."

그녀는 울먹이며 노래하고 있었다.

아이는 엄마의 우는 모습을 보지 못하고 그것이 무엇을 뜻하는지도 모른 채, 감미로운 목소리에 폭폭- 작은 숨을 내쉬며 행복한 잠을 청하기 시작했다. 아무런 근심걱정 없이 잠자는 아이의 얼굴은, 분명 천사의 모습이었다.

국화는 잠자는 피터를 침대에 눕히고는, 마음먹은 듯 메모지를 가지고 소파에 반듯하게 앉았다.

"지금부터 하나하나 세밀하게 우리를 위한 계획을 짜는 거야. 엄마가 정신을 바짝 차리고, 너를 위한 미래를 준비하도록 할 거야. 그리고 앞으로 쭉- 아무도 우리의 단점을 모르게 할 거야. 누구도 네게 손가락질을 하게 만들지도 않을 거고. 이 모든 것들을 계획하기 위해서 우리에겐 그저 잠시 시간적인 공백이 필요할 뿐이야. 잠시 말이야…."

그녀는 잠들어 있는 피터 쪽을 바라보면서 나직이 말했다.

♣

국화는 그로부터 몇 주간 세밀한 준비를 위해 밤마다 고민했다. 가장 좋은 방법을 찾기 위해 머리를 쥐어짰다. 최소한의 리스크 그리고, 최대한의 평화를 바랐다.

국화가 피터를 의심 없이 맡길 만한 안전한 장소… 그리고 선량한 사람들이 있는 곳을 생각해 보았다. 센터에 말하기로는 피터를 아는 사람에게 보낸다고 했으나, 임신한 사실도 모르는 국화의 부모님에게 아이를 보낸다는 사실은, 상상도 안 될 어마어마한 일이었다. 그녀의 결단은 그래서 냉철했다.

몇 주간의 시간들은 참으로 쏜살같이 휘리릭- 지나갔다.

계획의 시작점에 쏜 화살이 빠르게 날아가서, 국화가 이별을 고할 바로 그 시간에 그녀의 가슴에 아프게 박힐 것이라는 참상을… 그녀는 이미 각오하고 있었다. 아주 차갑고 냉철하게 모성애를 잠깐 멈추고 '기계가 되자.'고, 그녀는 자기 자신을 끊임없이 세뇌했고, 무너지지 말자고 다짐 또 다짐했다.

"이래야만 우리가 살 수 있어. 강해져야 해. 그리고 이겨 내야만 해. 모두 미래를 위해서야."

그녀는 어린 피터에게 이해시키려 애썼다.

'그래… 이것은 어쩔 수 없이 건너야 할 차가운 얼음 강이야. 내 온몸이 차갑게 젖어도, 꽁꽁 얼어붙어도 견디고 건너야 할 운명의 강… 누구도 도울 사람은 없어. 내가 견디어야만 해.'

그녀는 바보스런 결심을 했다.
피터를 바라보며….
그녀와 어린 피터의 인생까지도 송두리째 바꾸어 놓을 수 있는, 돌이킬 수 없는… 아주 바보스런 결심을 하고 말았다.

아기 버리는 박스

티카푸 성당에 아기를 맡기는 박스가 있다고 들었다.

'은총의 박스'라고 이름 지어진 박스… 아기가 따뜻하게 들어갈 수 있을 만한 조그만 공간이 마련됐다. 거처할 곳을 잃은 어린 생명들이, 안전하게 도움의 손길을 기다리는 곳이다.

'은총의 박스'는 말은 은총이었지만… 갓난아이의 부모 입장에서는 아기를 내다 버리는 박스나 마찬가지다. 미혼모, 부랑아, 쫓기는 사람들 등, 아기를 기를 형편이 안 되는 사람들의 극단적인 오류를 범하는 것을 막고자 마련된, 차선책을 오픈해 둔 것이다. 하느님이 보내신 선물들을 안전하게 거두어들여, 바르고 선하게 양육하고자 하는 사랑의 실천을 목표로 시작했다. 신부님과 수녀님들 그리고 유복한 성당 신자들의 후원으로 운영되고 있었다.

국화는 이러한 사실을 이미 알고 있었고, 본인이 감당하기 어려운 이러한 험난한 시기에 하느님께 자비를 구하기로 했다. 피터의 양육을 맡기고자 했다. 그러나 선뜻 결정이 똑바로 서지 않았다. 엄마를 의지하기 시작한 핏덩이를 맡기고, 과연 제정신으로 버틸 수 있을지 자신이 없었다. 독한 마음을 먹고, 미래를 위해서 현재의 고통을 감수해야 한다고 자기 자신에게 몇 번이고 타이르고 있었다.

'살아남기 위한 약자의 발버둥이라고 생각하자.'

인간으로서 떳떳하게 살고 싶은 국화의 욕심이었다. 미래의 사람다운 삶을 위해서, 피치 못할 죄를 짓는 것이라고…

변형된 긍정적 세뇌가 자기 자신을 망가뜨리고 있다는 것을 그녀는 몰랐다.

'괜찮아. 나는 어차피 완전하지 못한 인간이야. 모든 게 내 탓이라도 좋아. 난 인간답게 피터와 더 잘 살고 싶을 뿐이니까. 신께서도 나를 용서해 주실 거야….'

국화는 스스로에게 죄를 고하고, 벌을 내리고, 위로하며, 용서를 구하고 있었다. 그러나… 시시각각 모성애로부터 예견되는 분리의 고통은, 행동으로 옮기기도 전에 미리부터 뼈저리게 온몸에서 가슴 한복판으로 응집되고 있었다. 커다란 소용돌이가 모성애의 열정으로 뜨거웠던 가슴을, 사정없이 후려치고 냉각시키고 있었다. 가슴 속 깊은 곳에 남아 있던 어머니의 존엄성까지 깡그리 휩쓸어 가고 있었다. 그 무서운 것이 그녀의 인생, 그녀가 가진 모든 것을 파괴할 수 있는 엄청난 것이라는 것을 아직은 모르고 있었다.

남섬으로 떠나는 날짜가 다가옴에 따라, 국화는 매일매일 더 처절한 기도에 매달렸다. 그러나, 그녀가 내린 결론은 변함없이 제자리였다. '이건 내가 이 상황에서 할 수 있는 가장 현명한 방법이야. 적어도 우리 모자의 안전한 미래를 위해서는.'

본인이 감당할 수 없는 하느님의 선물을 그분의 성소에 맡기기로 결심한 것이다. 맡긴다는 말은 뻔뻔스럽고 거짓으로 도배한 것같이 번지르르하지만, 그렇게라도 생각해야 마음의 짐이 조금이라도 가벼워질 것 같았다. 그녀는 진실로, 신께서 주신 귀한 생명을 꼭꼭 다시 찾겠노라고 강하게 다짐했다.

티카푸 성당은 뉴질랜드에서는 대도시에서는 신앙인들의 입에 오르내리는 아름다운 카톨릭 성소였다. 그곳에서 성당의 품에 안긴 은총의 아이들은, 일반인들보다 정성 어린 세심한 교육을 받고 탄탄한 믿음 가운데 사랑받으며, 신앙인들의 후원이 끊이지 않는 은혜로운 곳으로 손꼽힌다. 그곳에는 다양하고 말 못 할 이유로 자신들의 아이를 포기하거나, 비밀리에 맡기다시피 버려지는 아이들이 여럿 있었다.

♣

어느 눈 내리던 날 이른 아침, '하나님의 은총받는 어린양'이란 글귀가 쓰여 있는 베이비 박스의 문이 살며시 열리고, 평범하지 않은 한 아기가 놓이게 된다. 이윽고 아이를 박스 안에 놓고 문을 닫자마자, 도움의 손길을 기다리는 어린양이 당도했음을 알리는 맑은 종소리가 울려 퍼졌다.

'딸랑딸랑-.'

원장 수녀가 방울 소리를 듣고 급히 달려 나갔다. 그녀가 걱정스레 아기 박스를 열어 보았을 때, 그곳에는 신비한 그린 색 눈동자를 가진 아름다운 아이가 놓여 있었다. 하느님께서 보내신 국화의 아이 바로, 피터였다. 따뜻한 양모 털로 정성스럽게 둘러싼 침대 바구니, 그 안에서 아무것도 모르는 피터는, 손과 발을 열심히 꼼지락거리며 놀고 있었다. 어린아이의 목에는 두 겹으로 꼬아 만든 빨강과 파랑 색깔의 실 목걸이가 걸려 있었다. 그 목걸이에는 새의 문양이 선명하게 보이는 김멜링이 걸려 있었고, 침대 안에는 하얀색 정사각형 봉투가 눈에 잘 보이는 곳에 놓여 있었다. 봉투 안에는 키보드로 타이핑해서 프린트한, 연분홍색 편지 글이 반듯하게 3등분되어, 두 손을 겹쳐 덮은 듯 포개져 있었다. 원장 수녀는 아이가 담긴 바구니와 편지를 조심스레 들어 올려서 따뜻하게 데워진 수녀실로 들어섰다.

이런 우울하고 슬픈 시작의 갈림길에 놓였을지라도 진실을 감지하지 못하는 아기는, 눈앞에 나타난 사람이 어머니인 양 시선을 놓치지 않으려고 애쓰고 있었다. 피터는 이레나에게 눈을 맞추며 알아듣지 못할 옹알이를 하고 있었다.

메모에는 이렇게 적혀 있었다.

하느님께서 주신 사랑의 선물을 다시 하느님의 성소에 맡깁니다. 아이의 이름은 'Peter', 영세를 받게 되면 '베드로'라 지어 주십시오. 머지않아 다시 꼭 돌아오겠습니다.

베이비박스에서 아기를 발견하고 편지와 아이를 데려가는 것을 바라보며, 눈물과 호흡을 가까스로 가다듬고 있는 여인… 방울소리가 울리자마자 황급히 몸을 숨기고 사라졌던 국화.

바구니와 수녀의 뒷모습이 수녀실 안으로 사라지자, 그녀는 터져 나오려는 통곡을 가까스로 참고 있었다.

그때, 그녀의 귀에는 출발을 알리는 배의 경적이, 이명증 환자의 환청처럼 크게 울려 퍼지고 있었다.

'삐이잉-.'

그녀의 잘못된 판단을 야단치기라도 하듯이, 고막을 사정없이 때리는 길고도 커다란 경적. 그것은 환청이 아니라 이른 새벽 많은 짐들을 싣고 남섬으로 향하는 화물선의 경적이었다. 짐으로 꽉꽉 들어찬 화물용 선박은 금세라도 바다 깊은 곳으로 침수될 것처럼, 그 무게가 버거워 보였다. 그녀의 견딜 수 없는 죄의식만큼이나 무거워 보였다.

한참 동안이나 숨어 있는 채로 멍하니 서 있던 그녀는, 매서운 겨울바람과 고막을 울리는 경적 소리에 정신이 번쩍 들었다. 그녀에게는 주저앉아 후회하고 있을 시간이 없었다. 하루빨리 아이를 찾으러 이곳으로 꼭 돌아와야만 했다. 대가를 치른 만큼 당연히 성공하는 결론이어야 했다.

'다시 꼭 돌아오겠습니다.'라는 약속의 문장이, 각인된 주문처럼 그녀의 뇌리에서 맴맴 돌고 있었다. 머리는 쉴 새 없이 이 순간 이후로 달려가고 있었다. 빼곡하게 짜인 저당 잡힌 계획들로 두뇌는 바삐 돌아가고 있었지만, 눈물샘은 바닥을 드러내야 직성이 풀릴 지경이었다. 장속의 노란 물을 끄집어낼 것처럼 끊임없이 눈물을 밀어냈다. 휘청거리며 걷는 시야마저 방해하고 있었다. 국화는 애써 눈물을 닦으려 하지도 않았다. 성당에서 멀어질수록 또 하나의 환청이 작은 메아리로 돌아왔다. 국화의 짧은 생이 마쳐지던 그 순간까지 끊임없이 가슴을 후려쳤던 그 울림.

'나를 버리지 마세요….'

은총의 아이들

국화가 떠나고 남겨진 갓난아기 피터는, 성당 수녀님들의 정성 어린 보살핌 아래 티 없이 밝고 맑게 자라나고 있었다. 신의 은총이 아기 피터에게 내려 그의 불완전한 인생이 따뜻한 빛으로 다시 채워지듯이.

비록 친모 친부의 사랑을 받으며 자랄 수는 없었지만, 성당 가족들은 그가 자라는 내내 가족처럼 곁에서 지켜 주었으며, 하루하루의 일과를 숨김없이 나누었다.

고아 아이들을 후원하는 일에 동참했던 성당의 성도들은, 아이들을 관심 있게 지켜보며 격려와 응원에 가세하는 일가친척 같았고, 동료 아이들은 한솥밥을 나누며 서로의 일거수일투족을 모조리 알고 지내는 형제자매였다.

신부님과 수녀님들은 사랑과 기도로서 은총의 아이들을 자식처럼 아끼며, 바르게 자라도록 지도하는 훌륭한 아버지와 어머니였다. 그들은 길 잃은 어린양들을 밝은 곳으로 인도하는 부모 이상의 안내자였다.

♣

첫돌이 지날 즈음, 성당이 발칵 뒤집히는 하나의 사건이 발생했다. 그동안 아픈 적 없이 탈 없이 잘 자라던 피터에게, 한밤중 고열 증세가 나타났다.

"신부님 피터가 열이 심해요. 39도까지 올라가서 해열제로는 차도가 없습니다."

원장 수녀인 이레나가 황급히 알려왔다.

"구급차를 부르면 여기까지 오는 시간이 있으니 원장 수녀님과 마리아 수녀님이 우선, 응급실로 먼저 이동하시는 것이 어떨까요…. 제가 의사 선생님께 미리 전화를 드려 놓겠습니다."

토마스도 황급히 옷을 챙겨 입고 핸드폰의 버튼을 눌렀다. 그는 전화를 마치고 아이들이 잠들어 있는 보육관의 각 룸들을 점검 차 돌아볼 참이었다. 혹시라도 놀라서 함께 깨어난 아이들이 있다면 안심시키기 위해서였다.

"마리아 수녀님, 어서 시동을 걸어 놓으세요. 제가 곧 피터를 안고 승차하도록 하겠습니다."

원장 수녀가 피터를 안고 급하게 나오려고 하자, 신부님이 다가와서 힘없이 축 늘어진 채로 얼굴이 빨개져 있는 피터를 받아들었다. 그를 조심스럽게 넘겨 안고는, 차 있는 곳까지 빠른 걸음으로 배웅해 주었다.

"차분하게 다녀오시도록 하십시오. 연락이 있을 때까지 계속 기도하고 있겠습니다. 아이들은 염려치 마시고요."

토마스는 먼저 승차한 이레나 수녀에게 피터를 안겨 주고는, 큰 성당의 정문을 지나 국도로 사라지는 차를 걱정스럽게 바라보았다.

황동으로 만들어진 성당 게이트를 빠져나가는 길목에, 치렁치렁하게 머리칼을 드리운 리무 나무들이 어두운 밤을 지키고 있었다. 올 여름 동안 뉴질랜드의 장대비를 든든히 막아주듯 대표 우산이 되었던 키 큰 야자수와 새로운 가로수로 지정받아 심어진 어린 사과나무도 역시, 오늘 밤은 어두워진 표정이었다.

그들은 성당 보육원의 각기 다른 성정을 가진 아이들처럼 개성적이지만 조화롭게, 길가의 양옆으로 나란히 키를 맞추고 있었다. 마치 열매 맺기를 기다리는 은총의 아이들처럼, 맡겨진 역할을 기다림으로 고대하는 듯했다.

아직 '열매'라는 것의 의미도 모르는 채 책임이 지워진 유실수 사이로, 열기를 뿜으며 황급하게 사라지는 포도주색 밴이 모습을 감추었다. 어둠 속 가로등에 희미하게 비치던 차량의 색깔이 마치 흑갈색처럼 보였다. 병원으로 다급하게 향하는 두 수녀님의 그늘진 얼굴과 같은 색깔.

항상 평화롭게 미소 짓던 두 수녀님들의 얼굴 표정은 온데간데없이 사라졌다. '혹시라도 피터가 잘못될까….'하는 두려움에 대단히 떨고 있었다.

마리아 수녀님이 급한 나머지 서둘러 속력 페달을 밟아 대는 바람에 차량 뒤쪽 머플러에서는 스포츠카처럼 무서운 굉음이 났다. 게다가, 불완전 연소된 매연이 만들어 낸 회색 꼬리는 우중충하게 유난히 길고 굵게 엉켜 나오는 듯했다.

이레나와 마리아는, 아픈 피터의 응급처치를 위해 근처의 카톨릭 병원으로 황급히 이동하고 있었다.

'평상시에는 매우 차분한 분들이신데….'

붕붕거리던 차량의 소리가 긴 꼬리마저도 감춘 채 완전히 사라지자, 토마스는 잊고 있던 중요한 일을 불현듯 생각해냈다.

아이들이 있는 보육관으로 들어섰다. 아이들을 둘러 보아야 했다. 피터를 제외한 아이들은 그대로 잘 자고 있었고, 피터처럼 열이 있는 아이도 없었다. 잠시 불안하게 들썩이던 보육관도 조용한 밤공기에 다독거려지듯 이내 평정을 찾았다.

그는 복도에 켜져 있던 희미한 보초 등을 제일 약한 밝기의 미등으로 조절한 뒤, 천천히 걸어서 본관으로 들어갔다. 제단 앞에 성초를 밝혔다. 그리고, 나직하고 균형 잡힌 고른 음성으로 피터를 위한 기도를 시작했다.

원장 수녀는 응급처치를 위해 당도한 종합병원에서, 놀라운 소식을 접하게 된다. 처음으로 피터의 숨겨져 있던 젠더의 비밀을 알게 된다. 여러 가지 검진과 피터의 몸을 살펴본 소아과 닥터가, 피터의 보호자를 호출했다. 이레나 수녀는 간이용 스탠드 쪽으로 조용히 걸어갔다. 의사는 코끝까지 내려온 헐렁한 돋보기를 한 손으로 치켜 올리며, 은발 머리카락 사이로 빠져나온 검은색 귀밑머리를 귀 뒤로 쓸어 넘겼다. 그녀의 머리카락은 전체의 3분의 2정도가 검은색과 조화를 이루는 은발이었다. 병원의 불빛이 밝아서인지 그녀가 이리저리 움직이는 각도에 따라 머리칼의 윤기 있는 부분이 따라 움직였다. 네온처럼 위아래로 움직이며 반짝거리고 있었다.

닥터는 이러한 급박한 상황에 잔뼈가 굵어진 듯, 전혀 당황하지 않고 정해진 순서인 양 지시를 하며 재빠르게 움직였다. 그녀는 나이 오십쯤 되어 보이는, 키 크고 깡마른 여의사였다.

"너무 염려하지 마십시오, 수녀님. 이맘때 아이들이 흔히 겪을 수 있는, 밸런스가 깨져서 생기는 증상일 뿐입니다."

그녀는 다른 환자들에게 영향이 가지 않도록 조용한 음성으로 그러나 또박또박 발음했다. 그리고 나서, 조심스레 질문을 덧붙였다.

"수녀님… 피터의 몸에 대한 평범하지 않은 사항에 대해서는 이미 알고 계신 거죠?"

이레나의 눈을 또렷하게 응시하며, 염려가 섞인 얼굴빛으로 말했다.

'평범하지 않은 사항'이란 말에 이레나의 가슴이 순간 발을 헛디딘 듯 철렁했다. 그간 아무런 탈 없이 건강하게 자라던 피터였다. '어린 생명에 무슨 변고라도 생긴 것인가… 오 하느님, 부디 어린 피터를 보호하여 주십시오.' 궁금증과 걱정이 뒤섞인 모습으로 이레나 수녀가 조심스럽게 되물었다.

"평범하지 않은 사항이라니요… 어디 크게 이상이라도 있는지요? 우리 피터가 상태가 많이 안 좋은가요?"

이레나는 두 손을 가슴 위로 모으고 있었다.

담당 의사는 잠시 적절한 말을 생각하는 듯 머뭇거렸다. 그녀는 자신의 옆에 위치한 프린트기에 꽂혀 있던, 복사 용지를 한 장 꺼냈다. 그리고는 걱정으로 파르르 떨고 있는 이레나 앞에 새하얀 종이 한 장을 슬며시 내려놓았다. 아무것도 쓰여 있지 않은 종이 위에, 스케치를 하는 디자이너처럼 쓱쓱 재빠르게, 대략적인 사람의 신체를 그려 넣었다. 의사는 그 그림을 이레나가 잘 보이는 쪽으로 밀어 놓았다.

"여기를 보세요. 제가 가급적 쉽게 설명 드리겠습니다."

의사는 자신이 그린 인체를 토대로, 피터의 젠더에 담긴 비밀을 이야기하기 시작했다. 전문적인 설명을 덧붙여 남녀를 구분하는 기관에 대해 말했다. 10분 정도 대략적인 설명이었다. 그리고 덧붙여, 피터가 가지고 태어난 비범한 염색체의 특이성과 신체의 성별을 감별하는 위치를 점찍으며, 현재의 신체적 상이점 그리고 성장 후의 미래의 발생할 듯한 상황에 대해서도, 내부 기관을 연결하며 설명을 곁들였다.

원장 수녀, 이레나는 어린 소녀시절 성당에 들어와서 자랐고 성에 대한 지식이 희박했다. 본인이 알고 있는 남성과 여성에 대한 성적인 지식이란, 서로에게 뚜렷한 다른 기관이 있다는 것. 그 외에는… 자세히 아는 바가 없었다.

'남성과 여성의 기관을 둘 다 가지고 있는 아이라니….'

그녀로서는 완전하게 이해하기 어려운 놀라운 진실이었다. 이레나는 함께 온 마리아 수녀에게 이 사실을 알리는 것을 함구하기로 했다. 그녀도 무척 놀랄 것이 확실했기 때문이다. 여러 사람에게 진실이 알려지는 일은, 피터의 인생을 위해서 매우 주의가 필요할 것처럼 여겨졌다.

"선생님, 한 가지 부탁을 드리고 싶습니다. 피터에 관한 개인적인 신체

사항은 저와 신부님만 알고 있어야 할 사항 같으니, 이대로 비밀로 유지해 주시길 바랍니다."

그녀는 아이를 위해 부탁하는 엄마의 심정으로, 의사에게 간곡히 부탁하고 있었다.

"그리고 피터의 열이 내리면 될 수 있는 대로 빠르게 성당으로 복귀하여, 안정을 취하게 하고 싶은데요… 혹시 입원이 필요한 상태인가요?"

처음 접하는 충격적인 이야기로 놀라움이 아직도 가시지 않은 떨리는 목소리로 이레나가 재차 물었다.

"아닙니다. 피터는 곧 정상체온을 찾을 것입니다. 가벼운 후두염중인 것 같으니, 약복용을 잘 시키고, 충분히 수면을 취하면 금방 회복될 것입니다. 너무 염려 마십시오."

의사가 수녀의 당황함을 눈치 챘는지, 가급적 안심시키려는 듯 말했다. 그녀는 피터를 위하여 처방되는 약과 빠른 회복을 위하여 도와야 할 일들도 부가적으로 짤막하게 설명해 주었다.

"감사합니다."

이레나는 놀란 가슴을 진정시키며, 마음의 평정을 되찾으려는 듯 속으로는 계속 묵상기도를 했다.

'어린 생명을 가엾이 여기사 그의 건강이 하루속히 회복되며, 자라는 동안에도 평범함 가운데로 마음의 평화를 얻도록 보호하여 주소서. 성모 마리아 님… 부디 가엾은 피터를 위하여 빌어 주소서.' 진정으로 가엾은 피터를 위하여… 그의 앞날에 서서히 벌어질 듯한 상서롭지 못한 미래를 위하여, 그녀는 간절한 기도를 올리고 있었다.

몇 분을 더 기다리자, 피터의 체온이 정상치로 내려갔다. 잠들어 있는 아기 피터와 두 수녀는 자정이 다 되어서야 성당에 복귀했다. 돌아오자마자 피터는 양호실이 있는 침상에 눕혀졌다. 공기가 건조하지 않도록 가습기를 틀어 놓은 1인용 방이었다.

이레나는 마리아 수녀에게 휴식하기를 권했다. 그리고 신부님이 계신 사제실 앞으로 갔다. 나직한 소리를 내기 위해, 손가락 끝을 이용해서 방문을 두어 번 살짝 노크했다.

"신부님, 아직 깨어 계신가요, 잠시 피터에 대한 중요한 얘기를 나누고 싶습니다."

피터가 회복되었다는 톡을 보고, 신부복을 벗고 다시 평상복 차림으로 쉬고 있던 토마스 신부는, 밤새 뜬눈으로 있었기에 피로가 채 가시지 않았다. 그러나 그는 여전히 평화롭고 인자한 모습으로 문을 열어 주었다.

"어서 오십시오, 이레나 수녀님. 두 분이서 피터의 병환으로 병원에 다녀오시느라 수고가 많으셨습니다. 그렇지 않아도 잠시 휴식을 취한 뒤, 병원에서 있었던 상황을 여쭈러 가 볼 참이었습니다."

이레나는 피터의 젠더에 관한 이야기를 기억해 내고는 그림자가 진하게 드리운 안색으로 바뀌었다.

"저… 저… 신부님, 피터에 관한 검진결과에서 우연히 알게 된 사항이 있습니다."

이레나가 잠시 동안 머뭇거리다가, 결심했다는 듯 아주 조심스럽게 병원에서 들은 이야기를 꺼내기 시작했다.

"피터가 남자이기도 하고 여자이기도 한 간성인이라는데 신부님께서는 이런 말을 들어 보신 적 있으신지요?"

토마스 신부 역시, 처음 듣는 주젯거리인지라 조심스러운 눈빛으로 바뀌었다. '간성인이라니….' 그는 차분하게 기다리며 이레나의 이야기를 그저 끝까지 경청하고 있었다. 이레나는 그 뒤부터는 말을 꺼내기가 어색한 듯 좀 더 머뭇거리다가 말을 이었다.

그녀는 병원에서 들은 '간성인'에 대한 사실을, 토마스에게 그대로 전달했다. 그러면서도 이레나는 참으로 난감한 표정을 지었다.

"모든 것이 하느님의 뜻이라는 생각에 이것을 저희도 받아들여야겠지만, 저도 무척이나 놀라긴 했습니다. 하지만 지금은 담담합니다."

토마스 신부는 잠시 혼란스러운 상상력의 중앙에 멈추어 서 있었다. 그는 이런 말을 들어 본 적이 결코 없었으니 이레나의 물음에 당장 '이렇다, 저렇다.'라고 대답할 수 없는 노릇이었다. 간성인이라니… 토마스 역시 처음 들어 보는 단어였고 있을 수 없다고 생각했다. 어느 누구한테도, 심지어 고해성사를 몇십 년 주관해 오던 그였지만 이런 이야기는 처음이다. 그러나 사실인 것이다. 그는 받아들여야 했다. 토마스는 잠시 눈을 감고 있다가 무언가 결심한 듯 눈을 뜨고 나서, 이레나에게 조용하게 이야기했다.

"수녀님께서도 많이 놀라셨겠지만, 저 또한 이런 상황은 처음입니다. 그러나, 이 땅의 모든 만물, 하다못해 흙 속의 지렁이나, 길가의 개미, 이름 없는 들풀까지도 하느님께서 창조하시고 의미를 두어 하시는 일에는 모두 크고 작은 뜻이 숨겨져 있습니다. 우리 인간이 그 뜻을 어찌 다 헤아릴 수 있겠는지요. 다만 저희에게 보내신 아가 피터를, 우리의 신앙으로 아름다운 빛을 담아 보살피고, 그가 이 세상에 하느님의 사랑을 실천하는 사람으로 훌륭하게 성장하기를 도울 뿐입니다. 피터가 가지지 못한 부분이 있다면, 우리가 피터를 더 잘 지켜보며 그를 돕고, 양육하고, 그가 이 험난한 세상에서 강하게 살아 내기를 기도할 것입니다."

그의 얼굴은 평화롭고 잠잠해 보였으나, 이제껏 알지 못하던 제3의 성에 대한 새로운 사실로 인해 머릿속이 한껏 복잡해져 있었다.

'이를 어찌해야 한단 말인가. 어찌 온전히 그를 도울 수 있단 말인가.'

수녀님께서는 하느님의 창조에 담긴 명쾌한 답을 돌려드린 듯했으나, 토마스는 사실 이레나가 수녀실로 복귀한 후에도 한참 동안 잠들지 못했다. 하느님께서는 아담과 하와를 창조하셨는데, 남자와 여자를 두루 갖춘 제3의 존재는 과연 어떤 뜻이 담긴 존재란 말인가.

이레나 수녀도 토마스 신부도 그날 밤, 피터에 관한 걱정이 머릿속에서 맴맴 돌았다. 다만 그것을 둘 다 나타내지 않았을 뿐, 걱정과 혼란스러움으로 마음이 쿨렁쿨렁 동요되었다.

이레나는 그날 밤도 묵상기도를 마치고, 도저히 잠자리에 바로 들 수가 없어서, 잠들어 있는 아기 피터를 보려고 양호실로 발길을 돌렸다. 그곳에는 그날의 당직 수녀님이, 피터의 열을 정기적으로 체크하며 밤샘 근무를 서고 있었다.

"루시아 수녀님 수고하십니다. 많이 피곤하시지요?"

"괜찮습니다. 병원에 다녀오시느라 수녀님들께서 더 힘드신 걸 알고 있습니다. 다행히 피터는 정상 체온을 유지하고 있고, 열이 내려서 보채지도 않고 편안해 보입니다."

편안히 잠자고 있는 그는 정말 아름답고 평화로운 아기천사의 모습이었다. 쌔근쌔근 작은 숨소리 또한 가을 풀벌레 소리처럼 감미롭고 편안했다.

다음 날도, 그다음 날도, 피터는 울지 않고 분유도 토하지 않았으며, 죽과 같은 거의 씹히지 않는 이유식도 잘 받아먹었다. 며칠간 이레나 수녀와 토마스 신부는 잠든 피터의 침상 앞에 교대로 다녀갔고, 그의 침상 앞에서 몸을 낮추고 두 손을 모으고 간절한 기도를 올렸다. 토마스는 피터에게 특별히, 그의 앞날에 축복이 담긴 기도를 해 주었다.

"이 아이가 이곳에 온 것은 하느님의 뜻입니다. 하느님은 우리들을 각각 뜻하는 바에 따라 만드셨으니, 피터에게도 이루실 뜻이 있겠습니다. 하느님께서 보내주신 약하디약한 어린양을 긍휼하게 여기사, 이 아이가 강건하게 자라게 하시고, 평화로움에 몸담으며 기쁨을 누릴 수 있도록 보호하여 주소서!"

♣

피터와 같은 해, 비슷한 시기에 성당 보육원에 들어온 여아가 있었다. 그녀의 이름은 클로이였다. 아시아의 외모를 가진 그녀는 쌍꺼풀이 없는 커다란 눈에 검은 눈동자를 가지고 있었다. 피터와 클로이는 쌍둥이처럼 자라나면서 서로를 의지했다. 클로이의 성장 속도는 피터보다 좀 더 빠른 편이었다. 그들은 둘이 가깝게 붙어 다니며 놀았고, 어느새 자라서 만 3세가 되었다. 걸어 다니며 사물들을 만지고, 서로가 협력 놀이를 하며 사이좋게 완성되지 않은 그들만의 언어들을 주고받았다. 서로를 도우려 했다. 피터는 주변 사물을 인지하는 능력이 좋았고, 기억력이 뛰어났으며 새로운 것들에 호기심이 많았다.

클로이는 말도 잘하고 질문이 많았다. 무엇이든 세심하게 바라보기를 좋아했고 관찰력이 뛰어났다. 대조적으로, 피터는 묻는 말에만 대답을 했고 말수가 적은 편이었다.

피터와 클로이를 포함한 모든 보육원의 아이들에게 부모의 자리는 비록 부재였지만, 성당 가족들의 관심과 사랑으로 평화롭고 행복하게 잘 자라고 있었다. 사랑 안에서 커 가는 은총의 아이들은, 밤하늘의 별처럼 각기 밝은 빛을 내뿜으며 반짝거리고 있었다. 신부와 수녀들은 무럭무럭 자라는 은총의 아이들을 바라보며, 하루하루의 무사함과 그들의 온화한 심성과 각자의 능력이 숨어 있는 독특함에 감사드렸다.

이레나 수녀는 항상 피터의 존재에 대해서는 간절함이 스며있는 특별한 기도를 올렸다. 그가 이 땅의 여러 사람을 비추어 주는 따뜻한 햇빛과 같은 존재로, 일생 동안 평화롭게 살아가기를 간절히 기도했다.

두 번째 열쇠

바로 그즈음, 남섬에 가 있던 국화는 맡은 일에 기대 이상의 성과를 올리고 있었다.

성실히 3년간을 꾸준하게 일했던 국화는, 기나긴 프로젝트를 성공리에 마쳤다. 그녀는 만족스러운 마침표를 찍고 귀환을 준비 중이었다. 그간의 노력을 실어 열심히 진행한 덕에 업무상의 효과는 2배 이상의 성과를 거두었고, 센터의 경영에도 크나큰 이익이 되었다. 기본급여와 수당과 성과급으로 더해진 국화의 수입은, 개인적인 경제력도 탄탄하게 마련할 수 있는 기반이 되었다. 고생한 보람은 은행에 저축한 통장에 찍힌 숫자가 증명하였고, 그녀에게는 그것이 큰 위로가 되었다. 머릿속에는 아기 피터와 미래를 함께 하는 즐거운 계획으로 가득 찼다.

'아무도 나의 아기를 무시하려 들거나 손가락질하게 놔두지 않을 거야. 내가 제대로 지켜 줄 거니까.'

그녀는 후임으로 도착한 새로운 센터장에게 프로젝트의 다음 해 계획을 인계하고 마무리를 지은 다음, 북섬으로 향하는 항공티켓을 끊었다. 가방 두 개에 그간의 짐들을 비집듯이 담아 넣었다. 그녀는 자신의 노고를 자신이 직접 치하했다.

"국화야 그간 고생했어. 넌 잘 이겨 냈어."

그녀는 자신에게 조용히, 그리고 다독이듯 속삭였다.

국화는 돌아오는 내내, 기내 안에서 웃음을 짓고 있었다. 앞으로의 상상으로 행복했고, 하루빨리 피터를 되찾으려는 생각으로 가슴이 벅차올랐다.

그녀가 북섬으로 귀국하여 센터에서 일하던 시절 머물던 옛 숙소로 돌아오자, 3년간의 피로가 한꺼번에 몰려온 듯 무척 피곤했다. 하루는 거의 계속해서 잠만 잤다. 복귀 후 며칠간은 신체의 리듬을 완전히 되찾아야 했고, 집안이 정돈되는 대로 피터를 데려오는 것이 순차적 계획이었다.

우드피스 본사에 게시된, 주말 야생 숲 탐사에 Mt. 애덤으로 향하는 특별코스 '2박 3일 일정'이 떴다. 이번 2박 일정은 그녀가 꼭 가보고 싶었던 장소였다. 그녀는 피터를 만나러 가기 전, 자신에게 주는 마지막 휴가 격으로 이번 여행 일정에 참여하기로 했다. 그리고 나서 바로 티카푸 성당으로 달려갈 참이었다.

모아 둔 돈을 통장에 저축했으므로, 그것의 일부는 감사한 보답으로 성당에 기부할 생각을 가지고 있었다. 그리고 피터와 집으로 컴백해서 행복하게 사는 것이 앞으로의 찬란한 계획이었다.

제일 먼저, 그간의 이야기를 털어놓고 마음을 나눌 수 있는 단 한 사람, 옛 동료이자 베프인 미셸을 만나기로 했다. 그간의 비밀을 털어놓을 참이었다.

국화는 한국에서 기다리고 계실 부모님께 안부 편지를 썼고, 그간 저축했던 돈에 대한 사항들은 만약을 위하여 그녀의 비밀 일기장에 기록해 두었다. 그 일기장은 락 설정이 되어 있었고, 그것을 오픈하려면 두 개의 열쇠가 필요했다.

'하나는 내가 보관하고, 다른 하나는 어떻게 보관하는 것이 좋을까….' 그녀는 잠들기 전, 피터를 보육해 준 성당에 얼마간의 현금과 함께 정성을 담은 감사 편지를 썼다. 그리고 그녀는 편지와 일기장의 두 번째 열쇠를 아기 피터에게 동봉하기로 맘먹었다. 3년 동안의 기나긴 공백 기간, 사무치는 모성애를 버리고 죄인처럼 살아야만 했던 그녀의 삶을 아기 피터에게 선물하고 싶었다. 그가 장성하면 간접적으로라도, 그녀의 삶을 들여다볼 수 있는 아주 소중한 선물이었다.

귀가 당일 둘째 날, 국화는 남섬 근무지에서 가져온 짐을 풀고, 미셸의 거처로 가서 반나절 동안 함께 지내며 그간의 이야기를 더욱 자세하게 나누었다. 그들은 대화하는 동안 울고 웃고를 반복하며 드라마틱하게 지나간 노고를 위로하고 있었다. 그간의 어렵고 쓰디쓴 인고의 내음과 차갑고 시린 현실을 그녀에게 솔직하게 이야기를 하자니, 단단한 응어리가 저절로 풀어지는 것 같았다.

　미셸은 한국으로 보낸 줄 알았던 피터가 어느 보육원에선가 자라고 있다는 사실에 깜짝 놀랐다. 이제 와서는 친구로서의 따끔한 조언보다는, 국화… 그녀의 결정이 최선이었음을 다독여 주었다.
　'지난 과거를 들추어낸들 무엇 하랴… 가장 힘들었던 사람은 바로, 아기의 엄마였던 국화였을 거야.' 미셸은 그녀의 마음을 이해하려 애썼다. 우드피스에서 진행하는 짧은 여행을 마치고 피터를 찾으러 가리라는 그녀의 계획에, 미셸도 축하의 말을 전했다. 그간 남섬에서 있었던 일들을 밤새 얘기하느라, 둘은 새벽까지 잠자리에 들지 못했다.

　북섬에 도착하면서부터 모든 것을 착착 계획적으로 준비해 두었던 국화는, 그녀의 집에서 하룻밤을 보냈고, 미셸은 아침 일찍 서둘러 센터로 출근했다.
　국화는 여행 복장과 준비물을 챙겨 주말 탐사에 참여할 준비를 모두 마쳤다.

플랜트 비스트(Plant BEAST)

동물들은 위기에 처하면 자신을 방어하느라 공격 태세를 취한다. 살아 남기 위한 수단과 적절한 방법을 찾는다. 발톱을 세우고 날카로운 이빨을 드러낸다.

인간에 대하여 말하자면… 강한 말과 어조를 사용해 가며 무서운 표정으로 상대를 제압하려 들기도 하고, 주변의 물건들을 이용하여 공격이나 폭력을 행사하기도 한다. 또는 일격으로 상대방의 숨통을 끊어 놓을, 강력한 무기를 사용하기도 한다.

식물에게도 방어 체계가 있다.

겉으로 확연하게 인간에 관한 의심을 드러내는 주엽나무는 인적이 드문 곳에서 자라날 때는 매끈하던 나무줄기가, 근처에 오가는 사람들이 많아지면 자신의 몸을 보호하려 산발적으로 굵은 가시를 길러 낸다. 몸통의 이곳저곳을 방어하기 시작한다. 최대한 자신을 지키고 살아남기 위해서다. 그리고, 외부인들의 근접을 허락하지 않는 식물의 말 없는 표현이다.

지구상에 몸담고 있는 모든 동물과 인류에게도 제각기 '퍼밋 라인'이라는 것이 있다. 그것은 눈에 보이지는 않지만, 상식적인 사고를 가진 인류에게는 '여기까지는 ok.'라는 공감대가 작용한다.

말 없는 식물들도 마찬가지다. 당연하게도 지구상의 밸런스가 존재했기에, 그나마 꿋꿋하고 초연하게 오랜 시간 동안 견디어 왔다. 그렇지만, 이것이 영원토록 이대로 지속될 것이라는 것은 오산이다. 인류의 오만함을 견디다 못해 언젠가는⋯ 식물이건 동물이건 인류에게 군림 당하던 순박한 존재들이, 인류에게 멸망을 가져올 만한 일격을 가할 수도 있다.

우주와 생명체의 역사를 거슬러 올라가 보면, 수세기에 걸쳐 자연으로부터 가해지는 재해가 많았고, 인간의 머리로는 납득이 가지 않는 원인 모들 희귀한 재앙도 수차례 있었다.

♣

21세기의 고요하던 어느 날, 지구상의 생명체 간에 넘어서는 안 될 '퍼밋라인'을 거스른 보복으로, 희귀한 바이러스가 칼날을 드러냈다. 그것은 서서히 그리고 아주 조용하게 인간세계를 좀 먹으며 불안에 떨게 만들었다. 하루하루가 거침없이 매끈하게 지나가던 인류에게, 어느 순간부터인가 두려운 일상이 이어지고 있었다. 사라질 듯 사라지지 않고 인간세계에 깊숙이 뿌리를 박아 버린 V바이러스, 인간이 자연을 경외시한 결과였다.

스마트한 인류는 이러한 기본적인 배경을 알기까지 많은 시행착오를 거쳤고, 뾰족한 해결책을 제시하기까지는 꽤나 기나긴 시간이 걸렸다. 사람들의 생활이 무기력해지고, 삶이란 것이 부담을 느낄 정도로 불편해지고, 여기저기 고통받는 사람들이 가까운 곳에서부터 눈에 띄는 곳곳에 생겨나기 시작했다.

인류에게 수세기 동안 상처받으며 잠자코 존재하던 자연은, 더 이상 견디고만 있으려 하지 않았던 것일까⋯ 그들도 보호받으며 사랑받는 것이 어떤 기분이라는 걸 아는지. 헌신하기만 했고 되돌려 받지 못한 자신들의 정성에 분개했다. 깔보고 무시하는 상대에게, 자비롭게 미소만 짓고 있지는 않았다.

♣

아름답고 평화로운 외진 산골.

사람들의 발길이 닿지 않는 곳에, 인류처럼 공감 능력을 가진 희귀한 식물이 살고 있었다. 그것은 식물이지만 동물이며, 신기한 빛을 내뿜는 생물체였다. 호흡할 때마다 멀리까지 비출 수 있는 밝은 보랏빛이 반짝거린다. 그 빛은 언뜻 보면 길 잃은 자들을 안내하는 등대 같기도 했다. 그러나 선택받은 자들만이 그들과의 진실한 조우가 허락되었다.

신비한 바이올렛-C.

그것은 머나먼 고향 행성을 떠나 아름다운 우주 이곳저곳을 여행하던 외계의 이방인들이, 오래전 지구상에 아름다운 흔적을 남긴 것이었다. 시인처럼 고요하고 평화롭게, 그리고 아름답게 살아가고 싶던 이 식물에게는, 순수하지 않은 것들을 알아보는 지혜가 있었다. 식물이지만 다른 생물과 교류하는 공감능력을 가진 생물체였다. 철저하게 자신을 지키기 위해서 반기지 않는 불청객이 다가오면 반감을 표시할 수도 있었다.

마음이라는 것이 작동하고 있었다. 해치지 않을 상대가 다가오면 마음의 빗장을 열어 주고, 의심스러운 이에게는 닫아 버리며, 독소를 뿜어내고 공격성을 드러낸다. 자신을 지키기 위해서는 자비가 아닌 살상을 택한다. 그리하여 세간에서는 그 식물을 '비스트'라 이름 지었다.

플랜트 비스트,

그 식물의 화분에는 오염된 질병의 근원을 치료할 수 있는 희귀한 성분이 들어 있다. 편안한 호흡이 유지되며 방어 없는 움직임이 있을 때에만 독소가 섞이지 않은, 치유력이 있는 순수한 꽃가루를 분출한다. 수명은 과히 백 년이 넘도록 유지되고 장수하며, 그것의 생명이 막을 내리기 전 같은 자리에 오직 한 개의 직계 씨앗을 남긴다.

예민한 이 생물의 신비로움은 쉘터가 될 만한 곳을 알아보는 지혜로움인데… 오염되지 않은 청정지역의 깊은 산골에서만 서식하고 있었다.

머나먼 별에서 온 이 식물의 이름이 '비스트'로 오인되기까지는 다른 이름을 가지고 있었다. '바이올렛-C'라는 아름다운 이름을.

치유의 영험한 능력을 가지고 있는 이 생물은, 자기 영역을 철저하게 지키는 애니플랜트(Aniplant- 동물적 식물)라고 해야 맞을 것이다. 외계 행성의 신생 식물인 바이올렛의 원로인 바이올렛-C는, 오랜 세월 동안 다른 생물체와 공존하며 그들의 치유를 돕는 역할을 해 왔다.

지구에서는, 19세기부터 몇몇 식물학자들이 이것을 알고 백방으로 찾고자 노력하였으나, 끝내 찾아내지 못하였다. 이 생명의 유래는 아주 오래전부터, 입에서 입으로 희미하게 구전으로만 떠돌며 기록상에는 잘 남아 있지도 않았다. 그 당시에 직접 찾아냈었다 해도, 세간에 널리 알릴 수도 없었을 것이다. 어쩌다 우연하게 그 신비한 종을 발견한 이가 있다손 치더라도… 온전한 상태로 기록에 남기거나 지속적인 탐사를 계획하기는 확실하게 어려웠을 것이다.

플랜트 비스트와 마주하는 날이 그의 마지막 날이었을지도 모르니까.

식물의 살인

험난한 여정으로 소문난 난코스, 북섬의 마오리 빌리지. 그곳에 흔적을 남기는 설레는 모험이 도사리는 아침이 밝았다.

소풍 전 어린아이처럼 들뜬 마음이 풀썩거리는 짜릿한 기대로, 그녀는 평상시의 기상 시간보다 두어 시간 먼저 잠자리를 떨치고 일어났다. 샤워를 마치고 에너지가 가중되는 식이요법을 적용했다. 어릴 적, 세 식구가 한 그릇 밥에 숟가락을 얹어 정겹게 먹던 생각이 떠올랐다. 그녀는 갑자기 한국의 고향이 그리워져서 찡한 마음으로 그 밥을 씹지도 못하고, 연거푸 두어 번 숟가락질을 계속하여 입 안에 대충 밀어 넣고는 꿀꺽 삼켜 버렸다.

'엄마 아빠는 잘 계시겠지… 머지않았어. 이제 곧 연락드릴 거니까.' 핸드폰의 알람 소리가 울리자, 그녀는 꽃무늬가 그려진 벽지 위에 매달려 있는 오크 색 시계를 바라보았다. 시침과 분침이 6시 30분을 가리키고 있었다. 고대하던 여행이 코앞에 다가왔다.

꼼꼼하게 가방을 챙겨 넣은 국화는, 들뜬 마음으로 좁다란 골목을 지나, 점점 길이 넓어지는 대로에 들어섰다. 그녀는 여유 있는 여행 일정을 위해 2박의 산행이 시작되는 집결지 근처에 짐을 풀 생각이었다. 쉴 만한 숙소를 일찌감치 예약해 두었었다. 그곳에 넉넉히 도착하려면 운행 길로 2시간 정도는 쉬지 않고 열심히 가야 한다.

첫날 오전에는 등산의 집결지 입구에서 난코스의 워밍업 오리엔테이션이 있다고 했다. 주의 사항과 간단한 모닝 티타임이 이루어질 예정이었다. 그곳에 참가하는 등산 마니아들의 가벼운 첫 미팅이다.

국화는 잠을 충분히 자지 못한 탓에 게슴츠레한 눈으로 운전대를 부여잡았다. 무척 피곤했지만 머뭇거리지 않고 냅다 달렸다. 예약한 숙박업소에 제시간에 도착하자, 푹신한 침대에서 30분 정도의 번갯불 낮잠을 취할 기회가 생겼다.

'오늘은 오리엔테이션이 짧게 끝나더라도 산등성이라도 올라가 봐야겠다.'

여행지에서 1일째, 그녀는 오리엔테이션을 마치고 시내가 한눈에 내려다보이는 전망대에 올랐다. 여유 있는 트래킹으로 워밍업을 말끔하게 달성했다. 만족스럽게 준비운동을 마친 국화는 가져온 랩 탑 컴퓨터를 켜고, 다음 날 있을 난코스의 등산을 위하여 마오리 빌리지에 관한 자료들을 미리 검색했다.

그곳에는 눈에 띄는 기사가 한 가지 있었는데, '마오리 빌리지'의 숲 어딘가에서 깜박거리는 보랏빛 점등 같은 것을 보았다는 목격자들의 진술이었다.

그녀의 생각으로는, 신문사가 그것을 호기심의 차원보다는 동화처럼 아름답게 표현해 놓는 것에 더 공들인 것 같았다. 그것은 마오리 빌리지를 크리스마스 조명처럼 신비스럽게 표현했다. 그 기사를 접한 사람이라면 누구나 잠시라도, 동심 어린 상상으로 행복해지기에는 충분한 스토리였다.

국화는 혹여 자신이 운이 좋다면, 그런 광경을 실제로 목격할 수도 있겠다는 생각이 들었다.

마을은 칭찬에 걸맞을 만큼 아름다웠고, 국화가 머무는 숙소 주변의 공기는 민트 향이 나는 차가운 차 맛이나, 청량한 사이다 맛이 났다. 많은 사람들이 오가지 않는 탓에 사람들로부터 때 묻지 않은 순수함이 배어 있는 듯 나무도, 땅도, 사람들도, 몇 번이고 재생된 듯 지극히 깨끗한 숨을 토해 내는 것 같았다. 태양이 강하게 내리쬐는 대낮이라도 주변은 태고의 자연스러움이 완전한 질서를 만들고 있었다. 마을 주변은 새벽녘처럼 신선하고 고요하였으며 맑음이 가득했다. 무성한 나무에 안전하게 둥지를 올린 새의 노랫소리마저 G장조처럼 안정적이면서도 편안했다. 고질병인 국화의 불면증을 치료해 주듯 감미로운 자장가를 불러 주었다.

본격적인 여행 2일째의 막이 올랐다.

국화는 아침식사를 마치고 가급적 조금이라도 시간을 아끼기 위해, 세제를 풀어 거품을 낸 물에 간단 설거지를 마쳤다. 그리고는, 손바닥만 한 크기의 알라딘 드리퍼를 꺼냈다. 주전자 몸통의 잘록한 허리 굴곡과 좁은 통로로 휘어진 파이프라인은, 예상했던 것처럼 뜨거운 물을 한 방울도 흘리지 않고 가느다랗고 일정한 물줄기를 아름답게 만들어 냈다. 투명하고 하얀 폭포가 백색소음처럼 나지막한 소리를 내며, 그녀의 졸인 마음을 훤히 뚫는 듯하다.

"여행을 마치면 곧바로 나의 아가, 피터에게로 가는 거야."

잠깐의 생각만으로도 심장이 튀어나와 피터가 있는 성당으로 먼저 달려갈 것 같았다. 아들과의 상봉을 생각하는 것만으로도 맥박이 빠르게 요동치고 있었다.

'이제는 나의 중요한 목표지점까지 거의 다 온 것이나 다름없으니, 제발 커피를 마시는 동안은 아무 생각 말자….'

갑자기 옛일이 속속들이 들추고 나오려다가, 고개를 크게 휘젓자, 그것들은 다행히도 뜨거운 김 속으로 사라졌다. 그녀는 커피 향에 집중하기로 했다. 주르륵 주르륵 물줄기가 속도를 내며 예상대로 내려가고 있었다. 박자를 맞추듯이 마음속 기다림과 물 내리는 소리가, 나직한 작은 북의 울림처럼 이어지고 있었다.

15분간의 프루스트 효과.

그녀의 마음은 간신히, 죄책감이 채찍을 휘두르는 과거를 벗어날 수 있었다. 희망이 일출하는 현재로 되돌아왔다.

국화는 야생 숲으로 발길을 서둘렀다. 오늘은 두 가지의 굵직한 일정을 계획표에 적어 놓았기 때문이다.

자신만의 식물탐사, 그리고 기록으로 남기기.

야생 숲을 다녀와서 본 것에 대한 기록을 빠뜨리지 않는 것이 중요한 일정 중의 하나였다. 혹시라도 좋은 서적을 낼 수 있을지도 모를 일이기 때문에, 여행에 꼭 끼워 넣고 싶은 그녀의 플랜이었다.

"이젠 출발하자."

그녀는 신발을 신기 시작한다. 이런저런 앞으로의 일어날 일들을 생각하면서 국화는 본인의 신발 사이즈보다 조금 더 큰 등산용 신발에 뒤꿈치를 푹 눌러 넣었다. 푹신한 양말을 신고 신어도 넉넉한 크기였다.

밀어 넣은 등산화의 신발 끈을 코르셋을 조이듯 단단히 당겨 조인 뒤, 모자와 선글라스, 방한용 복장을 점검하고 착용했다. 그녀는 벽면에 있는 상반신용 거울을 보았다. 도어를 열려고 하다가 언뜻 바라본 손끝에는 손가락 끝이 없는 노출장갑이 끼워져 있다. 그녀는 잠깐 염려스러운 듯한 표정을 지었다가, 걱정거리는 그만 무시하기로 했다. 보통 사람들은 등산할 때 손끝이 덮인 장갑을 착용한다지만, 국화는 답답한 것을 싫어해서 등산이나 추운 날 외출 시에도, 매번 손끝이 노출되게 디자인된 손가락장갑을 즐겨 끼곤 했다. 투박하게 손끝을 모조리 가두어 버리는 장갑보다는 자유로운 느낌이 좋았다. 순간순간 불어오는 실바람마저 느낄 수 있으며, 자신이 보기에도 멋스럽다는 생각을 했기 때문이다.

"괜찮을 거야. 계속 이런 걸 끼고 다녔는데, 뭘⋯."

북섬에 위치한 산세가 험난하고 울창한 마오리 빌리지의 Mt. 애덤. 입구에는 네 명 정도의 백인 등산객이 등산로의 초입 발걸음을 시작하고 있었다. 모두들 꾸민 것 같지 않았으나 간편하면서도 딱 떨어지는 등산객의 차림이었다. 국화처럼 완전 무장한 사람은 아무도 없었다. '한국인은 어디를 가거나 복장이 완벽하게 잘 갖춰져 있다.'는 말이 그냥 하는 말이 아닌 듯했다.

"준비가 확실하다는 것은 좋은 거야. 튄다고 해도 죄는 아니잖아."

국화는 내심 흐뭇했다.

그녀는 등산 초반의 몇 분간은, 에너지가 넘치도록 흘러서 즐거운 콧노래가 저절로 났다. 언젠가부터 자연스럽게 만들어진, 자작곡 허밍 음이 나직한 곡조를 뽑고 있었다. 씩씩하게 산등성이를 올라가다가 1시간쯤 지나고 나니, 조금 더 복잡해지고 험하게 보이는 두 갈래 길이 나왔다. 표지판에 안내용 문구가 영어로 쓰여 있었다. 오른쪽은 '쉽게 갈 수 있는 길'이라고 적혀 있었고, 왼쪽은 '길이 험준하니 표시된 길 외에는 가지 마시오.'라고 적혀 있었다.

국화는 그녀만의 욕심이 있었기에, 새로운 종류의 식물을 카메라에 담고 싶은 마음이 더 강하게 끌렸다. 험준한 코스의 방향이 표시된 화살표가 가리키는 길, 그것이 국화의 발길을 마법처럼 잡아끌었다.

안내판의 말처럼 험준함이 있는 길은 발의 힘만으로는 오를 수 없는 가파른 오르막길이 많이 나타났고, 땅속에서 반쯤 튀어나와 있는 돌들이 많아서, 발목을 쉴 새 없이 전후좌우로 움직이며 오리처럼 뒤뚱거리며 걸었다. 관절을 굽혔다 폈다를 반복하며 걸어서인지, 몇 분이 지나자 양쪽 다리가 후들거리며 저려 왔다. 힘들 때에는 어쩔 수 없이 튼튼한 나뭇가지를 손으로 지탱해서, 끙끙거리면서 안간힘을 쓰며 올라갔다. 등산객이 다다를 수 있는 정상까지 올랐을 때, 산 아래가 훤하게 내려다보이는 자연전망대가 나타났다.

가이드의 안내에 따라 등산객들의 식사와 휴식을 위한 자유시간이 넉넉히 주어졌다. 모두들 가급적 평평한 돌 위에 자리를 잡고 앉았다.

그녀는 약간의 허기를 채우기 위해 배낭에서 비상식량을 꺼내기 시작했다. 텀블러에 담아 온 아침에 내린 따뜻한 드립 커피와 약간 짭짤하지만 모양이 단아한 비건 쿠키를 꺼내어 입에 넣는다. 정상에서 내려다보는 빌리지의 먼 집들이, 기사에서 다룬 것처럼 동화 속의 그림 같았다. 마을 위로 길게 걸쳐져 있는 하얀 구름은 너무나도 아름다워서 탄성이 절로 흘러나왔다.

"역시… 대단해. 야호!"

국화는 주변 사람들을 아랑곳하지 않고 큰소리로 외쳐 보았다.

내려가는 길은 등 뒤쪽으로 한 길만이 제대로 표시되어 있었고, 눈에 띄는 갈색 나무표지판으로 안내되어 있었다. 국화는 관찰자의 꼼꼼한 습관처럼 주변을 360도로 휘익- 둘러보았다. 바로 그때, 오밀조밀하게 붙어 있는 나무들의 빽빽한 공간보다 두 배 정도 더 넓게 벌어져 있는, 사람들이 통과하기 편하게 길을 터주고 있는 오솔길이 보였다. 길이 직선으로 열려져 있고 나무들이 일제히 가로수처럼 서 있어서, 그 길은 '가도 된다'라는 무언의 속삭임을 주는 듯했다. 그 길이 비밀스럽게 열려 있는 시작 지점에는, 양쪽으로 가로등처럼 넓게 팔을 펼치고 있는 3미터 정도의 소나무가 있었다. 그것은 근엄하고 중후한 문지기처럼 국화를 부르며 어서 오라고 손짓하는 듯했다. 마치 비밀의 문을 그녀에게만 열어 주는 나무처럼….

국화는 오늘은 뭔가 근사한 것을 발견할 것 같았다. 그 기회를 놓치지 않고, 탐사하고, 꼭 기록에 남기고 싶은 욕심이 생겼다. 그녀는 그곳으로 발길을 들이기로 마음먹었다.

'저곳으로 꼭 가 보고 싶어….'

잠시 흔들리던 결정은 10초 만에 굳어졌다.

"인생은 어차피 모험이니까!"

그녀의 두 손에는 힘이 들어갔고, 흔들리던 다리는 험난한 노동력을 치를 각오를 단단히 했다. 시간은 이제 겨우 정오를 지났다. 아직 해는 중천에 있고 오가는 이가 많지 않더라도, 미지의 땅으로 들어서는 것에 대해선 눈곱만큼도 두려움이란 없었다.

"그래, 오늘은 이 나라의 새로운 것들과 마주쳐 보는 거야."

국화는 먹다 남은 쿠키를 다시 비닐 백 안에 서둘러 구겨 넣고 배낭을 휙 하니 둘러맸다. 그리고는 다리에 남아 있는 힘을 종아리 쪽으로 쭉 밀며 평평한 바위 의자에서 엉덩이를 일으켰다. '가이드에게 이 사실을 알려야 할까'라고 잠시 생각했으나, 그들이 쉬고 있는 넉넉한 시간 동안, 잠시 주변의 내리막길을 탐색하는 일에는 별다른 지장이 없을 것이라 생각했다. 그녀는 숲길에 전문가라는 자부심으로, 산길을 타고 오르내리는 일에는 제법 자신감이 넘쳤다.

서서히 얼마쯤 내려갔을까… 국화는 새로운 길을 잊지 않기 위해서, 직선 코스로만 내려온 것을 다시 한번 기억에 새겨 넣었다. 소나무, 소나무, 그리고 빨간 꽃이 피어 있는 꽃나무, 이파리 여덟 개짜리 나무…. 본인 방식대로 낯선 길의 마인드맵을 그리고 있었다. 한참을 내려가다 보니 아래로는 더 이상의 직선코스 길은 없었다. 반듯한 길 대신, 산발적으로 넓은 잎사귀를 가진 열대 식물들이 나타나기 시작했다. 국화는 잠시 아이디어를 내어 영화에서 주인공이 하듯이 머리 끈을 풀어, 가지고 있던 캠핑용 멀티나이프로 그것을 여러 조각으로 잘랐다. 그리고는 한 개를 가장 가까운 나무 위에 묶기 시작했다.

"여기서부터는 이렇게 표시하면서 딱 1킬로미터 정도만 더 가 보는 거야."

본인이 헨젤과 그레텔에 나오는 아이들과 비슷한 지경에 이르렀다는 걸 생각하면서 쓴웃음을 지었다. 그녀는 포기하지 않고 조금 더 복잡해지는 길을 조심스럽게 걸어 내려갔다. 가면 갈수록 기울기가 조금 더 심해졌다. 발을 잘못 디디는 위험을 피하기 위해서, 가파른 직선 길보다 일부러 돌고 돌아서 구불구불 내려가기로 했다. 처음 결심은 1킬로미터만 내려가 보기로 했으나, 가다 보니 거리 감각이 차츰 둔해졌다.

'아마도 3킬로미터는 너끈하게 더 내려온 듯한데….'

슬그머니 불안감이 엄습했다.

국화는 조금 지쳐 갔지만, 처음 보는 식물들이 많아서 셔터를 눌러 가며 호기심으로 불안감을 대체했다. 주변의 아름다운 식물들은, 비밀스럽게 빚어 놓은 자연의 창조물처럼 그녀의 궁금증을 자극했다. 국화는 미친 듯이 자신의 열정에 끌려… 촬영에 집중하는 사건기고의 사진기자처럼 여기저기 카메라 셔터를 눌러 댔다. 그리고, 간단 메모도 빼놓지 않았다.

얼마쯤 왔을까…. 나무들이 밀집되어 있어서 유난히 초록 빛깔이 두 눈 가득 시원하게 들어오는, 나무들의 천국 같은 평지가 보였다.

'이런 곳이 있다니!'

그간 7년 동안 여기저기 여행을 많이 다녔지만. 한 번도 본 적이 없는 새로운 나무들은, 서로 질서를 지키듯이 자연스럽게 어우러져 조화로운 공간을 만들고 있었다. 국화는 머뭇거리지 않고 그곳으로 가까이 가 보았다.

'참으로 멋진 사진이 되겠어….'

그때… 밀집된 초록색 나무들 가운데 순간적으로 보랏빛이 길게 비춰 보이는 스팟을 보았다. 처음에는 등산객이 떨어뜨린 메탈 조각이나, 장식용품이 햇빛에 반사되어 반짝였을 거라고 생각했다. '가만… 상식적으로 이런 곳에 사람들이 왔을 리가 없잖아… 그때 신문기사에서 본 보랏빛 점등이라는 것이 이것일까…' 국화는 자신의 추리가 90퍼센트는 정확할 거라고 생각했다. 그때 또 한 번의 보랏빛 불빛이 깜박거렸다.

국화는 그곳으로 다가갔다. 그리고 장갑 낀 손으로 불빛이 깜박였던 바로 그 지점의 커다란 잎사귀를, 양쪽으로 조심스럽게 갈라 열었다. 키 큰 나무들 속에는 믿어지지 않을 만큼 영롱한 잎사귀를 가진 꽃이 깜박거리고 있었다.

꽃잎은 투명한 흰빛으로 된 네 장으로 되어 있고, 끝은 뾰족한 모양을 이루고 있었다. 꽃의 가지에는 다이아몬드형의 초록색 잎사귀가 세 장씩 붙어 있었는데, 모양만 다를 뿐 장미꽃의 잎사귀와 흡사한 형태로 배열되어 있었다. 꽃의 중앙에는 꽃술이 수십 개가 꼿꼿하게 서 있었고, 그 꽃술의 중앙 부분에서는 스포트라이트를 쏘기 위해 점등을 기다리는 듯, 보랏빛이 시간 간격을 두고 깜박거리고 있었다. 신기하게도 그것은 서서히 깜박거리는 크리스마스트리처럼, 빛이 환하게 빛나다가 불빛이 수그러들기를, 리듬에 맞추어 반복하였다. 마치 편안한 호흡을 하고 있는 사람의 심장박동처럼.

왜였을까….

그녀는 조심성이 지나칠 정도로 많은 사람이었지만, 끌리는 무언가에 자신도 모르게, 그 꽃나무에 겁도 없이 손끝을 가져다 대고 말았다. 그때 그녀의 장갑 위로 드러난 중지 손가락이 뾰족한 부분에 살짝 스치면서, 보랏빛 꽃술에서는 검은 가루가 뿜어져 나왔다. 순간, 살아 있는 꽃잎들은 순식간에 일제히 움츠러들었다. 보랏빛도 깜박거림이 멈추었다.

국화는 당황했으나 정신을 바짝 차리고, 닫힌 꽃잎을 카메라의 초점에

넣고 셔터를 재빠르게 눌렀다. '찰칵 찰칵 찰칵!'

'꽃이 움직이다니…' 그녀는 놀라움에 아찔했다.

'뉴질랜드에 움직이는 꽃이 있다는 정보는 보지도 듣지도 못했는데… 숨겨진 자료들을 더 뒤져 봐야겠군.'

그녀는 대단한 탐구거리가 생겼다고 혼자서 중얼거렸고, 빠르게 회전하는 두뇌에서는 스파크가 튀어 올랐다.

"그렇지만 오늘은 이걸로 충분해."

안전한 시간에 일행들이 있는 곳으로 돌아가야 한다고 결론 내렸다. 피곤하지만 새로운 보물을 발견한 기쁨에 만족한 채, 밑바닥까지 내려 앉았던 에너지를 다시 한번 끌어올렸다. 험난한 산길을 타고 내려온 길로 거슬러 올라가, 다시금 메인 트랙킹 코스를 찾아내야 했다. 표시해 둔 머리 끈 마크를 찾아가며, 산 아래가 내려다보였던 그 전망대가 나타나기만을 고대했다. 다행히도 그곳을 찾아냈다. 그리고 가까스로, 일행들이 쉬기로 했던 산 정상으로 되돌아왔다.

그곳에는 안내를 맡았던 한 명의 안내인이 하산하지 않고 그녀를 기다리고 있었다. 다른 일행들은 이미 하산을 마친 상태였다. 가이드는 국화의 안위를 물으며 걱정과 동시에 붉어진 얼굴로 화를 냈다. 그녀는 연신 죄송하다는 말을 덧붙였고, 자신이 발견한 꽃에 대한 사실과 손가락 상처에 대한 말은 일체 언급하지 않았다.

그녀가 하산하여 숙소에 돌아간 시각은 출발지를 떠난 지 6시간이 지난 후였다. 예상보다 2시간 이상을 미지의 산속에서 혼자 헤매 다닌 셈이다. 그녀는 찔린 손가락에 연고를 바르고 반창고를 붙였다. 그것이 점점 따끔거리고 부어올랐지만 심하게 걱정할 정도로 보이지는 않았다. 기나긴 시간을 오지 탐험가처럼 헤맸음에 그녀는 자찬했으며, 대견함으로 자축하고 있었다. 4시간 정도의 시간을 할당하고 떠난 등산코스에서, 모험심에 이끌린 새로운 장소를 탐사하느라 애는 먹었지만, 머릿속은 신비한 생각으로 가득했다.

갑자기 목이 탔다. 국화는 냉장고에서 이가 시리도록 차가운 물을 꺼내어, 숨도 쉬지 않고 벌컥벌컥 마셨다. 그리고는 비누도 묻히지 않는 따뜻한 맹물 샤워를 후다닥 서둘러 하고, 무작정 쉬기 위해 드러누웠다. 눕자마자 아까 보았던 보랏빛 불빛이, 감은 눈 사이로 깜빡거리는 듯 환각이 일었다. 국화는 자는 동안 자주 뒤척거리며 열이 오르는 듯한 기분과 잦은 갈증이 있었고 살짝 두통마저 느꼈다. 두통이 점점 더 얼얼해지듯이 심해지고 온몸에 기운이 없었다. 그때 그녀는 개의치 않았던 기억 한 자락을 떠올렸다.

검게 뿜어져 나오던 연기 같은 것…

'그게 뭐였을까….'

그녀는 잠시 생각했다가, 바로 지웠다.

'너무 피곤해서일 거야, 오늘은 그냥 시체처럼 푹 자도록 하자. 내일은 바닷가로 가서 산책을 하면 훨씬 나아질 거야.'

국화는 가까스로 일어나서 비상약품 상자에서 두통약을 더듬어 두 알 꺼냈다. 그것을 급하게 입안에 털어 넣고는 차가운 물을 꿀꺽꿀꺽 마셨다. 그녀는 10분도 되지 않아 이내 깊은 잠에 떨어졌다.

다음 날 아침, 탁상시계의 둔탁한 벨소리가 그녀를 깨웠다. 다듬어지지 않은 하이 톤의 연속되는 알람 소리에 3일째의 일정이 다가왔음을 알아챘다. 국화는 서둘러 외출복장을 챙기고는 확인 차 어제 찍은 귀한 사진들을 한 번씩 들여다보았다. 카메라 안의 맨 마지막 화상을 들여다보고는, 어제 기록하지 못한 중요 메모를 하기 위해 일기형식으로 기록할 수 있는 분홍색 표지의 다이어리를 꺼냈다. 그리고는, 어제의 여행에 대한 일기의 맨 아랫줄에 중요 기입을 추가했다.

인적이 드문 곳, 호흡하는 보랏빛 꽃, 검은 꽃가루? → 매우매우 중요★

국화는 자신이 멋진 것을 발견했다는 자부심으로 뿌듯했다. 그러나 가끔씩 시큰거릴 정도로 머리 부분이 찡하고 길게 아파 왔고, 가슴이 답답했다.

"빨리 해변으로 가야겠다, 거기서 신선한 해변의 공기를 맞으며 신나게 달려 보는 거야."

해변을 따라 산악바이크를 타고 가던 그녀는, 해변의 끝에서 다정한 한 쌍의 연인이 손을 잡고 걸어오는 것을 기분 좋게 바라보았다. 그것은 윌리엄과 자신의 모습처럼 감미롭고 따스해 보였다.

그 모습을 보자마자, 갑자기 커다란 굉음과 함께 국화가 타고 달리던 바이크는 갑작스레 급하게 멈추었다. 속도를 감당 못 하던 브레이크는 끼이익- 소리를 내며 옆으로 기우뚱하더니 이어서 데굴데굴 구르며 '우당탕!' 소리를 냈다.

산악 바이크는, 종이 장난감처럼 순식간에 힘없이 구겨졌다.

검은 흑사장… 모래밭에 튕겨져 나가떨어진 국화는, 호흡이 고르지 않고 무척 가빴다. 그녀의 몸이 서서히 마비되는 동안, 그간의 살아왔던 과거의 필름이 빠르게 스쳐 갔다.

아기 피터의 목소리가 들렸다.

'엄마, 나를 버리지 마세요!'

이른 새벽, 안개 낀 항구의 경고음이 또다시 들렸다.

"삐이—잉."

이어서 바구니에 내려놓는 핏기 없는 하얀 두 손 아래로, 반짝거리는 눈을 가진 사랑스러운 아이가 방긋 웃는 모습이 떠올랐다.

그녀는 눈을 감았다.

"아가… 엄마가 미안해….".

외로운 천재

순간순간 섬광이 번뜩이는 자. 타인을 이해할 수는 있으나 자신이 타인에게 이해되기란 어려운 자. 홀로 외롭게 길을 걷는, 어쩌면 일평생을 그렇게 걸어야 할지도 모르는 자. 하늘이 내린 재능을 가진 부러운 시선. 그러나, 어느 누구도 당신을 품어 줄 수 없는 홀로 빛이 되는 자. 당신은 외로운 천재. *Alicia, K.*

　평범한 이들은 천재를 신이 내린 축복을 받은, 운 좋은 사람이라고 부른다. 많은 이들은 그자의 명석함을 부러워하며, 두려워하기도 한다. 같은 것을 바라보고 있어도 생각하는 각도는 전혀 다르다. 비슷한 생각으로 편하게 어울릴 사람이 많지 않다. 오랫동안 벗할 수 있는 진정한 친구를 찾기란 더 어렵다. 그래서 인생의 많은 시간이 고독할 수 있다. 외로운 사람… 그것이 바로 '천재'란 존재이다.

　피터는 4학년이 되면서 복잡해지는 수학에 점점 흥미를 가지기 시작했다. 수리를 공부한다는 것은, 어느 천재들이 내린 수식 위에 복잡한 놀이를 하듯, 풀이를 시작하여 정답이란 걸 찾아내는 미로였다. 그에게 수학이란, 구불구불 이리저리 돌아가서 탈출구를 찾아, 그리로 빠져나와 빠르게 빙고를 외치는 게임이다. 피터에게는 약간의 고민거리를 베풀어 주는 어려운 수학 문제가 재미였다. 그러나 학급 아이들에게는 재미거리도 아닌, 쉽지도 않은, 쩔쩔매기 머리 아픈 난제였다.
　'친구들은 왜 이렇게 어려워하는 것일까. 내가 보기엔 쉬운데….' 그는 친구들과 자신이 다르다는 것은 알았지만, 왜 그런지, 무엇이 특별하게 다른지는 몰랐었다. 학기 내내 여러 가지 일들을 관찰하고 비슷한 일들이 빈번해지자, 피터는 뾰족한 이유를 찾아내고 싶어졌다. 자신이 왜 다른지에 대한 확실한 답을 찾고 싶었다.

　때마침 8세가 되자, 같은 학년 아이들 전체를 대상으로 '지능 테스트'

라는 것을 하게 되었다. 이 테스트는 풀어야 하는 여러 문제가 퍼즐 형식으로 구성되어 있었고, 각 퍼즐은 각기 패턴이나 규칙을 가지고 있었다. 풀이를 할 때는 퍼즐 부분 사이의 관계를 알아내고, 그것을 완성하는 올바른 모양을 선택하는 것이었다. 테스트를 받는 사람마다 사고의 차이가 달리 보이게 되어 있었다.

피터의 테스트 결과는 놀랍게도 154라는 수치가 나왔다. 140이 넘는 숫자는 '천재의 영역'으로 알려져 있다.

간성인 피터, 그는 천재였다.

피터가 초등학교에 입학하고 나서, 수학 문제건 과학 문제건 계산이 필요한 문제들은 고민조차 할 일 없이 뚝딱 마쳤다. 높은 수리력이 필요한 난이도 있는 문제들을 풀이할 때나 같은 또래들과 어울려 체스 게임을 하면서도 그는 달랐다.

선생님이 수업을 마치고 다음 시간에 배울 페이지를 말씀하셨을 때는, 며칠이 지나더라도 교과서의 페이지와 글의 내용들이 선명하게 기억났다. 판에 찍힌 것처럼 머릿속에서 자동기억으로 떠올랐다, 그는 자신의 기억력이 '대단히 자연스럽다.'라고 생각했다. 그러나, 그는 어째서 그런 것들이 잘 기억났는지, 시간이 지나면서 타인과의 상이함을 확실히 알게 되었다.

"오늘은 몇 페이지 몇째 줄 할 차례인가요?"

Ms. 레베카 선생님이 습관처럼 수업 시작 전에 학생들에게 묻는 말이었다.

"46페이지 17째 줄이에요."

유독 피터만 책을 보지 않고도 자신 있게 말했다. 피터는 자동적으로 대답을 하고는 신기했다. 어디서 그 대답이 튀어나왔는지, 놀랍게도 며칠 전의 기억인데도 선명하게 떠올랐기 때문이다. 굳이 기억하려 애쓰지 않아도 모든 것들이 직접 바라보는 것처럼 훤하게 기억이 났다. 다른 아이들이 아주 어렵다는 문제가 피터에게는 문젯거리가 아니었으며, 머리를 쥐어짜는 사고력을 요하는 난해한 게임을 해도, 남들이 생각해 내지 못하는 기발한 방법으로 쉽게 승리할 수 있다는 것을 알았다.

그는 점점 주변 친구들에게 부러움의 대상으로 부상되고 있었다. 그것은 다른 각도로 바라보면, 같은 또래에게 선뜻 다가서지 못하는 주저함의 이유가 되기도 했다. 피터 자신은 또래 아이들처럼 평범하지도 비슷하지도 않다고 생각했기 때문이었다. '내가 이런 걸 쉽다고 하면, 친구들은 나를 잘난 척한다고 미워할지도 몰라. 그리고 건방진 자식이라고 말하겠지….' 친구들과 체스 게임을 할 때면, 피터는 세 번 중에 한 번은 일부러 모르는 척 져 줄 때가 많았다.

선생님께서 피터를 지목하며 어려운 문제를 풀어 보라고 하면, 훤하게 답이 보이는데도 잠시 머뭇거리는 척 고심하는 모습을 보이기조차 했다.

피터는 '이렇게 하얀 거짓말을 대체 언제까지 해야 될까.'라고 생각했다. 이제는 그만 얼굴을 덮고 있는 가면을 벗어 던지고 남들 앞에 떳떳하게 속 시원하게, 있는 그대로를 보여 주고 싶었다. 자신이 재능을 타고난 것을 자랑하고 싶었다.

'언젠가는 나를 있는 그대로 드러내 보일 거야. 내가 다른 사람들 앞에 수줍어하지 않을 용기가 준비되면.'

어느 날 클로이가 물었다.

"피터, 너는 동화책 중에서 어떤 것이 제일 좋아?"

"나는 케터필라가 좋아."

피터는 애벌레가 나비가 되어 날아다니는, 마지막 장면을 기억하고 있었다.

"케터필라는 결국엔 아름다운 나비가 되잖아. 나도 멋진 모습으로 당당하게 날고 싶어. 언젠가는 내가 뒷걸음질 치는 것을 멈출 거니까."

피터는 그녀에게 본인이 공립학교에서, 당당함을 숨기고 있다고 그의 비밀을 털어놓았었다. 클로이는 피터를 잘 이해했다.

"이해해, 피터. 나도 뭔가 숨길 때가 많아. 보육원에서 살고 있다는 것을 말하고 싶지 않을 때도 있어. 솔직하고 당당하다는 것은 커다란 용기가 필요해."

그녀는 피터에게 미소 지으며 언제라도, 우정의 따뜻함을 잔뜩 보여주었다.

"그런데 피터, 뉴 클래스에서 친구는 사귀었니?"

친구들과 쉽게 잘 어울리는 클로이는, 소극적인 피터가 좀 더 적극적으로 나서서 여러 친구들과 어울리기를 바랐다.

"응… 노력은 하고 있어."

대답은 그렇게 했지만, 피터는 맘에 드는 아이들에게 다가서는 것이 아직은 쉽지 않다고 생각했다. 아직은 여전히 여러 아이들과 어울리지 못하고 외롭기만 한 피터였다.

초등학교를 졸업하고 중학교에 입학하자, 피터는 어른처럼 생각의 깊이가 차오르기 시작했다. 더욱 논리적으로 사고했고 어느 것이든 습득 능력이 빨랐다. 자신의 생각을 직접적으로 표현하는 데는 원활하지 않았으나, 모두에게 신중하고 예의 바르게 행동했다.

한 건물에서 가족처럼 붙어 지내던 어린양의 집 남자아이들과 여자아이들은, 유치부를 졸업하자마자 초등학교 입학을 준비했었다. 초등학교 1학년이 되자마자, 남자아이들과 여자아이들의 숙소는 당연한 듯 분리되었고, '은총의 아이들'로 섞어 부르던 안내 표지판도 '은총의 아담'과 '은총의 하와'로 변경되었다.

클로이의 룸은 그해에 새로 건축된 신관에 배정되었다. 그녀는 처음 며칠간은 단짝 친구와 떨어져 이동되는 것이 싫어서 불만에 차 있었다.

그렇게 몇 년이 지나가고, 제법 어른스러운 흉내를 내는 십 대 소녀가 되었을 때는, 같은 동에 있는 여러 아이들과 시답잖은 얘기도 나누며 낄낄거린다고 했다. 그녀는 어울려 지내고 있는 친구들에 대해 말해 주곤 했다. 생리를 시작한 아이, 가슴이 봉긋하게 솟아 나오기 시작해서 브래지어를 샀다는 아이, 수녀님들의 허락을 거치지 않고 굽이 높은 신발을 사 놓은 아이 등….

클로이와 산책길에 동행할 때는, 그녀의 흰 치아가 더욱 도드라졌다. 크게 소리 내며 웃을 때가 많았고, 여자들만의 재미나는 이야깃거리를 비밀리에 들려주며 자랑처럼 어깨를 으쓱했다.

어느덧 십 대의 반열에 들어선 그들….

짹짹거리며 줄을 맞추어 따라다니던 병아리들은, 작고 보송한 아기 털을 벗고 중닭의 깃털이 돋았다. 제법 어른 티가 나기 시작했다. 피터의 얼굴에는 수염이 자라기 시작했다. 다리와 겨드랑이, 가슴 그리고 신체의 중심부에 있는 중요 부분의 위쪽에도 꺼끌꺼끌 음모가 돋아났고, 주변 친구들은 수염이 먼저인지 음모가 먼저인지 내기를 하기도 했다. 누구는 음모가 벌써 돋았다느니, 누구는 수염이 나올 생각도 안 한다느니, 그런 것들을 농담 삼아 속닥거리기도 했다. 짓궂은 남자아이들은 소변을 누고 있는 옆 친구들을 흘끗흘끗 엿보기도 했다.

엄격한 성당의 보육원 생활이었지만, 여자아이들이 모이면 뷰티와 트렌디한 패션에 관심이 많았고, 매스컴에 떠도는 유명 연예인들의 가십거리를 주제 삼았다. 남자아이들은 삼삼오오 모이면 여자들에 대한 관심을 드러내기 시작했고, 좋아하는 스포츠맨의 지대한 추종자가 되기도 했다.

피터의 사춘기는 감사하게도 껄끄러운 트러블 없이 순탄하게 지나가고 있었다. 그의 비밀에 휩싸인 육체의 속삭임도, 아무런 술렁임 없이 잠잠하기만 했다. 그를 당황스럽게 만들 어두운 그림자는 그저 깊숙하게 머물러 있는 듯이 보였다. 은총의 아이, 축복받은 피터에게는 평화로운 나날과 밝은 빛만이 한동안 가득했다. 어린 시절 엄마를 잃은 슬픔과 부모의 부재에 보상이라도 하는 듯이….

고립도인, 마이클

셋째 주 수요일, 공립학교 수학 시간에 간단한 테스트가 있었다.

피터는 다른 테스트 날과 다름없이 3문항 중 1문항만 정답을 썼다. 거의 대부분의 아이들이 평균적인 적중률이 그 정도였으므로, 피터도 일부러 지극히도 평범함을 위장하려 했다. 그것에 맞추려는 듯 적당히 오답을 적어 내며 쓴웃음을 지었다. 매번 출제되는 문제마다 '이건 물 마시기처럼 쉬운 문제'라고 그는 말하고 싶었으나, 사실상 그렇게 행동하지는 못했다. 테스트가 행해지는 날이면 아는 문제를 일부러 틀려야 하는 것이 더 스트레스였다.

방과 후 그는, 가장 편히 쉴 수 있는 침대에 잠시 몸을 눕혔다. 오랫동안 사용해서 중간이 움푹 들어간 익숙한 침대 위에 누워있는 잠깐 동안의 시간에, 그는 천장 위에 상상의 그림을 그렸다. 마음속으로 우주의 행성을 그렸다가 지우고, 또 다른 각도로 그렸다가 지우곤 했다. 여유 있는 시간이 한참 동안 남아 있음을 확인한 피터는 누워 있던 자리에서 일어나, 가방 안에 있던 책들을 몇 개 꺼내서 침대 위에 대신 얹어 놓는다. 시험 후 기력을 못 펴고 쪼그라진 시험지가 가방 입구 언저리에 있다는 것을 기억하고는, 기어코 삐져나오려는 종이를 꺼내서 두어 번 공기 중에 털어주었다.

"너도 답답하지?"

그는 시험지에게 한마디 건넸다.

"너에게도 숨 쉴 기회를 주어야지."

동그라미에 섞인 별표, 거짓 틀린 문제가 몇 개 보였다. 피터는 그것을 훑어보고는, 가방 안쪽에 다시 쑥 집어넣었다. 어찌 됐든 귀가하여 무거운 짐을 털어 낸 가방을 쉬라는 듯이, 방 안의 구석 쪽에 미끄러뜨리듯 밀어놓았다.

맨 아래 신발장에 가지런히 올려놓았던 앵클부츠를 신고 산책길로 향했다. 걷는 동안 그는 생각했다. '그 시험지… 왜 또 그랬을까….' 거짓 테스트의 찝찝한 마음을 공중에 내동댕이쳐 버리고 싶었다. 그는 걷다가 속력을 내서 공원까지 달려가기로 했다. 햇빛이 쨍쨍하던 더위가 가시고, 4시가 조금 넘은 시각에 변덕스럽게 비가 쏟아지고 있었다. 갑작스러운 소나기 덕분으로 그는 차라리 가슴이 시원하게 트였다. 오늘의 빗줄기는 시원한 사이다처럼 싸하면서도 달콤한 맛이 났다.

피터는 친구들 앞에서 자신이 유독 똑똑한 사람이라는 사실을 드러내지 못하고, 당당하지도 못할 때는 마음이 짓눌리듯 답답함이 느껴졌다. 그럴 때 그의 위로 방법은 자연의 품으로 뛰어드는 것이었다. 틈날 때마다 고요한 자기 성찰을 가지는 경우도 있었다. 나이가 훌쩍 먹고 나서 연륜이 등등한 사람들과 비슷했다. 조용하고 가장 신선한 곳을 찾는 방법도 나름 효과가 탁월했다. 피터는 나무들이 많은 숲을 가까이하고 있는, 공원에 가서 가장 큰 나무가 서 있는 곳을 찾아냈다. 사람들이 몰려 있지 않은 벤치에 자리를 잡고 앉아서, 자켓 주머니에서 이어폰 한 개를 꺼내어 오른쪽 귀에 꽂고, 저장해 두었던 음악을 찾아 플레이버튼을 누른다. 그곳에서는 피터의 어깨를 들썩이게 하는 최신 랩송이 흘러나왔다. 그는 그 장단에 맞추어 어깨를 흔들거렸다. 피터는 듣고 있던 귀에 익은 가사를 고쳐 자신만의 랩을 만들었다. 그것은 그럴싸하게 듣고 있는 랩송의 비트에 잘 맞아떨어졌다.

"모두가 어렵다고 말하지만 난 전혀 그렇지 않-아. 쉬워, 쉬워, 쏘 이-지. 그래서 때론 넘 지루해. 그런 보링, 보링, 보-링. 왜 이렇게 쉬워, 이지, 이지, 이-지. 내겐 모든 것이 정답, 라잇, 라잇, 정-답."

그렇게 홍얼거리면서 피터의 독수리 같은 눈은 백 미터 거리쯤의 초록 잎 사이를 아무 이유 없이 주시하고 있었다. 그곳에서는 흰 색깔의 물체가 이삼 분 간격으로 움직이는 것이 보였다.

"산짐승은 아닌 것 같고, 대체 뭐지?"

보글보글 끓어오르는 기포처럼 점점 더 많은 궁금증이 생겼다. 피터는 지금까지 홍얼거리며 듣고 있던 음악 소리를 아주 작게 줄였다. 새로운 호기심거리를 포착한 피터는, 움직이는 그 물체 쪽으로 슬금슬금 가까이 가 보기로 하였다.

사람이 있었다.

그것도 해괴한 모습을 한 남자가….

흰 수염이 기다랗게 자라서 축 늘어진 싸리나무 빗자루처럼, 족히 15센티미터는 넘게 자란 백발수염을 가진 도인이었다. 그는 요가 자세로 눈을 감고 앉아 있었다. 이곳 뉴질랜드에서는 처음 보는 기이한 사람이었고, 누가 보아도 신기해서 구경할 만한 광경이었다.

사람들이 많이 오가는 마켓 사거리를 지날 때, 가끔씩 춤 공연을 보거나, 악기를 다루며 버스킹 길거리 공연을 본 적은 있었다. 그러나 이런 구경은 처음이었다. 호기심이 일었다. 왜 이러는지 알아내고 싶었다. 기이하게 생긴 남자가 사람들의 눈을 피해서 나무 뒤에서 요상한 운동을 하다니… 아주 신기했다. 티비에서 취재를 해서 보여 주었던 동양인들이 수련을 한다는 '요가'라는 것처럼 배배 꼬고 있었다.

도인은 피터의 발자국 소리 때문에 나뭇잎이 바스락거리는 인기척을 느꼈는지, 오른쪽 눈을 슬며시 떴다. 나머지 한쪽 눈은 그대로 감은 채 피터의 커진 눈과 마주치자, 그의 찌그러진 눈은 살짝 미소를 띠었다.

모르는 사람에게 다가서서 질문을 하기는 아주 드문 일이었지만 피터는 용기를 냈다.

"익스큐즈 미, 무슨 운동을 하시는지 물어봐도 될까요…."

피터는 방해를 해서는 안 될 것 같았지만, 꼭 말을 시켜 보고 싶은 마음에 최대한 예의를 갖추어 말문을 열었다.

그는 다시 두 눈을 감은 채로 자세를 흐트러뜨리지도 않고, 꼬아진 파스타처럼 팔과 다리를 꼬고 있는 채로 말했다.

"요가 수련을 하고 있지요."

그는 한참 동안을 그 자세로 있다가 다른 자세로 바꾸었다.

피터는 한참을 또 말없이 바라보고 있다가 다음 질문을 찾아낸 듯 물었다.

"요가를 하면 몸이 편해지나요? 제가 보기엔 할아버진 굉장히 불편해 보이는데요."

그가 이번에는 두 눈을 다 뜬 채로 피터를 바라보았다.

"몸은 불편해져도 마음은 평화로워진답니다."

그는 큰 호흡을 한번 하고는 연이어 말했다.

"그리고 나는 할아버지가 아니란다."

부드럽지만 단호함이 묻어 있는 말투였다. 성대의 부적절한 떨림도 없어 보였다. 나이가 들면 목소리도 늙는다는 소리를 들은 적이 있었다.

'그의 목소리는 할아버지가 아닌 건 확실해.' 피터는 확신했다.

요상한 자세가 점점 더 마음에 들어왔다. 학급 친구들과 어울려 축구나 농구나 배구를 하는 것은 별 재미가 없었던 그였다.

"제게도 요가를 가르쳐 주실 수 있으신가요? 저는 매일 마음이 아주 답납하거든요. 저를 제자로 접수하시면 어떠시겠어요? 미스터….”

그는 겁도 없이 줄줄이 질문을 하고 요청을 하고 있었다.

도인은 얼른 본인의 이름을 덧붙였다.

“마이클이라고 부르렴. 요가를 꼭 배우고 싶다면, 나를 ‘미스터’가 아닌 ‘마스터’라고 불러야 하고, 정말로 마스터처럼 시키는 대로 잘 따를 자신이 있다면, 내가 한번 생각해 보마. 난 거의 매일 아침 동이 트자마자 이 나무 아래에 자리를 잡거든.”

그는 하고 있던 동작들을 멈추고 말했다.

피터는 잠시 생각했다. ‘그가 요가에서 마스터인 것은 틀림없어 보이는군. 내가 이런 사람을 만날 수 있는 기회는 이것이 처음이자 마지막일지도 몰라.’ 피터는 다른 친구들과 어울려 수준을 맞추지 못하고 불편하게 노는 것보다는, 요상한 사람과 친해지는 것에 더 관심이 갔다. 피터는 이번 기회를 절대 놓치지 않겠다고 다짐하고 있었다.

“네 마스터! 마이클처럼 그 운동을 배우고 싶어요. 제가 성당에 가서 원장 수녀님께 아침 시간마다 외출이 될지 우선 여쭈어볼게요. 다음에 올 때 꼭 허락을 받아 올게요. 저를 꼭 기억해 주셔야 해요! 저는 피터예요. 피터, 정.”

마이클은 말없이 고개를 한번 끄떡이고 요가수련 동작을 계속했다. 그는 눈을 감고 피터의 모습에서 성당에 다니던 국화의 모습을 떠올렸다. ‘저 녀석처럼 명랑한 소녀였는데, 그런데 이상하게도 어딘가 모르게 닮은 구석이 있어….’

국화가 죽고 나서 대부 마이클은 마음속에 거대한 혼란이 왔고, 대부로서 책임을 다하지 못한 죄책감에 한참 동안 성당의 발길을 끊고 수련에 몰두했었다.

　그는 국화의 아이에 대해서는 알고 있었다. 어머니를 잃은 가엾은 아이가 성당에 머문다는 사실을. 그는 더 이상 자세히 알려고 하지는 않았으나, 피터의 모습과 얼굴을 보고는 마이클의 대녀와 연관성이 있을 것이라고 생각했다. 그것은 확인해 보지 않아도, 그의 오랜 수련자의 생활로부터 비롯되는 확실하고 신비한 직관이었다. 마이클의 눈에 확연하게 비친 소년의 기운은 빛나는 황금빛 오오라를 띠고 있었다. 그는 고귀한 선택을 받은 특별한 사람임에 틀림없었다. 마이클은 피터가 자리를 뜨기 전 한마디 이상한 질문을 날렸다.

　"우리는 어느 별에서 왔을까? 숙제니까, 잘 생각해 보렴."

　피터는 그 질문에 대답할 수 없었다.

　"저는… 잘 모르겠어요."

　"가끔씩 그 질문을 자신에게 해 보는 게 좋을 거야." 마이클은 의미 있는 미소를 지어 보였다. 그리고 말을 이었다.

　"우리는 자유롭게 살다가, 다시 그 고향별로 돌아가거든. 우리에겐 저마다 태초에 주어진 신비한 잠재력이 있어. 그러나, 그 능력을 쉽게 찾지 못하는 것뿐이지. 난 사실 지금도 그 잠재력을 다시 찾으려 노력하는 중이란다."

　피터는 요가도인이 자신의 생김새처럼, 뜻 모를 요상한 말들을 늘어놓는다고 생각했지만… 뭔지 모르게 이해할 구석도 있었다. 그러나, 애써서 전부를 이해하려고 하지는 않았다.

　"생각해 볼게요. 마스터가 내주는 과제라고 생각하구요."

　피터는 마이클에게 손을 들어 보이고는 성당으로 발걸음을 돌렸다.

본인에게 주어진 작은 즐거움을 놓치지 않으려는 듯, 줄여 놓았던 음악 소리를 다시 크게 높였다. 그는 신이 나서 흥얼흥얼 비트를 맞추었다.

공원에 나와서 뜻밖의 멋진 사람을 발견했다니, 피터에게는 또 하나의 '럭키 데이'였다. 이번 기회에 그가 또래 남자아이들과 함께가 아닌, 진짜 어른과 나란히 '동행의 길'이란 것을 가 볼 수도 있지 않을까라고 생각하니, 갑자기 어른으로 팝업이 되어 커져 버린 것 같았다. 기분이 무척 좋았다.

점핑 프로그

다리를 많이 구부리는 개구리는 더 높이 뛸 수 있을까….

가끔씩 피터는, 자신이 바로 고민스런 개구리 같다는 생각을 했다. 때로는 알고 있어도 어리숙해 보이게 행동했고, 모르는 척 총명함을 숨기며, 조용히 미래의 도약을 위해 잠자코 그의 천재성을 드러내지 않고 있었다. 그는 그렇게 16세가 될 때까지 몸을 낮추고 낮추며, 도드라지지 않도록 신중히 행동했다. 그래야 보통 사람인 것처럼 환영받을 것이라고 생각했다. 어머니도 아버지도 없는 피터에게는, 이러한 대처법이 현명한 행동이라 여겨졌다.

청개구리는 비가 오면 개굴개굴 슬프게 운다고 누군가 말해 주었다. 아마도, 어느 아시안 소년이 그랬던 것 같다. 이름은 기억나지 않으나,

그도 청개구리처럼 말 안 듣는 아이였다. 3개월 정도 짧게 성당에 맡겨져 머물다가, 친부가 찾아와 그를 데려갔다. 그 짧은 기간 동안, 청개구리 아이는 성당 식구들과 정이 많이 들었는지 성모상을 올려다보며 눈물을 글썽였다. 배웅하는 성당 가족들을 향해 몇 번이고 손을 흔들어 댔다. 자꾸 되돌아보았었다. 그의 모습이 아버지의 축 처진 어깨에 가려져 보이지 않을 때까지….

한국 동화책에 나오는 청개구리 스토리에는 부모에게 효도하지 못한 슬픈 사연이 있었지만, 피터는 엄마 아빠의 존재에 대해서조차 떠올릴 수 없었다. 전혀 기억으로 그릴 수 있는 추억 자체가 없었다. 그는 차라리 못된 자식으로라도 이름이 지워져서, 부모를 생각하며 울기라도 했으면 좋겠단 생각을 했다. '엄마의 모습은 어땠을까… 아버지는 어떤 사람이었을까….' 둘 중의 어느 누구도, 한순간의 기억도 떠오르지 않는 피터는, 불 꺼진 깜깜한 방에서 부모의 얼굴을 상상으로만 그려 보았다.

방이 어두워지자 밖은 대조적으로 환해졌다. 희미한 가로등 아래에서 나무가 아주 잘 드러나 보였다. 빗방울 연타를 맞으며 심하게 흔들리는 플라타너스가 피터의 눈길을 잡아챘다. 빗줄기가 굵어질수록 잎사귀는 바닥 쪽으로 쓰러지며 풀이 죽어 가고 있었다. 사나운 비의 주먹질에 고개를 들지 못하고 뒤집힌 채 잎맥이 드러난 나뭇잎이… 꼭 자신의 모습 같다는 생각이 들었다. '언젠간 나도 저렇게… 나의 혈관마저도 드러내 보여야 할지 몰라.' 자신의 비밀을 알기 시작한 피터는 인생 자체가 크나큰 부담이었다. 어느 누구에게도 이제껏 솔직해 본 적이 없었다.

다음 날, 외출 허락을 받은 피터는 장화를 신고 우비를 꺼냈다. 그린 색 레인 코트는 구김이 심했다. 피터는 꾸깃꾸깃한 주름이, 자신의 숨겨진 비밀처럼 싫었다.

"내가 널 반듯하게 펴 줄게."

그의 두 손으로 여러 번 문질러 주었다. 빗물을 맞은 채로 제대로 햇빛을 보지 못한 우비는 어둠 속에서 한참 동안 쭈그리고 있었나보다.

뉴질랜드의 빗방울은 변덕이 심했다. 갑자기 와다닥와다닥 마구 부어 대던 소나기가, 짧게 10분 만에 뚝! 언제 그랬냐는 듯 말끔하게 사라지기 일쑤다.

호수로 가는 길목에, 처마가 당근 색처럼 화사하게 예쁜 집이 있었다. 맨 꼭대기 층 옥상에 축 늘어진 빨랫줄이 보였다. 갑자기 내리기 시작한 빗줄기에, 주인장의 손길이 미치지 못한 빨래들이 실망한 듯 두 팔을 늘어뜨리고 있었다. 집게에 집혀 있는 채로 몸 둘 곳 모르던 옷들이, 왕왕 울다가 그대로 지쳐 있었다. 고아들처럼 불쌍해 보였다.

햇빛이 비치자 그들은 달라지기 시작했다. 찡그렸던 입을 열고 입김을 피워 내며, 뽀송뽀송 미소를 띠고 있었다. 기가 죽어 늘어져 있던 옷들이 펄펄 살아나고 있었다. 밝고 강렬한 햇빛은 울고 난 아이의 눈물을 닦아 주며 살살 달래 주고 있었다. 밑단이 뜯어진 치마, 목둘레가 늘어난 하얀 면 티 두어 벌, 알록달록한 수면 양말까지도. 그리고 부모를 그리워하는, 피터의 눈물 그림자도 몰래 말려 주고 있었다.

가끔씩 나오는 오리 가족들은, 비가 떨어지는 날에도 가족 피크닉을 감행했다. 그들은 꽥꽥거리며 떼를 지어서 다녔다. 물속의 먹이도 건지고, 가족들과 함께 물장난을 치면서 몸을 씻기도 했다. 가장 단순한 동작만으로도 그들은 함께 있으니 행복해 보였다. 피터는 그들이 부러웠다. 오리 가족은 보이지 않는 두려움도 없어 보였다.

'나도 가족과 함께 있다면 얼마나 좋을까… 말 안 듣는 청개구리라도 좋으니, 함께라면 좋겠다.' 불쑥불쑥 고개 드는 얼굴 없는 그리움…. 그는 부모의 사랑을 절실히 원했다.

도약하는 개구리에게는 힘이 필요했다. 관심으로 지켜 주는 에너지가 필요했다. 높게 그리고 더 높게 점프하기 위해서.

후원자

후원자가 생겼다.

원장 수녀, 이레나는 들뜬 목소리로 자초지종 설명해 주셨다.
"피터 네게 학업을 후원해 줄 사람이 생겼단다."
피터에게는 더없이 기쁜 소식이었다.
어림잡아 생각해 보니, 그는 다름 아닌 마이클 같았다. 그의 이름을 입에 올리지 않아도, 피터는 알 수 있었다.
마이클은 최근 2년간 그를 인도하는 삶의 위대한 스승이자 든든한 버팀목이었다. 피터가 만 16세가 되어 자립할 시기에 학비를 지원하겠노라고, 어느 날엔가 미리 언급했었다.
성당에서는 국화의 사고사에서 비롯되는 마이클의 슬픔과 안타까움을 잘 아는 터라, 기꺼이 그의 후원을 받아들이고 감사했다. 그러한 것이, 먼저 하늘나라로 간 국화와 고아가 된 피터를 이어 주는 성모 마리아 님의 보호와 계획이라고 생각했다.

사실인즉, 국화가 뉴질랜드 성당에서 영세를 받고자 했을 때, 든든한 믿음의 대부로서 선택된 사람이 마이클이었다. 책임을 맡는 것이 부담 스럽고 본인의 생활과는 맞지 않는다는 것을 알았지만, 신부와 원장 수 녀의 간곡한 부탁이 있었다. 마이클은 고아 같은 국화를 잘 보살펴 주리 라 결심했었다. 그녀가 아름다운 꽃으로 피어, 행복하고 평화로운 삶을 이어가기를 누구보다 더 바랐고 기도해 왔다.

갑작스러운 사고로 그녀의 죽음이 성당에 알려지고, 그녀의 유품이 성 당에 도착하기 전까지는, 대부로서의 책임이 당연히 잘 이루어지고 있 는 줄만 알았다.

국화가 사고로 죽고 나자, 그녀의 방에 있던 유품들을 확인하게 되었 다. 자개가 박힌 고풍스런 보물 상자, 그것을 열었을 때 마이클은 그녀의 하나밖에 없는 안식처가 바로 성당이라는 것을 알아냈다. 그 상자 안에 는, 묵주와 함께 대부 마이클에게 이야기하고 싶었던 그간의 슬픈 일들 이 적혀 있었다. 피터에 대한 이야기도 있었다. 대녀로서의 부끄러움을 담고 성당으로 컴백하게 되면, 길고 긴 고해성사를 하리라고 적어 놓은 한국어 편지였다.

"가엾은 아가… 풀꽃처럼 순수하던 아그네스의 아기가 어느덧 자라서 청년이 되었구나."

그는 두 손을 모으고, 국화와 피터를 위해 기도했다.

피터는 성당에서 떨어져 나와 혼자만의 길을 걸어야 하는 삶의 독립체, 곧 만 16세가 될 터였다. 처음으로 둥지를 떠나 모험의 길을 가야 한다. 불안한 마음이 가득하던 피터에게 후원자가 생겼다는 것은 축복이며 감사였다.

마이클은 만물에서 비롯되는 기의 흐름을 깨우치고, 자연의 섭리에 따라 무리 없이 살아가는 사람이었다. 그는 일찌감치 우주의 돌아가는 이치를 터득했다. 사차원 도인, 그는 외계인은 이미 우리 가까이에 존재하고 있다고 믿고 있었다. 그는 기이한 생각으로 가득 차 있었으며, 피터처럼… 평범한 사람들과는 거리가 멀었다. 그래서 그들은 친구가 될 수 있었다. '자연 속에 있을 때, 인간은 온전해질 수 있다.'라는 것을 몸소 실천하는 자연의 사람, 그는 삶의 깨달음을 얻은 도인이었다. '많이 가지려하는 것도 높이 되려는 것도, 삶의 평화와는 무관한 것.'이라고 의미심장하게 말하곤 했다.

어린 나이의 피터였지만 그의 언어는 신기하게도… 달콤한 봄비 같았다. 메마른 땅에 촉촉하고 향기롭게 스며드는 진리였다.

꿈꾸는 행성인

만 16세, 가슴 떨리는 자립의 길. 우주의 광대함에 늘 궁금하던 그의 탐구가 드디어 시작되었다.

눈앞에 의연하게 드러나는 자연의 섭리와, 잘난 인간들마저 겸손하고 작아지게 만드는 우주. 그것의 신비를 파헤치고 싶은 피터. 자신의 물음표와 살아감의 해답을 찾으려고 선택한 대학. 그는 드디어 천체물리학과에 입성했다.

자신의 신체의 비밀을 알고 나서부터 맴돌던 궁금증.

"내가 왜, 남들과 다른 모습으로 지구에 와 있는지 궁금해. 왜 하필 나였을까… '나'라는 존재에 의심을 없애고 싶다. 뭐든 내가 이해할 수 있는 나만의 해답을 찾아내고 말 거야."

그것에 대한 해답을 얻을 수도 있다는 '어쩌면…'이란 기대가 그를 설레게 했다. 그는 합격 소식을 듣고 기뻤다. 천체물리학과에 우수한 성적으로 입학했다. 당당히 합격하기까지 그는 조금도 불안해하거나, 공부를 한답시고 요란법석을 떨어 대지도 않았다. 그는 벌써부터 성실과 친해 있었다. 대학 생활에 익숙한 사람처럼 보였다. 크게 달라지지도 않았으며 항상 태연했다.

피터는 그가 원하던 '탐구'라는 것이 현실로 이루어진 것에 행복했다. 지루함에 무뚝뚝하던 얼굴 표정은 호기심에 들떠서 많은 변화를 보였다. 쿵쿵거리며 궁금한 냄새를 맡고 찾아다니는 신비한 표정이 되었다. 전혀 지루해질 틈이 없어서 다행이었다.

난생처음 그만의 공간이 주어지는 날, 그는 궁전을 얻었다. 책상과 의자, 일인용 침대가 들어가면 여유 공간이란 코딱지만 한 룸… 그것은 그의 넉넉한 궁전이었다. 게다가, 개인용 화장실이 따로 곁들여 있다는 것은 행운이었다.

그의 신체에 대한 것은 우연이라도 이상한 낌새의 말미를 허용하고 싶지 않은 그였다. 십 대가 되면서부터 '베쓰룸'이란 '프라이버시'를 지켜야하는 중요한 장소. 목욕이란, 자신을 적나라하게 들여다보는 두려운 일이 되어가고 있었다. 전신거울은 원치 않았다. 그저 조그만 얼굴만 보이는 거울, 그것으로 편안했다. 목욕이나 샤워라는 것… 그 행위들은… 그의 평온을 불안함으로 쿨렁이게 하는 조바심 나는 시간들이었다.

그는 자신의 모습이 남자가 아닌, 여성이 되어 있는 괴이한 꿈도 여러 번 꾸었다. 길어진 머리… 수박만큼 부푼 가슴… 목소리마저도 고음 소프라노로 변해서 모습도 떠오르지 않는 자신의 엄마를 목이 터져라 부르다 깨곤 했다. '엄마, 엄마 내 몸이 왜 이렇죠?' 꿈속에서 목이 쉬도록 엉엉 울어댔다. 그러나, 대학생이 되면서부터 그는 약속했다. 자신의 어떤 모습도 사랑하기로.

"나의 대학교, 나의 방, 나의 화장실, 나의 거울… 이제는 나의 모습이 어떻게 변하더라도 절대로 두려워 말자, 피터!"

캠퍼스에는 오래 전부터 그의 판타지가 서려 있었다.

커다란 캠퍼스에서 두꺼운 뿔테 안경을 쓰고, 무거운 책을 겹겹이 쌓인 것을 기쁘게 들고 왔다 갔다 하는 그의 모습. 캠퍼스 학생을 꿈꾸었던 피터. 이제 그것은 그의 현실이 되어 있었다.

센트럴 시티에 자리 잡은 고전 양식으로 꾸며진 센트럴 대학은, 피터뿐 아니라 북섬의 많은 고등학생들이 입학하기를 꿈꾸는 명망 있는 오클랜드 최고의 대학이다.

허리가 두리뭉실하게 우람한 큰 나무들이 여기저기 떡 버티고 서 있는 학교의 캠퍼스. 마치 영혼을 가진 나무들이 보디가드처럼 학교와 학생들을 호위하는 것처럼 느껴졌다. 나무 사이사이로 여러 학과의 건물들이, 각기 다른 특징을 가지고 한눈에 바라보기 좋은 각도로 자리를 잡고 있었다.

프레쉬맨(1학년 학생) 같은 키 작은 과실수도 보였다. 작은 몸집에도 불구하고 열매를 맺을 준비를 마쳤다. 잎사귀는 동글동글 동안으로 귀엽기까지 했다.

걸어 다니기 편리하게 닦아 놓은 보도들, 그 가장자리로 5미터 간격으로 세워진 가로등은 우아하면서도 기품이 흘렀다. 유럽풍으로 독특하게 디자인된 전등의 머리 부분과 땅바닥을 버티고 선 받침대도, 섬세한 굴곡을 이루고 있었다. 늘씬한 아가씨가 양손을 허리에 대고 자신 있게 서 있는 듯 매력적인 포즈를 하고 있었다.

교내 정원이 몇 개의 가로등만으로 밝혀지고 어둑해지는 일몰 시간이 되면, 가로등과 커다란 나무와 키 작은 과실수는 서로 한 가족인 양 어우러져 다정스러우면서도 조화로웠다.

서편에는 지름이 십 미터쯤 되는 연못이 있었는데, 낮이나 밤이나 연못에 비춰지는 초록빛 잎사귀의 배가되는 신선함은, 학교의 전경을 더욱 운치 있게 도왔다. 연못에서 부유하는 널따란 수련 잎사귀들이 떨어지는 빗방울을 모아 주고, 물고기들이 안심하고 몸을 숨길 수 있도록 기꺼이 쉴 자리를 내어주었다. 분홍색과 흰색의 수련이 필 때면, 청춘들의 사랑과 캠퍼스시인의 영감 어린 사색에 신비한 힘을 불어넣는 듯했다.

이른 아침부터 일몰이 되기까지 캠퍼스를 오가는 젊은 사람들의 옷차림은 거의가 수수하고 꾸밈없는 복장이었다.

센트럴대학교, 이곳은 몇 년 전부터 유학이 활성화된 국제적인 학교로 거듭나서, 피부색이 다른 다양한 나라의 학생들이 이미 총 학생 수의 60 퍼센트나 차지하고 있었다.

"이곳은 퍼펙트야. 판에 박힌 편견을 없앨 수 있는 곳."

그는 어느 순간인가부터 습관처럼, 돌계단의 숫자를 천천히 세면서 내려갔다. 걷는 동안에도 상상력의 톱니바퀴는 쉴 새 없이 째깍거렸다. 품고 있던 캠퍼스의 꿈들이 머릿속에서 빠른 필름처럼 돌아가고 있었다.

친구 사귀기가 수월하지 않은 성격, 사교적이지도 못하고 소극적이며 말수가 없고 부끄럼마저 있는 피터. 그는 '이제는 변화가 필요할 때.'라고 느꼈다. 천재성을 숨기면서 하얀 거짓말을 무수히 만들어 냈던 불필요한 스트레스로부터 탈피할 때다. 타인들을 평화롭게 하려고 헌신하는 조연으로 몸을 숨기는 일은 이제부터 '멈춤'인 것이다.

피터는 대사를 외우듯 혼잣말로 중얼거렸다.

"마음을 열고 이제부터⋯ 내가 자신 있게 할 수 있는 것에 행복을 걸자."

4년 동안 또 하나의 고향처럼 몸담을 천체물리학과. 그곳은 학교 내에서도 가장 조용한 곳에 위치해 있었다. 남쪽의 귀퉁이 커피색 벽돌 담장 안쪽으로, 그곳은 우주를 관망하는 시인들로 작은 마을을 형성하고 있었다. 신비한 발견을 목표로 망원경에 얼빠져 새벽까지 밤샘을 하는 학생, 몇 주 내내 컴퓨터의 측정치에 몰입하느라 화장실도 제대로 못 가서 방광염에 걸린 학생, 그리고 매일 아침 하늘을 올려다보며 두 팔을 벌리고 우주의 기운을 달라고 허공에 빅 허그를 요청하는 도인 같은 학생도 눈에 띄었다.

하이스쿨 때까지 또래들과의 교류가 미미했던 피터의 눈에는, 이제야 '또라이' 같은 친구들을 쉽게 사귈 수 있을 것 같았다. 그들로부터는 그와 비스무레한 기괴한 동질성이 느껴졌다. 그들은 아무런 편견이 없어 보였다. 기이하지만 도리어 편안해 보였다. 지구상에 살고 있지만 모두들 먼 외계에서 온, 피터가 잘 알 것 같은 이웃처럼 느껴졌다. 그들은 대학교 내에서도 괴짜, 또라이, 외계인, 4차원 등 이상한 이름으로 불리는 학생들이 대부분이었다.

'외계인들이면 어때서… 천체와 함께 그들도 나의 학문이 되는 거야. 우주에 의미를 둔 사람들… 그래서 어디에도 끌려다님 없이, 본인들의 사상과 자유를 맘껏 표현하는 태양계의 당당한 소울들일 테니까.'

천체물리학과의 건물 입구에는 양옆으로 여덟 개의 행성 조형물이 늘어서 있었다. 바닥에는 널찍한 사각 모양의 타일을 깔아 놓았고, 일정한 간격을 두고 모서리 쪽에 물길을 만들어 놓은 조그만 숨구멍들이 있었다. 더운 여름을 식혀 주는 물놀이 분수대였다. 몇 년 전, 교내 신문에 1면을 장식한 기프트파운데이션. 소위 '출세'라는 것을 성공적으로 이루어 낸 천체물리학과의 대단한 졸업생의 기증으로 설치되었다. 이 분수대는 매년 12월, 1월, 2월, 석 달 동안 밤 8시가 되기를 기다린다. 캠퍼스 라이프를 밝혀 주기 위해서다. 낭만의 분홍빛을 터트리는 캠퍼스로맨스의 서포터 역할을 하고 있다. 빨주노초파남보 일곱 가지 빛을 뽐내며 공중으로 물줄기를 쏘아 올릴 때면 감탄스러울 수밖에 없다. 그것이 학교 방송실에서 나오는 은은한 경음악에 맞추어 춤이라도 추게 되면, 보는 이들의 마음을 온통 들쑤셔놓았다. 그들의 마음 역시 춤추게 만들었다.

위아래로 사뿐사뿐 움직임을 반복하면, 하루하루가 아슬아슬한 인간의 외줄타기 삶을 엿보는 듯했다. 분출구는 3미터 남짓 그리 거창하게 제작된 것은 아니었지만, 뜨거운 태양 빛을 나무라며 인심 좋은 물방울들을 뿌려 주고 있었다.

피터는, 물방울들이 얼음 조각으로 바뀌는 상상을 하곤 했다. 우주로 여행하는 신비로운 생각들이 나래를 펼치고 있었다.

'이대로 잠시 동안 우주에 갈 수 있다면 얼마나 좋을까. 흩어져 있는 얼음기둥들과 공중에 뿌려진 암석 알갱이들 그리고, 화려한 빛을 만들어 내는 가스덩어리들조차 장관일 텐데….' 하늘로 높이 치솟다가 롤러코스터처럼 자지러지며 내려오는 물줄기를 바라보면, 우주에 대한 시리즈가 시작되었다. 새로운 것에 대한 탐구의 흥분으로 머리털이 곤두서는 듯했다.

"물줄기를 계속 맞아서인가 조금 추워졌어."

피터는 바위 위에 두었던 옷을 집어 들고 숙소로 돌아갈 차비를 서둘렀다. 분수파티가 막을 내릴 즈음, 물이 튀긴 옷을 대수롭지 않게 탈탈 털어 냈다. 바지의 양쪽 옆에 커다랗게 튀어나와 있는 볼록한 주머니에 두 손을 찔러 넣고 얼얼한 손을 녹였다.

오른쪽 주머니에서 딱딱한 뭔가가 만져졌다.

'앗. 이걸 꺼내 놓지 않았네. 오늘은 잊지 않고 책장 위에 데코를 해야지.'

어느새 코에서는 기분 좋은 멜로디가 새어 나왔다.

솔솔 미파솔 라라솔….

어디선가 주위들은 노래다. 신선한 밤공기를 들이마시고 뱉어 내며 기분 좋은 음조가 자연스럽게 이어지고 있었다.

'이 노래 어디에서 배운 것일까… 기억나지 않는데.' 피터는 배운 기억이 전혀 없었다.

그는 룸에 도착하자마자 바지 주머니에서 자갈을 꺼냈다. 책장의 두 번째 서랍장, 손이 잘 닿는 위치에 조심스레 그것을 내려놓았다.

"드디어 세 번째 기념품이 자리를 찾았네. 이뿐이들… 너희들 사이좋게 지내거라. 이뿐이… '이뿐이'라는 단어도 배운 적이 없었는데, 거참 이 상하네. 뿐이라… 뿐이, 이뿐이?"

'피터, 우리 이뿐이. 엄마가 노래를 불러 줄게….'
나의 살던 고향은 꽃피는 산골… 복숭아꽃 살구꽃 아기 진달래….

두 팔을 벌리고 피터를 부르는 얼굴이 아스라이 떠올랐다가 금세 지워졌다.

그것은 피터의 어머니, 국화가 환하게 웃는 얼굴이었다.

미스섹시

해마다 대학교에서 축제 행사가 열렸다.

각 동아리 모임에서 몇 개월 전부터 준비해 오고 있는 전시회, 바자회, 연극, 음악 등 다채로운 볼거리와 자랑거리가 가득할 것이다. 피터는 천체물리학과의 '행성 스포트라이트' 발표회와 음악동아리 '라이트닝'에서 드럼연주를 선보이게 되어 있었다.

그는 대학교 1학년 때부터 시티에 있는 유명음악학원에서 연주를 목적으로 속성 드럼을 배웠다. 취미 겸 파트타임 잡을 위해 1년가량 배운 실력이었지만, 그것으로 충분히 연주가 가능해졌다. 클럽에서 용돈벌이도 할 수 있는 기회가 주어졌다.

음악학원에서 만나 '닥터 후'란 이름으로 아마추어 밴드를 구성한 네 명의 멤버들은, 자신들의 그럴싸한 연주에 찬사를 보내는 밤무대를 찾아다녔다. 그들의 기본 복장 컨셉은 영국 신사의 대표적 이미지를 선보일 검정 중절모에 정장 차림이었다.

피터는 키 크고 수려한 외모로 동양과 서양의 조화로움이 깃든 이국적인 모습이라서, 어떤 옷을 입어도 그에겐 딱 맞춤인 것처럼 잘 어울렸다. 그를 한 번이라도 만났던 사람이라면, 신비한 그린 색 눈동자를 가진 피터를 아주 쉽게 기억해 냈을 것이다. 그의 외모가 출중하다고 눈여겨보는 사람들이 많았으며, 신비롭게 펴져 나오는 그의 고귀한 아름다움을 발견할 때마다 자연스럽게 칭송할 수밖에 없었을 것이다.

2학년이 되면서 시작한 돈벌이 파트타임 연주….

피터는, 눈에 띄는 자신의 외모로 꼬였던 일들이 갑자기 떠올랐다. 드럼 연주자로 '닥터 후' 밴드와 일하던 중, 게이 바에서 일어났던 일이 생각났다.

시티 외곽에 자리한 '워나비 바'는 특별한 소수들이 애용하고 있는 남자들만 입장하는 클럽이었다. 그곳에서는 누구나 원하는 대로 동성과의 만남이 이루어지고, 여성의 모습이 되거나 남성의 모습이 되거나, 분장이나 치장이 허용되는 파티클럽이었다. 출입 시에는 철저하게 신분증을 확인했으며 신원이 확실한 남성 회원제로만 운영되고 있는 곳이었다. 클럽에 기본적으로 비치되어 있는 의상이나 가발 등을 이용해서 본인들이 원하는 이미지의 변신이 가능했다. 여성스러운 메이크업이나 분장을 도와주는 아티스트도 있었다. 피터는 난생처음 보는 광경과 분위기에 무척 어색했으나, '직업에만 확실하게 집중한다.'는 다짐 하나로 그저 일만 하면 된다고 생각했다. 생각은 단순화시키고 일하는 동안에는 모든 것을 자연스럽게 받아들이기로 했었다.

그곳에서의 '닥터 후' 밴드는 틀에 박힌 정장 차림을 탈피했다. 쇠붙이 징이 박힌 부츠컷 청바지와 스파클링한 청 자켓, 웨스턴부츠 그리고, 모두들 다른 색깔의 긴 머리 가발을 착용하고 립스틱까지 바른 후 무대에 올랐다.

클럽에서 리커류 리필이 무료로 허용되는 날 밤, 술에 만취한 취객 하나가 공연 중 무대로 올라왔다. 그가 진상을 부리며 피터에게 집적대는 껄끄러운 사건이 발생했다. 그는 돈으로 피터를 매수하려고 작업을 걸어왔다.

클럽 보디가드들이 그를 만류해서 밖으로 내보낸 후에도, 그는 포기하지 않았다. 클럽회원이랍시고 계속적으로 바에 드나들었다. 피터의 공연이 있을 때마다 찾아와서 메모를 들이민다거나, 꽃다발을 사서 공연

도중 무대로 불쑥 올라가기도 했다. 그 고객은 끈질기게 피터에게 데이트 요청을 계속해 왔다. '공연만 할 뿐이지 남자와 사귈 생각이 없다.'고 개인 의사를 충분히 밝혔지만, 그 남자는 끝끝내 포기할 줄을 몰랐다. 피터는 결국, 그 일로 인해 클럽 연주를 그만두기에 이르렀다. 다시는 밤무대에 서고 싶지 않았다.

"음악은 좋아도 밥벌이로 하는 것은 즐거울 수가 없어." 밤무대 밴드생활에서 내린 그의 현명한 결론이었다.

피터 자신은 신체적으로는 '남녀한몸'이란 것을 알면서도, 남자와 사귄다는 것은 결코 원치 않았던 일이다.

♣

천체물리학과의 전체 학년의 대표 학생들은 스포트라이트 발표회를 준비하기 위해 분주했다. 행사 시작 3개월 전부터 학과 선후배들이 행성자료를 모으고 있었다. 행성에 대한 토론 회의도 자주 가졌다. 최근에 학회에서 발견한 새로운 행성과 생물체가 생존할 가능성에 관한 자료를 가지고, 회의 때마다 부가적인 의견을 나누고 있었다.

4학년 선배로서 연구클럽의 의장을 맡고 있는 찰스는, 최근 태양계 가까이에서 발견된 프릭세우스에 대한 자료와 UFO, 외계인에 대한 여러 가지 견해를 곁들인, 우주적인 분위기의 편집 영상을 축제 행사로 발표하자는 기본계획을 공지했다.

"우리는 무한한 우주정신을 토대로 이미 밝혀진 천체에 대한 학습과 부가적으로 새로운 행성계 탐구를 하고 있습니다, 각각 개인적으로 연구 중인 자료와 이미 수집하고 있는 자료가 있을 것이라 생각하는데, 각자 허심탄회하게 축제 준비에 관한 자신들의 생각을 공유했으면 합니다."

찰스가 큰 목청으로 말했다.

그는 탁자에 빙 둘러앉아 있는 학생들을 한 명씩 바라본 다음, 탁자 위에 펼쳐 놓은 이름이 적힌 수첩으로 시선을 옮겼다.

"그럼 먼저… 3학년 오스틴, 스피킹 플리즈."

찰스는 수첩에 적힌 후배의 이름을 확인한 후, 그의 이름을 먼저 호명했다.

"이번 행성과 관련 지어, 행성의 지질과 각 행성에 생물체의 존재 가능성 정도를 발표하고, 그간 일어났던 오래된 UFO 자료부터, 최근에 일어난 출현을 순서대로 스포트라이트로 영상 편집하여 발표하면 어떨까 합니다. 우리 인류의 미래 이주에 대하여 희망과 신비로움을 함께, 미래지향적으로 부가하면 멋진 발표회가 될 것이라 생각합니다."

"아주 좋은 생각입니다, 오스틴."

찰스가 그의 의견에 호감을 표명했다.

"그다음은 피터, 의견 주세요."

오스틴의 옆자리에 앉아 있는 피터를 바라보며 말했다. 그는 이름이 불리기 바로 직전까지 엉뚱하게도, 자신의 커피를 이리저리 관찰하고 있었다. 일회용 커피 잔 캡을 열고 예가체프에서 확실히 고구마 향이 나는지, 커피 향을 맡아 보고 있는 중이었다. 찰스가 자신의 이름을 호명하자, 그는 황급히 컵 뚜껑을 탁자에 내려놓았다. 그리고는 흩어져 있던 시선을 그에게 마지못해 고정했다.

"저는… 이미 발표되거나 발견된 내용보다는, 사실로 입증되지 않았더라도 있음직한 이야기를 곁들이는 것이 좋다고 생각합니다. 인류에게 미래의 희망을 주는 '선량한 외계인과 인류의 조화' 같은 픽션 스토리는 어떨까 합니다만."

피터가 담담하게 말했다.

"픽션이라… 아주 재밌는 생각이야. 우리가 천체 물리학을 연구한다고 해서, 꼭 논리적이고 입증된 자료만 다루라는 법은 없으니까… 행성이 있으면 당연히 생존 가능한 생물체, 그리고 우주선, 우주에 대한 형상 등 상상력도 중요한 거겠지."

찰스는 스포트라이트 영상 편집 프로젝트가 꽤 재미있게 구성되어질 것에 흥분을 드러냈다. 그는 한 명씩 한 명씩 후배들의 이름을 불러가며, 각자의 의견을 받아 다이어리에 꼼꼼하게 기록해 넣었다.

피터와 오스틴은 대학 2년째부터 방을 쉐어하게 되었다. 그러면서 그들은 캠퍼스 내에서 절친이 되었고, 비밀이 없을 정도로 무척 가까워졌다. 피터가 간성인이라는 말 못 할 비밀 외에는….

그들은 여러 가지 공상적인 이야기를 나누며 함께 밤샘을 한 적이 많았다. 잔디밭에 누우면 그것이 푹신한 침대였고, 하늘을 바라보면 별 무늬 하늘이 그들을 덮어, 꿈과 희망의 이불이 되었다.

피터는 얼마 전부터 자신에게서 이상한 감정이 싹트고 있는 것을 감지했는데, 그것은 오스틴과 밤하늘을 바라볼 때면 괜스레 로맨틱해지는 기분이었다. 남자에게 끌리는 마음… 그것이 신기하고 당황스러웠다. 잠재하고 있던 '제1의 성'의 신비가 그에게 닿아 있는 듯했다. 그는 그것이 틀렸다고 뿌리째 뽑아 던져 버릴 수는 없었다. 그 감정이 싹이 트던가, 사라지던가 하는 자체도 그저 자연스럽게 흘러가도록 놓아두기로 했다. 감정을 억누르려 힘들게 애쓰고 싶지는 않았다.

'그저 드러내지만 않으면 돼. 마음 안에서만 행복한 채로 있을 테니까. 애써 지우지도 바꾸려 하지도 말고, 아름다운 우정으로 남을 수 있게 기다리면 돼.' 그는 자신의 감정을 잘 추스르며 컨트롤했다. 마이클이 말해 주던 자연의 섭리를 기억했다. '억지로 무엇을 바꾸려 하지 말고, 때를 기다리면 된다.'고 했던 말. 피터의 몸은 그때보다 부쩍 성장했고, 마음도 역시 느긋하게 성숙해지고 있었다.

티카푸 성당의 토마스와 이레나가 기도하던 대로, 그는 지혜롭게 익어 가며 인생을 배우고 있었다.

회의 장소를 빠져나오면서 오스틴은 불쑥 축제 행사의 콘테스트 이야기를 꺼냈다.

"피터, 이번에 우리 학교에서 해마다 열리는 미스섹시 경연대회 알지? 선배님이 아마도 너에게 대회출전을 부탁할 거 같더라…."

오스틴이 장난기 가득한 눈으로 실실 웃으며 피터를 바라보았다.

"뭐라고? 난 안 되는데… 왜 하필 나야? 그런 곳에 서는 게… 나는 안될 말이지. 작년부터 참가해서 섹시 퀸을 따냈던 마크가 있잖아. 그 녀석이 이번에도 참가하는 것 아니었어?"

피터가 얼굴이 빨개지며 당황한 듯 말했다.

"마크가 글쎄 지난주 캠핑을 다녀오다가 다리를 다쳤다잖아. 경연대회 때 무대 워킹을 해야 하는데, 그 다리를 해 가지고는 참가가 어렵게 되었지. 매년 스타킹으로 털을 가리는 것을 금지했으니, 고통스런 왁싱도 열심히 했던 녀석이었는데 말이야."

오스틴이 출전 규칙에 장난스러운 준비과정이 들어 있음을 일부러 강조하며 말했다. 그는 피터에게 일생에 한 번 그런 일도 추억이 될 법하니, 잘 생각해 보고 가급적 참가하라고 설득했다.

"아, 나는 안 돼."

피터는 맨다리를 보이고 힐을 신고 걷는 자신의 모습을 상상해 보며, 머릿속이 어지럽게 돌아갔다. 본인의 신체의 비밀이 조금이라도 드러나는 행동이나 낌새를 보이지 않으려고, 항상 긴장하며 조심해 왔던 대학 생활이다. 룸메이트인 오스틴조차도 모르게 하기 위해서, 매일매일 조심조심하며 2년이 무사히 넘어가고 있었다. 모든 사람 앞에 여자 분장으로 워킹이라니… 경연대회에 참가하는 것은 전혀 탐탁지 않은 일이었다. '노, 노, 노….' 피터는 절대 안 될 일이라고 되뇌었다.

"그래도, 선배님들이 만장일치로 지목하면 참가할 수밖에. 그냥 변장하고 재미있는 스티커 사진 한 장 찍으러 간다고 생각해. 우리 같은 털북숭이들이 언제 왁싱하고 프리티 우먼이 되어 매끈한 다리로 탈바꿈해 보겠나? 대회 출전자들의 다리 왁싱 비용은 학생 축제 팀에서 페이한다 잖아."

오스틴이 어쩔 줄 몰라 하는 피터의 등을 살짝 두드리고 나서, 하이파이브 손을 올렸다. 피터는 마지못해 그저 응대는 했지만, 여러 가지 방어적인 생각들로 머릿속이 잔뜩 복잡해지고 있었다.

아름다운 다리

'나의 비범함을 공개적으로 드러내고 싶지 않아….'

피터는 잔잔하던 그의 일상생활이 혼란의 구덩이로 떨어지기를 원치 않았다.

그러나, 그의 바람과는 다르게, 선배님들의 만장일치로 피터의 참가가 확정되었다. 완강하게 거절할 수도 있었지만, 과에서 걸고 있는 기대와 모험심 사이에서 그의 마음은 살짝 흔들렸다.

'한 번쯤… 여자의 모습이 어떨지… 궁금하긴 해. 오스틴의 말처럼 언제 내게 이런 기회가 오겠어… 한번 시도해 보는 것도 나쁘진 않을 거야. 까짓것, 용기를 내 보자!'

피터는 며칠간 계속 생각하고 또 생각한 끝에 결국은 참가를 수락했다.

대회 일주일 전, 왁싱 비용 명목으로 100달러가 지급되었다.

피터는 자신의 다리를 보았다. 청소년기 이후로 남들과 다르게 다리 털이 많지 않고, 여성들만큼 매끈한 다리였다. 그것을 가리기 위해 피터는 어딜 가나 긴 바지만 입었었다. 오스틴이 알기라도 할까 봐 샤워 후에는, 바지와 상의가 있는 잠옷으로 갈아입고 욕실 밖으로 나왔던 그였다. 그간 1년 동안 오스틴은 아무런 낌새도 알아차리지 못했다.

드디어 행사 날이 되었다.

천체물리학과에서 준비했던 스포트라이트의 영상 쇼는 참으로 인기가 많았다. 프릭세우스의 발견과 인류의 이동 가능성 그리고 외계인의 생존설 등, 신비로움이 가득한 발표였다. 축제는 일주일간 계속되었다. 각 과에서 준비한 특징 있는 발표와 쇼, 그리고 바자회 등 모든 것들이 계획적으로 짜임새 있게 척척 진행되었다.

마지막인 피크는 역시 '미스섹시 컨테스트'였다.

피터는 피부가 들여다보이는 하얀 망사 스타킹을 신고, 꽃 모양처럼 피어나는 분홍색 플레어스커트를 입었다. 그 안에는 아름다운 레이스로 치장된 여성용 볼륨 패드가 들어 있는 속옷을 입었다. 헤어는 긴 머리의 직모 블론드 위그를 착용했다. 신발은 투명하고 부드러운 플라스틱 재질의 신데렐라의 유리 구두를 연상케 하는, 빛이 비치면 반짝거리는 힐을 신었다. 오스틴의 여동생이 특별히 피터의 변신을 도왔다. 그녀는 마침 학원에서 메이크업을 배우고 있는 중이었다.

피터의 변신 컨셉은 단아하면서도 섹시한 분위기를 표현하는 것이었다. 드디어 준비를 마치고 전신거울을 보았다. 심호흡을 하고 나서 거울에 비친 모습을 보자, 자신이 그렇게 여성스러운 자태로 변화했음이 도저히 믿겨지지 않았다. 거울 속에는 남자 피터가 아닌, 또 다른 여성 피터가 서 있었다. 어깨 넓이도 그다지 넓지 않았고, 전체적 곡선 또한 우락부락하지도 않았으며, 허리는 가늘고 다리는 매끈했다.

그의 차례가 되자, 피터는 넘어지지 않으려고 조심하면서 무대 위로 사뿐사뿐 걸어 나갔다. 기대감으로 기다리고 있던 관중석으로부터, 환호의 휘슬소리와 박수갈채가 터져나왔다.

"오 뷰티플, 왓 어 섹시 우먼!"

몇몇은 큰소리로 소리를 질러댔다.

피터는 자신이 정말 다른 사람이 된 것 같은 착각에 빠졌다. '아름다움을 뽐낸다는 것은 이런 느낌 때문일까… 찬사와 박수갈채라니… 구름 위를 둥둥 떠다니는 기분, 내가 정말 유명한 사람이 된 것만 같아….' 그는 또 다른 성, 완전한 여성으로 거듭난 기분이 들었다.

콘테스트의 결과는 2등.
피터는 예상치도 못했던 결과에 깜짝 놀랐다.

"피터, 정말 멋졌어. 모두들 2회 이상 참가자들이라 대적이 안 되리라 생각했는데, 이렇게 수상까지 하다니 정말 놀라운 일이야. 미스섹시 뷰티플, 축하해!"
오스틴은 익살스럽게 두 팔을 벌리고, 자기 가슴에 안기라고 본인의 가슴을 한 손으로 툭툭 쳤다.
"고마워 오스틴… 그러나 허그는 제발… 노노! 노 웨이… 안 될 일이지 하하."
피터는 불룩한 패드가 들어간 여성용 브래지어를 가리키며, 오스틴에게 장난스레 윙크를 했다.

축제 후 캠퍼스의 외부와 내부는 며칠 동안 후유증을 앓으며 어지러웠다. 반짝거리고 시끌시끌하고 들떠 있던 일주일 간의 축제의 흔적을 지우느라 분주했다. 행사의 폐막식과 더불어 와자지껄 흥분에 취해 있던 학생들은, 서서히 자기 자리로 돌아가 학습에 몰두하는 모습을 찾았다.

피터는 선물을 받았다.

본인의 여인 분장한 모습. 2등 트로피를 들고 한 손을 허리에 얹고 어색한 웃음을 웃는 모습이었다. 오스틴은 그 사진을 멋진 액자로 만들었다. 그리고 그것을 보란 듯이 피터에게 주었다.

"내가 이렇게 이쁜 남자는 태어나서 처음 본다… 걸작이야, 걸작!"

뒤풀이로 친구들이 모인 자리에서, 피터의 어정쩡한 수상 모습이 발각되자, 모두의 웃음바다가 되었다.

"피터의 다리는 참가자들 중 최고였어. 난 여자들 중에서도 그런 다리는 난생처음 보았다니까…."

옆방의 헨리가 찬사의 말을 하며 사진의 다리를 가리켰다.

"난 망사 속의 그 속옷이 참 궁금하더라. 꿈속에서도 아른거리더라. 다만 그 실체가 피터라니… 잠이 순식간에 확- 달아나 버릴 상황이었지."

낄낄거리며, 음악 동아리의 케빈이 장난질을 거들었다.

"피터가 여자라면 내가 제일 먼저 데이트 신청을 했을 거야. 난 룸메라고… 누구보다 가장 가까이 있단 걸 너희도 알지?" 오스틴이 피터와 어깨동무하며 그에게 윙크했다. 그들은 오스틴의 절친 권리를 인정했다. 다른 두 명의 친구들은 맥주를 홀짝거리며, 자기들이 행사 때 찍었던 사진과 동영상을 보여 주었다.

친구들이 모두 가고 나서, 오스틴과 피터는 밤하늘을 보기 위해 망원경이 비치된 학교 전망대에 올랐다. 천체물리학과 학생들을 위해서 특별히 기부형식으로 설치된, 최고급 망원경이었다. 그들은 그것을 사용하기 위해 며칠 전부터 학교에 사용 신청을 넣어 놓았었다.

"특별한 날의 행성 관측을 놓칠 수야 없지."

피터가 말했다.

"맞아. 축제를 마치니까 왠지 무척 피곤하고 나른하다. 이럴 땐 별을 보는 것이 특별한 위로지."

오스틴이 맞장구쳤다.

그들은 밤하늘의 별을 당길 수 있었다. 아스라하게 그려지던 꿈결 같은 별들이 좀 더 현실적으로 바짝 당겨졌다. 피터와 오스틴은 말없이, 각자의 망원경을 바라보고 있었다.

'내가 여자였다면 오스틴도 줌처럼 당길 수 있었을까…' 정적 속에서도 피터의 감정은 자꾸만 마음 밖으로 튀어나오려고 버둥거리고 있었다. 그의 마음은 별똥별로 내리고 있었다. 무언가 모를 아주 뜨거운 것이 속 깊은 곳에서 뛰쳐나와 별로 내리며 불똥을 튀기고 있었다. '그를 좋아하는 것이 분명해. 삭제시킬 수 없는 이 감정… 좀 혼란스럽긴 하지만 인정할 수밖에. 귀하게 간직하도록 하자, 나의 사랑, 오스틴이 존재했었다고…. 미안하면서도 반갑다, 나의 숨겨진 첫사랑.'

잠재되었던 그의 마음이 진실을 말하고 있었다.

언뜻, 오스틴과 눈이 마주친 피터는 평소처럼 밝게 웃어 주었고, 오스틴이 한 손을 들어 올려 하이파이브를 제안하자, 두 사람의 손이 '탁!'하고 경쾌한 음을 냈다.

그들 사이는 변한 것이 없었다. 또 다른 성, 숨겨진 젠더가 '히든'으로 남아 있는 한, 우정은 변함없이 그대로였다.

앞머리 채를 낚아채다

4년간의 대학 생활은 예상했던 것보다 재미있었다. 대학 생활의 후반기는 두 배의 속도로 휘리릭- 지나갔다.

하이스쿨 때까지 소극적이고 사람을 가렸던 피터는, 다행스럽게도 사교라는 것을 익혔다. 마음에 드는 친한 친구도 만들었고, 그들과 어울려 다니며 대학의 낭만을 맛보기도 했다.

고민이 될 법했던 대학 등록금을 후원해 준 대부 마이클과는, 한 달에 한두 번 정도 대학 주변에서 만나서 식사와 티타임을 했다. 외부에 나와서 사람을 만나는 것 자체를 그다지 좋아하지 않던 마이클이었지만, 피터와의 대면은 달랐다. 그들은 우정을 나누는 동급의 친구 같았다. 서로가 속한 세상의 살아가는 이야기를 나누었고, 우주와 인류, 명상, 감정 등 말이 통하는 사람과만 가능한 심오한 대화도 나누었다. 그들은 특별히 신이 연결해 준 마음을 나눌 수 있는 가족이었고, 비밀을 나누는 친한 친구가 되었다.

그는 피터가 간성인이라는 것도 이미 알고 있었다. 제3의 성이라는 것… 그 털어놓지 못할, 땅속에 꽁꽁 묻어 두고 누구도 발견하지 못하게 하고 싶은 대단한 비밀을 아는 사람은 이제 다섯 손가락 안에 꼽는다. 마이클은 그 사실을 알고도 놀란 기색이 없었다. 그것은 그에게 '그렇게 놀랄 일'에 속하지 않았던 것이다. 마이클은 언제나 태연자약을 잃지 않는 사람으로, 서프라이즈를 듣고도 눈빛 하나 흔들리지 않았다. 다른 세상에 본적을 두고 사는 사람처럼 생각도, 이해도, 생활도 달랐다.

피터는 그에게 걸맞은 추리를 했다. '어쩌면 마이클은 정말로 지구 사람이 아닐지도 몰라….' 엉뚱한 생각으로 자신 또한 우주에 머물게 하고 있었다.

피터는 대학 졸업 후에는 한국에 가기를 원했다. 어려서는 어머니의 가족을 찾으려 하거나, 찾는 방법조차 몰랐을 테지만, 성장하여 본인의 의지로 많은 것을 할 수 있는 능력이 생기자 핏줄이 그리웠다. 부모 사랑의 부재로 오랫동안 살아온 피터는 그의 뿌리를 확인하고 싶었다. 물론 원장 수녀님과 신부님, 마이클, 클로이, 오스카 등 가족같이 따뜻한 사람들이 주변에 있었지만, 그가 연결되어 있는 인생의 고리는 여전히 풀 수 없는 수수께끼 같았다. 어머니를 알기 위해서라도, 언젠가는 풀어야 할 숙제처럼 외가의 조부모님을 만나야 한다고 생각했다. 그들에게로 가서 어머니, 국화의 향기와 자신의 뿌리를 발견할 수 있으리라 확신했다.

대학의 졸업이 예정되자, 한국에서 생활할 수 있는 직업을 서칭하기 시작했다. 뉴질랜드 내에서도 외국으로 거주를 감행하는 젊은이들이 많았는데, 그들 말로는 영어를 사용하는 직업을 갖는 것이 최선이라고 했다. 모국어로 '밥벌이'를 한다니… 상당히 단순한 직업일 것이라고 생각이 들었다. 모국어인 영어를 가르친다는 것, 그것은 경험을 떠나서 충분히 잘 해낼 수 있을 것 같았다. '한국인들과 잘 어울릴 수 있다.'는 대박 찬스 같기도 했다. 한국어도 배우고 어머니의 고국에 대한 '정'이란 것도 제대로 배워 보자고 했다.
'기회의 신 카이로스는 앞머리 채만 있다잖아… 발에 달린 날개를 타고 휙- 지나가 버리기 전에 붙잡아야만 해. 앞머리 채를 꼭 낚아채야 하는 거지.' 좋은 기회를 놓치고 나서, 울상 짓는 사람이 되진 않겠다고 다짐했다. 그래서 피터는 낯선 이국땅으로 용기 있게, 모험을 떠날 각오가 단단히 되어 있었다.

일주일 전부터 강사를 소개하는 잡 에이전시에 강사이력서를 넣어 놓았다. 마침 졸업 시기에 맞추어 에이전시에서 잡 오퍼를 받았다. 피터는 드디어 바라던 기회를 얻었고, 소개된 어학원에서는 피터가 체류하기에 적합한 비자를 만들어 주기로 했다. 한국에서 근무시간과 페이를 제시해 왔다. 모든 계약은 에이전시에서 척척 진행해 주었다.

천체물리학과 영문학을 복수 전공한 피터는 그들에게서 좋은 조건으로 환영받았고, 주 40시간 이내로 일하는 조건으로 계약이 성사되었다. 그가 티칭 잡을 가지는 동안은 숙소 또한 무상으로 해결되었다. 학원 측에서는, 일터 가까운 곳에 풀 퍼니처가 있는 하우징을 덤으로 제공한다고 했다.

"저에게 좋은 기회를 주셔서 감사합니다, 하느님."

피터는 자신의 인생의 적절한 시기에, 적절한 기회의 앞머리 채를 낚아챌 수 있음에 안도하며 감사드렸다.

출국하는 날 아침 일찍 마이클이 자가용을 끌고 피터가 있는 기숙사로 마중을 왔다. 운전이라면, '쓸데없는 스트레스를 만드는 일'이라고 고개를 절레절레 흔들고 뚜벅이를 찬양하던 마이클이, 흔하지 않은 기회로 운전대를 잡았다. 공항까지 피터의 짐 가방을 싣고 몸소 배웅을 해 주려고 온 것이다.

"개구리가 오랫동안 쭈그리고 있더니, 드디어 발돋움을 하는구나. 부디 건강하거라, 피터. 나의 아들아!"

그의 작은 눈에 눈물이 고이고, 눈언저리가 붉어지기 시작했다.

"제가 잔소리를 안 하더라도 식사를 잘 드셔야 해요. 너무 채소만 먹지 마시구요. 그러다 염소가 될지도 몰라요. 그리고, 티타임이 생각나면 제게 톡하세요. 11시간 거리에서라도 차 마시는 시간은 공유하도록 노력할게요."

피터는 눈물이 나려는 것을 억지로 참았다.

마이클에게는 아직도 한국의 정서가 남아 있었는데, 부모들이 아들을 교육하며 말하는 것들 중에 '남자는 눈물을 함부로 보이는 것이 아니다.'라고 말한다고 했다. 피터는 제3의 성이지만 그에게는 아들 같았다. 그래서 피터는 참았다. 마이클의 앞에서 눈물을 보이지 않는 강한 아들이고 싶었다.

언제나 검게 탄 피부를 복구할 틈 없이 숲속을 좋아하는 마이클. 그는 아름드리 부쩍 자란 카우리 나무를 발견했을 때처럼 활짝 웃고 있었다. 피터에게 좋은 기회가 온 것을 기뻐했다.

"피터, 이것은 너에게 꼭 필요한 기회야. 한국에 가거든 너의 뿌리를 지지했던 땅덩어리를 온몸으로 느껴 보도록 하거라."

그는 피터에게 또 하나의 숙제를 남겼다.

탑승 시간이 다가오자, 피터는 뒤돌아보지 않고 출발 게이트를 통과했다. 마이클은 아까보다 더 작아진 눈으로 캐리어 바퀴가 보이지 않을 때까지 눈길을 떼지 않고 피터를 주시하고 있었다. 바라보는 내내, 마음속으로 간절히 기도했다. 그가 더 이상 상처받지 않고 가족을 찾아서, 그곳에서 평화롭기를 바랐다.

피터는 마음속에 대부, 마이클의 온정을 꾹꾹 눌러서 가방 안에 소중히 담았다. 피터는 행운아다. 많은 순간 자신이 불완전하다고 낙담하고 있을 때마다, 따뜻한 가슴과 기댈 어깨를 내어 준 마음의 가족이 있었다. 뉴질랜드에 혈연 하나 없는 가엾은 고아였지만, 마음은 결코 혈혈단신 고아가 아니었다.

대한민국행 비행기 안에서 그는, 또 다른 응원을 얻고 있었다. 이레나 수녀님과 토마스 신부님의 메시지가 담긴 카드.

원장 수녀님의 편지지는 연두색이었다. 펼치기 전부터 그녀와 함께 떠오르는 성당 주변의 신선한 초록빛 경치가 생각났다. 피터의 눈을 항상 시원하게 밝혀 주던 이슬 젖은 숲길이 보이는 듯했다.

원장 수녀님은 피터의 정면이 숲이 바라다보이게 방향을 바로잡아 주면서 말하곤 했다. '피터, 저기… 멋진 숲길이 보이지요? 사람들에게 얼마나 기쁨을 주는 모습인지 잘 느껴지지요? 피터의 눈동자를 보면 모든 사람들이 저 숲길 같다고 느낄 거예요. 평화를 선사하는 고마운 사람이 될 거예요. 자신이 얼마나 중요한 사람인지… 눈, 코, 입, 무엇 하나도 그냥 있는 게 아니지요. 가지고 있는 모든 것들에는 각기 다 쓰임새가 있는 법이지요. 하느님께서도 피터를 그렇게 창조하셨어요. 기억하세요.' 그녀는 혹여라도 간성인으로서의 삶이 그의 의지를 꺾을까 봐서, 용기를 북돋는 말들을 자주 해 주었었다.

성당 앞 숲길에는 상큼한 초록빛이 풍성했다. 봄이면 풀꽃들이 얼었던 땅을 깨고 꼬물꼬물 고개를 내밀었다. 그것들의 색깔이 수녀님의 편지지처럼, 그런 연둣빛이었다. 원장 수녀님의 메시지는 그곳을 들추어 내듯 '용기'라는 단어와 함께 풀석 풀석 달콤한 봄 냄새를 풍겼다.

'그러고 보니, 성당 앞길로 난 산책길, 그 아름다운 곳을 걸어 본 지도 꽤 오래되었네. 어린 내게는 아주 달콤한 휴식을 주는 곳이었는데….'

피터는 어린 시절을 추억하며 그녀의 그린레터를 열었다.

사랑합니다, 은총의 피터 님,

그대가 어디에 있건 하느님이 항상 곁에 계시다는 걸 잊지 마세요. 피터는 외로울 수가 없답니다. 혼자 있을 때에도 결코 혼자가 아니며, 낯선 곳에 가더라도 그곳은 낯선 곳이 아니에요. 하느님의 섭리 안에 머무는 하느님의 땅이랍니다. 어색해하거나 기가 죽어 있거나 하진 마세요. 그저 편안히 내 집처럼 거하도록 하세요.

아시나요… 피터의 백그라운드은 이 세상에서 가장 힘이 센 하느님이라는 것을! 언제나 용기 있게, 당당해야 합니다. - 이레나

이어서 토마스 신부님의 메시지를 읽기 시작했다.

그곳은 피터 님의 뿌리가 시작된 곳이니, 고향입니다. 많이 사랑받고 많이 사랑하세요. 기회는 그냥 있는 것이 아닙니다. 기회로 주어진 새로운 시작이라는 하느님의 깊은 뜻이 숨어 있답니다. 하느님께서는 지금까지라 같이 앞으로 있을 피터 님의 인생을 변함없이 아름답게 주관하실 겁니다. 피터 님은 그저 인도하시는 길로 그냥 따라 걸으면 됩니다. 조바심 낼 필요도 없고, 걱정할 필요도 없습니다. 믿고, 천천히, 보여지는 그 길로 걸어가십시오.

건강하고 지혜로우며, 항상 평화롭기를 간절히 기도합니다. - 토마스

항상 근엄하면서도 사랑과 자비로 감싸주고, 교훈을 보여 주셨던 어머니와 아버지였던 두 분의 메시지를 읽었다.

　피터는 읽는 중에서도, 울컥울컥 눈물이 솟고 눈앞이 흐려졌다. 코끝도 찡하니 콧물이 나려고 했다. 사람들이 주변에 가까이 있어서 훌쩍일 수가 없었다. 마침 주머니 속에 있던 카페에서 가져온 냅킨이 기억나서, 그것을 꺼내서 몇 장 겹쳐서 코를 휑하니 한 번에 풀었다. 코 푸는 소리에 놀랐는지, 실례라고 생각했는지, 한국 사람처럼 보이는 아시안 가족이 일제히 피터 쪽을 쳐다보았다. 일곱 살쯤 되어 보이는 소년이 피터와 눈이 마주치자 장난스럽게 씨익- 웃었다. 피터는 입 모양으로 '아임 쏘리.'라고 말했다. 그는 똑같이 입모양을 흉내 내며 웃어 주었다.

　피터는 수녀님과 신부님의 편지를 다시 한번 읽었다. 주옥같은 문장들을 그의 가슴속에 새겨 넣었다. 그리고, 편지를 펼치기 전의 모습대로 고이 접어서, 백 팩의 안쪽 지퍼 안에 안전하게 넣었다. 마음을 가다듬고 창밖을 바라보니 아름다운 뉴질랜드의 풍경이 어느새 점점 작아지고 있었다. 비행기가 각도를 비스듬하게 눕히며 서서히 하늘로 올라갈수록 푸른 하늘과 길고 하얀 구름이 피터 앞으로 더욱 가깝게 그리고 선명하게 다가왔다.

　'뉴질랜드에 태어나서 살아온 것도 내겐 아름다운 기회였어. 이젠 또 하나의 기회를 향해 스텝을 떼는 거야. 난 두렵지 않아. 사랑하는 사람들이 날 응원하잖아. 그들이 내겐 가족이야. 난 결코 혼자가 아니야.'

　피터는 자기가 가진 것에 감사하며 만족할 줄 알았다. 그리고 주어진 기회를 소중히 여길 줄도 알았다.

달 천문대

피터가 직장을 잡고 처음으로 한국에 정착한 곳. 그곳은 크고 작은 산과 맑은 시냇물이 흐르는 곳에 위치한 달의 마을이었다. 신선한 기운이 머무는 곳이라 하여, '신선시'라 불리는 아름다운 전원도시. 곳곳에 푸르고 건강한 나무들로 구성진 공원들이 넉넉했다.

달의 마을은 시냇물과 공원이 가까이 자리하고 있었으며, 마을을 에워싸고 있는 소나무 언덕배기도 근사했다. 집과 어우러진 조화로운 배경들은, 한눈에 보기에도 동화 속 그림처럼 동심을 불러오는 신기한 힘을 지니고 있었다. 신선시의 모든 사람들의 아낌을 받는 '신선천' 산책로는 오리, 왜가리, 거북이, 잉어 등 야생 동식물이 쉘터로 서식하는, 때 묻지 않은 자연 그대로의 모습을 간직하고 있었다. 곧게 뻗은 시냇물은 마을 사람들이 언제고 답답한 마음을 떠내려 보내는 물줄기였으며, 근심 걱정을 풀어 버릴 감사한 치유의 공간이었다. 그것은 족히 20킬로미터가 넘는 넉넉한 길이었다.

오염되지 않은 물이 있고, 건강한 나무가 있고, 오가는 사람들이 선량해 보이는 마을. 피터는 한국의 어디든, '정'이 머무는 곳에서는 자신의 적응도 빨라지고 있다는 사실을 깨닫게 되었다. 어느덧 '정'이라는 글자가 마음에 닿고 있었다.

피터는 신부님의 말씀처럼 이곳이 정말 낯설지 않은 고향 같다는 느낌이 왔다. 무척 맘에 들었다. 그가 아끼던 그린부츠를 신고, 자연을 벗 삼아 충분히 행복해질 수 있는 곳… 이곳에 있으면 무엇이든 좋은 일이 생길 것만 같은 기대감이 차오르는 듯했다.

한국에 거주하기 시작한 지 몇 주가 지나자, 최근 뉴스에서 불안한 소식을 발표했다. 아시아 대륙에서 발생한 바이러스가 세계 곳곳으로 전염되어서, 급기야는 한국에까지 당도했다는 내용이었다. 감기 증상과 흡사한 질병이었으나, 원인을 알 수 없는 바이러스성 질환이었다. 그것은 시간이 지나면서 사방으로 퍼지기 시작했다. 방송 매체에서 신종 바이러스에 대한 이야기가 나온 지 2개월이 지나자, 여기저기 마스크를 끼고 다니는 사람들이 눈에 띄게 늘었다. 공공장소를 오갈 때는 기계에서 품어져 나오는 소독 스프레이에 손을 갖다 댔다. '감염되면 수포와 함께 상당히 위험한 지경에 이른다.'는 연구 결과가 발표되자 시민들은 알지 못하는 두려움에 떨었다. 밝혀지지 않은 것에 대한 불안감은 그들을 더욱 두렵게 했다.

그러나 스마트한 한국인들은 그들만의 새로운 생활방식에 발 빠르게 적응해 가고 있었다. 허용되는 좁은 교류의 울타리 안에서도 각자의 삶을 지속하며 즐길 줄 알았다. 두려움 속에서도 발전은 결코 멈추지 않았다.

'타고난 민족성이 부지런하고 지혜로운 사람들… 어려움 속에서도 질서 정연하게 움직이고, 모든 것이 멈출 수밖에 없는 벼랑 끝에 서 있어도 희망을 잃지 않는 민족!'

피터 역시 어머니의 조국, 대한민국의 강인한 민족성을 이어받은 지혜로운 한국인의 핏줄임이 틀림없었다. 그는 한국인처럼 강해지고 있었다. 이곳에 발붙인 지는 얼마 되지 않았지만, 현재의 처해진 상황 속에서 그는 아주 빠르게 잘 적응하고 있었다. 자신의 고향, 뉴질랜드에서 멀리 떨어져 있었지만 안전한 기분… 고향처럼 모든 사물로부터 훈훈하게 보호받는 기분.

마스크를 쓰고 모임이 줄어들면서 우울한 상황이 시작되었다. 그런 답답한 상황 하에서도 신선시의 사람들은 웃음을 잃지 않았다. 가슴속에 항상 따뜻한 온기와 오염되지 않는 신선함을 지닌 사람들 같았다. 그들의 열정은 그것이 강렬해서인지 매서운 비바람 속에서도 꺼지지 않았다.

단지 하나의 단점은, 대부분의 사람들이 성격이 급하단 것이었다. 기다리는 것이 혈통적으로 잘 안 되는, 강인한 민족의 뜨거운 피… '빨리빨리'라는 단어를 입에 달고 사는 성질 급한 사람들.

그러나, 그 모습이 귀여울 때도 있었다. 어린아이들도 그 말을 종종 했다.

"엄마 빨리빨리…."

오늘은 임시숙소의 주변을 살피러 잠시 외출을 즐기고 있는 중이다. 주변을 자세히 살피면서 신선시의 중심가를 천천히 걷고 있자니, 숙소로 향하는 동쪽 방향으로 고딕체로 말끔하게 쓰여진 브라운색 표지판이 보였다.

달 천문대 여기서 200미터

'달'이라는 글자를 발견하자, 존경하는 유명 인사라도 만난 듯 피터의 눈이 반짝거리기 시작했다. '이곳에서 달을 관측할 수 있다니….' 당장 그곳을 목적지로, 무작정 발길을 돌렸다. 빠르게 걸어 당도한 그 장소에는 아쉽게도, 제한 시간대가 걸려 있었다.

달 천문대 입장 오전 9시부터 오후 8시까지

그가 입구에 당도한 시간은 8시가 막 넘어가고 있었다.

"망했다…."

그는 한국 사람들이 사용하는 짧은 문장을 배워서, 재미있는 표현을 익혀 두었었다. '망했다.' '죽겠다.' 등 희한한 표현들이 많은 나라다…. 피터는 걸어오느라 바람에 차갑게 식어 버린, 달달한 카페 라떼의 마지막 한 모금을 단번에 털어 마셨다.

자켓의 왼쪽 윗주머니에서 작은 메모지와 볼펜을 꺼내어 입장 시간과 위치를 적고, 메모지가 튀어나오는 불상사가 벌어지지 않게 그것을 주머니 깊숙한 곳에 잘 넣어 두었다.

그는 요즘 사람들이 자주 사용하는 폰을 이용한 찰칵 캡처보다 자신의 글씨를 더 좋아라했다.

스타벅스 뒤편 브라운간판 달 천문대 9am-8pm

"오늘은 이것으로 충분해. 괜찮아."

그는 주머니를 툭툭 쳤다.

"앞으로 하나씩 알아내자. 거리도, 상점도, 사람들도…."

숙소 앞까지 서둘러 걷다 보니, 하늘엔 낯익은 달이 떠 있었다. 살짝 귀퉁이가 찌그러진 채로 완전함을 향해 차오르고 있는 달이었다. 그래도 희망에 부푼 피터의 기대감은 찌그러드는 법이 없었다. 타향 하늘에 떠오른 낯익은 둥근 달과 수많은 하얀색 별빛들의 스파클링이 오늘 밤도 변함없이 피터를 응원하고 있었다. 아름다운 밤이었다.

'내일부터 조금씩 더 노력하고 용기를 내 보자. 내가 좋아하는 것 중

한 가지는 오늘 벌써 찾아냈잖아. 내일은 달 천문대에 올라가서 그것을 직접 확인해 보는 거야.'

피터는 다음 날 일찍 산책길에 올랐다. 달 천문대를 다시금 잊지 않고 찾았다. 꼭대기 층에 있는 장식장들은 보는 이들을 꿈의 세상으로 더욱 밀접하게 끌어들이고 있었다. 책꽂이에는 천체를 관측할 수 있는 망원경의 종류에 대한 설명과 행성에 관련된 카탈로그들이, 조명을 받아 반짝이는 모습으로 저마다 정갈하게 꽂혀 있었다. 특히 달에 대한 자료들이 흥미진진하게 진열되어 있었고, 달을 탐사한 사람들의 사진들은 꿈의 트렌드였던 시절을 기억나게 했다. 달의 특이점이 기록되어 있는 신문 등 여러 가지 자료들도 더불어 전시되고 있었다.

관측실의 벽면 장식은, 달의 표면과 같은 움푹움푹 파인 크레이터처럼, 입체 벽지들로 장식되어 있었다.

천정에는 달과 다른 행성들의 모양으로 된 원형 구의 축소 본들이 길고 짧은 길이로 무게의 균형을 맞추며 매달려 있었다. 우주복을 입은 우주인들은 지구의 중력이 사라진 듯이 이리저리 자유롭게 날고 있었다. 창틈 사이로 불어오는 바람에 새처럼 나비처럼 가볍게 날고 있었다.

"그들은 이곳에서도 둥둥 떠다니고 있네."

피터는 그들이 달에 발을 딛던 흥분이 얼마만큼이었을까 궁금했다.

달과 행성의 관측을 위해서 성능이 우수한 최신식 천체망원경이 놓여 있었다.

'이런 망원경을 갖는 것이 한때의 큰 꿈이었지. 대학 시절 생각이 나는군. 하늘을 보면서 세상을 다 가진 것 같던 그때… 별을 쫓던 그때는, 우주는 낯설지도 않게 언제나 내 곁에 가까이 있었는데….' 대학교에서 텔레스콥을 통해 바라보았던 우주의 아름다움을 잊을 수가 없었다. 그는 오늘의 밤하늘을 바라보며 빛의 속도로 대학 시절로 되돌아가고 있었다. 친구 오스카와 자주 바라보던 별들이 생각났다. 지구상 어디에서든 가장 잘 보인다는 북두칠성, 그것은 모두가 익히 아는 별이었지만 둘에게는 특별한 관심 별자리였다.

북두칠성을 이루는 별들은 일곱 개로 이루어졌다. 국자 모양의 머리 쪽부터 두베, 메라크, 페크다, 메그레즈, 알리오츠, 미자르, 알카이드 순으로 이어진다. 이 중 피터가 가장 좋아하는 별은 알리오츠. 그 발음은 아주 매끈하고 달콤해서 부를 때마다 노랫소리가 난다고 생각했었다. 그래서 좋아졌다. 그는 한참동안 알리오츠와 주변의 다른 별자리들을 살펴보았다.

"오스카는 알카이드를 좋아했었지."

오래도록 잊은 듯했던 사랑했던 친구의 얼굴이, 알카이드 별자리에 나타나더니 껄껄껄 웃었다.

어른들은 별 관심이 없어서인가, 꼭대기 층까지 기를 쓰고 올라온 사람들은 어린아이들 겨우 두세 명 남짓이었다. 호기심으로 다가온 '꿈이 있는 아이들'은 무척 설레고 빛나 보였다. 어른들은 우주의 목소리를 듣지 못한 듯했다. 호기심도 사그라들고, 설렘도 없어 보였다. 현실에 오래도록 익숙해져서 하늘을 바라보는 것을 잊고, 꿈도 잊은 사람들은 정작 호기심이 작동하더라도 가슴이 뛰지 않을 수도…. 피터 팬이 싫어했던 어른이다. 미래의 꿈을 쫓는다거나, 정열을 불사른다거나, 진정 아름다운 것들을 알아보는 능력은, 성인이 되면서 어딘가에 꽁꽁 숨겨진 채로 빛을 잃어 가고 있었다.

신선함을 담을 마음의 그릇들은, 어느 사이엔가 욕심 부리는 다른 것들로 이미 꽉꽉 들어차 있는 게 분명했다. 달을 보아도, 별을 보아도, 아름답고 광활한 우주를 보아도, 그들의 속삭임은 들리지 않는다. 타고난 행성인의 위대한 잠재 능력은, 어딘가에 깊숙하게 숨겨진 채로 말소되어 버리는 것이 분명했다. 꿈의 씨앗을 심을 마음의 땅이 갈수록 굳어져 버리는 어른이 된다는 것은 너무도 안타까운 세월의 현실이다.

'나이가 들어도 현실에 의기소침하거나, 욕심으로 똘똘 뭉쳐 단단해지는 일은 만들지 말자.' 자신의 존재… 정체성의 진실을 찾아 헤매던 피터의 자아가, 이곳에서 점점 생기를 찾아가고 있었다.

어린 피터의 우울하고 자신 없던 음지의 마음이 언제부턴가, 반짝이면서 달빛처럼 부드럽게 퍼져나가고 있었다.

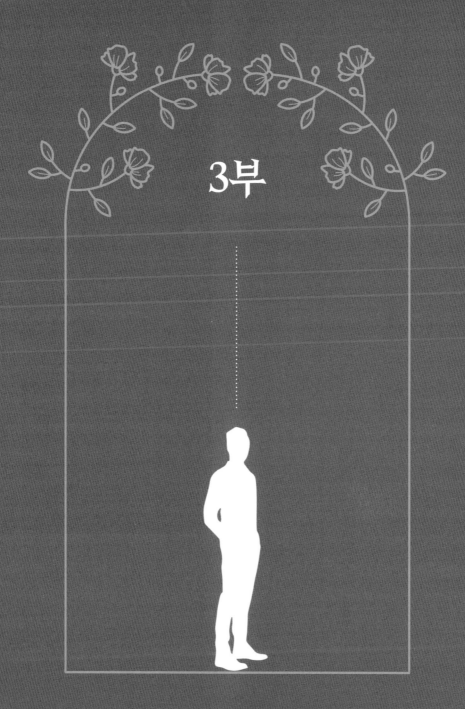

3부

가족의 역할은 미정

길게 연결된 호스로 식물에게 쏴-아 물을 주는 것이 참으로 시원하게 들렸다. 길고 때로는 짧은 물줄기가 화분을 적시고 있다. 식물들은 물을 마시고, 주인이자 어머니인 미담의 휘파람 소리를 배경음악으로 듣는다. 화초들은 그녀의 아이들이다.

마치 젖소가 좋은 음악을 들으면 고품질의 우유가 만들어지고, 젖도 잘 나온다는 신비한 과학 이야기처럼 엄마의 휘파람 소리를 들으며 물을 먹고 자라는 꽃집의 식물들은, 오래도록 시들지 않을 잎사귀와 더욱 아름다운 꽃을 피우리라.

은섬은 주방에서 화원이 들여다보이는 미닫이 문밖으로, 엄마의 춤추는 치맛자락과 물수유를 보고 있었다. 보이지 않는 미담의 얼굴 표정은 분명, 티끌 한 점 없이 미소 짓고 있을 거라고 확신했다.

"엄마, 식사하세요."

점심 식사를 맛깔스럽게 준비해 놓았다. 최종적으로 숟가락과 젓가락을 딱딱 소리 나게 놓은 다음, 호스에서 뿜어져 나오는 물길을 제치고 엄마의 귀청을 단번에 자극시킬 정도의 큰소리로, 은섬은 엄마를 불러재꼈다.

"그래… 곧 간다, 가. 얘들아… 우리 '딸엄니'가 밥 먹으란다. 너희들은 밥은 먹었으니, 이제 좀 쉬면서 쑥쑥 자라 주렴!"

손가락으로 장난스럽게 꽃잎을 툭툭 치면서 미담은 싱긋 웃었다. 호스의 탭을 잠그고 두 손을 앞치마에 쓱 문지른 뒤, 미닫이문을 열고 주방의 식탁으로 느릿느릿 향했다.

"오늘은 무슨 반찬?"

"우리 형편에 무슨 반찬이면 우리 어무니 입이 귀에 걸리실까… 그야 요맘때의 귀빈 식 당근이네의 당근과 채소 비빔밥이죠."

"또? 대체 우리는 언제까지 풀만 먹어야 하니… 여치도 아니고 원! 매일 푸성귀 음식이니…."

미담의 얼굴은 장난스럽게 일그러져 있었지만, 말은 상당히 타박스러웠다.

"다 건강을 위해서예요. 엄마는 다이어트가 꼭 필요하다잖아요. 그리고, 체중을 줄여야 엄마 무릎이 나아지지… 거참! 매일 화초들 가꾸느라 꾸부정하게 구부리고 앉거나, 서 있거나 둘 중 하나니까, 더 늦기 전에 관리해야 한다니까요! 2절도 마저 들으실래요, 걍 드실래요?"

"어이구 알았습니다. 당근 두 소리 없이 감사히 먹겠습니다요, 무서워서리…."

투덜거리며, 입을 삐죽삐죽, 미담은 엄마인데도 딸과 역할을 바꾸어 사는 철없는 소녀 같았다. 그런 엄마를 너무도 잘 이해하고 사랑하는, 외동딸 은섬은 하루하루 엄마의 건강을 챙기며 즐거워했다.

'그래 우리 모녀에겐 이런 삶이 더 나을지도 몰라….' 1년 전 부모님이 돈 문제로 크게 다툰 후, 마침표가 없을 별거를 선포했을 때, 한참 동안 우울했던 은섬이었다. 문득 옛일이 기억났다. 스냅사진을 돌려 보듯 찰칵찰칵 과거를 누르고 있었다. 프레임에 걸고 싶지 않은 삭제해 버리고 싶은 사진들이 많았다. '삭제… 삭제… 시간이 뭐든 망각으로 치유를 한

다더니… 고맙긴 하네. 이젠 눈물 없이 웃을 수도 있는 일이 되었으니.'
그 당시에 너무나도 당황스러웠던 두 분의 분할이, 이제는 '차라리 다행.'
이라고 위로를 해 대고 있으니 웃긴 노릇이다. 한참 동안을 실망과 암담
함에서 벗어나지 못했던 엄마 미담도, 이제는 다시 사람다운 활기를 찾
고, 즐겁게 두 사람의 생활에 익숙해졌다.

"내가 남자 구실인지, 여자 구실인지 이딴 거 생각지도 않고, 남편이니
아내니… 그런 것도 걍 집어치우고. 그냥 사람답다… 이렇게 느끼면서
사니까 이게 딱 좋네. 역할 없이 '역할 미정'인 것이 난 참말 좋다."

미담은 남편과의 결별 후, 사람의 관계에 성별의 구실까지도 쓰레기통
에 처넣은 것 같은 말을 하고 있었다.

"그럼 엄마, 내가 남자같이 살아도 되고, 여자랑 결혼해서 살아도 되고?"

은섬이 '이때다.' 하고 엄마의 말끝에 불을 붙일 것 같은 폭탄 점화를
시작했다.

"얘가 뭔 싸이코 개뻑다귀 같은, 말도 안 되는 소리를 해… 넌 여자지…
어떻게 남자가 돼? 허기야 트렌스 젠던가 뭐시긴가 있긴 하지… 그래도
넌 택도 없는 소릴 마서."

미담이 밥 먹던 숟가락을 갑자기 공중으로 들어 올리며, 지휘봉처럼
두세 번 장난처럼 휘둘러 댔다.

"에구, 나도 남자 되고 싶은 생각은 없지. 여자가 얼마나 좋은데… 그런
데 가끔 '여자랑 결혼하면 어떨까….' 하는 생각은 해. 로맨스판타지처럼,
여자랑 여자가 결혼해서 행복하게 아이 낳고 잘 산다… 뭐 이런 상상….."

은섬은 식사를 멈추더니, 창밖을 바라보며 현실에 마땅치 않을 꿈같은
장면을 생각했다.

"정말 내 상상은 도가 좀 지나치긴 하지?"

은섬이 미담의 추궁을 피하려는 듯 꼬리를 슬그머니 내렸다.

"그럼! 가당치 않은 소리."

미담이 버럭 소리를 질러 대는 바람에, 여자와 결혼하고 있던 은섬은, 꿈 장면이 머릿속에서 순식간에 사라졌다. 그녀는 아쉽다는 듯 다시 밥숟갈을 천천히 들어 올렸다.

"엄마, 내가 좀 또라이지? 왜 이런 딸을 낳았어? 엄마가 또라이라서 혹시 유전인 거 아냐?"

은섬은 낄낄거리며 웃었다. 너무 웃느라 순간 입에 있던 밥알이 따발총이 되려는 것을 간신히 참아냈다.

"이런이런… 불효녀 같으니라구. 밥이나 드셔! 내가 말을 시작한 게 잘못이다. 우리 대화 삭제다 삭제. 딜리트. 알겠냐?" 미담은 은섬이 비벼 둔 건강 야채식을 밑바닥이 달그락거릴 때까지 싹싹 긁어서 먹어 버렸다.

"역시 이것도 좋군. 밥을 먹으니, 갱춘기가 갱생할 것만 같다. 야호! 에너지가 마구 솟구쳐!"

미담은 철없는 딸 마냥 까불었다. 그녀는 은섬에게 귀엽게 찡긋 윙크를 하고는, 미닫이처럼 미끄러지듯 화원으로 사라졌다.

그녀는 빈 밥상을 바라보며 셋이 마주하던 옛 식탁을 떠올렸다. '아버지는 식사라도 제대로 챙겨 드시는지… 요즘은 소식도 뜸하시네. 내가 집 나간 아들 생각을 하는 듯, 왜 이렇게 신경이 곤두서는지….' 은섬은 냉장고에 남은 밑반찬을 차곡차곡 챙겨 넣고 설거지를 시작했다. 아버지의 지난 일들이 떠올랐고, 그간 보내왔던 문자 메시지들을 기억해 보왔다.

　나는 이곳에서 속세를 떠난 도인처럼 편안하게 지내고 있다. 바쁘게 살 때는 그것이 그저 좋은 줄만 알고 명예나 돈이나 따라잡으려 애를 썼었지. 이제 지나고 보니 그것은 다 허상이었단 생각이 든다. 진정한 자유는 어떤 것에도 저당 잡히지 않아야 한다는 것을 이제야 깨닫는구나. 힐링이란 단순한 것에서 시작되고, 어떤 상황에서건 자신을 조절할 수 있으면 되더구나. 진작 알았더라면, 과거에 그렇게 복잡하게 갈구할 일도, 힐링이 안 돼서 불만이었던 세월도 없었을 것을…. 후회하지 않으련다.

　엄마를 잘 부탁한다, 은섬아. 아빠는, 나의 사랑하는 사람들이 평화롭길 때 순간 기도한다. - 사랑하는 아빠가, XX.

　'X'는 아빠의 표현으로는 뽀뽀였다.

　아빠는 사차원의 세계에 아주 오래전부터 발을 들였다. 돈에 끌려다니기 전에는, 냉정하고 비정함이 난무하는 현실 세계에서 멀리 동떨어진 사람이었다. 은섬은 그런 아빠가 항상 자랑스러웠다. 돌아오지 않고 오랫동안 이방인으로 생활하고 있는 이 순간까지도, 은섬은 외계인 같은 그를 존경하고 있었다. '그가 변한 건 가족의 역할 때문이었을 거야. 가족에게 좋은 것을 주려고 했던 하얀색 욕심이, 죄가 될 줄도 몰랐을 테고.'

　화가였던 고훈석… 그는 속세를 떠나서 역할이 정해지지 않은 먼 이방인으로 살고 있다. 그래도 그는 은섬과 미담의 가족이었다. 아버지의 역할은 버렸으나, '달'과 같은 사람이다. 그는 항상 존재하지만, 보이지 않을 뿐이었다. 지구에 어둠이 내리고 사방이 정적에 휩싸이면, 욕심 없는 얼굴이 되어 하늘에 나타나는 웃는 얼굴, 초승달… 그는 초승달이 되어버렸다. 쓸쓸할 때 문득 생각나고, 깜깜할 때는 그녀의 인생길을 확인하게 하는 빛… 이제는 아버지가 '초승달' 같았다. 그녀는 아빠를 미워할 수 없었다. 시간이 지나도 변함없이 그는, 사랑하는 가족이었다. 은섬에게도, 미담에게도, 그의 역할은 이제 미정인 채로 남겨 두었지만, 그는 여전히 가족이었다.

알콜의 부작용과 참다운 힐링

은섬은 몇 달째 아버지의 소식을 전해 듣지 못했다. 어디서든 삥삥 터지는 핸드폰을 가지고 있는 아버지였지만, 어딘가 획- 내던져서 굴러다니던 소주병처럼 처박아 놓은 게 분명했다.

엄마와 아빠, 그들은 동갑내기였고, 수다스러운 베프처럼 자주 대화하고, 농담하고, 사이좋게 어울려 다니던 한 쌍이었다. 그토록 아름답던 커플에게 어느 날, 차가운 삶의 고락이 묻은 칼날 같은 바람이 몰려왔다. 아무도 그 문제가 되기 시작한 첫날을 알아내지 못했다. 그저 창틈 사이로 자연스럽게 끼어 들어오는 불쾌하고 텁텁한 먼지처럼, 불행이란 놈이 서서히 스며들었을 테니까. 그것이 어느새 턱밑까지 쳐들어와서 그들의 숨통을 막으려 했다. 따뜻하게 결속되어 있던 두 사람의 사랑을, 알게 모르게 분탕질하더니 결국은 쩍 벌어지는 크렉을 만들어 놓고야 말았다.

"망할 놈의 크렉!"

은섬은 어느 날, 욕질을 해 댔다. 잘못 없는 '크렉'이란 놈을 욕했다. 둘 사이를 무자비하게 갈라놓아 버린 놈.

　부모의 러브스토리는 대학가에서도 유명했었다고 한다. 학교를 졸업
하고 화가로 작품 활동을 하던 아버지 고훈석은, 어머니 미담과 열애 끝
에 결혼에 골인하고, 그다음 해에 보물 같은 은섬을 얻었다. 아버지는 오
래전부터 고향에서 소문난 효자였고 시골에서 자라서 상경하여 출세한
'그림 신동'이라 불렸다. 일찍이 홀로되어 고생스럽게 아들 둘을 키우던
은섬의 할머니가 아프기 시작하면서, 은섬의 부모는 병간호와 치료를
위하여 많은 돈을 쓰게 되었다. 훈석은 작품 활동보다는 돈을 버는 일에
뛰어들었고, 예술가로서의 품격을 지키기보다는 수입을 지키고 돈의 액
수에 치중을 하기 시작했다. 전시회를 열 만한 시간과 금전적인 여유도
점점 부족하게 되었다. 한동안 유명세로 이름을 날리던 그가 언제부턴
가 '그림에서 영감이 떠오르지 않는다.'고 한탄했다. 매일 밤 소주를 한
두 병씩 사서 절친한 동무처럼 기쁘게 끼고 들어오더니, 몇 년이 지나니
이미 알콜 중독자의 '몹쓸 딱지'가 붙어 있었던 것이다.
　아버지가 집을 나가기 전에는 꽃집을 하는 엄마와 자주 다투었던 기억
이 난다.
　"남편이 되어 가지고, 가정을 돌봐야지… 그림만 파면 어디 하늘에서
돈다발이 뚝 떨어진다나… 은섬이 교육도 해야 하고, 어머님도 편히 모
셔야 하고… 나도 이런 소리 하고 싶지 않아. 오죽하면 이럴까."
　미담은 다툼 뒤 속사포를 쏘아 댄 것이 무척 속상한 듯이 후다닥 꽃물
을 주러 나가곤 했었다.
　"또 그 말이다. 여자가 말이 너무 많아…" 사라지는 미담의 뒤꽁무니

에 대고, 훈석이가 힘없는 말투로 툭 던지는 대항이었다. 면전에서는 똑 부러지게 큰소리도 못 치는 아버지였다. 은섬 아버지와 어머니는 말다툼의 시작이 거의 여자가… 남자가… 또는 남편이 되어 가지고… 아내가 말이야… 등의 문장으로 시작했다. 은섬은 그런 단어들이 지금도 듣기 거북했다.

그런 발단으로 시작하는 싸움들은 대학 캠퍼스 내에도 가끔 발생했기 때문이다. '페미니즘'이니 '여성 하대 단어'니 해서, 남녀학생들이 말싸움을 벌인 일이 몇 번 있었다. 무슨 역할 놀이의 극중 인물을 점검하는 듯하였다. 남자는 남자 노릇, 여자는 여자 노릇에 선을 긋고, '넘어오면 가만 안 두겠다.'는 듯이…. 은섬은 자라서 결코, 그런 것들에 압제당하지 않겠다고 다짐했다.

"내가 남자 역할이면 어떻고, 여자 역할이면 어때… 보람되게 살면 되는 거지."

그녀의 생각은 현재의 보편적인 사고보다 항상 앞서가고 있었다. 그녀는 그래서 디테일하게 섬세하면서도, 단호한 결단력이 있었고, 전사처럼 용감하면서도 사교적이어서, 따르는 자들이 많았다. 주변에는 남녀 가릴 것 없이 친구들이 많았다. 물론 친한 친구라 함은 썩은 콩 가리듯, 아주 꼼꼼하게 이리저리 살펴 가며 가려서 사귀었지만, 친구들로부터 남녀 가릴 것 없이 고루 인정받았다. 사람들이 달라붙는 마그네틱 같은 학생이었다.

미지의 세계가 가까이 존재하고 있다고 믿었던 신비주의 화가 고훈석은 15년을 넘게 어려운 장애물도 꿋꿋하게 버텨 냈던 예술가였다. 그런 그가 사랑하던 미담의 타박에 못 이겨 어느 날, 이혼 얘기를 꺼냈다. 티비 프로그램에서 자연인에 관한 이야기를 홀린 듯이 추앙하던 아버지가, 정말로 산속으로 짐을 챙겨서 떠나 버린 것이다. 미담은 '이혼 도장은 택도 없다'고 말했다. 아버지 또한 그것을 진심으로 원했던 것이 아니기에, 그들은 이혼 아닌 결별로 진행되었다. 요즘 말하는 '졸혼' 같은 것이었다. 결국은 '결혼을 졸업한 것'이다.

그 후 몇 개월이 지나자, 이상하리만치 은섬의 엄마는 평화로워 보였다. '포기를 한 것일까.'라고 생각해 보았다. 허기진 감정의 살얼음판을 딛고 있는 엄마를 그저 딸로서 소리 없이 지켜보며 추측만 하고, 위로의 말은 꺼내 보지도 못했다. 쉰 살이 훌쩍 넘어 갱년기에 접어든 미담은, 현재에 벌어진 행복하지 못한 일을 미화하려고 애썼다.

"차라리 혼자인 게 속 편하다니까…."

말버릇처럼 입에, 같은 문장을 담을 때가 많았다. 그리고는 냅다 미담이 문에 화풀이를 하는 것처럼, 문을 꽝 닫고는 화초들에게 위로받으러 나가 버리곤 했다. 은섬은 딸랑딸랑 메아리치는 미닫이문의 수호자, 거북이 종을 쳐다보았다. 그것은 나무 현관문의 꼭대기에 달려 있었고, 결혼 10주년 기념으로 아버지가 엄마에게 선물한 것이라고 했다. 미담이가 딸에게 솔직한 표현을 하지 않아서였지, 그녀는 진실로, 집 나간 남편을 계속해서 기다리고 있는 중이었다.

그녀는 요즘 작은 화분에 새로 분갈이해서 쉘터를 마련한, 애플민트와 페퍼민트 식물들과 자주 어울리며, 비밀을 털어놓는 가까운 사이가 되어 있었다.

"에구, 목말랐지… 어여 물 줄게. 누가누가 빨리 자랄까."

애완견에게 하듯이 잎사귀를 쓰다듬어 코에 대고, 킁킁 냄새를 맡으며 미소 짓는 적이 많았다.

"오늘은 비가 와서 물을 실컷 마셨겠구나… 참 좋은 날이야."

비가 오는 날이면 잠시 비를 맞게 해 주는 아량도 베풀었다.

은섬은 어려서 풀들과 말하는 엄마를 보며 자라서인지, 이런 광경들이 전혀 어색하지 않았다.

"엄마는 얘네들이 퍽이나 좋으신가 보네… 나보다 더 좋지? 말대꾸도 안 하고."

말은 그렇게 했어도 은섬은 엄마를 속속들이 이해할 것 같았다. 말이 없는 생물들과 말을 하는 것… 조용히 말을 들어 주는 동무가 있다는 것… 이런 것들이 그녀에게 적당한 도움이 되는 듯 보였다. 아버지와 떨어져서 은섬의 엄마가 혼자되고부터는, 이런 행동이 그나마 다행이라고 여겼다.

"말동무도 구하기 힘든 세상에 화초랑 친구 먹다니…."

은섬은 엄마가 들으라는 듯이 살짝 말을 흘렸다.

가끔씩 엄마는 도인 같은 소리도 했다.

"은섬아, 참다운 힐링이란 무엇인 줄 아니?"

"난 힐링이란 단어조차 사실은 잘 모르겠어요. 엄마 그때 밥 먹으면서도 뭐라 뭐라 했는데 내가 관심이 없나 깜박 잊었지. 그저 조용하면 힐링이 될까?"

은섬은 나름 본인의 필요한 것을 말했다고 생각했다. 가끔씩 풀벌레 소리조차 들을 수 있는 조용한 곳을 좋아하는 그녀는, 조용하면 그것으로 되었으니까.

"사실, 힐링은 별로 어렵지 않아. 치료가 되는 느낌이 오면 힐링이지. '내가 좋아하는 것을 하는 것' 말이다. 그것이 위로고, 치료고."

그러다가 훈석이가 생각난 듯, 미담은 그를 지지하는 발언을 이어 가고 있었다.

"네 아빠도 힐링하러 간 거야. 산으로… 그이 나름 그것이 치료였거든."

미담은 아직도 훈석을 사랑하는 것이 틀림없었다.

"난, 식물이 있으면 치료가 되는 것이고, 우리 딸도 치료법을 얼른 찾아야 할 텐데 말이다."

미담은 물 주는 것을 다 마치고 안채로 연결되는 미닫이문을 천천히 닫고는, 주방으로 가서 커피 물이 담긴 전기포트의 스위치를 올렸다.

"그리고 이것도 힐링이지. 커피 말이다."

그녀는 혼잣말을 했다.

작은 것에서도 행복을 찾아내는 엄마가 사랑스러웠다. 안쓰러우면서도 대견했다. 딸처럼 그리고 엄마처럼, 어떨 땐 철없는 소녀 같으면서도 칠순 노인처럼, 인생을 많이 살아 본 도사 같은 말도 하는 엄마 미담이 고마웠다.

'나에게 참다운 힐링이란 어떤 것일까….' 은섬은 눈을 감고 큰 나무가 많은 숲을 떠올렸다. 그곳, 나무숲 사이로 태양 빛이 비치고, 은섬은 초록색 옷을 입고 있다. 마치 숲의 나무처럼… 그리고 두 팔을 들어 올리면서 말한다. '참 행복하다….'라고.

까칠한 아이와 얼렁패들

은섬의 어린 시절은 식물들과 함께하는 시간이 많았다.

다른 아이들이 인형, 장난감, 게임기. 그림책 등을 가지고 노는 동안, 은섬은 화원에 앉아서 화초들이 자라는 것을 봤다. 물을 주고, 분갈이를 해 주고, 의사처럼 시들한 화초에 영양제를 꽂아 주는 일을 도와주며 자랐다. 가끔씩 친구들이 모여서 놀게 되면, 놀이터에서 미끄럼틀이나 시소를 타고 난 뒤에는 흙을 가지고 놀 것을 제안했다. 흙으로 집도 짓고, 밥도 지어서 소꿉장난을 했다. 그녀는 식물과 친했고, 식물의 터전이 되는 땅하고도 친했다.

엄마의 화원이 쉬는 날은 은섬의 손을 잡고, 가까운 식물원이나 공원 갈대습지로 나들이를 갔다. 짜지 않게 기본 양념을 한 비빔밥에, 자른 김을 뭉쳐서 만든 주먹밥을 챙겨서, 예쁜 피크닉 바구니에 담아 갔다. 질긴 억새풀로 만든 바구니였다. 신선시의 그린벨트 지역… 멀리서나마 바라볼 수 있는 왜가리 서식지는 모녀가 가장 좋아하는 피크닉 장소였다. 오염되지 않은 자연을 최대한 가까이에서 볼 수 있는, 멀바우 소재 데크들이 곳곳에 있었다. 그들은 소곤소곤 얘기 나누며 피크닉을 즐겼다. 미담은 화초도 잘 기르지만, 재미있는 이야기꾼이기도 했다. 동물, 식물과 관련된 이야기들을 많이 알고 있었다.

어릴 적 자주 들었던 대표적인 이야기는, '잭과 콩나무', '황금알을 낳는 거위', '케터필라'와 '아낌없이 주는 나무'였다. 같은 이야기를 몇 번씩 들었지만, 들을 때마다 마음이 부풀었다.

은섬이 나중에 조금 더 자라서 알게 된 내용이었지만, 미담의 스토리

텔링은 책에 나와 있는 그대로의 이야기뿐만이 아니었다, 맛깔스런 엄마의 재치가 특별히 가미된 것이라는 것을 깨달았다. 그런 명랑하고 재미있는 엄마가, 은섬의 엄마라서 참 좋았었다.

먹는 음식에 편식이 심했던 은섬은, 어려서부터 엄마를 매우 수고스럽게 만들었다.

"엄마, 김치에 묻은 고춧가루는 못 먹어요."

미담은 매일 먹는 김치라도, 물에 흔들어 말끔한 김치만 주어야 했다.

"엄마, 멸치는 불쌍하고 무서워요. 멸치 눈이 나를 바라보면 불쌍해서 어떻게 먹어요… 몸통과 꼬리도 있고, 이런 건 입에 넣을 수가 없어요."

미담은 딸 은섬의 마음이 다치지 않게 하기 위해서, 멸치 대신 얇게 저민 오징어포나 쥐치포를 가지고 마른 반찬을 만들어야 했다. 시금치국, 파무침 뿌리가 있는 것도 싫어했다. 매운 것 짠 것도 못 먹었다. 게다가, 살아서 돌아다니는 어느 동물이든 간에, 그런 것들이 밥상에 죽은 채로 모양새가 갖추어진 것들은 모조리 '싫어.'라고 했다. 어린 은섬은 주변의 사물을 관찰하는 능력이 뛰어났고, 성격은 예민했고 까칠했다.

'섬세한 아이….' 엄마 미담은, 은섬이 자신을 힘들게 할 때마다 그녀를 섬세한 아이 대신 '까칠한 아이'라고 타박했다. 주변 사람들도 '어린것이 너무 예민하다.'고 말들이 많았다. 그러나, 그러한 예민함은 좋게 말하자면 섬세함이었다. 사실 마음의 섬세함이란, 세상을 아름답게 수놓을 수 있는 예쁜 능력이었다.

은섬이 초등학교를 마치고 사춘기에 접어들자, 예민함은 한층 더해져서 완벽을 추구하는 아이처럼 보였으며, 확고한 본인의 고집이 강했다.

누구한테도 싫은 소리를 듣거나 지는 것을 싫어했다. 유독 식물이나 동물에 해가 가해지는 모습을 견디지 못했고, 그런 행동을 장난거리나 아무런 거리낌 없이 행하는 아이들을 보면, 미친 듯이 욕을 퍼부어 대기도 했다.

"자기 팔을 한번 꺾어 보라지. 나쁜 새끼들. 저만 생명인가…."

길 가다 자치기를 한답시고, 생각 없이 나뭇가지를 꺾어 든 반 친구한테 눈을 째리며 한마디 날렸다가, 괜한 쌈박질이 붙을 뻔한 적도 있었다. 모기며 파리며, 사람 눈에 거슬리면 때려잡는 평범한 아이들과도 어울리지 않았다.

'야만인이나 다름없어. 왜 꼭 죽여야 직성이 풀리는 거야. 압사당할 놈들.'이라든가, '바닥에 길 가던 개미나, 꽃에 앉아 있는 벌도 죽이는 어이없는 새끼들.'이라고… 그들의 행동을 낱낱이 기억해 내며 욕을 해 댔다.

그녀는 평상시에는 머리를 길게 땋아 내리고, 다소곳한 여학생의 여리여리한 모습으로 말없이 있다가도, 생명을 해하는 사람들에게는 돌변했다. 저주라도 걸리라는 듯이 악한 마녀처럼 매서운 욕설을 퍼부어 댔다.

중학교 고등학교 시절에는 단짝 친구 몇 명이 그녀와 꼭 붙어 다녔다. 수영을 잘하는 홍이와 멋쟁이 태완이었다. 그는 남학생이었지만 그의 히든 젠더는 여성 같은 감성을 지니고 있었다. 셋이 종종 영화를 보러 가거나, 공원 놀이터 코인 노래방에 어울려 다니곤 했다. 태완은 남자 세계에 대한 비밀스러운 이야기를 특집기사로 다루는 것처럼, 그들 둘에게만 살며시 흘려주곤 했다.

"너희들 모르지? 남자애들이 CD나 비디오로 야밤에 혼자 무엇을 보는

지… 우리 반 아이들은 가끔 그것들을 돌려보기도 하고, 어디서 이상하고 야리꼬리한 책들을 얻어 오더라. 나도 끼어서 가끔 힐끔거리고 있지만 말이다."

태완이 자신이 남자인 것을 아주 자랑스럽게 말했다.

"야, 이 변태 새끼야! 나도 알어… '야동' 아냐? 야한 동영상. 이 누나도 그쯤은 안다, 알어."

홍이가 남자도 별거 못 된다는 둥 타박해 가면서, 남자들 모두를 싸잡아서 한참 동안 지적질하며 말했다. 은섬은 아무 말 없이 그들의 말싸움을 구경하며, 그저 웃고 있었다. 그러다가 아무리 기다려도 끝이 없을 것 같아지자, 그녀가 나서서 분쟁을 무마하려 했다.

"걍 그런 걸 보는 게 좋은가 보지 뭐. 그냥, 그런가 보다 …하면 되지. 홍아 열 식혀라. 어이…."

항상 큰언니 같은 은섬은 어쩌다 도인 같은 말을 했다 그리고, 심해지는 말꼬리 타박은 '제발 그냥 넘어가자.'라고 했다. 싸움이 아니라, 사실 홍이와 태완이, 그들은, 사소한 것으로도 길게 토론하기를 좋아했다. 남자 여자의 다른 점 말고는, 셋이서 패가 갈려서 언쟁할 일 없이, 마음이 잘 통하고 우정이 깊었다.

은섬은 동식물뿐만 아니라, 사람들의 마음도 잘 헤아릴 줄 알았다. 본인이 '전혀 아니다'라고 생각하는 부분만 제외하면, 다투는 일조차 낭비라고 생각하는, 지혜롭고 섬세한 아이였다.

그 섬세한 아이가 고3 학년이 되자, 각자 원하는 대학교의 원하는 과에 지원서를 내게 되었다. 은섬은 '식물의학과'에 지원했다. 어려서부터 남달리 식물을 사랑했던 그녀는 그 길이 타고난 본인의 길이라고 생각했다. 의학이라 해도 동물이나 사람의 피는 볼 자신조차 없었으므로, 식물의학이 최선의 길이라고 결정했다. 그녀는 식물의학과가 개설된 지방으로 대학 원정을 갔다. 기숙사 생활을 하면서 식물의학을 공부하고 인턴을 거쳤다. 대학을 졸업하고 삼림센터에 지원서를 냈다. 숲을 관리하는 부서에 배치되어 실습을 했고, 인턴 생활을 마치고, 그곳의 정직원이 되었다.

그녀와 단짝이던 친구 홍이는 바다를 좋아해서, 해양학과에 입학하게 되었다. 해양 관련 식물과 요트와 선박에 관한 자격증까지 취득했다. 타고난 끼로 아름다움을 간파하고, 창의적이던 태완은 예술대학교의 뷰티학과에 입학하여 네일 아티스트의 꿈을 키웠고, 대학 졸업 후, 미용 자격증과 더불어 본인이 바라던 조그만 네일숍을 오픈했다. 어려서부터 센스 있고 눈썰미가 좋았던 그는, 여성 아티스트들보다 더 손재주가 뛰어났고 예술적인 감각이 풍부했다.

고등학교를 졸업하고 대학생이 되자 한참 동안 세 사람은 자주 모이진 못했다. 각자 다니는 대학교가 근거리에 위치하지 않았을 뿐만 아니라, 학업에 몰두하기도 바빴다. 다들 사회생활 연습이랍시고, 짬을 내서 이런저런 아르바이트 잡을 구했기 때문이었다.

무엇이든 쉽게 해치워 버리는 얼렁뚱땅 패거리들은 어떠한 상황 하에서도, 만남을 포기하진 않았다. 어려운 가운데서도 모였다. 자신들의 결속을 위해서, 우정의 힘을 느끼기 위해서 계속해서 만남을 이어갔다. 그들이 만나면 늘 하나씩의 화젯거리를 가지고 열띤 토론을 했다. 식물이나 동물, 자연, 우주 그리고, 남녀에 관한 것들. 얼핏 들으면 쓸모없는 수다처럼 사소하게 들릴 이야기였다. 사실, 그들에게 결코 사소한 이야기란 없었다. 모든 것들이 삶의 이슈였다.

그들은 인생을 그냥 지나치고 있지 않았다. 용감하게 자신의 인생을 직시하고 있었다. 하나하나 바라보며 느끼고 있었다. 느낌이 있는 그곳에 자신들의 의미를 부여하며 제대로 살아가고 있었다. 사실, 얼렁패들은 제대로 된 멋진 패거리였다.

합.기도의 가르침

은섬 부모의 종교는 '카톨릭'이었다.
은섬의 종교는 아직도, 달리 군건하게 정해지진 않았다.

그녀는 어려운 일이 있을 때 두 눈을 뜨고 손도 모으지 않고, 어디에서건, 모든 신께 기도한다. 모든 종교의 가르침을 존중하고, 종교를 가진 사람이나 가지지 않은 사람이나 또한 존중한다. 종교를 가질 수 없는 식물과 동물까지도 존중한다. 기도는 여러모로 합리적으로 하고, 모든 종교의 기도를 합하여 하는 것이 최고라고 생각한다. 그래서 그녀는 '합.기도'의 신자이다.

부모님은 성당에서 혼인성사를 올렸고, 신의 축복과 많은 이들에게까지 축복을 받았다. 은섬은 유아였을 때 이미 세례식을 거행했다고 했지만, 성인이 된 그녀는 종교에 얽매이고 싶은 생각이 추호도 없었다.

미담은 고훈석과 혼인을 하고 율법을 지키며, 독실한 카톨릭 신자로서 거룩한 책무를 다했다. 은섬을 낳고 또한, 그녀를 신의 뜻대로 아름답게 교육하고자 애썼다. 하지만 미담이 이제 와서 생각해 보자니, 은섬에게까지 자신들처럼 율법 아래에서 살란 소리까지는 할 수가 없다고 여겼다. 현재 남편과 떨어져 살게 된 거룩하지 못한 입장에서는, 더더욱 자녀에게 본보기가 될 수 없었다.

어느 날 미담이 아버지의 일을 입에 올리며 교인의 율법을 말했다.

"너도 알고 있지? 우리는 서로 마지막까지 갈라서지 못해. 네 아버지와 나 말이다… 둘이 이혼하면 교적에서도 퇴출이란 말이다. 우리는 거룩한 맹세를 했고, 그것은 신과의 약속이니 지켜야 하지."

은섬이 성인이 된 후에 엄마 미담이 꺼낸 말이다. 알고 당연히 지켜야 함에도, 무언가 가슴속에 묵직한 쇳덩어리를 품고 얘기하는 듯, 미담의 얼굴은 미사포의 레이스 자락 안으로 깊숙하게 숨겨져 있었다. 그녀는 왠지 신실하면서도 슬퍼 보였다.

"그런 게 어딨어… 종교에서 못 하게 하면 싫어도 꼭 살아야 하는 건가 뭐! 요즘 세상에 그런 답답한 방식이 어딨다고… 엄마나 아빠나 둘 다 자기 행복을 찾을 권리가 있는 거지." 은섬이 가슴을 칠 것처럼 답답하다는 표정으로 조금은 신경질적으로 말했다.

"그래도 그런 말 말거라. 우리 믿음은 배우자를 간단히 생각하지 않는다. 서로가 선택한 배우자와 신 앞에서 맹세했으니, 약속한 배우자와 서로 사랑하고 존경하며 평생을 사는 것이 아름다운 법이지. 네 아빠와 힘겹게 약속을 지켜 가고 있다만, 그래도 요즘은 이것이 어떤 모습으로건 열매를 맺을 날이 있을 거란 생각이 든단다. 인고 끝에 열매를 맺는 화초처럼 말이다."

집 나간 아버지가 그리워서 몇 번이고 마음 보따리를 싸서 산골에 오르내리는 미담의 모습이 그려졌다. 이것저것 밑반찬과 계절이 바뀌기 전 옷들을 매만져, 무거운 짐을 꾸리는 엄마의 모습을, 슬쩍슬쩍 곁눈질로 보아 온 은섬이었다.

미담은 결코, 남편을 설득하지 않았다. 집을 버리고 산속에 혼자 둥지를 튼 남편을 다시 오라고 부추기지 않았다. 은섬은 그런 두 사람의 시답잖은 관계를 도무지 이해할 수 없었다. 그저 '이해하기 힘든 관계'라고만 단정 지었다.

"그럼 그렇게 햇빛 없이 축 처진 나무처럼 우울해 마시고, 아버질 아예 집으로 들어오시라 하면 안 되는 거야?"

은섬이 바짝 다가가 미담의 귀 옆에 대고 속삭였다. 그녀는 은섬을 바라보지도 않고, 이제 막 화분에서 어린나무들을 꺼냈다. 밑바닥이 신문지로 덮인 바구니에 그것들을 조심스럽게 옮겨 놓고, 흙을 골라주고, 모난 돌들을 꺼내 줬다. 어린 화초를 위한 정성으로, 바쁘게 움직이면서 짧게 대꾸했다.

"아직은 안 될 말이지."

그녀는 이미 결심한 듯, 단호하게 말했다.

몇 년을 계속해서 똑같은 행동을 반복하는 습관, 그것은 은섬의 아버지가 술을 끊지 못하는 것에서 비롯되었다. 차곡차곡 삶에서 쌓였던 것들이 가끔씩 터져 나오면, 대폭발을 일으키는 것이 가정에 재앙이 되곤 했다. 그것은 과거의 아름다운 사랑의 기억을 갉아먹는, 기분 나쁘고, 절망스러운 아주 곤란한 현실이 되곤 했다.

"아 그래요. 아버지가 술을 못 끊고 또 그럴까 봐… 나도 사실 좀 겁은 나요. 뭐 엄마가 그렇다면 그런 것이지요. 내 남편이 아니니까. 제가 어찌 부부지간의 자초지종을 알리요…."

이쯤 해서 엄마를 편하게 해 주고 싶어서 은섬은 또 도인 같은 말을 하고는, 조용히 화원 문을 닫고 주방으로 들어갔다. 그녀가 문을 닫고 가 버리자 미담은 화초 손질을 멈추고, 화원의 끝에 자리한 보랏빛 꽃을 크게 피운 난초들을 바라보았다.

"멀리 있어도 당신 향기는 맡을 수 있어서 외롭진 않네요."

미담은 아버지가 떠난 뒤 자주 소리 죽여 울었지만, 이제는 더 이상 울지 않았다. '있는 그대로 이대로 평화로우면 되었고, 내가 살아 있고 그가 살아 있고, 서로 보고 싶을 때 찾아볼 수 있다면 같이 살지 않아도 그저 되었다.' 그녀가 평화롭게 결론 내린 지 오래였다.

은섬은 그다음 날 아침, 오랜만에 옛 친구들 홍이와 태완을 만났다. 그들은 침 파편이 튀도록 열띤 수다와 그들만의 주장을 독하게 내세워 보는 '톡투머취 논쟁'을 해 보기로 했다. 오늘의 주젯거리는 종교에 관한 토론거리였다.

우선 그들의 식사는 셋이 다 즐거이 먹을 수 있는 샐러드 정식으로 선정했다. 사실은 다이어트의 도움을 위해 칼로리가 과대하지 않은 것으로 선정한 것이다. 커다란 나무 그릇에 야채와 콩류, 넛트류 그리고 과일까지 골고루 얹어 주는 샐러드 정식이, 야채로도 배가 부르다는 것을 확인시켜 주었다.

"소화는 잘되고, 살은 안 찌고, 야, 그나마 너희들 있으니 내가 이런 염소 풀을 먹는다, 헐…."

투덜거리기는 하지만 맛있게 먹고 있던, 얼뜨기 미소를 흘리던 태완이, 두 사람을 번갈아 손가락질하며 웃었다.

"그래그래 아주 감사합니다요."

홍이가 인사까지 꾸벅하며 태완에게 맞장구를 치며 낄낄거렸다. 사실 셋 중에서 가장 시급하게 체중감량이 필요한 사람은, 요트 세일링을 위해 열량을 보충하다 군살이 생긴 우람한 홍이였다.

재빠르게 식사를 마치고 그들은 외곽에 위치한 식물원 카페로 이동하기로 했다. 그곳은 한적한 곳에 자리 잡고 있어서, 대중교통보다 자가용을 이용하게 되어 있었다. 그간 용돈을 아끼고, 부모님의 조달을 받아 티끌 모아 구입한, 조그만 경차를 끌고 다니는 태완이, 먼 곳으로 향하는 산뜻한 교통수단에 한몫을 톡톡히 해냈다.

"베테랑 기사 비용은 오늘, 커피와 빵으로 받겠습니다. 마님들."

태완이 카페 본관 앞에 다다르자, 자갈길에 차를 세웠다. 둥근 돌들이 실로폰처럼 따르륵따르륵 그들을 반겼다.

차에서 내린 그들은 곧장 베이커리 쇼 케이스로 가서 여러 가지 빵을 골라 담았다. 독특한 빵들이 많았다. 아침마다 신선하고 맛 좋은 방을 구워 낸다는 소문이, 인터넷상에 도배되었다. 신선시에 이미 입소문이 자자한 카페였다. 더군다나 볼거리까지 가득했다. 나이 든 어르신들도 좋아할 만한 장독대와 마삭줄 등… 눈여겨볼 희귀한 식물들도 많았다.

그녀는 특히 식물에 대한 해박한 지식이 있어서, 그것들이 병들지 않고 건강해 보이는 모습에, 보살피는 이들의 마음에 감동하고 있었다. 또

한, 식물의사로서 감사함까지 느껴졌다.

'우리 엄마도 이런 곳에 오면 무척 좋아하시겠다….' 은섬은 엄마 생각이 났다. 언젠가는 엄마를 모시고 이곳에 꼭 와서, 함께 차를 마시고 싶다는 생각이 불끈 치솟았다. 주위를 둘러보니, 가족 단위의 오순도순 테이블이 많이 자리 잡고 있었다.

그들은 빵 다음으로 음료를 주문했고, 각자의 커피가 올려진 쟁반을 받아 들고, 나무들 사이사이로 놓인 벤치가 있는 곳으로 이동했다. 외따로 떨어진 탁자들이, 아름답고 신기한 모습을 가진 나무 사이사이로 적당한 간격을 두고 떨어져 있었다. 신선시의 얼렁패 삼총사가 맘 놓고 떠들고 낄낄거려도 한결 마음 편하게 얘기할 수 있는, 넉넉한 장소를 드디어 발견한 것이다.

정원 입구에 기이한 호박이 보였다. 엄청난 거구를 자랑하고 있었다. 옛날이라면, 나라님께 들고 가서 자랑처럼 진상했을 법한 대단한 크기였다. 은섬은 호박이 암수 한 그루라는 것을 잘 알고 있다. 오이도 그렇고, 소나무도 그렇고….

'암수 한 몸, 암수 한 그루… 그렇지만 일반 사람들은 그런 것들에 대단한 관심은 없지.' 혼자만의 생각이었다.

"얘들아, 여기 참 좋지?"

은섬이 6인이 함께 앉을 수 있는, 과할 정도로 넓은 탁자를 발견했다.

"응 좋아좋아. 주변에 나무도 있고, 바위도 있고, 여기 딱 우리를 위한 곳이네. 수다쟁이들 지정석 같은걸."

홍이가 맘에 드는지 들뜬 목소리로 벌써부터 큰소리로 떠들고 있었다.

"오랜만에 만났으니 썰 좀 풀어 보실까요? 오랫동안 얌전히 있었더니 혀에 이끼가 끼겠구먼."

태완이 혀를 내밀어 보이며 씨익 웃었다.

은섭이 카운터에서 받아 온 커피 잔을 내려놓고, 냅킨을 나누어 주며 의자에 앉았다.

"오늘은 종교적인 기도에 대해서 말을 꺼내 보자. 내가 좀… 요즘, 기도를 자주 하거든."

그녀가 오늘의 주젯거리를 말했다.

"나는 기도하는 종교가 없는데, 개인적으로는 불교 쪽에 가까운 것 같아. 불교의 합장하는 모습이 좋더라구."

홍이가 자신의 의견을 말했다.

"나는 기독교. 우리 부모님이 내가 어릴 때부터 나를 교회에 데리고 가셨어. 유년 시절부터 그랬던 것 같고… 그래서 교회에 가면 열심히 기도하게 되지. '주여 저의 기도를 들어 주소서… 아멘.' 이렇게 말이지."

태완이 조금 엄숙해진 얼굴이 되었다.

그가 기독교 신자라는 사실은 이제야 처음 듣는 말이었다.

"네가 기독교 신자였어? 헐… 난 그걸 왜 이제야 알았을까. 오랜 친구인데도 모르는 게 있었네…."

홍이가 놀랐다는 듯, 눈을 동그랗게 뜨고 태완을 바라보았다.

"기도라는 것은 사람을 편하게 해 줘. 죄 사함도 받을 수 있고. 죄 안 짓고 사는 사람은 없을 테니까 말야. 기도할 수 있다는 자체만으로도 마음이 가벼워지지."

그가 벌써부터 마음이 편안해진 듯 빙그레 웃었다.

"나는 딱히 종교가 없는데, 그냥 소원이나 그런 걸 말하고는 해. '안전하게 돌아가게 해 주세요.' 뭐 이런 거 있잖아… 배 타면서 맘속으로 기도하게 되는 거지. 나도 모르게. 저 높이 계시는 분께. 있다면 나의 말을 들어 주실 테니까 말이다."

홍이는 자신의 항해가 항시 위험과 직결되어 있다는 걸 다시 한번 깨달은 듯, 잠시 우울한 표정을 보였다.

"종교를 떠나서 누구든 맘속으로 기도할 수 있다는 게 좋은 것 같아. 기도하는 동안은 절실하잖아. 그리고 그것이 이루어질 거라고 믿는 자체가 벌써, 좋은 영향이 되는 것 같아. 가끔씩은 내가 원하는 모든 것을 들어주시지는 않지만, 사실은 들어주실 때가 더 많단다. 신기하지?"

은섬은 자신이 신에게 사랑받는다는 것을 과시라도 하듯이 자신만한 얼굴로 홍이와 태완을 번갈아 보았다.

"야 좋겠다. 은섬이는…. 나 로또에 당첨되게 기도 좀 해 주라, 응?"

태완이 '이때다.'하고 또 아이처럼 물고 늘어졌다.

"아가, 얼른 빵이나… 이 누나가 니꺼까지 깡그리 먹어 치우기 전에."

홍이가 태완의 말장난을 자르듯이 으름장을 놓았다.

"얘들아. 기도는 어떤 종교의 기도건 들어주시는, 우리보다 위대한 존재가 있다는 건 사실인 것 같아. 그러니까 기도는 합해서 해도 될 것 같고."

은섬이 여러 가지를 듣고 나서 벌써부터 요점정리를 준비하고 있었다. 거의 결론처럼 말했다. 기도를 합하는 것에 대한 결론이었다.

"다들 바라는 것이 있을 때는 기도를 하도록 해. 마음속에서라도. 어디에서건, 언제이건 말이야. 합. 기도도 좋으니까. 신께서는 진정으로 우리나는 기도를 잘 들어주시거든. 내가 경험자야. 그러니까, 자주 맘속으로 기도해… 자주 할수록 좋아. 같은 내용의 기도를 반복적으로 오랫동안."

은섬은 기도하는 방법의 정석을 그럴싸하게 알려 주고 있었다. 그리고는 오른손으로 쟁반을 가리켰다.

"빵하고 커피는 식기 전에 남기지 않고, 싸그리 먹을 수 있도록 신이여, 도와주소서!"

은섬의 말에 홍이와 태완이 고개를 끄덕거리며, 잘라 놓은 빵과 커피잔을 집어 들었다.

"옳소, 옳소!"

그가 말했다.

"나도 합.기도! 제발… 더 이상 살이 찌지 않게 해 주세요. 하나님, 부처님, 공자님, 맹자님, 기타 등등. 아멘."

홍이가 어느새 합.기도를 실천에 옮기고 있었다.

은섬과 태완도 덩달아 그녀의 기도에 동참했다.

"아멘."

아름다운 정원과, 건강한 나무… 그리고 그녀가 아끼는 친구들이 있었기에, 그들의 시간에는 무엇 하나 부족함이 없었다. 은섬의 기도 안에는 아주 오래전부터, 그들의 우정에 관한 감사의 '합.기도'도 포함되어 있었다.

식물에게도 마음이 있어

어느 날 직장에서 일찍 일을 마치고 귀가한 은섬은, 평소에는 그저 지나치는 화단에 괜스레 마음이 갔다.

　화원에 발을 들인 김에, 줄을 맞추어 늘어서 있는 화초들을 자세히 둘러보기로 했다. 하나씩 만져 보기도 하고, 향기를 맡아 보기도 하고, 병든 곳은 없는지 눈 스캔도 덤으로 했다. 미모가 빼어난 화초는 사진으로 캡처해서 인터넷에 올리기도 했다. 안타깝게도 꽃잎이 시들기 시작한 한해살이 물망초가 눈에 띄었다. 꽃말이 슬픈 물망초는 마음에 흔적을 남긴 채, 영원히 그 모습을 감추려 하고 있었다. '나를 잊지 마세요….' 그들이 말하는 것 같았다.

　'요 며칠 장마가 지고 날이 무덥더니 잎이 물러지고 시들어 가는구나.'라고 엄마가 혀를 찼던 기억이 났다. 불쌍한 듯 그들을 바라보았었다. 물망초는 특히 미담, 그녀가 봄 파종을 하고 새싹을 지켜보며 애정을 기울였던 식물이었다.

　은섭은 지나치려던 걸음을 멈추고 물망초 옆에 앉았다. 무릎에 두 팔을 올리고 쭈그리고 앉았다. 그리고 속삭였다.

　"아버지도 물망초의 마음으로 우리를 생각하며 지내고 계실까…"

　물망초에게 말을 걸던 그녀는, 갑자기 가슴 뭉클하게 아버지가 그리웠다. 시간이 지나면, 그의 몸도 물망초 잎처럼 뭉개지고 건강을 잃을까… 순간 파도처럼 일렁이는 걱정들로 코끝이 찡해졌다.

　갑자기 화원의 현관문 여는 인기척이 들렸다. 미담이 은행 일을 마치고 들어선 모양이다. 은섭은 자리에서 일어섰다.

　"엄마, 물망초가 시들어 가요. 어쩌지?"

미담은 은섬이 옆으로 바짝 다가서더니, 상체를 구부리고 물망초 잎사귀와 꽃잎을 찬찬히, 심각한 듯 들여다보았다.

"음… 그러네. 은섬아… 식물에게도 마음이란 게 있어. 네가 아껴 주고 걱정해 주면, 화초도 정성이 가는 만큼 더 기운을 차릴 거야. 당분간 매일매일 말을 걸어 주고 잘 보살펴 주렴. 그럼 틀림없이 살아날 거야."

미담은 의사보다 더 의사인 것처럼, 식물의 '마음 치료법'을 알려 주었다.

"엄마는 식물을 사람 대하듯 한다니까… 우리 엄마는 어린이집 원장이고, 나는 원장님을 도와서 아이를 돌보는 육아 교사로군."

그래도 은섬은 기쁜 마음이 들었다. 엄마 말대로, 정성을 들인 만큼 식물들이 잘 살아갈 수만 있다면 기쁜 일이었다.

"내일부터는 제가 물망초에 좀 더 신경 써 보도록 할게요."

꾸벅 '배꼽 인사'를 했다. 그리고는 방으로 향하기 위해 미닫이문을 조용히 열었다. 뒤돌아서고 있는 그녀의 등 쪽이 살짝 근질거렸다. 누군가 뚫어져라 자신을 바라보는 것 같았다. 드르륵 문을 여는 바람에 화원으로 밀려들어 온 바람이 물망초를 흔들었다.

"정신 차려…."

물망초가 흔들리며 숙이고 있던 고개를 들어 올렸다.

'이 느낌은 뭐지… 내 몸에 텔레파시라도 닿은 느낌인걸! 정말 이상한 노릇이군.' 그녀는 물망초를 다시 돌아보았다. 방금 전까지 고개를 숙이고 축 늘어져 있던 물망초가 어딘가 달라 보였다. 기운을 차린 듯, 기울어진 꽃대들이 얼굴을 들어 올리고 있었다.

"식물에게도 마음이 있다… 그래, 그 말이 정말 맞는 것 같아!"

장애

　은섬이가 버리고 싶은 것.

　완벽해 보이는 그녀의 결정적인 장애. 강박증. 그것은 모든 것을 완전하게 만들려는 데서 오는 자기 부담감이었다.

　잘나가던 화가인 아버지 고훈석과 밝고 다정한 엄마 미담. 그들이 함께 단란한 가정을 이루고 살았을 때는, 그녀는 부족함 없이 완전하다고 느꼈다. 아버지의 음주가 알콜 중독이 되고, 엄마와 아빠가 자주 다툼을 시작하기 전까지는 그랬다.

　아버지가 음주를 즐겨 하면서부터 예술인의 기적이 되는 영감이 사라졌고, 가세가 기울자 어머니의 미소는 불만 섞인 말투와 찡그림으로 변모했다. 흐린 날씨 같은 불쾌감이 자주 일어나면서 아버지와 엄마의 대화는 서서히 사라졌고, 아버지는 외부에서 보내는 시간을 더 편하게 여기는 듯했다. 엄마는 '차라리 네 아버지가 없는 게 속 편하다.'는 말을 은섬 앞에서 스스럼없이 드러내곤 했다.

　그렇게 얼마나 지났을까… 어느 날 아버지는, 자신이 아끼는 화구가 든 배낭 하나만 달랑 짊어지고는, 엄마에게 아주 오랜만에, 청천벽력 같은 진실을 꺼내 놓았다. 숨김없이….

　"여보, 난 자연인으로 살고 싶네. 이렇게는 더 이상 내가 죽어 갈 수밖에 없어."

　엄마는 놀란 사슴같이 두 눈을 동그랗게 뜨고, 한동안 적절한 대답을 찾지 못했다.

"내가 얼마간이든 집을 떠나 조용한 산으로 들어가 술도 끊어 보고, 다시 그림을 그릴 수 있는 기력을 찾아보려 하오. 당신이 꼭 이해해 줘야만 해. 안 그러면, 더 이상 살고 싶지가 않으니까… 이것이 최선의 선택이구려."

모든 것을 포기할 것 같은 참담한 말투였다. 아버지는 편하게 자주 입고 다니던 옅은 월넛 색 개량 한복에, 밀짚을 엮어 만든 챙이 넓은 모자를 쓰고 있었다. 그 모자는 그날따라 더, 코 쪽으로 바짝 내려앉은 모양새로 아버지의 희끗희끗한 머리털을 온통 뒤덮고 있었다. 비집어 넣은 화구로 복어 배처럼 불룩해진 배낭은, 이십 년도 더 사용한 흔적이 곳곳에 보였다. 할머니가 당뇨로 돌아가시기 전 좋은 그림을 그리는 화가가 되라고, 아껴 둔 돈을 털어 가죽으로 된 튼튼한 가방을 사 주셨다고 한다. 아버지는 그것을 보물처럼 끔찍이 아꼈다.

"떠난다는 말을 그렇게 쉽게 하는 사람과 여태까지 살았네요, 내가! 떠나는 사람은 홀가분해서 좋겠지만, 남은 우리는 어떻게 살아야 할지. 당신은 가장이라구요, 남편 그리고 아이의 아빠."

엄마는 이윽고 적당한 스트라이크를 날릴 말을 찾은 듯 억척스럽게 말했다. 그 음성은 평소보다 스트레스를 강하게 받은 것처럼, 한 옥타브가 올라선 만큼이나 날카로운 날이 서 있었다.

"은섬이도 이제 대학을 졸업했고, 본인 밥벌이는 할 테니 당신 혼자 힘들진 않을 거라 생각되오. 생활비가 필요하면 우선 그간 모아 놓은 적금을 깨서라도 쓰고, 내가 다시 그림을 그리게 되면 꼭 돕기로 약속하리다."

그는 혹시라도, 이 상황에서 아내에게 '못 간다.'라고 다리라도 붙잡히면 어쩔까… 내심 걱정하는 눈치였다.

"당신이 살길이 그거 하나라는데, 내가 어쩌겠어요. 일단 가서 있을 곳이 있다면 거처를 알려 주고, 당분간 익숙해질 때까지 결론은 내리지 않는 게 좋겠어요. 그나저나 당신 집 나가면, 우린 맘 편히 살 순 있을지…."

이 말을 하면서 미담은 주변에 혹시라도, 딸이 가까이 있는지 눈치를 살피며 둘러보았다. 그녀는 엄마가 시킨 화초 분갈이를 하려고, 화원의 끝쪽에 있는 화분을 옮기고 분갈이용 흙을 고르고 있었다. 은섬은 못 들은 척 바쁜 척했지만, 사실은 어젯밤 늦게까지 아버지가 잠들지 못하고 화구들을 닦고 살피고 가방에 짐을 싸고 있던 것을 문틈으로 보았다. 매번 여행을 떠날 때마다 하는 행동이었고, 떠난 후로는 안부를 묻거나 편지를 쓰거나 하는 일은 전혀 없었다. 아버지는 나그네처럼 떠돌아다녔고, 휘익 나갔다가 또 언젠가 집에 턱 하니 들어와 있었다. 어려서부터 보아 온, 아버지의 느닷없는 부재가 퍽이나 익숙해졌는지… 그저 당연지사처럼 여겨졌다. '이번에도 휘익 떠나시는 게지. 그래야만 작품이 나온다니까.' 은섬은 손에 다닥다닥 붙어 있는 흙을 털고, 화원의 미닫이문을 열고 집 안으로 들어섰다. 아버지가 배낭을 메고 일어섰고, 등산화의 끈을 조이고 있었다. 엄마 미담은 갑자기 북받쳐 오른 듯, 그렁그렁한 눈물을 훔치며 흐느끼고 있었다. 그는 미담의 두 손을 잡아 주며 말했다.

"은섬이를 잘 부탁하오."

훈석은 서둘러 나오다가, 어쩔 줄 몰라 우뚝 멈춰 버린 딸 은섬과 눈이 딱 마주쳤다.

"은섬아… 아버지가 또 그림 출장을 가는구나. 오랜만에. 이번엔 아주 멋진 녀석을 데려오마."

훈석은 은섬을 안아 주었다.

"내 딸."

아버지의 허름한 배낭, 축 늘어진 어깨, 은섬을 번쩍번쩍 들어 올려 주던 대단한 힘과 당당하던 장정의 모습은 사라진 지 오래였다. 그녀는 이제 아버지의 모습에서, 풀썩 주저앉을 것같이 기운 없고 무척이나 쪼그라진, 아버지의 작아진 몸집만을 기억할 것 같았다.

그렇게 떠난 아버지는 몇 년이 지나도 귀가하지 않았고, 이제는 없는 사람마냥 느껴졌다. 세 식구에서 두 식구로 살림은 줄었고, 먹고살 수입이 더 중요해진 만큼 화원은 조금 더 크게 자리 잡았다. 은섬은 엄마와 둘이서 가정살림을 책임져야 한다는 부담감으로 스트레스가 극심했다. 단란한 가정에서 아버지의 조각이 사라졌다는 그 하나만으로도, 완벽해야 하는 그녀의 가정은 불완전한 쉘터가 되어 버렸다.

그녀가 제대로 된 직장을 구하고 일을 하기 시작하면서부터 형편은 훨씬 좋아졌지만, 원래부터 작은 체구에 여리여리한 몸집을 가진 그녀에게, 몸을 움직여 하는 일이란 많은 피곤함을 주었다. 이곳저곳을 시찰하고, 나무를 치료하고, 에너지를 많이 소비하여 움직임이 많았던 날은, 으레 밤이 되면 손발이 저리기도 했고, 오한이나 열이 오르기도 했다. 피곤한 몸으로 잠을 청하는 날에는, 깊이 잠들지 못하고 개꿈인지 예지몽인지 아버지가 숲속에서 혼자 헤매고 있는 모습의 꿈을 꾸었다. 가끔씩은 병들어 누워 있는 꿈을 꾸기도 했다. 아버지의 건강이 걱정되어서 고민하다 잠을 자는 날에는, 숨이 끊어진 아버지의 시신 옆에서 꺼억꺼억 울다가 소리를 지르며 잠이 깨기도 했다. 정도가 심해질 때는 그녀는 정말로 견딜 수가 없었다.

미치기 전에 자발적으로 신경정신과를 찾아가기도 했다.

"선생님, 제가 삼 일 내내 악몽에 시달려서 잠을 거의 자지를 못해요. 삼 일 동안, 세 시간 네 시간밖에 못 자고 있어요. 어떻게 해야 할까요? 제발 좀 도와주세요."

말을 하는 내내 그녀는 불안한 듯이, 왼손 엄지에 차고 있는 은반지를 돌리고 있었다. 그것은 엄마와 지난 성탄절에 쌍가락지로 맞춤 구입한 모녀반지였다.

"은섬 씨는 먼저 마음을 내려놓는 연습을 하세요. 약은 잠시만 도울 뿐이에요. 모든 것은 마음의 평화를 이루어야 정상이 될 수 있어요. 꾸준히 노력해야 합니다. 걱정이 생길 때마다 이렇게 하세요. '현실이 아니다, 아무 일도 일어나지 않는다…'라고."

그녀는 처방전을 위해 컴퓨터 자판을 두드렸다.

"잘 잠들 수 있는 약을 며칠 분 처방해 드릴 테니, 과 복용하지 마시고, 먼저 마음을 편히 하는 연습을 하는 것이 좋습니다. 다시 불안해지면 저에게 오시구요."

단발머리에 은테 안경을 낀 차분한 모습의 의사 선생님은 매번 도인 같은 말만 한다. 그래도 사실은, 은섬에게 많은 도움을 주고 있기는 했다.

"네, 그렇게 해 볼게요."

은섬이 쓴웃음을 지으며, 두 손을 맞잡아 한 번 더 힘주며 말했다.

"하나 더! 생각이 자꾸 떠올라 자기 자신을 못살게 굴려고 할 때는, 고개를 좌우로 흔들고 털어 버린 뒤 호흡을 해 보세요 '흡- 바바-'라고. '흡-'에서 숨을 깊게 들이쉬고, '바바-'에 내쉬는 겁니다. 배꼽 부분에 두 손을 모아서 호흡하면 더 좋습니다. 배가 따뜻해지면서 마음도 가라앉지요."

그녀가 오른손으로 콧등으로 내려온 안경을 다시 치켜 올리며, 시선은 은섬에게로 고정한 채 말했다.

"자… 약을 일주일분 처방해 드렸습니다. 그 약은 도와줄 뿐 치료는 안된다는 걸 다시 한번 말씀드리고. 제가 이상한 의사라고 해도 저는 이 말을 꼭 합니다."

그녀는 살짝 웃었다. 마음이 편해 보였다. 그녀는 심각한 환자들을 많이 만나면서 환자들로부터 스트레스를 전이해 받을 텐데도, 명랑한 얼굴을 잃지 않고 사람을 편안하게 하는 미소를 짓고 있었다. 은섬은 그녀의 흔들리지 않는 평화가 참 부러웠다. '나도 식물을 치료하는 의사인데 왜, 저렇게 하기가 어려운 걸까. 고치는 데는 일가견이 있는데.'

"내려놓자, 내려놓자 흡-바바 흡-바바."

그녀는 자신을 질책하기보다는, 의사의 말을 실천에 옮기는 것이 현명하다고 생각했다. 은섬은 머리가 복잡해지려 할 때는 심호흡을 하고, 의사가 가르쳐 준 대로 심호흡을 하며 몸과 마음을 가다듬었다. 스트레스가 극에 달해서 심호흡도 효과가 없을 때는, 심장이 요동치며 금방 숨이 멎을 것만 같았다. 그럴 때는 그녀만의 처방이 따로 있었다. 최대한 빠르게 주변의 큰 나무를 찾아가는 것이다. 동네 어귀에 오래된 향나무가 있었는데, 그녀는 그 나무에게로 달려가서 그것을 꼭 껴안았다. 그 나무가 정말 치료를 하는 것인지, 안전하다는 생각이 치료를 하는 건지, 신기하게도 껴안은 채로 몇 분이 지나면 요동치던 심장이 정상을 찾고, 널뛰던 맥박도 조용해졌다. 높은 파도가 작은 배를 뒤집을 것처럼 출렁이다 고요해지는 것처럼.

"고맙다 나무야."

은섬은 두 팔을 축 늘어뜨리고 안도의 숨을 쉰 다음, 천천히 집으로 돌아가곤 했다. 그녀가 가진 마음의 장애는 엄마도 모른다. 엄마가 알면 걱정하는 것이 당연할 것이라 여기고, 말하지 않기로 맘먹었다. 아버지의 가출로 인해 누구보다도 더, 치명적인 상처는 엄마가 지니고 있었으므로… 더 이상 엄마를 힘들게 하고 싶지 않았기 때문이다.

"내가 잘 치료할 수 있어. 난 누구보다도 강한 사람이니까. 어쩌면 호흡만으로도 괜찮아질 수 있을 거야."

언젠가는 누군가에게 속 시원히 말하고, 위로받고 싶기도 했다. 훌훌 털어 버리고 걱정 없이 물 흐르듯, 바람 불듯 그렇게 자연의 일부처럼 살고 싶었다.

바다가 궁금해

숨통이 막힐 것 같은 답답한 날이 있다.

그래서, 숨통을 뚫어 줄 뭔가가 필요한 날이 있다.

달처럼 둥근 얼굴과 반짝이는 하얀색 치아를 떠올렸다. 친구 홍이의 미소 띤 모습이다. 게다가 그녀의 말은 산소 호흡기처럼 더욱 반갑게 기억났다.

'바다에 가면 아무 생각도 안 나. 정말 이 세상에 나만 있는 것 같다니까. 그런데 제일 좋은 건, 어떠한 걱정거리도 신기하게 사라진단 거야. 무인도에 와 있는 것처럼 걍 살아 있기만 하면 되는 거지.' 은섬은, 그다지 관심 없던 '바다'라는 것이 갑자기 궁금해졌다. 그곳에 대체 무엇이 있길래… 그녀의 마음을 편하게 해 주는 건지. 세심하고 예민한 아이라서 걱정 근심이 붙어 다니는 그녀에게도 약효가 있을지. 탈탈 털어 버리고 가뿐해지는 신기한 일이 일어날지도 모를 일이었다.

'나의 악몽도 이쯤에서 끝나고 걱정도 끝장낸다면, 그곳에 가 볼 필요성이 충분히 있겠는걸….' 은섬은 언젠가는… 하면서 미루고 있던 해방의 기분을 맛보는 바로 '그날'을 벼르고 있었다. 어려서부터 물에 몸을 담그는 것을 몹시 두려워해서, 무릎 윗선까지 물이 차올라오는 깊이라도 겁부터 났다. 물이라면, 목욕물이라도 적정선을 오버해서 온몸을 조인다면, 몸살처럼 부르르 떨었던 그녀였다.

"용기를 내서 바다에 가 봐야지. 어쨌든 바다가 궁금하잖아…."

겁쟁이 그녀에게 드디어 '그날'의 기회가 왔다.

몸소 시험해 볼, 시간적 마음적 준비도 충분하게 되어 있었다. 그녀는 바다에 몸을 내던져서라도 자신의 장애를 해방시키기로 굳게 마음먹고, 홍이가 말했던 요트 승선에 필요한 준비물을 차근차근 챙기고 점검했다.

"목 마스크, 생고무 운동화, 장갑, 두건, 선글라스… 아 뭔가 중요한 게 빠진 듯한데… 맞다 선크림! 바르지 않으면 순식간에 아프리카 사람처럼 된다고 했었지."

가장 중요한 안전용품은, 물에 대한 공포가 넘치도록 많은 탓에, 승선하기 전에 완전무장을 하기로 했다. 추가로 구명조끼와 호루라기도 겸해서 구입했다. 모르는 상황에 대해서는 완벽한 철통준비 그것이 바로, 그녀가 맘 놓고 편해지는 가장 확실한 방법이었다.

바다를 탐험하러 갈 준비를 마치고 마루를 내려오자, 평상화보다 밑창

이 강한 생고무 운동화의 착용감 때문인지 바닥 면의 마찰이 쫀드기처럼 찐득찐득했다.

"엄마, 오늘은 홍이한테 가요. 어려운 숙제 같은 요트를 결국 오늘 타 보기로 했거든요. 저녁에 해 지기 전에 귀가하니까, 너무 염려 마세요. 식사도 먼저 하시구요."

화초 삼매경에 빠져서 사람인지 화초인지 모를 붙박이처럼 앉아 있는 엄마에게, 간략하게 일정을 브리핑한 격이다.

외출할 때마다 꼭 물어보는 말. '식사는 어찌할 거니?'라고 물어볼 차례가 뻔하다. 은섬은 미리 그 물음에 답을 섞어서 주르륵 한 번에 말해 버렸다. 미담이 은섬에게 기우 같은 질문을 덧붙이려 했으나, 오픈 피켓을 걸기도 전에 단골손님이 불쑥 들어오는 바람에 한마디로만 일축했다.

"그래… 가서 항상 조심하구…."

"어서 오세요, 손님! 찾으시는 화초가 있으면 물어보세요. 그때 데려가신 애들은 잘 자라고 있나요?"

미담은 은섬이 이미 떠난 문 쪽을 짧게 한 번 확인하고는 잔소리 시간은 이미 끝장났다는 사실을 알아챘다. 그녀는 손님에게로 시선을 고정시켰다.

홍이가 요트를 타는 곳은 작은 시골 마을의 항구였다.

은섬은 홍이가 알려 준 마리나에 당도하기 위해 버스를 탔었는데, 경유 코스가 어찌나 구불구불한지 아침도 대충 먹고 나온 배 속이 지렁이처럼 꿈틀꿈틀댔다. 집에서 항구까지는 버스로 한 시간이 넘는 거리였다. 게다가, 버스정류장에서 내려서 배가 있는 항구까지는 도보 시간이 추가로 더 걸렸다.

"드디어 도착했다."

낯가림을 풀어줄 듯, 제법 분위기 있는 카페에서 홍이를 만났다. 주문한 커피가 도자기 컵에 김을 올리며 향기롭게 나오자, 그들은 기다렸다는 듯이 두 사람이 동시에 그것을 들어 올렸다. 따뜻한 아메리카노를 호호 불어 가며 애지중지 마셨다. 홍이는 자신의 복장을 단단히 여민 후, 은섬의 옷매무새도 다정하게 만져 주었다. 두 명의 선원들은 드디어, 승선할 요트가 기다리고 있는 곳으로 씩씩하게 걸어갈 준비가 된 것이다.

배가 묶여 있는 곳에 당도하니, 모르는 사람들이 몇 기다리고 있었다. 승선할 사람이 은섬과 홍이만 있는 것은 아닌 모양이었다. 홍이는 배에 승선하기 위한 팀에 대해서 설명했다.

"원래는 네 명이 팀이 되는 것이 제일 안전해. 각자의 역할이 있어서 서로를 도와야만 하거든."

홍이는 사람들을 소개하면서 자신은 스키퍼 키잡이이며, 앞쪽, 좌, 우에 한 명씩 선원이 배치된다고 설명해 주었다.

"각자의 역할이 있어. 이따가 배에 타면 그들이 하는 행동을 잘 지켜봐, 한 몸처럼 잽싸게 움직이게 되어 있으니까."

그녀가 씩씩하게 세일링에 대해 설명하는 동안, 은섬은 존경의 눈빛으로 친구, 홍이를 바라보았다. 은섬은 그녀가 참 용감하고 대단하다고 생각했다.

"멋져, 우리 홍이!"

그녀를 우러르며 칭찬을 날렸다.

"알아주니 고맙다, 친구. 아, 또 설명할 것이 있다. 배에서는 안전이 최우선이니까, 출항 전 항시 체크하는 리스트가 있어. 기본적인 것이지. 안전비품, 예비품들, 식수, 연료, 식량, 항해예정지, 해도, 항해 장비, 항해등, 취사용 가스, 구급약, … 가짓수가 너무 많으니, 나중에 내가 카피 떠서 줄게. 내 생각엔 꼼꼼한 내 친구 은섬은, 알아서 척척 챙길 것 같다."

빠르게 말했던지 숨을 한번 깊이 쉬고 나더니 그녀는 또 소개의 말을 이었다.

"이쪽은 각각 좌우를 맡아 줄 인영 씨와 재필 씨 그리고 전방을 살펴줄 영복 씨, 그리고 이 몸은 '스키퍼'란다, 아까 얘기했었지? 스키퍼는 항해를 하는 조종사를 일컫는 말이고…."

홍이는 그 말을 하면서 두목이 된 것 같은 의기양양한 미소를 지었다. 입꼬리가 살짝 올라가는 것이, 은섬이 아는 바로는 '홍이가 기분이 좋은 것이다.'라는 확신이 섰다.

"은섬아 배에 올라타. 자, 나를 잘 보고 따라해 봐. 다리 꼬이지 않게 한 발씩 움직이고. 이렇게 잡고, 이렇게 디디는 거야, 오른발, 왼발… 조심하고, 으챠!"

홍이가 요트 가장자리에 있는 쇠파이프와 밧줄을 잡고, 타는 법을 알려 주며 두 발의 스텝을 천천히 보여 주었다.

"이제 해 봐!"

은섬은 그대로 따라했다

"이렇게? 요트를 타는 것도 쉽지가 않네. 그치만 좀 폼은 나는걸."

드디어 승선했다. 동행할 선원 중 한 명이, 굵은 쇠고리에 걸려 있던 밧줄을 풀어 줬었다. 그것의 끝은 롤리 팝처럼 꼬리를 틀고 있었다. 그는 익숙한 동작으로 밧줄을 배 위로 던져 올리고 재빠르게 승선했다. 모터 소리가 들리고 홍이가 핸들을 빠르게 돌리자, 심장이 쿵쿵거리는 개척자를 태운 하얀색 요트가 항구를 등지며, 시원하게 물살을 가르기 시작했다. 배의 양쪽 옆으로 플로어분수대의 물줄기처럼, 하얀 물방울들이 시원하게 튀어 올랐다. 모터 소리가 윙윙거리며 들떠있던 항구를 벗어나자, 500미터쯤 앞서 가고 있는 다른 요트가 보였고 그 뒤를 떼 지어 따라가고 있는 갈매기들도 보였다. 아주 가관이었다. 어미 오리를 쫓는 새끼 오리들처럼, 꽥꽥거리며 줄줄이 날고 있는 갈매기들은, 배를 놓치지 않으려고 바짝 붙어서 날고 있었다. 가족과 함께 바다를 탐험하러 나온 듯 보이는, 일곱 살 정도의 꼬마가, 배 후미 부분에 앉아서 갈매기들에게 과자를 던져 주고 있었다. 그는 큰 소리로 깔깔거리며 말하고 있었다.

"야… 일루 와. 일루 와…."

사내아이는 크게 손짓하여 갈매기를 부르더니, 과자를 던질 준비를 박자에 맞추듯, '하나 둘 셋.'을 외쳤다.

"야아, 여기… 여기!"

딱딱 놓치지 않고 받아먹는 갈매기가 신기했던지, 아이의 얼굴에서 웃음이 끊이지 않았다. 신이 나서 과자를 더 높이, 높이 던지며 계속 소리쳤다. 갈매기는 과자를 따라가는 것이지만, 아이는 분명히 자기를 따라오는 것처럼 느꼈을 것이다. '달은 바라보는 사람을 따라온다.'고 생각하는 것처럼.

"오는 길에 새우깡을 사 올걸 그랬나 봐."

은섬은 아쉬워하는 눈치다. '갈매기의 기호식품'이란 것을 블로그에서 보았던 것 같다. 은섬은 '갈매기는 새우깡을 좋아한다.'는 글을 어디선가 발견했고, 머릿속에 저장해 놓았던 기억이 났다.

"새우깡 주는 건 어찌 알았어? 그렇잖아도 나도 살까 했었는데… 우리 다음번엔 꼭 그렇게 해 보자."

물결과 바람에 펄럭거리는 삼각형의 돛, 줄지어 끼룩거리며 배를 따라 가는 갈매기들, 돛단 요트와 사람들의 모습들이 멀리 보이는 산맥의 배 경과 섞여 균형미가 있었다. 푸짐하게 퍼 놓은 듯한 뭉실 구름과 어우러 져, 한 폭의 정감 있는 그림 같았다. 육지가 멀어질수록 몸 안에 넣어 가 지고 다닌 듯한, 묵직하고 케케묵은 '근심 걱정'이란 단어들, '미련'이란 단어들이 바닷바람에 풀풀 날아가 버리는 듯했다.

"와아 시원하다. 좋다, 정말."

"어때? 내 말이 맞지? 이제, 바깥세상 생각일랑 다 물속에다 처박아 버 려. 여기 있는 동안만이라도 제발."

그녀의 어조는 평화로운 물결처럼 느긋해져 있었다. 바다에 익숙한 바다의 여인이 되어 있었다. 그녀는 뱃머리의 배경이 되는 먼 산을 그윽 하게 바라보고 있었다. 참으로 편안해 보였다.

"바다는 참 자비롭고 평화로워 보이지? 하지만, 보이지 않는 바다 속 에는 사실 많은 위험이 도사리고 있어. 어쩌면 사람의 삶과 비슷하지 않 니? 보기엔 모두들 편안해 보이지만, 달그락거리며 사는 거. 급류가 있 을 수도 있고… 커다란 바위가 숨어 있을 수도 있고… 심지어는 남들이 생각 없이 물속에 던져 놓았던, 그물이며 각종 폐기물까지도 위험으로 다가올 수 있다니까."

홍이는 그 말을 하면서 잠시 침묵했다.

"응 그렇겠다. 뭔가 베일에 싸여 있는 것처럼 모르는 세계인걸."

은섬은 갑자기 홍이에게 경례를 붙였다.

"잘 새겨듣겠습니다, 캡틴!"

마냥 어린아이처럼 재잘거리며 농을 해 대던 친구 홍이가 이곳에서는, 바다 생활에 연륜이 겹겹이 쌓인 '참선도인' 같았다. 그녀와 친구로 지내 왔던 이래로, 이런 모습의 홍이는 처음 대면하고 있었다. 그녀의 엄숙하고 진중한 모습은 참으로 든든하고 의젓해 보였다. 함께 승선한 선원들은, 세일링에 관한 여러 가지 기본적인 지식들을 알려 주었다. 모두들 요트와 바다에 대해서 자세히 학습한 것처럼, 전문적인 지식을 가지고 있었다.

20분쯤 안정적인 위치로 항해를 하고 나서 마음이 편해진 그들은, 팀원들이 돌아가면서 잠깐의 휴식시간을 가지기로 했다. 배 안에는 간단한 요리를 할 수 있는 조리시설이 되어 있었다. 심지어는 화장실도 있었다. 은섬은 조그만 배 안에 모든 것들이 갖추어져 있는 것이 신기했다. 그들은 주방에서 물을 끓여 커피도 타서 마시고, 미리 준비해 온 도시락에 넣어 온 광어회를 묽은 초장에 찍어 먹기도 했다. 홍이가 쉬는 동안에는 잠시 다른 선원이 조종키를 맡아 줬었다. 팀워크가 척척 맞아서, 여럿이 한 사람처럼 민첩하게 행동하면서도 여유로워 보였다. 홍이는 '바다같이 위험이 도사리는 곳에서는 선원들의 팀워크가 무척 중요하다.'는 등 바다에서 주의할 몇 가지 사항들을 추가적으로 설명해 주었다.

"바다는 알수록 점점 궁금해지는군. 아예 바다를 스토킹하고 싶은 생각이 드는걸!"

은섬은 요트 자격증에 도전해 보고 싶은 마음이 가득해졌다.

파도에 실리며 살짝 흔들리는 배의 움직임은 물소리와 엔진 소리가 섞여서 요람처럼 달콤해졌다. 단 몇 분 만의 승선이었는데도 느슨해진 마음으로 리듬에 맞추고 있는 자신을 발견했다. 배의 표면으로 물살이 튀어오를 때마다 명치끝이 뻥 뚫린 듯 한결 가뿐해졌다.

항해가 목표지점을 찍고 회항하여 항구에 닿자, 안전 회항을 치하하는 악수가 오갔다. 팀원들이 부두 위로 걸어 올라가는 동안 그들의 몸은 오징어처럼 흐느적거리는 것 같았다. 환각이 일렁거렸다. 내부에 존재했던 딱딱한 뼈들이 그들의 몸체에서 모두 빠져나간 듯 웃음마저 유들유들 오징어 같았다.

귀가를 위해 뒤뚱거리는 버스에 올랐다. 두 다리는 아직도 갑판 위에 서 있는 듯했다. 발바닥에 자동적으로 힘이 주어졌다. 빠르게 지나치는 집들과 초록 나무가 무지개처럼 퍼졌다. 배 위에서 보았던 멀찍한 현실의 삶이 어느새 익숙한 얼굴을 들이대고 있었다. 그녀는 한층 맑아진 정신으로 현실 복귀를 준비하고 있는 중이었다. 현실에서 완벽함을 추구하고 있던 그녀로서는 자신이 지쳐 쓰러질 때 위로받을 무언가가 필요했다. 스프링이 튀어나올 지경으로 푹 주저앉은 마음을 고쳐서 일으켜 줄 누군가가 필요했다.

'꼭 사람이 아니라도 좋아… 너그러운 바다, 누군가로는 네가 적격이야.'

바다를 만난 것은 그녀에겐 로또였다. 오늘의 바다는 무척 친절했고, 다가서기 쉬운 부드러운 모습을 보였다. 이제 막 사귀기 시작한 친구, 아직까진 바다의 숨겨진 성격은 속속들이 알 수 없었다. 또 다른 모습으로 머지않아 그녀를 놀라게 할 작정인지는 아직 미지수였다.

비혼주의

은섬은 결혼에 대한 꿈을 접었다.

아마도 부모님의 영향인지, 갑작스레 깨져 버린 결혼생활의 부조화에서 적잖이 실망했다.

학창시절 잠시 토론했던 주젯거리의 미래의 결혼, 그 역시 긍정의 답을 내지는 못했다. 이쯤 해서 은섬의 의심스런 생각은 '소울 메이트니 뭐니, 신비한 결속이나 영원히 꺼지지 않는 마법 같은 아름다운 사랑 스토리는 기대하지 않는 것이 좋겠다.'로 결론지어졌다.

그녀가 직접 보았던 '결혼생활'이란, 삶의 울타리에서 떨어져 나온 왜소행성 같은 엄마를 본 것이 전부다. 그리고 그녀는 위성 같은 존재. 미담의 주변을 걱정으로 맴돌고 있는 더 자그만 위성 같은 그녀의 삶. 이것을 뚝 떼어다가 언젠가 외따로 독립시키고 싶은 생각이 간절했다. 화초도 뿌리가 퍼지고 몸체가 자라면 분갈이를 해서 더 넓은 장소로 옮겨 주어야 하듯이, 그녀도 터전을 옮겨서 성숙해져야 할 시기가 온 것이다. 삶의 변화가 필요했다.

홍이는 바다 활동의 근거지인 현재의 직장을 다른 지역 마리나로 옮겨 갈 생각을, 몇 번이고 맘속으로만 완성시켰다고 했다. 태완은 지금의 네일숍을 폼 나게 확장하여, 조금 더 분주한 소비도시에 오픈하기를 원했다. 그들은 삶의 변화에 대한 이야기를 자주 꺼냈고, 그들의 터전 분갈이를 원했다.

"우리 이참에 다 함께 쉐어 하우스에서 생활해 보는 건 어떨까."

은섬의 제안이다.

"그것참 좋은 생각이야. 나도 마침 다음 달에 조금 더 합리적인 사고가 가능한 마리나로 옮겨 갈 생각이야. 이 바닥은 아직도 미신적인 남녀 차별이 남아 있거든. 젠더에 대한 누군가의 편견으로 내 기운이 갉아 먹히고 있는지, 요즘은 통 신바람이 나지 않는다니까."

홍이가 자신의 미심쩍은 불만을 표출했다.

"태완이는 어때?"

"음… 나는 계약 기간이 2개월 정도는 더 남아 있지만, 사실 장소가 조금 좁아서 번화가 쪽으로 확장 이전하고 싶은 욕심이 있긴 하지. 이곳의 가게도 마땅한 임자가 나서면, 계약 기간 종료가 아니라도 휙 던져 주고는 싶으니까."

태완이 좀 고민하는 눈치였지만, 친한 친구들과의 인생 합체 기회를 날려 버릴 수 없다는 태완의 생각이었다. 그는 역시 무리가 되더라도 뒤로 빼지 않고, 동의에 한 표를 행사해야 할 것 같은 심한 끌림이 있었다.

"그럼 이제부터 주저하지 말고, 우리들의 '공유라이프'를 한번 시작해 볼까나… 가까이 붙어 지내면서 즐겁게 살 수 있는 방법을 직접 실천해 보는 거야."

은섬이 개척의 깃발을 흔들었다. 홍이와 태완은 저항군의 심복처럼 기꺼이 그러겠노라고 화이팅을 외쳤다.

행복한 비혼 생활을 위한 그들만의 실험적인 조치가 시작되었다. 은섬은 우선 방 네 개짜리의 타운하우스로 매물이 나온 것을 알아보고 다녔다. 집의 위치나 조건은 부동산의 안내를 받아 친구들의 의견도 반영

해서 실수 없이 고를 참이었다. 계약금을 삼등분, 은행 대출을 받고, 메인 맴버가 되는 세 명의 입주자들 외에 외부의 초청 입주자를 추가로 받을 계획이었다. 산책로가 근거리에 있고 자연 환경이 참한 곳, 시티와 비교적 가까운 곳, 각자의 직장에서 30분 이내로 출퇴근 가능지역을 기본으로 정하고 집을 물색하기 시작했다.

　적당한 집을 찾는 데는 약 2개월가량이 걸렸다. 마침 네일 숍 계약 종료 기간에 즈음하여 좋은 위치의 집이 나타났다.
　산책로가 길게 뻗어 두 개의 구를 잇는, 시냇물과 야생의 들풀들이 보이는 집이었다. 물이 흐르는 곳에는 물고기를 비롯하여 개구리, 미꾸라지, 심지어 거북이까지도 살고 있다고 했다. 교외로 통하는 교통편은 버스정류장과 전철역이 가까웠다. 급할 때는 택시를 불러도 5분 내로 대절이 될 만큼 외지지 않은 마을이었다. 태완은 도심지 쪽에 가게를 구하기가 쉬웠고, 홍이가 새로 일하기로 한 마리나도 고속도로를 지나쳐 30분 거리로 출퇴근이 가능한 거리였다. 은섬에게는 전철역이 가까우니 되었고, 엄마가 계시는 화원 또한 두 정거장 거리였다. 셋은 모두 그곳을 장땡이라고 했다. 이사할 시기는 남들이 기피한다는 겨울 시즌이 되겠지만, 은섬과 친구들은 '겨울이면 어떠냐.'고 모두 긍정적으로 의견을 모았다. 홍이에게는 요트를 쉬게 하고 몸도 쉴 수 있는 시간이 생겼고, 태완에게는 비수기라서 맘이 편해졌다. 새로운 숍의 단장을 천천히 할 수 있는 시간이 생겼기 때문이다. 은섬은 숲 체험센터의 전근을 신청해서 다음 해부터는 새로운 집에서 출퇴근할 수 있는 기회를 마련해 놓았다.
　12월 크리스마스 연휴를 일주일 앞두고, 그들은 일제히 쉐어 하우스에 입주하기로 했다. 그간 세 사람 각자의 주변 정리를 잘 마무리하고, 이삿짐을 옮기기 전 집 단장을 할 계획이었다. 올해의 크리스마스 파티는 아주 유별난 파티가 될 것이라고 기쁘게 입을 모았다. 크게 포장된 선물을 받아 놓고 얼른 열어보기를 기대하는 아이들처럼 세 사람의 마음은 기다림으로 들떠있었다.

은섬은 분가를 결심했다. 본격적으로 일을 저지를 생각이었다. 엄마, 미담에게는 좋은 분위기를 타서 사정 얘기를 어떻게든 가볍게 쏟아놓을 참이었다. 원망의 폭격을 받는다 해도, 어차피 한 번은 치러야 할 전쟁이었다. 처음에는 극구 반대하겠지만, 그리 멀지 않게 분가하리라는 말랑한 이유 하나로 엄마의 횅한 마음을 무마할 수 있는 자신이 생겼다. 차라리 엄마에게 군더더기로 보살핌 받으며 신경 쓰이게 하는 것보다, 빨리 독립하는 것이 엄마에게는 이득일 것이다. 화원 일이 부쩍 많아지고 단골 고객이 많아지면서, 딸의 몸까지 챙겨 주느라 힘든 엄마였으니까….

은섬이 일찍 일을 마치고 귀가한 어느 날, 그녀는 미담의 손을 아이처럼 잡아채어 끌어당겼다.

"엄마, 할 말이 있으니, 나랑 티타임 좀 해요… 응? 화초 좀 바라보지 말고, 나 좀 제대로 보고…."

그녀는 오랜만에 코맹맹이 소리로 응석을 부렸다.

"얘가 갑작스레 왜 이래? 잠깐 흙 좀 털고… 그런 나긋나긋한 목소리는 얼마 만에 들어보는 거냐… 그런데, 어째 귀여운 거보다 이제는 좀 징그럽다야."

미담은 불필요하게 수다스럽지 않은 딸아이가 엄마 손을 잡아끄는 데는 분명 상의할 중대사가 있을 거라고 생각했다. 그녀는 앞치마를 탈탈 털어서 화원의 카운터 쪽 벽에 나란히 붙여 놓은 플라스틱 옷걸이에 걸어 놓고는, 화원 입구에 있는 간이 수돗가로 손을 씻으러 갔다. 작년 봄에 시멘트를 발라 비교적 모양 나게 만들어 놓은 개수대였다. 그녀는 수도파이프를 틀어 비누칠도 없이, 물로만 급하게 손을 씻었다. 미담은 그참에, 벽에 댕그라니 붙여 놓은 거울도 한번 슬쩍 들여다보았다. 그간 세월이 비켜 간 자국 없이 고스란히 흔적을 남긴 듯, 이마와 눈가에 잔주름이 자글자글했다. 앞머리의 하얀 부위도 더 넓어지고 있었다. 은빛으로 빛나던 새내기 머리카락들은 이제 색깔도 탁해지고 엉켜있었다.

"영양이 부족한가…. 아마도, 피곤해서겠지….."

그녀는 혼잣말로 중얼거리다가, 눈앞에 거슬리는 삐죽이 튀어나온 백발을 한 가닥 낚아채 순식간에 해치워버렸다.

"에구, 불쌍한 내 청춘."

그녀는 한숨을 내쉬었다.

"아이고… 그새 또 염색해야겠네."

그녀는 바짝 관심 있게 들여다보았던 거울에서 이제 그만 미인 되기를 포기한 듯, 화원 문을 세차게 밀치고 나왔다. 티타임하자며 먼저 들어가 있는 은섬이 지금, 물을 끓이고 있을 게 뻔했다.

"무슨 놀랄 일을 벌이려고 그러는지…."

미담은 맘속으로 무슨 말을 해도 놀라지 않을 자신감으로 맘을 단단히 먹은 채, 집 안채의 주방으로 들어섰다. 은섬은 포트에 물을 끓이고 미담이 좋아하는 국화잎이 든 병을 꺼내 놓았다. 그리고 드립커피를 위한 원두와 거름종이 그리고 자기로 된 드립용 도기도 꺼냈다. 둘이 티타임이랍시고 마주 앉은 지가 얼마나 지났는지 모른다. 같은 집에 살면 뭐 하는지, 가까이 있어도 얼굴 마주하는 시간이 빡빡했다. 사는 것이 팍팍했던지 두 모녀에게 차 한잔 마주할 시간을 기꺼이 내주지도 않았다.

　정곡부터 찔러보자는 맘으로 미담이 먼저 선수 쳤다.
　"우리 공주님이 무슨 중요한 말씀이 있으실까… 시집간다는 말은… 아닐 테지?"
　농담인 듯 웃으며 말했지만, 미담은 그 순간 '정말로 하나뿐인 딸이 시집간다면 어쩌지….' 하고 가슴이 콩알만 해졌다.
　"엄마는 참, 내가 무슨 시집씩이나… 그것보다 이 딸이 다 커서 이제는 엄마를 좀 편하게 해 주고 싶어서 그러는데…." 은섬이 말꼬리를 붙잡고 독립한다는 말을 어찌 꺼내야 할지 한 번 더 늘어뜨리고 있었다.
　"혹시 독립한단 말씀?"
　미담은 벌써 정답을 맞혔다.
　섭섭하긴 마찬가지였지만, 분가한다는 말이 시집간다는 것보단 좀 낫다는 생각이었다.
　"독립할 나이도 되었지. 대학도 여기서 다녔고, 직장도 구했으니. 독립할 생각이라면 이참에, 직장 가까운 곳으로 집을 구하지…."
　미담은 애써 아무렇지도 않은 듯 조언을 했다.
　"엄마, 무당 빤스를 입고 사시나. 완전 쪽집게네… 신 내림이라도?"
　은섬은 마음이 들켜서 미안한 듯 싱겁게 웃었다. 미담은 걱정 없다는 듯 소리 나게 웃고 있었다. 한바탕 속없이 웃고 나자, 미담이 식탁 위에 놓여 있는 찻잔의 김을 바라보았다. 따뜻한 열기가 일부 사라진 찻잔을 섭섭한 듯 집어 들었다. 미담은 딸의 온기가 벌써 사라진 듯이 정말로 섭섭했다.

"그렇잖아도 센터 전근을 올 것 같아요, 내년부터… 그리고 이사하는 집도 여기서 그리 멀지 않으니 너무 염려 마세요. 새집에서 직장이 가깝긴 하고, 이사 가더라도 혼자 사는 것도 아니고…."

그녀가 같이 사는 동거인들을 입 밖에 내놓을 참이었다.

"혼자가 아니면 누구랑?"

미담은 걱정스러운 얼굴로 딸의 대답을 기다렸다.

"엄마도 아는 친구들이야. 내 베프들. 홍이랑… 그리구 엄마가 좀 반대할 듯하지만 남자인 친구도 함께야. 태완이는 엄마가 잘 알지? 남친은 아니구."

이 말을 끝내고 은섬은 다시 미담의 반응을 조심스럽게 살폈다.

"그 기지배처럼 생긴 너희 얼렁패 중 한 명, 태완이 말이니?"

미담은 딸아이의 고등학교 시절 얼렁패를 이미 알고 있었다. 껄렁패 대신 '얼렁뚱땅 패거리'라서 '얼렁패'라고 엄마가 붙여 준 이름이었다. 은섬은 고등학교 시절까지, 자신의 주변에서 일어나는 비밀스런 얘기들을 미담과 나눴다. 미주알고주알 자주 대화하곤 했다.

"네 친구인데 무슨 걱정이니… 너희들이 의지하고 잘 지내면 그게 다 좋은 거지."

기대치보다 높은 대답을 들은 은섬은 엄마가 무척 고마웠다. 자신을 이만큼 이해해 주는 사람은, 이 세상에 오로지 한 사람 엄마뿐일 거라고 생각했다.

"엄마… 내가 같이 안 살아도 같이 있는 거라 생각해야 돼요. 가급적 자주, 귀갓길에 생쥐처럼 가던 길로 빠르게 돌아서 들르도록 할게요. 아주 특별하게 모임이 있는 날 빼고는, 매일매일… 응?"

은섬은 줄줄이 엄마가 섭섭하지 않고 맘 놓을 이야기만 덧붙이고 있었다.

"그래. 그렇다고 너무 자주 오지는 마라… 이번 기회에 나도 우리 곳간 쌀 좀 아껴보게."

엄마는 이 와중에도 농담을 했다.

계약했던 집의 전 세입자가 예상보다 일찍 나가는 바람에 은섬과 홍이, 태완은 12월 초부터 집 단장을 시작할 수 있었다. 벽지는 네 개의 방을 각기 다른 색깔로 꾸몄다. 거실과 화장실 주방도 분위기에 어울리게 색다르게 테마를 두어 꾸몄다. 세 사람은 하우스의 바탕색으로 차분한 그린 색을 선택하는 것에 모두 동의했다. 태완은 본인이 좋아하는 보랏빛과 분홍빛을 끝끝내 고집하지는 못했다. 그 말을 꺼냈다간 여성 2인조 깡패들에게 몰매 맞을 각오를 해야 할 판이기 때문이었다.

도배를 하고 집 안에 필요한 새로운 생필품을 구비하는 데 꼬박 2주가 걸렸다. 12월 중순이 되자 이동할 짐들을 빼고는 모든 것들이 얼추 완성되었다.

"우리가 일찍 인테리어를 마친 덕분에, 어쩌면 올해가 가기 전에 룸메들을 모을 수도 있을 것 같아. 비록 한 명이라도 말야."

은섬이 기대를 담은 밝은 얼굴로 말했다.

"쉐어 하우스에 들일 게스트의 젠더는 어떻게 정할 건데?" 홍이가 물었다.

"나는 꽃밭이 좋더라만…."

태완이 싱겁게 장난스런 말을 툭 던지자마자, 홍이에게 등짝을 강타당했다.

"내 생각엔 방이 네 개니까, 남자 두 명 여자 두 명이 어떨까 하는데… 둘씩 같이 배정되면 외롭지 않고 좋을 거 같아서."

은섬은 성 대비 인원수를 생각했다.

"이건 어때? 우선 태완이와 지낼 남자 한 명 구하고 나서, 나머지는 먼저 들어오는 사람과 동성으로 남자들이든 여자들이든 맞추어 보는 게."

홍이가 다른 의견을 냈다.

"그것도 괜찮은 생각이다. 우선 모집되려면 시간이 필요할 테니 인터넷 광고부터 내도록 하고 우리는 연말을 즐기도록 하자."

은섬이 어느 정도 결론이 났다는 듯, 홀가분한 얼굴로 자신의 두 손을 마주 잡으며 말했다.

"태완이는 혹시라도 다른 의견이 더 있으면 말해 줘."

"물론 나도 할 말이 있으시지. 혹시라도, 내가 여자와 한 방을 쓰면 안 될까나? 이쁜 살쾡이 한 마리 키우면 좋겠다. 그르렁… 어차피 난 털끝도 안 건드릴 테니까…."

태완이 맘에도 없는 말을 한다는 건, 은섬과 홍이가 이미 아는 바다. 비쩍 마르고 기지배처럼 생겼어도 남자는 남자니까 말이다.

"또또 그런다!"

"에고, 그놈의 주둥이를 이참에 확 꿰매 버릴까 보다."

은섬의 말에 이어 홍이가 가자미눈을 뜨며 그를 째려보았다.

그들의 하우스 계획은 사회 얼뜨기들의 해묵은 연말을 정리하게 했다. 더욱 성숙해진 어른으로 발돋움할 수 있게끔 주관적으로 리드하고 있었다.

인테리어를 쌈박하게 완료한 그날 밤은 '셋이서 집을 데워야 한다.'며, 워밍업 파티를 열었다. 밤새도록 막걸리를 마셨다. 튀김말이와 떡볶이, 순대를 즐겨 먹지도 않던 은섬도 신세대 퓨전안주에 막걸리를 들이켰다. 기분 좋게 발그레한 두 친구의 얼굴을 보며, 은섬이 그녀도 이미 홍당무가 됐을 거라고 확신했다.

'우리에게 결혼이란 게 필요하긴 한 걸까? 그냥 이대로 좋아하는 친구들과 어울려 살면 좋겠어. 이성하고 사는 것이란 건 참 불편하고도 쓸데없는 짓 같으니까 말야.'

더도 말고 덜도 말고 지금 같기만 하다면, '결혼'이란 복잡한 형식과 의무감 없이도 행복하게 만수무강할 수 있을 것 같았다. 어떤 역할이든, 은섬이 혼자서 멋지게 해낼 자신이 있었다.

혼성 쉐어 하우스

어느 날 전화 한 통이 걸려 왔다.

홍이의 전달에 의하면 '어눌한 한국말을 쓰는 남자'였다고 했다.

"얘들아 어떤 남자가 전화를 했는데 문법이 개꽈당이야. 아주 어눌해. 혹시 외국인인가… 외국인이면 어떡하지?"

홍이가 궁금증으로 들뜨기도 하고, 이 사태를 받아들일지 말지도 주저

되는 눈치로 말했다.

"난 아무나 찬성. 내가 다 감당할 수 있으니까 말야." 태완이 자신의 타고난, 잡식성 멘트를 과시하듯이 날렸다.

"그래… 사실, 외국인이면 한국말을 가르치면 되고, 외국인 말은 우리가 배우면 되지. 좋게 생각하면 좋은 거야. 무한 긍정의 여신이시다, 나도."

은섬이 자화자찬을 실어서 한마디 날렸다.

"얼라… 역시 지혜로운 내 친구. 그래그래. 사람을 태생 가지고 타박하면 못 쓰는 거야. 인간 씀씀이가 중요한 거지. 안 그래?"

홍이가 동의했다.

"우선 만나 보도록 하자. 만나 보지도 않고 평가를 날리믄 안 되지 싶네. 집으로 방문하게 약속을 잡으렴. 이번 주말에는 내가 시간이 여유롭고, 평일 날 오면 홍이가 인터뷰를 하면 되겠다. 어차피 태완이는 손님이 언제 올지 모르니, 숍을 지켜야 할 테고 인테리어도 해야 하고 말야."

은섬이 모두의 일정을 감안해 가며, 계획적으로 척척 여유 상황에 맞게 인터뷰 진행을 정리 정돈했다.

"아이고 역시 우리 은섬, 센스쟁이. 날 생각해 주는 저 태도… 여신이다 여신, 배려의 여신."

태완이 대박 칭찬을 하며 너스레를 떨었다.

"그럼 그 사람한테 언제 시간이 좋으냐고 물어서, 내가 약속 시간을 단체 톡에 띄워 줄게."

걱정이 사라진 듯, 홍이가 적극적으로 나섰다. 방문 일정이 순조롭게 조정되고 인터뷰 약속은 토요일 오후로 정해졌다.

점심시간이 두어 시간쯤 지났을 때, 문밖에서 초인종 소리가 들렸다. 홍이는 벽에 걸린 시계를 보았다. 정각 2시였다. 현관 유리문 밖으로, 사람의 모습이 어렴풋이 보였다. 은섬이 방문자에게 설명할 인쇄지를 모으는 동안, 홍이가 먼저 달려가서 잽싸게 탐색을 시작했다. 마침 홍이도 쉬는 날이어서 함께 인터뷰를 잡은 터였다. 멈춘 듯 서 있는 물체는 키가 훤칠하게 컸다. 그는 피터였다.

"누구세요?"

"2시 약속했어요. 방 구해요."

은섬과 홍이는 말이 매끄럽지 않고 더듬더듬하는 목소리를 듣고 동시에 '품!' 소리 내어 웃었다.

문을 열었을 때 문밖에 있던 키 큰 남자는 들어오지도 않고 그대로, 머뭇거리며 서 있었다.

"어서 이리로 들어오세요."

홍이가 손짓을 하며 말하자, 그제야 그는 안으로 들어왔다.

은섬은 아무 말도 하지 않고, 그 남자를 슬쩍 바라보았다. 그녀는 속으로 생각했다. '엄마가 말하는 기지배 같은 남자가 한 명 더 늘었군. 태완이만 말끔하게 기생오라비처럼 생긴 게 아니고. 쟤는 또 뭐야… 외국인인 듯한데, 또 한국 사람 같은 저 외모는….'

은섬이 플라스틱으로 생긴 일회용 파일에 쉐어 하우스에 관한 안내 사항들을 차곡차곡 챙겨 넣는 동안, 피터는 홍이가 공손하게 권하는 소파에 불편하게 몸을 실었다. 그녀가 어리버리 손님에게 한국말로 천천히 기본적인 질문을 늘어놓는 동안, 은섬은 조용히 주방으로 가서 새로 산 커피포트에 물을 끓였다. 홍이는, 매의 눈초리로 벌써부터 그를 스캔하고 있었다. 여러 가지 질문을 퍼부어 대고 있었다.

"어디 분이세요?"

홍이가 아주 느린 속도로 묻고 있었다. 그렇게 천천히, 또박또박 말을 하는 것을 그녀는 처음 보았다. 따발총처럼 말이 타다닥 튀어나와야 하는 게 일반적인 홍이의 말투였는데…. 인터뷰를 제법 잘하고 있다고 생각했다.

은섭이 커피를 내리며, 다시 한번 남자의 옆모습을 들키지 않게 흘끗 보았다. 그는 콧날이 아주 오똑했다.

그린 색 눈동자. 처음 보는 눈 색깔을 가진 외국 남자.

"이곳에는 어떻게 알고 오셨는지… 쉐어 하우스에는 경험이 있으신지… 한국말이 어려우시면 글자로 적어 드릴까요?"

홍이는 현관 신발장 위로 가서 볼펜 한 개를 집어 들었다. 그것이 잘 나오는지 메모지에 휘갈겨 테스트를 해 보더니, 피터 앞에 앉아서 또박 또박 질문사항을 적기 시작했다.

1. 이름과 국적

2. 무엇 때문에 한국에 왔나요?

3. 여러 사람과 산 적 있나요?

피터가 이해했다는 듯 미소를 지었다. 홍이가 건네는 볼펜을 어설프게 쥐더니, 흰 종이 위에 꾹꾹 눌러 가며 삐뚤어진 글씨체로 아주 느리게 답을 달았다.

1. 피터. 뉴질랜드.

2. 가족미팅 & 잠

3. 네.

홍이는 금새 활짝 웃었다. 만족스러운 표정을 지었다

'야호! 영어권 나라의 친절한 국민 1위, 뉴질랜드 사람이네.'

은섬은 세 개의 머그잔을 조용히 탁자 위에 내려놓았다.

"커피 괜찮죠?"

한국말로 천천히 물었다.

"슈어. 물론입니다."

그는 짧게, 영어와 한국말을 곁들어 대답했다.

그녀는 머그잔 세 개에 정확히 8부까지 들어차게 드립커피를 천천히 채워 넣었다. 뜨거운 김이 모락모락 나면서 진한 케냐커피의 향이 집안을 감쌌다. 그리고는 커피 주전자를 내려놓고 홍이의 옆자리에 있는 빈 의자에 앉았다. 피터, 그가 정면으로 마주 보이는 자리였다.

이제 막 쉐어 하우스의 인터뷰를 운 좋게 패스한 외국인이 물끄러미 은섬의 얼굴을 바라보았다. 흑갈색의 머리칼을 양 갈래로 가지런히 따서 묶은 모습.

그는 생각했다. '어쩐지 엄마의 사진과 비슷한 이미지야….' 초면이지만, 쌀쌀맞아 보이는 그녀가 막 익숙해지려는 참이다.

피터는 은섬이 챙겨준 플라스틱 파일을 가방 안에 천천히 집어넣고 일어섰다. 파일의 표면에는 조그만 메모지가 부착되어 있었다.

입주 날짜를 정하면 바로 연락 주세요.

잊지 말라고 은섬이 붙여 놓은 것이다.

그는 어색하게 웃으며 한국말로 천천히 인사했다.

"감사합니다. 안녕히 계세요. 아울 콜 유."

어정쩡한 한국 발음과 함께, 손으로 전화기 모양을 만들어 보였다.

그가 현관문을 닫고 멀어지자마자, 홍이는 신이 났다. 룸메이트의 계약이 성사되었음을 곧바로 태완에게 알렸다.

오늘 여자가 왔더라. 너랑 같이 방을 써도 좋다구….

홍이가 톡을 보내자마자 기다렸다는 듯이 태완의 빠른 답장이 왔다.

아이고, 복 터졌네. 이 몸.

태완은 홍이가 분명 장난질을 치는 거라고 확신했다.

그 남자 어디 사람?

뉴질랜더. 착해 보이더라. 너랑 쌍이다. 남자기지배.

그래? 오호… 보지 않았어도 나랑 아주 잘- 통할 것 같군!

♣

혼성 쉐어 하우스의 공유 목표는 쉐어와 하모니! 즉, 나누면서 조화를 이루는 것이다. 그래서 하우스의 이름도 조화로움을 뜻하는 '하모니'로 명명했다.

남녀가… 그것도 여러 사람이 각기 개성을 지키면서 서로의 삶을 나누고, 모두의 밸런스를 유지한다는 것. 말로는 쉬울 듯하지만 결코 쉽지 않은 일.

그래도 출발이다.

출발- 쉐어 하우스 하모니!

드디어 얼렁패들이 원하던 삶의 개척이 시작되었다,

마음이 닮았습니다

저 혹시… 방을 혼자 싸용할 수 있나요?

방이 있긴 한데… 혼자 사용하면 쫌 비싸요. 의논해 보고 연락드릴게요.

피터의 물음에 문자 답변을 올린 사람은 홍이였다.

그녀는 사용료 의논을 위해 나머지 두 친구에게 단체 톡을 보냈다. 태완은 돈만 제대로 내면 오케이라 했고, 은섬은 몇 분쯤 뒤늦게 답변을 보냈다.

우선 비어 있는 방 하나를 단독으로 내어 주고, 페이는 추가로 할 수 있냐고 물어봐야겠어. 가능하다면 그렇게 하도록 하고. 외국인이라 그런가… 프라이버시 등등 쉐어가 어려울 수도 있으니 말야.

그럼 태완이랑 룸메이트는 또 구해야 하나?

홍이가 물었다.

또 슬슬 구하면 되지 뭐. 첫술에 배부르랴? 천천히 하자. 느긋하게.

은섬이 여유 있게 생각하자며 안심시키는 메시지를 보냈다. 그리고 추가로 빠르게, 두 번째 톡도 덧붙였다.
우리 집에 올 사람은 어차피 나중에라도 오게 되어 있을 거야, 걱정 마… 홍아.

은섬의 말에 홍이는 안심했다.
고럼고럼.

피터는 자신이 가진 신체의 비밀을 어쩌면 남들이 쉽게 알아버릴지도 모른다는 두려움으로 불안했다. 가슴 속 깊숙이 걱정의 또아리가 있었다. 이제껏 들키지 않고 잘 지켜온 자신의 콤플렉스가, 긴장이 풀어지는 잠깐의 어수선한 틈을 타서 언젠가 불쑥 불거져 나올 수도 있다고 생각했다. 그래서 24시간 내내 편한 마음으로 지낸다는 것은 불가했다. 최대한 비밀이 풀어지지 못하도록 안전하게 지켜내는 것이 최선이었다. 비싼 단독 룸의 페이는 자신에게 그리 중요치 않다고… 자신의 처지를 귀하게 정당화시켰다.
'어차피 한국의 가족을 찾을 때까지는 한국 사람들과 함께 지내는 것이 좋을 거야. 한국도 잘 모르고 말도 서투니까. 게다가, 아직은 배울 점이 이것저것 많기도 하고.' 그의 타당한 결정이었다. 다행히도, 인터뷰했던 사람들은 상냥해 보였고 특히, '은섬'이란 여자는 왠지 낯설어 보이지가 않았다.

피터가 한국에 온 목적은 크게 두 가지였다. 낯선 땅에서 삶의 터전을 다지는 것과 자신의 뿌리를 찾아내는 것.

어머니의 가족을 만날 수 있다는 희망을 가지게 된 것은 미셸이 건네 준 실마리가 있었기 때문이다. 국화가 생전에 써 놓았던 편지는 그녀의 고국에 발송되었고, 발송된 주소는 그녀의 수첩에 적혀 있었다고 했다.

피터에게 남아 있는 가족이 있다는 것은, 그로서는 정말 다행한 일이었다.

경기도의 신선시.

부모님의 주소는 국화가 뉴질랜드로 출국 전 함께 살던 집 주소였다. 피터는 한국에 와서 짐을 풀자마자, 신선시를 방문했었다. 그곳은 오래된 아파트 건물이라 재개발이 시작되어서 공사하는 관리소만 덩그러니 있었고, 거주자들은 이미 주거지를 옮겨 가고 없었다. 관계자들에게 주소를 내밀며 사람을 찾는다고 하니, 이전에 살던 사람들의 주소는 확인이 어렵다고 했다. 사실, 연락처는 있었으나 섣불리 알려 주려 하지 않았다. 그들은 희망만을 전달했다. '새로운 고층 아파트가 지어지면 만날 기회가 있을 것.'이라고 했다. 이전에 거주하던 사람들은 배정받은 동과 호수로 입주하기로 했다고, 피터의 연락처를 전달하겠노라고 말했다. 공사처도 사실 일하기에 바빠서 서류를 들추어 가며 머무르던 사람들을 찾아 줄 정도로 한가한 사람들이 아니었다. 피터는 외국인이었고 말도 잘 안 통하는 처지라, 한국의 어딘가에 있을 피붙이를 찾는다는 것은 쉬운 일이 아니었다. 피터는 빠르고 제대로인 방법을 몰랐다. 한국에는 그가 배워야 할 새로운 것들이 차고 넘쳤다. 어머니의 모국이니, 더디게라도… 살아가는 방법을 제대로 배워야 했다.

"이곳에서 정말 잘 살아 보고 싶다."

한국 땅을 밟자, 피터는 각오를 단단히 했다. 어머니와의 끈을 놓지 않고 자신의 정체성, 뿌리를 알아낼 수 있는 기회라고 여겼다. 흔들림 없이 자신의 있는 그대로를 사랑하며 긍지를 가지고 사는 방법이라고 생각했다.

그의 이삿짐은 뉴질랜드에 있을 때나 비행기를 타고 타국에 도착했을 때나 중형 캐리어 하나였다. 달랑 하나에, 필요한 필수품이 모두 담겼다. 뉴질랜드에서도 그랬다. 미니멀 라이프를 사는 피터에게, 쉐어 하우스의 독방 한 칸은 충분히 넓었다. 그는 짐을 풀었다. 그리고 본격적으로 어학원 강사 일을 준비하기 시작했다. 일도 즐겁게 하고, 한국말도 배우고, 천체에 관한 탐구와 훗날 행성에 관한 집필도 가능해질 것이라고 즐거운 상상을 가득 하고 있었다. 시간이 여유로워지면 한국의 관광지와 취미생활도 가능해질 것이다.

'하모니 하우스'는 아침 공기가 신선한 곳이었다.

밤에는 자장가 대신 새소리와 시냇물 소리가 들렸다. 밤새 눈이 온 날 아침에는 문밖으로, 눈덩이를 이고 있는 사철나무 아이스크림도 보였다. 눈사람이 된 나무는, 그의 뉴질랜드 추억을 들추어내기에 충분했다. 가끔씩 집 앞에 있는 울타리 나무들 사이로 빠르게 움직이는 검은 물체가 보였는데, 그것은 눈 덮인 나무 아래에 떨고 있는 검은 고양이 한 마리였다. 아직 1년도 안 되어 보이는 앳된 고양이였다. 피터는 방 안으로 들어가서 냉장고에 넣어 두었던 맛살을 꺼냈다. 밖으로 나가서 먹이로 주려고 했을 때, 그것을 발견한 다른 사람이 쭈그리고 앉아 있었다. 고양이 앞에 사료 그릇을 가져다 놓고 앉아 있는 사람은 바로 은섬이었다. 피터는 고양이에게 주려고 꺼내 왔던 맛살을 어찌할까… 잠시 생각하다가, 다시 방 안으로 멋쩍게 돌아왔다. 둘의 시간을 방해하고 싶지 않아서였다. 그녀와 길고양이는 서로 꽤나 친한 사이처럼 보였다. 은섬이 바로 앞에 있는데도 길고양이는 전혀 도망치려 하지 않았다. 그녀가 익숙한 친구인 것처럼 아주 편안하게, 지척에 앉아서 먹이를 먹고 있었다.

은섬은 어려서부터 유별나게 동물과 식물을 아끼고 좋아했다. 심지어는 바퀴벌레까지도 무서워하지 않던 아이였다. 그녀가 나무에 대해서 공부하지 않았더라면 어쩌면, 동물을 치료하는 수의사나 생물학자가 되어 있었을 것이다.

피터도 마찬가지였다. 뉴질랜드에서 자랐던 탓인지 지구상의 모든 살아 있는 생물은 그와 친숙했다. 뉴질랜드의 청정지역에는 거미나 여러 곤충들이 집 주변에 많았고, 야생 고슴도치도 집 앞으로 놀러 나올 정도로 사람들을 두려워하지 않았다. 환경을 보호하려는 사람들과 환경을 공유하는 생물체들이 결속되어 있었다. 뉴질랜드는 살아 숨 쉬는 생물들의 천국이었다. 피터는 동식물과 가까이 어울리는 것을 좋아했다. 자연의 섭리대로 어우러져 사는 것을 바라보며 자랐다. 이곳 한국에서는 그런 광경을 볼 수 없을 것이라고 생각했는데, 의외로 아주 가까운 곳에서 그것이 포착되었다. 낯선 타지가, 이제부터 쭉- 정겨워지기 시작한다.

'이게 정이라는 것일까….' 그는 이곳이 점점 더 '고향' 같이 느껴지고 있는 중이다. 사람과 주변 환경으로부터, 따뜻한 마음이 천천히 그리고,

차곡차곡 쌓여가고 있다.

'나와 닮은 사람이 이곳에 가까이 있었구나.' 시린 날씨였지만, 피터의 가슴 한구석이 찡하면서 따뜻함이 지펴졌다. 마음이 자리하고 있을 것 같은 위치, 가슴 중심 쪽으로부터 시작된 온기가 충전이 되어 온몸으로 넓어지며 골고루 퍼졌다. 훈훈한 기분… 벌써 봄이 도착한 듯 따뜻해지고 있었다.

고양이 앞에 쭈그리고 앉아서 천천히 아기 고양이를 살펴 주는 은섬이 괜스레 고마웠다. 자신이 고양이가 아닌데도 그것이 고마웠다.

피터는, 고마운 은섬과 집 없는 고양이를 함께 '보살펴 주고 싶다.'는 생각이 들었다.

'그녀와 나는, 마음이 아주 닮은 것 같군.'

은섬을 바라보는 것은, 그의 모습을 비춰 보이게 했다.

피터는… 자신과 닮은 모습을 가진 그녀가, 무척 반가웠다.

베지테리안의 계단

그의 방에서 창문을 열면 그만의 '미시시피'가 있다. 시냇물 줄기가 길게 뻗어 끝이 전혀 보이지 않는 시냇물.

신선천 언덕 위쪽으로 차들이 통행하는 도로가 있고, 그 도로에서 시냇물 쪽으로 연결되는 잘 닦인 화강암 계단이 있다. 시냇물을 따라 양방향의 산책로도 있다. 빗물에 강한 방수용 목재로 만든 갈색 아치형 다리는, 오작교처럼 운치가 있다. 밤에는 청보라 색 불빛이 저절로 켜지는 은방울 꽃 대롱을 연상케 하는 가로등이, 그 오작교를 신비하게 비춰 주고, 불빛을 받으며 실바람에 흔들리는 물결은 거대한 용 비늘처럼 연결 지어 출렁거린다. 낮 동안 분주했던 건물과 네온사인들은 물속으로 스며든다. 그들도 역시 일상을 풀고 취침을 준비하고 있다. 잠자는 동안의 사물들은 시간의 틈을 빠져나와 새로워진 모습을 만든다.

   하루하루가 아름다운 전원도시, 그는 럭키하게도 자연과 가까이서 교감할 수 있는 곳에 둥지를 틀었다.
   '봄이 되면 곧 그린 필드의 물결, 어린 줄기의 새싹들이 돋아날 거야. 그러다가 계절이 바뀌면, 싱싱한 이파리들로 쑥쑥 자라서 여름을 장식할 테고… 그 안에 기거할 갖가지 곤충들과 풀벌레 소리까지 무성해질 테지….' 가까이에 아름다운 자연이 머물고 있다고 생각하니 하루하루가 상쾌했다. 미래의 행복한 상상이 그를 부추겨서, 점점 더 깊은 뿌리를 내릴 수 있도록 도왔다. 마더 네이쳐는 그의 뿌리를 낯설던 한국의 이국 땅에 더욱 단단하게 고정하려 하고 있다. 어머니의 조국! 이 나라는 그에게도, 사랑을 베푸는 비옥한 땅을 내어 주고 있다.

   하우스 사람들은 아침이면 모두 바빴다. 심플하게 꾸며진 주방에서의 아침준비는 각자에 의해서 빠르고 간단하게 치러졌다. 퇴근 시간은 각자 달랐으나, 외식하지 않는 경우, 공유디너로 함께 식사했다. 당번을 정해 가며 자신 있는 것으로 요리를 하든지, 있는 밥에 반찬을 차리는 것만으로도 오케이였다. 요리 솜씨가 엉망이라도 타박하지 않기로 했다. 쉐어 하우스에서는 서로의 삶을 조금이나마 공유할 수 있다는 것이 관건이었다. 우선 식생활부터, 조촐한 나눔이 시도되고 있었다.

피터의 차례가 왔다. 피터는 한국식 요리를 몰랐다. 그는 뉴질랜드식 홍합 스파게티를 요리했다. 스파게티 면을 쫄깃하게 삶아 내고 하얀 크림소스에 홍합과 양념과 야채를 넣고 버무리기만 하면, 만족할 만큼의 모양새 좋은 특별요리가 완성되었다. 뉴질랜드에서도 자주 해 먹던 요리였다. 가끔씩 친구들이 기숙사에 방문했을 때, 피터의 위신을 세워 주던 감사한 메뉴이기도 했다.

그는 며칠 전 시냇가를 산책하다가, 외톨이 허브나무를 발견했다. 다른 들풀들 사이에서 가까스로 생명의 뿌리를 지키고 있는 듯 했다. 그것은 고개를 빳빳이 쳐들고 피터를 구원자인양 바라보았다. 그는 모종삽을 구입했다. 그리고 그것의 뿌리가 다치지 않도록 조심스럽게 이동시키는 데 성공했다. 햇빛에 반짝반짝 빛나면서 싱그러운 미소를 보이는 '애플민트'. 그것은 초록색 둥근 잎사귀에 시원하고 달콤한 향기까지 가득 담고 있었다. 바람을 좋아하는 애플민트는 산들바람에 머리를 감고, 햇빛에 일광욕을 즐겨 하는 향기 식물이었다.

하얀 크림소스 스파게티에 광채를 더하기 위해 그가 어린 허브에게 양해를 구했다.

"내가 오늘 처음 특별요리를 한국 친구들에게 소개할 거야, 그래서 말인데… 막 이사한 너에게 미안하지만, 잎사귀 네 개만 나에게 줄 수 있겠니?"

열어 둔 창문을 통해서 바람이 불어왔고, 허브는 초록 이파리들을 흔들며 '기꺼이 그러겠노라.'고 말하고 있었다. 피터는 줄기가 다치지 않게 조심스럽게 잎사귀 네 개를 따서 깨끗이 씻었다. 그리고는 스파게티 위에 향기를 얹었다.

"어서 먹어. 스파게티는 따뜻할 때 최고로 굿이야. 그리고 꼭… 허브 이파리는 다 먹어야 해. 새로운 친구가 너희들을 위해 그 이파리를 주었거든."

세 사람은 피터가 무슨 소리를 하는지 확실히 이해하지는 못했다. '그의 한국 친구가 허브 잎을 가져다주었다.'는 것으로 이해했다. 그들은 어쨌든 피터의 진귀한 요리를 아주 맛있게 먹었다. 그의 요구에 따라 허브 잎은 한 개도 남기지 않고 모두 먹었다.

"피터 네가 만든 스파게티는 정말 짱이다, 맛이 정말 기똥차다… 자주 좀 해 주라."

태완이 엄마에게 요리해 달라고 조르는 아이처럼, 애교 섞인 청탁을 했다.

"오… 이 홍합은 언제 산 거야? 구하기도 힘들었을 텐데, 레시피 대박이다, 정 쉐프 짱!"

홍이가 감동하면서 '오 싱싱해, 오 싱싱해!'를 연타로 말했다. 은섬은 아무 말도 하지 않았다. 그녀는 홍합에 손도 대지 않았다. 모두들 싹싹 비운 댕그라니 그릇만 남았지만, 그녀의 접시에는 홍합만 남아 있었다. 밥통에서 밥을 조금 덜어오더니 김치와 추가 식사를 했다. 그녀는 묵묵했다. 피터가 섭섭해 할까 봐서 홍이가 한마디 덧붙이는 것에도 아랑곳하지 않고 그저 묵묵했다.

"사실 우리 은섬 아가씨는 베지테리안이야. 채식하는 사람 말이야. 피터, 베지테리안 알지? 이거 영어인데."

"I see, 알아요, 베지테리안. 나도 베지테리안인데, 해물은 먹어요."

은섬은 들었던 밥숟갈을 잠시 멈추고 피터를 바라보았다.

"해물을 먹어도 베지테리안이야?"

피터는 채식에 대해서 잘 알고 있었다. 그는 종이와 볼펜을 들고 와서 식탁에 다시 앉았다.

"은섬, 식사 마치면 티타임에 내가 설명해 줄게."

모두들 귀가 쫑긋했다.

홍이는 원래부터 우람한 체격에 불어난 체중으로 채식을 생각하고 있었고, 절친 두 사람이 모두 베지테리안이 된다면 태완도 노력해 볼 참이었다.

"아싸, 나도 채식에 대해서 공부 좀 해 보실까… 잘됐다. 이참에 다이어트!"

태완이 쾌재를 부르며, 귀를 바짝 세우고 있었다.

피터는 종이를 놓고, 세 사람에게 채식의 단계별 종류를 적어 주었다.

1. 플렉시테리안- 평소에는 채식, 상황에 따라 육식 가능

2. 폴로 베지테리안- 붉은 고기 금식, 가금류식, 달걀 우유 유제품 생선, 어패류, 닭고기 자유로운 채식.

3. 페스코 베지테리안- 달걀, 유제품, 해산물, 어패류 식.

4. 락토 오보 베지테리안- 우유, 꿀 등 동물성 유제품과 달걀.

5. 비건- 동물성 식품 먹지 않고 완전 채식

6. 프루테리안- 식물의 생명도 존중하며 해치지 않고, 과일과 견과류만 허용. 영양소

결팝될 수 있음.

피터는 한국어가 서툴렀기에, 영어문장들을 번역기에 돌려서 한국말로 적어 주었다.

홍이가 말했다.

"난 2번 쯤. 아니다… 잘하면… 3번 가능."

"난 걍 1번이네. 어떻게 계속 고기를 안 먹을 순 없을 테고, 미용인들이랑 가끔 회식을 하거든 삼겹살 파티, 그걸 마다할 순 없지."

어떻든 간에 태완도 채식주의자에 명단에 자신의 이름을 올릴 수 있겠다는 기대감에 기뻐했다.

"난 4번."

은섬이 본인의 식성에 맞추어 확실한 결론을 내렸다. 드디어 자신의 까다로운 음식 투정에 명제를 내렸다고 생각했다. 기분이 좋아졌다.

"난 페스코 베지테리안이야, 나의 갓 파더는 6번."

피터의 말에 세 명은 놀랐다.

"오엠지, 그럼 갓 파던가 누군가 그게 뭔지는 모르겠지만, 파더는 과일과 견과류만 먹는단 말씀? 무진장 날씬하시겠다."

홍이의 말에 피터는 마이클의 외모를 떠올렸다.

"응… 그는 요가수련을 하는 사람이야. 슬림 바디. 그가 한국에 있었을 때는 뚱뚱했다고 했어. 지금은 말랐고. 이젠 뉴질랜더야."

그리고는 단어를 찾아내고, 또 한마디 했다.

"갓 파더는 한국말로… 대부?"

피터가 핸드폰에 영어를 찍고, 그 뜻이 번역된 단어를 읽어 주었다.

은섬은 천주교 신자라서 대부를 이미 알았고, 홍이는 부모님들이 배우 이야기를 할 때, 영화에 나온 주인공이 '대부'에 출연했던 남자배우 어쩌고저쩌고… 하는 이야기를 언뜻 들었었다. 태완은 '대부' '대부업체'를 떠올리다가 세 사람이 안 보는 사이에 잽싸게 폰 사전에 '대부'를 찍어 보았다.

대부란 세례성사와 견진성사를 받은 사람의 남자후견인을 말한다.

그는 견진성사가 무엇인지는 자세히 몰랐지만, 교회를 다녀 봐서 어렴풋이 감 잡을 수 있었다.

그날 밤 그들은 채식에 대해서 이야기하고, 피터의 대부에 대해서 이야기하다가, 잠자러 갈 즈음에는 하루 만에 그들이 훌쩍 가까운 사이가 되어 있음을 느꼈다. 피터의 마음도 편안해졌다.

"나는 이곳이 좋아. 마음이 편해. 앞으로는 이곳에 있음을 더 감사하게 될 것 같아. 너도 좋지?"

창가의 하얀색 화분에, 옮겨 온 허브나무가 바람의 장단에 맞추어 어깨를 흔들며 춤추고 있었다.

"이 방 안에선 너와 내가 룸메이트야. 너는 앞으로 나의 모든 비밀을 알게 될 것이고…."

피터는 허브나무를 보고 친구인 양 대화했다. 그는 문 쪽으로 걸어가서 도어락을 걸었다. 그리고는 자신이 입고 있던 팬티 속을 불안스럽게 들여다보았다. 예상했던 대로… 속옷 안에는 선홍색의 피가 흘러 있었다. 뉴질랜드에서 떠나기 몇 주 전부터 시작된 여성의 월경과 같은 생리혈이었다. 불규칙적으로 아주 뜸하게, 삼사 개월 만에 한 번씩 그에게 일어나고 있는 '남녀한몸'의 특이한 현상이었다.

마이클 그리고 성당의 원장 수녀님과 신부님은 이 사실을 이미 알고 있었다. 피터가 한국으로 오기 전, 어느 곳에서든 일어날 법한 이런 사항들을 벌써부터 걱정했었다.

피터가 자신의 비밀을 알게 된 역사적인 날, 그는 끝이 보이지 않는 깊은 절망에 빠졌다. 본인의 '상이함'은 믿고 싶지 않은 커다란 충격이었다.

'나는 대체 누구란 말인가?'

정확하지 않은 젠더의 존재, 정체성에 혼란이 왔다. 세상이… 모든 사람들이… 자신을 적으로 돌릴지도 모른다는 불안감도 엄습해 왔다.

다행스럽게도 마이클의 도움이 컸다. 서서히 자신의 비범함을 수긍하고 자기 자신을 사랑할 수 있도록 그가 옆에서 도왔다. 피터는 이제, 자신의 어떤 새로운 현상에도 놀라지 않았다. 제법 평정을 유지할 수 있게 되었다. 자신에게 주어진 것들을 받아들이고 자연스러워지도록 마음먹었다. 그것은 결코 쉬운 일이 아니었지만, 피터는 그것을 잘 해냈다.

차분한 얼굴빛으로 그의 손을 잡아주며 격려의 말씀을 주시던 이레나 수녀님의 얼굴이 떠올랐다.

'모든 생명의 이루어짐은 하나님의 뜻이에요. 그것에 대해서 슬퍼하지 말아요. 언젠가는 하나님처럼 피터의 있는 그대로를 가장 아끼고 사랑해 줄 사람들을 곁으로 보내 주실 거예요.'

부드러운 음성이 그의 귓가에 맴돌았다. 그는 그녀의 말을 믿었다.

'그래 슬퍼하지 말자. 나에게 특별하게 계획된 특별한 미래가 있는 거야. 나의 주어진 삶도 자연의 일부처럼 받아들이고 모든 일에 최선을 다하면서 사는 거야. 언젠가는 아주 편하게 나의 마음을 나누며, 솔직하게 말할 사람이 생길 테니까. 그때가 되면, 난 더 이상 외롭지도… 기가 죽지도, 비밀스럽지도 않을 거야.'

4부

반딧불 동굴의 추억

여행을 가게 됐다.

원래 계획은 4인의 동행이었다.

그러나, 태완은 단골 고객의 예약 변경으로 동행에서 기권했고, 홍이는 요트에 이상이 생기는 바람에 그 문제를 꼭 해결해야만 했다. 결국은, 단둘의 여행이 되었다.

그들은 오래된 석회암 동굴에 반딧불을 연상시켜 놓은 특정한 지역으로 여행을 계획했다. 사실, 반딧불 동굴은 뉴질랜드의 관광지가 세계적으로 유명했지만, 해외여행을 가지 못하는 얼렁패들은 그것을 대체할 로맨틱한 환상을 꿈꾸었다. 가까운 곳에서라도 그것에 버금가는 판타지를 경험해 보자는 취지에서, 국내의 여행지를 선정했던 것이다. 깜깜한 동굴 벽에 별들이 수놓인 광경을 한 번이라도 직접 볼 수 있다면 대단히 감동할 것 같았다. 오래도록 지워지지 않는 환상, 기억할 만한 평생 추억으로 자리할 것이었다.

상상으로 수놓는 반딧불… 네 사람이 아니라 두 사람의 여행이라도 그들은 기꺼이 동행하기로 했다.

반딧불 동굴로 향하는 길은 물길에 선로를 만들어 놓은 나룻배를 타고 진입하게 되어 있었다. 각각 두 명씩 배를 타고 적당한 간격으로 들어가게 되어 있었는데, 입구에는 벌써부터 많은 사람들이 대기하고 있었다. 피터와 은섬의 차례가 오자, 피터의 부축으로 은섬이 먼저 배에 올랐고,

다음으로 피터가 승선했다. 자동으로 끌려가듯이 10분 정도 배와 함께 흔들리며 들어가자, 반딧불을 재현해 놓은 둥근 공간에 도착했다. 천장이 높게 디자인된 원형의 공간에서 360도의 벽면과 천장 부분에, 수많은 작고 하얀 불빛들이 깜박거리고 있었다. 마치 반구형 하늘의 별들을 가까이 끌어다 놓은 것 같은, 환상적인 광경이었다.

"정말 아름답다⋯."

은섬이 감탄했다.

그녀는 목을 두루미처럼 길게 위로 하고 정신없이 반딧불 빛에 집중했다. 목이 아프도록 한참 동안 쳐다보다가, 갑자기 어지러움을 느꼈는지. 그녀는 자신도 모르게 중심을 잃었다. 순간, 피터 쪽으로 몸체가 기우뚱 기울어졌다.

"오- 아임 쏘리. 내가 중심을 잃었나 봐, 미안⋯."

그녀는 당황스럽게 웃으며 얼른 몸을 바로잡았다. 그러나, 피터는⋯ 그녀의 어깨를 다시, 살며시 끌어당겨 자신의 어깨에 기대게 해 주었다.

"괜찮아, 은섬. 어지러우면 나에게 기대도 돼."

피터의 얼굴 표정은 깜깜해서 전혀 보이지 않았지만, 사실 그는⋯ 상기된 얼굴로 부드럽게 미소 짓고 있었다. 은섬은 피터의 말대로 아주 편안하게 그에게 기댔다. 그리고 배가 다시 움직일 때까지, 동굴 전체에서 쏟아지는 반딧불 별빛의 아름다움 속에 꿈꾸듯 행복했다.

귀갓길에 잠시 들른 양떼목장은, 넉넉하고 여유로운 일상을 보여 주었다. 커다란 언덕 위의 풍차는 아름다운 풍경 사진 같았다. 언덕에서 시작된 바람은 그들의 마음을 터치하고 풍차로 들어가, 점점 더 커다란 힘을 만들어서 세상에 뿌리고 있었다.

운명 같은 둘만의 여행은, 그들에게 우정이 아닌 다른 감정을 불러들이기 시작했다. 불현듯 나타나기 시작한 그들의 핑크빛은 결코, 분위기에 휩쓸린 일순간의 감정이 아니었다. 집으로 돌아가야 할 두 사람에게는 벌써부터 아쉬운 마음이 가득했다.

피터와 은섬의 가슴 속에서는 그들만의 커다란 불꽃 축제가 시작되고 있었다. 그들이 쏘아 올린 로맨틱한 불꽃은 공중으로 높이 솟아올라, 반딧불 동굴의 수많은 별빛이 되고 있었다. 무리 지어 어울리던 하늘목장의 양떼들은, 커다란 하트 구름이 되어 있었다.

가족을 이루는 새로운 방식

얼렁뱅 삼총사의 의미 있는 말까기.

입주한 이래 두 번째 참새방앗간은 하모니 하우스의 주방에서 열기로 했다.

요즘 들어 태완의 네일숍이 눈코 뜰 새 없이 부쩍 바빠졌다. 즐거운 비명이다. 그는 예술적 감각을 천성적으로 타고났고 유머 감각도 풍부해서, 한번 그곳에 다녀갔던 손님들은 거의 단골이 되었다. 그에게 손톱 시술을 받는 동안은 손님들의 대다수가 본인들의 개인 이야기를 스스럼없이 꺼내 놓았다. 태완은 세심하고도 상냥해서, 남성 네일 아티스트의 '무딘 손끝'에 대한 편견이 생기지도 않았다. '남자들은 여성에 비해 손이 커

서 손톱 위에 아트 작업을 하거나, 섬세한 붓 터치가 어렵다.'는 선입견
도 다 근거 없는 우려가 되어버렸다.

태완의 네일숍을 대신해서 주방 공간에, 제법 분위기 있는 '참새방앗
간'이 오픈되었다. 세 사람은 모두 참새들이 되기 위해 서둘러 귀가했다.

그들의 말문을 트기 위한 먹을거리는 채식이었다. 홍이가 요즘 체중이
늘었다고 투정을 부리는 바람에, 과일과 야채를 곁들인 샐러드와 달달한
와인을 준비했다. 달콤한 맛에 취해서 열기를 띠고 명제를 얻어 내고 싶
은 이번 이슈는 비혼. 이것에 해결책을 제시할 수 있는 '가족을 이루는 새
로운 방식'에 대한 토의가 필요했다. 꼭 결혼해야 하는지, 결혼을 안 한
다면 다른 방식의 합리적인 삶이 있는지에 대해서, 여러 각도로 다르게
생각하는 세 사람이 서로의 생각과 의견을 공유하고 싶었던 터였다.

은섬이 먼저 서두를 꺼냈다.

"우리가 이전에 결혼하지 않고 혼자 사는 것에 대한 생각을 해 봤었고,
혹시라도 혼자라서 외롭다면 현재의 우리 생활방식이 좋은 것 같기도
해. 서로 다른 성이 함께 어우러져 도움을 주고, 다른 삶을 가까이서 관
망하며 공유할 수 있는 쉐어 하우스를 진행 중이니까. 모르는 남녀가 한
집에 거주하면서, 가족처럼 함께 생활하는 나눔의 하우스가 너희들에게
어떤 느낌인지 궁금해. 우리 셋 말고. 피터가 입주했을 때, 너희 느낌을
떠올려 보고…. 남자는 남자다운 일, 여자는 여자다운 일에만 편견을 가
지지 말고, 하나의 젠더가 도맡아 담당하던 일에 서로가 도전해 본다든
가, 서로의 역할을 교체할 수 있다면 어떨지…."

은섬의 말에 귀 기울여 듣고 있던 홍이가 먼저 말문을 열었다.

"쉐어 하우스에 우리 말고 피터가 들어왔을 땐, 처음엔 서먹하고 불편

했는데, 이젠 참 편해진 것 같아. 다른 사람의 삶을 부분이나마 함께 공유한다는 것이 처음엔 어려운 일 같지만, 시간이 지나면서 든든한 느낌이랄까… 그리고 역할 교체에 대해서라면, 난 여자인데도 여자가 할 수 없다던 항해를 하잖아. 요즘은 여자 선장도 많이 생겨서 요트 세일링에서 남녀의 편견이 많이 사라진 듯해. 아직도 몇몇 사람들은 여자와 배를 미신적인 이야기에 연결하기도 하지만."

태완은 한쪽 손을 잠시 턱 아래 받치고 있다가, 심각한 표정을 지어 보였다.

"내가 남녀의 역할에 대해 생각하는 것은 현재 나 같은 경우에는, '네일잡'을 여성이 잘할 거라는 편견을 버릴 수밖에 없고… 잘하는 젠더의 역할이라는 거, 그건 못 박혀 있는 게 결코 아냐! 더불어, 한 말씀 더 하자면, 이건 개인적인 의견인데… 나와 결혼을 생각하는 사람이라면, 우리 미래의 마님께서 집안일을 많이 도울 거라고 생각해. 난 거의 12시간 이상 직장에 나가 있으니까. 주말 같은 경우에는 내가 가사 일을 돕고 말이야. 대신 나의 배우자가 되면, 미용 관리는 내가 알아서 서비스로 모신단 말이지… 특혜다 특혜! 손발 마사지부터 샤방샤방 멋 내기까지. 어때? 행복하지 않겠나?"

"또또 삼천포로 빠지려 한다. 어련하시겠어요?"

홍이의 타박이다.

둘은 학창시절부터 웃고 찧고, 개구지게 노는 어린아이들같이 지내 왔다. 어른이 되고도 둘이 만나기만 하면 말 이어달리기라도 하듯 주거니 받거니 하게 된다. 그들이 함께일 땐 신기하게도 유머와 웃음이 따라 다녔다.

"내게 좋은 생각이 있긴 한데… 남자건 여자건 두 사람이 같은 일을 시도해 보는 거야. 무조건 해 보지도 않고 '네가 할 일, 내가 할 일'을 정하진 말고. 둘 중에 한 사람이 그 일을 못 할 경우에 다른 한 사람이 처리 가능해지니까."

태완의 아이디어에, 듣고 있던 두 사람 모두 고개를 끄덕끄덕했다.

"맞아 꼭 역할을 고정할 필요는 없지. 둘 다 능력자라면 삶이 더 쉬워지는 게 맞겠다."

홍이가 태완의 의견을 뒷받침해주며, 그의 머리를 아이 다루듯 쓰다듬어 주었다.

은섬은 그들을 바라보며 엉뚱한 상상 속에 잠겼다. '두 사람은 참 잘 어울려. 만약 둘이 사귄다면 어떨까….' 생각만으로도 재밌는 스토리가 될 것이다. 은섬의 입가에 흐뭇한 미소가 번졌다.

"아이고 내가 무슨 이상한 생각을… 아니지! 쟤들이 사귄다니…."

그녀는 혼잣말로 중얼거렸다.

태완이 남성 입장으로서의 역할에 대해서 이야기를 하고 있는 동안, 은섬은 또 엉뚱한 생각을 이어가고 있었다. 그것은 피터와 그녀가 결혼해서 사는 상상이었다. '흠… 왠지 좀 괜찮을 듯도 하고….'

"은섬아, 너는 아까부터 뭔 생각을 그리 행복하게 멍 때리냐? 나도 좀 웃자. 여기에 그 비밀 보따리 좀 열어 보렷다!"

홍이가 그녀에게서 뭔가 심상치 않은 상상을 포착한 듯 다그쳤다.

"아… 아무것도 아냐. 미안!"

은섬은 손가락을 갈퀴 모양으로 만들더니, 자신의 뒤통수를 두 손으로 톡톡 두드리기 시작했다.

"나가라 나가. 엉뚱한 생각들이여… 훠이훠이!"

감자처럼 매달고 있는 엉뚱한 생각들을 털어내고 있었다.

은섬의 행복한 상상은 사실 이랬다.

'한 쌍의 남녀가 다정한 모습으로 소파에 앉아 있었다. 피터의 가슴팍에 얼굴을 묻고 기대어서, 행복한 표정으로 잠들어 있는 그녀… 피터는 은섬의 이마에 살포시 입맞춤을 하고, 그녀를 소중하게 바라본다….'

"내가 와인에 취했나 보다. 달달해서 자꾸 마셨더니만, 공상이 포화상태가 되었네."

은섬이 빨개진 얼굴을 감싸며 당황한 듯 말했다. 그리고는. 그녀가 다시 참새방앗간에 걸맞는, 파격적인 제안을 내놓았다.

"남녀가 같이 살면서 혼인신고나 서류 같은 걸 만들지 않고 아이를 낳으면 어떨까… 좋아하는 사람이랑 말이야. 아이가 태어나면, 꼭 아빠의 호적에만 올려야 되는 건 아니니까. 엄마나 아빠, 원하는 호적에 올리고. 서로가 도우며 얽매이지 않고 2세를 양육해도 좋지 않을까?"

은섬이 새로운 방식을 말하자, 홍이와 태완은 그 의견이 맘에 드는 듯 눈빛이 반짝였다. 그들의 표정은 그녀의 말을 반기고 있는 눈치였다.

"와우, 그거 새로운 방법이겠는데… 이 시대의 젊은이들이 솔깃할 의견이네."

홍이가 이 말을 하고는 임신해서 배가 부른 채로 항해하는 자신의 모습을 상상해 보았다.

"난 찬성… 어떤 형태로건 바탕이 중요한 거야. 남편이 아내 일을 작정하고 돕든지, 아이의 성을 엄마 성으로 따라가든지…. 등등 오케이. 우선 둘의 사랑이 바탕이 되는 거라면, 결혼식이니, 혼인 신고니, 이런 형식이 중요한 건 아니지. 난 불만 없이 찬성!"

태완이 로맨티스트답게 '서로 사랑한다.'는 중요 전제를 깔고, 지금까지의 주장들을 정돈하는 결론을 내렸다.

그들은 결혼해서 사는 실제 부부들의 이야기도 꺼냈다. 일찍 결혼한 고등학교 동창 이야기, 본인들의 주변에 있는 어쩔 수 없이 기쁘지 않게 역할이 바뀐 사람들, 젠더에 맞춘 역할에 찌들어 불만을 토하는 사람들, 여성이기 때문에 당연히 손해를 감내해야 하는 전문직 여성들에 관한 '경력단절'에 대한 의견 등….

"머지않아 젠더통합시대가 올 거야. 산부인과도 '젠더건강센터'나 '젠더건강전담센터' 같은 것으로 대체되고, 혼인하지 않고도 관계를 인정받는 '동반자법'이나 이성 간의 혼인뿐 아니라, 동성 간의 법제화나 뭐 기타 등등. 성에 관한 인식도 달라질 거라고 봐."

은섬이 미래적 사회 보장에 대한 말들을 꺼내 놓고 있었다. 홍이는 새로운 질문을 날렸다.

"부가적 이슈입니닷. 들어는 봤니… 요즘 불임과 난임도 많다던데, 너희도 아니?"

"맞아 맞아! 나도 인터넷에서 읽었어. 남자나 여자에게 이유 모를 불임이 생긴다고 하드라."

태완도 거들었다.

"아이를 낳을 수 있어도 안 나으려는 부부들도 있는데, 낳고 싶은데 못 낳는 사람들은 참 억울하겠다. 똑같은 기회를 갖지 못하는 데서 오는 억울함 말이야. 그리고 결혼은 하는데, 아이를 안 낳으려는 커플도 점점 확률적으로 많아진다는데… 이렇게 2세 낳는 걸 싫어하다 보면, 우리 인류도 멸망이 얼마 남지 않은 거야. 아마겟돈이 꼭 핵전쟁은 아니잖아? 인류 스스로가 번성을 거부하는 것이 바로 인류멸망이지.”

은섬이 염려스럽게 말하자, 홍이와 태완도 걱정스럽다는 듯 끄덕였다.

“만약 멸망 위기가 온다면, 우리가 2세를 낳아서라도 인류의 대세를 이어 볼까나?”

태완이 검지손가락을 펴서 홍이의 옆구리를 쿡쿡 찔러 댔다.

“개똥이 난리블루스 추는 소릴 하고 있네… 내가 너랑 어찌 엮인다고라? 어찌, 어찌?”

홍이가 어이없다는 듯, 태완이 등짝을 찰싹찰싹 아프게 쳤다.

“아야! 뭔 농담도 못 하냐? 아이구, 안 한다 안 해! 내가 그러다간 너한테 뼈도 못 추리겠다. 무슨 놈의 여인이 이다지 강하냐… 워낙 힘이 세서 말이다. 끄응… 참, 젠더 편 가르지 않기로 했지. 마이 미스테이크! 용서해 주라.”

홍이한테 맞은 등 언저리가 따끔거렸는지, 태완은 오른손을 들어 올려 대각선으로 팔을 뻗어 보았다. 그곳을 쓰다듬어 보려고 애썼다. 그리고는 손이 닿지 않자, 결국은 포기했다.

“여기… 아파?”

홍이가 미안했던지, 태완을 측은하게 바라보았다.

“무지하게 아프지… 맘도 아프고.”

태완이 어깨를 두어 번 들썩들썩 올렸다가 내렸다.

“거 봐 봐. 방금 남녀 차별 얘기했는데 갑자기 ‘무슨 놈의 여인’이라니! 넌 맞아도 싸. 여자는 씨름하면 안 되냐? 여자는 격투기 하면 안 되냐고.

맞을 짓을 하니까, 내가 그러지!"

홍이가 또 대들고 있었다. 태완은 등짝 강타를 막기 위해서, 홍이 쪽에서 안전하게 떨어졌다. 약 올리듯이 어린아이처럼 혀를 쭉 내밀었다가 다시 잽싸게 집어넣었다.

"메-롱."

그들은 일어서서 도망치고 잡으러 뛰어다녔다.

아이들처럼 철없이 뛰어다니는 두 사람… 그 둘은 함께일 때가 훨씬 더 행복해 보였다.

그날 밤 피터는 학원에서 보충수업을 마치고, 10시가 조금 넘어서야 귀가했다. 그가 도착하기 전에, '참새방앗간'의 멤버 세 명은 토론을 모두 마친 상태였다. 말을 많이 하고 나서 배가 고팠던지, 은섬은 밥통에 남겨져 있던 밥을 모두 양푼에 쏟아부었다. 김치를 잘게 숭숭 썰어 넣고 간장과 고추장, 참기름 등으로 양념하고, 남아 있던 반찬을 섞어서 볶음밥을 만들었다. 홍이가 피터를 주방으로 불러내기 위해 그의 방 앞으로 갔다.

"피터, 혹시… 배가 출출하면, 한국식 볶음밥 좀 함께 먹어볼 테야?"

홍이가 피터의 방문에 노크하고 문밖에서 불렀다. 피터는 마침, 배가 고팠던 차라 기꺼이 셋의 야참파티에 동참했다. 네 사람은 일주일 만에 모두 한자리에 모이게 되었다. 그들은 가족처럼, 따스한 주방의 식탁에 빙 둘러앉아 있었다. 몸을 따뜻하게 데워 주는 와인과 그들의 이야기가 정겹게 어우러진 볶음밥을, 행복하게 먹고 있었다. 피터의 마음은 그에게 이렇게 말했다. '그래, 이제 이곳이 나의 집이야. 그리고 이들이 나의 가족이고.' 피곤한 몸일지라도 그들과 함께 있음으로 해서 저절로 힐링

된다는 것을 드디어 알아냈다. 직장에서 불편하게 긴장되고 뭉쳤던 모든 근육들이, 하모니 쉐어 하우스의 문을 열고 들어서면서부터 신비하리만치 자동 이완되고 있었다. 몸도 육체도 쉴 곳에 당도했음을 이미 알았던 것일까…. 그는 은섬이 따라 준 와인 한 모금을 입에 넣으며, 가족이자 친구인 세 사람을 그윽하게 차례로 바라보았다. '은섬, 태완, 홍이, 너희들이 부족한 내 곁에 있어 줘서 참 고맙다, 나의 가족들.'

술자리가 파할 즈음 은섬은 '다른 사람들이 하우스에 입주하려 한다.'는 뉴스를 말했다. 자신이 올린 페이스북에 필리핀 여성 두 명이 입주하고 싶은 의사를 전했다고 했다. 방문 약속을 잡았노라고 했다. 새로운 뉴스에 모두들 기뻐했다. 그들은 곧, 새로운 식구를 들이게 될 것이다.

피터는 잠시 동안 무엇인가 생각하는 표정을 지었다. 그리고는, 한마디 짧은 말을 남기고 부끄러운 듯 후다닥 방 안으로 사라졌다.

"굳나잇… 마이 패밀리!"

짧은 인터뷰가 주는 휴식

또 다른 아침.
하우스의 가족들은 새로운 입주자들의 인터뷰에 대해 반가움과 궁금증을 드러냈다.

"연령대는?"

홍이가 아침 일찍 항해 준비를 마치고 백 팩을 걸쳐 멨다.

"웅, 우리랑 비슷한 연령대일 거야. 자세한 건 오면 직접 물어봐. 몇 살이냐고 꼬치꼬치 못 물어봤어."

연이어 태완이 헐레벌떡 나오더니, 현관 신발장 앞쪽으로 급하게 내려섰다.

"그 여인들 예쁘다냐?"

오전 예약 손님을 위해 서둘러 출근해야 한다면서도 생뚱맞은 질문은 끝끝내 잊지 않고 해 댔다.

"얼굴을 못 봤으니, 예쁜지 못생겼는지는 알 수가 없을 터. 빨랑 출근이나 하셔."

은섬이 태완의 신발 주걱을 챙겨 주며 그 주걱으로 그의 등을 툭툭 쳤다. 두 사람의 질문에 모두 '나중에 대답해 주마.'라고 일축했다. 자신이 알아낸 입주자들에 대한 정보는 약속대로 단체 톡에 올려 주었다.

두 명의 여인들 연령대는 우리보다 2-3살 많고, 둘이는 동갑 친구랬어. 아마 피터와 비슷하겠네. 필리핀에서 한국으로 돈 벌러 함께 왔고, 피부 미용 일을 한다고 했고, 이쁜 건 모르겠네… 프로필 사진에 한 사람 사진이 있긴 한데, 너희도 알지, 뽀샵. 믿게 말게?

피터는 방 안에서 톡을 보았다.

은섬은 아침 식사를 조용히 마치고, 피터에게 방해가 되지 않으려고 설거지도 가급적 살살 해서 속성으로 마쳤다. 그가 수업준비를 완벽하게 마쳤는지 거실로 기지개를 펴며 들어섰을 때, 은섬을 보자 '굿 모닝.'

이라고 말했으나, 사실은 정오가 넘어간 시각이었다. 은섬은 대답 대신 오케이 시그널을 보냈다.

피터는 그녀가 부엌 식탁에 앉아서 폰으로 동영상을 보고 있는 모습을 흘끗 보았다. 식물을 재배하는 영상이었는데, 은섬이 그 안에 몰입하고 있었는지, 커피를 내리는 일도 까맣게 잊고 있었다. 피터는 아무것도 묻지 않고, 냉장고의 한 편에 자신의 음식을 보관했던 곳을 들여다보고 있었다. 그는 사과 한 개를 꺼내서 씻었다. 사과 깎는 소리가 사그락사그락 경쾌하게 퍼졌다. 피터는 과일류를 즐겨 먹는다. 뉴질랜드에서는 골든 키위를 자주 먹었다. 한국에서는 골든 키위 대신 그린 색 키위를 몇 개 구매해 놓았었고, 마침 그것을 먹을까 말까… 계속 고민 중이었다.

그는 민첩한 솜씨로 사과 한 개를 8등분해서 먹기 좋게 잘랐다. 그러다가 갑자기 생각난 듯, 그린 키위 두 개를 더 깎았다. 사과가 원형으로 놓인 중앙 부분에 키위를 보기 좋게 배열했다. 사과와 키위를 두 사람이 먹을 만큼 잘라서 두 접시에 나누어 담았다. 그리고는 은섬이 폰 삼매경에 빠져 있는 탁자 바로 옆에, 소리 나지 않게 살며시 밀어 놓았다. 그녀가 인기척을 느꼈는지 접시와 피터를 번갈아 쳐다보더니 환하게 미소 지었다.

"고마워, 피터. 맛있겠다!"

"후식으로 좋을 거야."

피터는 은섬을 최대한 방해하지 않으려고, 가급적 가장 멀리 떨어진 의자에 앉았다. 그녀는 와칭하던 영상을 멈추고, 그와 마주 볼 수 있는 곳으로 자리를 옮겨 왔다.

"그 사람들 몇 시 인터뷰?"

피터가 키위를 한 입 베어서 다 삼키고 난 뒤 물었다.

"음… 3시에 오기로 했는데, 시간이 조금 변경될 수 있다고 했어. 초행 길이라서."

초행길이란 단어를 쉽게 해 버리고 나서, 피터가 그 말을 못 알아들었을 것이라 여겼던지, 곧바로 말을 풀이해 주었다.

"초행길은, 처음 찾아오는 길을 말하는 거야."

피터는 잠시 궁금했다가, 연이은 설명에 고개를 끄덕였다.

"그럼 내가 통역, 영어로 도와주는 거 못하겠구나."

피터가 아쉬운 듯 말했다

"괜찮아. 나도 영어를 조금 할 줄 아니까. 그 사람들이 한국말 이해를 못 하는 경우에만, 내가 영어를 조금씩만 말할 거야. 고마워 피터. 걱정해 줘서…."

은섬이 늦게 출근하는 날이면 단둘이 집 안에서 마주하는 시간이 많아졌다. 그들은 자동적으로 본인들의 하는 일과 취미생활, 그리고 세상 이야기들을 허물없이 나누게 되었다. 그러면서 자연스럽게 더 가까워졌다. 시간이 지날수록, 그들은 쉐어 하우스 내에서도 서로에 대해 가장 많이 알고 있는, 가장 가까운 친구가 되어 가고 있었다.

피터가 후식을 마치고 출강하고 나자, 뉴 페이스들의 인터뷰를 위한 가벼운 티타임을 준비되었다. 은섬은 외국인들도 부담 없이 마실 수 있는 아메리카노 커피와 커피에 걸맞는 비스킷도 함께 준비했다.

정해진 약속 시간이 되자, 어김없이 초인종 소리가 들리고 어색한 어조의 한국말 소리가 잇따라 들렸다. 피터가 쉐어 하우스에 등장하던 날과 비슷한 느낌이 들었다. 낯 설은 목소리 그러나, 왠지 낯설지 않은 사람들.

"여보세요…."

문이 열렸다. 가무잡잡한 피부에 검은색 긴 머리를 한, 두 여인이 서 있었다. 그들은 이란성 쌍둥이처럼 닮아 보였다. 친구라 했지만 친자매 라고 하더라도 믿을 것 같은 닮은꼴 외모였다. 은섬은 그들을 반갑게 맞 아들였다.

"어서 오세요, 에밀리?"

그녀가 사진에서 본 얼굴을 인지하고 확인 차 물었다.

"네. 제가 에밀리 맞아요. 이쪽은 리사."

에밀리가 먼저 자기소개를 하고, 옆 사람을 소개해 주었다.

"안녕하세요. 저는 리사라고 합니다."

그들은 한국 문화를 잘 아는 것처럼 매우 예의 있게 행동했다. 두 여인 과 은섬은 차를 마시고, 처음에는 그녀가 여인들에게, 그리고는 여인들 이 은섬에게, 여러 가지 궁금 사항을 물어봤다. 그들의 경제적 여건에 가 장 메인이 되는 월 페이먼트와 거처할 수 있는 방에 대해 물었고, 왕래 하는 교통편과 같이 지내는 쉐어 하우스 멤버에 대해서도 물었다. 그들 의 직업은 페이스북에서 대화했던 것처럼, '피부관리사'라고 했으며, 직 장에 취직한 지 얼마 안 되어서, 아직은 일을 열심히 배우는 중이라고 했 다. 그들은 양쪽 모두 서툴지만, 영어와 한국어를 섞어 가며 30분간 대화 를 나눴다.

에밀리와 리사는 근처에 산책할 수 있는 산책로가 딸린 시냇물이 있다 는 것과 영어를 할 줄 아는 다른 외국인이 있다는 것을 특별히 더 좋아했 다. 익숙해진 한국말인 듯 '좋아요, 좋아요.'를 여러 번 말했다.

방문객들은 찻잔을 비우고 다른 볼일이 있다면서, 소파에서 몸을 일으켰다.

　그들이 가고 나자, 은섭에게는 혼자만의 조용한 시간이 찾아왔다. 그녀는 산책로를 걷고 싶었다. 오랜만에 개천의 산책로를 오리 가족만큼 천천히 걸어가면서, 주변의 잡초들의 이름을 전부 섭렵할 생각이었다. 두 시간 정도의 시냇물 산책로는, 아주 간단한 준비운동 정도로 느껴질 것이다. 시작점부터 끝점까지 찍고, 계주선수처럼 다시 개천의 반대 방향으로 돌아서 처음 시작점까지 돌아오는 코스를 오늘의 산책 코스로 결정했다.

　'오늘은 꼭 신선천 완보를 달성하고야 말 거야.' 그녀는 신발장을 열고 맨 위 칸, 공간이 넉넉하게 구성된 칸막이에서 부츠를 꺼냈다. 비가 바닥을 적시기 시작하면 애착용하는 그녀의 '그린부츠'였다.

　"오늘은 완전무장을 하고 비 맞은 풀 위에도 올라가 보고, 진흙 고랑도 밟아 봐야지…."

　그녀는 계획했던 대로 산책로를 처벅처벅 소리 내며 걷기 시작했다. 유목민처럼 이곳저곳으로 이동하면서 식물들을 샅샅이 관찰하기 시작했다. 모르는 식물은 바로바로 인터넷의 앱을 검색해 보며, 야생 식물들에 관한 정보도 수집했다. 한번 알아낸 식물의 이름은 잊지 않으려고, 머릿속에 도돌이표를 찍고 반복했다. 어려서부터 식물과 친한 은섭은, 혼자만의 긴 산책이 외롭다기보다는 재미있는 영화 한 편 보는 것만큼 감동적이고 신이 났다. 눈여겨보고 귀 기울여 보면 신기한 것들이 그녀에게만 보였고, 그녀에게로만 들려왔다. 그들에게 집중하다 보면 그들과의 공감이 가능하다는 느낌이었다.

"식물이 말을 걸잖아."

어느 날 어린 은섬이 미담에게 한 말이었다

화원을 시작하기 전이었다. 쬐끄만 꼬맹이가 삑삑 소리 나는 구두를 신고, 동네 화원 앞에 쭈그리고 앉아 있었다. 그게 바로, '동네 마당발'인 은섬이었다. 그 어린 소녀는 사람과 대화하는 것처럼 주변의 식물들에게 말을 걸고 다녔었다. 그녀는 어려서부터 초록 빛깔을 좋아했다. 초록색은 도시에 범람하는 화려한 네온과 삭막한 회색 시멘트로부터 얻을 수 없는 안정감과 신선한 휘파람 소리를 내어 주는 것 같았다. 그린 색은 온정 없이 빠르게 지어 올린 딱딱한 빌딩으로부터, 따뜻하고 안정적인 휴식을 가져다줄 수 있는 '엄마의 색깔'이었다. 식물은 인간보다 더 다양한 이야기들을 그녀에게 들려주었다. 은섬에게 있어서, 그들과의 인터뷰는 사람들보다 짧았다. 그러나 사람들보다 신선했다.

짧은 인터뷰 그리고⋯ 영혼이 맑아지는 길고 넉넉한 휴식.
자연이 아무런 대가 없이, 인류에게 주는 선물!

지렁이 구원자

피터와 은섬은 단짝처럼 어울려 다니게 되었다.

천문대에 올라 별들을 보거나, 걱정을 버리는 요트 세일링, 고요한 명상을 주는 요가와 은섬이 전문가인 숲 체험 프로그램에도 둘이 함께 다니기 시작했다. 때로는 어린아이처럼 순수한 것들에 빠져들었고, 반면에 삶에 대한 무거운 진실을 들추어 토론하기도 했다. 모국어가 다른 두 사람이었지만, 시간이 좀 더 길게 걸릴 뿐 그들은 대화가 잘 통했다. 피터도 은섬도 동식물을 생명체로서 존엄하게 여겼다. 해충이라 해도 특별한 이유 없이 해할 줄도 몰랐고, 남들이 몸에 좋다며 싱싱한 날것을 선호해도 그들은 살아 있는 것을 입에 넣을 줄 몰랐다. 윙윙거리며 집안으로 들어와 설치고 다니는 극성 모기들조차도 잡아 죽이지 못할 정도였다. 한여름 '이때다.' 하고 배 터지게 사람들의 피를 빨아대는 모기조차도 그들 둘의 손에서는 구원을 얻었다. 때문에 쉐어 하우스 메이트들에게 타박을 받은 적도 한두 번이 아니었다. 모기 방생의 전쟁을 치른 날도 있었다.

쉐어 하우스에서 처음 맞는 여름.

필수 준비 사항인 방충망 설치를 깜박하고 말았다. 그것이 6월이 되자마자, 하모니의 가족들에게 우스운 고초를 안겨 주게 되었다. 아무것도 죽이지 못하는 피터는, 모기를 밖으로 내보낸다면서 종이컵으로 모기를 덮어 책받침으로 아랫면을 슬며시 막은 뒤, 모기를 산채로 포위하여 창 밖에 보내 주곤 했었다. 홍이와 태완은 어이없다는 듯 혀를 끌끌 차며 말했다.

"피터, 그렇게 하면 걔네들이 금방 다시 들어와서 네 피를 왕창 빨아먹을 거야. 이 일을 어쩐다니… 내가 못 살아 정말."

"그래, 아마 그 모기가 수놈이면, 여자 친구와 패거리들까지 끌고 들어올걸."

태완이 우스갯소리로 말하긴 했지만, 그의 표정은 꽤나 심각해 보였다. 그러나 은섬은 달랐다.

"나도 역시, 생물들을 죽이는 건 원치 않아. 빨리 방충망을 설치하는 게 제일 좋은 방법이겠어."

은섬은 피터와 같은 편에 섰다. 언제나처럼 탓을 하기보다는 해결책을 제시했다. 그녀는 카톨릭 신자였으나 불교에서 말하는 교리, 소위 '살생유택'의 실천자였다. 그녀는 모든 종교의 근본은 같다고 생각하는 사람이었다. '사랑과 자애로움'이었다. 비 오는 날 길바닥으로 어슬렁거리며 나오는 지렁이마저도 밟을세라 비켜 다니는 은섬. 그녀는 자신이 언제부터 그랬는지 확실하게는 몰랐다. 아주 어려서부터 그랬는지… 그녀는 자그만 날파리도 때려잡아 본 기억이 없었다.

어느 날,

피터와 은섬은 하나의 우산 아래에서 걷고 있었다.

피터가 갑자기 멈춰 섰다.

그의 눈은 발밑의 조그맣고 꿈지락거리는 존재에 고정되어 있었다. 지렁이… 그것에 시선이 고정된 채로.

자웅동체.

피터는 그것이 바로 자신의 모습을 들추어낸다는, 억울함을 지울 수가 없었다.

'지렁이는 무슨 잘못이야, 간성인은 또 무슨 잘못이고. 그저 타고난 형체가 다르단 이유로 미움받는 존재들이지.'

절대로 공평치 않다고… 마음속으로 억세게 외치고 있었다.

그는 쏟아지는 비를 아랑곳하지 않고 우산 밖으로 나가더니, 무언가를 열심히 찾고 있었다. 잡초 위에 놓여 있는 부러진 나뭇가지를 줍더니 지렁이가 있는 곳으로 다시 돌아왔다. 그리고는… 길게 늘어져 있는 힘없는 지렁이를 들어 올리려고 애썼다. 피부가 미끄덩한 애매모호하게 중심이 잡히지 않는 지렁이는, 나뭇가지 위로 쉽게 올라앉지 못했다. 피터는 몇 번이고 포기하지 않고 편집증 환자처럼 아슬아슬한 곡예를 계속 시도했다. 그리고 안간힘을 쓰는 역도 선수처럼 1그램도 안 되는 비틀거리는 순수한 그것을, 간신히 들어 올리는 데 성공했다. 운 좋은 지렁이는 성실한 구원자에 의해, 자신의 몸을 감출 수 있는 안전한 곳으로 피신하는 데 성공한 것이다. 지렁이, 그 생명체로서는 대박 행운이었다.

피터가 비에 흠뻑 젖어가며 지렁이를 구하기까지는 꽤 오랜 시간이 걸렸다. 남들이 지나치다 보았더라면 아마, 어린애 장난 같은 이런 행동이, 사실은 조그만 생명체의 존엄에서 나오는 존경받을 만한 모습인 걸 결코 몰랐을 것이다. 그의 행동은 타인의 시선을 두려워하지 않고 옳은 일을 행하는, 살리자는 실천이었다. 어느 누군가의 짓밟힘에 찍소리 못하고 죽을 수도 있는 일이었으니까.

'이건 마치 도인 같은 모습이구나, 피터는 꽤 멋진 인물인걸!' 순간 은섬은 그에게 갖다 붙일 '방생의 구원자'란 넉넉한 단어가 떠올랐다. 하찮은 생명이라고 그냥 죽든지 말든지 지나쳐갈 무심한 사람이 아니었다. 그는 타고난 천사의 편에 서 있었다. 은섬이 확신하건대 '선한 인류'였다. 어디에서 담아 왔는지 모를 생명체에 관한 근본적인 깨달음이 있었다.

'그에게는 태초부터 지켜져야 할 생명에의 대면 에티켓이라든가, 뭔가 남다른 신비로움이 깃들어 있는 것이 분명해.' 은섬의 생각이었다.

'인간의 모습은 이럴 때가 참 아름다워 보인다는 것을 이전에는 왜 몰랐을까… 그의 몸에서 성자 같은 빛이 솟구쳐 올라오는 것 같았어.' 그래서였을까… 은섬은 피터가 그 후로 점점 더 좋아졌다.

새롭게 싹트는 동지애의 기쁨과 자신이 가지고 있던 뿌리박힌 이성에 관한 가치관이 흔들리고 있었다. 그녀는 자신의 가치관이 전혀 다른 길로 발을 들이게 될지도 모른다는 모험스런 생각이 들었다. 비혼주의자의 각오를 잊어버리고, 사랑에 허우적거리는 불상사가 벌어질지도 모른다는 즐거운 불안감에 휩쓸렸다.

'지렁이 구원자! 나는 어쩌면 이 사람을 사랑하게 될지도 모르겠어….'
그녀는 자신에게 경고하며, 조용히 속삭이고 있었다.

굿바이, the 31st

달력을 보았다.
"엊그제가 첫날이었던 것 같은데…."

에어 벌룬처럼 부풀어진 마음으로, 밤새워 이야기를 늘어놓던 때가 마음에선 '엊그제'였다. 난생처음 부모의 품에서 벗어나 맘대로 지저귀는 독립생활을 시작했던 삼총사들. 어머니의 모국에서 뿌리내리겠다는 의지로 찾아온 낯설었던 외국인 피터… 그들은 모두 점점 성숙해지는 '어른이'가 되어 가고 있었다. 어느새… 아껴 두었던 한 해가 속성으로 지났다.

쉐어 하우스에서 두 번째 맞는 감칠맛이 도는 크리스마스! 씩씩하게 살아온 하모니의 가족들은, 마음에 온점 하나를 찍을 잊지 못할 기념 여행을 계획 중이었다.

"뉴질랜드는 연말 휴가가 아주 길어서 가족이나 친구들 혹은 혼자서라도 해외여행을 계획하는 경우가 많아."

피터가 말했다. 이번 여행은 그로서는 한국에 오고 나서 처음으로 제법 그럴싸한 여행이며, 집 밖을 나서는 장시간의 첫 경험이 될 것이다. 은섬과 홍이, 태완 그리고 피터는 각자가 가고 싶은 여행지를 서로에게 적극 추천하기로 했다. 피터는 한국의 대표적 관광지로 외국인들 사이에 자주 오르내리는 경주를 꼽았고, 홍이는 영화 속의 '잭 스패로우'가 튀어나올 것 같은 오지의 섬 여행을 물색해 보겠다고 했다. 태완은 연인과 데이트 코스로 가고 싶다던 사랑이 태어날 것 같은 남이섬, 은섬은 일석다조의 제주도를 가고 싶다고 했다. 이들은 모두가 수긍할 제비뽑기를 하여 결정의 왕을 정하기로 했다.

한 해의 마지막을 앞두고, 이들은 모두 나그네가 되고 싶었다. 이번 크리스마스와 연말 여행은 야멸차게, 집도 마음도 휑하니 비울 참이었다. 모두가 맘을 내려놓고 행복할 수 있는 플랜을 공들여 만들어 보기로 했다. 시간 내기 어려운 각자에게, 많은 것들을 과감하게 포기하고 계획한 황금 싸라기 같은 휴가였다. 넷의 사정은 각기 달랐지만 연차니 월차니 타당한 변명 같은 휴가라도 끌어다 놓았다. '대체 근무'할 대리인이라도 꾹 눌러 앉혀놓고, 넉넉한 일주일의 휴가를 어떻게든 밀어 넣기 식으로라도 짜 맞추기로 했다.

"제발, 제발… 나의 여행지로!"

홍이가 두 손을 마주 잡고 신들린 사람처럼 고개를 흔들어 가며 뽑은 막대기를 이마 근처에 댔다. 그리고 두어 번 빠르게 그것을 흔들어 댔다. 어느 나라의 소원 비는 영상을 본 것 같았다. 그러나, 아쉽게도 그녀가 뽑은 막대기는 '꽝!'을 달고 나왔다.

"아이구, 꽝이네, 꽝. 이런이런….."

"남이섬 남이섬 제발 남이섬 나와랏!"

두 번째로 뽑은 태완의 막대기 위에는 '추카추카' 글씨를 태우고 나왔다. 그가 바랐던 여행지가 위풍당당하게 당첨됐다.

"거 봐라 봐라, 홍아… 착하게 열심히 산 나에게 산타할아버지가 드디어 밀렸던 선물을 주셨네."

태완은 어린아이처럼 방방 뛰며 좋아했다. 피터와 은섬은 더 이상 글자 뽑기를 할 필요가 없어서 서로를 마주 보고 아쉬운 듯, 피식 웃으며 고개를 절레절레 저었다.

"그런데 말이다. 꼭 한 곳만 가야 한다는 대쪽 같은 법은 없지 않을까? 내가 뽑기 왕으로서 제안하노니, 우리가 1박으로라도 노선을 정해서 두루두루 접시처럼 들렀다 오면 어떨까?"

오랜만에 들어 보는 태완의 배려 만땅인 제안이었다.

"오랜만에 참 기특하기도 하지."

홍이가 태완의 제안을 반겼다. 피터와 은섬도 '그러면 좋겠다.'라고 대꾸했다.

"우선 며칠 생각하여 좋은 행로를 정해 보자."

피터가 모두에게 의견을 모을 시간을 넉넉히 가지자고 말했다.

"얘들아 너희들이 괜찮다면 내가 여행 이동 플랜을 빼곡하게, 여러 가지 제안으로 짜서 다음 주에 알려 줄게."

은섬이 말했다.

"행선지를 알려 주면 숙소는 내가, 리스트를 뽑아 줄게." 피터가 조금이라도 거들겠다고 나섰다.

"그럼 나는 맛집 리스트."

홍이도 질 수 없다는 듯 덩달아 말했다.

"나도 나도! 나는. 주변 관광지 리스트."

태완이 한쪽 손을 번쩍 치켜들었다. 그는 약방에 감초마냥 밑 작업에는 자신이 결코 빠질 수 없다고 생각했다.

그들은 모두가 설레는 여행 계획을 일단락 짓고, 각자의 방으로 들어갔다.

피터는 얇은 겉옷을 걸치고 방에서 나왔다. 그리고는, 시냇가로 향했다. 달빛을 안고 가늘게 출렁이는 물길이 바라다 보이는 언덕 위로 갔다. 단골로 앉는 벤치에는 군데군데 겨울 눈의 흔적이 물방울로 맺혀 있었다. 그는 그것을 대수롭지 않게 손으로 쓱 닦아내고는 그곳에 앉았다. 목을 길게 빼고 하늘을 올려다보았다. 밤하늘의 별들은 기다렸다는 듯이, 쉴 새 없이 눈을 깜빡이며 또 다른 그의 이야기를 원했다.

"이곳도 나의 고향처럼 청정지역일까… 너희들이 쉴 새 없이 반짝이는 걸 보니 난 언제나 반갑다."

그는 같은 시각 어딘가에서 하나의 하늘 아래 같은 별자리를 바라볼 것 같은, 뉴질랜드의 그리운 얼굴들을 떠올리며 혼잣말을 하고 있었다.

'나의 학교 친구들… 그립다, 괴짜들.'

겨울의 늦은 시각, 산책로의 인기는 급격하게 줄어들어 있었다. 개천에서 산책을 하려고 오가는 이들은 겨우 두서넛밖에 안 보였다. 자신도 이런 추운 날씨라면 걷고 싶지 않을 것이라고 보편적인 사람의 입장으로 수긍했다.

갑자기 몸이 으스스 추웠다. 슬렁슬렁 부는 바람에도 치아가 딱딱 부딪히며 떨리는 기분이 들었다. 몇 분을 그렇게 고독을 즐기는 시인처럼 냇물 소리가 커졌다 작아지는 것을 반복적인 리듬으로 듣고 서 있었다. 몇 분이 더 지나자 집에 두고 나온 두꺼운 외투가 몹시 아쉬우며 그리워졌다. 그때, 저만치 어둠 속에서 누군가가 피터 쪽으로 천천히 걸어오는 것이 보였다. 자신의 몸길이보다 더 길게 내려오는 외투를 들고 여유 있게 천천히 걸어오고 있었다. 은섬이었다.

그녀는 피터 곁으로 말없이 다가와서는, 그가 간절히 바라고 있던 외투를 건네주었다. 따뜻함이 왔다.

"고마워 은섬!"

"감기 들겠네. 겨울밤에 외출 나올 때는 단디 입어야 해. 아 참… '단디'란 사투리인데, 튼튼하게 또는 탄탄하게 준비하란 뜻이야. 다시 말하자면 잘- 입고 나오란 뜻."

그녀가 천천히 사투리의 말뜻을 덧붙였다.

"오 아이 씨… 알겠어. 단디 입을께요."

피터가 말을 마치고 학생처럼 익힌 단어를 속으로 두어 번 반복하고 나서 은섬을 보면서 또다시 말했다.

"단디 입어라. 맞아?"

그녀가 끄덕였고, 둘은 마주 보며 재미있다는 듯 웃었다.

그들은 그렇게 몇 분 정도 지루하지 않게 눈에 보이는 것들에 대해 동화처럼 말하다가, 몸을 녹여줄 만한 따뜻한 것을 찾기로 했다. 가까운 편의점을 찾아냈다. 추위와 피곤함을 함께 녹이기 위해 인스턴트커피를 샀다. 커피에서 피어오르는 모락모락 뜨거운 김이, 그들에겐 위로였고 행복이 될 수 있었다. 커피 향기를 맡으면 기억이 떠오른다는 프루스트의 각인처럼, 피터의 커피 향에는 은섬의 얼굴이 떠오를 것만 같았다. 서로를 바라보며 천진난만하게 웃고 얘기했던 행복한 얼굴도 함께 떠오를 것 같았다.

겨우내 얼어 있던 개천의 살얼음이 달빛을 받아 투명하게 빛나고 있었다. 순수한 마음의 거울처럼, 진심을 보이라고 자꾸만 그를 어르는 듯했다.

'투명한 얼음 아래로 시냇물은 여전히, 멈춤 없이 자유롭게 갈 길을 알고 잘 흘러가는구나….' 피터는 겨울에도 주저 없이 흐르는 물이 대견하다고 생각했다. 쉼 없이 변치 않고 흐르는 시냇물은, 할 일을 지속하는 자연의 섭리 같았다.

주말이 지나자 은섬은, 여행지와 경유지 노선을 발표했다. 홍이가 말하던 섬 여행은 오지의 섬 대신 태완의 선택지 남이섬으로 몰빵 2박 일정으로 정했다. 그리고 피터를 위한 경주 2박, 나머지 2박은 제주도 대신 모두가 편하게 머물 만한 '경기권'의 가까운 목적지로 정하기로 했다. 귀가가 임박한 나머지 1박은 집에서 멀지 않은 곳에서 한 해를 마무리하며 머물자고 했다. 길이 열리고 닫히는 모세의 섬을 들리고 나서, 집과 가까운 아름다운 정원이 있는 카페에서 올해의 마지막 티타임을 하기로…
모닥불을 펴고, 맥주를 곁들인 조촐한 그들만의 송년파티도 빠트리지
말자고 했다.

The 31st, 12월의 마지막 날은 마음속으로부터 가장 간절함을 담는다.
12월의 31st.

한 해를 보내며 쉐어 하우스의 사람들은 누구도 새로운 소망에 욕심
부리지 않았다. 그들은 '그냥 이대로 변함없이 행복하게 해 달라.'고 기
도했다. 자신에게 머무르고 있는 것을 지키기로 했다. 굿 바이를 생각하
기보다 현재의 소중한 것들을 지키기로 했다. 변하지 않는 것들이 중요
했다.

내가 사랑하는 사람들을 아껴 주고 사랑하는 사람들이 나를 아끼는 마
음. 내 곁에 있는 우정, 그리고 사랑!

새로운 입주자들

두 명의 필리핀 여성들은 한참 동안 별다른 소식이 없었다.
짧은 인터뷰를 마치고 돌아갔던 때가 몇 달 전의 일이다.

피터와 친구들은 그들이 입주하는 것은 이미 물 건너간 결정일 것이라
고 추측했다. 그들에 대해 아는 것은 정해 준 숙소에서 잠시 머물고 있으
며, 따로 숙소를 구해야 할 상황이란 것만 알고 있었다.

그러다가 한 달이 넘은 시기에 그들에게서 다시 연락이 왔다. 아직도 입주가 가능한지를 물어보는 내용이었다. 은섬은 세 명의 친구들에게 다시 의견을 물어보고 나서, 답해 주겠노라고 에밀리에게 톡을 보냈다. 그리고 하우스 가족의 단체 톡에는 새로운 입주자들에 대한 내용을 올렸다.

이전에 왔던 필리핀 여자 두 명 기억나지? 직장을 그만두고 우리 집에 다시 입주하고 싶다는데 너희들 생각은 어때?

은섬의 질문에 홍이와 태완은 당장이라도, 그들이 입주할 수 있다는 것은 좋다고 대답했다. 그러나, 피터는 다른 의견을 내놓았다.

"체류 문제가 걸리지 않을까… 그 사람들은 외국인이라서 직장을 그만두었으면 비자 문제가 어려울 수 있으니, 우선 단기간 계약으로 있는 게 좋을 거야. 다른 직장에서 비자를 만들어 주어야 체류가 안전해지니까."

외국인으로서 남의 나라에 거주한다는 것은 까다로운 조건이 붙어 다녀서 쉽지 않다는 것. 피터는 그들의 현실을 잘 알고 있었다.

"그러면 우선 와도 된다고 말하고, 그들과 직장문제가 어떻게 해결되는지는 다시 만나서 물어보도록 해야겠네. 이 집에서 함께 지내고 싶단 사람들이라서 나는 그들을 환영하고 싶어. 모두들 새로운 입주자들이 환영이라면 그 의사를 전달하도록 할게."

은섬은 피터의 조언에 수긍했다.

입주가 가능하다는 연락에 에밀리와 리사는 '정말 다행이다.'라고 말하며 허락해 줘서 고맙다는 답을 해왔다. 그들은 입주준비를 위한 재방문을 원했고, 방문 날짜를 정했다. 이번 인터뷰는 피터가 집에 있는 시간을 이용해서 약속시간을 정하기로 했다. 그들이 좀 더 자세한 것들을 물어볼 때를 대비해서, 알기 쉽게 영어설명을 곁들이기 위해서다.

그들이 방문하자 피터가 처음부터 영어로 모든 대화를 이끌어갔다. 그들이 고초를 겪고 있는 가장 큰 문제는 외국인 근로자로서의 직장문제였다. 필리핀에서 입국할 때 피부 관리실에서 일을 배우며 일하기로 1년을 계약하고, 그것과 관련 있는 거주비자를 발급받았다고 했다. 그 조건에는 숙소 제공도 포함되어 있었다고 했는데, 한국에 입국해서 얼마간은 잘 지켜지는가 싶더니, 몇 달이 지나자 업주가 갑자기 태도를 바꿨다고 한다. '숙소를 따로 제공할 수 없으니 밤 근무를 해서라도 지불하던지, 따로 숙소를 알아보라.'고 터무니없는 조건을 제시했다고 한다.

"우리가 외부에서 하우징 비용이 부담스럽다고 하니까, 피부 관리실 한 개를 숙소로 대체해서 쓰는 대신 야간근무를 해 줄 수 있냐고 했어요. 그래서 처음에는 '어쩔 수 없다.'는 생각에 오케이 했죠."

리사가 부당하다는 듯 말했고, 어이없는 표정으로 에밀리도 말을 덧붙였다.

"그럭저럭 2주간 그곳에 머물면서, 우리가 마사지를 배워서 낮에는 남녀 손님들을 받았는데 어느 날인가… 밤 근무가 끝났는데도 추가 손님을 받을 수 있냐고 했어요."

과거의 당황했던 심정을 드러내며 리사가 자신의 입술을 깨물고 있었다.

"한국 사람 그렇게 나쁜 사람도 있어요. 거짓말해서 우리를 오라고 해 놓고는…"

그들은 억울한 듯 눈물을 글썽이고 있었다.

피부 관리실로 위장한 성매매업소가 외국 여성들의 생활고를 약점으로 잡고 교활하게 이용하고 있는 듯했다. 돈벌이에 합법적이지 않은 방법으로 손님들을 들이기 시작한 것이다. 상냥함으로 숨겨 두었던 검은 속내를, 결국에는 고스란히 드러낼 수밖에 없었을 것이다. 리사와 에밀리가 말하기로는 소위 마사지라는 것이 그냥 마사지가 아니라, 여성 접객업소에서 할 수 있는 성적인 서비스를 얼렁뚱땅 요구하고 있었다는 것이다. 그들은 그런 상황이 너무 황당해서 일방적으로 계약을 파기하게 되었고, 무작정 짐을 싸서 나오기로 결심했다고 한다. 적절한 방법은 몰랐지만 강한 결단력을 가지고 있는 사람들이었다.

이 말을 들은 피터는 화가 잔뜩 치밀어 올랐다. 사람의 약점을 이용해 자신들의 배를 채우려 했던 악덕 업주에게 분노가 치밀었다. 인간으로서, 그저 동물적인 생각을 가지고 자신만의 이익을 위해 사는 사람들에게 분개했다. 피터는 이전엔 생각지 못했던 격앙스러운 상상을 하고 있었다. '그 작자를 만나면 냄새나는 오물통이라도 뒤집어씌우고 싶다.'라는 생각을 했다. 피터는 두 여성의 입주를 어떻게든 가능하게 해 주고 싶었다. 더불어, 그들에게 먹고살 수 있는 방안을 살펴주어야 할 것만 같았다.

그날 밤 피터는 임시회의를 소집했다.

"얘들아 아까 내가 톡한 내용 다 읽어 봐서 알겠지만, 그 사람들이 정말 딱하게 되었어. 남의 일이라 생각지 말고 그래도 우리와 인연이 된 사람들인데 도와줄 방법을 생각해 보자. 응?"

은섬이 도움을 청하자 홍이가 먼저 해결책을 꺼냈다.

"사실 내가 집안 얘기를 별로 안 했지만 우리 삼촌이 국제변호사야. 삼촌께 부탁해서라도 그런 못돼 먹은 인간들은 뜨거운 맛 좀 봐야 할 것 같네. 법적으로도 대응이 필요할 것 같고."

"어떻게든 업주와의 일이 우선 해결되고 한국에 체류하려면, 새로운 잡 계약이 합법적으로 필요하게 될 거야. 내가 원장님과 상의해서 같은 프렌차이즈 어학원에 강사 자리를 부탁해볼게. 내가 물어보니 둘 다 영문학을 공부했더라고."

피터가 말했다.

"헐… 어이없어라. 영문학 공부한 대학 졸업자를 피부관리사로 고용해서 성 접대부로 이용하려 하다니, 말이 돼? 돈 벌러 온 타지 사람들이라고 사람 알기를 우습게 아는 작자들이네. 뜨거운 맛을 봐야겠구먼, 사기꾼들 같으니라구! 이러니 우리가 한국인으로 다 싸잡아 욕을 먹는 거라구."

미용인의 자부심을 걸고라도, 그런 사람들은 꼭 처벌받아야 한다고, 태완이 핏대를 올리며 큰소리로 말했다. 이렇게 화난 그의 모습은 십 년 넘게 베프로 지내고 있는 홍이도 처음 보는 모습이었다. 홍이는 그가 꽤 멋지다고 생각했다. 새로운 모습의 태완이 갑자기, 늠름하고 근사하게 보였다. 홍이가 속으로는 그렇게 생각했지만 말은 여전히 장난스럽게 나왔다.

"어유… 우리 태완 님, 정의의 꽃기사!"

쉐어 하우스 가족들은 새로운 임무를 부여받은 특공대 같았다. 필리핀 여성 에밀리와 리사를 악마의 소굴에서 무사 탈출시키려는 '기사단' 내지 '정의의 사도들'이 되었다. 한 마음으로 똘똘 뭉쳐서, 두 여인 구하기 목표에 돌진하기로 했다.

꽃우물의 전설

깊은 산골짜기의 계곡을 따라 맑은 물들이 졸졸졸 줄지어 내려와 둥지를 틀 만한 마을을 발견했다. 동네 어귀에 있는 조그맣고 아름다운 웅덩이. 그곳에 산수에 씻겨진 신선한 물이 고이고, 나무와 꽃잎들이 하늘하늘 떨어져 아름다운 형상을 이루는 곳이 있었다. 그곳이 바로 '꽃우물 마을'이다.

이곳에서 만남이 이루어지면 그 우정은 오래오래 지속되고, 사랑이 싹트면 그 사랑은 영원히 우물 밖으로 나가지 않게 된다. 마음우물 속에 머무르며 서로에게 충실하고 깊게 사랑하게 된다. 꽃우물 안에 오랫동안 고인 정은 생명을 주고, 자연으로부터 축복받아서 꽃잎처럼 아름답고, 나뭇잎처럼 싱그러우며, 우물 속에 비친 하늘 빛깔처럼 곱고, 투명하게 비추어 진실하게 된다.

'꽃우물'의 전설이다.

쉐어 하우스의 친구들은 꽃우물에 동전을 던져 넣고, 그들의 사랑과 건강을 기원했다. 휴가의 마지막 밤을 지새우며, 그간 일 년 동안 있었던 그들의 삶에 대한 나눔을 가졌다. 우정에 감사드리며, 시간을 거슬러 지난 순간들을 축복했다. 희로애락의 마음을 나누고, 나눔이 겹겹이 쌓여 신뢰가 된 일련의 과정들을 생각했다.

"우리 집 단장하던 날, 태완이가 벽지를 거꾸로 붙였던 거 기억나?"

홍이가 은섬을 보며, 얼렁뚱땅 도배 얘기를 꺼냈다.

"당근 기억나지. 그걸 다시 떼느라 고생 꽤나 심했지."

홍이가 킥킥거리며 태완의 표정을 살폈다.

"말도 마, 손에 풀이 다 묻고, 옷에 풀이 떨어져서 끈적거리고 난리도 아니었지. 역시 도배는 기술자를 불렀어야 할 일이야. 이내 몸은 손님의 손톱에 예술을 해야지 벽이 아니더라구."

태완이 본인의 실수는 잘못된 예술파트를 선택했기 때문이라고 변명을 늘어놓았다.

"피터는 어떻고, 우리가 마룻바닥을 새로 깔고 나서 공들여 닦아 놓은 바닥 위로, 갑자기 신발 신은 채로 뚜벅뚜벅 들어와서 은섬이가 기겁했잖아. 마침 내가 1미터쯤에서 제지했으니 망정이지. 맨질맨질하게 윤기를 내놓은 곳에 검댕이가 묻었으면, 은섬이 아마도… 눈물을 뚝뚝 흘리지 않았을까. 더러운 것에 참을성이 짧은, 세심한 아이가 말이야."

홍이가 은섬의 아킬레스건이 어떤 것인지를 말해 주는 것 같았다. 태완도 홍이의 말에 고개를 연신 끄덕거리며 이미 알고 있단 눈치였다.

"난 뉴질랜드에서 습관이 돼서… 나도 모르게 그렇게 돼서 당황했어. 미안했어… 이제는 한국 문화를 잘 익혀서 그런 실수는 안 해."

피터가 멋쩍게 웃으며, 쉐어 하우스의 황토색 플로어를 떠올렸다.

그들은 하우스를 단장하고, 계절이 지날 때마다 갖가지 인테리어에 공을 들였던, 지난 일들을 추억하며 밤을 새웠다. 여섯 명 중에서 유일하게 은섬이 술을 마시지 않았다. 그녀는 결국, 뒤치다꺼리 운전기사로 쓸모가 있게 되었고, 가까운 목적지의 숙박을 위해 글램핑 장소로 옮겨 갈 참이었다.

엊그제 내린 눈이 하얗게 나무 머리를 올리고 있는, 키 작은 향나무들이 나란히 서 있는 캠핑장의 입구. 밤에만 발광하는 듯 달빛 받은 하얀색 눈에서 빛이 났다. 나무줄기가 하늘하늘한 자작나무의 모습은, 눈과 잘 어우러져 잔잔한 동화 속 그림 같았다. 은섬이 주차 공간에 차를 세우자, 숙박에 필요한 짐들은 천막 옆 나무 아래에 우선 옮겨졌다. 텐트가 있는 50미터 지점에 나무 그네가 보였다.

"캠핑장에 그네가 있다니, 무척 로맨틱한걸."

홍이가 들뜬 듯 말했다.

부지런한 은섬은 짐을 대충 정돈하자마자, 미리 준비해 온 생수를 따라서 커피 물을 올렸다. 물 끓이는 것을 알아챈 피터는 분쇄되어 있는 200그램짜리 커피를 잽싸게 꺼내 놓았다.

"오늘은 내가 가장 맛 좋은 커피를 내려 줄게. 얼마 전에 로스팅을 직접 해서 분쇄해 놓은 커피를, '행복 카페'에서 가져왔거든. 신선시에서는 거기 원두가 가장 향이 좋고 맛도 일품이야. 가끔 들러서 아름다운 장미 정원과 자작나무 숲을 보곤 하는데, 우리 집 정원에 와 있는 듯, 편안하고 아늑한 느낌이라서 자주 방문하곤 해. 그곳에서 절대 놓치고 싶지 않은 것이 바로 직접 로스팅한 커피지. 고지대 청정지역의 향기가 풍기는 블루마운틴과, 신사처럼 중후한 맛이 도는 케냐 커피… Coffee for you, all!"

브라운색 커피 백에는 '블루마운틴'이라고 적혀 있었고, 로스팅된 날짜가 적혀 있었다. 은섬도 커피원두의 로스팅에 대해 읽어 본 적이 있었는데. 로스팅을 하고 나서의 적정 기간이, 커피 맛에 상당한 영향을 끼친다고 적혀 있었다.

"와우, 블루마운틴, 내가 제일 좋아하는 커피네."

은섬이 눈을 크게 뜨고 커피 백을 들어 올렸다. 공기구멍에 코를 바짝 들이대고, 봉투 안에서 흘러나오는 마법 같은 커피 향을 맡고 있었다. 그녀는 그곳에 쏙 빠진 듯이, 몇 초간 그대로 눈도 뜨지 않았다.

"아 행복하다. 이 커피 향⋯."

그녀가 잔뜩 감격한 표정으로 피터를 바라보았다.

"또또또⋯ 커피 마니아 시작이시다. 그러고 보니 피터도 커피 마니아라고 했지? 둘이 아주 천생연분이네. 피터! 쎄임쎄임."

홍이가 말을 휙 던져놓더니, '말실수를 했나⋯.'하더니, 잠깐 쫄고 있는 눈치였다. 이내 그녀는 '하하하' 소리 내어 호탕하게 웃어재꼈다.

"내 말은⋯ 역시 너희들은, 아주 잘 통하는 좋은 친구라는 거지."

홍이가 다시 변명 같은 설명을 덧붙였다.

피터와 은섬은 둘 다 그 말에 얼굴이 새빨개졌다. 사실 피터는 '천생연분'이란 단어를 알았다. 그는 그것이 결혼하는 사이쯤으로 이해하고 있었다. 두 사람 모두, 속마음을 들켜 버린 것처럼 부끄러워했다.

피터는 커다란 손으로 드립용 거름종이를 익숙하게 펴서 도기 안에 반듯하게 펼쳐 놓았고, 뜨거운 물을 담은 드립용 주전자를 가지고 왔다. 도를 닦는 수련자처럼 경건한 마음으로 한 손은 주전자를, 다른 한 손은 주전자를 들고 있는 팔꿈치를 받쳤다. 참으로 경건한 자세였다. 그 모습을 보고 홍이가 갑자기 웃음을 터뜨렸다.

"피터⋯ 꼭 어르신께 술 따르는 폼이다. 아⋯ 피터는 한국의 술 예절을 잘 모르겠구나. 어쨌든, 과하게 경건한 저 모습에 불로장생의 커피가 강림하실 듯하다."

홍이는 당황하는 피터의 모습이 재미있는지, 주절주절 덧붙여가며 그에게 농담을 해 댔다.

"왓?"

피터는 한국말을 제대로 몰라서 홍이가 하는 농담을 100퍼센트 이해할 수 없다는, 아리송한 표정을 지었다. 피터는 잠깐 홍이를 돌아보았지만 아랑곳하지 않았다. 뜨거운 물을 주전자에 보충하더니, 또다시 천천히… 경건한 드리핑을 시작했다. 순간 은섬은, 커피 향과 어우러진 피터의 모습이 참으로 아름답다고 생각했다. 지렁이를 구원했던 날, 그리고 오늘….

홍이와 태완은 꽃우물 카페의 그윽한 분위기에 빠져서 맥주를 꽤나 많이 마셨다. 때문에 뒤풀이로 커피 한 잔을 마셨어도, 한 시간쯤 뒤 둘 다 텐트 안으로 들어가더니, 바로 곯아 떨어졌다. 홍이가 갑자기 코를 골기 시작했다. 그 소리를 들은 피터와 은섬은, 터져 나오려는 웃음을 소리 내지 않으려고 애쓰고 있었다.

그곳 숙소는 하나의 글램핑 텐트 안에 더블베드가 두 개로 구성되어 있었는데, 개방된 장소의 커다란 숙박 시설이라서, 천막 텐트의 틈 사이로 신선한 공기가 자연스레 통풍되었다. 추운 겨울이라고 해도, 온돌과 천정의 철저한 난방 시스템 덕에, 차가운 공기는 더운 바람과 섞여서 따뜻하게 데워졌다. 피터는 한국의 편리한 시스템에 연거푸 감탄사를 날렸다.

"와우, 나는 한국이 이렇게 편리한 곳인지 몰랐어. 이런 곳에까지 히팅 시설이 돼 있다니, 놀랍다."

그는 오늘도 대박 감탄을 했었다.

피터와 은섬은 그날 밤 쉽게 잠들지 못했다. 그것이 커피 때문인지, 아니면 서로에 대한 감정 때문인지 정확히 몰랐지만 어쨌든, 오래도록 잠이 오지 않았다.

그날 밤의 눈 덮인 영하 기온은, 피터에게는 차라리 시원한 산들바람처럼 느껴졌다. 밖으로 보이는 나무와 하늘과 별빛은 그 자체로도 완전했다. 프레임에 걸어도 좋을 작품처럼 균형 있고 조화로웠다. 천정을 바라본 채로 누워 있던 그는, 불편한 자세를 바꾸려고 돌아누웠다. 슬그머니 몸통을 반대 방향으로 바꿔 누우려다, 2미터쯤 떨어져 있는 반대편의 은섬과 눈이 딱 마주쳤다. 그녀 역시 피터 쪽을 바라보고 있었다. 들켜 버렸다.

피터는 천막 밖을 가리키며 나가자는 손짓을 했다.

은섬은 고개를 끄덕였고, 이불을 조심스럽게 들추어 올리고는, 실내용 슬리퍼를 한발 한발 소리가 나지 않도록 조심스럽게 신었다. 피터도 최대한 조심스럽게 침대 밖으로 몸을 빼 내는데 성공했다. 그녀는 그 와중에도 벽걸이에 걸어 놓은 두꺼운 망토를 챙겨야 할 것을 잊지 않았다. 게다가 반대편에 걸어 놓은 피터의 기다란 외투도 함께 챙겨 나왔다. 둘은 천막 밖으로 소리 없이 나오는 데 성공했다.

그들은 자작나무 아래의 그네와 세트로 만들어진 듯한 기다란 나무 벤치에 앉았다. 자작나무 아래에는 아름다운 유럽풍의 가로등이 있었는데, 그것은 청동 재질로써 정교하게 만들어진 것이었다. 가로등의 전구는 네 개의 촛불처럼 하늘을 떠받치고 있었다. 은섬은 말없이 외투를 건넸다.

"커피 탓인가 봐⋯."

"나도!"

피터가 맞장구쳤다.

그들은 한참 동안 별빛 하늘을 우러러보았다.

5분 정도 지났을 때, 먼저 침묵을 깬 것은 은섬이었다.

"그때 시냇물 가에 서서 수다 떨던 생각이 난다, 그치? 그때도 네가 외투를 깜박해서 덜덜 떨고 있었잖아."

피터는 오들오들 떨고 있었던 자신의 처량한 모습을 기억하고 멋쩍게 웃었다.

"맞아, 그때도 네가 외투를 가져다주었지, 참 고마웠어. 얼어 죽을 뻔 했는데… 한국 사람들은 '죽을 뻔했다.'는 말을 종종 하더라. 참 재밌는 표현이야. 아이러니하게도."

피터가 빙그레 웃으며 동사 직전의 구세주, 존경스런 구원자였던 은섬을 다시 한번 감사하게 바라보았다.

그들은 또 한참 동안 말이 없었다.

"너는… 내게… 참 따뜻하고 특별한 사람이야. 사실 나는… 네가 참 좋아."

피터가 부드러운 목소리로 그러나, 말실수를 하지 않으려고 애쓰는 듯 말 중간을 강조하며 떠듬떠듬 말했다. 은섬은 아무 말도 하지 않고 피터를 지긋이 바라보았다.

아름다운 별빛 아래 침묵이 흘렀다.

두 사람의 입술은 온기를 품고 따뜻이 포개졌다. 온몸이 훈훈해졌다. 입술로 전해지는 사랑의 온기가 서로의 얼어붙은 몸을 녹여주고 있었다. 은섬의 눈꺼풀은 커피 향을 맡을 때처럼, 마법 같은 감격으로 한동안 감겨 있었다. 그들은 둘 다 아무런 어색함도 없었다. 이미 오래 전부터 서로를 향해 열려 있었던 마음과 서로가 함께인 소망의 싹이 자라고 있었다는 사실을 깨닫고 있을 뿐이었다.

피터는 그날 밤, 중대한 비밀을 그녀에게 털어놓았다. 놀라운 그의 신체적 비밀을….

은섬은 잠시 아무런 말없이 당황스러워했으나, '피터가 그 말을 털어놓기까지는 얼마나 주저했을까.'라는 생각을 먼저 했다. 그녀는 진심으로 피터를 아꼈다. '간성인'이라는 진실이 그들 사이를 이간질할 수는 없었다. 시간이 쌓아올린 그들의 우정과 사랑을 쉽게 갈라놓을 수는 없었다. 상대가 한없이 모자라고 약점투성이라고 해도, 모든 것은 사랑의 위대함에 녹아질 것이 당연하다. 서로를 빛나게 하는 진가만을 바라보게 한다. 있는 그대로를 허물없이 받아들이게 한다. 사랑은 그런 것이었다.

피터가 겪었을 법한 지난 시간들의 괴로움을 상상해 보았다. 그의 고단함이, 그의 긴장의 연속이었던 평화롭지 못했던 삶들의 억눌린 자국들이 뭉클하게 솟아올라, 그녀의 마음까지 멍들게 할 지경이었다. 가슴이 아팠다. 그의 아픔이 그녀의 아픔으로 느껴졌다.

다음 날 아침.
홍이와 태완이 아침 일찍 서둘러 출근하고 나자 피터와 은섬은 단 둘이 남게 되었다. 은섬은 주저했던 며칠 동안의 결심을 '오늘' 피터에게 말해야만 했다. 용기가 사라지기 전에…. 그녀의 심장은 준비된 말들로 심하게 콩닥거렸고, 드리핑 하는 주전자가 맥박소리를 따라서 미세하게 흔들릴 정도였다. 그녀는 떨고 있었다.

'어떻게 말을 꺼내지… 오늘 꼭 말해 주어야 할 것 같은데….'

아껴 두었던 커플 잔이 모습을 드러냈다. 피터가 처음 보는 아름다운 커피 잔이었다. 그것은 머그잔보다 좀 작은 크기에 도자기로 되어 있었고, 붉은 색과 푸른색의 원앙이 그려진 하얀색 바탕의 찻잔이었다.

은섬은 각오한 듯이 그 커피 잔에 커피를 찰랑찰랑 가득 따랐다. 새하얀 찻잔에 커피가 가득 담기자, 그녀는 용기가 생겼다.

"Well…."

"저기…."

그들은 맞춤인 듯 동시에 입을 열었다.

은섬이 다음 말을 고르려고 머뭇거리고 있자, 피터가 먼저 말했다.

"은섬, 솔직하게 말하고 싶은 게 있어."

"나도야."

은섬은 용기를 내서, 다음에 나올 말을 낚아채듯 빨리 말해 버렸다.

"우리 사귀자, 정식으로!"

그녀가 먼저 말을 꺼내자 피터는 깜짝 놀랐다. 둘의 생각이 일치했다. 피터는 '잘못 들은 것일까….'라고 잠시 의심스러운 생각 가운데 있었으나, 얼른 정신을 가다듬었다. '그녀에게 답해야 한다. 확실하게, 힘주어 답해야 한다.'라고.

"Sure!"

은섬은 기쁜 얼굴로 피터 앞에 커피 잔을 놓았다.

"이것은 우리의 시작을 알리는 기념이야. 가득 채웠어. 우리의 마음처럼…. 우리 둘 다 천천히 한 모금씩, 그리고 커피 잔을 서로 교환해서 나머지를 마시면 돼. 내 방식이긴 하지만, 우리의 마음을 하나로 묶어 주는 거야."

그녀가 나직한 음성으로 자신만의 커피 의식에 대해 자세히 설명했다. 둘은 커피 잔을 소중하게 거머쥐었다. 각자 한 모금씩 그리고는, 커피 잔을 서로에게 건네주었다. 커피 향은 그들의 사랑처럼 향기로웠다. 그들의 마음처럼 깊고 중후한 맛이 감도는 커피였다. 의미 있는 소박한 의식이 그들의 영혼을 하나로 묶어 주었다.

"이 지구상에서 내가 찾아낸 가장 소중한 사람, 너를 만난 것은 나의 가장 큰 행운이고, 이 모든 것을 신께 감사해."

피터는 다 마신 커피 잔을 조용히 내려놓고는 은섬을 꼬-옥 안아 주었다.

"난 네가 어떤 모습이라도 이대로 변치 않는 모습으로, 너를 아껴 주는 사랑이 될 거야. 그리고 너의 영원한 친구이고… 무슨 일이 있어도."

은섬이 말했다.

그들이 서로 사랑한다는 것은, 남자와 여자 사이를 초월하는 사랑의 우물이다. 그 우물 안에서는 서로가 같은 목소리를 내고 있었다. 서로의 목소리가 메아리 쳐서 상대방의 음성처럼 똑같은 울림이 있었다. 굳이 답변하지 않아도 그들의 생각은 언제나 닮아 있었다. 그들만이 짚어 볼 수 있는 깊은 사랑의 척도는 이해의 폭이 무궁무진해서, 상대방이 여자이건 남자이건 성별은 그다지 중요하지도 않았다. 중요한 것은 세상에 있는 나의 특별한 한 사람, 나를 온전히 있는 그대로 보고 인정해 주는 사람이 곁에 존재한다는 것, 그것이 중요했다. 피터와 은섬은 마음속으로 간절히 기원하고 있었다. 꽃우물의 전설처럼 그들의 사랑이 영원히 아름답게 머물기를 원했다.

'우리의 우정과 사랑은 꽃우물의 전설처럼 오래오래 변함 없이 지속되기를… 그 사랑이 영원히 우물 밖으로 나가지 않고 마음우물 속에 머물러 있기를… 두 사람의 결속된 마음이 서로에게 충실하고, 깊이 있게 영원히 머물게 되기를!'

인연과 연인

"얘들아 드디어 새로운 룸의 주인들이 오게 되었어. 너희도 나처럼 기쁠 거라 생각해."

은섬이 두 손을 모으며 미소 지었다. 다음 주에는, 악덕업주로부터 탈출에 성공한 에밀리와 리사가 입주하기로 되어 있었다. 그들은 쉐어 하우스의 새로운 인연이었다.

"그래, 우리하고는 오랜 끝에 연결된 케이스지만, 결국 좋은 인연으로 함께하게 돼서 참 좋아."

홍이의 얼굴빛이 밝아졌다. 그녀의 도움이 있었기에, 두 명의 필리피노를 법적인 조치로 보호할 수 있게 된 것이다.

"그 가엾은 아가씨들이 한국에 더 이상 나쁜 기억을 가지지 않고, 행복하게 잘 지냈으면 좋겠다."

태완도 한몫 거들어 그들의 미래를 축복했다.

"우리가 그들에게 따뜻한 가족이 되어 주면 좋겠어. 내가 왔을 때도, 너희에게 그렇게 느꼈던 것처럼 말이야."

피터가 쉐어 하우스에 도착해서 처음으로 느꼈던 '정'이란 온기, 그 따뜻함을 기억해 내며 말했다.

♣

"우리에게 새로운 삶을 선물해 주셔서 고마워요."

에밀리와 리사가 처음으로 한 말이다. 그들은 쉐어 하우스 사람들의 도움과 격려를 가슴 깊이 간직하고 고마워했다.

피터는 그들이 입주한 후에도, 다른 면으로 도움을 주기 위해 힘썼다. 근무지 원장에게 강사 자리를 부탁해 놓고 있었다. 그들에게 금전적인 곤란함이 생긴다면, 더 머물고 싶어도 본국으로 귀국할 수밖에 없는 입장이니, 그들에게는 먹고살 수 있는 마땅한 일이 있어야 했다.

어느 날 기쁜 소식이 들렸다. '그들을 채용하겠노라'는 연락이 왔다. 합법적으로 체류가 가능한 공식적인 워크비자도 연결해 주겠다고 했다. 하우스 가족은 모두들 기뻐했다.

새로운 가족이 들어오고 서로가 공유라이프에 익숙해질 무렵, 피터와 은섬은 또 다른 서프라이즈를 결심하고 있었다. 둘이 사귀기 시작한 지 100일째 되는 날, 하우스 식구들에게 그들의 사귐을 공식적으로 발표하기로 한 것이다.

♣

　이윽고 100일이 되던 날, 피터와 은섬은 친구들 앞에 나란히 섰다. 홍이와 태완은 두 사람의 관계 진척을 이미 눈치 채고 있었으나, 그저 모르는 척 말했다.

　"아이구, 참으로 축하해. 우리 은섬이는 남자를 못 사귀는 숙맥인 줄만 알았는데, 그새 이렇게나 커 버렸네."

　그녀는 은섬을 아이 취급했다. 엉덩이를 툭툭 쳤다.

　"잘 어울리는 한 쌍의 끈질기게 살아남는, 이 땅의 바퀴벌레가 되렴."

　태완이 장난스러운 표정을 지으며 말했다.

　"바퀴벌레? 코크로치?"

　피터가 화들짝 놀랐다. 태완이 자신의 농담이 도가 지나쳤을까… 잠시 머뭇거리더니, 얼른 부가설명을 곁들였다.

　"노노… 바퀴벌레를 더럽게만 보면 안 돼요, 코크로치는 지구상에서 놀랍도록 끈질기게 살아남는 지속성을 가진 생물이지. 롱 래스팅. 두 유 언더스탠? 고로 그 말은 너희 사랑이 오래오래 멸망치 않고, 지속되라는 축하 메시지란다."

　태완이 '오래오래'란 단어에 힘을 주며 말했다.

　"고마워, 태완!"

　그제야 피터의 얼굴빛이 다시 밝아졌다.

　피터는 오래도록 아껴 두었던 값 비싼 머스캣 와인을 개봉했다. 미리 준비했던 케이크에 초를 하나 꽂고, 정성의 마음으로 불을 붙였다. 둘은 모두가 보는 앞에서 소망이 담긴 초에 힘을 실었다. 투명하고 동그랗게 포물선을 그리는 와인글라스에 붉은 장미빛 와인도 따랐다. 그들의 잔은 아름답고 고운 사랑의 색으로 넘실거렸다.

"사랑은 와인처럼 정열적으로!"

홍이가 와인 잔을 높이 들어 올리며 축배의 말을 시작했다.

"글라스처럼 서로의 모습을 비춰 주는, 맑고 환한 커플이 되기를!"

태완이 오래도록 우려낸 멋진 멘트를 구사하고 뿌듯해했다.

리사와 에밀리도 그들의 사랑을 축복했다.

식탁 위에서 여섯 개의 글라스가 청명한 고음을 내며 챙- 하고 부딪혔다. 피터와 은섬, 쉐어 메이트의 작은 인연으로 시작된 사랑은 하우스 전체의 행복으로 전파되었다. 홍이와 태완, 에밀리와 리사는, 두 선남선녀의 시작이 자신들의 일처럼 가슴 찡하고 행복했다.

'그래, 가족이라는 건 바로 이런 거야. 구성원의 행복의 모두의 행복이 되는 것. 기쁨은 나눔으로 커지고, 슬픔은 나눔으로 작아지고….' 피터는, 마음을 나눌 수 있는 친구들이 곁에 있다는 것이 감사했다.

"모두들 감사합니다."

그가 한국식으로, 예를 갖추어 고개를 깊이 숙이며 인사했다.

그날 밤 모두가 각자의 방으로 들어갔을 때, 피터와 은섬은 정답게 손을 잡고 산책길로 나섰다. 신선천 시냇물을 사이에 두고 야생의 식물들이 가지런히 키를 맞추고 있는, 코르크로 된 푹신한 길이었다. 풀벌레 소리가 정겨웠다. 오늘은 차분하게 둘 다 두툼한 외투를 가지고 나왔다.

"오늘은 정말 따뜻해."

피터가 은섬의 손가락 사이에 깍지를 껴서 잡았다. 그들의 사랑이 절대 풀어지지 않기를 바라는 것처럼 두 사람의 손이 단단히 고정되어 있었다. 기다란 산책로의 중간 정도에 다다랐을 때 아름다운 아치형 다리가 나타났는데, 그것이 연결되는 언덕 위에는 수호자 같은 십자가가 웅장하게 떡 버티고 있었다. 다리 아래로는 수초와 바위 사이로 물고기들의 은신처가 있었다. 그들은 자신의 몸뚱이를 보일 듯 말 듯 숨기면서, 모습을 보여 줄 적절한 때를 기다리고 있었다.

둘은 잠시 동안 흐르는 물에 일렁거리는 화려한 네온사인들을 바라보았다. 그리고는 그 빛에 반사되어 보이는 서로의 얼굴을 마주 보았다. 피터가 은섬의 나머지 한쪽 손도 소중하게 모아 잡았다. 그리고 지척에 있는 교회의 십자가를 돌아보았다.

"하느님께서 이렇게 빨리 나의 기도를 이루어 주실 줄 몰랐어. 은섬, 우리는 연인이자 베스트프렌드야. 서로가 꿈을 향해 열심히 노력하고 그것을 이루어 가며 앞으로도 이렇게… 함께 있자."

피터가 또박또박 말했다.

"그래, 피터. 우리는 그렇게 살도록 하자. 그리고 한 가지 더… 내가 너를 얼마나 사랑하는지, 너를 굉장하게 아낀다는 것은 꼭 기억해 둬. 어디에 있든지, 언제나… 24시간 내내 말이야."

은섬은 그녀가 오래오래 소중하게 아껴 두었던 '사랑'이라는 단어를 주저 없이 입 밖으로 꺼내고 말았다.

"나도 널 사랑해. 난… 네가 있기에, 이 세상에서 기운이 나. 넌, 이제 내 마음의 힘이거든."

피터는 은섬의 마음을 감동시키고 있었다. 그는 이제 심금을 울릴 만한 멋진 한국말도 가능해졌다.

"겨울이 되면 사방이 추워지고, 시냇물도 얼 때가 있어. 그렇지만 표면만 얼어붙었을 뿐, 얼음 아래로는 맑은 물이 계속 흐르고 있잖아. 우리의 사랑과 신뢰도 언제나 변함없이, 저 아래 깊은 물처럼 쉬지 않고 졸졸졸 흘러가게 될 거야."

은섬은 그렇게 말하고 나서 마음속으로 기도하고 있었다. '저희가 아름답게 이대로 사랑하도록 지켜 주세요. 부디….'

이 넓은 세상에서 서로가 마주쳐서 인연을 알아본다는 것은 행운이다. 그리고 연인이 된다는 것은 축복이다.

인연이 되어 사람을 얻고, 연인이 되어 마음 또한 얻는다.

시간이 지나면서 그들의 우정과 사랑은 더욱 견고해졌다.

계절이 바뀌자, 주변의 나무들은 시간으로 물들인 아름다운 자연의 옷으로 갈아입기 시작했다. 피터와 은섬도 그랬다. 친구에서 연인으로, '사랑'을 입은 화사한 색채가 되었고, 무성하게 자란 나무가 결실을 준비하는 것처럼 그들의 사랑도 또 다른 결실을 준비하고 있었다.

세잎클로버와 토끼풀 가족

많은 시간이 흘렀다.

그들이 함께인 세 번째의 겨울이 지나고 봄을 맞이했다.

피터와 은섬은 한 방을 쓰기로 결정했다. 하모니의 가족들은 그들의 로맨스가 잘 진척되어 결실을 맺고 있는 것에 신이 났다. 자신들의 일인 것처럼 들떠서 좋아했다.

"커플이 함께하는 쉐어 하우스 생활이라… 이것도 새로운 시도가 되겠는걸!"

"아무렴, 백번 잘하는 것이지. 시간은 귀한 거야, 우리는 사랑의 감정을 낭비하면 안 되는 법이거든. 신의 태고적 목표와 그 신비로움에 위배되는 거라고."

태완이 신이 나서 태고적 신비함까지 덧붙이며, 홍이의 말에 장단을 맞추었다.

태완은 순간, 둘에 관한 상상을 해 보았다.

'사랑의 감정을 낭비하면 안 된다… 홍이와 내가 커플이 된다면 과연 어떤 모습일까….' 잠시 섬광처럼 번뜩이는 짧고 발칙한 상상이었다.

홍이도 그순간 같은 생각을 하고 있었다. 그들의 눈이 마주쳤다.

사실은 언제부턴가 그들의 마음땅에도 사랑의 싹이 돋아나고 있었다. 아마도, 그 씨앗은 피터와 은섬의 사랑에서 날아든 것 같았다. 사랑의 씨앗이 솜털을 달고 훨훨 날아와서, 그들의 마음에도 자리를 잡았다. 따스한 기운을 타고 건강하게 싹을 틔우는 식물처럼, 쉐어 하우스의 온화한 힘으로 그들의 우정은 사랑으로 빚어를 시작했다. 그리고 어느새… 튼튼한 나무로 자라나고 있었던 것이다.

피터와 은섬이 동거를 시작하면서, 그들의 결혼에 대한 이야기는 더욱 달콤하고 세심한 계획들로 짜여가고 있었다. 그들에겐 뭐든 불가능은 없다는 강한 신념이 있었다.

온전하게 완성된 가족 없이 어린 시절을 보냈던 피터와 원만한 가족이 지속되기 어려웠던 은섬의 가족 이야기가 둘 사이에 솔직하게 오갔다.

"나는 클로버처럼 같은 장소에 뿌리를 내리고 얼굴을 서로 맞대고 있는, 그런 정겨운 가족을 만들고 싶어. 세잎클로버나 네잎클로버처럼 서로에게 행복과 행운이 되고 소박한 꽃도 피우고… 가까이 붙어 지내면서 멀리 떨어지지도 않고 말이야."

그는 자신이 좋아하는 클로버처럼 '토끼풀 가족'을 꿈꾸고 있었다. 세잎클로버는 행복, 네잎클로버는 행운을 상징한다고 했다. 수수한 토끼풀 가족들이 그들만의 노력으로 초록빛 동산을 이루는 것은, 이 땅에 건전한 사회를 이루는 '해피엔딩'을 만든다고도 말했다. 피터와 은섬은 아이에 대해서도 관심을 가지게 되었다. 그들은 서로의 생각이 알고 싶어졌다.

어느 날, 그들은 2세에 대한 이야기를 나누게 되었다.
"은섬에게 나의 어릴 적 꿈을 말해 주고 싶어."
피터는 어려서부터 마음속에 담아 왔던 자신의 미래 소망을 은섬에게 들려주고 싶었다.

"나는 교실에서 그림을 그리고 있었는데, 학급 아이들에게 당당하게 나의 퓨처드림을 소개했지. '좋은 엄마가 되고 싶다.'고 말이야. 학급 친구들은 내가 이상하다고 수군거렸지만, 난 절대로 이상하지 않았어. 진실로, 나의 아이가 행복해질 수 있고 결코 외로워하지 않게, '백점엄마'가 되고 싶었거든!"

피터는 부모의 부재였던 어린 순간들을 생각하며 '결코 외로워하지 않게'라는 대목에서 눈물이 흐르는 것을 막기 위해, 얼른 두 눈을 감았다. 그리고, 무엇인가 강하게 결심한 듯 입을 꾹 눌러 다물었다.

"나도 마찬가지야, 피터. 우리 부모님은 끝까지 좋은 종결은 만들지 못하셨지만, 나는 처음 결심과 같은 변함이 없는 아름다운 결실을 맺고 싶어. 내가 선택한 사람과 함께 말이야."

은섬은 부모님과 같은 결별의 불행이 자신에게는 절대 일어나지 않기를 바라면서, 두 손을 모았다.

피터와 은섬, 그들 둘은 많은 부분을 공유하고 서로에 대한 비밀을 오픈하고 있었다. 베스트 프렌드의 특혜, 그것은 맘 편하게 서로를 열어놓을 수 있고, 어떠한 비밀도 숨길 군더더기가 없다는 것이다.

피터는 자신이 자랐던 보육원의 모습을 떠올렸다. 신부님과 수녀님의 근엄하고도 자애롭던 모습….

마이클의 배웅을 받으며 비행기에 올라 고향을 떠나온 지 어느새 삼년이 지나고 있었다. 그간의 근황은 종종 메일이나 카드를 보내서 안부를 전하고 있었지만, 그리운 마음은 사그라들지 않고 여전했다.

'홈 시크라도 생긴 것일까? 근래에는 뉴질랜드의 모습들이 자꾸 떠오

르네….'

아름다웠던 고향을 방문하고 싶다는 생각이 겹겹이 쌓여 갈 때쯤, 친구로부터 기쁜 소식이 들려왔다. 보육원의 절친 클로이. 그녀에게서 메일이 왔다. 특별한 프로젝트의 사명을 띠고 큰 병원으로 스카웃되어 한국으로 온다는 내용이었다.

그녀는 뉴질랜드에서 산부인과 전문의 과정을 밟았고 유전학 연구를 시작했다. 임신과 출산에 관한 여러 가지 자료를 토대로, 누구도 시도해 본 적 없었던 아주 특별한 연구과정에 돌입했다고 했다.

클로이는 피터의 비밀에 대해서도 자연스레 알고 있었으나, 그것을 단짝 친구에게 드러내지 않았다. 그러나 그녀는 성장하면서도 줄곧, 그런 부분에 대한 궁금증을 간직하고 있었다. 그녀가 자신의 비밀을 '알고 있다.'고 말했던 날, 예상치 못했던 사실에 무척 놀랐다. 그러나 그녀가 이미 자신의 터부를 알고 있다는 것이 아이러니하게도 편안함을 주었다. 피터가 늘 그늘 뒤에 가려진 채로 사는 그런 개운치 못한 마음, 그 비밀을 공유하는 유대감이 도리어 하느님의 배려라고 생각되었다.

클로이의 편지에는 이렇게 쓰여 있었다. '내가 한국에 도착해서 새로운 종합병원에 근무하게 되는 첫날, 네가 꼭 찾아와 주기를 고대한다.'고.

그는 기꺼이 클로이를 방문할 것을 답장으로 알렸다.

그는 며칠 뒤, 성당 보육원 친구가 한국에 입국한다는 소식을 은섬에게 말해 주었다. 그녀를 쉐어 하우스에 '깜짝 초대'할 것도 모두가 함께 의논해 보기로 했다.

여기 저기 연두 빛 새싹의 향연이 시작되고, 사랑스러운 꽃봉오리가 화사하게 미소 지으려고 하는 바로 그때, 오픈한 신축 병원에 클로이가 부임했다. 한국어와 영어, 중국어까지 능통하게 하는 그녀는 한국 병원에서 무척 환영받는 존재로 부상했다. 국제적인 학술자료를 수집하고 프로젝트를 연구하기 위해, 한국 병원의 '헤드헌팅' 제안을 받고 온 것이다. 그녀의 시너지 가득한 의학계의 연구 활동을 위해, 클로이의 가치만큼이나 값비싼 장비들이 줄줄이 따라 들어왔다. 연구동이 문을 연 것이다.

그녀를 기준으로 여러 명의 명망 있는 닥터들이 불가능할 법한 새로운 도전을 위해 팀으로 꾸며졌다. 미래에 발전이 가속화될 전망인 '유전학'과 '건강한 임신과 출산'이 사회적으로 관심을 받고 있는 터였다.

사실 클로이는, 치료의 측면보다는 연구에 더욱 관심이 있는 사람이었다. 어려서부터 호기심이 대단히 많은 아이였다. 책을 많이 읽어서 시력이 그다지 좋지 않았던 클로이는, 두꺼운 도수가 들어간 검은 뿔테 안경을 착용했고, 딱 떨어지는 일자 반듯한 단발머리를 하고 다녔다.

"천재 피터, 왔어?"

오피스 문을 열고 들어오는 피터를 아주 오랜만에 보았으면서도, 그녀는 어제까지 보았던 친구처럼 그를 맞이했다. 그녀의 목소리를 듣자, 피터는 왈칵! 눈물을 쏟을 뻔했다. 클로이는 두 팔을 크게 벌려 엄마처럼 그를 포근하게, 오래 안아 주었다. 그녀의 얼굴을 보자, 어릴 적 보육원의 기억들이 하나하나 떠오르기 시작했다.

그들이 16세가 되어 각자의 미래를 위해 사회에 발을 들였을 때, 그들에게는 어쩔 수 없는 이별의 공백이 있었다. 피터는 절친 클로이가 매일 매일 그리웠지만, 일 년이면 겨우 손가락에 꼽을 만큼 한두 번 밖에 만날 수 없었다. 만날 때마다 그녀는 그대로였다. 말투나 모습도 예전 그대로였다. 까만 눈동자의 호기심 천국이던 영특한 꼬맹이, 은총의 아이 클로이.

그녀는 앞으로의 연구계획, 피터와도 관련 있는 제3의 성에 대한 자료와 연구 가능한 분야에 대해서도 짧게 설명해 주었다. 피터는 한국에서의 생활과 직업 그리고, 사랑하는 여인 은섬에 대해서 말했다.

"네가 한국에 와서 정말이지… 나는 무척 기뻐. 설마, 나를 응원하러 여기까지 온 거니? 하기야… 너는 언제나 나의 힘이었지! 하하하."

피터는 멀지 않은 곳에 정겨운 친구를 두게 된 것이 너무나도 좋았다. 잃었던 가족을 다시 찾았다. 그들 사이에서는 한참 동안 고향의 향기가 피어올랐다. 주거니 받거니, 추억의 대화가 오갔다.

며칠 지나지 않아 클로이가 쉐어 하우스에 초대되었다. 하모니의 가족들은 그녀를 대단히 환영했다. 가족처럼 반기며 토끼풀의 일원이 하나 더 늘었다고 말했다. 클로이는, 가까운 위치에서 바라볼 수 있는 그들의 신생 가족이었다.

이제 피터의 가족은 클로이까지 일곱, 서로를 받쳐주는 든든한 '토끼풀 가족'이 되었다.

새드 뉴스와 행복 찾기

은섬은 생리통이 심했다.

생리 주기는 혼동스럽게도 불규칙적으로 몇 달을 건너뛰다가 설마…
하는 날 돌연, 폭포처럼 터지고는 했다. 분기별 행사를 치르는 기간에는
정수리의 머리칼이 쭈뼛쭈뼛 설 정도로 과도하게 예민해졌다. 자궁 안
의 핏덩어리들이 잘게 부서지고, 좀 더 묽은 액체가 되어 몸 밖으로 배출
을 시작할 때는, 풀어지지 않은 알갱이들의 뭉글뭉글한 느낌이 싫었다.
질을 긁으며 밖으로 훑어 내리는 것이 감지될 정도로 고통스러웠다. 그
녀는 그 느낌이 몸서리치도록 싫었다.

"왜 여자는 이렇게 고통스러워야 하지? 더군다나 매달 이러는 사람은
얼마나 힘들겠어… 차라리 남자가 아이를 갖는다면 좋겠어, 정말!"

가끔씩, 생리통의 고난을 얘기 나누다 보면, 투덜거리는 홍이의 넋두
리도 덤으로 붙어 다녔다.

은섬은 꼬박꼬박 한 달마다의 달거리를 하지 않아도 되는 것이 때로는
고맙게 느껴지기도 했다. 그래도 매달 고통스럽지는 않으니 말이다.

폭격기 같은 요란스런 생리가 시작되기 며칠 전부터 은섬의 몸은 예전
과 다르게, 이상한 것들을 끌어당기곤 했다. 다이어트를 해치는 달착지
근한 먹거리를 끌어당기거나, 감정이 극도에 달해서 반갑지 않은 짜증
을 끌어당기거나. 때로는 기억까지 깜박깜박, 건망증까지 달고 왔다. 낯
선 타인처럼 이상하게 돌변해버리는 자신의 본능이, 귀찮다기보다는 신
기했다. 그녀는 자기 자신에게 말하곤 했다. '내가 예민하다는 것에 난

감사드려야 해. 무딘 것보단 낫잖아. 장엄한 임무를 위해 준비되었던 철두철미한 세포들이 엄숙한 송별 행사를 치르는 거니까.' 칼날같이 찌릿하면서 살을 에는 아픔이 오는 생리 기간이 두려울 때가 거의 대부분이었지만, 배를 움켜쥐고 쪼그리고 앉아 있을지라도 여성이라는 젠더의 자긍심, 장차 엄마가 될 수 있다는 위대한 준비를 하고 있다는 자부심으로, 내심 커다란 의미를 부여할 수 있었다. 그래서 그런지, 고통을 견딜 수 있을 만한 힘이 고갈되는 일은 없었다. 몸의 정화를 시작하려고 청명한 알람이 울려 퍼지는 그것은, 새로운 시작으로 연결하는 피할 수 없는 과정이라고 열심히 위로했다.

다른 또래 친구들보다 유난히 요란스럽게 다가오는 은섬의 하혈과 불규칙성에 대해, 그녀는 언젠가 산부인과 진단을 한 번쯤은 받아 보아야 하겠다고 마음먹었다.

'클로이를 찾아가 진료를 받으리라…' 말로만 듣던 그녀의 병원과 집무실은 어떤 모습일지도 궁금해지던 차였으니까.

은섬은 주중에 숲 프로그램 진행이 없는 요일을 병원 방문일로 택했다. 사람들이 북적거리고 시끄러운 것을 싫어하는 탓에, 병원에 사람이 몰리지 않는 시간대에 예약을 했다.

병원으로 들어서는 입구에 건물의 웅장함을 알리는 5미터 높이의 석조 기둥 두 개가 나란히 서 있었고, 그 기둥에는 앰뷸런스 차에서 보았던 그림과 유사한 그림이 새겨져 있었다. 지팡이와 날개, 뱀의 그림이 엉켜 있는 조각이었다. 모세의 지팡이에 감겨 있는 뱀은 성경에서는 구원이었고, 사람을 살리는 놋뱀이었다. 그러나 흔한 생각으로는 뱀이란 동물은 사탄에 비유되고 있었다. '죄 없는 뱀이 왜 사탄을 대표하는 동물이 되었을까…'라고 의문을 가지며, 은섬은 입구에서 가급적 빠른 걸음으로 기둥을 비켜 지나갔다.

평일이라서 그런지 접수 데스크에는 기다리는 사람들이 많지는 않았다. 차례를 기다리는 대기석에도 두세 명의 사람 외에는 보이지 않았다. '신규 병원이라 그런가…' 아직은 병원 개원을 모르는 사람들이 많을 것이라고 그녀 나름 추측해 보았다.

접수창구에서 예약을 확인하고 나서, 클로이가 근무한다는 제1 진료실 앞에서 호출을 기다렸다. 간호사가 기다리고 있던 환자의 이름을 차례대로 불러가며, 클로이의 진료실로 불러들이고 있었다.

30대의 여인이 힘없이 대답을 하더니 걱정스럽게 진료실로 들어갔다. 그녀는 20여 분 동안 클로이와 상담을 거치는 것 같았다. 진료가 끝나고 나오는 여인은 얼굴빛이 완전히 달라져 있었다. 한밤중의 암흑에서 여명으로 환하게 밝아져 있었다. 문밖으로 나와서 전화를 하는 그녀의 목소리는, 진화한 여인처럼 생기 있고 자신감이 넘쳤다.

"자기야, 나야… 의사 선생님이 다 잘될 것 같다고 말씀하셔. 응. 응. 너무 걱정하지 말고 희망을 가지라고…."

방금 전 풀 죽은 모습은 어딘가로 사라지고, 의기양양 에너지가 넘쳤다. '임신, 그게 뭐라고…….'

은섬은 '임신'이란 단어를 대수롭지 않게 생각하고 있었다.

"고은섬 씨 들어오세요."

간호사가 미소 띤 얼굴로 그녀를 호명했다. 은섬은 진료실로 들어섰다. 등받이가 목 뒤까지 연결되어 있는 커다란 의자에 잠시 기대어 있던

4부 **321**

클로이는 의자를 빙그르르 한 바퀴 돌리고는, 벌떡 일어나서 은섬에게 손을 내밀었다.

"그간 잘 지냈어요? 은섬! 그때 집에서 만나고 나서 참으로 오랜만이 네요."

검은 뿔테 안경을 한손으로 치켜 올리며 클로이가 어린 소녀처럼 티 없이 웃었다.

"하이, 클로이!"

은섬도 반가워하며 자신의 오른손을 클로이 쪽으로 불쑥 내밀었다.

"이쪽으로 앉으세요."

클로이는 은섬에게 자리를 권하고는 안내하고 있던 조무사에게 손을 들어 보였다. 은섬은 그녀에게 무슨 말을 먼저 해야 할지 맘속으로 차분 하게 정돈하고 있었다.

'긴장을 늦추고 편히 대화하는 거야. 클로이는 가족 같은 친구잖아. 설마, 내 몸이 이러는 건 질병은 아니겠지… 아닐 거야.' 어젯밤에도 걱정 으로 잠을 설쳤지만, 진료를 앞두고는 더 두려워졌다. 그렇지만, 그녀는 '오늘'이 바로 문제를 체크하기에 가장 적합한 날이라고 자신을 안심시 키고 있었다.

은섬은 커지는 불안감으로 갈증이 났다. 오래도록 짓눌러 놓았던 '강 박증'이란 녀석이 다시 삐져나오려고 들썩거리고 있었다. 조무사가 가져 다준 믹스커피가 담긴 종이컵을 술잔인양 들어올렸다. 적당히 식은 커 피를 소주처럼 단숨에 쭈~욱 들이컸다. 따뜻한 액체가 목구멍을 타고 스르르 내려갔다. 그곳에 매달려 있던 주저함을 주르륵 끌어내렸다.

클로이의 안내로 은섬은 난생처음 누운 자세로 산부인과 검진을 받았다. '초음파 검진'이란 것도 했다. 클로이는 이것저것 생리주기와 여러 가지 증상이 있는지 문진을 했고, 상담 사항을 챠트에 꼼꼼하게 기록했다. 여러 검사를 마친 클로이는 뭔가 기쁘지 않은 얼굴색이 되어 있었다. 그녀도 목이 탔는지 간호사가 자신을 위해 갖다 준 녹차 한 모금을 마셨다. 그리고는, 심각해진 얼굴로 말했다.

"은섬, 당황하지 말고 들어 주세요. 저….."

은섬은 말꼬리를 빼고 있는 클로이의 안색을 살피다가, '내가 먼저 긴장의 빗장을 풀어야 하겠다.'고 마음을 다잡았다. 그리고는 부드럽게 한마디 꺼냈다.

"괜찮으니까 검사대로 말해 주세요. 제가 뭐… 안 좋은 병에라도?"

"아니에요. 노노. 병은 아니에요. 다만 자궁 모양이 좀… 평범하지가 않고, 특이한 형태를 가지고 있어요. 아주 극소수만 가지는 자궁의 기형 같아요. 이런 모양의 경우에는 수정체가 착상을 못 해서, 임신할 가능성이 희박하다는 의견이에요. 솔직하게, 희박하다기보다는 '불가'하다가 더 분명하겠어요. 저 또한 이런 사실을 말한다는 것이 매우 유감스러워요. 환자들의 질병이라든가, 불임의 문제 말이에요….."

그녀는 위안이 될법한 말을 찾고 있는 듯, 오른손으로 쥐고 있던 볼펜을 두 손으로 맞잡더니, 습관처럼 만지작거리고 있었다.

"음… 여성들의 불임 문제가 있을 때는 어떻게든 해결해 보려고 여러 가지 대안을 생각해 보겠지만, 수정체가 착상할 수 없는 자궁의 이상 문제에 있어서는, 다른 뾰족한 대안 방법이 아직까진 없답니다. 의사지만… 이것이 한계라는 생각이에요."

그녀는 내려온 안경을 한 번 더 치켜 올리더니, 차트에 진료내용을 기록했다.

"하지만 아직 포기하기는 일러요. 제가 연구진들과 좋은 방법을 찾아볼 거예요. 현재 추진 중인 연구를 하루도 쉬지 않고 열심히 진행하고 있으니, 앞으로 무언가 기발한 아이디어도 찾아낼 수도 있을 거예요. 은섬에게도 도움을 줄 수 있을 거란 생각이구요. 다만 현재로서는 아직 대체 방안이 없어요. 프로젝트가 진행되고 있으니 환자들을 위한 좋은 방안이 나올 수 있다는 희망은 계속되고 있지만요."

클로이는 희망적인 설명을 덧붙여서 낙담하는 은섬에게 조금이라도 위로가 되고 싶어 했다.

은섬이 궁금 사항을 물어보자, 클로이는 다시 한번 설명해 주었다. 자궁의 모습과 나팔관 등 내부의 모형을 보여 주며, 불임이 되는 것에 대한 원리도 자세히 설명해 주었다.

중심 내용을 말하자면, '정상 자궁이 아니어서 수정체가 착상하기도 어렵고, 설사 착상을 하더라도 아이가 안전하게 자랄 수 없는 비정상적인 자궁 모양을 가졌다.'는 결론이다.

은섬은 이러한 선고를 긍정적으로 받아들여야만, 당황스런 마음을 조금이라도 진정시킬 수 있을 것 같았다.

"제가 암에라도 걸린 줄 알았어요. 불임이라니… 전 사실 결혼에 대해서나 임신에 대해서, 아주 깊이 생각한 적은 없어요. 조금 실망스럽긴 하지만, 그래도 그런 사항을 미리 알게 되다니, 나중에 있을 황당한 순간은 상당히 모면했네요."

은섭은 '이 상황에 미소라니!' 상당히 어색했지만, 최대한 맑게 웃어 보였다.

"아, 그렇다면 조금은 마음이 놓이네요. 안 좋은 결과를 말하게 돼서… 아임 쏘 쏘리. 그래도 이런 사항은 쉽게 생각할 문제가 아니니, 저와 상담이 필요하다면 언제든 연락 주세요. 제 개인 번호를 드릴테니까요."

클로이는 자신의 명함을 위로처럼 그녀의 손에 꼭 눌러 쥐어 주었다.

진료실 문을 나서는 동안, 그녀는 울지 않으려고 입술과 치아에 힘을 주고 있었다. 입술이 파르르 떨리며 자꾸 풀리고 있었다. 얼굴 표정은 일그러지고 있었으나 가까스로 밝음을 유지했다. 그녀는 클로이가 쥐어 준 명함을 손에서 풀지 않고 그대로 쥐고 있던 채로 집에 돌아왔다.

그날 저녁 그녀는, 이 사실을 피터에게 말해야 할지, 말지, 계속 망설이고 있었다. 혼자만 마음속에 담고 싶은 어려운 비밀이었지만, 그럴수록 그와 나누어야 한다고 자신에게 다독이고 있었다. '그는 더 어려운 비밀도 힘들게 내게 털어놓았잖아… 그것에 비하면 이까짓 것은 그리 꺼내기 어려운 사실도 아니잖아.' 은섭은 방에서 자리를 털고 일어나 주방으로 나왔다. 언제나처럼 상쾌한 마음을 찾기 위해 자신이 가장 좋아하는 행동을 시작했다. 드립커피를 준비했다.

"올해 겨울이 되기 전에는 조그만 에스프레소 커피 머신을 하나 들여놔야겠어. 무리를 해서라도."

그녀는 방금 전 고민하던 어두운 그림자를 말끔히 몰아내고자 커피드리핑에 몰두했다. 열어놓은 원두커피에 코를 박고 습관처럼 향기를 들이마셨다. 에스프레소 트리플 샷 정도의 진한 커피를 만들었다. 그리고

시나몬 가루를 듬뿍 쳐서 코끝이 아릴 정도로 찡한, 미친 커피를 마셨다. 그제야 응어리진 억울함이 풀리는 듯했다.

'그동안 요가도 게을리 했으니, 오늘부터는 매일매일 해야겠어. 그것이 생리통도 완화시킬 수 있을 거야. 건강해야 숲에도 즐겁게 나갈 수 있으니까.' 그녀는 본인의 마음을 다시 '맑음' 스위치로 전환했다. 오랜만에 콧소리를 내며 경음악을 따라 흥얼거렸다.

피터가 퇴근하자 은섬은 그들을 위한 조그만 상차림을 했다. 식탁에 와인 한 잔씩을 놓고, 크래커에 크림치즈를 올리고, 감귤을 말끔하게 까서 그 위에 보기 좋게 올렸다. 모처럼 와인을 위한 완벽한 간식거리가 준비됐다. 그녀는 넉넉한 양을 추가로 준비해서 태완과 홍이, 에밀리와 리사의 것을 각각의 그릇에 담아, 메모를 붙여 놓기까지 했다.

은섬은 슬픈 소식에 대해 고민하지 않고 단번에 말하기로 마음먹었다. '억울한 소식'이 입 밖으로 나오지 못하고 숨어들 기회를 아예 차단하기로 했다.

"피터 내가 불임이래."

단박에 말했다. 쓰디쓴 소식을 삼켜버리듯, 떫은 맛 와인을 한 모금 쭈욱 들이켰다. 가늘게 떨리는 눈을 흔들리지 않게 하려고 애쓰며, 피터를 지긋이 바라보았다. 그녀의 두 눈이 자꾸만 찌그러들어서 슬퍼하는 얼굴을 감출 수가 없었다.

다른 사람이 아니라, 자기의 절친 클로이가 확실하게 말했냐고 물어보는 듯 피터의 두 눈은 놀란 듯 커졌으나, 그는 금방 평정을 찾은 듯 태연해졌다.

"달링…."

"닥터 클로이가 분명히 말했어. 내가 아기를 갖기 힘든 희귀한 자궁을 가지고 태어났대. 나도 몰랐어."

그녀의 목소리는 무언가 목에 콱 걸려버린 듯 무겁게 갈라지며 작아지고 있었다, 그걸 답답하게 느끼면서 끝까지 마저 말해야 했다. 목구멍 안에서는 진실을 더 이상 꺼내 놓기 싫다고 했다. 갈라지는 음성은 기운 없이 끝 꼬리가 말려 들어가는 어조가 되었다. 그녀는 푹 주저앉아 끙끙거리고 있는, 힘없고 아픈 강아지 같았다. 피터는 조용히 은섬의 곁으로 다가와 그녀를 안아주었다. 당황했던 은섬을 안심 시키려는 듯, 부드럽고 차분하고 나직하게 말했다.

"괜찮아. 어디가 아픈 게 아니잖아. 난 은섬이 건강한 게 제일 중요해. 더 이상 얘기하지 말자, 우리."

피터가 은섬을 토닥이며 말했고, 그녀는 말없이 고개를 끄덕였다.

그들은 지난날의 즐거운 이야기들을 꺼내기로 했다. 기분을 전환하고 있었다. 아껴 두었던 선물용 와인 두 병을 더 비웠다. 깨끗하게 비운 와인 병처럼 그들의 걱정도 비워졌으면 했다. 과거의 아름다운 추억거리들이 쏟아져 나와 일그러진 슬픔을 삼켜버리고, 하우스 안에는 다시 기쁨이 자리 잡기를 원했다. 분위기 바닥에 말랑말랑한 구름들이 푹신하게 깔려서 그들을 편안하게 감싸주기를 바랐다.

은섬, 그녀는 잃은 것을 잊으려는 듯이 일찍 잠자리에 들었다. 피터는, 그녀가 슬픔을 망각하고 깊은 잠속에 빠져들 때까지 곁에서 계속 토닥여 주었다.

차마 말하지 못했던 은섬의 대단한 실망과 슬픔은, 자는 동안에라도 비명을 지르며 뛰쳐나올 것만 같았다. 피터가 곁에 없었더라면, 은섬은 얼마나 더 참담했을지 모른다.

그녀는 눈물이 떨어지는 얼굴을 숨긴 채 피터의 가슴에 기대어 깊이 잠들었다.

그날 밤 피터와 은섬은 같은 꿈을 꾸었다. 신비롭게도 똑같은 꿈을. 아름다운 여자아이가 깔깔거리며 뛰어오다가 피터의 품에 안겼고, 은섬의 품에 안겼다. 피터와 은섬은 그 어린 소녀의 손을 한쪽씩 잡고 울창한 숲길을 함께 걸어 다니며 즐거워했다. 그 소녀는 무척 행복해 보였고, 신기하게도… 그녀가 가는 길마다 야생 동물들이 뒤따라가고 있었다. 어린 소녀, 그녀가 지나갈 때마다 나무의 가지가 손을 흔들었고, 꽃이 이파리를 열며 미소를 보였다.

밤새 슬픈 마음을 위로하는 달콤한 꿈이었다.

UP 프로젝트

피터는 아이들을 무척 좋아했다.

가르치는 아이들을 칭찬하며 자랑처럼 말하곤 했다.

'They are so cute, so clever!'

자신이 그런 학생들을 가르친다는 것에 대해서 대단한 긍지를 가지고 있었다.

"피터는 아이들과 함께일 때 참 행복한가 봐….'

즐거워하는 피터를 볼 때마다 '아이와 피터는 참 잘 어울리는 웃음패키지'라고 생각했다. 은섬은 그렇게 생각했다.

그렇게 좋아하는 아이… 은섬이 이루어줄 수 없는 비켜간 꿈이 되어 버린 그들의 아이. 그녀는 자신의 불임선고에 가슴이 먹먹했다. 피터와 가정을 꾸린다면, 언젠가 2세에 대한 구체적인 얘기를 나눠 보겠다고 생각했건만, 이제는 그녀가 아이를 가지고 싶어도 불가능한 상황이 되어 버렸다. 그로 인해서 그들이 상상했던 미래의 이야기는 통째로 수정되어야 할 판이다.

'상황이 이렇게 되었으니 그와 한 번쯤은 맘 툭 터놓고, 솔직하게 다시 한번 얘기를 나눠 보는 것이 좋겠어.' 은섬은 둘 사이에 어떠한 문젯거리도 터놓고 말할 각오가 되어 있었다.

돌아오는 일요일, 아름다운 정원이 있는 카페에서 티타임을 갖기로 약속했다. 피터와 은섬이 모두 좋아하는 '행복'이란 카페에 가면, 현재의 쓰린 마음에 행복을 담아 올 수 있을 것만 같았다. 그녀는 진정으로 피터와 행복하고 싶었다.

소나무가 춤추는 모습으로 군집해 있는 둥근 로타리를 천천히 돌아, 차량이 많지 않은 곳에 차를 세웠다. 피터는 은섬이 내리기 넉넉하게 보조석 문을 열어 주었고, 그들은 다정히 손을 잡고 천천히 걷기 시작했다.

신비의 성에 조대된 게스트처럼 기대하는 마음으로 게이트를 통과했다. 매끈한 대리석이 비스듬히 깔린 길을 50미터쯤 둥글게 돌아서 들어가자, 커다란 직사각형 유리문이 연결된 아름다운 카페가 나타났다. 카페를 둘러싸고 있는 고풍스런 화강암 담장에는 커다랗게 기지개를 펴는 담쟁이 넝쿨이 자유롭게 뻗쳐 자라고 있었다. 카페 앞쪽으로는 탁 트인 정원이 한 눈에 조망할 수 있게 아름답게 펼쳐져 있었다. 그곳의 식물들은 모두 건강해 보였다. 주인의 정성스런 마음을 하나하나 제대로 받아먹은 듯 모두가 튼튼해 보였다. 크고 작은 식물들이 조화롭게 배치되어 있었고 전체적인 균형미로 아름다웠다. 전원주택의 앞마당처럼 넉넉하고 여유로운 공간. 평평하게 깎아 만든 현무암이 산책길을 안내하며 징검다리처럼 연결되어 있었는데, 그것들이 잔디와 어우러져 땅의 기운을 끌어올리는 초록 그물처럼 보였다. 담장 수목으로 인기가 많은 조그만 남천나무들… 그들은 이곳에서는 훤칠한 장정으로 곧게 자라 있었다. 빨갛고 노랗게 색깔을 입은 잎사귀들은 초록빛으로 가득한 정원에 생기를 더해 주고 있었다.

"이곳의 남천나무는 사람의 정성을 듬뿍 받은 탓인지 아주 훤칠하게 자라 있네. 멀리서 보면 영락없이 단풍나무처럼 보이겠어."

식물에 관심이 많은 은섬은 그것을 놓치지 않고 관심 있게 바라보았다.

카페 입구 잔디밭 넉넉한 공간에 다정한 모자상이 놓여 있었는데, 그들은 서로를 정겹게 바라보며 소곤소곤 일상을 공유하고 있었다.

이곳에 오면 피터가 가장 선호하는 자리가 있었다. 바로 2인용 그네였다. 목조로 만들어져 체인으로 연결된 조그만 그네는, 앉을 때마다 산들바람이 부는 듯 살짝살짝 자동적으로 흔들렸다.

"나는 저 의자가 가장 좋아. 남천나무와 자작나무가 있는 정원이 한눈에 보이거든."

피터는 그녀가 있는 곳을 손으로 가리켰다. 그들은 커피를 포장해서 그 의자에 나란히 앉기로 했다.

그가 갓 추출한 아메리카노 두 잔을 캐리어에 담아 들고 그녀 있는 곳으로 걸어왔다. '커피 향이 참 좋다.'며 오케이 손짓을 했다.

야외용 공연이 가능한 반달형 무대가 있는 곳에서는, 아이들이 근심 걱정 없이 뛰어놀고 있었다. 자기 집 정원에서 뛰어다니는 것처럼 편안해 보였다. 아이들의 아버지가 빵을 들고 오더니, 제비가 새끼들에게 먹이를 주듯, 일일이 떼어서 입속에 하나씩 넣어 주고 있었다. 아이들은 볼에 홍조를 띠고 있었고, 마음도 그 발그레한 색조만큼이나 들떠 있는 듯했다. 아이들은 빵을 한 입씩 물더니, 깔깔거리며 헉헉거릴 정도로 또 한참을 뛰어다녔다. 잡기 놀이에 열중하고 있었다.

따뜻한 일회용 테이크아웃용 커피 잔을 받아 든 은섬이 그들을 바라보며 또 잠깐 동안, 머나먼 꿈이 되어 버린 '아이' 생각을 하고 있었다. '귀여운 아이들을 갖는다는 것이 이젠 내게는 이루지 못한 꿈이 된 것인가….' 슬픔이 스멀스멀 목구멍에서 코끝으로 기어오르려는 것을 애써 막아보고 있었다. 자신의 실망보다 '피터의 꿈'을 생각하자니 더 슬퍼졌다.

그녀는 어색한 분위기를 깨기 위해서 명랑하게 말을 꺼냈다.

"아이들이 참 귀엽다, 그치?"

"응, 쏘 큐트. 난 저렇게 부모님과 함께 보낸 시간들이 없었어. 참 부럽다…."

피터가 자신의 어린 시절을 회상한 듯, 아쉬운 표정으로 말했다.

"그런데… 피터… 피터도 사실은… 저렇게 귀여운 아이를 갖고 싶지?"

은섬은 이런 저런 얘기를 돌려서 말하지 않고, 포인트를 콕 집어 말했다. 그것이 피터가 요점을 알아듣고 솔직하게 대답하기 쉽겠다는 생각이었다.

"우리 솔직해지기! 우린 비밀 없이 살기로 했으니까, 네 진심을 알고 싶어."

은섬이 피터의 말문을 트려는 듯 이어서 말했다.

"음… 사실은 아이를 정말 갖고 싶긴 해. 좋은 부모가 되는 게 꿈이었으니까."

피터는 진심을 말하고 있었다. 그녀의 마음을 배려한다면 거짓말을 할 수도 있었겠지만, 피터가 아는 은섬, 거짓말을 더 부담스러워할 것을 이미 알고 있었던 그였다. 그래서, 그는 말을 돌려서 하거나 머뭇거리지 않았다.

사실 '남녀한몸'인 피터에게 아이가 생긴다는 것은 두려운 일이기도 했다. 특이한 유전자가 이어질지도 모른다는 의심스런 생각이 연막을 치고 있었으니까…. 게다가 불임이라는 은섬의 말을 듣고 나니, 아이를 가진다는 것은 그들 사이에서 허락되지 않은 꿈이라는 생각이, 더욱 단단해지며 머리를 쳐들고 있었다. 그들 모두에게 2세의 계획이란 까마득하게 이루기 어려운 난제가 되어버린 것이다. '우리에게 기적이라도 일어난다면… 참 좋겠다.' 간절한 소원이 담쟁이 넝쿨처럼 뻗쳐오르고 있었다. 그는 은섬에게는 솔직하게 속마음을 내보여야만 했다. 비밀이 싫었다.

"그럼 일 년 뒤에… 시간이 좀 지나서 그때가 되어도 여전히 아이를 바란다면 말야… 우리 둘, 이 문제를 해결하기 위해 최선으로 노력해 보기로 하자."

은섬이 어려운 숨을 고르고, 카페 옆 건물에 매달려 오르고 있는 달팽이 조각상을 바라보았다. 달팽이는 등에 무거워 보이는 짐을 잔뜩 짊어진 채로, 꼭대기를 향해 열심히 기어오르고 있었다.

"난 우리의 관계보다 아이가 더 소중하진 않아. 기적적으로 만약 우리의 아이를 가질 수만 있다면, 더할 나위 없는 축복이겠지만… 그렇지만, 우리 둘이 함께인 것이 가장 우선이거든."

피터가 한 손에 들고 있던 커피 컵을 나무 벤치 위에 내려놓더니, 그녀를 안아 주었다.

"나는 사실 사랑과 결혼은 별개로 생각하는 사람 중 하나였어. 사랑하면 꼭 결혼해야 된다는 건 정답이 아니라고 생각했고…."

은섬은 자신이 주장하던 '비혼의 법칙'을 상기하며 말을 줄였다.

"응, 나도 너의 생각을 알아. 친구들과 하는 얘기를 종종 들었거든. 나는 그 마음이 이해가 돼."

피터는 그녀의 생각을 벌써부터 가늠하고 있었다. 그들은 연인이기 전에 친구이기도 했으니까.

사실, 그녀의 사랑과 결혼에 대한 논리는 피터를 만나기 이전과 이후로 뚜렷하게 달라지고 있었다. 자신의 법칙과 사회적인 질서를 위배됨이 없이 잘 섞어서 실현 가능하고 합리적인 명제로 만들고 싶었다. '아이는 갖고 싶지만, 결혼은 꼭 할 필요가 없다.'는 명제를 실현하고 싶었다. 모두들 가당치 않다고 손가락질하더라도, 그런 수군거림이 그녀에겐, 오래전부터 크게 신경 쓰이지 않았던 사항이다.

"우리는 시간이 지나도 여전히 서로가 함께인 사실이 행복할 거라고 확신해. 우리는 서로를 신뢰하고 있으니까."

피터가 자신 있는 표정으로 말하면서 은섬의 손을 잡았다.

"나도 마찬가지야. 널 아껴. 누구보다도… 모든 것은 시간이 정직하게 말해 주리라 믿어."

은섬은 둘이 한 편이라는 것을 맹세하는 듯, 피터의 손 위에 자신의 손을 포갰다.

"커피 맛도 좋고 정원도 아름답고 이 시간도 행복하다. 왜냐하면… 우리가 함께라서!"

피터는 그녀의 손을 꼭 잡은 채로 시원스런 정원을 바라보았다. 그들의 시간은 여유롭고 자연스럽게 흘러가고 있었다. 결코 조바심 내지 않고… 고민은 짧게 끊어 내어 버리고, 즐거운 일상으로 그들의 미래를 이어가고 있었다.

봄, 여름, 가을, 겨울, 사계절이 지날 때마다, 그들은 더불어 일상의 고락을 나누고 있었다. 시간이 흐르는 만큼 두 사람의 관계는 성숙되어 갔다. 신뢰도 쌓였다.

피터와 은섬은 하우스의 친구들에게 2세 문제에 관한 돌파구를 적극적으로 찾아내겠노라는 야무진 계획을 알렸다. 난제를 해결하기 위해 클로이가 근무하는 병원에 정기적으로 내원하고 있다는 사실도 알렸다. 실제로도 은섬은 불임을 치료하고 극복하기 위한 방법들을 찾기 위해, 부단히 노력하고 있었다.

클로이의 프로젝트를 진행하던 팀원들은 그들의 특이한 케이스를 연구 대상에 올리고, 프로젝트의 이름을 내걸었다. U.P.프로젝트! 그것은 불가능을 가능하게 만드는 프로젝트였다. 기적적인 임신을 가능케 하는 마법 같은 프로젝트!

어느 날 클로이로부터 연락이 왔다. 피터와 은섬을 병원으로 호출했다. **불임에 관한 연구과정에서 좋은 해결책을 찾았음.**

마음이 설렜다. 그 '좋은 해결책'이란 도대체 무엇인지 빨리 알아내고 싶어졌다. 두 사람 모두 어렵사리 평일 시간을 쪼갰다. 가급적 하루라도 빨리 병원을 방문해야 했다. 이번 미팅 약속은 사뭇 긴장감이 돌았다. 아이를 갖는다는 것이 이룰 수 없는 꿈이 되어 버린 커플에게, 해결책이란 아주 중대 사항이었다. '2세의 가능성'이란 피터의 과거 소망과 은섬이 원하는 미래의 꿈을 실현하는 어마어마한 선물이었다.

"사실은 내가 몇 개월 전부터 우리 연구팀원들의 도움을 얻어서, 피터와 은섬의 신체적 상황을 기본으로 연구에 돌입했어. 어쩌면 내가 피터의 절친이라서 그런지도 모르겠지만… 나아가서 이것은 결코 너희 한 커플만을 위한 연구는 아니야. 남자도 임신이 가능하다는 새로운 발견."

클로이가 들뜬 목소리로 서론을 시작했다.

"둘 다 정상적인 임신이 불가할 때 이용할 수 있는 방법인데… 복잡하고 어려움이 따르긴 해. 그래도 시도해 볼 법하지. 생명을 창조하는 위대한 일이니까."

계속되는 그녀의 설명은 더욱 놀라웠다.

"피터는 '남녀한몸'인 걸 은섬이도 알고 있을 거야. 나는 그간 피터를 자세히 검사. 관찰했고, 그 결과 그에게도 활성화되지 않은 작은 자궁이 있다는 걸 발견하게 됐어. 그의 자궁은 미성숙 단계이긴 해도, 어쩌면 은섬이의 자궁보다도 더 건강하고 안정적이야. 크기만 좀 키울 수 있다면 말이야… 임신이 가능할 수도 있고."

클로이의 말에 피터의 눈이 동그래졌다.

"내가… 아이를 가질 수 있다고? 내가?"

"물론이야. 가능해. 아예 불가능한 일이 아니라고 밝혀졌거든."

클로이가 단언했다.

"대신 난자와 정자는 따로 채취 후, 수정체를 완성해서 피터의 성숙된 자궁 안에 잘 착상시켜야 돼. 그런 과정이 힘들 거야."

피터가 머릿속으로 마인드맵을 그려 보았고, 이미 추리가 확실해진 듯 고개를 끄덕였다. 은섬은 떠오르고 있는 의문사항을 느릿하게 질문했다.

"그럼… 나의 난자 채취가 필요하겠네. 피터에게서는 정자?"

피터와 은섬은 서로를 바라보았고 같은 상상을 하고 있었다. 수정체가 만들어지는 일련의 상상들이 머릿속에서 둥글게 회전되고 있었다. 그들은 불가능했던 임신을 할 수 있다는 사실에 놀랐고, 평범치 않은 방법의 있을법한 도출에도 놀랐다.

"난 힘들더라도 할 수 있다면 그렇게 해 볼 거야!"

피터가 결심했다는 듯, 빠른 결론을 내렸다.

"피터, 정말이야? 그럴 수 있겠어?"

은섬이 피터를 걱정스럽게 바라보았다.

"응, 우린 서로 사랑하고 있고, 아이가 생기면… 우리가 원했던 너와 나의 꿈을 이루게 되는 거니까!"

그는 은섬의 표정을 살피며 말을 이어가고 있었다.

"너는 나의 하나뿐인 사랑이고, 우리의 2세는 그 사랑의 증거야. 내가 그것을 이룰 수 있다면 정말 영광이겠어."

피터는 은섬의 두 눈을 바라보았다. 그리고 걱정하지 말라는 듯 밝게 웃었다. 그의 결심이 굳어졌다는 것을 확인시켜 주고 있었다. 피터는 은섬의 두 손을 맞잡아 입맞춤했고 그녀를 안아 주었다. 두 사람을 바라보고 있던 클로이는 눈물을 찔끔거리며 휴지를 뽑고 있었다. 훌쩍거리던 코를 한번 팽- 하고 풀더니, 뿔테 안경을 바로잡았다. 그리고는 다시 의사의 냉철함으로 되돌아갔다.

"Well… 그럼 이제부터 목표를 위해서 정진하기로 한 거다."

클로이는 잠시 눈을 감고 두 손을 모았다. 이어서 기본적인 계획을 말했다. 클로이의 계획 아래 준비할 사항들이 많았다. 성공 여부는 그들의 노력에 달려 있었다. 기적은 간절히 원하는 사람들에게 날아들 것이다.

'U. P. 프로젝트(Unbelievable Pregnancy Project)'는 믿을 수 없는 것을 믿을 수 있게 만드는, '기적'의 임신 프로젝트인 것이다.

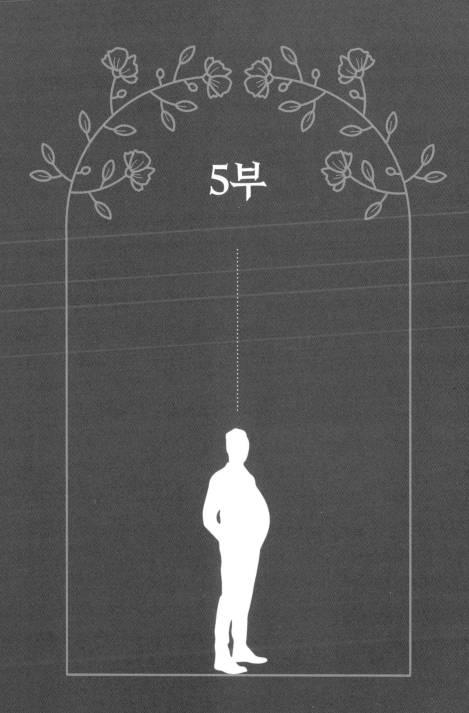

5부

머나먼 요트 세일링

세일링을 계획했다. 그것도 아주 멀리….

은섬은 몸이 완전히 회복되고 나서, 바다에 나서고 싶었다. 거친 파도를 헤치고 자신의 역량을 시험해 보고 싶었다. 머나먼 목적지의 세일링을 계획했다. 피터가 아이를 가지기 전에, 계획했던 모험을 근사하게 마치고 싶었다.

이번 세일링에는 익숙한 홍이 대신 낯선 팀원들로 구성되었다. 홍이는 연례행사 준비로 바빴다. 새로운 팀은 남자 세 명과 여자 한 명으로 이루어진 4인조였다. 이번 항해는 만만치 않은 모험이 도사리고 있었지만, 앞으로는 그럴 기회조차 없을지도 모른다고 생각하니 주저함이 사라졌다. 계획했던 대로 밀고 나가기로 했다. 홍이의 도움을 받아 비교적 안정적인 항로를 정했다. 날씨가 관건이었지만, 팀원들의 경력은 충분하다고 했다.

'여행을 다녀오고 나면 피터와 배 속의 아이에게 아름다운 모험담을 들려줄 수도 있겠지.' 그녀는 미래의 가족을 상상하며, 즐거운 마음으로 한껏 부풀어 있었다. 피터는 그녀의 험한 계획에 개운치 않은 마음이 들면서도 말리지는 않았다. 그녀가 아이처럼 들떠 있어서 그녀 편을 들어주는 것이 최선이라고 생각했기 때문이었다. 모처럼 자유로운 여행을 꿈꾸는 그녀의 마음을 꺾고 싶지 않았다.

"클로이가 그러는데, 내가 착상을 위한 준비 기간이 상당히 길게 걸릴 거라니까, 몇 주간의 여행을 다녀오는 것도 좋겠단 생각이 들었어. 나중에는 우리가 각자 떨어져서 여행할 기회도 없이 한동안 무척 바빠질 테니까."

피터는 그녀의 결정을 대폭 지지했다.

항해가 시작되기 몇 주 전부터 그녀는 선박을 점검하기 시작했다. 만약에 있을 사고에 대비하여 물품과 상비약 등을 꼼꼼하게 챙겼다. 꼭 해보고 싶었던 모험이라며 피터에게 고맙다는 말도 잊지 않았다.

항해를 시작하는 날.

빗줄기가 조금 '떨어지다 그치다.'를 반복했지만, 항해에 따른 별다른 경고가 없었기에 맘 놓고 출발하기로 했다. 항구를 떠나기 전, 요트가 보이는 선착장에 선원들과 은섬이 모였다. 홍이도 왔다. 그녀는 이번 세일링은 아주 특별한 추억으로 남겨야 한다며, 선원들 모두가 요트 옆에서 활짝 웃고 있는 기념사진을 찍었다.

그들은 7노트의 바람을 기점으로 승선을 시작했다. 의기양양 모험을 떠나는 개척자들의 모습이었다. 팀 구성원은 5년 이상 경험을 가진 선원 2명과 10년 이상인 스키퍼 그리고 항해를 시작한 지 일 년 남짓한 막내가 바로 그녀였다. 세 명의 선원들은 은섬이 공부했던 요트학교 출신 선배들이라서, 조금씩 두려워지려는 그녀의 불안감에 든든한 위로가 되어주었다. 그녀 자신은 요트 항해에 불완전한… 아직은 햇병아리였지만, 뒷걸음질 치려는 마음을 '모험'이라고 다독이고 있었다.

'그렇게까지 겁먹을 필요는 없어… 계획된 여행이니 다녀오는 거야. 이맘때의 가장 좋은 기회라고 생각하자.' 상상 속에서 그녀는 벌써 거친 바다를 헤치고, 항해를 마치고 돌아온 영웅이 되어 있었다.

그들은 석양이 아름다운 서해안의 서해 마리나를 출발했다. 삼 일 동안 항해가 지속되고 있었다. 달빛에 비치는 바다의 물결과 요트에 살짝 살짝 부딪히는 파도 소리 그리고, 돛 단 마스트에 딸각거리는 소리마저 백색소음으로 평화로웠다. 자장가처럼 나른하고 달콤하게 들려왔다. 선원들은 지친 몸의 피로를 풀기 위해 선착장이 마련된 중간중간의 섬에 정박했으며, 그때마다 항해 장비를 점검했다. 민박지에서 재충전 후 또 다시 세일링을 떠나는 방식으로, 날짜별 계획대로 항해를 계속했다. 한국의 섬들을 거쳐 일본의 섬에 다다르는 것은 극도로 힘든 익스트림 스포츠와 같았다. 선원들의 얼굴은 저마다 빨갛고 거칠어졌으며, 겹겹으로 바람을 막는 의류를 겹입었는데도 소용없었다. 햇볕과 바람으로 거칠어져 쓰린 부위가 많아졌다. 영화에서나 볼 듯한 비키니를 입고 선상에서 와인을 마시는 일은, 전혀 생각할 수도 일어날 수도 없는 터프한 현실이었다. 거친 상황들의 연속이었다.

　그들은 무사히 목표점을 찍었다.

　돌아오는 날의 기상은 그다지 좋지 않았다. 갑자기 발생한 해무가 점점 더 두꺼워지고 있었기 때문이다. 기상청에서는 출항 전날은 안개를 조심하라고 경고했으며, 하루 더 지켜보고 나서 출항할 것을 권고했다. 항해를 시작하는 당일 아침에는 짙게 깔리던 해무가 서서히 거치고 조금 맑아졌으며, 바람이 적당히 불기 시작했다. 아직 경계경보가 완전 해제되지는 않았지만, 스키퍼는 해양기상 상태를 검색해 보고 항로를 점검했다. 항구에 정박하며 기다리던 배들이 경보 해제와 함께 곧이어 출항할 것을 추리한 그가 한마디 했다.

　"해제통보가 있자마자 서로들 출항하려고 엉킬 수 있을 테니, 우리가 여유 있게 조금 먼저 출항하여 평화롭게 항해하면 어떨까 하는데, 어찌들 생각해요?"

두 명의 팀원은 그러자고 동의했다.

은섬은 선뜻 대답이 나오지 않았다.

"막내 은섬 씨는 맘 놓고, 그냥 따라오시면 됩니다."

스키퍼인 김 선배가 두툼한 점퍼를 갖추어 입으며, 모두들 일어나라고 여유 있게 손짓했다. 은섬은 썩 내키지 않는 마음이었지만, 주섬주섬 소지품을 챙기고 팀원들을 따라나섰다. 다른 배들은 아직 출항하지 않고 적정한 시간대를 더 기다릴 기세로, 꼼짝도 하지 않고 있었다. 그저, 바다의 환영신호가 오기만을 관망하고 있는 눈치였다.

은섬과 동료들이 탄 배는 아무런 거리낌 없이 시작은 평화로웠다. 이상하게도… 곧 출발할 것처럼 보였던 선박들이 30분이 지나도 따라나서지를 않았다. 일찌감치 선수치고 나선 그들의 요트만이, 두 시간여 동안 자신 있게 항해를 진행하고 있었다. 한참 더 지나자 시야가 흐려지고 있음을 감지하게 되었다. 바람이 제대로 불어 주지 않았으므로 모터를 이용해 조금씩 움직이기로 했다. 기상이 예사롭지 않음을 느꼈는지 선원들의 표정이 불안해 보였다. 그래도 그들은 애써 태연해 보이려고 노력하는 듯했다.

'우지끈!'

갑작스럽게 배 아래에서 둔탁한 음이 들렸다.

수심에 잠겨 있는 킬(keel)이 무언가에 부딪히는 소리 같았다. 은섬은 온몸에 날카로운 촉이 서는 것을 느꼈다. '뭔가 안 좋은 일이 생길 것만 같아….' 그녀는 목에 걸려 있던 묵주 목걸이에 손을 올렸다.

"하느님!"

그리고 기도했다. 그녀는 두려움에 심하게 떨고 있었다. 배 속이 울 렁거리고 머리도 아찔했다. 덩달아서, 다리에서도 힘이 쑥 빠져나가는 듯했다. 갑자기 피터의 얼굴이 떠올랐다. 커다랗게 부풀어 오른 배를 안 고, 혼자 슬프게 앉아 있는 피터의 모습이 빠른 필름처럼 확- 지나갔다.

키잡이인 김 선배가 무어라고 중얼거리더니, 다른 사람에게 잠시 키를 쥐게 하고, 여기저기를 심각하게 점검하는 눈치였다. 그는 고개를 갸웃 거리더니, 다시 제자리로 돌아와서 키를 되잡았다.

"이 정도로는 끄떡없다니까. 에이, 별일 아니야. 네비 상에는 이상 징 후도 없고….”

그의 얼굴엔 걱정의 그늘이 확연했으나, 그 기색을 영원히 숨길 수 있 을 것처럼 여유스럽게 웃어 보이기까지 했다.

사방은 5미터 앞의 거리까지만 육안으로 확인할 정도로 가시거리가 짧 아졌다. 설상가상으로, 바람이 거세지면서 파고가 점점 높아지고 있었다. 파도의 허연 물살들이 여기저기에서 혀를 쭉 빼밀고 넘실거렸다. 선박도 차츰 두려움으로 요동치기 시작했다. 배에 승선한 팀원들은 스키퍼의 지 시에 따라 바쁘고 빠르게 움직였다. 설상가상으로 하늘에서는 천둥 번개 가 내리쳤고, 파도는 배를 위협할 만큼 더 크게 출렁거리기 시작했다.

스키퍼인 김 선배가 얼어붙은 얼굴로 말했다.

"키가 안 먹어. 뭔가 잘못됐나 봐….”

불안한 표정이 그의 자신감을 서서히 밀어내고 있을 때, 출렁거리던 파도가 배를 집어삼킬 것처럼 촤악- 쳐들어왔다. 키잡이의 얼굴을 내리 쳤다. 그는 잠시 얼떨떨한 표정이었다. 얼굴을 강타 당한 스키퍼 김 씨가 잠시 정신을 추스르는 사이, 다른 선원이 대신 잽싸게 키를 움켜잡았다. 그도 역시 긴장스럽게 버티기 시작했다. 가장자리가 조금씩 찢어지기 시작한 돛은 파닥파닥 상처 입은 날개처럼 바람에 펄럭거리고, 배는 좌우로 정신없이 흔들거리고 있었다. 은섬과 나머지 선원 한 명은 어떻게든 이 사태를 수습해 보려고 이리저리 움직였다. 몸은 움직이고 있었지만 모두들 혼이 나간 것처럼 보였다. 은섬 역시 정신이 혼미한 채로 허둥대고 있었다. 이런 일이 벌어지리라고는 그녀는 꿈에도 예상치 못했었다. '아… 내가 바다를 너무 만만하게 본 거야… 얕잡아 볼 게 아니었는데… 홍이의 말이 맞았어.' 깨우침과 함께 돛이 쭉- 찢어지는 소리가 났다. 집 세일이 망가졌다. 바닥에 있던 물건들은 물길을 따라서, 주르르- 미끄러져 바다 속으로 끌려 들어갔다. 더욱 거세진 파도가 배 안으로 훌쩍 넘어 들어왔다. 인정사정없이 갑판 위를 휩쓸어다 온통 물로 뒤덮었다. 허둥대던 정 선배가 굴러다니던 물먹은 밧줄을 실수로 밟자, 한쪽 발이 중심을 잃으면서 미끄러졌다. '꽈당!' 소리를 내면서 엉덩방아를 찧었다. 그는 다행히도 크게 다치지 않은 듯 민첩하게 바로 일어섰다.

'다행이다….' 그 생각이 머릿속에서 기뻐하기도 전에, 이번에는 더 큰 파도 자락이 그녀를 덮쳤다. 힘없이 쓰러진 은섬은… 다시 일어서지 못했다. 그녀는 갑자기 정신을 잃고 말았다.

미씽(Missing)

창가로 비치는 햇살에 티아라의 보석들이 별빛처럼 반짝거렸다.

홍이와 태완의 웃음소리…. 홍이는 무릎 아래로 살짝 내려오는 프릴이 달린 살구색 들러리 드레스를 입었고, 태완은 하늘색 슈트에 곤색 보우타이를 했다. 그들은 은섬이 지금까지 본 중에서 제일 아름답고 말쑥한 모습이었다. 성당 수녀님의 안내와 더불어 한동안 가출했던 화가, 고훈석이 나타났다. 그는 감격스런 모습으로 눈이 붉어져서 신부 드레스를 입은 은섬을 꼭 안아 주었다. 그 옆에 아름다운 엄마가 선녀 같은 모습으로 서 있었다. 긴 머리를 똬리 틀어 단정하게 머리를 올리고 꽃 자수가 수놓인 연분홍색 깨끼 한복을 입은 엄마가 눈물을 글썽이며 웃었다. 오랜만에 마스카라를 한 그녀는 검댕이 눈물이 떨어질까 봐서, 손수건으로 속눈썹에 묻은 눈물을 연신 찍어 내고 있었다.

훈석이 딸과 오랜만에 감격스런 허그를 끝내자마자 미담도 그녀에게 다가오더니, 마치 한참 동안 못 만날 것처럼 그녀를 꼭 안아 주었다. 그리고는 어린아이를 달래듯 등을 토닥여 주었다. 그녀에게 '다 잘 될 거야.'라고 조용히 말했다.

객석보다 30센티미터 높게 올라가 있는 주례석 단상에, 신부님이 두 손을 모으고 엄숙하게 서 있었다. 그리고 멀리에 신랑이 서 있었다. 멀쑥하게 키 큰 사람이 서 있었는데, 그가 누구인지 얼굴은 알아볼 수 없었다. '분명히 피터여야 하는데….' 그녀는 눈살을 찡그리며 그 사람을 확인하려고 애썼지만, 얼굴이 보이지 않는 신랑은 모자를 꾹 눌러쓴 모습으로 춤을 추고 있었다.

은섬은 홍이가 건네준 흰색과 분홍장미가 섞인 둥근 부케를 들고 있었는데, 신랑 역시 그녀와 똑같은 부케를 가지고 있었다. 신랑이 부케를 들고 있다니 참 이상하다고 생각했다. 답답한 마음에 뒤를 돌아보았다. 객석을 휘익 훑어보니 체험센터의 동료들과 학교 친구들, 그리고 쉐어 하우스의 친구들을 비롯해, 알고 지내던 지인들이 미소 지으며 앉아 있었다. 그때 웨딩마치가 울렸고, 은섬은 아버지의 팔짱을 끼고 음악에 맞추어 행진을 시작했다. 길게 깔린 아름다운 주단 위로 사뿐하게 걸으면서, 눈인사를 하기 위해 곁눈질로 객석을 보았다. 사람들이 모두 사라졌다. 동물들만 가득했다. 다람쥐, 토끼, 기린, 사슴, 하마 등 동물들이 사람처럼 박수를 치며 앉아 있었다. 이상했다. 행진을 하는 플로어에는 방금 전 보았던 붉은 주단 대신, 야외 풀밭에 들어와 있는 것처럼 초록색 잔디가 곱게 깔려 있었다. 객석의 분할 선은 무성하게 꽃이 만개한 벚꽃나무들이 일렬로 줄을 맞추어 서 있었다. 분홍색 벚꽃이 얼마나 눈부셨던지, 그런 모습은 태어나서 난생처음 보는 화려한 벚꽃축제 같았다.

행진을 마치고 거의 신랑의 얼굴을 알아볼 즈음 다가갔는데, 식장의 바닥에 갑자기 물이 차오르기 시작했다. 은섬은 당황한 모습으로 물속에서 빠져나오려고, 두 다리를 마구 흔들면서 허우적거리고 있었다.

"괜찮으세요?"

목이 긴 사슴이 얼굴을 바짝 들이대며 물었다.

"저기… 머리가 좀 아파요…."

은섬이 실눈을 떴다가, 곧 다시 눈을 감았다.

고요한 해변에 허연 이를 드러내는 파도들이, 바쁘게 해변 가장자리로 무언가를 밀어 올리고 있었다. 해초더미들과 조가비 그리고, 해변 위로 발을 디디고 싶어 하는 자잘한 돌멩이들까지 잊지 않고 힘껏 밀어 주고 있었다.

고슴도치의 바늘처럼 삐죽하게 솟아 있는 해송의 군집을 이고 있는 산등성이가 보였다. 거북이의 등껍질처럼 완만하게 곡선을 그리는 아래쪽에, 금이 간 암석 몇 개가 아슬아슬하게 해송 뿌리와 얽혀 서로를 붙잡고 있었다. 찰싹찰싹 바위를 때리는 파도의 소리가 유난히 크게 들리는 그곳에, 머리칼이 미역 줄기처럼 흩어진 채로 정신을 잃고 쓰러져 있는 한 여인이 있었다. 은섬이었다.

그녀를 발견한 것은 목이 길고 아름다운 마을의 여 족장 아이리스였다. 은섬이 잠시 눈을 떴을 때 '괜찮으세요?'라고 물었고 그녀는 머리가 아프다는 말을 남긴 채 다시 정신을 잃었었다. 아이리스는 정신을 잃은 조난객을 이동시키기 위해 조가비 피리를 불었다. 멀리서라도 비상시에 마을 사람들을 부르는 신호음이었다.

'삐리삐리삐리릭-.'

얼마 지나지 않아 덩치 좋은 두 명의 청년들이 오더니, 그녀를 들것에 조심스럽게 싣고 거뜬히 일어났다. 걸을 때마다 발이 푹푹 들어가는 모래 해변을, 육지 걷듯 아주 익숙하게 흔들림 없이 걸어갔다. 아이리스와 그들은 모두 똑같이 디자인된 그린 부츠를 신고 있었다.

"이분은 참으로 아름다운 미래를 품고 있답니다. 이곳에서 잃어버린 마음을 다시 찾아내는 시일은 그리 오래 걸리지는 않을 듯해요."

아이리스는 달빛처럼 밝은 미소를 머금고 두 청년에게 조용히 말했다. 그들은 말없이 고개를 끄덕끄덕했다.

후아무아섬

은섬이 눈을 떴을 때, 자신의 발끝이 닿아 있는 벽 쪽으로 새털과 돌로 장식한 벽걸이가 걸려 있는 것이 보였다. 깃털은 새하얗고, 돌멩이들은 초록빛과 바다를 닮은 푸른빛을 띠고 있었다. 아름다운 장식품이었다. 벽은 푸른 초원에 와 있는 것처럼 아주 연한 새싹 빛을 띠고 있었다. 그녀가 정신을 차리고 머리를 움직이려 하자 어지럼증이 몰려왔고, 오른쪽 귀 뒤쪽이 세게 얻어맞은 것처럼 찡하고 아파 왔다.

"아… 머리야, 여기가 어디지….."

머리는 움직이지 못하고 오른손으로 통증이 있는 부위를 살며시 만져 보았다. 두툼한 천으로 머리를 싸매 놓은 것을 느낄 수 있었다. '내가 다쳤나… 그런데 여기는 대체 어디야….' 머릿속으로 이리저리 기억의 조각을 맞추어 보려 하는 찰나에 방문이 슬며시 열렸다. 하얀색 원피스를 길게 늘어뜨린 채, 찻잔이 담긴 은빛 쟁반을 들고 한 여인이 들어왔다. 나이가 60 정도 되어 보이며, 머리카락은 길게 한쪽으로 땋아 내린 우아한 여인이었다. 그녀의 머리카락은 눈 덮인 겨울 산 같았다. 누워 있는 은섬과 눈이 마주치자 살짝 고개 인사를 했고, 들고 온 쟁반을 소리 나지 않게 조심스레 내려놓았다. 그리고는 그녀에게 물었다.

"머리는 아직 아프시지요?"

"네… 그런데 이곳은 어디인가요?"

질문과 함께 반사적으로 몸을 다시 일으켜 보려고 하다가, 처음보다 더 지끈거리는 두통으로, 몸을 움직이려는 시도를 포기했다.

"이곳은 무인도입니다. 사람들에게 알려지지 않은 조그만 섬입니다.

후아무아섬이라고… 저희들이 이름을 붙였지요. 며칠 전 제가 해변을 거 닐다가, 정신을 잃고 해안가에 쓰러져 있는 당신을 발견하고, 이곳으로 모셔왔습니다. 아마도 항해 중 난파된 것으로 보입니다. 주변에 배의 잔 해들이 보였거든요. 혹시 어쩌다 다치게 되셨는지 기억이 나시는지요?"

그녀는 전혀 빠르지 않게, 여유 있는 나직한 목소리로 물었다. 심각한 말을 하고 있는 동안에도, 그녀는 온화한 미소를 잠시도 멈추지 않았다. 세상 근심이라고는 가지고 있지 않은 선녀나 신선 같아 보였다.

그런데 이상하게도 몽롱한 와중에도 그녀의 눈에 신기한 것이 보였 다. 미소 짓고 있는 여인의 머리 둘레에서 하얀색 빛줄기가 물결치고 있 었다. 태어나서 처음 보는 신비로운 현상이었다. 빛은 뿜어져 나오면서 커졌다 작아졌다 움직이는 듯 했다.

'머리를 다쳐서 그런지 별별 헛것이 다 보이네… 확실히 내가 정상은 아닌 거야.'라고 은섬은 생각했다.

"그런데, 저는… 제 이름은… 아, 기억이 나지 않아요. 왜 이러지… 대체 내가 누구지?"

그녀 자신이 누구인지도 모른다는 것에 공포감이 온몸을 덮치는 것 같 았다. 머리는 백지 같았다. 하얗기만 하고 실선이나 점 하나도 상상으로 그릴 수가 없는 것 같이 무기력했다. 무엇부터 시작해야 할지, 무엇을 어 떻게 해야 할지 도무지 계획이란 것도 만들어지지 않았다. 덩치는 컸지 만 다시 어린아이로 되돌아간 백지 같은 느낌이었다. 그런 그녀를 안심 시키려는 듯 후광을 가진 여인은 은섬의 왼손을 다정하게 두 손으로 잡 아 주며 말을 이었다.

"이곳을 다녀간 몇몇 사람들은 이곳을 치유의 섬이라고 부른답니다. 이곳에 있으면 저절로 모든 장애가 극복되고, 기억과 행복을 찾을 수 있는 곳이니까요. 모든 것을 서둘러 기억하려고 하지 않아도 정해진 '그때'가 되면, 모든 기억이 제자리를 찾게 될 거예요. 저는 아이리스라고 합니다. 계시는 동안 보살펴 드리도록 할 것이니, 무거운 마음을 내려놓으세요. 두렵거나 염려하는 마음은 이곳에서는 모두 비우셔도 됩니다."

말을 마치고 그녀는 가지고 들어온 은쟁반 위의 찻잔에 차를 따랐다.

"다친 곳에 도움이 되는 차를 끓여 왔으니, 아침저녁으로 드시도록 하세요. 제가 앉을 수 있도록 도와 드릴게요." 아이리스는 그녀의 등 뒤로 한 손을 지지하고, 다른 한 손은 머리와 목 쪽을 받쳤다. 그녀가 몸에 손을 대는 순간 아픈 통증이 사라진 것 같았다. 그녀는 가녀린 몸집이었는데도 하나도 힘을 들이는 것 같지 않게, 은섬의 상반신을 거뜬하게 일으켜 세웠다. 신기한 일이었다. 그녀는 친절하게도 몸을 더 이상 구부리지 않고도 찻잔을 잡을 수 있도록, 은섬 가까이로 찻잔을 바짝 내밀었다.

"자 드세요. 이제는 적당히 식은 것 같으니까 천천히 드셔 보세요."

그것은 은은하게 보랏빛이 도는 향이 좋은 차였다.

"감사합니다."

은섬은 고마움을 표현하면서 조심스럽게 찻잔을 받아 쥐고 한 모금 마셨다. 적당한 온도로 데워진 향기로운 차의 따스한 기운이, 손바닥으로 찌릿하게 퍼졌다. 그리고 손바닥에서 팔로 이어졌고, 어깨를 거쳐 머리 꼭대기로 꼿꼿하게 솟구쳐 올라가는 느낌이 들었다.

"제가 너무 예민한가 봐요. 온몸이 찌릿찌릿… 몸 전체가 불꽃이 튀기는 것처럼 느껴져요."

은섬은 아이리스를 바라보며 힘없이 말했다. 그녀는 받아 든 차를 한 번에 다 들이켜 마시고는, 찻잔을 쟁반 위에 내려놓았다.

"차를 드셨으니 자리에 누우셔서 한숨 더 주무시도록 하세요."

아이리스는 그녀를 다시 침상에 눕혔다. 그리고는, 어깨 부분까지 이불을 끌어 올려 따뜻이 덮어 주고, 쟁반을 들고 조용히 나갔다.

차를 마시고 몇 분이 흐르자, 지끈거리던 두통이 사라지고 아픈 느낌도 사라졌다.

"신기하네. 이제는 아프지 않아. 차를 한잔 마셨을 뿐인데…."

다음 날, 그녀는 혼자서 일어날 수 있었다. 두 팔을 짚고 일어서서 방 안에 있는 거울 앞에 앉을 수도 있게 되었다. 잠들어 있는 동안 아이리스가 한 번 더 다녀갔는지, 말끔하게 다림질된 긴 원피스가 벽에 걸려 있었다. 은섬이 눈을 뜨자마자 시선이 고정되는 가장 잘 보이는 위치였다.

'어제 그 여자가 입었던 것과 비슷한 옷이네. 하기야 내 옷이 여기 있을 리가 없으니….'

해안가에서 발견되었다는 소리를 들었을 때 그녀는, 자신의 소지품이며 자신이 누구인지 알아낼 수 있는 증거품들은 아무것도 없다는 것을 이미 깨달았다.

'무언가 생각날 때까지는 이곳에 있을 수밖에 없겠어.'

밖에서는 맑은 종소리가 났다. 은섬은 세수를 하고 옷을 갈아입은 뒤, 종소리가 나는 밖으로 천천히 걸어 나갔다. 문 밖은 실로 꿈속 같은 풍경이었다. 그녀를 설레게 했다. 잎사귀가 무성한 키 큰 활엽수들과 색색의 꽃나무들과 열매를 가진 과실수까지 질서를 지키듯 층층이 자라나 있었다. 작은 풀꽃들까지 키 큰 나무들과 어울려, 하모니를 이루는 듯 예뻤다. 그녀가 상상했던 유토피아 같았다.

끝이 보이지 않는 정원의 시작점에는 하얀 대리석으로 만든 긴 원형 탁자와 일곱 개의 의자들이 나란히 놓여 있었는데, 모두 은빛을 띠고 있었다. 은빛 가구들이 한낮의 태양빛을 받아 눈이 부시도록 반짝거렸다. 식탁 위에는 야채와 과일이 차려져 있었고, 은섬이 입고 있는 옷과 비슷한 긴 원피스를 입은 사람들이, 몇몇 이미 와서 자리에 앉아 있었다.

아이리스가 그녀의 앞으로 몇 걸음 마중을 나오더니 그녀의 손을 부축해 주었다. 은섬과 마을 사람들은 아이리스의 소개로 서로가 인사를 나누게 되었다.

"저는… 저는 이름이… 죄송해요. 기억이….."

은섬은 본인의 이름이 전혀 기억나지 않는다는 것을 깨달았다.

"억지로 기억을 잡아내려고 하지 않으셔도 됩니다. 시간이 지나면 자연스레 기억을 찾으실 거예요."

아이리스가 말했다. 그녀는 은섬을 중간 자리로 이끌었다. 나머지 세 명을 은섬에게 소개했다.

"저희 섬에는 많은 이들이 살지는 않습니다. 단지 네 가구만 터전을 잡았습니다. 이쪽은 트리샤입니다."

"반가워요. 이곳으로 오신 것을 환영합니다."

30대 초반으로 되어 보이는, 머리색이 초록빛을 띤 여성이 밝게 인사를 했다. 은섬은 그녀의 머리카락 색이 참 독특하다고 생각했다.

"이쪽은 여행을 즐겨 하는 윌."

"환영합니다. 이곳에서 아름다운 시간을 함께하도록 하세요."

목소리가 저음이고, 40대 중반으로 되어 보이는 남자는 매우 신사적이고 예의 바르게 보였다. 특이하게 그의 이마 정중앙에 푸른색 점이 있었다.

마지막으로 소개받은 이는 젊은 청년이었는데 흑인이었다. 덩치가 크고 명랑해 보이는 얼굴 표정을 한 젊은이는, 소개하기도 전에 웃으며 악수를 청했다.

"저는 톰입니다. 친하게 지내요."

그는 은섭과 비슷한 나이대로 보였다.

신기하게도 그들은 모두가 의사소통에 걸림이 없이 언어가 통했다. '나의 언어를 알아듣고 대화가 통하다니, 모두 외국 사람들인 것 같은데 신기한 현실이네.' 그녀는 현실이 전혀 현실 같지가 않았다. 꿈속에 머물러 있는 듯 몽롱한 생각이 들었다. 그녀는 인사받은 사람들의 이름을 잊지 않으려고, 한 명씩 한 명씩 머릿속에 꾹꾹 눌러 담고 있었다. 그들의 외모와 이름을 속으로 되풀이해 보았다.

'아이리스는 아시아인의 가녀린 외모에 목이 긴 60대가량의 여인, 윌은 앞가르마를 단정히 빗어 넘긴 말끔한 신사의 모습을 한 40대 중반가량의 백인, 톰은 우람한 체구를 가진 20대 중반의 흑인, 트리샤는 아랍인 같으나 머리 색깔은 독특하게 톡톡 튀어 보이는 발랄한 여성. 이러면… 이름과 모습 매치는 다 된 셈이군. 과거는 기억하지 못하니, 이제부터 같이 생활하는 사람이라도 기억해야 하니까….'

그녀의 스마트한 사고방식은 몸이 기억하고 있었다. 여전히 디테일했다. 그녀는 현재가 꿈인지 생시인지도 모르는 와중에, 본인이 마음속으로 염원하던 천국에 와 있는 듯, 평화로운 마음이 들었다.

'설마 내가 죽어서 천국에 와 있는 건 아니겠지?' 은섬은 자신의 팔을 꼬집어보았다. 따끔하게 아팠다. '꿈은 아니고. 그래… 됐어. 이제부터 우선 이 섬에 적응하도록 하자.' 그녀는 아이리스의 조언처럼 걱정하기보다는 시간에 맡겨 두자고 다짐했다.

"나는 이제부터 외딴 섬에 긴 휴가를 와 있는 거야."

마을엔 달랑 네 채의 아름다운 집이 보였고, 그들 외에 오가는 사람들은 보이지 않았다. 그들은 서로가 웃으며 매우 정다워 보였고, 각자의 집들은 간단한 구조로 디자인된 듯했지만, 단순하면서도 범접치 못할 신비함이 어려 있었다. 집안의 내부는 차분한 하얀색으로 단장되어 있었다. 벽지는 얼음처럼 투명하게, 내부의 티끌 하나라도 들여다보일 듯 맑고 빛이 났다. 붙박이로 꾸며진 가구들, 대부분은 아이리스가 들고 들어왔던 은빛이었고, 그것들이 진짜 은인지 은도금을 한 것인지 궁금증이 돌게 했다.

각자가 살고 있는 네 채의 집에서 구심점으로 모이게 되면, 그곳에 분수대가 있었다. 분수대 아래에는 물고기들이 있었고, 커다란 연못에서나 자생할 듯한 물풀과 수련도 있었다.

후아무아섬은 물속에 있는 식물이나 물고기나 사람이나 생명력이 있는 모든 동식물이 윤기가 흐르며 건강해 보였다.

'꿈이라면 이대로 깨어나고 싶지 않아.' 은섬은 평화로운 이곳이 마치 고향인 듯 마음이 푸근해짐을 느꼈다. 마을사람들과 은섬은 매일매일 규칙적인 생활을 했다. 숲을 산책하고 바닷가를 거닐며 대화를 나누었다. 식사시간과 티타임에는, 마을사람 모두가 하얀 대리석 탁자에 모여 인사를 나누고, 즐거운 이야기를 하며 친구처럼 지냈다. 그들은 아무도 전화나 휴대폰을 가지고 있지 않았다. 티브이도 없었다. 컴퓨터도 없었다. 그러나 마을 사람들의 모습에서는 심심해하거나 무료해하는 표정이 전혀 없었다. 날이 밝으면 아침 식사를 마치고, 각자의 집 뒤편에 있는 개인 정원에서 채소들과 과일들을 가꾸었으며, 그것을 일구어 모두의 식탁에 올렸다. 일하는 시간이 지나면 편안한 장화로 갈아 신고, 해 지기 전 풀숲과 해변을 거닐었다. 산책을 위해 준비된 신발은 '그린부츠'라는 것이었는데, 발목 위를 덮는 전체가 초록색인 장화였다. 그들이 건네준 은섬의 그린부츠는 신기하게도, 맞춤처럼 그녀의 발 사이즈에 딱 맞았고, 맨발로 부츠를 신어도 전혀 끈적이거나 불편함이 없이 푹신하고 기분이 좋아졌다. 그것의 안감은 말랑말랑 쿠션이 있으며, 솔기하나 없이 부드러워서 신는 사람의 마음까지 보듬어 주는 것 같이 편안했다.

'누가 이 신발을 만들어 준 것일까….' 그녀는 잠시 생각했으나, 모든 것이 수수께끼 같아서 캐내려 할수록 복잡해진다는 생각이 들어서 그만두기로 했다.

"지금은 단순해질 때야. 나의 기억은 제로 상태니까. 더 이상 복잡하게 만들지 말자."

자신에게 당부했다.

일을 하고, 식사를 하고, 산책을 하는 모든 것이 머리를 맑게 하는 치료가 되었다. 몸과 마음은 시간이 지날수록 가벼워지고 비워져서, 다시 새로운 것들을 담을 수 있도록 재부팅되는 듯 여겨졌다. 주민들의 하루 일과는 그리 게으르지도 바쁘지도 않게 지나갔다.

어느 날, 초록머리 트리샤가 뒷마당을 구경시켜 주었는데, 동물들이 없을 것이라 생각했던 것이 오산이었다. 그곳 울타리 안에는 닭과 소와 돼지도 있었다.

"이 아이들은 나의 가족이나 다름없어요. 애완용 동물이라고 이해하면 돼요."

그녀가 애정 어린 눈빛으로 동물들을 바라보았다.

트리샤뿐만 아니라 윌과 톰도 동물을 키우고 있었지만, 이 섬에서 단한 번도 식탁에서 고기 요리를 본 적이 없었다. 동물들은 말 그대로 애완용인 것이 분명했다. 모든 반찬의 재료는 채소와 과일로 만들어진 음식뿐이었다. 그들은 고기 대신 콩류를 이용한 요리로, 단백질을 보충하는듯이 보였다. 모두가 베지테리안이었다.

이 작은 섬마을에서는 현대의 물품이 없이도 충분히 편리하게 생활하는 것도 놀라웠다. 자연에서 그저 자연스럽게 평화를 누리는 마을이었다. 누구 하나 질병으로 고생하거나, 앓아누운 적도 없었다고 했다. 실제로도 화내거나 울거나 찡그리는 모습을 보인 적이 없었다. '유토피아'라고 말하던 곳이 지금 그녀의 앞에 펼쳐져 있음을 느꼈다. 오로지 마음속에 숙제처럼 아스라이 걸리는 게 있었는데, 무언가 꼭 기억해 내서 해야 될 중요한 일이 있다고 느꼈을 뿐이다. 가끔 명치끝이 찡하게 슬픈 것인지 체한 것인지 모를 것이 목구멍 위로 솟구치려 했다. 그녀의 바람은 시간이 지나서 자연스럽게 예전의 기억을 온전히 찾아내는 것이었다. 아니 어쩌면, 그것마저도 꼭 해야 될 일이 아닐지도 모른다는 생각이 잠깐 스쳤으며, 하루하루가 고요한 수면처럼 평화롭기만 했다. 그녀는 행복하고 온화했다. 모든 것을 내려놓고 있었다.

은섬은 자신이 누군지도 모르는 채 비워진 그대로 평화로울 수가 있었다. 아무도 모르는 후아무아섬에서…

커밍-아웃

피터는 애가 탔다.
심장이 반쪽이 된 것 같은 고통이 느껴졌다.

마음속에 한 치도 흔들림 없이 고정되어 있던 '그녀를 꼭 찾고야 말 것!'이라는 굳건한 신념이 야금야금 시간의 약효에 휘둘려 흔들리고 있음을 느꼈다.

은섬이 탄 배가 산산조각이 나서 잘게 부서진 파편들을 몇몇 찾아냈지만, 네 명의 선원 중에 누구도 찾아내지 못한 채로 그들의 부재는 확실한 실종으로 처리되었다. 그녀를 아직 잃지 않았다고, 희망의 끈을 잡고 버텼던 피터는, 다니던 직장도 때려치웠다. 3년이 흐르는 기간 동안, 오로지 그녀의 행방을 알아내는 데에만 열중했었다.

바리스타 공부를 하면서 카페에서 파트타임으로 일을 시작했다. 전단지, 현수막, 신문 광고, 인터넷 광고 등 시도해 볼 만한 것은 모두 시도해 본 그였다.

'그녀가 어딘가에 살아 있다면, 분명히 내게로 돌아올 거야. 기다리는 거야… 그녀가 살아 있어만 준다면, 살아 있다는 확신만 있다면, 나는 이대로도 행복해할 수 있어. 내가 살아 있는 동안 만날 수 있을 거라는 가느다란 희망을 놓치지 않을 거니까.' 희망을 놓치면 모든 것을 잃는 것이라고 자신에게 단단히 일러두었다.

그가 머물고 있는 모든 공간에, 그녀의 향기가 잠재되어 있는 듯했다. 그녀는 커피의 진한 향과 같았다. 그것이 그녀를 대신해서 위안이 되어 주고 있었다. 술이나 담배를 배워본 적 없는 피터에게는 '커피'라는 것이 점점 더 삶의 중심이 되고 있었다. 집 안의 주방에 들어설 때면, 은섬이 내려 주었던 우아한 핸드드립의 동작을 기억했다. 그녀처럼 커피를 내릴 때면 마음이 따뜻해졌다. 그녀의 향기를 떠올리면서 커피의 향기와 그녀의 향기를 함께 블렌딩하는 착각 속에 빠졌다. 주전자를 잡은 오른손이 안으로 바깥으로 천천히 원을 그리는 동안 '긍정으로 긍정으로…'라고 속삭여 본다.

"그녀는 살아 있다, 살아 있다…."

잘게 부서진 원두 가루 틈 사이로, 마음이 그녀에게로 향하듯 물길을 내고 있었다. 쪼르륵 쪼르륵 물줄기가 내려가는 동안 위로 솟아나는 모락모락 따스한 기체들 사이로, 그녀의 모습이 하얗게 스케치된다. 아침 햇살에 빛을 받아 반짝이던 곱게 땋아 내린 흑갈색의 머리칼과 피터의 마음속을 모두 들여다볼 것 같던 그녀의 검고 깊은 눈동자. 그를 감싸 주던 미소의 따뜻함이 가슴으로 올라와서 간신히 억누르고 있는 그리움이란 것을, 찡하게 자극하고 있었다.

'지치지 말자. 이대로 느긋하게 드리핑을 하는 물줄기처럼 멈추지 않고 노력하고, 그녀의 몫까지 천천히 준비해 나가면 돼.' 그는 잠시 동안 멍하니 드립을 멈추었다가, 큰 숨을 들이쉬고 다시, 놓여 있던 탁자 위의 주전자를 높이 치켜들었다. 그의 끈질긴 기다림마냥… 주전자의 물줄기가 더욱 실어질 수 있도록 위로 더 높이 치켜들고 있었다. 물기를 머금은 커피 알갱이들이 부스러진 살을 비비며 힘겨운 듯 거품을 물고, 쓰디쓴 액체를 만들어 내고 있었다. 누군가에게는 위로의 약이 되는 적갈색의 액체를.

피터는 뉴질랜드에서 대학교를 졸업 후, 열정적으로 탐구하던 행성에 관한 연구를 중단했었다. 사회생활에 본격적으로 발을 들이면서, 어려서부터 끌리던 외계에 대한 생각도 당분간 접어두기로 했었다. 고의적으로 자신의 끌리는 것에 냉담하진 않았지만, 먹고사는 것이 우선이었으니까.

그녀를 찾는 데 열중하던 몇 년의 시간이 흘렀고, 그는 자신의 열정을 당기는 일에 다시금 집중하고 싶었다. 기다림에 익숙해지니 여유가 생겼다. 현재 원하는 것이 무엇이고 무엇이 먼저인지, 우선순위를 정할 줄 아는 지혜가 생겼다. 모든 것을 받아들이고 성숙해진 여유. 주어진 지금이, 멈추었던 연구를 다시금 시작할 적기라고 생각했다.

"무엇이든 집중할 것이 필요해. 그럼 훨씬 더, 그리움과 외로움을 극복하기 쉬울 거야."

피터는 자신의 찌그러진 삶을 사랑하여, 다시 펼칠 수 있는 강인한 사람이 되어 있었다. 오래전 그녀와 꿈꾸었던 단란한 가정을 만들기 위한 그들의 계획 또한, 또렷하게 기억해 냈다. 멈추었던 행성 연구를 다시 시작하고, '엄마'가 되는 것이다. 혼자서라도 두 사람의 꿈을 이루겠다는 용기를 가지게 되었다.

"본격적인 노력은 지금부터 다시 시작해 보는 거야."

임신 시도를 위하여 그간 멈추었던 병원 상담을 다시 시작했다. 그리고 조그마한 서점 안에 카페를 오픈했다. 그것은 은섬의 향기를 잊지 않기 위해서였고, 외로움을 치료해주는 약이 되기도 했다. 주중에는 카페에 드나드는 손님들의 커피를 내리며 이야기를 나누었고, 가끔씩 영어를 배우고 싶다는 사람들에게 공부도 시켜 주었다. 책들이 가까이 있었기에, 행성들에 대한 학습도 수월해졌다. 주변의 서적들이 마법처럼 그를 끌어당기자, 행성 연구에 몰두하던 그의 열정이 다시금 살아나고 있었다.

주말이면 가급적 하우스 친구들이나 미담과 골고루 시간을 보냈다. 그들은 피터의 가장 가까운 사람들이었다. 은섬의 부재를 함께 겪고 있는 홍이, 태완과 함께 요트 세일링과 요가수업, 숲 센터에서 운영되는 프로그램에도 참여했다.

홍이와 태완은 여러 방면으로 실종자를 찾는 연결고리를 만들어 놓았고, 민간인들의 뉴스거리가 접수되기만을 손꼽아 기다리며 계속적으로 움직였다. 은섬의 온기를 느낄 수 있게, 하우스에 있는 친구들과 소중했던 그녀의 존재를 자주 기억했다. 피터는 그녀가 없는 동안, 쉐어 하우스 가족들과 더욱 탄탄하게 결속되어갔다. 그들과 식사할 때, 커피를 마시며 수다를 떨 때, 그들이 삶의 고락을 의논할 때, 은섬도 역시 함께였다. 친구들이 있어서 그나마 견딜 수 있었던 3년의 기나긴 세월이다.

피터는 화원에 자주 들러서 잊지 않고 미담의 안부를 챙기고 위로했다. 아끼던 딸아이가 실종된 후 말수가 현저히 줄어든 미담은, 우울함이 갈수록 심해지고 있었다.

그가 일을 마치고 방문한 어느 날, 미담은 두 그루의 나무가 엮여서 만들어진 분재 소나무를 쓰다듬고 있었다. 피터가 화원 문을 열고 들어서자, 그녀는 무척 반가워하며 그의 두 손을 잡아 주었다. 그리고는 소나무를 바라보며 나직하게 말했다.

"우리 은섬이와 피터는 이 소나무처럼… 서로 의지하며 누구보다도 아름답게 살아갈 수 있을 거라고 생각했는데…."

그녀는 말을 더 이상 잇지 못하고, 뒤로 돌아서서 터져 나오려는 울음을 막으려 했다. 입고 있던 앞치마로 급히 눈두덩을 누르고 있었다. 피터는 미담을 안아 주었다. 은섬이 부재인 미담에게 피터는 아들이었고, 미담은 그의 엄마였다. 울고 난 미담의 붉어진 얼굴 앞에, 따뜻한 커피 컵을 내밀었다. 오는 길에 피터가 직접 포장해 온, 향 좋은 헤이즐넛 커피였다.

"은섬이가 내려 주던 만큼 딱 맞지는 않겠지만, 점수 많이 주시고 맛있게 드세요, 맘."

그녀는 커피를 받아 들고 웃었다. 그들은 커피를 마시며 그간의 이야기를 나눴다. 서로가 소중한 것을 잃은 두 사람은 공감대가 가득했다. 짧은 시간이지만 소중한 마음을 나누며 잃은 것을 메꾸었다.

그는 미담에게 다시 들를 것을 약속하고 문밖으로 나섰다.

'어쩌면… 나를 보면 은섬이 얼굴이 떠올라서 당장은 마음이 슬퍼질지도 몰라. 하지만, 서로의 마음을 위로할 수 있다는 것은 참 다행한 일이야.' 미담을 가까이에서 위로할 사람은 자신뿐이라는 대견한 생각을 가지고 있었다.

그녀가 실종되어 있었던 동안, 여러 사람의 연락망이 거미줄처럼 연결된 덕에 오랫동안 만날 수 없었던 조부모님을 드디어 찾게 되었다. 그들과의 상봉도 자연스레 진행되었다.

객지에서 무남독녀 아끼던 딸을 잃고 얻게 된 혼혈 아이… 조금은 원망 섞인 존재가 그였지만, 어쨌거나 딸의 피가 섞인 유일한 혈육인 귀한 외손자였다. 그들은 처음에는 피터를 그리 살갑게 여기지 않는 눈치였다. 피터를 볼 때마다 국화의 모습이 상기되었는지, 말없이 눈물부터 훔쳐 내곤 했다. 가슴 깊이 박힌 슬픔을 감출 수가 없었을 것이다.

피터의 얼굴에서 외동딸 국화의 얼굴이 보이기는 했지만, 낯선 외국인의 모습이 겹쳐지곤 해서, 외면하고 싶었던 마음도 작용했다. 말로 듣진 못했어도, 국화의 숨겨두었던 아픔들을 어느 정도는 추측하고 있었다. 외동딸 꽃님의 사랑과 혼자서 견뎌야 했던 고통의 세월이 눈에 선해서, 생각할 때마다 가슴이 미어지곤 했다.

피터는 처음부터 두 팔 벌리고 다정하게 다가서지 못하는 그들의 마음과 태도가 이해되었다. 그래도 그는 신께 감사드렸다. 한국에서 자신의 뿌리가 되는 조부모를 만났다는 자체로도 힘이 생겼고, 잘 살아야 할 이유가 확실해짐을 느꼈다. 그들에게 자랑스런 손자가 되고 싶어졌다.

그는 한국인의 '정'이란 것을 아직 잘 몰랐다. 어려서 어머니와 아버지의 사랑을 받아 볼 수 없었던지라, 핏줄로부터 자연적으로 발생되는 끈끈한 정… 그것이 과연 무엇인지, 얼마나 대단한 감정인지 몰랐다. 그것이 자신의 어느 구석엔가 자리하고 있다손 치더라도, 제대로 성숙되지 않은 '결핍성 정'으로 잠재되어 있을 법했다. 그가 원하든 원하지 않든, 인간관계의 결과란 발버둥 친다고 해결되는 것이 아니었다. 시간이 지나야 자연적으로 해결되는 것이라고 알고 있었다.

　그의 인생의 전환점은 은섬과의 만남이었다. 의기소침하고 나서지 못하는 부끄러움을 지녔던 피터는, 은섬을 만나고 나서부터 용기가 빛을 내기 시작했다. 낙천적이지도 않던 그가 여유로운 생각으로 살아 냈고, 적극적인 사람이 되었다. 무엇보다도 중요한 것은, 제3의 성을 가지고 태어난 저주 같던 자신의 존재에 대한 긍정의 힘이었다. 은섬은 위대한 개척자였으며, 앞으로 진격하는 용감한 여전사였다.
　어릴 적 많은 사람들이 그를 천재라고 칭송했었지만, 그는 외로울 때가 더 많아서 천재성조차 거부하고 싶었다. 그저 평범한 사람으로 사는 것이 행복하다는 생각이었다. 차라리 천재성을 내어 주고 신체의 평범함과 교환하자고 했다면, 그는 기꺼이 그러자고 대답했을 것이다. 여성이든 남성이든 그저 애매모호한 간성인만 아니라면, 비겁함도 불안함도 없이 행복할 수 있으리라고… 자신을 저주하며 괴로워했던 적도 있었다. 그런 피터의 거대한 혼돈의 세상을 은섬은 편견 없이 받아 주었다. 그가 온전한 남자가 아니어도 온전한 여자가 아니어도 '귀하다.'고 했다. 그들의 사랑은 그렇게 모든 장애를 뛰어넘을 수 있는 강한 것이었다. 일생 동안 처음으로 뿌리째 흔들리는 감정이었다. 보이지 않는 신비한 마음의 홀릭이었다. 모든 것을 내걸고 최선을 다할 각오가 차올랐었다. 행복을 만들고 싶은 간성인의 꿈이 되었다. 그것으로 그는 모험도 가능해졌고, 타인들의 비난에도 얼마든지 맞서서 당당할 수 있다는 용기도 생겼다.

모든 것을 거슬러, 그는 확실한 결심에 다다랐다. 그는 최고로 멋진 인생의 모험과 전환점을 선택하기로 했다. 그의 신체가 허락되는 대로 신이 주신 기회를 놓치지 않기로 했다. 꿈이란 것이 시간의 망각에 싸그리 먹히기 전에, 그녀와 꿈꾸었던 계획을 최선으로 이루고자 했다. 아기의 엄마가 되는 것이다.

클로이를 통해 임신을 위한 준비과정을 진척시키기로 했다. 그들은 안도했다. 은섬이 여행을 떠나기 전 건강한 난자를 채취하여 보전하고 있었던 것이 다행이었다. 2세의 수정체를 완성할 수 있다는 가능성에 감사했다. 아기를 잉태한다는 것은 사랑하는 짝을 잃고 홀로 남은 그에게, 잭팟과 같은 대단한 행운이었다.

그는 다짐했다. '그녀가 오래도록 나타나지 않아도, 어쩌면 평생을 못 만난다 해도 우리의 아이는 내가 잘 키우고야 말거야. 그녀가 꿈꾸던, 우리가 꿈꾸던 가정을, 난 결코 쉽게 포기하지 않을 거야. 운명이라는 것이 있어서 우리를 잔인하게 갈라놓았다 해도 말이야….'

UP 프로젝트에 뛰어들기로 했다. 남겨진 자신의 삶을 적극적으로 사랑하기로 했다. 그리고 그들의 아이, 장차 태어날 소중한 존재의 삶도 사랑하기로 했다. 은섬의 몫까지!

카페를 마치고 퇴근하는 피터는, 모든 하우스 친구들보다 가장 늦게 귀가하는 일원이 되었다. 열심히 살기로 했다. 행복하게 사는 모습을 모두에게 보여 주리라 다짐했다.

홍이와 태완이 밥상을 차려 놓고 그를 기다리는 때가 많았다. 주말이 되면 에밀리와 리사가 한국 요리를 배웠다며 특별 요리를 선보였고, 다섯 명이 빙 둘러앉아 즐거운 이야기를 꺼내며 천천히 음식을 즐기기도 했다. 그들은 은섬의 부재를 자주 입에 올렸다. 그녀의 말을 속으로 삼키며 끙끙거리는 것보다, 있는 그대로 감정을 끄집어내어 부재를 말하고도 서로를 위로하기로 했다.

'은섬이 있다면 얼마나 좋아했을까….' 그는 순간순간 그녀를 떠올렸지만, 미래를 위해서는 밝아져야 한다고 마음을 토닥였다. 그녀가 연결해 주고 간 이토록 좋은 친구들이 곁에 있음을 순간순간 감사했다. 친구들마저 없었더라면 그는 지금쯤… 이곳에서 버티고 있을 만한 타향에서의 삶의 의지가 남아 있을 리 없다.

'아마도, 그리움으로 다 닳아 빠져서 삶을 포기하지나 않았을까….' 그의 어릴 적 꿈이 존재하던 미래의 희망은, 자취를 감추었을 것이라는 확신이 지배적이었다.

피터가 클로이의 팀원들과 함께 자궁의 활성화 치료를 시작한 지 일년째 되던 날, 그의 길고 어려운 치료는 이미 완성단계에 와 있었다.

제3의 성을 가진 피터의 몸.

쉐어 하우스 내에서는 은섬과 둘만이 나누었던 비밀이었지만, 이제는 그러한 비밀을 혼자서 감당하기에는 너무 버겁다는 생각이었다. 어둠 속에서 혼자 웅크리고 있는 자신을 언젠가는, 친구들 앞으로 명쾌하게 끌고 나오고 싶었다. 그녀가 없는 지금은… 가장 가까운 친구들에게 그 비밀을 열어 보이고 싶었다. 자신은 '제3의 성'을 가진 간성인이라고….

음식을 먹을 때마다, 목에 걸린 가시같이 꼭 빼내고 싶었던 따끔거리고 아픈 피터의 터부였다.

'친구들… 든든한 울타리가 되어 주는 그들 앞에서, 이제는 커밍-아웃하리라!' 단어만으로도 커다란 무게에 짓눌려 있던 제3의 성. 그것을 입 밖으로 끄집어내어 탈탈 털어 버리겠다고 다짐했다.

어린 시절의 그는, 학급 친구들 앞에서 가당치도 않은 미래의 꿈을 당당히 선포했었다. 주먹을 불끈 쥐고 용기를 냈었다. 그는 오늘도 그때처럼 두 주먹에 불끈, 용기의 힘을 실어 보았다.

"그동안 은섬이 없는 이곳을 너희들이 지켜 주고 있어서… 난 정말 감사해."

그의 서두는 명쾌하고 안정적이었다. 피터의 한국말은 어눌했던 3년 전과 비교해서, 원어민만큼이나 유창해졌다. 그는 말을 이었다.

"오늘 너희에게 아주 중요한 말을 하고 싶어. 나의 오랜 시크릿을 열어 보이고 싶어. 놀라지 말고 들어 줘…."

'시크릿'이라는 말에 홍이와 태완, 에밀리, 리사는 숨을 죽이고 얼음처럼 차가워졌다.

"사실은… 나는 좀 특별한 사람이야. 그게… 뭐냐면 난 간성인이야."

그리고는 친구들의 안색을 살폈는데, 그들은 그저 멍-하니 앉아 있었다. 아무 말도 없었다. '간성인'이란 단어는 그들이 처음 들어 본 단어였으니까.

피터는 또 말을 이었다.

"한국말로 찾아보니 '남녀한몸'이라고 설명이 되어 있는데… 너희들이 생소하게 듣는 단어일 거야. 사실 인류에게 여성과 남성 그리고 또 하나의 젠더, 세상에 잘 알려지지 않은… '제3의 성'이라는 것이 있어. 어쩌면 너희들은 처음 들어 볼 거야. 말하자면, 그 소수의 집단에 내가 속하게 된 거지. 태어날 때부터…."

여기까지 그는 중단하지 않으려고, 숨도 쉬지 않고 한 번에 줄줄이 말해 버렸다. 그리고 깊은 호흡을 했다.

피터의 말이 끝났어도 친구들은 놀란 사실에 입이 쩍 벌어져서, 어떻게 반응해야 할지 몰랐다. 한참 동안 시곗바늘만 똑딱거렸다. 적막함이 현재의 시간을 죽이고 있었다.

제일 먼저 정신을 추스르고 입을 땐 사람은 태완이었다.

"그게 뭐… 이상한 건가? 그럴 수도 있는 거지. 나를 봐봐. 나는 남자인데 남들은 나보고 게이 같다는 둥, 기지배 같다는 둥 말들이 많잖아. 꼭 남자가 남자 같고, 여자가 여자 같아야 한다는 법은 있나? 없잖아?"

그리고는 자신이 제대로 적당한 말을 한 것인지 홍이를 바라보며 구조 신호를 보냈다. 홍이가 그를 구원하듯 말을 이었다.

"나는 어디선가… 간성인에 대한 자료를 본 것 같아. 그들이 인정받지 못하고 힘겹게 숨겨진 채 살고 있다는 이야기도 인터넷에서 본 것 같고. 솔직하게 많이 놀랐지만… 난 너의 친구야, 피터. 이제는 그 무거운 짐을 내려놓고 우리와 나누도록 하자."

홍이가 깊이 있는 말을 하고 다가가서, 피터를 꼭 안아 주었다. 그녀는 그 순간 친구 은섬을 대신해서라도 그를 감싸 주고, 그의 믿을 만한 사람이 되어야 한다고 마음을 다졌다. 에밀리와 리사도 일어나서 피터를 안아 주었다.

"용기를 내 줘서 고마워, 피터. 네가 우리를 믿어준 만큼 힘이 되어 줄게."

에밀리가 말했다.

"안심해도 돼, 피터. 우린 너의 편이야, 내 친구, 피터."

울보 리사가 벌써부터 눈물을 퍼 낼 준비가 된 듯, 두 눈에 물기가 그 렁그렁했다.

사실, 리사와 에밀리는 한국인 친구들만큼 놀란 기색은 없었다. 동남 아시아에는 게이나 인터섹스인 사람들도 오픈돼 있는 사람들이 꽤 많다 고 그녀들이 말했다. 그들은 친구가 자신의 어려운 비밀을 오픈한 것에 더욱 큰 의미를 부여했다.

에밀리와 리사에게 어려움이 닥쳤을 때 발 벗고 나서 준 피터. 그는, 귀한 은인이며 귀한 친구였다.

피터는 그날 저녁 친구들을 위해 손수 커피를 내렸다. 은섬이 해 주었 던 친구를 위한 힐링 시간을 그가 대신해서 지켜 주고 있었다.

그는 몇 개월간 조심스럽게 장기적으로 진행해 온, 가정을 꾸리는 계 획에 대해서도 말해 주었다. 그 이야기에 친구들은 또 한 번 더 놀랐다. 그들은 모두 피터가 아이를 갖는 것에 대해 찬성하고 축복했으나, 그의 몸으로 임신의 가능성이 있다는 말에는, 상식적인 사고라는 것에 들어 맞는 것인지… 모두가 자신들이 가지고 있던 생각의 틀에 부딪히는 것 을 느꼈다. 그들 모두에게 '그것이 가능하다.'는 말은 얼토당토않은 마법 같은 신비로운 일이었으니까…. 그러나, 그것이 현실이 된다면, 그들은 최선을 다해 피터를 돕고 아이를 돌보겠노라고 말했다.

피터는 후련했다. 실로 오랜만에 어깨에 짊어지고 있던 커다란 짐을 내려놓고, 기분이 날아갈 듯 홀가분했다. 마음도 몸도 가벼워졌다.

그날 밤 방 안에 들어섰을 때, 달빛에 비친 은섬의 사진을 보았다. 그를 보고 기쁘게 웃어주는 은섬이. '잘했어. 피터 너의 용감한 커밍-아웃을 축하해.' 그녀가 대견하다고 말하고 있었다.

"고마워, 은섬… 나의 하나뿐인 여인. 너의 친구들이 내 곁에 있어서 정말 감사해. 나는 혼자가 아니야. 그들은 모두 너와 같은 나의 편이야. 외롭지 않을 거라고 약속해. 그리고 이제는 우리의 꿈을 위해 내가 노력할 거야. 어디에 있던지 날 응원해 줘. 사랑해, 은섬아…."

그는 은섬의 사진 위에 입을 맞추었다.

쓰레기를 줍는 노인

피터는 임신의 가능성을 활성화시키기 위해 최선을 다했다.

부모가 된다는 기쁜 마음으로 하루하루를 이어 가고 있었다.

수정체의 착상을 시도하기 전 피터의 정자가 체취되었고, 그는 일상생활에 복귀했다. 최상의 컨디션을 유지하기 위하여, 여유 있는 준비 기간이 주어졌다. 그는 일주일 동안 몸의 밸런스를 위하여 식이요법과 간단한 산책을 병행했다.

'컨디션을 잘 유지하도록 해야 돼. 몸도 마음도 최상이 될 수 있도록… 잘… 먹고 잘… 쉬고, 즐겁게 지내고!' 클로이의 조언을 항시 기억했다. 모든 일에 무리하지 않으려 애썼다. 일주일간은 카페를 일찍 닫기로 했다.

수정체 착상이 끝나면, 몇 주간은 더욱 주의해야 할 것이므로 실내에서 즐거울 수 있는 행성에 관한 연구를 해 볼 생각이었다. 태양계와 태양계 외의 행성 스터디. 오랫동안 젖혀 두었던 자료 서칭과, 행성 발간지 '갤럭시 매거진'으로 궁금증과 호기심도 다시 자극해 볼 참이었다.

규칙적으로 먹고 규칙적으로 운동했다. 초록색 부츠를 신고, 간편한 복장으로 집을 나서곤 했다. 여유로운 야생 고양이마냥, 어슬렁어슬렁 마을 주변과 산책로를 거닐었다.

어느 날부터인가, 그들이 사는 마을 골목골목이 유난히 깔끔하다는 것을 알아챘다. '아마도 이 마을에선 클린 캠페인으로 청소용역이 배치된 모양이야.'라고 피터는 문득 생각했다.

다음 날은 조금 더 일찍 일어나서 산책을 시작했다. 집을 막 나섰는데, 아무도 없는 길거리 멀리에서 한 사람이 눈길을 끌었다. 남루한 복장을 한 노인이, 골목 저쪽 멀리 끝에서부터 집게와 커다란 망태를 메고 쓰레기를 줍고 있었다. 그는 흥얼흥얼 노래를 부르며 걸어오고 있었다.

"아름다운 우리의 씨앗… 그들은 도움의 손길이 절실히 필요해. 지구는 깨끗하게 숨 쉬고… 다시 살아나야만 해."

나직하게 부르는 노래가사가 들려왔다.

봄이 막 시작되었다 해도, 아직은 두툼한 외투가 필요한 아침저녁으로 쌀쌀한 날씨였다. 그런데도 그는, 덜렁 얇은 개량한복 하나만 걸치고 있었다. 머리는 모두 빡빡머리로 밀어 버린 민둥산 같은 모습이었고, 모자도 장갑도 쓰지 않고 있었다. 누가 보아도 관심을 가져 주지 않을 모습으로 무심코 버린 쓰레기들을 하나씩 하나씩 즐겁게 줍고 있었다.

피터는 산책로로 내려가려던 발걸음을 돌려서 그가 가까이 오기 전에, 눈앞에 보이는 편의점에 얼른 들어갔다. 온몸을 따뜻하게 녹여 줄 만한 용량이 제법 큰 인스턴트커피를 하나 샀다. 그 고마운 노인을 위한 것이었다.

그가 가까이 다가오자, 피터는 쓰레기를 줍는 노인 앞으로 다가섰다.

"추운데 고생하십니다, 어르신."

친구들에게 그간 배운 높임말을 사용했다. 나이가 지긋한 분에게 사용하라고 배운 한국식 존칭을 쓰며, 그는 두 손으로 커피 병을 내밀었다.

"몸 좀 녹이세요. 길거리가 깨끗해졌어요. 감사합니다. 매일 이렇게 청소를 하세요?"

노인은 거칠어진 두 손으로 따뜻한 커피를 받으며 밝게 웃었다.

"고맙네. 젊은이! 젊은이의 마음은 이 커피만큼이나 따뜻하구먼. 참 특별하고도 따뜻한 마음을 가졌구먼그래. 자네의 마음 기운도 범상치 않고…. 나도 젊은이에게 답례로 선물을 하나 주겠네."

그는 따뜻한 커피 병을 오른쪽 주머니에 넣고는, 외투의 안쪽 주머니에서 무언가를 뒤적거려 꺼냈다. 그것은 조그만 보라색 상자였다.

"이 안에 내가 아껴 두었던, 아주 맛 좋은 사탕이 세 개 들었다네. 특별한 사람에게만 주는 것일세! 자네가 최고로 건강하기를 원할 때, 그것을 3일 동안 하나씩 정성 들여서 먹도록 하게나. 그것이 자네에게… 원하고 있는 힘을 줄 걸세. 그것을 먹으면 몸의 기운이 신비로운 최상의 상태가 된다네. 믿거나 말거나일세! 하하하."

그는 말을 마치고 장난스런 아이처럼 밝게 웃었다.

"감사합니다. 어르신."

피터는 그것을 받아 들고, 기대하지 않았던 갑작스러운 선물에 아이처럼 좋아했다. 믿기지는 않았지만… 그에게 꾸벅 감사 인사를 하고, 흐뭇한 마음에 가던 방향으로 발걸음을 떼었다. 세 발짝쯤 떼다가 갑자기 남루한 노인의 거처를 묻고 싶은 생각에 다시 뒤돌아섰다.

"저기 어르신…."

그러나, 방금까지 바로 앞에서 대화를 나누던 노인은 보이지 않았다. 이상한 일이었다.

"어디로 사라진 거지… 거참 이상하네. 골목에 있는 화장실로 뛰어가셨나…."

피터는 노인이 사라졌을 통로를 이리저리 추측하다가 복잡한 의심에 매달리려는 자신을 타일렀다. '더 이상 이상하게 생각지 말자, 피터.'

산책을 마치고 돌아온 그는, 이상한 노인에게 받은 상자를 책상 위에 조심스럽게 올려놓았다. 그것이 무엇이든 선물이라 하니… 상자만 보아도 마음이 푸근해졌다. '따뜻한 마음을 주고받는다는 것은, 작은 것으로도 이렇게 가득한 기쁨을 주는 것이구나.' 노인에게 베풀었던 선의의 행동이, 그로서는 대견하고 뿌듯했다.

피터는 보라색 상자를 슬며시 열어 보았다. 그 안에는 각기 다른 색을 가진, 세 개의 사탕이 나란히 들어 있었다.

"병원에 가기 전 이 사탕을 먹으면 어떨까… 그 어르신 말대로 내게 힘을 줄지도 모르잖아."

피터는 동화 속 아이처럼 그의 말을 그대로 믿고 싶어졌다.

그날 밤 피터가 자는 동안, 이상한 노인이 준 보라색 박스 안의 세 개의 사탕에서는 찬란한 빛이 새어 나오고 있었다. 여러 가지 무지개 색이 조화로운 신비한 색깔의 빛이었다. 마치 우주의 기운이 축소되어 있는 것처럼 강렬한 에너지로 가득 차 있었다. 상자는 자체적으로 숨을 쉬고 있는 것처럼 보라색 빛이 켜졌다 꺼졌다를 반복하고 있었고, 세 개의 사탕은 각기 다른 그림의 빛을 선명하게 돌출하고 있었다.

초록색의 식물 그림, 피치색의 물고기와 동물 그림, 그리고 하늘색을 띤, 여러 개의 마블 같은 행성 그림이 그려져 있는 사탕들…. 보랏빛 상자가 한동안 깜박거리자, 그 기운이 그림들에게 강력한 생명을 준 듯, 상자 안의 그림들이 움직이기 시작했다. 은섬이 정성 들여 기르던 화초가 있었는데, 생명력을 받은 식물 그림들이 갑자기 강하게 발광하더니, 그 화초가 있는 곳으로 초록빛을 반사했다.

시들해진 화초가 갑자기 사람처럼 소곤거리며 말하기 시작했다.

"은섬이는 대체 어디 간 거야? 한참 동안 인사도 없고 보이질 않잖아. 우리가 물을 먹은 지도 꽤 지났는데. 그녀가 없으니 물을 자주 마실 수가 없어. 피터는 물을 주는 주기를 알기는 하는 걸까? 피터, 물 좀 주세요… 물… 목마르다니까요, 제발…."

그들이 말하고 있었다.

창가로 들어오는 밝은 햇살에 그는 일찍 몸을 일으켰다. 새소리를 들으려고 창가에 갔을 때 은섬이 아끼던 화초가 눈에 들어왔다. 그들은 가엾게도 시들어가고 있었다. 선인장처럼 생긴 화초는 뾰족뾰족한 끝부분이 이미 갈변되고 있었다. 피터는 미안한 마음이 번쩍 들었다.

'그녀가 아끼는 화초를 그동안 제대로 신경 쓰지 못했어. 거의 3개월에 한 번씩 물을 주었는데, 아마도 적절하지가 않은 모양이야.'

"미안하다, 화초들아."

그는 드립용 주전자에 수돗물을 받아 정성스레 물을 주기 시작했다.

며칠 뒤, 병원 방문일이 되었다. 피터는 옷을 입고, 책상 맨 위에 놓아 두었던 보라색 상자를 바라보다가 그것을 열어 보기로 했다. 밝은 햇빛에 비추어, 사탕 위에 새겨진 그림들도 자세히 들여다보였다. 각기 다른 색깔에 섬세한 그림들이 그려진 동그란 구 형태의 사탕이, 세 개 나란히 놓여 있었다. 각기 크기가 다르고 색깔도 달랐다. 쓰레기를 줍던 민둥산 머리의 노인이 껄껄 웃으며 말하던 모습이 떠올랐다.

'믿거나 말거나… 3일 동안 하나씩 먹게나…'

그는 '믿거나 말거나'의 '믿는다.'의 쪽으로 마음을 기울이기로 했다.

"그래! 희망을 가지고 한번 믿어 보는 거야. 내겐 아이를 위하여 최상의 상태를 유지해야 할 의무가 있으니까. 간절히 원하면서 믿어 보는 거야."

피터는 첫 번째 식물 그림이 그려진, 초록색 사탕을 입에 넣었다. 병원으로 향하는 그의 발걸음이 평소보다 가벼웠다. 힘이 차오르는 느낌이 들었다. 기분이 상쾌해지는 아침이었다.

"정말로 그 사탕 때문일까. 신기하게도 에너지가 솟구치는 느낌이야."

피터는 길을 나서다가 어제처럼 노인을 만나면, 사탕들에 대해서 더 물어보고 싶은 것들을 질문하리라 마음먹었다.

노인은 더 이상 나타나지 않았다. 못 본 지 3일째다. 아침 일찍 일어나서 산책을 나설 때 주변을 관심 있게 기웃거려 보았지만, 쓰레기를 줍던 노인은 더 이상 자취를 보이지 않았다.

"아마 이 동네 청소가 끝나고, 다른 곳으로 이동한 모양이군."

사탕을 먹고 난 뒤로 피터의 몸에서는 초록색 빛이 발광되고 있었다. 그것은 몸체의 안으로부터 퍼져 나오는 오오라였다.

주변의 식물들에게서도 빛이 보였다. 그는 그 빛을 언뜻언뜻 보았다.

"이상하네. 내 눈이 왜 이러지…."

빠르게 몇 번 눈을 깜박거리고는, 다시 보았다. 이제 그 빛은 보이지 않았다.

이번에는 주변에 돌아다니고 있는 쓰레기들에게서, 어두운 빛이 그림자처럼 보였다. 그는 자신도 모르게 거슬릴 정도로 클리닝하고 싶다는 충동이 올라오는 것을 느끼고 있었다. 평상시 눈여겨보지도 않던 담배꽁초며 비닐 봉투들이, 유독 시커먼 독성을 품듯이 검은 기운을 내보이고 있었다. 환영처럼 보였다.

또 다른 곳을 지나칠 때 화단의 작은 식물에서 어린잎이 돋고 있었는데, 그것이 깜박거리는 것 같았다. 착시 현상 같았다. 그는 눈을 비볐다.

"오늘 참 헛것이 자꾸 보이네. 잠을 제대로 못 잤는지… 그래도 몸은 상쾌한걸."

며칠째 계속 이런 현상이 나타난다면, 시력 검사를 해 봐야겠다고 생각했다. 앞만 주시하자고 다짐했다. 주차된 곳까지 걸어가다 보니, 그런 현상들은 사라졌다.

주차장에서 꽤 떨어진 허름한 빌라건물에 자리 잡은, 자그마한 화단이 있었다. 그곳에 꽃잎이 거의 지고 씨앗이 맺혀 있는 풀꽃이 보였다. 그런데, 그가 보는 순간 그 씨앗이 터져 나오면서 사람처럼 탄성을 지르는 것이 들렸다.

꽤 멀리 떨어져 있는 그것이 피터의 눈에 보이는 것도 신기했지만, 소리가 들린다는 것이 무척 기이했다. '오늘은 좀 이상한 일들이 많이 생기네. 그 노인이 선물해 준 사탕이 신비한 능력을 준 것일까… 이상하지만, 기분은 왠지… 좋은 날이군.' 호기심이 많은 피터는 내일도 모레도, 노인이 했던 말을 계속 믿기로 했다. 선물 받은 사탕을 끝까지 먹어 봐야겠다고 마음을 굳혔다.

병원에서 자궁 상태를 체크한 클로이가 기쁘게 말했다.

"몸 상태가 아주 좋아졌어. 곧 수정체 착상을 시도해도 좋을 듯해. 네가 마음의 준비가 되었으면 말야."

"응, 물론이지. 난 내가 아이를 갖는다는 것에 정말 많은 희망을 담고 있어. 이번 주에 준비되면 시작해도 좋겠어. 많이 떨리지만, 그 또한 용기가 필요하다는 걸 알거든."

피터는 마음의 준비가 완료된 후 다시 병원에 방문하기로 약속했다.

그다음 날, 보라색 상자에서 사탕을 한 알 꺼내서 입에 물었다. 이튿째는 동물 그림이 그려진 사탕을 먹었고, 삼 일째는 마지막으로 남은 행성 그림이 그려진 사탕을 집어 들었다. 마지막 사탕을 입에 넣을 때는 간절한 기원을 담았다.

"정말 신비한 능력이 있다면, 제가 안전하게 잉태할 수 있도록 도와주세요."

오후 산책을 위해 외출하기로 했다. 그간 산책로에 봄꽃을 피우고 있을 풀꽃들이 궁금해졌다.

피터는 냉장고에서 식빵 조각을 꺼내서 작은 백 팩 안에 넣었다. 그리고 길을 나섰다. 문 앞을 나서자 겨우 며칠 새 한결 따뜻해진 날씨가 느껴졌다. 마지막까지 하얀빛을 내며 응달에 모여 있는 눈이 녹으면서, 길가에 있는 풀꽃들이 새싹을 내밀고 있었다. 그 자그마한 나란히 돋은 풀에서, 물결 같은 빛들이 뿜어져 나오는 것이 보였다.

"또 착시가 시작되었군."

냇가를 천천히 걷고 있다가 맞은편에서 지나치는 사람과 마주쳤는데, 지나치는 사이 갑자기 이상한 소리가 들려왔다.

"어이, 외국인-"

어린아이들이 장난치듯 냅다 던지는 말이었다. 피터는 본인의 귀를 의심했다. '진돗개 주인이 지나면서 날 놀려 댄 건가….' 피터는 그가 참 예의 없는 한국 사람이라고 생각했다.

개천 위의 주차 공간을 확보하려는 듯, 두 칸의 주차 칸을 차지한 트럭 밑에서, 고양이 두 마리가 웅크리고 있는 것도 보였다.

"좀 있다가 다른 차를 찾아봐야겠어. 이 차는 빨리 식어서. 그나저나 빨리 따뜻해져야 할 텐데."

피터에게 들리는 대화는 도무지 이해가 가지 않았다. '설마… 저 고양이들이… 그럴 리가.' 피터는 그저 동네 아줌마들이 어디선가 얘기하는 것이라고 일축했다. 그러나 그 말의 주인공은 사실, 트럭 밑에서 몸을 녹이며 쉬고 있던 야생 고양이들이 하던 말이었다.

드디어 수정체의 착상일이 왔다.

클로이의 연구팀은 피터에게 가장 안전하고 가능성이 높은 특별한 방법으로 수정체의 착상을 시도했다. 평범하지 않은 고도의 기술이 필요한 시술이었다. 몸이 무척 뻐근하고 통증이 있었지만 시술은 안전하게 마쳐졌다. 그의 몸이 정상적으로 안정이 될 때까지, 병원에 마련된 병실에서 며칠간의 안전한 휴식을 거치기로 했다.

클로이가 말하기를 그의 활성화된 자궁 상태와 전반적인 몸의 건강상태가 매우 좋은 편이라고 했다. 자궁 상태가 놀랍도록 빠르게 성숙해진 것은 매우 신기한 일이라고 했다. 일주일 전만 해도, 착상을 위한 더 장기적인 케어를 고려해야 할지 고민하던 클로이였다.

"참으로 성공리에 잘 됐어! 다른 사람의 경우, 완전한 자궁을 가진 여성이라도 며칠 동안 매우 조심조심하며 정상을 회복해야 하거든. 너의 자궁 상태와 몸 상태는 최상이야. 정말 축복받은 건강 체질이야. 수정체 착상도 매우 성공적이야. 너는 특이한 경우니까, 이곳에서 며칠 쉬었다가 퇴원하도록 하고…"

클로이의 말에 따라 피터는 단독 병실에서 며칠간 안정을 취했다. 프로젝트 팀원들의 자상한 관리가 이루어지는 최상급 병실이었다.

병원에 있는 동안에도 주변 어딘가에서 가끔 소곤거리는 이상한 말소리가 들리고는 했다. 사탕을 먹은 뒤로 생기는 기이한 현상이었다.

'그 노인이 말하던 신비한 힘일지도 몰라. 영화를 보면 간혹, 그런 일들이 있으니까 말야….' 피터는 이상하다는 걱정보다는 판타지 영화 같은 신비한 생각에 빠졌다.

"내가 간절히 원하면, 그 노인을 다시 만날 수 있겠지. 그때 알고 싶은 것들을 좀 더 물어보도록 하자. 빡빡머리 노인…."

빡빡머리… 쓰레기를 줍던 노인과 다시 마주치긴 했다. 피터의 꿈속에서….

"어르신! 그렇지 않아도 제가 꼭 뵙고 싶었어요."

피터는 너무나 반가웠다.

"젊은이, 이제 엄마가 되었구먼… 새 생명이 자네 몸체에서 새싹을 틔우기 시작했어. 축하하네!"

그는 기쁜 표정으로 예전처럼 호탕하게 웃었다.

"감사합니다, 어르신! 그런데… 여쭈어볼 것이 있습니다. 제가 사탕을 먹은 후로, 이상한 현상들이 생겨서요…."

"아, 내가 준 선물 말인가? 그 사탕들은 특별한 사람에게 특별한 힘을 주는 사탕이라네. 동물과 식물과 연결해 주는 힘이 있다네. 행성의 현상들을 감지할 수도 있고, 때로는 그들의 느낌과 언어, 그리고 기운도 느낄 수 있지. 자네에게도 당분간, 그 현상이 몸 안에 머물 걸세. 그리고 그 힘은 온전히 배 안의 아이에게 전해질 걸세. 진실을 말하자면… 자네의 몸에서 잉태된 고귀한 아이는 모두를 이어 주는 빛이 될 걸세."

피터의 궁금증에 대한 설명이 끝나자, 그는 피터에게 다가왔다. 그리고는, 배 위에 손을 얹고 알아들을 수 없는 언어로 중얼거렸다. 이제 막 몸 안에 새싹을 틔우기 시작하는 소중한 생물체에게 주는 축복의 메시지였다.

"아가… 너에게는 아주 특별한 능력이 있단다! 부디 건강하게 자라서, 모든 생명체들이 평화롭게 도와주렴…."

쓰레기를 줍던 빡빡머리 노인, 그가 하고 있던 말은 지구상의 언어가 아니었다.

은신처

남자의 몸에 가깝던 간성인, 그의 몸에 생명의 씨앗이 잉태된 것은 기적이었다.

수정체의 착상이 성공적으로 이루어지고 그의 상태가 일상을 찾았다. 그가 일상을 완전하게 되찾기까지, 쉐어 하우스, 하모니의 가족들은 부산을 떨었다. 힘든 일은 모두 홍이와 태완이 떠맡으려 했다. 네 명의 친구들은, 피터가 말하지 않아도 그의 일들을 척척 잘 처리해 주었다. 그들은 입을 모아 똑같은 말을 했다.

"아이만 건강히 잘 낳으면 돼. 그게 우리가 지금 바라는 일이야."

그는 친구들의 말대로, 매사에 조심조심… 매우 주의를 기울였다. 클로이도 마찬가지였다. 병원을 나서는 날, 여러 가지 주의사항을 꼼꼼하게 적어 주면서 조심할 것을 신신당부했다.

"당분간 무척 조심해야 해. 일은 절대 하지 말고, 거의 집에서 누워서 독서나 하면서 푹 쉰다고 생각하면 좋아."

엄마 같은 잔소리를 줄줄이 늘어놓았다.

"알았어, 알았어. 너무 걱정 마. 조금이라도 이상하면 바로 구급차를 불러서 입원할 테니까."

태완과 홍이는 피터가 휴식을 취하는 일주일 내내, 피터의 식사를 챙겨 주었다. 집안일에는 손끝 하나 대지 못하게 했다.

피터는 며칠 뒤, 병원에서 1차적인 착상 상태를 점검받고, 클로이의 상세한 지시를 받았다. 그는 몇 개월 동안, 집안일이나 직장 일은 거의 하지 못했다. 태아가 안전해지는 임신 4개월이 되기 전까지는, 무척 조심해야 한다고 귀에 못이 박힐 정도로 주의를 받았기 때문이다. 그는 잠깐씩만 카페를 점검하는 정도로만 외출을 했다.

불러오는 배를 감추어 가며 외출한다는 것은 쉽지 않은 난제였다. 몸과 마음의 안정을 위해서 소중한 태아를 위해서, 뾰족한 결단을 내려야 할 중요한 시기가 도래했음을… 그는 깨닫기 시작했다. '은신처를 찾아야만 해.' 피터는 결심했다.

"아무래도 내가 출산 시설이 갖추어진, 산후 조리원 같은 곳을 찾아야 할 것 같아. 사람들이 많지 않은 적당한 곳 말이야. 마음이 편치가 않아서…. 이 동네에서 멀리 떨어져 있는 것이 안전할 듯해. 이곳에 있다가는, 점점 불러오는 나의 배를 보고 주변에서 이상하게 생각할 테고, 가까운 사람들이 먼저 범상치 않음을 알아볼 테니까…."

피터가 임신 5개월째가 되자, 하우스 친구들에게 자신의 결심을 알렸다. 멀리 나서려는 피터를 말리던 홍이와 태완은 그의 의견을 존중하기로 했다. 출산과 몸조리를 위한 적당한 곳을 함께 찾아보자고 했고, 무슨 일이든 걱정하지 말라며, 우선 그를 안심시켰다.

그날 밤, 피터는 이것을 발견했다. 인터넷 검색에서 맘에 드는 문구.
임신부터 출산까지,
우주에서 가장 편한 곳, 풍요를 주는 하우메의 보살핌!

집에서 4시간 정도 떨어진 먼 거리에 있었다. 신생지역인지 지도에도 자세히 표시되지 않은 외딴곳 같았다. 그는 주소를 수첩에 적고는, 그 메모를 홍이와 태완에게 보여 주었다. 전화를 걸어서 그곳으로 이동하는 날짜를 타진해 보기로 했다. 배가 눈에 띄게 불러오는 5개월째가 되는 임신 중기부터는, 남들의 알아차림을 피해 그곳으로 이동해야 했다.

"제가 조용히 지인들의 도움 없이 그곳으로 이동을 하고 싶은데, 혹시 도와주실 수 있으신지요?"

피터는 친구들의 도움을 받지 않고 입소할 수 있는 교통편을 의논하고 싶어서 그곳에 전화해 보았다.

"염려하실 건 전혀 없으세요. 저희는 임산부의 모든 것을 아주 편하게 도와드립니다. 주소를 주시면 저희가 약속 시간에 모시러 갑니다. 그리고, 많이 질문하시는 것 중에 안전한 출산을 염려하시는데, 저희 '하우메'에는 커다란 종합병원만큼 의료기기들이 탄탄하게 구비되어 있으니, 안심하셔도 좋습니다. 사실 저희는 조리원이라기보다는, 안전한 출산과 산후 관리를 위한 특별한 종합센터라고 생각하시면 됩니다. 개인적으로 출산 시 담당 의사가 필요하시면, 외부에서 지정 초빙도 가능하십니다. 필요 물품도 빠짐없이 저희가 다 준비해 두었으니, 개인 물품만 챙기시면 됩니다. 지켜 주실 사항은, 가급적 여기 계시는 동안 대면 면회보다는, 전화를 이용해 주셔야 하십니다. 이곳에 있는 분들은 모두 비밀리에 입소하시는 분들이라서요…. 저희 '하우메'는 외부인들이 쉽게 드나들 수 있는 곳이 아니니까요."

친절하고 나직한 목소리의 안내원이, 그가 물어볼 법한 거의 모든 사항들을 자세하게 설명해 주었다.

"알았습니다. 저도 그곳에서 외부에 알려지지 않고 조용히 쉬면서 출산하기를 바랍니다. 다만 출산 시에는 저의 담당 의사가 직접 출산을 돕기를 원합니다."

피터는 안전을 위하여 클로이가 오는 것을 바랐고, 그녀와도 전화상으로 의논한 바 있었다. 클로이는, 프로젝트 팀이 있는 연구 병동에서 피터가 출산하길 바랐다. 하지만, 피터의 마음 상태를 위해서는, 특별한 은신처를 찾는다는 것에 그녀도 동의했던 사항이다.

'하우메의 보살핌'으로부터 여러 가지 질문에 답을 듣고, 수화기를 내려놓자, 집을 떠나기 전 해야 할 일들이 생각나기 시작했다. 앞으로 찬찬히 준비할 일들이 많아졌다. 그는 차분히 생각한 후, 조리원에 가서 쉬는 동안 꼭 필요한 소지품과 집을 떠나기 전 정돈 사항들도 기록했다. 사진도 챙겼다. 은섬과 다정하게 찍은 사진과 임신일기를 쓰기 위해 사 놓은 일기장, 지루하지 않게 읽을 책 몇 권, 평소에 차곡차곡 모아 두었던 행성에 대한 발간지 등, 필요 물품을 꼼꼼하게 캐리어에 담아 넣기 시작했다. 앞으로 며칠 동안은 생각나는 대로 천천히 출산용품을 챙길 예정이었다. 이런저런 일을 생각하며 준비하다 보니, 배가 뭉치고 맥박도 좀 더 빠르게 뛰는 느낌이 들었다.

그는 배 위에 따뜻한 손을 얹고 부드러운 목소리로 말했다.

"아가야, 우리에게 다만 편히 쉴 수 있는 조용한 공간이 필요할 뿐이란다. 괜찮아… 모든 게 다 잘될 거야."

신비한 빌리지

피터는 포대자루 같은 옷을 입은 자신의 모습에 절로 웃음이 났다. '내가 이런 모습이 될 줄은 전혀 상상도 못 했는데….' 그러나, 그런 모습으로도 행복했다. 자신의 몸체에 새 생명이 잉태된 것은 기적이다. 이제 미래의 꿈이었던, 진짜 엄마가 되는 것이다.

하우메센타로 향하는 준비물은 커다란 수트케이스 두 개에 차곡차곡 담겨졌다. 떠나기 마지막 날에는, 최근에 사용했던 생활필수품도 잊지 않고 수납했다. 자세하게 적은 메모지를 앞에 두고, 혹시라도 깜박한 물건이 없는지 다시 한번 체크했다. 홍이와 태완이 와서, 그가 불러 주는 물건들을 챙겨 주면서 중얼거렸다.

"피터를 보내는 게 난 참 섭섭해. 가까이서 볼 수가 없으니 불안하기도 하고…."

"그러게 나는 아이가 태어나자마자 축하할 일을 준비 중이었는데, 파티는 귀가하는 날로 미룰 수밖에 없게 되었네. 섭섭해도 어쩔 수 없지…. 피터와 우리 조카를 위한 일이니까 말야."

"걱정하지 말고, 맘속으로 항상 기도해 주면 돼. 출산 때는 클로이가 며칠 전부터 그곳에 와 있기로 했으니까, 염려하지 말고."

피터는 가급적 그들의 마음을 편안하게 해 주려고 애썼다.

"아 참, 리사와 에밀리에게 메모를 남겼으니, 귀가 후에 꼭 읽어 보라고 전해 줘. 얼굴을 못 보고 가지만, 영상통화도 가능하니까…. 우리가 이런 시대에 사는 것이 얼마나 감사한지 모르겠다."

피터는 미소 지으며, 폰을 만지작거렸다.

저만치서 하얀색 밴이 들어오고 있었다. 드디어 은신처로 향하는 차량이 도착했다. '하우메'의 픽업 차량이다. 차 문이 열리고, 단정하게 차려입은 정장 차림의 청년이, 피터 앞으로 다가와서 정중하게 인사했다. 피터는 차량의 운전기사와 가벼운 통성명을 나눈 후, 홍이와 태완의 도움으로 두 개의 캐리어를 트렁크에 실었다.

"다들 평소처럼 지내는 거 알지? 걱정을 해도 걱정이 줄진 않으니까, 다들 즐겁게 지내는 것 잊진 말고."

피터는 그들의 얼굴을 한참 동안 응시했고, 홍이와 태완은 자신의 일부를 먼 곳에 뚝 떼어서 보내는 심정인 양, 마음이 쓰리고 아팠다.

"전화 자주 할게. 무슨 일 있으면 꼭 알려야 해."

홍이가 눈물을 흘리지 않으려고 애쓰는 모습으로 말했다. 홍이는 오늘 안경을 쓰고 있었다. 눈물을 보이지 않으려는 그녀의 노력이라는 것을 피터는 이미 눈치 채고 있었다.

"오늘이라도… 한밤중에라도… 귀가하고 싶으면 언제라도 콜 해. 난 24시간 눈을 부릅뜨고 있을 거니까. 아가야, 이 삼촌은 24시간 대기조니까. 사랑하는 나의 조카, 건강해야 한다. 곧 보자."

태완이는 피터의 배에 손을 대고 다정하게 인사했다.

하우메로 향하는 차는 멀어져 갔다.

"잘 있어 나의 가족들, 나의 스윗 홈…."

피터는 홍이와 태완의 메모에 여러 가지를 적었었다.

화초를 잘 돌볼 것, 둘이 싸우지 말 것, 외국인인 리사나 에밀리를 잘 관찰하고 도울 것, 은섬을 찾았다는 전갈이 있으면 꼭 알려 줄 것….

시시콜콜 작은 것부터 중대사까지 일일이 적어 놓은 세심한 피터였다. 숫기도 없이 조용하던 피터가… 가족들을 챙기는 꼼꼼하고 온정 있는 사람으로 변화되었다. '그녀를 닮아 가고 있다, 피터는!' 홍이와 태완은 확실하게 그의 변화를 느끼고 있었다.

목적지를 향해 가는 동안, 피터는 창밖으로 보이는 많은 경치들을 보며 어린아이처럼 마음이 들떴다. 10월의 가을 하늘, 건강한 그린 코트를 그대로 입고 있는 초록 들판이 제법 넓게 펼쳐져 있었다. 그 위편으로는 주황색으로 칠해진 기와집과 텃밭이 보였다. 기와집의 입체적인 옆선과 장작을 차곡차곡 쌓아 놓은 뒷마당이 보였고, 누군가 이제 막 모닥불을 피워 올리고 있었다. 그 연기가 공중으로 기다랗게 선을 그리며 용꼬리를 만들었다. 꼬물꼬물 천천히 승천하고 있었다. 풀어진 구름으로 다른 동물이 만들어졌고, 상상으로 가득했던 동심이 뛰쳐나왔다.

'생각만으로 모든 것이 조화로웠던 어린 시절이었지….'

은섬과 꽃우물 카페에서 돌아오던 날, 카페 주변에서 피어오르던 불꽃이 생각났다. 피터는 은섬과 나란히 서서 꽃 우물에 동전을 던져 넣었었다. 마음속 사랑을 기원했었다. 그들의 사랑이 서로의 신뢰를 얻은 날, 세상의 모든 것은 밝아졌고 이전과는 확실하게 달라져 있었다.

'난 그때 다시 태어났었는데… 그녀를 통해서.' 은섬이 또 그리워졌다.

차 안에서 풍경을 감상할 수 있다는 것은, 자신에게 무척 자애로운 여행이었다. 시골 풍경을 바라보다 눈이 감기면 잠을 잤고, 중간중간 휴게소를 들를 때마다 긴장된 배를 부드럽게 하고 심호흡을 했다. 차 안에는 누울 수 있는 간이침상이 있었는데, 첫 번째 휴게소에 멈추었을 때부터 그 침상이 만만찮은 진가를 발휘했다. 긴장을 늦추고 릴렉스하게 누울 수 있다는 것이 호사스럽게 느껴질 정도였다.

외부 사람들과 마주쳤을 때의 부담스런 느낌은, 피터 자신이 도망자 같은 기분이 들게 했다. 낯선 이들로부터 빨리 달아나고 싶은 생각이 간절했다. 특히 화장실에 갈 때는 긴장감이 팽팽했다. 지나치는 모든 사람들의 시선을 비켜 가기 위해서 최대한 눈에 띄지 않는 복장을 갖추어 입어야 했다. 만삭의 모습을 눈치 챌까 봐서, 최대한 펑펑한 옷과 눈까지 덮을 수 있는 모자를 꾹 눌러썼다. 덩치가 큰 여성처럼 차려입었다. 그래야 그나마 안심할 수 있었다.

사람들이 붐비는 곳을 피해서 구석에 위치한 한적한 곳으로만 골라 다녔다. 방해하지 않는 적당한 거리에서 그를 호위하던 하우메의 직원은, 항상 배려 깊게 행동했다. 어떤 상황에서도 그가 가장 안전하고 편하도록 신경 쓰고 있었다. 쉬는 시간에도, 담배를 피우거나 혼자의 시간을 보내는 일 없이 피터를 따라다녔다. 언제든 불편한 상황이 오면 그를 엄호하러 달려올 영화 속의 보디가드 같았다. 피터는 그런 사람이 동행하는 것을 감사히 여겼다. '하우메'의 세심한 보살핌이 벌써부터 시작되었다는 것에 안도했다.

지인이나 가족 없이 떠나는 임신 여행…. 그는 임신을 한 여성들과 똑같은 감정 기복 그리고, 신체의 변화를 시시각각 몸과 마음으로 느끼고 있었다. 그런 과정들이 행복하면서도 동시에 무척 두려웠다.

피터의 가슴은 호르몬의 영향으로 평상시보다 조금 커졌다. 복부가 가끔씩 따끔거렸으며, 누워 있으나 앉아 있으나 여전히 불편하기는 마찬가지였다. 두 사람이 움직이는 것처럼 행동이 느려지고 몸도 마음대로 따라 주지 않았다. 발목에 무거운 샌드백을 달고 뛰는 선수처럼 온몸이 지치고 묵직해졌다. 그뿐만이 아니라, 낮이고 밤이고 화장실에는 수시로 들락거렸다. 여느 임산부든 겪는 불편을 피터도 역시, 엄마가 될 준비자로서 두루두루 겪고 있었던 것이다.

그는 익명으로 임산부들이 교류하는 블로그나 단체 톡 방에 들어갔다. 여러 가지 정보들을 부지런히 모아서 기록하고 일상생활에 적용하기 시작했다. 넋두리 섞인 수다도 그 틈에서 떨어 보았다. 그는 이제 '그'가 아닌 '그녀'가 되어가고 있었다.

피터는 '임신'이란 신체 변화가 자신의 생활 리듬을 심하게 흐트러트린다고 생각하면서도, 그것이 싫지는 않았다. 아이의 엄마가 되려고 자연적으로 변화해 가고 있음을 신기하게 여겼다. 먹는 것에도 신경을 썼다. 몸의 건강을 최상으로 유지하기 위해서, 전문서적과 인터넷 자료들을 뒤져가며 이것저것 학습하고 있었다.

그는 채식을 즐겨했으므로, 임신을 하고 나서도 오보 베지테리안의 수준에서 벗어나지 않으려고 노력했다.

'이제 나는 곧 엄마가 될 거야.'

일생 중에 가장 은혜스럽고 존중받아야 마땅한 단어 '엄마'. 그리고 가장 순수하며 사랑스런 존재 '아기'. 피터의 몸에는 두 가지의 아름다운 단어가 깃들어 있었다. '생명의 꿈'이 깃들어 있었다.

"고맙다, 아가…."

피터는 자신만이 들릴 만한 조그만 소리로 아이에게 속삭였다.

조리원으로 향하는 마지막 한 시간 정도의 드라이빙은, 오로지 차 한 대가 간신히 들어설 수 있는 좁은 시골길로 연결되어 있었다. '저 외진 길로 들어서는 동안 마주 오는 차가 있으면 어떻게 될까…'라고 잠시 걱정을 했지만, 다행히 반대 방향에서 마주치는 차량은 보이지 않았다. 그럴 법도 하다. 그곳은 사람이 섣불리 찾지 못할 정도로 외진 산골에 깊숙이 자리 잡고 있었으므로.

소가 눈이나 비를 피할 만한 헛간이 띄엄띄엄 몇 채 보이는 논밭을 지나, 이리저리 꼬불꼬불 에스 자로 꺾어 가는 동안, 집이 겨우 두 채 정도 덩그러니 있었다. 사람이 살지 않을 것만 같은 마지막 마을을 지나, 숲과 초록 풀만 보이는 들판을 가로지르더니, 육지와 연결된 자그마한 마을이 모습을 드러냈다.

"이곳은 섬인가요? 주소를 확인해 보니 확실하게 내비게이션의 표시가 뜨질 않아서요, 요즘 만들어진 신생 동네인가 봅니다."

피터는 약간은 걱정이 되고 있던 참에 마음속에 묵혀 두었던 궁금증이 튀어 나왔다.

"아, 네… 그렇습니다. 저희 빌리지는 인적이 거의 없고, 특별히 비밀리에 예약된 산모들만이 머무는 곳이라, 외부에 잘 알려져 있지 않습니다. 인터넷을 통해 간헐적으로 홍보를 하고 있지만, 저희 '하우메' 내에서 엄선된 분만 모시고 있습니다. 이곳은 또한 길이 열리는 시간대가 드물어서 불규칙적인 물때 시간이 공지되지 않는 한, 일반인들은 출입할 수도 없습니다. 특별한 소수의 산모들이 안정적으로 힐링을 하며, 출산을 하기까지, 세상을 잊고 쉬기에 특별히 조성된 공간입니다."

그의 목소리는 피터가 안정감을 느낄 정도로 낮고 굵직하며, 상냥하고 부드러웠다. 기사가 차내를 훈훈하게 데울 정도의 적당한 온도를 찾아냈다. 버튼을 완벽하게 세팅하고 나자, 따뜻하고 만족스럽게 미소 지었다.

피터는 임신하고 나서부터 몇 개월간 사람이나 식물의 오오라가 보였다. 운전기사, 그의 오오라는 밝은 초록빛이었다. 선량하고 평화로운 사람이었다. 피터는 안심했다.

"그럼 출산 시 비상상황이나 생필품은 어떻게 조달되는지요?"

피터가 확인 차 물었으나, 이러한 모든 비상 상황들에 대한 적절한 답은, 집을 떠나기 전 이미 꼼꼼하게 체크한 뒤였다.

"인터넷에 올라와 있는 사항처럼 비상 상황에 대처할 명성 있는 의사진과 산후조리사 등 모든 전문인이 있고, 저희 빌리지는 모든 시설이 대도시보다 더 철저하게 갖추어져 있습니다. 비상시에는 헬기를 띄우기도 합니다. 또한 저희는 일반적으로 널리 알려지지 않는 특별한 케어 방법으로 임산부의 출산과 신모들의 건강을 돌보고 있습니다."

그의 대답은 확신에 가득 차 있었다. 어조와 억양에 신념이 가득했다. 피터는 그의 대답에 더 이상 의심하지 않기로 했다.

피터가 요즘 간파할 수 있는 오오라를 볼 수 있는 신비한 능력이 없었더라면, 그와 그가 속한 조리원을 상당히 의심할 수도 있었을 것이다.

섬으로 통하는 물길이 열리는 몇 분을 대기하면서, 그들은 여러 가지 일반적인 얘기도 나눴다.

20분 정도의 대기 시간이 지나자, 드디어 섬으로 통하는 출입구가 열렸다. 출입을 허가하는 초록 신호등이 켜지자 기사는 밝은 얼굴빛을 띠더니 행군을 알리는 선봉대처럼 힘차게 말했다

"자 이제 하우메의 빌리지로 들어갑니다."

그는 음악을 틀었다. 그곳에서 흘러나온 음악은 '넬라 환타지아'였다. 피터가 가장 좋아하는 곡. 사랑하는 사람과 결혼식을 한다면 웨딩마치 대신 틀고 싶었던 연주곡이 바로 그 곡이었다. 피터는 은섬이 없는 상황이었지만, 배 속의 아이와 함께 자신을 위한 새로운 삶을 위한 마칭이 바로 지금, 이곳에서부터 시작되고 있다고 느꼈다.

'나는 한 아이의 엄마로 다시 태어나는 거야.' 그는 다짐하고 있었다.

요트를 타며 바라보았던 작은 섬들과 바다의 중간쯤에 배를 세우고 정박하던 어부들의 선박들을 기억해 냈다. 갑판 위에 빨강과 초록 깃발이 너울거리던 배가 생각났다. 때로는 주황색과 연둣빛의 깃발들로 장식되어 있던, 자신들만의 고운 색깔을 흔들고 있던 선박들이 참 멋지다는 생

각을 했었다.

'저마다의 색깔이 있다는 것은 자신을 나타내는 중요한 일이기도 하지. 나 자신은 타인들에게 과연 무슨 색으로 비춰지고 있을까…' 그는 자신의 빛깔이 궁금했다.

'배에도 크리스마스 트리가 있네….'라고 말하던 은섬의 웃는 표정이 떠올랐다. 요트 세일링을 하다가 지나치는 고기잡이 선박들을 바라보며 그녀가 했던 말이다. 트리 위의 리본처럼, 바람에 날리던 형형색색의 깃발들을 신기하게 바라보았었다.

이런저런 생각으로 한참을 들어가자, 드디어 마을 입구가 보였다. 흰색과 분홍색으로 장식된 넝쿨 꽃으로 뒤덮인 아치형 게이트가 제일 먼저 그들을 반갑게 맞이했다. 아름다웠다. 입구 앞에 커다란 나무 간판도 보였는데, 그것은 오래된 나무를 횡단으로 잘라서 만든 것이었다. '하우메'라고 쓰여 있었다.

'하우메 하우메… 하우메아? 어쩐지 다른 것들이 생각나게 하는 익숙한 이름인데….'

기억해 냈다. 그가 알고 있는 태양계의 왜행성 '하우메아'. 행성을 공부했던 피터에게는 무척 친근한 이름이었다.

하와이의 신화에 등장하는 출산과 풍요의 여신 '하우메아'에서 가져온 이름이기도 하다.

Haumea.

피터는 드디어 '하우메의 보살핌'에 당도했다.

6부

탄생; 백색 오오라를 가진 아이

새로운 생명의 놀라운 탄생!

출산이 임박할 즈음 수술실의 분위기는 다소 경직되어 있었다. 긴장 감으로 뻣뻣했다. 클로이와 의사진은 만반의 태세로 산모의 곁에 바짝 붙어 있었다. 예외적인 출산으로 신비로운 분위기가 감돌았다. 피터는 자연분만을 할 수 없었기에, 제왕절개로 분만을 유도했다.

그런 외진 마을에 믿을 수 없을 정도로, 잘 갖추어진 수술실, 성능 좋은 최신식 의료기기들이 있다니 놀라울 따름이었다. 그런 시설은 대도시의 잘나가는 종합병원에서나 갖출 법한 대단한 것들이었다.

피터의 아이 제나가 태어나던 날 아침.

새로운 생명의 탄생 주변에서는 인간들이 미처 알아챌 수 없는 신비로운 일들이 벌어지고 있었다. 숲속의 동물들이 하나둘, 하우메의 출산 동에 연결된 커다란 밤나무 아래에 모여들기 시작했다. 그들은 귀를 기울였고, 비밀의 정원에서 새어 나오는 보랏빛 꽃들이 빠르게 반짝거리는 모습을 바라보고 있었다. 꽃들은 아름다운 하모니로 합창하기 시작했다. 백색 오오라의 경이로운 아이가 태어남을 기뻐했다.

그 아이는 세상에 나와서 처음으로, 모두의 일상이 되는 공기를 들이마셨다. 모두에게 당연히 존재해 왔던 그것을, 그녀는 아주 특별하게 받아들였다. 그리고는, 생명에 힘을 주는 주변의 존재하는 모든 것들로부터 사랑의 에너지를 받아들였다. '하우메'의 모든 사람들과 숲속의 동물들에게 그녀의 탄생을 소리 높여 알렸다. 우렁찬 외침으로….

피터는 자신이 낳은 아이를 바라보며, 말로는 형용할 수 없는 깊은 감격에 빠졌다.

"피터, 건강한 공주님이야. 축하해! 감사합니다, 하느님…." 클로이는 짧은 축복의 기도를 하며 성호를 그었다.

"네가 괜찮다면 내가 대모를 하고 싶어. 그녀의 이름을 미리 지어 놨단다. 그라시아… '은총'이란 뜻이지."

그녀가 피터의 눈을 대견하다는 듯이 바라보았다. 그들의 어린 시절을 떠올리고 있었다. 처음으로 성당 보육원에 놓이던 그 순간을…. 피터와 클로이, 그들은 신의 은총으로 평화롭게 성장했다.

"고마워. 클로이. '그라시아'라니… 너무도 아름다운 이름이구나. 내가 아이를 낳았다니… 드디어 엄마가 되었어. 내가 바라던 꿈속의 엄마야!"

현실에서 감히 실현될 수 없는 기적을 이루었다. 그 축복받은 기적 속에서 태어난 새로운 생명체는 햇살처럼 따뜻했다. 피터는 제나의 몸에서 눈부신 발광이 되고 있는 것을 보았는데, 그것은 티 없이 맑고 순수하며 기적을 이룬다는 백색 오오라의 물결이었다. 몸체는 아직 핏덩이로 붉은 모습이었지만 그 아이가 남다르다는 것을 한눈에 알아볼 수 있었다. 자신의 목숨보다 더 소중하고 아무런 방어도 할 수 없는 너무도 작은 아이… 피터가 그녀를 받아 든 바로 그 순간, 그는 영화 속의 전사처럼 강인해졌음을 알았다. 그 아이를 위해 무엇이든 할 각오가 순식간에 이루어졌음을 알았다.

"아가야, 내가 너를 지켜 줄 거야. 언제까지나…."

제나, 그라시아.
어느 날 피터와 은섬이 영화를 보다가, 용감하고 지혜롭게 악당들과
맞서 싸우는 아름다운 여전사를 보더니, 은섬이 제나를 칭송했다. 그녀
의 이름 또한 무척 맘에 들어 했다. 그녀의 삶처럼 용감하고 빛이 난다고
했었다. 나중에 여아를 얻는다면 '제나'라고, 여전사의 이름을 자신의 아
이에게 붙여 주고 싶다고 말했었다.

"아가, 네 이름은 이제부터 제나란다. 제나, 정. 그리고 그라시아. 어디
엔가 계실 너의 엄마 은섬도 무척 기뻐하실 거야. 제나, 그라시아!"

피터는 잠시 자신의 출생을 생각해 보았다. 친아버지가 누구인지도
몰랐다. 돌아가신 어머니의 성을 따라서 '피터 정'이 이름이 되었다. 어
머니의 모습이 그려졌다. 자신을 낳고 기뻐했을 국화의 얼굴. 사진에서
보았던 어머니의 단아한 얼굴이 떠올랐다.
제나는 은섬과 같은 검은 머리칼을 지닌 동양인의 모습에 피터의 초록
색 눈을 가졌다. 갓난아기라도 금세 알아볼 정도로 윤곽이 뚜렷하고, 코
가 오뚝한 아이였다.
아이는 탄생 후에 피터의 옆에 마련된 신생아 침실에 뉘어졌다. 산모
의 단독 룸은 신생아와 엄마가 함께 머물 수 있도록, 모든 것들이 편리
하게 정돈되어 있었다. 클로이를 포함한 의사진과 간호사들의 집중적인
배려와, 편안한 산후 치료와 산후 조리를 할 수 있는 곳이었다. 피터는

기운을 차리자마자 하우스 친구들에게 단체 톡을 보냈다.

 아기가 태어났어. 공주님이야. '제나, 그라시아'. 너희들이 기다리는 곳으로 머지않아 달려갈 테니 조금만 기다려! 마법처럼, 하나가 둘이 되었어.

 제나가 태어나기 전부터 쉐어 하우스에 있던 친구들은, 피터의 소식을 궁금해하며 여러 가지 이야기를 나누고 있었다. 홍이와 태완은 요즘 부쩍 임산부들이 눈에 들어왔다고 했다. 특히 얼른 삼촌이 되기를 기다리는 태완의 눈에는, 길 가다가도 아기를 안고 가는 부부들만 크게 클로즈업되었다. 요즘 자신이 무척 들떠 있음을 톡에 띄웠었다. 아이의 탄생을 간절함으로 하루하루 기다리는 사람은 피터뿐만이 아니라 그들도 마찬가지였다.

 "모든 남자들이 출산의 고통을 알 수 있다면 좋겠어." 홍이는 산달이 다 되어 가는 피터를 생각하다가, 태완을 바라보며 말했었다.

 "나도 할 수만 있다면 아이를 낳아 보고 싶긴 해. 어떤 기분일까… 참 궁금하거든."

 그들은 피터의 부재를 매우 허전하게 느꼈다. 식사를 할 때, 커피를 내릴 때, 현관 앞에 놓인 여분의 슬리퍼를 볼 때, 집 안에서 온기를 뿌리며 미소 짓고 어울리던 피터의 모습이 아른거렸다. 그가 하우스에 발을 들이고 한솥밥을 먹는 가족으로 묶여진 그 순간부터 이미 '눈에 밟히도록 정겨운 존재'가 되어 있었던 것 같다.

 달력에 하루하루 작대기를 그어 대던 피터의 출산일이 며칠 지났지만, 그들은 아가의 탄생 소식을 오랫동안 듣지 못했다. 궁금중에 더욱 가세되어 마음을 걱정스럽게 어지럽히는 것은, 피터가 있는 곳은 인터넷도 잘 안 터지는 오지를 방불케 하는 곳이라 해서다. 개인 전화는 가끔 끊어질 때가 있었고, 조리원의 전화는 그나마 제대로 연결된다니 천만다행이었다.

'내가 그곳으로 가서 출산을 하려는 건 내가 간절히 원해서야….'라고 했던 그의 간절한 표정이 떠올랐다. 그의 말대로 피터의 친구들 외에 어느 누구도 피터가 아이를 낳았다는 사실을 감추는 것이 지금으로선 최선의 방법이었다. 그것은 앞으로도 피터의 아이에게, 언제든 불거져서 약점으로 작용될 수 있었다. 그들의 아킬레스건이었다. 지혜로운 생각에서 나온 보호조치… 기적처럼 선택받은 Moddy, 피터의 결정이었다.

피터의 출산 예정일이 5일 정도 지난 어느 날, 홍이와 태완이가 출근을 준비하고 있을 때, 동면하고 있던 하우스의 전화벨이 울렸다. 11시 11분. 벽에 걸린 커다란 디지털시계는 신기하게도 같은 숫자를 보이고 있었는데, 그들은 그것이 피터의 출산을 알리는 것임을 곧바로 직감했다. 대부분이 개인 휴대폰을 이용하므로 집 전화가 울리는 일은 극히 드문 일이었다. 먼지가 뿌옇게 쌓여도 관심을 끌지 못하는 오래된 전화기에서 벨이 울린다면, 99퍼센트는 피터의 출산 소식일 거라고 그들은 장담했었다.

"여기는 피터 님이 지내고 계신 하우메의 보살핌입니다. 여러분께 기쁜 소식을 전합니다. 방금 전 사랑스런 공주님이 태어났답니다. 산모와 아이 모두 무척 건강하구요… 피터 님께서 이모님들과 삼촌께 꼭 안부 전하라고 하시는군요. 아주 건강한 3.3킬로의 공주님입니다!"

조리원의 보호사로 일하는 여직원은 피터의 부탁대로 기쁜 소식을 전했다.

"정말입니까? 아이구… 너무나 감사합니다. 피터에게 우리 모두가 사랑한다고 전해 주세요. 참, 공주님께도요… 아니, 조카님께도요."

홍이는 들떴다. 그녀는 대화를 하는 동안 눈물이 핑 하니 돌고 코끝이 찡해짐을 느꼈다. 얼마나 들떴는지 실내화도 한 짝만 신고 서 있는 자신의 발을 발견했다. 어이없는 자신의 행동에 그녀는 픽! 하고 웃음을 터트렸다. 출근하려고 구두 뒤굽에 발을 밀어 넣던 태완이 거실로 달려오더니, 수화기를 건네 달라고 졸랐다. 기다리다 못한 그는 낚아채다시피 전화기를 가져갔다. 그리고는 목소리를 몇 번 가다듬더니 의젓한 목소리로 말했다.

"저… 아가한테 태완이 삼촌이 너무 보고 싶다고 전해 주세요. 그리고 두 모녀가 건강하게 귀가할 날만을 기다린다고도 전해 주시구요."

태완이 아이처럼 신나서 전화기를 끊고 나서 한참을 넋이 나간 듯 입을 벌린 채로 서 있더니, 다시 현관으로 내려갔다.

"아이구, 내 신발 한 짝은 어디로 간 거야. 아 저기 있네. 신발은 가까이 붙어 있어야지. 커플처럼 말이야. 어라 홍이 너도. 실내화가 한 짝? 둘 다 정신이 나갔구나. 하하하."

그는 홍이를 보더니 윙크를 찡긋하고 문을 열고 나갔다.

오늘의 태완이는 뿌리치듯 벗어 놓은 신발이 제멋대로 널브러져 있는 것도, 짜증 없이 차분하게 신고 갔다. 게다가 콧노래까지 부르며 현관문을 나섰다. 홍이는 사라지는 태완의 뒤통수에 대고 냅다 큰소리를 던졌다.

"이제 삼촌이 됐으니, 철 좀 들려나…."

그녀의 얼굴에는 웃음꽃이 가득했다. 행복한 마음으로 들떠 있었다. 태완이 출근하고 나자, 아직도 자고 있는 에밀리와 리사의 방문을 두 번 노크했다. '똑똑!' 에밀리와 리사의 인기척이 없자, 식탁 위로 가서 메모 지에 커다랗게 손 글씨를 썼다. 그들이 자고 있는 문고리 바로 위에 분홍 메모지를 꾹 눌러서 붙여 놓았다.

애들아, 우리가 드디어 이뫼가 됐어. 오늘 저녁은 파티다.

늘어지게 정오까지 잠을 잔 에밀리와 리사는, 오후 출근을 위하여 기지개를 펴며 아쉽게 일어났다. 에밀리가 세수하기 위해서 욕실로 들어갔다. 언제나처럼 양치질을 하고 세수를 했다. 얼굴을 닦고 머리를 빗고, 그다음 차례인 리사를 부르러 다시 방으로 들어가려다, 문에 붙어 있는 메모지를 발견했다. 눈에 띄는 분홍색 메모지였다. 남아 있던 졸음이 달아나고, 순식간에 정신이 번쩍 들었다. 그녀는 붙여 놓은 접착 메모지를 떼어서 리사에게 들고 갔다.

"리사 리사, 이것 좀 봐, 피터가 아이를 낳았어. 왓 어 원더풀 데이. 갓, 쌩스!"

에밀리가 환해진 얼굴로 말했다.

"아, 정말… 와우! 판타스틱! 드디어 낳았구나. 피터와 아이는 건강하대? 아이는 딸이야, 아들이야?"

리사가 연속적으로 묻는 말에 에밀리는 대답을 못 했다.

"음… 그걸 모르겠네. 메모에는 그게 없어."

중요한 궁금증이 생긴 에밀리는 홍이의 핸드폰에 톡을 했다.

질문. 아기는 공주? 왕자? 피터는 ok?

몇 초 만에 곧바로 답장이 왔다.

공주^^ 둘 다 건강.

둘은, 때늦은 브런치를 먹으며, 피터가 돌아올 방을 더 아늑하게 분홍빛이 도는 공주풍으로 꾸며 주어야겠다고 마음을 모았다.

한편, 하우메 조리원은 아이와 산모의 건강한 탄생에 간단한 축하파티를 열었다. 피터의 아이는 갓난아이인데도 이목구비가 뚜렷해서 직원들 모두가 놀라워했다. '갓난아이가 코가 이렇게나 오뚝하네요. 자라면 무척 미인이 되겠어요.'라고 입을 모아서 칭찬했다. 사실 제나의 이목구비와 윤곽은 피터의 이국적인 외모를 많이 닮아 있었다. 그리고 초록색 눈동자는 피터의 눈동자 색깔보다 더 진하고 깊이가 있었다. 고요하고 평화로운 우주가 그 안에 응집되어 있는 것 같았다. 머리카락 색깔은 은섬을 꼭 빼닮은 흑발이었다.

낯익은 얼굴

제나가 태어나고 3일이 지났다.

'하우메'에는 다른 임산부 두 명이 있었다. 그들은 아직 출산예정일이 몇 주 더 남아 있었다.

어려 보이는 임산부는 17세 학생 신분에 아이를 가져서, 학교를 자진

중퇴하고 이곳에 온 미나, 또 한 명은 주정뱅이 남편의 폭력에 시달리다, 목숨을 부지하기 위해서 도망쳐 나온 유라였다. 그들은 세상에 자신들을 지켜 줄 사람은 아무도 없다고 절망했었고, 피터처럼 우연히 이곳을 알게 되었다고 했다. 세상을 등지고 싶었던 가엾은 산모들. 그들은 무엇보다고 간절히 평화롭게 아이 낳기를 소망하는 사람들이었다.

미나와 유라는 어려운 현실에 가슴 시리는 공감대로 인해 금방 친자매처럼 가까워졌다. 그 둘은 남성의 외모로 임신한 피터를 보자 무척 놀라는 눈치였으나, 아무런 질문 없이 편견을 갖지 않고 그를 격려해 주었다. 그들은 모두가 서로를 응원해 주는 친밀한 사이가 되었다.

하우메 조리원에는 출산을 안전하게 돕는 전문의 3명과 간호사 3명, 그리고 빌리지를 구석구석 꼼꼼하게 관리하는 시설관리인과 조리사 등 총 열 명의 직원이 24시간 체제로 주재하고 있었다.

그들이 자주 입에 올리는 원장이란 사람은 임산부 누구도 한 번도 본 적은 없었으나, 그에 대한 이야기는 직원들을 통해서 자주 입에 오르내리고 있었다. '신비한 원장님'으로도 불리는 그는 말수가 거의 없다고 했다. '하우메'가 있는 빌리지에 나타나는 날이면 무척 지친 모습으로 제한된 공간의 정원으로 향한다고 했다. 그리고 몇 시간의 휴식을 마치면 명랑한 모습으로 다시 직원들에게 나타나 손을 들어 인사를 대신하고, 그러자마자 다시 빌리지 내의 식물들과 동물들을 돌보는 일에만 쉴 새 없이 전념한다고 말했다. 조리원에 들어온 산모가 아이를 낳을 때는 꼭 나타난다는, '신비한 원장'이었다. 그는 직원들이나 산모들에게 존경받는 대상이었다. 직원들이 말하기를, 그 원장은 사람과는 거의 말을 섞지 않고, 동물들과 이야기를 하는 이상한 습관이 있다고 했다. 심지어 식물에게도 말을 붙여가며 고개를 끄덕인다고 했다.

언뜻 보면 나사가 빠진 사람처럼 이상해 보였지만, 직원들은 그가 미쳤다고는 생각지 않았다. 누군가에게 도움이 필요하다는 것을 어떻게 알아내는지, 직원들이 말하기도 전에 척척 알아서 해결해 주곤 했다. 예지력을 지닌 사람처럼 앞을 내다보았다. '신비한 원장'이란 단어는 그래서 붙여진 이름이다.

피터는 어느 날, 큰 나무가 있는 조리원의 동편 빌리지로 산책을 나섰다. 오랜만에 가벼운 몸으로 신선한 공기를 호흡하기 위해서였다. 동쪽 귀퉁이에 가끔씩 모닥불을 피우기 위해 모아 놓은 장작더미를 쌓아 놓는 곳이 있었다.

보호사들이 말하기를 '나무를 쌓아 놓는 적재실을 돌아서 조금 더 가면, 원장이 혼자서 돌보는 개인 정원이 있다.'고 했다. 그곳은 제한 구역이었다.

피터는 심호흡을 여러 번 하면서 산모동에서 이어지는 자작나무와 소나무가 있는 길을 왔다 갔다 하고 있었다. 그러다가 문득 장작더미 배경으로 멀리서 새어 나오는 보랏빛을 발견했다. 그 빛은 일정한 간격으로 켜졌다 꺼졌다 하며 반짝거리고 있었다. 피터는 혹시나 담배꽁초나 불똥이 튀어서 안 좋은 사태를 만들 수도 있다는 기우에, 그쪽으로 발걸음을 돌려 확인코자 마음먹었다.

'혹시라도 모를 일이잖아. 산모들이 있는 병동에 화재라도 난다면 큰일이지. 위험 상황이 생긴다면 안 될 일이니까.' 그는 자신의 쓸데 없을 만한 간섭에 적당한 변명을 붙여 놓았다.

  쌀쌀한 날씨였다. 피터는 병실 가운 위에 산모들에게 주어진 두꺼운 누빔 자켓을 걸치고, 출산 후 몸조리를 위해서 종아리까지 올라오는 양말과 내복을 겨입고 있었다. 걷기에 편하고 관절에 무리를 주지 않도록 특별히 만들어진 푹신한 신발까지 신고 있었다. 피터는 들고양이처럼 감각을 곤두세우고 장작더미를 돌아서 150미터 정도 더 살금살금 걸어갔다. 불빛이 깜박거리던 목적지에 다다르자, 분홍색 철재로 되어 있는 다이아몬드 무늬가 그려진 대문이 나타났다. 문의 중앙에 자물쇠가 걸려 있었는데, 안에 누가 있는지 자물쇠는 반쯤 열려진 상태로 있었다. 그때 방금 전에 보았던 보랏빛 불빛이 또다시 반짝거렸다. 그는 대문을 살며시 밀어 보았다. 그 안에는 흔들거리는 커다란 안락의자가 뒷면이 보이게 놓여 있었고, 빛을 내는 보랏빛 꽃들이 놀랍게도… 꽃 이파리를 펄럭거리며 흔들고 있었다. 자그마하게 들리는 배경음이 있었는데, 그것은 마치 잠자리들의 날개소리가 모아진 낮은 화음 같았다. 그들은 조용하게 하모니를 이루며 합창하고 있었다. 피터가 정원 바닥에 있는 나무 껍질을 밟자 '빠지직!' 소리가 났고, 흔들거리던 식물들은 피터의 인기척을 알아채고 말았다. 그들은 갑자기 소리를 멈추었고 잎사귀를 닫기 시작했다.

  흔들의자에서 몸을 파묻고 있던 검고 긴 그림자가 천천히 일어나더니, 피터 쪽으로 성큼성큼 걸어왔다. 주변은 불이 꺼져 있는 상태였고 보랏빛 불빛만이 정원 안을 비추고 있었는데, 그것들이 꽃잎을 닫는 바람에 피터 쪽으로 걸어오는 사람의 얼굴은 전혀 알아볼 수가 없었다.

  '이곳은 금지구역인데 내가 들어와 버렸으니 어쩌지….' 피터가 걱정하고 있는 사이 다가오던 그림자가 말했다.

"어서 오세요. 피터 님."

그는 피터 앞으로 가까이 오더니 벽 쪽으로 플래시를 비추고 스위치를 눌러서 정원의 천장에 달린 샹들리에 등을 켰다.

"오랜만입니다."

그는 다름 아닌 열 달 전, 집 근처에서 쓰레기를 줍던 노인이었다. 그런데 이상한 점은 그가 길거리에서 보았을 때는 분명히 빡빡머리 남자의 모습이었는데, 오늘의 모습은 머리카락이 매우 길어진 다른 모습을 하고 있었다.

"아, 어르신은 그때 보았던… 그 어르신? 안녕하세요, 어르신. 어떻게 이곳에…."

피터는 낯익은 얼굴을 알아보았으나, 남성인지 여성인지의 구별보다는 그 사람이 왜 이곳에 있는지가 더 궁금해졌다. 그 노인은 피터의 한 손을 잡고 악수를 한 뒤, 벽 쪽에 있던 등받이가 길고 쿠션이 있는 의자를 피터에게 권했다.

"우선 앉으세요. 궁금증을 풀어 드리도록 하지요."

그는 피터와의 재회가 즐거운 듯이 웃고 있었다.

"저의 정원에 있는 이 녀석들은 사람의 인기척을 10킬로미터에서도 알아채고 얼굴을 숨기는데, 오늘은 참 이상하군요. 피터 님이 이 안에 들어올 때까지 계속 노래를 하고, 불빛을 숨기지도 않고 자연스럽게 움직이고 있었다니, 이런 적은 처음이군요. 당신은 이곳에서 환영받을 만한 자격을 이미 갖춘 것 같군요! 음… 제 소개를 제대로 하겠습니다. 저는 이곳의 원장으로 알려져 있지만, 저희 행성에서는 '알파'라고 불린답니다. 사실… 저는 지구인이 아닙니다."

원장은 찬찬히 피터를 바라보며 그의 안색을 살피는 듯했다.

그러나 피터는, 노인이 걱정한 만큼 전혀 놀란 얼굴이 아니었다.

잠시 후 피터는 평상시처럼 질문하기 시작했다.

"그럼 어르신은 외계에서 오셨다는 말씀이신가요? 그렇다면… 저는 천문학을 공부한 사람이라… 오래 전부터 외계인의 존재를 긍정적으로 이해하고는 있습니다만, 실제로 이런 일이….."

피터는 노인과의 만남이 신기했고, 놀람보다는 진실이란 것이 자신의 생각과 일치하고 있다는 것에 즐거웠다.

"저의 고향은 머나먼 별 혜왕성의 주변에 있는 '행성px-밸런시아'라는 곳입니다."

피터가 놀라는 기색 없이 그의 설명을 기다리는 듯하자, 알파는 스스럼없이 말을 이었다.

"지구는 저희 조상들께서 무척 아름답다 여기셨고, 그 때문에 아주 오래 전 생명체의 씨앗을 이곳에 뿌려 놓았지요. 그때 두 종류의 씨앗을 뿌렸는데, 하나는 동물의 씨앗으로 그것들이 시간이 지나면서 모든 종류의 동물로 진화하였고, 가장 위대한 동물은 인류였습니다. 또 하나는 식물의 씨앗이었는데, 저희가 뿌린 씨앗의 초기식물은 '바이올렛-C'라는 원로 식물로서, 아직도 이 지구상에 대대로 존재하고 있으나 그 모습을 흔하게 드러내지는 않고 있습니다. 바이올렛은 처한 환경과 주변 생물체와의 관계에 따라서 이로운 꽃가루를 퍼뜨리기도, 해로운 꽃가루를 퍼뜨리기도 하는 움직이는 꽃입니다. 바이올렛이 초기에 자신의 씨앗을 뿌려 지구상의 여러 식물로 진화하였지만, 지구가 척박해지자 더 이상의 진화하는 씨앗은 뿌리기를 원치 않는 것 같습니다. 현재는 자신의 모습을 보이지 않는 곳에 꽁꽁 숨기고 있습니다. 바이올렛이 있을 법한 곳을 두 곳 알아냈는데, '플랜트 비스트'라고 몇십 년 전 지구의 신문기사에 떠도는 흔적을 발견하기는 했지요. 뉴질랜드의 청정지역과 일본해역의 알려지지 않은 작은 섬으로 인지되었습니다. 인류가 바이올렛-C의 이름을 '비스트'로 지었다니 인간에게 해로운 영향을 끼치고 있는 것이 분명합니다. 바이올렛-C는 굉장히 예민한 식물이라서 환경에 방어적이기도 하고 인류에게 공격적으로 움직일 수도 있지요. 지구상에 예상치 못한 원인 미상의 질병이 생긴다면, 그것은 바이올렛에게서 기인한 독성 바이러스일 가능성이 큽니다. 그 바이러스로 인해 동물이나 인류가 원인을 모르는 질병에 시달리거나 사망에 이를 수 있지만, 누구도 그 이유를 알아낼 턱이 없지요. 저희 가족은 조상 대대로 식물과 동물을 돌보는 의사의 집안입니다. 100년마다 이곳을 돌보러 옵니다. 동물의 씨앗과 식물의 씨앗이 서로 조화를 이루며 살기를 바라서입니다. 우리별의 최고 우수작인 인류는 세기를 거듭하며 번성하고 있습니다. 인류는 대단히 발전적이며 과학적으로 우리를 찾아낼 수 있을 정도로 스마트해졌으나, 사실은 생태계의 균형을 깨트리고 영원한 터전이 되는 지구를 오염시키고 있는 주범이 되고 말았지요. 보다 못한 저희는 이번의 임무로서 지구에 도움을 주기 위해 이곳에 왔습니다. 바이올렛-C로부터 방어와 공격이 아닌, 치유와 풍요가 이루어지게 돕기 위해서 말입니다. 저는 이번 임무가 잘 완성되기만을 간절히 바랍니다. 그것이 이루어지면 저는 이곳을 마음 놓고 떠날 수 있습니다."

그는 여기까지 말하고는 잠시 공백을 가졌다. 심각해 보이지는 않았으나, 여러 가지를 회상하는 모습이었다.

"저희 밸런시안은 젠더의 선택을 앞두고 백 년마다 여행이 가능한 존재들입니다. 그곳 시간으로 3일 동안 여행을 떠날 수 있는 자격이 주어지지요. 그곳의 1일은 지구의 10년과 같습니다. 이번 여행은 저에게 100년을 채우고 떠나온 제3의 성별을 가진 첫 번째 여행입니다. 여행을 마친 뒤에는 제2기의 삶을 시작하게 되고, 저의 선택에 따라 여성 또는 남성의 젠더로서 두 번째 100년의 삶과 세 번째 100년의 삶을 살아갈 수 있습니다. 각각 300년 동안 제3의 성, 여성, 남성의 삶을 두루 거치면서 우주를 이해하고 수행을 거치게 됩니다. 특히, 저희 밸런시안들에게 가장 영예로운 삶이 있는데, 그것은 우주의 섭리를 제대로 이해한 존재에게만 주어지는 제4기의 '신성의 삶'입니다. 저는 현재, 1기의 삶을 완성하기 위해서, 주어진 의사로서의 임무를 다하고 있습니다. 현재는 지구 곳곳을 돌아다니며 식물과 동물에 위협적인 것들을 클리닝하며 아주 바쁜 나날을 보내고 있지요. 지구의 존엄성을 모르는 인류가 다른 동물이나 식물을 이용하기에만 급급하고 그들을 쉽게 해치면서 보호할 줄은 모른답니다. 이미 이곳에서는 바이올렛-C의 방어와 공격의 액션으로 식물의 바이러스가 온 세계로 퍼지고 있다는 정보를 저희 행성으로부터 보고받은 바 있습니다. 자연에서 기인된 숨은 공격이 시작된 것이죠. 인류가 편리함만을 갈망하고 이대로 자연의 존엄성을 무시한 채로 계속 살아간다면 자연생태계를 모두 망가뜨리게 될 겁니다. 인류와 함께 조화로워야 할 동식물을 업신여기고 파괴한 대가로 모든 생명체가 사망에 이를 것이 분명합니다. 누군가 이를 막을 수 없다면 말이에요."

알파가 기나긴 설명을 쉴 새 없이 덧붙였다. 그리고는 보랏빛 식물들에게로 조용히 다가갔다. 꽃잎을 쓰다듬어 주며 중얼거렸고 물을 주기 시작했다.

"이 아이들은 바이올렛-C에게서 유전자를 취해서 배양된 어린나무들입니다. 비슷한 종류의 바이올렛이지만 독성은 전혀 없습니다. 순수한 모습 그대로 지구의 어린아이와 같답니다."

피터는 알파가 말한 모든 것을 빠르게 이해했다. 그리고 궁금했던 질문도 잊지 않았다.

"어르신… 그런데 그때 제게 주셨던 선물은 무엇인지요? 세 개의 사탕 말입니다. 덕분에 제가 에너지가 넘치고 간성인임에도 불구하고 무사히 아이를 잉태할 수 있었던 것 같습니다. 이제 와서 생각해 보니, 그 선물로 인해서 기적 같은 일들이 생겨서 사람과 생물에서 광채가 보이고, 때로는 식물과 동물의 말소리도 들리는 듯했습니다. 어르신 덕분에 신비한 능력이 생겼고, 사랑스러운 아이가 건강한 몸으로 태어난 듯합니다."

피터가 두 손을 모으고 정중하게 몸을 숙여 노인에게 인사를 드렸다.

"아 그 선물 말이군요? 피터 님이 그때 제가 답례로 드린 선물을 꼬박꼬박 드신 게로군요. 아주 잘하셨어요! 저를 믿으실 줄 알았습니다. 그 사탕은 바이올렛의 이로운 기운으로 퍼뜨린 화분을, 많은 용량 섞어서 공들여 만든 사탕입니다. 그것으로 인해서 잉태되는 생명체는 특별한 능력을 가지게 된답니다. 모체인 피터 님은 아이를 갖고 있었던 몇 개월 동안 그 능력이 드러나게 되어 있지만, 곧 사라질 수도 있습니다. 본인의 노력으로 그것이 계속 존재할 수도 있는데, 생물들의 오오라를 보는 능력은 오랜 기간 수련을 하고 있는 사람이라면 인간으로서도 가능한 영적인 능력입니다."

"저는 동물과 식물의 움직이는 빛을 몇 번 본 적이 있습니다. 그리고 사람들에게서도… 모두는 아니더라도 강한 영적 울림이 있는 분들만 보이는 것 같았습니다."

피터가 그동안 나타났던 자신의 신비한 능력에 대해서 말했다.

"아 그러셨군요. 그것은 피터 님이 깨끗하고 순수한 에너지를 가지고 있기 때문이랍니다. 본인의 광채는 못 보셨지요?"

그가 잠시 동안 피터를 응시했다.

"피터 님의 오오라는 황금색이랍니다. 신의 선택과 보호를 받는 아주 희귀한 오오라지요. 저에게는 그것이 확실하게 보입니다. 사실 마을에서 처음 만난 그날, 저는 그것을 알아보았습니다. 그리고, 그 때문에 메신저의 모체로서 피터 님을 선택했습니다. 당신은 제3의 성, 우리의 첫 번째 삶의 존재와도 많이 닮아 있습니다."

그 말을 들은 피터는 무척 반갑고 기뻤다. 자신의 존재를 알아봐 주다니 반가웠고, 자신이 선택된 사람이었다니 이 또한 기쁘고 신기할 따름이었다.

"그렇다면 저의 아이 제나는 어떤 존재인가요?"

자신의 아이와 관련된 일이라면 기꺼이, 무엇이든 자세하게 알고 싶어졌다.

"피터 님은 선택받은 존재고, 당신의 아이는 모든 생물을 이어줄 존재랍니다. 지구의 치유와 풍요를 위해서 큰일을 할 사람이죠. 저 보랏빛 아이들이 피터 님에게 낯을 가리지 않는 것도 그 때문이고, 그 아이를 무사히 낳은 것도 피터 님이 특별한 사람이었기 때문이지요. 모든 것이 가능했던 것은, 마음의 기운에서 나온 것이기도 하지만요."

노인은 피터에게 제나에 대해서도 연관된 설명을 이었는데, 이해가 가는 것도 있었고, 확실하게 무슨 일이 벌어지게 된다는 것인지 궁금증이 점점 커져 가는 수수께끼도 있었다. 그러나 그것이 염려되거나 두렵지는 않았다. 피터는 간성인인 자신이 선택받은 사람이라는 말에 기뻤으며, 인류를 위하여 할 수 있는 사명이 주어진 것에 대해서도 감사했다.

외롭고 소외되었으며 탄생을 원망했던 그늘진 삶을 가졌던 간성인 피터는 특별한 기회를 가지게 되었고, 그 기회 자체에 감사했다.

신비한 원장, 알파는 예전에 길거리에서 마주쳤던 옷처럼 허름한 옷차림이었지만, 그때처럼 민둥산 머리는 확실히 아니었다. 오늘은 다시 보아도 남성이 아닌 외모가 부드러운 여성의 모습에 가까웠다.

"죄송한 질문이지만 여쭈어 보고 싶은 것이 또 있어요. 그때 뵈었을 때는 어르신이 분명 남자분이셨는데요, 제가 잘못 보았나 봅니다."

피터가 확인하고 싶은 마음에 실례를 무릅쓰고 외모에 대해 말하고 있었다.

"제대로 보신 게 맞습니다. 저희 별에선 제1기의 삶에서는 제3의 성, 간성인의 삶으로 남성의 모습이나, 여성의 모습으로 변신할 수 있는 몸을 가지고 있답니다. 피터 님이 두 가지의 삶을 선택할 수 있는 것과 비슷하지요. 성별이라는 것이 이 땅에서는 사람의 삶을 구분 짓는 의미가 크지요? 그러나, 우리별에서는 그다지 구분 지을 필요가 없는 것이랍니다. 제1의 성도 제2의 성도 자신의 할 일을 구분 짓지는 않으니까요. 지구에서는 태어나면서부터 본체의 의사에 관계 없이 성별이 정해지고, 살아가면서도 성별이 굉장히 중요한 역할을 하는 것 같은데… 아마도 우리의 본래 의도와는 다른 방향으로 진화가 된 것 같습니다."

알파는 추가적인 설명을 하며 힘들어하지도 않고, 숨을 몰아쉬지도 않으며 차분하게 설명해 주었다.

피터의 궁금증은 계속되었다. 그의 두뇌는 째깍째깍 톱니바퀴처럼 돌아가며 본인의 추측과 진실을 디테일하게 맞추어 가고 있었다.

"그럼 행성px에는 저 같은 제3의 성을 가진 밸런시안들이 많은가요?"

알파는 피터의 질문에 주저하지 않고 그들의 행성에 사는 젠더의 비율에 대해서도 알려주었다.

"저희 행성에서는 간성인 즉, 제3의 성을 지닌 밸런시안들이 전체의 약 20% 정도를 차지하고 있답니다. 이곳에도 소수의 간성인이 있다는 걸 알지만, 그들은 밖으로 나오는 것을 염려하고 숨어서 살고 있다고 들었습니다. 그들이 어찌하여 다른 젠더의 인류에게서 외면당하고 외톨이로 남겨져 버렸는지 모를 일이지만… 우리에게 '제3의 성'이란 너무도 자연스러운 존재들입니다. 피터 님도 이러한 것들을 부끄럽게 생각하지 않고 당당하게 살아가기를 바랍니다."

간성인의 존재로 지구상에 살아간다는 자체가 험난한 여정이며, 사는 내내 대단한 콤플렉스로 작용하고 있다는 것을, 알파는 이미 이해하고 있는 듯했다. 피터는 이 상황이 당황스럽기보다는 기운이 펄펄 났다. '외계인이라니…' 그는 대학교 시절에 행성과 우주를 공부한 사람으로서 외계인의 존재를 이미 믿고 있었다. 그러기에 알파가 말한 어떠한 것에도 피터가 알고 있는 인류의 역사가 뿌리까지 흔들리는 혼란은 없었다. 미지의 세계가 실제로 존재하고 있다는 것 자체가, 피터에게는 기쁘고 신비스러운 사실이었으니까.

"저는 아직도 피터 님이 살고 있는 마을을 가끔 돌아보곤 하지요. 또 누가 식물들을 숨 못 쉬게 괴롭히고 있나 해서요. 질병과 아픔으로 비명을 지르는 나무들을 구하기 위해 전국 방방곡곡을 돌아다니지요. 여러 곳을 다니며 오염을 줄이기 위해 클리닝을 하지만, 방문할 때마다 지저분한 쓰레기가 계속해서 넘쳐나고, 그것들이 식물들과 동물들을 무척 괴롭히고 있답니다."

알파는 자신이 조리원에 계속적으로 자리를 지키면서 남아 있을 수 없는 이유를 얼추 말해 준 셈이었다.

"피터 님도 알고 있나요? 식물들도 동물들도 다들 자신의 소리를 내고 있다는 것을. 우리가 단지 알아들을 수 있는 마음을 가지고 있지 못함으로 듣거나 이해를 못 하는 것이지만, 우리에게 수없이 말을 걸고 있답니다."

그와 대화를 하고 있는 동안, 꽃잎을 닫았던 몇 개의 꽃들이 그 이야기에 귀 기울이는 듯 꽃잎을 슬며시 열었다 닫았다. 수줍게 눈치를 보는 듯했다.

"제가 어렸을 때 아주 잠깐이었지만, 식물에서 안개처럼 피어오르는 빛을 본 적이 있었습니다. 그것이 오오라였다는 생각이 드는군요. 성인이 되고 나서는 그것들이 더 이상 보이지 않았지만, 사탕을 먹고 나서부터 그것들이 다시 보이기 시작했지요. 식물들과 동물들이 인간과도 소통이 가능하다니 경이롭군요. 이러한 진실을 듣고 있는 제가 꿈을 꾸고 있는 것 같아요. 동화에서나 읽을 수 있는 일들이 생기다니요."

피터는 자신이 알아낸 경이로움에 감탄하고 있었다.

"꿈이라고 생각하면 꿈이고, 현실이라고 생각하면 현실이지요. 중요한 것은 본인의 믿음이지요."

모든 것은 마음에서 정한다고 알파가 말해 주고 있었다.

피터는 '노인의 말이 맞다.'고 생각했다. 그의 마음을 읽어 낸 듯 잎을 닫았던 어린 꽃들이 다시 서서히 잎을 열고 있었고, 경계가 풀린 듯한 그들은 다시 몸을 좌우로 천천히 흔들며 노래하기 시작했다.

"이 말을 기억하세요… 피터 님은 어릴 적 자신이 원했던 대로 훌륭한 엄마가 될 것이고, 당신의 아이는 아주 특별한 메신저가 된다는 사실을요."

노인의 목소리가 메아리처럼 들렸고, 피터는 기분이 좋아졌다. 식물들이 내는 노랫소리를 따라서 자신도 모르게 몸이 흔들거리고 있었다. 그도 역시 노래를 흥얼거리다가 딸랑거리는 종소리에 갑자기 눈을 떴다.

그는 방 안 자신의 침대에 누워 있었다. 흠칫 놀라서 제일 먼저 확인한 것은 아기의 요람이었다. 요람의 아랫부분에서 자장가를 대신해 플레이 스위치를 켜 놓은 연속 재생되는 태교음악이 작은 소리로 흘러나오고 있었다. 제나는 행복한 표정으로 평화롭게 잠들어 있었다. 피터는 안도의 숨을 쉬고, 기억나는 것들이 꿈이었다는 걸 알았다. 때마침 현실을 더욱 선명하게 하려는 듯 피터의 입원실에 간호사가 들어왔다.

"피터 님, 괜찮으세요? 어젯밤에 자작나무 근처 벤치에 정신을 잃고 쓰러져 계시는 것을 제가 모셔왔어요. 아마도 출산 때 많은 피를 쏟고 빈혈로 쓰러지신 듯해요. 나무 위 비상벨에서 종소리가 나서 달려가 봤는데 피터 님이 거기 계셨어요. 두꺼운 누빔 코트를 걸치고 계시던데… 저희가 드린 옷은 아닌 것 같아요."

간호사는 벽에 걸어 놓은 기다란 코트를 가리켰다.

피터는 순간 꿈속에 만났던 노인의 안락 의자에 놓여 있던 나뭇잎이 그려진 누빔 코트를 본 기억이 났다.

'꿈이 아니었어!' 피터는 확신했다.

그는 간호사가 가져온 식사를 마치고 어제 걸어갔던 장작더미가 쌓인 뒤편으로 다시 가 보기로 했다. 직원들이 소곤거렸던 비밀정원을 재차 확인하러 가야겠다고 생각했다.

어제 보았던 게이트 입구 중간에 기억 속에 있던 자물쇠가 걸려 있었다. 어제와 같은 노랫소리나 보라색 빛은 새어 나오지 않았다. 때마침 장작더미 위의 장작을 불쏘시개로 사용하기 위해 방문한 시설 관리인을 만났다. 피터는 그에게 물었다.

"저 질문 하나 해도 될까요? 혹시 어제 원장님께서 조리원에 방문하셨나요?"

"원장님께서는 원래 오실 때와 가실 때를 말씀 안 하시는 분이세요. 조용히 할 일만 하고는 사라지는 분이죠. 어째서 '신비한 원장님'이 되셨겠어요? 신선 같은 분이시라니까요."

우람한 남자 관리인이 묵직한 목소리로 말하고는 장작 묶음 하나를 수월하게 휙 들쳐 메고는, 소각 장소로 발길을 돌리려 했다.

"한 가지만 더… 혹시 자물쇠가 잠긴 저 정원 안에서 보랏빛 불빛이 깜박거리는 것을 본 적 있으세요?"

피터는 무엇인가 확실한 대답이 듣고 싶어서 간절한 눈빛으로 답변을 기다리며 그에게 물었다.

"보랏빛이라… 아뇨. 제가 이곳에 7년 동안 쭉 시설을 관리하고 있지만, 그런 빛을 본 적은 한 번도 없답니다. 혹시 반딧불을 보셨나요… 그리고 원장님이 이곳에 아이들이 탄생할 때마다 조용히 오셨다 가시기 전 정원에서 일을 하고 나오시는 모습은 가끔 보곤 했지만, 게이트의 빈 틈 사이로 천장에서 반짝이는 샹들리에의 불빛을 본 게 전부지요. 보랏빛 불빛이라… 처음 듣는 말입니다."

그는 거기까지 대답하고는 헐렁해진 장작묶음을 바닥에 내려놓더니, 그것을 한 번 더 단단하게 조인 다음 빠른 걸음으로 사라졌다.

"이게 꿈일까, 아니면 현실일까…."

피터는 더 이상 캐내려 하지 않기로 했다. 그것보다도 지금은 막 태어난 사랑스런 아이와 피터 자신에게 몰두할 때라는 것을 깨달았기 때문이다. '그래, 이제부터는 내 아이에게 집중해야 해. 앞으로 할 일이 많을 거야. 우선 정신을 맑게 차리자.' 피터는 옷깃을 여미고 정원에 걸어 놓은 청동 자물쇠를 흘끗 보고는, 다시 입원실이 있는 산모동으로 걸어갔다.

하우메를 둘러싸고 있는 숲은 시시각각 변화하고 있었다. 아름다운 꽃나무들, 물들고 있는 이파리들로 밝아져 있었다.

하나씩 하나씩… 제나가 태어나고부터 그들은 에너지를 얻기 시작했고, 자신들의 색깔을 당당히 내보이며 숨겨져 있던 마음을 표현하고 있었다.

사라진 하우메

드디어, 집에 되돌아왔다.

피터와 제나의 등장은 쉐어 하우스에 깜짝 선물 같은 기쁨이었다. 홍이와 태완은 서로 제나를 안아 보려고 안달했다. 에밀리와 리사는 베이비샤워를 못한 대신 영아들이 사용할 목욕 도구와 배내옷을 선물해 주었다. 게다가 그들은, 피터가 없는 동안 산모와 아이가 사용할 방을 예쁘고 편리하게 리모델링해 놓았다.

방으로 들어선 피터는 제나에게 제일 먼저, 웃고 있는 은섬의 사진을 보여 주었다.

"아가, 인사하렴, 너의 엄마 고은섬이란다. 참 아름답지 않니? 제나도 엄마처럼 어여쁘구나. 앞으로 자라면서 더 많은 삶에서 엄마의 모습이 보이겠지… 난 장담한다. 네가 지혜롭고 다정한 사람으로 자랄 것이라고."

갑자기 찡하게, 은섬에 대한 그리움이 가슴 속에서 소용돌이처럼 돌아 코끝을 강타하고 있었다. 아이를 감싸 안은 포대기에 눈물이 뚝뚝 떨어졌다. 그것은 국화가 피터를 안고 흘리던 눈물과 같은 것이었다. 채워주지 못하는 것들의 미안함.

"네가 누리지 못하는 것들은 내가 최선을 다해서 메꾸어 주마. 난 너의 아빠이며 또한 너의 엄마란다. 너를 세상에서 가장 아끼는 한 사람."

피터는 어린 제나를 안전하고 건강하게 양육하는 일에 온 힘을 다했다. 하모니의 친구들은 시간이 될 때마다 피터의 육아를 거들어 주었다. 아직은 거동이 수월하지 않은 산모를 위해, 그들은 가족같이 끈끈하게 결속되어 있는 우정을 과시했다.

아이가 백일이 되자, 피터는 문득 '하우메'의 빌리지가 궁금해졌다. 다른 두 명의 남아 있던 산모들이 출산을 했는지 알고 싶었다. 마음이 닿아 서로가 의지하며 따뜻했던 감사의 시간들을 기억했다. 직원들과 친구들에게 '감사하다.'는 인사말을 하고 싶었다. 인터넷 주소를 치고 검색을 했다. 그러나 그 주소는 존재하지 않는 것으로 나타났다. 다음 주도 그 다음 주도 검색을 해 보았으나, 같은 결과였다. 예약 접수 시 연결이 되었던 전화번호에 콜을 넣어 보아도 없는 전화번호로 안내 멘트가 나왔다. 이상한 일이었다. 피터는 조리원에 함께 있었던 학생 신분의 미나에게 받은 전화번호를 생각해 냈다. '피터 님 퇴원하시고 귀가하시면 나중에 저희들과 함께 티타임해요. 제 전화번호를 드릴게요.'라며 분홍색 메모지에 동글동글 귀여운 글씨체로 적힌 메모를 그의 호주머니에 꾹 눌러 넣었던 미나. 피터는 그녀의 핸드폰에 전화를 걸어 보았다.

"피터 님, 오랜만이에요! 제나는 잘 자라고 있지요? 피터가 퇴원하고 나서, 우리도 한 달 차이로 유라 님도 저도 건강하게 출산했어요. 그리고 지난달에 산후조리를 마치고 둘 다 며칠 간격으로 모두들 퇴소했답니다."

미나가 밝은 목소리로 그간의 안부를 전했다.

"다행이에요. 건강하게 출산했다니, 축하해요."

피터는 밝은 목소리의 미나가 상태가 좋아졌을 거라고 추측했고, 어린 산모가 활기를 찾은 것 같아서 마음이 흐뭇했다. 그는 연락이 닿지 않는 조리원의 부재를 알고 싶어서 미나에게 그 이야기를 꺼내려 했다. 그러나, 미나가 먼저 궁금증을 드러냈다.

"아이를 낳고 나서 저는 할머니 댁에서 살게 되었어요. 하우메의 보살핌에서 몸도 기운을 차렸고 그들의 상담으로 인해서 앞으로 우리 아들과 살아가는 미래에 희망이 생겼거든요. 이제부턴 훌륭한 엄마로서 열심히 살려고 해요. 하우메에는 퇴소한 후로 연락해 보셨나요?"

미나도 '하우메'가 궁금해진 모양이었다.

그곳을 거쳐 간 산모라면 누구나가 그랬을 것이다. 가족 같은 온기와 고향에 온 것 같은 편안함을 느끼고 '다시 찾아가고 싶은 곳.'이라고 생각할 만하다.

"그게 저… 사실은 하우메의 전화번호는 없는 것으로 안내되고, 인터넷 검색창에 예전처럼 뜨지도 않아서요. 이상한 일이죠… 감사함에 안부 전화 드리고, 인사드리러 한번 가 보려 했었는데요."

피터는 시간이 지나서 장시간 여행이 다시 가능해지게 되면, 아이와 함께 찾아가 보리라 마음먹었었다.

"아, 그래요? 참 이상한 일이네요. 혹시라도 제가 연락이 닿으면 피터 님께 꼭 알려 드리도록 할게요. 저도 그곳이 그립거든요."

피터는 알파가 말했던 꿈같은 이야기를 떠올렸다. 그가 행성px의 밸런시안이라면 그곳이 더 이상 존재하지 않을지도 모른다는 생각이 순간 스쳤다.

'하우메… 그곳은 수수께끼 같은 조리원이었어.'

사실, 그곳은 사라지고 없었다.

'하우메의 보살핌'은 계획했던 임무를 완성하고, 그곳에 더 이상 존재하지 않았다.

Moddy, Peter

아이를 양육하는 일은 난제다.

저장해 두었던 수퍼-울트라 에너지까지 송두리째 끌어올려도 어쩔 줄 몰라 펄펄 뛰게 만드는 난제 중의 난제다.

이웃과 지인들에게 제나의 탄생은, 은섬이 낳은 아이여야만 했다. 스토리를 맞춰야 하는 것이 시작부터가 난제였다.

미담은 손주, 제나를 안고 사라진 딸을 보는 것처럼 기뻐했고, 화원이 쉬는 날이면 하루 종일 그녀를 돌봐 주었다. 그녀에게 제나는 미담의 인생을 통틀어서 발견한 가장 소중하고 가장 어여쁜 꽃송이였다. 자신이 어린 딸 은섬에게 했던 그대로, 가족을 소개하듯 식물들을 소개했다. 그들의 이름을 알려주고, 아직 말을 알아듣지도 못하는 아이에게 꽃말에 얽힌 이야기를 들려주었다. 미담이가 어린 손주와 함께 화원 주변을 어슬렁거리는 날은 화초들도 달라 보였다. 웬일인지 그들은 더욱 윤기가 돌며 빛이 났고, 싱싱하게 살아나는 듯 보였다.

피터는 이제 거동에 지장이 없을 만큼 거의 정상인으로 회복되었다. 카페도 다시 관리하게 되었다. 어린 제나를 위해 더욱 열심히 일하리라 각오하고, 오가는 고객들에게 성심을 다했다. 맛있는 커피를 추출하고 양질의 스콘과 쿠키도 개발했다. 카페를 지나치던 사람들은 홀린 듯 걸어 들어오는 경우가 많았다. 그의 스콘에서는 허브향이 났다.

피터의 가슴은 출산 후 조금 부풀어 올랐으나, 모유 수유를 할 수 있을 정도는 아니었다.

'출산하고 나서 모유 수유는 힘들 거야. 너는 마음은 돼도… 몸이 아직 완전한 여성성이 아니니까 너무 안타깝게 생각하지 말고, 자연스럽게 육아하는 것이 좋아. 욕심 부리지 말고….' 클로이가 말했었다. 그는 그녀의 조언에 수긍했다. 더욱이 그는 카페에 나가 일을 해야 하는 상황이라서, 제나에게는 분유 수유로 대체해야만 했다.

태어난 지 몇 주가 지나 제나의 예방접종이 시작되었을 때, 엄마로서 '쓰라린 마음'이란 어떤 것인지 처음으로 경험하게 되었다. 제나의 어린 살갗에 주삿바늘이 꽂히는 것을 보자 몸서리가 쳐졌다. 제나의 울음소리를 듣자, 마음 한구석이 부어오른 듯 그것이 가라앉을 때까지 한참 동안 마음이 아프고 염려되었다. '이것이 엄마의 마음인가 보다….' 피터는 그 순간 '모성애'라는 것의 실체를 뼈저리게 느꼈다. 아이의 아픔이, 아이의 고통이, 고스란히 어미에게 전이되어, 어미의 마음이 아이보다 더 쓰라리고 고통스럽게 된다는 것을….

♣

제나는 걸음을 뗐다. 가족 모두에게 축복받는 화려한 첫 생일을 맞이했다. 아직 미숙한 스텝으로 메신저가 됐다. 하얀색 백설기에 때 묻지 않은 그녀의 순수함을 담아서, 뒤뚱거리는 걸음으로 돌떡 심부름을 했다.

돌잔치는 쉐어 하우스 친구들과 클로이, 그리고 가족들만 모인 가운데 조촐하게 지냈다. 돌잡이를 하고 사진을 찍었다. 미담이 마련한 오색 송편을 올렸다. 미담은 오색송편을 돌상에 올리는 이유와 돌잡이에 대한 한국 문화를 피터에게 들려주었다.

제나는 닥터가 사용하는 청진기를 집었다. 그 흥미있는 행사를 지켜보던 가족들 모두는, '제나는 의사가 될 건가 봐.'라고 입을 모아 말했다. 자신들이 의사가 된 것처럼 즐거워했다.

"장차 네가 하고 싶은 일을 아무런 눈치 보지 않고 할 수 있는 강한 사람으로 살았으면 좋겠구나."

제나는 피터의 말을 알아들은 양 '네네.'라고 말하며 방긋 웃었다.

돌이 지났다.

피터와 제나는 클로이의 병원에 방문 예약을 잡았다. 영유아의 건강 검진, 정상 여부를 체크하는 가슴 떨리는 의무.

피터는 병원으로 향하는 내내, 그가 어릴 적 간성인 판정을 받았을 당시를 상상했다. 놀라는 엄마, 국화의 표정… 그녀의 뿌리째 흔들렸을 법한 커다란 슬픔도, 이제는 한 아이의 엄마로서 짐작이 갔다.

'엄마도 나처럼 이렇게 가슴이 두근거렸을까….'

그는 떨리는 마음으로 아이를 안고, 클로이의 지시대로 아이를 살피고 검진을 마쳤다.

"클로이… 우리 제나에게 아무 이상이 없는 거지?"

클로이는 환한 얼굴로 대답했다.

"지극히 정상아야, 피터. 마음 졸이고 있었지?"

'정상아'다.

다른 부모에게는 당연한 말이었겠지만, 그에게는 커다란 선물이 되는 한마디였다. '정상아'라는 그 말이 가장 듣고 싶었던, 제나에게서 기대했던 첫 번째 선물이었다. 그녀는 정상 여아였다. 그런 평범한 사실이 피터에게는 대단한 선물이었다.

제나의 첫 생일이 지나자, 피터는 조금 느긋해지고 생활하는 데도 여유가 생겼다. 신체의 중심을 아직 제대로 잡지도 못하는 조그만 발이, 땅에 지탱하려고 안간힘을 쓰며 기우뚱거렸다. 빠르게 걷다가 엉덩방아를 찧고, 또다시 일어나서 걷고는 했다. 그녀는 울지도 않았다.

그런 제나를 쫓아다니며 기진맥진한 피터. 엄마가 된다는 것은, 초능력 같은 힘을 발휘하게 하면서도, 자주 고난에 맞닥뜨리게 하는 힘겨운 의무였다. 맘 놓고 물 한 모금, 밥 한 숟갈… 심지어 화장실에서 여유로울 시간조차 허락되지 않았다. 제나가 아장아장 걸으면서 쉬워진 일도 있지만, 혹시라도 말썽이 일어날까 봐 순간순간 조마조마했다.

그녀는 친근한 사람들의 얼굴 표정을 따라 미소 지으며, 좋아하는 사람들에게 자기만의 호감을 보이기 시작했다. 위와 아래의 치아가 돋고, 기쁘고 불쾌함을 표현하며, 이유식과 간식을 먹을 때도 맛에 대한 좋아하고 싫어하는 얼굴 표정이 뚜렷해졌다. 뜻 모를 모음단어의 말이 조금씩 다양해지고, 어른들이 말하는 쉬운 단어의 말을 그럴싸하게 발음했다. 가장 확실하게 입 밖으로 내던진 사랑스런 단어가, 엄마를 뜻하는 '마마'였다.

"마마… 마마…."

하우스의 친구들은 그녀의 말 한마디도, 표정 하나도, 무척이나 소중히 여겼다. 홍이와 태완이 일찍 퇴근하는 날이면, 제나와 놀아주느라 정신이 쏙 빠졌다. 피터가 가까운 곳에 쇼핑을 가거나 짧은 외출이 필요할 때는, 에밀리와 리사가 그 역할을 대신해 주기도 했다.

제나와 노는 동안, 하모니의 가족들은 전혀 어른이 아니었다. 그들은 모두 제나 또래의 아이가 된 것처럼 덜떨어지는 백치였다. 제나처럼 어정쩡하게 발음했다. 타임머신을 타고 다시 아이가 된 것처럼, 자신도 모르게 제나의 친구로 길들여지고 있었다.

그녀가 15개월이 되었을 때는 제법 사람답게 차분히 앉아서 식사를 할 수 있게 되었다. 본인이 좋아하는 그림책을 가져와서 읽어 달라고 내밀기도 했다. 요정들이나 신을 법한 조그만 신발을 신었고, 어른들과 함께 산책로를 걸을 수도 있었다. 제법 든든한 외출 동반자가 된 것이다.

피터의 일요일은 친구들의 배려에 의해서 개인 자유 시간으로 주어졌다. 일주일 중 단 하루의 '프리 타임'은 참으로 값지고 귀한 시간이었다. 매주 일요일은 하우스 친구들 중 한 명이 돌아가면서, 제나를 돌봐 주기로 철석같이 약속했다.

"나도 삼촌 노릇 좀 제대로 하고 싶고, 조카랑 친해질 시간이 필요해. 그러니 피터도 여기 신경은 접어 두고, 자신을 위해서 시간을 보내 봐."

태완이 명랑하게 말하며 주저하는 피터의 등을 밖으로 떠밀었다. 리사와 에밀리도 피터의 끈끈이를 제나에게서 분리시킬 때가 왔다며, 그들의 재능을 기부하려 했다.

"노 워리스, 우리는 두 명의 팀이야. 리사랑 둘이 있으니까 걱정 말아요. 우리가 영어교육도 시킬 거니까. 제나는 2개 국어를 할 수 있게 될 거고. 쏘 굿…."

에밀리가 영재교육을 한답시고 영어 그림책을 잔뜩 사왔다.

"피터 제발… 이 나라의 대표 엄마들처럼 온몸을 불사르며 헌신을 하지는 말란 말이지, 밖에 나가서 취미활동도 좀 하서. 너무 헌신한 한국의 어머니들 갱년기 되면, 그 앙갚음이 가족들에게 장난이 아니라고 드라마에서도 자주 본다니까."

홍이가 이것저것 분주하게 간식을 준비하는 피터를 곁눈질로 슬쩍 바라보며, 걱정스럽게 타박처럼 던진 말이었다. 태완은 뒤뚱거리며 걷고 있는 제나를 두 팔로 안아, 위로 들어 올리며 '까꿍까꿍-' 호들갑을 떨어 댔다. 어린 제나는 위아래로 몸이 오르내리는 것이 무척 재미있었는지 '까르르 까르르' 소리 내며 웃었다.

"홍이가 일요일마다 요트 세일링에 다시 나오라잖아. 홍이를 따라 나가서 바람 좀 쐬고 오라니까! 여기는 걱정 말고. 제나 공주님은 소인이 잘 모실 테니까요."

태완이가 응원책으로 홍이의 이름을 들먹거렸다. 에밀리와 한 팀이 되어 피터를 문 밖으로 내몰았다.

"그래도 될까… 제나 공주님, 모디도 놀다 올게! 씨 유."

피터는 영어를 섞어 가며 제나에게 아쉬운 듯 손을 흔들었다. 친구의 성화에 못 이기는 척, 홍이가 있는 선착장으로 즐겁게 출발했다.

쉐어 하우스에서 홍이의 선착장까지는 피터의 차량으로 거의 한 시간 여가량 소요됐다. 조그만 소형차를 몰고 다니던 그는 제나를 낳고 나서 차부터 바꿨다. 아이를 위해서 더 안전하고, 더 튼튼한 차량으로. 제나의 차량동행을 위해 안전의자를 설치했고, 천정과 차량 내부를 쿠션이 가미된 소재로 덧대어 리모델링했다. 그녀를 위해서 차량 내부에 대공사를 치른 셈이다. 그는 매우 세심하게 모든 사항들을 점검했다. '은섬이라면 어떻게 했을까…'라고, 아이를 생각할 때는 은섬의 마음을 떠올려 보았다.

피터는 마더와 파더의 이중역할을 아주 훌륭하게 해내고 있었다. 그는 Moddy로서, 두 사람의 몫만큼 꼼꼼했다. 피터는 자타가 인정하는 훌륭한 mom이었고 동시에 훌륭한 daddy였다.

새벽녘의 마리나

동틀 무렵의 마리나는 그렇게 고요하지만은 않다.

등대 주변의 회색 방파제 위에는 새벽회의로 소집된 갈매기들이 잔뜩 모여 있었다. 그들은 그들의 언어로 실수 없는 일정을 점검하고 있는 눈치였다. 출항 준비를 서두르고 있는 크고 작은 고깃배들과 절도 있는 요트들 역시, 심심할 시간이 없어보였다. 물속에서 빠져나온 미숙한 태양이 하얀 오오라가 되어 온 세상을 비추기 전에도, 사람들은 흔들림 없이 몰입하고 있었다. 북적거리는 가운데 쉴 새 없이 팔다리를 움직이고 있었다.

홍이는 요트 세일링의 팀원들과 함께 새벽 일찍부터 엔진을 점검하고 있었다. 낚시 출항을 위한 도시락과 낚시도구들을 챙겨 넣은 짐짝을 싣고 있는 배들도 군데군데 눈에 띄었다. 낚시 배는 요트에 비해 몸체도 크고 승선 인원도 많아서인지, 준비 작업을 하는 동안에도 몇 배 더 떠들썩했다.

홍이는 항해 전 필수 점검을 하고 있느라, 피터가 도착한 것도 모르는 눈치였다. 요트 갑판에 눈을 붙인 채로 바삐 움직이고 있었다. 그녀의 얼굴은 빨갛게 익어서 불그스름한 볼연지를 찍어 놓은 듯 귀여운 인형 같았다.

다른 사람들의 눈에 그녀는 여자도 아니고 남자도 아닌 중간쯤의 성으로 보였다. 제3의 젠더처럼 모호해 보였다. 홍이를 보고 주변 사람들은 '보이걸' '중성인' '선머슴'이라 칭했다. 아무 스스럼없이 그녀에게 무지막지한 이름을 붙이곤 설레발쳤다. 그러나, 홍이는 그런 인사치레 없는 얍삽한 호칭을 순순히 수긍할리 만무했다. 가자미 같이 치우친 눈으로 무섭도록 흘겨댔고, 피터도 역시 그런 호칭을 들었을 때는, 그녀를 대신해서 흠씬 두들겨 패주고 싶었다. 마음이 다치는 예의 없는 말장난은 죽도록 싫었다.

'홍이도 여성인지라… 날씬하게 살을 빼고 잘 차려입고 싶을 만하겠어. 어째서 우리 인간들은 이토록 타고난 젠더에 집착하게 되는 걸까….' 어느 편에라도 끼워 넣어야 직성이 풀리는 보편적인 생각에 의문을 가졌다.

"홍아─."

피터가 마리나의 게이트를 지나 요트가 정박되어 있는 부두에 가까워지면서, 너무 크지 않은 목소리로 그녀가 들을 정도로만 소리를 냈다. 키 큰 피터의 모습을 멀리서 알아봤던지, 홍이가 오른손을 들어 흔들었다.

"피터… 웰컴! 어서 와서 이것 좀 도와줘. 아이 니드 유어 헬프."

피터는 홍이의 배에 올라 요트스쿨에서 배운 것처럼 밧줄과 선실 상태를 점검했다. 그가, 먹을 물이 떨어진 것을 확인했고, 항해 중에 사용할

물과 식료품을 구하러 가까운 매점으로 향했다.

　모든 출항 준비가 완료되었을 때 홍이가 말했다.

　"다른 배들이 곧 출항할 거라서 몇 분 뒤에는 항로 출입구가 분주해지겠어. 우리는 아침을 먹고 좀 느긋하게 출발하는 것이 좋겠구… 준비만 마치고 우선, 마리나 매점이나 카페로 이동하자. 뜨끈한 커피가 나를 부르신다…."

　홍이가 대략적인 오늘의 일정을 말해 주었다. 오늘의 목적지, 바다마을에 대해서도 언급해 주었다.

　"오늘은 두 시간 정도의 목표지점으로 갔다가 식사를 하고 목적지에서 잠깐 산책을 하고 나서, 다시 배를 타고 돌아오는 거야. 올 때는 피터가 잠시 동안 키를 잡아 봐도 좋구, 팀원들은 두 명 정도 더 승선할 거야. 그리고 그들은 좀 늦게 도착할 예정이고."

　"알았어. 좀 더 자세한 사항은 카페에서 설명해 줘. 나도 커피가 무척 그립거든!"

　피터는 바다 냄새를 맡으며 따뜻한 아메리카노의 향에 취하고 싶어졌다. 오랜만의 '육아탈출' 자유를 제대로 만끽하고 싶었다. 그는 홍이와 잠깐의 대화를 마치고 배에서 내렸다. 마리나 주변의 배들이 오리 떼처럼 줄줄이 출발하는 것을 구경하고 있었다. 세일이 펼쳐지고, 경적이 울리고, 바다가 집인 갈매기들은 출항하는 배들을 기웃거리며 먹을 것을 체크하고 있었다. 그들이 등대 근처에서 낮고 둥글게 돌며, 출항 휘슬을 대신 불어 대고 있었다.

　넓게 펼쳐진 흰 구름과 푸른 바다의 잔잔한 일렁임, 갈매기들의 날갯짓… 모두가 바쁘게 어우러지는, 웅장하면서도 신선한 새벽녘의 풍경이었다.

'이런 모습을 여러 번 보았었지…' 등대를 바라보며, 그는 또다시 은섬의 얼굴을 떠올리고 있었다. 그리웠다… 그녀가.

"왜 이렇게 눈물이 자주 나는 거지… 이제는 마를 때도 됐는데…."

피터는 얼른 홍이의 시선에 비켜섰다. 얼굴이 보이지 않도록 뒤돌아선 채로 눈물을 닦았다. 남은 눈물을 털어내기 위해 눈을 껌뻑이다 보니, 눈길을 사로잡는 배 한 척이 시야로 들어왔다. 전에는 보지 못한 근사한 갈색 범선이었다. 그 배는 덩치부터가 거대하고, 생김새와 색깔도 범상치 않은 목선이었다. 그의 시선을 단번에 사로잡았다. 그는 그 배가 궁금했다. 목선이 주문을 걸어 자신을 끌어당기는 듯, 마법에 걸린 사람처럼 천천히 선박 쪽으로 향하고 있었다. 가까이 다가선 범선은 생각보다 튼튼해 보였고 정성 들여 관리한 흔적이 여기저기 눈에 띄었다. 부유한 사람이 선주인 듯했다.

깃발이 꽂혀 있었는데 영국 국기였다. 피터는 배의 주변을 이리저리 살펴보았다. 배의 측면에는 'Flower'라는 영어 글씨가 필기체로 새겨져 있었다. 그 배는 마스트만 해도 세 개나 되었다. 세일도 달랐다. 해적이 출몰하는 영화에서나 볼 법한 조각조각 여러 개의 세일이 층층이 매달려 있었다. 웅장하고 품위가 넘치는 배였다.

"배도 품격이라는 것이 있다더니 바로 이런 것이었구나." 피터는 홍이가 말하던 '품격'이라는 단어를 떠올렸다.

"품격 있는 배…."

피터가 그 단어를 되뇌면서 명제를 내리던 차에 그의 시선이 멈춘 곳은 뱃머리의 마스트에 걸려 있는 또 하나의 깃발이었다. 특이한 문양을 금장으로 그려 넣은 깃발이 이제 막 순풍에 힘을 받은 듯이 펄럭이고 있었다.

"어디선가 많이 본 문양인데… 어디서 보았더라….″

그는 나직이 혼잣말로 중얼거렸다. 깃발 위의 그림과 연관된 기억을 더듬어 잡아내려고 노력했다. 그는 수수께끼가 막 풀릴 것만 같아 머리를 쥐어짜고 있었으며, 그 배 주변을 떠나지 못하고 맴돌고 있었다.

"대체 이 그림이 뭐였지?″

기억을 잡아내려고 버둥거리고 있을 때, 그를 부르는 소리가 크게 들렸다. 홍이였다. 그는 어쩔 수 없이 그쯤 해서 생각을 접어야 했다. 천천히 부두로 걸어 나왔다. 찝찝한 느낌. 그곳을 떠나는 것이 그에게는 영 개운치 않았다.

마리나 본관의 작은 카페로 향했다. 바다와 어울리게 꾸며진 세일러의 커피숍이었다. 그들은 수제 햄버거와 갓 구운 스콘을 시켰다. 신선한 원두를 갈아서 추출한 아메리카노 커피도 주문했다. 음식을 기다리는 동안 홍이는 뱃길이 그려있는 지도를 손으로 판판하게 문질러댔다. 항로를 설명하는 홍이의 모습은 사뭇, 절도 있는 선장의 모습이었다. 항상 당당하고 용감한 그녀가 무척 자랑스러웠다. 홍이의 진지한 바닷길 설명에 그는, 말 잘 듣는 학생처럼 고개를 연신 끄덕끄덕하고 있었다.

몇 분이 지나자, 크레마가 미사포처럼 덮인 갓 추출된 커피가 경건한 모습을 드러냈다.

"역시 이 맛이라니까… 모닝의 참맛이란! 경건해진다… 딱 떨어지는 이 맛!″

홍이가 커피 잔을 두 손으로 들고 TV에서 선전하는 커피 CF 모델처럼 향을 맡으며 눈을 지그시 감은 채로 말했다.

"맞아! 이것이 세일러 향기, 프레쉬-."

피터도 그녀의 감성에 가세하여 조연급 대사를 늘어놓았다. 여유 있는 감성과 모험가의 카리스마를 풍기는 그들은, 오늘은 그저 아무 생각 없이 행복해야만 했다.

주문한 음식 중 특별히 갓 구운 스콘은, 피터가 카페에서 만든 스콘보다 더 달콤하고 색깔이 고왔다.

"솔직하게 말해서, 스콘은 피터표 스콘이 베스트, 그렇지 홍아?"

바삭하게 구워진 스콘에 감동한 표정을 보이고 있는 홍이를 찔러 보며, 피터는 예스의 대답을 기대하듯 한국식으로 턱을 끄덕거렸다.

"그렇지, 그렇지, 맛보다는 건강이지."

홍이는 엄지 척에 너스레를 떨었다. 그러면서도 그들의 대화를 슬며시 엿듣고 있을 카페의 여주인을 눈치껏 흘끗 살폈다. 그녀도 이쪽 테이블의 동정을 체크하고 있는 눈치였다. 홍이는 멋쩍게 왼쪽 눈을 찡긋해 보였다. 그녀도 얼떨결에 덩달아 미소를 띠었다.

그날의 항해는 참으로 시원했다. 더운 여름에 한줄기 '구원의 바람'이었다. 바람 소리는 세일을 날리며 아주 크게 들렸지만, 신선하면서도 유쾌했다. 목표했던 항해지점에 마침표를 찍고, 팀원들과 생선을 메인으로 한 칼칼한 점심 식사를 했다. 바다 냄새가 오래도록 배어 있는 마을의 항구를 따라 20여 분간 산책을 하며, 주변의 사물들을 필름에 담는 듯 눈여겨보았다. 바다마을은 어디서나 비슷해 보였지만, 바다에 절여진 짭조름한 냄새가 언제나 정감 있었다. 피터는 '필드 트립'에 나선 학생처럼 한국의 바다마을을 머릿속에 메모하고 있었다.

회항을 준비했다. 해가 지기 전에 회항하는 것이 안전했다. 다시 출발점으로 향했다. 붉은 해가 서서히 자취를 감추면서 수면으로 가라앉고 있었다.

"어느덧 해질녘이네…."

피터는 할 일을 완성한 것처럼 홀가분한 미소를 지어 보였다. 저녁 식사는 귀가 후, 하우스 친구들과 바베큐 요리를 계획해 두었다.

선원들은 요트 하선을 위한 점검을 시작하여 조금 빠르게 서둘러 마쳤다. 바다가 각인을 심어 놓은 듯, 그들의 옷과 얼굴에서는 짭조름한 냄새가 진동했다. 자잘한 파도처럼 바람이 살짝쿵 넘실거릴 때마다, 피터의 몸에서도 바다 냄새가 진하게 풍겨왔다. 그는 몸에서 나는 냄새만으로도 바다가 친구임을 알아맞힐 수 있을 것만 같았다.

'나도 이제 뱃사람이 되어 가나 보다.' 피터는 흐뭇했다.

바다 향기는 감미로웠다. 언젠가는 자신도 모르게 바다로 되돌아오고야 말 것이라고 생각했다. 항해를 맛본 자들이 요요가 되는 것처럼…. 항해자들은 속세의 근심걱정은 바다의 한가운데에 남겨 두고 온다고 했다. 어깨에 잔뜩 매달려 있을 법한 '삶을 짓누르는 보이지 않는 무거운 짐은 바다 속에 버리고 와야 한다.'고 했던 은섬의 말이 기억났다. '비움을 마친 그들은 다시 가벼워진 마음으로 아무 생각 없이 허허허 크게 웃을 수 있다고… 그랬었지… 은섬이가.'

승선할 때의 무게와 하선할 때의 무게는 다르다고 했다. 배를 타고 먼

발치로 통통거리며 떠나서 집도 마을도 사람도 보이지 않을 때, 육지에 매달려 있던 우리네 근심과 걱정도 멀리로 물러나게 된다. 바다만큼 넉넉해진 마음의 공간을 가진 사람들로 다시 태어난다. 그래서 그들은 '버림과 비움'의 명상으로 다시 행복해질 수 있는 사람이 되어서, 육지로 되돌아갈 수 있다고.

육지로 돌아왔다. 집으로 왔다. 오늘은 개운치 않게 혹처럼 달고 온 것이 딱 하나 있었지만, 돌아왔다.

부두에서 보았던 갈색 범선. 그것의 정체에 의문이 생겼다. 피터의 생각은 아직도 집에 오지 못하고 그곳에 정박해 있었다.

'그 문양은 대체 어디서 본 걸까….'

하우스 가족들이 깔깔거리며 제나의 재롱을 보는 동안에도, 그는 궁금증의 실마리를 찾아내려 애쓰고 있었다.

문양의 실마리와 진실

해답이 숨겨진 실마리의 첫 자락을 기어코 들추어내고야 말겠다고 심하게 작정했다.

새벽 일찍 출항 준비를 하고 있는 홍이를 위하여, 그는 한 번도 해 보지 않았던, 낯간지러운 뇌물행사를 준비하고 있었다. 청탁에 가당한 신선하고 자극적인 것… 갓 추출한 커피 한잔을, 그녀를 위해 준비해 놓았다.

"오 마이 갓! 피터가 새벽 일찍 나에게 커피를? 원하는 뭔가가 있는 것 같은데… 대체 어인 일이실까…."

그녀가 물밑작업을 눈치 챈 듯 조건을 내놓으라며, 적당히 달구어진 보라색 머그잔을 집어 들고, 피터의 눈을 점쟁이처럼 들여다보았다.

"저 사실… 마리나에 정박해 있는 범상치 않은 목선에 대해 궁금한 게 있어. 어제 부두에서 발견한 갈색 범선…."

피터는 잠들어 있는 제나가 혹시라도 깰까 봐서 작은 목소리로 문 쪽을 살피며 말을 이었다.

"혹시 그 배의 수수께끼를 풀 수 있을까 해서… 그 범선에 대해서 알아 봐 줄 수 있을까?"

피터가 할 말이 아직 더 남아 있다는 듯이 주방의 의자를 들어 올려서 앉을 공간을 적당히 조절하더니, 그곳에 자리를 잡고 앉았다. 홍이도 맞은편 의자를 살포시 당겨 의자가 바닥에 끌리는 소리가 나지 않도록 조심스러워하며 앉았다.

"아. 나도 어제 그 배를 본 것 같아. 아주 멋지던데… 우리 마리나에 그런 배는 자주 들어오지 않는데, 정말 멋졌어. 꿈의 선박이야. 그런 자태는…."

홍이도 감탄했다며, 두 눈을 몽롱하게 두어 번 깜박거렸다.

그리고는 자신의 폭넓은 사교성을 자랑할 기회가 드디어 왔다는 듯 신이 나서 말했다.

"그 배에 대해서는 내가 상세히 알아볼 수 있어. 나도 그 배가 아주 궁금해졌거든. 마리나 관리실에 가면 알 수 있지. 내가 좀 마당발이잖아? 아 참, 피터는 아직 마당발의 뜻을 모르겠군… 음… '내가 사람들과 많이 들 알고 지내는 편이라, 확실히 알아봐 준다.'라는 말씀. 어이… 피터 님의 뇌물이 드뎌 먹혔네."

홍이는 커피를 다 마시고는, 믿음직한 형처럼 피터의 등을 톡톡 두어 번 치더니, 출근 배낭을 어깨 위로 휙 둘러메고는 현관으로 빠르게 사라졌다.

피터는 카페 영업을 하는 내내, 머릿속에서는 문양의 실마리를 어떻게든 기억해 내려고 애썼다. 얼마나 곰곰이 생각하고 있었는지, 고객이 주문하는 아이스커피를 핫 커피로 착각하고 제조한 적이 있었다. 한참 동안 어수선하게 지났다.

"데츠 잇!"

피터는 갑자기 큰 소리로 외쳤다. 드디어 실마리를 발견했다.

앉아 있던 커피 포장 손님이 마침 밖으로 나갔다. 카페 내에는 아무도 없었으니 망정이지, 누군가 남아 있었다면 피터의 갑작스러운 외침에 그 손님도 무척 놀랐을 일이다.

그는 문양의 실마리를 드디어 기억해 냈다.

그것은 피터가 아기 버리는 박스에서 발견되었을 당시, 목에 걸고 있었던, 어머니의 반지에 새겨져 있던 그림과 같은 문양이었다. 김멜링의 중앙에 새겨져 있던 새의 그림. 그는 가슴이 뛰었다. 과연 그 범선의 주인은 그와 어떤 관계란 말인가….

퇴근을 해서 집에 도착한 홍이가 피터의 방문 앞으로 다가섰다. 때마침 피터는 제나의 취침 준비를 하느라 혼자서 목욕을 시키고, 아기의 옷을 갈아입히고 있었다.

"피터 안에 있어?"

홍이가 문을 두드리지도 않고, 소곤거리는 작은 소리로 문 밖에서 물어보았다. 제나가 잠들었을지도 모른다는 생각에 홍이가 조심하고 있었다.

"응 제나 취침 준비 중이야. 재우고 나서 곧 나갈게. 주방에서 볼게."

피터의 소리가 평상시의 목소리와 같아서, 홍이가 맘을 놓았다. 그녀는 목소리를 좀 더 키워서 크게 대답했다.

"그럼 한 시간 뒤에 차 한잔하자."

홍이가 그 말을 마치고 옷을 갈아입기 위해 그녀의 방으로 들어갔다. 마침 태완도 일찍 일을 마치고 집에 들어와 있어서, 오랜만에 세 사람의 한밤중 티타임이 가능하게 되었다.

"에밀리와 리사는 아직 안 왔어?"

홍이가 물었다.

"아… 둘이 오늘 약속 있어서 늦게 들어온다고 걸쇠를 걸지 말고 자라고 하던데. 요즘 귀가가 자꾸 늦어지네."

태완이 조금은 염려스럽게 대답했다.

"그럼 우리 셋이서 오늘 범선의 진실을 밝혀야겠군. 두구두구두구…."

홍이가 긴장 상태를 고조시켰다.

"첫 번째 진실, 범선은 영국에서 왔다, 두 번째 진실, 범선의 주인은 영국에서 잘나간다는 의료사업체의 갑부라고 하고, 더군다나 귀족이라네. 세 번째 진실, 그 이름은 바로 랑카스터 가문이라는데. 난 생소한 성씨네. 네 번째 진실, 한국에는 왜 왔냐… 그 사업체와 연관 있는 자회사의 홍보 촬영에 협조하기 위해 선주가 직접 배를 가지고 왔다고 하고, 추가적으로 이곳 마리나에는 지인이 있어서 들렀다나 봐. 그리고 며칠 뒤에는 서울에 있는 마리나를 거쳐서 홍보 촬영을 마치고 다시 영국으로 간다나 어쩐다나… 어쨌든 자세 일정은 모르구, 이곳 마리나에는 삼 일 정도 체류예정이래. 휴- 드디어 다 말했네. 나레이터 홍이였음요."

홍이는 숨도 쉬지 않고 자기가 알아 온 정보를 탐정마냥, 줄줄이 읊어댔다. 마지막 보고가 끝난 다음에야 마침표를 찍으며 호흡을 가다듬었다.

"오. 영국의 귀족이라니… 그래서 배도 으리으리한 모양이군. 부자는 어딜 가도 티가 난다니까."

태완은 말만 들어도 부럽다며, 멋진 범선이 사라지기 전에 사진 몇 장을 찍어서 자신한테 꼭 보내 달라고, 그녀에게 속삭였다.

"랑카스터라고?"

피터는 그 이름에서 갑자기 강한 전류가 흘러나와 온몸이 감전이라도 된 듯, 한마디 외에는 아무런 말도 덧붙이지 않았다.

"어때… 궁금증이 좀 풀리긴 한 거야?"

홍이는 시무룩해진 피터를 빤히 쳐다보고는, 그의 얼굴이 아직도 궁금증에 휘말려 있는 표정이어서 무엇이 잘못된 것일까… 잠시 그의 눈치를 보는 중이었다.

"와이? 왓츠 롱?"

태완이 짧은 영어로 그에게 물었다.

"내가 나중에 얘기해 줄게. 고마워 홍아."

피터는 아직도 풀어야 할 수수께끼를 풀지 못한 소년처럼 복잡한 생각에 빠져 있는 듯 보였고, 게다가 기쁘기는커녕 아주 우울해 보였다.

윌리엄 랑카스터는 가문을 이어받아 사업체를 꾸리고 부모님이 원하는 결혼을 했다. 정략결혼으로 사랑하지도 않는 여인과의 사이에서 자식도 얻었다. 그와 영국의 명문가 여인의 사이에서 낳은 아이는 피터보다 두 살이 어린 여아였다.

그는 가끔씩 가족들 몰래 우드피스 센터에 편지를 보냈으나, 국화는 결코 그 편지에 답장하지 않았다. 윌리엄이 결혼을 했다는 소식을 듣고는 그녀는 윌리엄과의 모든 과거를 지우며 미래를 포기했고, 그를 용서하려고 하지도 않았다. 자신의 잘못된 과거를 오롯이 끌어안으려 했고, 그녀를 금지옥엽 아끼던 부모에게조차 이러한 사태를 알리려 하지 않았다. 그나마 그녀의 자세한 현실의 비밀을 알고 있는 사람은 가장 가깝게 지내던 우드피스의 동료이자 절친인 미셸뿐이었다.

국화는 미셸에게 신신당부했다. 한국의 부모에게나 또는 윌리엄 누구에게도 자신의 처지를 알리지 말라는 당부였다. 그러나 그녀가 사고사를 당하자, 미셸은 남아 있던 유품을 성당과 한국에 있는 부모에게 보낼 수밖에 없었다.

한국에서 비보를 받은 국화의 부모는 하나밖에 없는 딸자식을 가슴 한복판에 묻고, 한동안 넋이 나간 사람들처럼 슬픔에 짓눌려 살아갔다. 국화의 부모는 살던 집이 재개발된다고 하자, 딸과의 추억이 구석구석 박혀 있어서 존재하는 모든 시야의 것들이 슬픔으로 변모한 집을, 아예 영원히 떠나 버리자고 마음먹었었다. 그들 부부는 차라리 딸의 모습이 전혀 기억나지 않을 먼 곳으로 도망쳐야만, 그나마 목숨 붙이고 살 수 있을 것이라 생각했다. 그래서, 한적한 전원생활로 한동안 낙향했었다. 그러다가 우연히 피터와 연락이 닿았다.

아무런 낙 없이 살아가던 그들이 피붙이를 찾아 머나먼 땅으로 건너온 피터를 만나자, 너덜너덜 아픔으로 누더기가 된 노부부의 가슴을 메꾸어 줄 수 있는 하나뿐인 자손… 그와 함께인 새로운 삶을 받아들이자고 마음먹었다. 잃었던 국화를 다시 찾은 것처럼 그와 가까이에 있고 싶은 마음에, 다시 재건축 아파트로 돌아올 결심을 하게 된 것이다. 피터가 그들을 찾아낸 사실은 거부할 수 없는 운명이었다. 그들은 국화를 잘 케어하지 못한 죄책감으로, 국화의 몫까지 하나뿐인 손자를 최선을 다하여 보호하고 품어 주기를 원했다. 그래야만 먼저 보낸 딸아이의 얼굴을, 죽어서라도 제대로 볼 수 있을 것이라고 생각했기 때문이다.

멀리 원정을 가면서까지 땅끝마을에 살기로 작정했던 조부모가 돌아왔다. 피터는 그 소식을 듣고 몹시 기뻐했다.

피터는 자신이 아이를 낳은 놀라운 사실을 그대로 말할 수가 없었기에, 미담과 이러한 사실에 대해서 얘기를 나누었다.

미담, 그녀는 말했다.

"내가 부모라면 무슨 일이건 용서하고 이해할 수 있다고 생각해. 하지만 그들은 이미 많은 절망과 고통 속에서 살아서, 이런 진실을 밝히고 또 감내해야 한다면 무척 힘들 거야. 내 생각에는 가급적 슬픈 이야기는, 연로하신 조부모님 앞에서 꺼내지 않는 것이 좋겠어."

미담은 부모의 입장에서 가급적 편하게 흘러가는 스토리가 좋을 것이라고 조언해 주었다. 조부모는 은섬의 실종 소식을 모르고 있었기에 굳이 자세한 설명이 필요치는 않았다. 그저 먼 곳으로 몇 년간 해외 전근을 다녀오는 것쯤으로 말씀드리기로 했다. 이미 많은 것을 감내한 그들에게는, 더 이상의 걱정거리나 고통을 안겨 주고 싶지 않아서였다. 그들은 제나의 탄생을 축복했고, 어린 생명을 보물처럼 소중히 여겼다. 국화의 자손이 끊기지 않고 번성하는 것을 또한, 다행히 여겼다.

제나와 피터는 가끔씩 그들을 찾아뵈러 가곤 했다.

어느 날 제나와 피터가 조부모님 댁을 방문했을 때, 외할머니의 전달 사항이 있었다.

"피터야, 혹시 영국에 아는 사람이 있니? 너를 찾는다고 하면서 어떤 분이 전화를 했었구나. 혹시나 해서 연락처를 받아 놓긴 했다만… 네가 있는 곳을 알려 달라고 해서 그건 밝히지 않고 연락처만 받아 놓았다. 이 걸 보렴."

할머니가 돋보기를 쓰고 또박또박 적어 놓으신 듯 한국식 발음의 이름 과 전화번호가 적혀 있었다. 이름은 '윌리엄 랑카스터로부터' 그리고 핸 드폰 번호의 숫자들이 뒤로 갈수록 점점 더 커다랗게 적혀 있었다.

"감사합니다, 그랜마."

할머니와 할아버지는 피터의 메모에 대해서 더 이상 꼬치꼬치 캐묻지 않았다. 그들은 이제 막 걸음마를 시작한 제나를 뒤쫓아 다니며 즐겁게 웃고 있었다. 피터는 사진에서 보았던 해맑게 웃고 있는 엄마의 얼굴이 떠올랐다. 그들이 얼마나 국화를 아끼며 사랑했을지 상상이 되었다. 피 터가 제나를 위해 목숨도 내놓을 수 있을 정도로 사랑하는 이 마음, 그들 도 역시 자식에 대한 사랑이 자신과 같았을 거라는 사실을 의심하지 않 았다. 피터는 메모를 두 번 접어서 입고 있던 재킷의 안쪽 주머니에 안전 하게 넣었다. 자신을 찾고 있다는 사람이 독수리 모양에 월계수가 그려 진 문양의 가문과 관련 있다는 것은 거의 확실하게 되었다.

그는 생각했다.

'랑카스터 씨가 의문 속에 쌓인 친아버지라면 나는 어떡해야 할 것인지…' 갑자기 머릿속이 복잡해졌다. 제나를 낳고 나서 바쁜 일로 한참 동안이나 갈 수 없었던 성당에, 당장이라도 달려가고 싶었다. 부족했던 자신이 사랑과 은총의 힘으로 길러진 장소 또한 성당이 아니던가… 그곳에서 머리를 조아리고, 신께 지혜를 달라고 조르며 간청하고 싶었다.

간성인으로서 움츠리고 살았던 과거를 지우려 했지만, 그의 근본마저 지울 수는 없었다. 과거로부터 가져온 방정식은, 고스란히 본인이 풀어야 할 문제였다. 제나의 엄마가 되고 나서는 모두에게 더 진실해지고 싶었다. 과거든 현재는 자신의 것은 숨기지 않고 있는 그대로를 내보이고, 군더더기 없는 삶이 최선의 삶이라는 것을 알고 있었기 때문이다.

'비열하게 숨어서 살기보다는 차라리 오픈하고 싶어. 당장은 손가락질을 받더라도 나의 존재는 당당해야 하니까."

그것이 피터의 의지로부터 나온 진실한 마음의 변화였다.

그러나 한편으로는 염려스러움도 여전히 고개를 쳐들고 있었는데, 그것은 제나의 미래와 연관되는 자신과의 관계였다. 다시 고심에 빠지지 않을 수가 없었다.

'나에 대한 진실을 내 아이도 나처럼 이해할 수 있을까…' 그에게는 단순하게 결론 나지 않을, 추가적인 고민이 이것이었다.

그는 범선이 머문다는 3일이 지났어도 메모에 적힌 번호에 전화를 걸 수 없었다. 확실한 진실이 숨어 있다는 걸 알면서도 그것에 스스로 다가서지 못했다. 허물을 덮어둔 채로 가까스로 찾은 현재의 평화를, 더 이상

깨뜨리고 싶지 않아서였다.

월리엄 랑카스터가 한국에 머문 지 4일째 되던 날, 외할머니로부터 다시 전화를 받았다.

"애야, 그때 주었던 전화번호로 연락은 해 보았니? 그곳에서 또 연락이 왔구나. 무슨 안 좋은 일이라도 있는 거니? 무슨 일이든 이 할미가 도울 수 있다면 좋겠구나."

그녀는 하나뿐인 손자가 어려운 일에 처해 있다면, 기꺼이 도울 준비가 되어 있었다. 다시는 국화처럼 혼자서 고통스럽게 만들지는 않겠다고 단단히 다짐하고 있었다. 그녀는 연이어 말했다.

"오늘은 퇴근 후에 제나랑 할미를 좀 보고 가겠니?" 할머니의 요청에 피터는 거절할 수 없었다.

"네 할머니. 카페를 클로징하고 나서 제나와 잠깐 건너가도록 할게요."
피터는 마지못해 대답을 했다.

그날 저녁 피터는 그동안 미루어 두었던 자신의 이야기를 조부모님 앞에서 털어놓았다. 어릴 적 성당에서 고아처럼 자랐던 사실과 자신이 살아왔던 과거사에 대해 말씀드렸다.

"사실 성당에서 자라던 어린 시절에는 자세한 사항을 몰랐었는데, 성당을 나와 독립할 때 즈음에 원장 수녀님께서 저의 부모님에 관한 이야기를 해 주셨어요. 생부는 영국에 계신 분이라고, 성과 이름도 말씀해 주셨지요. 그러나 저는 그분을 용서할 수가 없었고 보고 싶지도 않았어요."

피터는 감정을 추스르려고 참느+라 두 손을 불끈 쥐고 있었고, 주먹위로 드러난 핏줄은 평상시보다 더 볼록하게 튀어나와 있었다. 자신을 성당에 맡기고 간 국화가 원망스러웠지만, 그녀가 윌리엄에 대한 사랑이 얼마나 컸었는지… 그에 대한 이야기를 듣고 난 후로는, 어머니보다 윌리엄이 더 원망스러웠다. 국화의 타들어 가던 고통과 슬픔의 심정이 어땠을지… 언제부터인가 그도 엄마를 이해하려 애쓰고 있었다. 그러나, 자신의 존재조차 모르고 있던 윌리엄이란 이름뿐인 아버지는, 자비롭게 생각하려 아무리 애써도, 이해가 되는 사항이 아니었다. 그의 존재는 여전히 부정하고 싶었다.

슬픔과 분노로 무거워진 그의 얼굴 표정을 걱정스럽게 바라보던 할머니는, 아픈 과거를 다시 들추어내어 말하는 그 자체로도 피터가 얼마나 참담할지 이해했다. 그녀는 조용히 손자의 손을 잡으며 말을 이었다.

"피터야, 모든 부모는 자신의 몸보다 자식의 몸을 더 아낀단다. 너의 생부도 자식의 존재를 안 순간부터는 너를 한 순간도 지울 수 없었을 거야. 그때부터는 자동적으로 죄인이 되었을 테고, 하루하루를 고통으로 살았을 것이다. 그 사람도 죄에 대한 대가를 오랜 세월 동안 겪을 만큼은 겪었을 거라는 생각이구나. 물론 나마저도 내 딸을 저버린 그자를 용서하고 싶진 않지만… 내겐 이제 딸을 대신해서, 너와 저토록 귀여운 제나도 얻었잖니…."

할머니는 다시 국화가 생각났는지 손수건으로 눈물을 닦았다. 멀리 떨어진 놀이방에서 할아버지가 책을 읽어 주는 소리가 들렸고, 장난감을 눌러 음악을 듣는 소리와 제나의 웃음소리도 들렸다.

"우리 가정에 다시 웃음소리가 들린다는 것이 지금은 얼마나 감사한지 모르겠구나."

할머니는 눈물을 닦던 손수건을 떼고, 평화로운 얼굴로 미소 짓고 계섰다. 어쩌면 이들은 너무나 거센 고통의 채찍질을 당해서, 더 이상의 고통이 실감 나지 않을 수도 있겠다는 생각이 들었다. '아마도 제일 큰 고통은 자신들보다 앞세워 보낸 자식의 죽음이 아닐까.'라고 피터는 생각했다. 부모의 입장으로 생각하자면, 그들의 말이 조금이나마 이해될 듯했다.

한참을 놀아 주던 할아버지가 어린 제나를 안고, 피터와 할머니가 얘기 나누고 있는 소파 쪽으로 왔다. 할아버지는 손녀를 무릎 위에 앉히고 유아 채널이 방송되고 있는 티브이를 틀었다. 제나는 만화 캐릭터들이 나와서 춤추고 노래하는 모습을 한참 동안 빤히 쳐다보았다.

"진실은 피한다고 사라지는 것은 아니란다. 언젠가는 드러나는 것이 진실이니, 평생 숨기고 살면서 괴로울 것이라면, 드러내고 평화로운 것이 지혜로운 게야."

할아버지도 피터의 대화를 알아챘는지, 삶에 대한 진실의 조언 한 조각을 꺼냈다. 그리고는 또다시 제나와 또래 아이처럼 대화를 하기 시작했다.

그날 식사는 제나가 좋아할 만한 먹기 부드러운 음식 위주로 요리하여 식탁에 올리고, 할머니는 제나를 아기의자에 앉혔다. 어른을 위한 요리로는 백숙을, 제나에게는 부드러운 죽과 닭고기를 가늘게 찢어서 치아가 몇 개뿐인 어린아이를 위한 이유식을 마련했다.

"제나 덕분에 오랜만에 백숙을 먹어 보는구나."

할아버지는 할머니와 제나를 번갈아 보고는 허허 웃으셨다.

"당신은 참, 누가 들으면 내가 당신에게 고기 한 점 안 해 주는 줄 알겠수.”

할머니도 빙그레 웃으며 피터 얼굴을 바라보았다.

가족이란 이런 것이다. 서로가 말을 주고받는 가운데 위로가 되고, 무슨 얘기든 허물없이 나눌 수도 있었다. 서로 함께 있다는 자체가 힘이 되는 것이다. ‘언젠가는 나의 비밀을 제나에게도 모두 털어놓을 수 있는 그때가 올 거야. 우리 둘 다 준비가 되었다고 확신할 때, 바로 그때….’ 그는 그때를 기다릴 참이었다.

피터는 할머니와 할아버지의 행복한 모습을 보면서, 그들이 거실에 놓아둔 자신의 엄마, 국화의 대학모를 쓴 활짝 웃는 사진을 바라보았다. 그리고 그녀와 약속했다.

“어머니, 제가 여기에 있을 거예요. 엄마 대신, 제나와 함께 가족들 곁에 함께 있을 거예요.”

국화도 사진 속에서 그들을 바라보며 기뻐하는 것 같았다.

그날 밤 피터는 윌리엄이 영국으로 귀국하기 전에, 어차피 한 번은 그와 대면해야겠다고 결심했다. 할머니 할아버지의 말처럼 진실은 피할 수 없는 것이었으니까….

그는 전화를 걸었다.

윌리엄의 전화번호로 적혀 있기는 했으나, 비서인 듯 딱 떨어지는 공손한 음성으로 폰을 받았다. 윌리엄의 수행원 잭슨이었다. 피터는 약속을 잡았다.

그 사실을 잭슨으로부터 보고받은 윌리엄은 마음이 들떠서 잠을 이루지 못했다. 자신이 일생 동안 진심으로 사랑했던 처음이자 마지막 여인, 국화와의 사이에 자식이 있다는 사실이 믿어지지 않았다. 그 존재를 만날 수 있다는 것조차 실감이 나지 않았다.

수행원 잭슨은 국화를 떠올렸다. 그리고 자신의 오랜 친구이자 상관인 윌리엄의 그간의 아픈 세월을 되짚어 보았다. 화려함 뒤의 공허함… 그는 윌리엄이 지금이라도 행복을 찾길 바랐다.

'나는 내 아들의 앞에서 무슨 말을 할 수 있을까… 그의 존재조차 수많은 세월 동안 몰랐고, 사랑하는 여인조차 지켜 주지 못하고 슬프게 떠나보냈던 큰 죄를 범한 이 아비를, 용서해 달라고 할 수조차 없다. 내가 과연 무슨 말을 할 수 있단 말인가…' 윌리엄은 피터를 만난다는 사실이 기쁘면서도, 큰 죄의식과 긴장으로 뒤범벅이 되었다. 그는 밤을 지새웠다.

그다음 날, 둘의 상봉은 피터의 집에서 가까운 마리나의 카페에서 이루어졌다. 그곳은 홍이가 세일링하는 마리나이기도 했다. 피터는 약속 장소도, 아버지의 존재도 홍이에게는 아직 말하지 않았다. 파란만장한 그의 탄생과 삶에 대한 장대한 이야기… 그 이야기는 친구들과 마주 앉아 술이라도 한잔 필요한 상황이었다. 말하는 도중 너무도 억울해서, 울음이라도 터져 나올 법한 기막힌 스토리가 아닐 수 없었다.

용기의 효과

윌리엄과의 첫 대면.

피터는 최대한 자연스럽기를 바랐다. 그동안 아버지가 없었음에도 이

만큼 잘 살아왔노라고… 끄떡하지 않는 모습을 그 앞에 내보이고 싶었다.

피터가 들어선 낯익은 카페는 언제나처럼 커피 냄새와 갓 구운 스콘으로 향기롭고 고요했다. 창가 쪽 나무 의자 위에 흰색 슈트 정장을 입은 신사가 보였다. 희끗희끗한 갈색 머리칼을 단정하게 빗어 넘겼으며, 동그란 모양의 금테안경을 쓰고 있었다. 그의 흰색 재킷 위에는 독수리와 월계수의 문양이 그려진 금색 배지가 달려 있었고, 양복 윗주머니 안에는 초록색 포켓치프가 꽂혀 있었다. 커프스에는 일반 단추 대신 금색 액세서리가 매달려 있었다. 한눈에 봐도 그가 부잣집 사람이라는 것이 풍겨 왔다.

피터가 들어서자, 그는 가늠하려 들지 않아도 수려한 외모의 청년이 자신의 핏줄이라는 것을 알아보았다. 큰 키에 뚜렷한 윤곽, 오똑한 콧날, 갈색 머리, 초록색 눈동자까지… 그는 윌리엄과 국화의 아름다운 합작품이었다.

"아임 피터, 정."

피터는 차분하게 자신을 밝혔다.

"네가 피터구나… 난 윌리엄이다. 이 순간을 위해 인사말을 몇 번이고 연습했다만… 나오지를 않는구나."

윌리엄은 순간 눈시울이 붉어졌지만, 눈물을 보이지는 않았다. 그는 국화의 모습이 생각나서 눈물이 나려는 것을 가까스로 참고 있었다.

그 둘은 몇 분 동안 누구도, 다음 문장을 수월하게 꺼내지 못했다. 그의 수행원인 듯 건장한 체격의 한 남자가 멀찌감치 떨어진 창가에 앉아 있었다. 그는 그들이 앉아 있는 쪽을 흘끗거리면서, 최대한 자연스럽게 보이려고 노력하고 있는 것 같았다.

카페 주인이 기다리다 못해 그들의 분위기를 눈치 챘는지, 메뉴판의 체크 리스트를 슬그머니 그들 옆에 밀어 놓고 자리를 피했다. 피터는 평상시와 같은 빵과 커피를 메모지에 써서 주문했다. 윌리엄은 국화와 주문했던 메뉴를 상기했다. 그는 카페라떼와 모카빵을 주문했다. 커피를 좋아하던 국화는 빵마저도 커피 향이 나길 바랐다.

"피터… 아임 쏘 쏘리… 너의 존재조차 모르고 아무것도 해 줄 수 없었던 나를 용서하지는 말거라. 지금은 내 마음의 진실이 그러하구나."

윌리엄의 두 눈에는 눈물이 맺혔고, 그는 더 이상 말을 잇지 못했다.

피터는 그의 말이 끝나고 나서 아무 말도 없이 조용했다.

한참이 지나서야 말을 꺼냈다.

"제가 용서한다고 해서 이제 와서 당신 아들이 될 수는 없겠지요. 아무런 받아들일 준비도 되어 있지도 않거니와, 현재의 제가 갑자기 다른 사람으로 살아간다는 것은, 상상도 안 되는 일이니까요. 저의 인생은 어차피 바뀌지 않을 테니까요."

피터는 약간 흥분해 있을 뿐, 그에게 화가 나지도 그가 측은하지도 않았다.

"너의 마음은 충분히 이해가 가는구나. 그렇지만 나에게 조금이라 기회를 준다면 고맙겠구나. 그동안 아비로서 할 수 없었던 나의 의무를, 이제라도 할 수 있는 기회가 있다면 무엇이든 말만 해 다오. 내가 죽기 전에 너에게 힘이 될 수 있다면, 나의 죄가 조금이라도 씻길 수 있다면… 무엇이든 하고 싶구나."

윌리엄은 그 후 말없이 차만 마셨다. 라떼 향에 묻어나는 그의 여인,

국화의 향기가 북풍의 바닷바람을 싣고 좁은 창틈으로 들어왔다. 그것은 국화의 부드러운 손길처럼 윌리엄을 스치고 지나갔다.

그들은 악수를 나눈 채 헤어졌다. 윌리엄은 자신이 해 줄 수 있는 어떠한 조건도, 권장 사항도 말할 수 없었다. 다만 피터가 그에게 손을 내밀 수 있는, 자연스러운 기회가 오기를 바라고 있었다.

윌리엄은 이제까지 간직해 왔던 국화의 펜던트에 얼굴을 묻고 '이제야 아들을 찾았노라.'고 감격스럽게 말할 수 있었다. 그녀는 아무것도 모른 채 웃고 있을 테지만, 윌리엄은 자신이 한눈에 아들을 알아보았다는 것으로 위로 삼고 있었다.

"국화, 고맙소. 나의 아이를 낳아 주어서… 참으로 고맙소."

그는 국화에게 감사했다.

사실 윌리엄은 기나긴 세월 동안 국화의 모습이 담긴 앨범을 버리지 않고 비밀공간에 숨겨 두었다. 현재의 아내에게는 미안한 일이었지만, 사랑하는 여인이 있다는 것을 알고도 결혼을 감행했던, 현재의 부인에게는 감수해야만 하는 진실이었다고 마음속으로 정당화했었다. 그의 일생에 단 한 번뿐인 사랑 이야기… 연인 국화의 이야기, 그것은 감출 수 없는 진실한 사랑이었으니까.

귀가 후 피터는 친구들을 불렀다.

"오늘 너희에게 할 얘기가 있어."

피터는 나비와 꽃이 그려진 도자기 찻잔을 꺼내 놓았다.

"이 찻잔을 꺼내면 내가 너무 긴장되는데."

태완이 긴장이 맴도는 정적을 깨려고 말문을 열었다.

"뭐 어쨌든, 고운 찻잔에 피터 바리스타님의 격조 높은 차를 마시다니 감사하지요."

홍이가 말하자, '나도.'라고 에밀리가 맞장구쳤다.

피터는 한 잔 한 잔에 그의 마음을 따랐고, 비밀로 억눌리지 않는 진실을 원하면서, 오늘 있었던 자신의 만남을 이야기했다.

홍이의 눈이 동그랗게 커졌고, 태완과 에밀리도 '오 마이 갓!'을 외쳤다. 그러나 그들은 아무런 질문도 하지 않았다. 피터가 다시 되씹었을 고통을 짐작했기 때문이다. 그의 과거와 연결된 슬픈 단어를 어떠한 것에도 다시 떠올리게 하고 싶지 않아서였다. 그들은 피터가 내려 준 커피를 아무런 말 없이 홀짝거리고만 있었다.

쉐어 하우스의 친구들은 그날 밤 누구도 쉽게 잠을 이루지 못했다. 그것이 카페인 때문인지, 피터에 대한 안쓰러움 때문인지 확실치 않았으나, 사실 그들은 모두 똑같은 것을 기원하고 있었다. 피터와 제나가 행복해지기를 바랐다.

아버지와의 만남이 있고 나서 피터는 본인의 삶이 나아 갈 인생의 방향키를 확실히 잡은 것 같았다. 월리엄에게 더 이상 분개하지도 않았고, 자신의 출생과 그간의 슬픔을 비참하게 생각하지도 않았다. 그러한 과거의 상황들이 자신의 어떠한 미래도 갉아먹고 생채기 내게 만들지 않겠다는 각오가 섰다.

'시간이 흐르면 고민은 더 이상 고민이 아니고, 어느 순간이 되면 꽁꽁 숨기고 싶은 비밀도 더 이상 숨길 정도로 커다란 문젯거리가 아닐지도 몰라.' 피터의 이 같은 생각은 얼마 안 되어서 다른 상황에서도 딱 맞아 떨어졌다.

남자가 아이를 낳는다는 벌어질 수도 없는 기적 같은 일은 더 이상 실현 불가능한 일이 아니었다. 피터를 선두로 해서, 여러 사람에게 말 못 할 사정을 가진 부부들에게 기회가 주어졌다. 2세의 소망을 실현시키는 프로젝트가 부상했다.

클로이는 용기 있게 임신을 실현한 피터에게, 훈장이라도 수여하고 싶은 마음이었다. 그녀는 진심으로 자신의 절친, 용감한 피터에게 감사의 말을 전했다.

"너 같은 용기 있는 친구가 아니었다면, 암담한 현실 앞에 절망으로만 살아야 할 사람들에게 꿈이라는 것이 주어지지 않았을 거야, 그저 절망과 슬픔 속에 숨을 죽이고 살다가 생을 마감했겠지. 네가 모두를 위해서 얼마나 큰일을 해냈는지… 고마워, 피터."

클로이의 프로젝트는 이제 새로운 이름을 내걸었다.

'모디 프로젝트!' 여성이 임신을 못 할 경우, 남성의 복부 아래쪽에 탁구공만 한 인공 자궁체를 이식하여 정상에 가깝게 발육시키는 것이다. 부부에게 그들의 자손이 생긴다는 희망의 불씨를 꺼뜨리지 않게 되었다. 그것이 성공하기까지는 많은 연구 과정과 시간과 노력이 필요했지만, 피터의 실제 임신이 가장 큰 전환점을 주었다. 놀라운 성과였다.

클로이는 성공사례로 피터에게 '커밍-아웃'하기를 원하지도 부탁하지도 않았다. 연구팀은 다만, 성공사례로서 피터의 닉네임 'Moddy'만 사용하기로 했다.

사실 피터는 아직 자신의 출생에 관한 비밀로부터 '커밍-아웃'할 준비가 확실하게 되지는 않았다. 다만, 그는 제나의 엄마가 되면서 더욱 단단해지고 흔들리지 않는 강한 의지의 소유자가 되었다.

'모성애는 이 모든 것을 가능케 했지! 희생도 용기도 모두, 내가 엄마가 되면서부터…' 그는 세상에서 가장 용감한 존재, 그 훌륭한 '엄마'가 되어 있음을 깨달았다.

경이로운 제나

"안녕, 나는 제나야."

리본밴드로 머리를 예쁘게 묶어 주면, 거울을 보고 대화하는 아이. 그녀는 자신을 보고 반갑게 인사한다. 식물이나 동물 그림을 좋아하고, 어눌하지만 주어와 동사를 생각나는 대로 연결해서, 그녀만의 표현을 만들기 시작했다.

제나는 어느새 부쩍 자라서 퍽이나 호들갑스러웠던 세 번째 생일을 지났다.

임산부 때부터 함께 허물없이 톡을 나누며 챗방으로 친해졌던 '대단한 맘스클럽'의 인터넷 카페에서, 육아의 일상과 지식을 나누는 자연스런 유대 관계를 가지게 되었다. 피터는 종종 수다스런 엄마가 되어 그들과 채팅을 즐겨 했다. 직접 모임에 참석한 적은 없었다. 참석이 필수라 해도 피터는 그곳에 뛰어들 생각은 없었다. 그들은 제나 엄마를 당연히 여자로 알고 있을 테니까….

제나가 태어난 연도의 10월, 11월, 12월이 생일인 아이를 둔 엄마들의 또 다른 클럽 '액티브 맘'은 또래집단과 어울려야 함에 조언했다.

'너무 방 안에서만 갇혀 노는 건 발전적이지 않아요.'

'맞아요. 이 세상은 넓다는 걸 아이도 눈으로 보고 마음으로 느끼는 것이 좋지요. 자신과 같은 또래도 있다는 걸 봐야 하구요.'

'자신과 비슷한 몸집의 아이들과 어울리는 것은 또 다른 느낌이 들 거예요. 협동도 배우고 양보도 배우고, 그들과 함께 어울리면서 자연적으로 사회라는 것을 경험하게 될 테니까요.'

한국의 엄마들이 높은 교육열과 지식수준을 가지고 있다고 들었지만, 새싹 때부터 이토록 세심한 케어를 하고 있다는 것을 처음으로 몸소 체험하고 있었다. 아이가 가지고 노는 장난감의 안전성부터 주식, 간식, 섭취량, 자는 시간, 듣는 음악, 보는 그림책에 이르기까지 그들은 아이에게 미치는 영향과 관련지었다. 과학적이고도 철저하게 관리했다. 그들이 그렇게까지 시간과 돈과 노력을 쏟아 부을 수 있다는 것은 놀라운 일이었다.

피터는 사실 3년간의 육아에 체력이 많이 소진됐다. 카페운영을 하면서 제나를 키우는 엄마와 아빠의 2인 역할을, 거의 혼자서 감당해야 했으므로 힘이 모자랄 수밖에 없었다. 그나마 하우스 친구들의 도움으로, 쓰러지지 않고 버틸 체력이 간당간당 남아 있을 정도였다.

태완과 홍이는 힘들다는 말 한마디 없이, 두 사람의 몫을 해내는 피터를 mom과 daddy를 합해서 moddy라고 이름 지어 주었다. 그것은 1인 2역을 하는 피터를 응원하려고 만든 호칭이었는데, 제나도 '마마'라고 부르던 호칭을 어느 순간부터인가 '모디'라고 따라 말하기 시작했다.

단어를 배우기 시작한 귀여운 제나가 피터를 '모디 모디, 맘마!' 또는, '모디 모디, 웅가!'라고 할 때는, 피터는 그 호칭이 마미나 대디보다 더 달콤하게 들렸다. 남들과 달리, 엄마와 아빠가 될 수 있는 피터만이 가질 수 있는 특별한 호칭이라고 생각해서였다.

육아를 하는 것은 절대적으로 슈퍼 에너지가 필요했고, 일상생활을 세분화시켜야만, 엄마가 엄마 이외의 한 인간으로서 누릴 수 있는 최소한의 정상 생활을 할 수 있겠다고 느꼈다. 세심한 계획이 있어야 제정신으로 중요한 것을 빠뜨리는 것 없이 살아갈 수 있으며, 육아에 필요한 것들을 챙길 수도 있다는 것도 알게 되었다. 아이의 엄마라는 위치는 천재적인 지혜가 필요한 자리였다.

"내가 그나마 머리가 좋은 것이 감사하군. 아임 쏘— 비지. 쏘— 하드!"

정신이 쏙 빠질 정도로 바쁠 때마다 피터는 종종 이렇게 말했다. 요리를 하면서도… 청소를 하면서도… 그림자처럼 아이를 바짝 따라다니면서도, 혼잣말을 하며 위로 삼았다. 어쩌면 그의 삶은 퇴보를 하는 것 같으면서도, 제나의 미소 한 방에 모든 근심 걱정이 훌훌 날아가 버렸다. 바보가 된 것 같았다. 아이의 웃음은 엄마의 피로를 날리는 만병통치약이며, 에너지드링크 같다는 생각이 들었다. TV 광고를 보면 피로를 풀기 위해서 드링크를 마시는 장면이 나왔는데, 피터는 그 광고를 볼 때마다, 에너지드링크를 박스째로 들여놓고 싶은 심정이었다. 자신도 힘들 때마다 그런 음료를 사다 놓고 마셔 주어야만, 피로가 풀릴 것 같다는 생각을 할 정도였다.

피터는 한국 엄마들이 열변을 토하는 '액티브 맘'의 조언에 따라 엄마다운 계획을 세웠다. 아파트 단지 안에 자리 잡은 시립 어린이집에 제나를 등원시키게 된 것이다. 그곳은 '시설이 깔끔하고 교사진이 좋다.'는 엄마들의 입김을 타고, 파격적인 바이러스만큼 빠르게 퍼졌다. 웨이팅 티켓을 받아 놓고 이제나저제나… 설레는 엄마들이 꽤 많았다.

제나도 대기조였다. 명단에 이름을 올려놓고, 6개월을 넘게 기다렸던 것 같다. 드디어 제나는 그곳에서 특별한 기회를 얻었고, 자신과 같은 소인국 동료들을 만나게 되었다.

첫 등원하는 날은 엄마들의 공통 기우처럼 꺼끌꺼끌 맘이 놓이지 않았다. 그러나, 대견하게도 제나는 엄마 품에서 떨어질 때도 울지 않았다. 첫날이었지만, 카페로 출근하는 피터를 보고 '모디, 바이바이.'라고 말하며 미소 지었다.

제나의 컨디션이 좋지 않을 때는, 어린이집의 선생님이 피터에게 전화를 하곤 했다. 제나는 잔병치레도 하지 않는 건강한 아이였지만, 무슨 이유에서인지 눈물이 그렁그렁 슬퍼할 때가 있다고 했다. 사실 제나는 우는 경우가 거의 없었다. 길을 걷다가 넘어져도 울지 않았고, 가구나 놀잇감에 몸을 찧거나 긁혀서 피가 나거나 해도 울지 않았다. 반대로, 좋아하는 것을 보고 웃는 경우는 많았다.

특히 나무가 많은 공원이나 유원지에 놀러 갔을 때는, 나무들과 작은 풀들에게도 관심을 가지며 혼잣말을 했다. 풀 위에 기어 다니는 작은 곤충들이며, 집 속으로 들어갔다 나왔다 하는 조그만 개미의 동작 하나도 놓치지 않고 지켜보았다. 어린아이라서 움직이는 것들에 관심을 가지는 것이 당연하다고 피터는 대수롭지 않게 생각했지만, 꼬마 제나는 진정으로 그들을 신경 쓰며 아끼는 것 같았다.

어느 날, 피터가 조기 퇴근을 하게 되어 제나를 일찍 귀가시키고자 했다. 마침 아이들이 점심 식사를 하고 있는 중이었다. 피터는 문밖에서 기다리는 동안, 어린이집에 있는 정원 식물들을 관찰하게 되었다. 오래 전에 심어진 것 같은 토마토 나무가 한그루 보였다. 아마도 아이들의 관찰용으로 재배하고 있는 듯했다. 키우기가 쉽지 않은 토마토는 안타깝게도, 모든 잎사귀가 말라붙어서 시들해지고 있었다. 거의 죽어 가고 있었다. 간신히 매달려서 파랗게 커 가던 토마토 열매 몇 개도, 축 늘어진 채 절박하게 누군가의 구원을 기다리고 있었다. 말을 못하는 식물이라 할지라도 무척 안쓰러운 광경이었다.

그의 눈에는 신비한 현상이 포착되었다. 생물로부터 나오는 오오라 그것이 보였다. 아주 가끔씩… 이런 현상이 보이고 있었다. 거의 죽어 가고 있는 토마토 나무에서는 검은빛들이 뭉실뭉실 우러나고 있었다.

"너희들이 아주 힘든 상황이구나… 내가 도와줄게."

피터는 입구 쪽에 있는 가까운 수도관 시설이 있는 곳으로 가서, 조그만 손잡이가 달린 바가지에 물을 퍼서 두어 번 날랐다. 토마토 나무에 물을 주었다. 물이라도 주고 나니, 가엾은 식물을 바라보던 안타까운 마음이 덜 시렸다. 그는 한참 동안 다른 꽃들과 식물들도 덤으로 살펴보았다.

잠시 후, 누군가 어린이집의 현관문을 열고 피터를 불렀다.

"제나 아버님이세요? 제나가 식사를 마쳤으니, 이제 데려가셔도 좋을 것 같아요. 잠시… 음식이 묻은 얼굴을 닦고 나서, 귀가 준비를 해 드리 겠습니다."

    잠시 후 제나가 문 밖으로 걸어 나오는 것이 보였다. 작은 꽃무늬가 그려진 분홍색 옷을 입고, 노란 백 팩을 등에 매단 제나가, 아장아장 걸어 나왔다. 제나는 '모디, 모디.'라고 부르며 그에게 다가와 안겼다. 피터는 두 팔로 제나를 안아 올렸다. 선생님이 두 손을 맞잡고 제나와 피터에게 정중하게 배웅 인사를 했다. 머리를 배꼽까지 숙이면서 절을 했다. 그리고는 두 손을 흔들며 노래 인사를 했다.

    "어여쁜 제-나, 오늘도 행복! 그리고 우리는 내일 또- 만나요."

    선생님이 손동작과 함께 리듬이 깃든 인사를 하자, 제나도 손을 흔들 었다.

    "바이바이, 어여쁜 선생님도 행복!"

    마침인사는 아름다운 노래처럼, 둘 사이를 부드럽게 오갔다.

    피터는 어린이집의 게이트를 빠져나오기 전에, 토마토 나무가 있는 곳 으로 제나를 데리고 갔다.

    "제나야. 토마토가 목이 말라서 시들었어요. 그래서 모디가 물을 주었 답니다. 이젠 괜찮을 거예요."

    제나는 그 나무를 보더니 갑자기 눈물이 그렁그렁해졌다. 그녀는 토 마토나무를 쓰다듬으려고 손을 내밀었다. 제나의 왼손이 토마토의 잎사 귀를 살짝 스쳤다.

    "제나가 나무에게 얼른 나으라고 말해 줘. '얼른 나아-.' 이렇게."

    피터가 말하자 제나가 그 말을 똑같이 따라서 했다.

"얼른 나아 얼른 나아."

제나는 피터에게 안긴 채 집으로 향했다. 그녀의 눈길은 계속해서 어린이집을 향하고 있었다. 토마토 나무에게서 오랫동안 시선을 떼지 못하고 있었다.

"괜찮아 괜찮아."

그녀는 아픈 식물이 보이지 않을 때까지 그렇게 말하고 있었다.

그날 저녁, 아이들이 다 귀가하고 나서, 퇴근하려던 교사가 토마토 나무를 살펴보았다.

"어머나, 어머나… 김 선생님, 이리 좀 와 보세요. 토마토가 다시 살아났어요."

그녀는 신기하다는 듯 거의 죽어 가고 있던 토마토 나무를 찬찬히 들여다보았다.

"그러게요… 아까 점심때까지만 해도 줄기가 말라 가고 잎사귀는 다 망가져 버렸었는데, 이렇게 금방 살아날 수도 있는 거였군요. 정말 다행이에요. 아이들에게 어떻게 설명할지… 불쌍한 모습을 보일까 봐 많이 걱정했거든요."

김 선생은 살아난 나무를 바라보며 아이처럼 기뻐하며 손뼉을 쳤다.

엄마와 또, 엄마

3년이 지나도록 섬에서 생활하던 은섬은 자급자족에 꽤 익숙해졌다.

하루하루 평화로운 일상의 연속이었고, 수레바퀴 같은 생활이 반복되어도 전혀 지루함이 없었다. 자연을 좋아하는 은섬은 이러한 환경에 안성맞춤이었다. 아직은 기억이 제자리를 찾지 못했지만, 아주 오래전부터 이런 삶이 정해져 있었던 것이 아니었을까… 착각이 진실이 될 지경이었다. 어쩌면 지난 삶의 기억이 돌아와서 과거의 현실로 돌아가는 것보다는, 이토록 평화로운 섬에서 일생을 살아가는 것이 더 좋을지도 모른다고 생각했다.

저 너머 어딘가에… 그녀의 잠재되어 있던 깊은 상처가 존재하고 있었다. 풍족하게 살던 은섬이 무거운 짐을 짊어진 채로 우울함으로 살아가야 했던 시절. 아버지를 대신해서 소녀가장처럼 여기저기를 뛰어다니며 힘든 알바를 했고, 피곤에 찌들어 일에 지쳤어도 풍족치는 못했던 상황. 아버지의 몰락과 가출, 그리고 연약한 어머니와 남겨진 빚…. 원망스럽고 힘에 부치던 그때의 그녀는, 지친 몸과 마음을 부여안고 바닷가에 주저앉았었다. 파도가 오가는 것에 넋을 실어 놓고 지켜보던 순간이 있었다. 소원을 들어줄 듯 가까이 다가왔다가, 모르는 듯 쌩하니 정성 들여 쌓아 놓은 모래성까지 허물어 버리고 가 버리는 것이, 바라지 않던 인연 같단 생각이 들었었다. 그래도 다가오는 파도를 멈추게 하거나, 도망치는 파도를 잡아 둘 순 없었다. 기억도 그랬다.

"올 것은 오고, 갈 것은 가 버린다."

혼잣말로 중얼거리며, 바다를 잘 이해하고 있는 자신을 알아보았다. 바다라는 경치가 왠지 은섬에게는, 너무도 친근하다는 생각이 들었다. '내가 바다와 관련된 일을 했을까….' 은섬은 무심코 의문을 가져보았다. 기억을 잡아내려고 애썼다. 바다와 연관되는 직업들을 여러 가지 떠올려 보았다. 누군가 말했듯이 머리는 기억을 잃어도, 몸은 잊지 않고 자연스럽게 기억을 더듬어 낼 수 있을 것이라고 그녀는 생각했다. '바다에 뛰어들면 수영선수처럼 멋지게 헤엄을 친다든가… 배를 타 보면 알 듯도 한데… 아마도 바다와 관련된 일을 했을 거야, 내가. 이토록 익숙하게 나를 감싸 주는 바다가, 보기만 해도 고향처럼 마음이 편하니까….'

은섬은 몇 주 전부터 자신에 대해 궁금증이 눈덩이처럼 커져 가고 있던 참이다. '나는 어떤 사람이었을까… 뭘 하는 사람이고, 이 섬에 떠내려 오기 전 무엇을 하려고 했을까….' 자신의 숨겨진 비밀의 상자를 열고 싶은 충동을 안고 골똘히 생각에 잠기는 횟수가 잦아졌다.

"이젠 아이리스의 말처럼 적당한 때가 된 건지도 몰라…."

이런저런 생각으로 파도에 손끝을 담가 보기도 하고, 손목을 담가보기도 하고, 점점 깊게 바다와 조우하듯 자신의 몸을 적시고 있었다. 기억을 돌려 달라고 대단한 바다에게 요청하고 있었다. 그녀는 과거에 있었을 법한 물의 느낌을 온몸으로 기억하려 애쓰고 있었다.

어디선가 와사삭와사삭 모래 밟는 소리가 들렸다. 마을 사람들이 해변을 향해 걸어오고 있었다. 그리고 그들이 은섬이 쪽으로 가까이 오기도 전에 먼 하늘 위에서 헬리콥터가 보였다. 손바닥만 하게 보이던 것이, 바람을 일으키며 점점 커다란 형체로 그녀가 앉아 있는 근처로 가까이 다가왔다. 심하게 투툴거리는 소리가 났다. 헬리콥터의 프로펠러 소리가, 모래를 밟는 그린부츠의 소리에 비트를 맞추며 점점 커지면서, 섬 쪽으로 가까이 오고 있었다. 평화롭게 슬렁슬렁 걷던 사람들은 그것을 바라보며, 놀라움으로 일제히 멈추어 섰다.

"이곳 섬 위로 헬리콥터가 날아오기는 처음이에요. 이곳은 사람들에게 잘 알려져 있지도 않고, 사람들이 살지도 않는 줄 알 텐데….”

톰이 말했다.

“네… 그렇겠군요.”

그녀도 당연히 그럴 것이라고 생각했다.

어떤 이유로 이방인들이 방문하건, 제발 이대로 소박한 평화가 안전하기를 바랐다. 은섬은 이미 후아무아섬의 주민이었고, 평화로움에 안식하는 자신을 혼란스럽게 만들고 싶지 않았다.

아이리스의 옆에 있던 순수한 톰은 환영하는 모습을 보이고 싶었는지, 조난 신호를 하는 것처럼 두 손을 크게 휘젓고 있었다. 그리고 나서 자신의 나이브한 행동을 변호하듯 말했다.

“어쨌든 그냥 지나는 사람들이라도 사람이니, 무척 반갑기만 한 걸요….”

톰은 헬기를 타고 있던 사람들이, 자신을 보았거나 말았거나 상관치 않을 거라는 표정으로 해맑게 웃고 있었다.

갑자기 나타난 괴물처럼 요란스러운 괴성으로 후아무아섬을 흔들어 놓던 헬기는, 주민들의 집이 있는 마을을 순찰차처럼 빙빙 몇 바퀴 돌았다. 그러더니 결국은 갈 길을 찾아냈는지, 방향을 틀어 섬의 가장자리에 있는, 큰 나무들이 빽빽하게 덮여 있는 숲으로 향했다. 헬기의 몸체가 방향을 틀기 위해 각도를 기울이며 그들의 시야에서 사라질 때까지, 톰은 또다시 어린아이처럼 손을 흔들어 작별인사를 했다.

후아무아섬 사람들은 몇 안 되는 소수 사람들만 모여 산 지가 오래된 까닭에, 지나는 사람이나 떠내려 온 사람이나 어떤 생명이든 소중하게 여겼다. 식물이건 동물이건, 모든 생명을 가진 것들을 귀하게 여길 줄 아는 사람들이었다. 그들이 한 명씩 한 명씩 다른 시간을 거쳐 이곳에 우연히 도착했을지라도, 삶의 태도는 도착하기 전과 후가 확연히 달라져 있었다. 이전의 삶이 인간이 만든 물질과 고통에 얽혀 허우적거리는 삶이었다면, 현재의 삶은 많은 것을 만들어내지도 않고 소유하지 않았음에도, 행복을 느끼는 값진 삶을 깨우치고 있었다.

사실 그 헬리콥터에는 영국 랑카스터 패밀리에서 식물 탐사를 위해 파견 보낸 탐사 팀의 헬기였다. 그들의 의약품 개발에 필요한 외지 탐사 작업은, 사람의 발길이 닿지 않는 오지를 탐색하는 경우가 많았다. 의료용 약초를 채집하거나 에너지를 만드는 광석을 탐지하게 되어 있었다. 노력의 결과로 얻은 희귀하고 영향력 있는 샘플들은, 영국에 있는 연구소로 보내졌다. 실험과 임상테스트를 거쳐서, 치료제로 쓰일 수 있는지의 여부를 판가름했다. 그들은 영국인뿐만 아니라, 온 인류를 위해 기업이 존재한다는 훌륭한 기업 정신으로, 모든 국민으로부터 오랜 세월 동안 존경받는 가문을 명맥을 이어온, 명예와 신뢰를 목숨처럼 여기는 귀족 가문이었다. 그들의 탐사는 새로운 약제를 찾기 위해 구전으로 전하는 오지의 약초나, 현지에 있는 사람들로부터 전해 들은 민간요법에 사용되는 약초라도, 그냥 흘려듣지 않고 정보를 캐내기로 유명하다. 떠돌아다니는 작은 소문도 근거가 있을 것이라고 생각했다. 조사와 확인을 꼭 거치는 꼼꼼한 프로젝트 진행방식으로, 신제품 개발에 열정적이었다. 그들은 조그만 실마리가 있는 가능성에도 관심을 기울였다. 그래서 랑카스터 가문은, 영국에서 막강한 부와 권력을 오랫동안 유지하고 있었다.

섬의 가장자리 가파른 절벽에 위치한 신비한 식물에 관한 이야기들,

언제부턴가 몇몇 사람을 통해서 보랏빛 섬광에 관한 소문이 돌고 있었다. 뉴질랜드 원주민의 섬에서 봤다는 사람, 캐나다의 추운 냉지의 삼림에서 봤다는 사람, 심지어는 한국의 조그만 무인도 섬에서 봤다는 사람도 있었다.

뉴질랜드에서는 윌리엄이 청년 시절 원주민의 섬에서 그것을 탐사하려고 철저한 대비를 하고 있었으나, 국화와의 러브스토리가 발각되는 바람에, 느닷없는 강제귀국을 종용받게 된 것이다.

후아무아섬은, 탐사 팀이 출동한 올해의 세 번째 지역이다.

빛을 발하는 식물을 찾기 위해서, 그들은 멀리 본국을 떠나 휴식과 탐사작업을 거듭하고 있었다. 드디어 이곳까지 날아오게 된 것이다. 연구팀들은 신기한 것을 발견하기는 했다. 무인도라던 후아무아섬에서, 해변을 거니는 사람들이 손을 흔드는 것을 목격하고, 탐사일지에 발견 사항을 기록해 놓았다. 그들이 진정으로 찾아내기를 원하던 '보랏빛 불빛'은 불발로 끝났다. 사실, '보라색 불빛이 번쩍거린다.'는 목격담은 우연히 그 섬을 지나던 항해사로부터 전해져서, 여러 사람을 돌고 돌아 어렴풋하게 들려온 정보였다.

그 항해사는 이렇게 말했다고 쓰여 있었다.

처음에 밤에 뱃길을 안내하는 등대인가도 생각해 보았으나, 등대에서 보랏빛 불을 깜박거릴 리는 없었고, 빛이 새어 나오는 위치는 항구 위가 아니라, 나무들로 가득한 숲의 중심에서 새어 나오는 빛이라는 것을 확인했다.

신기하게 생각한 그 항해사는 무인도의 보랏빛 불빛에 관한 기사를 지역신문에 독자기고로 올렸고, 탐사 팀의 서칭에 의해서 영국의 윌리엄에게 보고되었다. 영국에서도 보랏빛 식물에 대한 신비한 약효는 오래 전부터 내려오는, 근거 있는 이야기였다. 랑카스터의 오래전 조상이 이미, 기록지에 남긴 바 있었다.

인적이 드문 곳에만 산다던 신비의 보라색 빛을 발하는 꽃이 있다는 것을 들었다. 여러 번 그 장소로 탐사 팀을 보냈으나 찾을 수 없었다. 인간들이 풀 수 없는 수수께끼를 접하는 것만 같다.

랑카스터 가문의 조상들이 그러했듯이, 윌리엄 수하의 탐사 팀은 그날 두세 번 섬 주변으로 돌아보았지만, 반짝이는 보랏빛 불빛은 전혀 발견하지 못했다. 그렇지만, 그들은 오늘 새로운 사실을 하나 발견했다. 그리고 그들의 예상치 못했던 성과를 일지에 짧게 기록한 것이다. 어쨌든 그들의 고생에 보답은 된 셈이다.

무인도라고 알려진 후아무아섬에는 사람이 살고 있었다. 그들은 우리를 바라보며 손을 흔들었다. 그러나 섬의 어디에도 보랏빛 섬광은 목격되지 않았다.

연구팀이 보낸 자료는 영국에 있는 윌리엄에게 바로 보고되었다. 그는 그 보고 자료를 접하자, 보랏빛 꽃보다도 손을 흔들던 무인도의 사람들에게 궁금증이 커졌다. 피터의 아내가 세일링을 하다가 실종되었다는 이야기를 한국의 주변 사람에게 전해들은 바 있었고, 그녀는 몇 년째 소식이 끊기고 찾을 길이 없었다는 것 또한, 윌리엄이 계속적으로 파악하고 있는 사항이었다. 그는 피터와 관련된 어떠한 소식도, 그와 떨어져 있는 먼 곳에서라도 주시하고 있었다. 아들을 도울 수 있는 기회를 기다리고 있었던 그였다. 혹시나 피터의 아내가 살아 있다면, 이번에야말로 아버지로서 제대로 그 역할을 해 주고 싶다는 마음이 간절했다. 그래서 혹시라도 얻을 수 있는 좋은 성과를 위해, 그 섬을 다시 한번 방문하기로 탐사 일정을 잡도록 지시했다.

보랏빛 꽃은 못 찾아도 좋다. 혹시라도 실종자가 그곳에 살고 있는지 알아낼 수 있다면, 그것으로 좋다!

그리고는 탐사 팀에게 실종자인 은섬에 관한 정보를 보냈다.

사실 윌리엄은, 아들 피터와의 첫 상봉이 이루어지고 나서도, 여전히 개운치 않았다. 매끄러운 부자 관계를 위해 정기적인 안부 메일을 썼었다. 피터는 거의 마음이 오픈되지 않는 사무적인 느낌으로, 가끔씩 짧은 답장을 해 오곤 했다. 그는 사실 아직도… 아버지를 용서한 것이 아니었다. 부자간의 어색한 골이 너무나도 깊이 파여 있어서, 결코 순식간에 메꾸어질 수 있는 것이 아니었다. 그것은 제대로 인정받지 못했던 제3의 성으로서 숨어서 살아가야 했던, 피터의 부당한 삶과도 연결되어 있는 우울한 골짜기였다. 그러나, '용서를 하지 말라.'던 윌리엄의 안타까운 모습을 시작으로, 아주 조금씩 조금씩… 서서히 너그러움의 물줄기가 흐르면서 메마른 골에 촉촉한 생기가 돌고 있었다. 핏줄이라서 그럴까… 그는 자신도 모르게, 마음이 자비롭게 작용하는 대로 윌리엄을 받아들이고 있었는지도 모른다.

어느 날 윌리엄은 피터에게, 은섬에 대해서 묻기 시작했다. 그녀의 나이, 인상착의 그리고 도움이 될지 모른다며 실종 당시에 찍은 사진도 보내 달라고 했다.

윌리엄의 메일을 받아본 피터는, 자신의 개인적인 내용들을 알리는 것이 썩 내키지 않았다. 그러나, '혹시라도 은섬을 찾을 수 있다는 작은 단서라도 찾아낼 수 있다면⋯ 그따위 자존심 따위가 무슨 소용이랴.' 피터는 오랜 시간 그녀를 찾으려고 애가 닳았고, 충분히 지쳐 있는 현실 상황에서는, 누구라도 동아줄을 내려 준다면 그것이 단단하지 못한 낡은 밧줄이라도, 잡고 매달리고 싶은 심정이었다. 털끝 같은 단서라도 꺼져 가는 희망의 불씨를 다시 타오르게 할 수 있다면, 그는 어떠한 고통도 감내할 수 있을 것 같았다.

피터는 나무뿌리처럼 단단히 고정되었던 원망의 사슬을 풀고, 윌리엄에게 메일을 보냈다. 피터의 연인이자, 제나의 엄마, 그리고 확실하게도 인생의 단 하나뿐인 고귀한 아내의 자리에 서 있게 될 은섬의 밝게 웃는 사진⋯ 그녀의 인상착의, 세일링에 올랐던 선박과 선원들에 대한 사항 등을 세세하게 기록하고 첨부했다.

랑카스터 패밀리 그룹의 정예 탐사 팀은 '어드벤쳐 세븐'이라는 이름으로 활동했다. 능력 있는 각 분야의 전문인 7인으로 짜여진 귀재 엘리트 팀이었다. 그들은 윌리엄 회장의 요청에 따라, 귀국한 지 얼마 안 되는 시점에서도 곧 출발 준비를 마쳤다. 후아무아섬의 또 다른 보물을 탐사하기 위해서 기꺼이 출발했다.

은섬이가 정신을 잃고 후아무아섬에 떠내려 온 지 거의 7년 하고도 33일이 지났다.

어드벤쳐 세븐의 멤버들은 실종자를 확인하기 위해 섬에 도착했다. 그들은 처음부터 안내인의 자격으로 있게 된, 아이리스의 이야기를 들었고, 윌리엄이 알려 준 은섬의 사진을 내밀었다. 아이리스는 기뻤다.

그 소식을 아이리스로부터 전해들은 은섬은, 탐사 팀으로부터 자신의 사진을 확인했다. 자신이 은섬이라는 사실을 처음 알았다. 그러나, 당장 가고 싶은 이유는 전혀 생기지 않았다. 그들은 기뻐하지 않는 그녀의 모습을 보고, 피터가 보내 준 여러 가지 이야기를 덧붙였다. '한국에 가족이 기다린다.'는 사실을 은섬에게 알렸다. 특히 어린 제나라는 딸이 있다는 것….

무엇에도 흔들리지 않던 그녀는, 아이가 있다는 말에 눈을 반짝였다. 말 한마디만으로도 모성애가 작동하고 있었다. 그녀는 가슴이 툭탁거리며 두근거리는 것을 느꼈다.

'나의 아이가 있었다. 그것도 아주 어린 딸아이가… 얼마나 나를 찾았을까….' '딸'이라는 말을 듣자, 그녀의 잠자고 있던 모든 감각이 살아나서, 보호 본능으로 꿈틀거리기 시작함을 느꼈다. 후아무아섬은 외부와 단절되어 있어서, 전화로 확인할 수 있는 방법은 없었다. 확인을 위해서는 가족에게 돌아가서 확인하는 한 가지 방법뿐이었다.

은섬, 그녀는 결단을 내렸다.

그날 밤, 그녀는 섬사람들을 모두 모아 놓고, 그간의 생활에 대한 감사 인사를 했다.

"제가 지금까지 살아서 이곳에서 평화를 누릴 수 있었던 것은, 모두가 여러분들의 덕택입니다. 제가 이곳을 떠나더라도, 결코 이 섬을 잊진 않을 거예요. 더군다나 여러분들이 보여 준 우정과 보살핌은 영원히 기억할 겁니다."

그녀의 눈에서는 작별을 아쉬워하는 눈물이 흐르고 있었다. 고마움의 눈물, 그러나, 이별의 아쉬움이 섞여 있었다.

"본인의 자리를 다시 찾아간다니 대단히 기쁜 일입니다. 부디 행복하시길 바랍니다."

아이리스가 미소를 띠며 은섬을 꼬-옥 안아 주었다.

"어딜 가나 씩씩하게 잘 지내실 겁니다. 이곳에서 모든 마음의 다스림을 근사하게 해냈던 것처럼요…."

톰이 한 손을 들어 올리며 주먹을 쥐어 보였다.

"자신이 있어야 할 곳은 마음이 알죠."

언제 전해 들었는지 그녀의 이름을 불러 주며 초록머리 트리샤가 두 손을 모아 인사했다.

"또 다른 여행이 기다리고 있군요."

윌은 조용히 미소 지으며 은섬을 안아 주었다.

날이 밝자, 은섬은 가벼운 소지품만 챙겨서 탐사 팀의 헬기를 타고 섬을 이륙했다.

'아름다운 나의 마음의 고향, 후아무아섬, 안녕… 안녕….'

사람의 모습이 조금씩 작아져서 헬기의 둔탁한 프로펠러 소리만 남게 되었을 때, 자신에게 작은 소리로 속삭이고 있었다. 그리고, 궁금증이 생겨났다.

'그럼 남편도 있단 말인가, 나에게도 부모가 있을까, 친구는….' 이런저런 생각에 다시 머리가 지끈거리기 시작하자, 은섬은 꼬리에 꼬리를 무는 질문들을 닫아 두기로 했다.

'우선 내 아이를 만나자… 그리고 하나씩 하나씩 다시 돌탑을 쌓듯이 현실로 이루어 보는 거야.' 그녀는 차근하게 자신을 어르고 있었다. 후아 무아섬에서 일상적으로 적용했던 마음을 내려놓고 때로는 흘려보내고, 때로는 억압 없이 머물게 하는 마인드컨트롤을 시작했다. 눈을 감고 무릎 위에 두 손을 내려놓았다. 프로펠러의 소리가 희미해지고 마음속으로 잔잔한 파도에 몸이 편안하게 리듬을 탈 때까지… 뭉쳐지는 궁금증과 기억의 부재에 대한 불안감이 밀려오려는 것을, 잡고 잡아서 비워 내고 있었다.

'어드벤처 세븐'의 도움으로 쉐어 하우스에 무사히 당도했다.

문을 열고 들어선 순간 모든 것들이 낯설었다. 현관 앞의 어질러진 신발들, 주방의 커피 향, 가죽이 보들보들한 갈색 소파, 창문에 걸려 있는 하얀 깃털 장식의 드림캐처….

집에 도착한 그녀는 제일 먼저 홍이와 태완을 만났다. 그들은 은섬을 보자마자 끌어안고 울기 시작했다. 기억이 돌아오지 않는 그녀는, 울음이 전혀 나오지 않았다. 그들의 반응으로 보아 친한 친구라는 것을 짐작할 수는 있었다.

조금 뒤에 가까이 있는 화원에서 엄마 미담이 슬리퍼를 한 짝씩 짝짝이로 신고, 화원용 흙이 묻은 앞치마를 벗지도 않은 채 달려와서, 그녀를 애타게 불렀다.

"은섬아, 은섬아 내 딸 은섬이가 살아 있었다니… 하느님 감사합니다."

미담은 은섬을 안고 눈물을 흘렸고, 어정쩡한 표정의 은섬을 보자 곧 마음을 추스렸다. 그리고 그녀는, 하우스의 가족들에게 우선 안정을 취할 것을 당부했다.

"자자 얘들아… 은섬이가 아주 혼란스러울 거니까, 일단 차분히 앉자."

태완과 홍이는 은섬의 얼굴만 계속 쳐다보며, 다른 말을 꺼낼 생각조차 하지 못했다.

"저는 아직 기억을 못 해요. 죄송해요. 아직 여러분이 낯설으니 이해해 주세요. 사실 무엇보다도 저는 제 딸아이를 만나고 싶어요."

그녀는 자신의 딸을 만나고 싶었다.

"제나… 은섬아, 너의 딸은 제나야. 피터와의 사이에서 예쁜 딸이 태어났단다."

홍이가 천천히 은섬의 눈을 들여다보며, 또박또박 말해 주었다.

"그래… 정말 사랑스러운 아이지."

미담이 거들었다.

"사랑스러운 남편도 있지. 아주 대단한 엄마인 사람." 태완이 아이를 낳은 피터를 말하려다가, 그녀가 이해하기엔 너무 많은 믿지 못할 상황들이라서, 그저 '대단한 엄마'로 일축해서 말했다.

은섬은 태완이 아빠란 단어를 잘못 말했을 거라고 생각하고, 그냥 흘려들으며 고개를 끄덕였다.

"아이 이름이 제나?"

"제나."

세 명 모두가 동시에 대답했다.

그때 현관문이 열리면서 놀이방에 갔던 제나와 리사가 들어왔다. 리사는 잠시 멈칫하더니, 갑자기 큰소리로 은섬을 반갑게 불렀다.

"은섬, 은섬이 맞아? 오 마이 갓! 은섬이가 돌아오다니, 꿈은 아니지?"

리사는 현관에서 제나를 들어 올려 아이를 마중 온 미담에게 건네주었다. 영문을 모르는 어린 제나는, 아장아장 걸어서 식탁 주변으로 갔다. 은섬은 자신의 모습을 가지고 있는 제나를, 한참 동안 이리저리 어색하게 뜯어보았다.

"제나… 엄마야. 엄마라고 불러 봐."

홍이가 갑자기 목이 메이더니, 그 말이 끝나자 울컥 울음을 터뜨렸다. 태완도 덩달아 울었다. 리사도 울고 미담도 울었다. 집 안은 갑자기 눈물바다가 되었다. 은섬과 제나만 영문을 모른 채 서로의 시선을 마주치고 있었다.

어린 제나가 '돈 크라이. 노노.'라고 말했다.

은섬은 한참 만에야 제나를 향해 두 손을 벌렸다.

"이리 오렴, 제나…."

제나는 낯을 가리지 않고, 식탁 밑으로 내려와서 몸을 낮춘 은섬에게 가서 안겼다. 제나는 두 손으로 은섬의 머리를 만져 주었다. 그 순간 은섬의 머릿속이 갑자기 하얗게 백사장으로 변하더니, 난파되어 누워 있는 후아무아섬의 은섬이 보였다. 그리고 연이어 기억의 필름들이 뒤로 돌아가는 듯, 항해 준비를 하는 세일링의 팀원들, 항해하는 날의 피터의 미소 띤 모습이 보였다… '잘 다녀와, 은섬.'이라고 손을 흔들고 있는 모습. 그리고 클로이의 병원에 불임 극복을 위한 상담과, 난자를 체취하고 치료를 받은 일, 피터와 입을 맞추던 모습, 꽃우물 카페에서 밤을 보냈던 일… 줄줄이 기억이 되살아나기 시작했다.

그녀는 감고 있던 눈을 떴다.

갑자기 집 안에 있는 모든 사람들이 기억나기 시작했다.

"제나, 고맙구나…."

은섬은 제나를 다시 한번 꼭 안아 주었다.

이어서 엄마 미담을 꼭 안아 주었다. 그녀는 꺼억꺼억 울음소리가 나려는 것을 가까스로 참으며 목젖을 울럭거리고 있었다.

"죄송해요, 엄마."

쉐어 하우스의 친구들은 차례를 기다렸다는 듯, 한꺼번에 은섬에게로 모여들었다. 그들은 드디어 잃었던 가족, 은섬을 찾았다. 그들은 은섬이 갑자기 기억을 찾은 것이 딸아이의 자극이라는 것은 알았지만, 제나가 가진 신비한 능력 때문이라는 사실은 몰랐다. 기억이 살아난 은섬은 그간의 일들을 이야기하기 시작했다. 울음바다였던 쉐어 하우스는 이제 다시, 웃음꽃이 만발하고 있었다.

"오늘은 이 몸께서 주인공 대신 멋진 바리스타가 되어 봅지요. 이렇게 기쁜 날… 우리가 좋아하는 커피를 건너뛸 수야 없지."

홍이가 그냥 지나칠 수 없다는 듯 말했다.

그녀는 장난스럽게 두 손을 탁탁 마주치더니, 커피 잔과 원두를 꺼내어 수동 분쇄기에 넣었다. 그라인딩 되는 원두에서 커피 향이 강하게 퍼져 나오기 시작했다. 거실로 그리고, 각자의 열려진 방 안으로 환하게 퍼지고 있었다. 그들의 마음은, 잃었던 은섬을 소중하게 반겼다. 그리고 익숙한 가족의 향기도 다시금 찾아내고 있었다.

한 시간쯤 지나자 피터가 현관문을 열고 들어왔다. 그는 감격스런 표정으로 눈이 휘둥그레졌다.

"달링-."

그는 행복한 표정으로 은섬을 향해 두 팔을 벌렸다. 그녀가 달려와서 피터에게 안겼다. 그들은 한참 동안 그대로 있었다. 모든 것을 말하지 않고도 서로를 이해했다.

오랜 허그를 마치고, 피터와 은섬이 나란히 거실로 들어섰다.

"우리 제나는 엄마가 둘이다, 제나 엄마, 은섬 그리고 또 제나 엄마, 피터…."

홍이가 피터와 은섬을 나란히 가리키며, 제나에게 말했다.

"그리고 피터는 엄마이면서도 아빠이기도 하지, 하하하."

태완이 거들었다.

피터는 그를 보며 엄지를 들어 보였다. 홍이와 태완의 말을 하우스 친구들은 금세 이해하고 있었다. 다만 어린 제나는 그 의미를 이해하지 못했다.

그날 밤늦게 귀가한 에밀리가 은섬을 발견하자, 집 안은 또 한바탕 소란스러운 울음바다가 되었다. 그러나, 이내 가라앉았다. 쉐어 하우스의 밤은 상봉의 기쁨으로 밤새는 줄 몰랐다. 도란도란 이야기보따리가 풀렸다. 그간의 일들… 쉴 새 없이 기다렸던 실종된 마음의 밤들….

오늘 그들의 밤은 턱없이 짧기만 했다.

두 번째 결혼식

피터와 은섬이 결혼한다.

피터는 영국에 계신 아버지, 윌리엄에게 마음에서 우러나는 감사의 마음을 표명하며, 그를 결혼식에 초대했다.

은섬의 엄마 미담도 훈석을 초대했다. 가출했던 남편, 소나무나 밤나무 같은 산의 일부가 되었을 법한 자연인, 고훈석… 그는 신부의 아버지로서 축복의 장에 기꺼이 도착했다. 은섬의 아버지, 훈석은 실종된 딸이 살아 있음에 그저 감사했고, 평생 혼자의 삶을 고집했던 딸아이가 일생의 짝을 만난 것에 감사했다. 그가 바라고 있던 대로 완전한 가정을 꾸린다는 것에 안도의 숨을 내쉬었다.

그들의 결혼식은 등대가 보이고 갈매기가 날아다니는 바다배경이 보이는 아름다운 곳이었다. 윌리엄은 아들을 위해 결혼식을 완벽하게 준비했다. 손수 멀리서부터 운항하고 온 아름다운 범선은, 은섬이가 좋아하는 꽃들로 장식되어 있었다.

몇 개월 전 결혼식의 발표가 있고 나서, 윌리엄은 피터가 좋아했던 범선을 아들에게 선물하리라 다짐했다. 그는 랑카스터의 핏줄이고, 당연히 그 배를 받을 자격이 충분했다. 윌리엄은 영국을 출항하여 한국의 서해안에 있는 제법 넉넉한 선착 공간이 마련된 서해 마리나에 범선을 정박했다.

그의 바람은 손수 웨딩 팀을 불러서 성대한 야외 결혼식을 마련하고자 하는 것이었으나, 피터와 은섬은 성대한 결혼식을 원치 않았다. '친구들과 가족들만 모인 자리에서 조촐한 결혼식을 하고 싶노라.'고 표명했다. 피터는 윌리엄의 간곡한 요청 한 가지만 받아들였다. 결혼식 선물로 범선을 받기로 했다. 당분간만.

"멋진 선물 감사합니다. 이 선물은 당분간만 제가 맡고 있도록 하겠습니다. 우리 가족이 함께하는 항해가 가능해질 때, 돌려드리도록 하겠습니다. 랑카스터가의 가보인 범선은, 조상들의 땅인 영국에 머무르는 것이 옳다고 생각합니다."

피터가 조건을 걸고 선물을 받기는 했으나, 그것에 대해 윌리엄은 섭섭해하지 않았다. 피터의 생각이 대견할 뿐이었다.

"대신 어머니의 소중한 반지는 은섬에게 전해 주고 싶습니다. 허락해 주신다면요…."

"물론이다, 피터. 어머니도 그러기를 바랄 거야."

국화가 생전에 끼고 있던 가문의 문양이 새겨진 반지는, 은섬의 손가락에 끼워졌다.

'너희들의 사랑이 이루어져서 엄마는 너무도 기쁘구나. 행복하거라… 내 아가, 피터.' 국화는 기쁜 모습으로 그들을 바라보고 있었다.

높이가 낮은 둥근 탁자에 앉아 있던 어린 제나는, 국화의 모습을 보았다. 그녀는 제나를 바라보며 미소를 띠고 띠었다.

"내가 너의 할머니란다. 제나야…."

국화가 제나에게 말했다.

"할무니?"

제나가 반문했다.

제나는 기쁘게 웃으며 방금 배웠던 단어를 반복해서 말했다.

"할무니, 할무니…."

은섬과 사진 촬영을 하던 미담이 제나의 부르는 소리에 얼른 대답했다.

"응- 제나야, 할무니 여기 있어. 곧 갈게."

제나가 할머니, 국화와 대화했다는 사실은 아무도 눈치 채지 못했다. 그녀는 가족들에게 둘러싸여 신비스러운 미소를 짓고 있었다.

은섬은 자신의 꿈에서 보았던 결혼식을 생각했다. '이제 와 생각해 보니 꿈속의 결혼식… 모자를 눌러 쓰고 있던 그는 피터였어. 꿈속에서 내 마음이 표출됐던 거야.' 그녀의 꿈속에서 그가 부케를 들고 있던 이유를 이제야 알 것 같았다. '나는 꿈의 결혼식에 이어 두 번째 결혼식을 치르고 있는 기분이야. 그래도 오늘은 피터의 얼굴을 제대로 알아볼 수 있어서 다행이야… 그리고, 그가 내 곁에 서 있다는 것은 더더욱 감사하고!' 은섬은 자신의 손가락에 반지를 끼워 주는 그를 지긋이 바라보았다.

"사랑해, 피터!"

"사랑해, 은섬, 나의 고귀한 사람!"

그들은 모두가 바라보는 앞에서 사랑을 맹세했다.

그리고 길게 입맞춤했다.

보랏빛 가루

모든 것들이 평화로운 일상을 찾았다.

피터는 본인의 전공을 살려서 천체에 관한 연구를 계속했다. 은섬과 안정적인 가정을 꾸리고 제나가 성장함에 따라 여유로운 시간이 생겼다. 피터가 운영하던 카페는 꾸준한 성장곡선을 그리고, 실종된 은섬을 찾으면서 그들의 로맨스는, 여타가 부러워하는 시대의 '러브스토리'가 되었다. 피터와 은섬 그리고, 카페도 덩달아 인기도가 높아져서 많은 단골이 생겨났다. 전반적이고 체계적인 운영으로 사업도 나날이 발전하고 있었다.

은섬은 자신이 부재했던 시간을 대신해서 제나와 많은 시간을 보내기를 원했다. 하우스 친구들이 제나와 놀아 주기를 원하는 날은, 가끔씩 숲 탐사 팀에 가이드로 동행하곤 했다. 그녀는 식물들을 관찰하기를 계속하며, 후아무아섬의 기억을 떠올려서 식물에 관한 책을 집필하고 있었다. 가끔씩 그곳이 불현듯 떠올라 그리워졌지만, 가족들과 친구들이 함께하는 현재의 행복에 만족하기로 했다.

"이만큼의 행복이라면 충분해. 난 더 이상의 욕심은 없어."

은섬은 현재의 자신이, 원하는 모든 것을 충분히 가지고 있다고 확신했다.

피터는 일요일이면, 은섬과 제나의 손을 잡고 평화로운 마음으로 미사에 참여했다. 그리고 꿈꾸었던 삶을 이루어 주신 것에 대해 하느님께 감사드렸다.

어느 날 성당 안에서 그는, 기도하고 있는 제나의 백색 후광을 보았는데, 그것은 태어날 때의 후광보다 더 넓게 퍼져 있었다. 그 발광은 눈이 부시도록 밝게 확장되어 있었다. 찬란한 빛으로 그녀의 몸 전체를 감싸고 있었다.

제나는 100일이 채 안 되었을 때, 성당에서 유아 세례를 받았다. 그녀의 영세명은 클로이가 지어 준 '그라시아'. 은총의 의미였다! 클로이는 제나의 대모가 되었다.

때 묻지 않은 순수하고 선량하고 아름다운 백색의 오오라를 가진 제나는, 커가면서 동물, 식물과 함께하려는 모습을 자주 보였다. 그녀의 주변에는 신비롭게도, 항상 특별한 축복이 머무르는 듯했다. 그녀의 성정은 차분하고 평화로웠으며 자애로웠다. 사람의 모습에서 천사를 본다면 바로 제나 같은 아이라는 생각이 마땅하게, 저절로 드는 아름다운 소녀였다.

피터의 가족은 한국의 겨울방학을 맞아 피터가 자랐던 고향, 뉴질랜드의 가족여행을 계획했다. 여행목적지는 남섬과 북섬으로 여유 있는 3주 일정으로 계획했다. 얼마 전 그들이 여행하려는 북섬 Mt. 애덤 코스에, 가족 여행객들을 위한 야생 숲 탐사의 트랙이 신규로 완성되었다는 신문 기사가 떴다. 그것은 어린아이를 대동하고도 안전하게 트래킹할 수 있는 가이드와, 난이도에 따른 여러 코스를 구비하고 있었다. 피터는 이 기회에 어린 제나에게 피터의 고향을 실감나게 보여 주고 싶은 가슴 뛰는 계획이 떠올랐다. 남섬의 프린스타운 관광지를 기점으로 북섬으로 이동해서, 성당의 신부님과 원장 수녀님, 그리고 대부 마이클을 만나보기로 했다. 끝으로 마오리 빌리지가 있는 야생 화산섬 Mt. 애덤을 방문하려고, 3주간의 여행을 디테일하고 여유 있게 계획했다.

국화가 살아생전 근무하던 북섬의 우드피스에는 여전히 그녀의 절친 미셸이 있다는 소식이 들렸다. 작년에 우드피스를 관리하는 국장으로 승진했다고 했다. 그녀는 마침, 이번에 새로 단장한 트랙 코스를 활성화 중에 있었다. 피터는 가족이 함께 이번 코스 여행에 동참하는 것을 그녀에게 알렸다. 미셸은 국화의 아이가 자라서 가정을 꾸렸고, 뉴질랜드를 방문한다는 사실에 무척 감동스러워했다. 피터는 사실 아주 오래전부터 엄마가 아꼈던 친구, 미셸을 꼭 직접 만나보고 싶었었다.

그들이 착륙한 뉴질랜드 공항은 가장 아름답고 찬란한 여름의 계절이었다. 공항에서 나오자 그들을 반기는 마이클이 마중 나와 있었다.

"하이 마이 리틀 프렌드!"

그는 오래된 친구를 만나듯 피터를 안고 등을 토닥였다.

그들의 숙소는 피터가 자랐던 고향에 새로 지어진 타운하우스 형식의 레트로 감성의 '렌트하우스'였다. 그곳은 성당과도 가깝고 마이클이 머무는 곳과도 근거리여서, 소중했던 그들과 함께하며 의미 있는 시간들을 보내기에 적합했다. 피터의 가족은 여유 있게 짐을 풀고 마이클의 차를 타고 성당 가족을 방문했다.

근엄하시며 자애로운 토마스 신부님은, 까만 머리카락이 모두 사라지고 온통 은발로 빛나고 있었다. 그는 언제나처럼 미소 띤 모습으로 아무말 없이 피터를 따스하게 안아 주었다. 이레나 수녀님은, 가정을 이룬 피터를 바라보고 기쁨의 눈물을 흘렸다. 그들을 한참이나 꼭 안아 주고, 한 사람 한 사람을 위해 축복의 기도를 해 주었다.

제나는 신부님과 수녀님의 오오라를 확실하게 볼 수 있었는데, 그 빛은 강한 노랑색과 초록색의 합작품이었다. 그들의 내면에서 뿜어져 나오는 아름답고 조화로운 색채였다. 인내와 평화로움을 가득 담고 있었다. 더불어 대부 마이클의 오오라도 보였는데, 그의 것은 강한 초록색과 보라색이 조합된 것으로, 오랜 수련 생활에서 나오는 영적이해, 그것으로부터 발현되는 것이었다.

제나는 사람과 동물, 식물의 영적인 기운을 볼 수가 있는 경이로운 능력을 가지고 태어났다.

피터에게도 가끔씩 그런 것들이 보이긴 했는데, 그에게는 자주 있는 현상이 아니었다.

밸런시안, 알파의 말처럼 그가 제나를 출산하고 나서는 식물과 동물의 오오라나, 그들의 말이 들리는 현상은 거의 사라졌다. 지속적인 수련을 한다면 다시 그런 능력이 되살아날 수도 있다는 생각이었지만, 지금은 제나를 얻은 자체만으로도 현재에 감사할 따름이었다.

그들은 다음 날 Mt. 애덤의 코스 산행을 앞두고 우드피스에 근무하는 미셸을 만나러 갔다. 그녀는 작고 통통한 체격에 금발을 가진 온화한 인상을 가진 친절하고 활동적인 뉴질랜더였다. 그녀가 목소리로만 듣던 피터와 그의 가족을 직접 보았을 때는, 죽은 국화가 살아온 것처럼 무척 감격스러워했다. 피터의 얼굴에서 그녀의 기억에 머물러 있었던, 윌리엄과 국화의 모습을 둘 다 찾아볼 수 있었다. 그러면서도 그녀는, 국화와 함께였던 소중했던 지난 추억이 물밀 듯이 쳐들어와서는 목청이 먹먹해졌고, 눈시울이 붉어지는 것을 몰래 감추느라, 서둘러 선글라스를 집어들고 있었다.

"국화의 친구로서 피터를 꼭 만나 보기를 오랫동안 고대했었어요."

그녀는 절친의 아들이 자신을 찾아 주었음을 고마워했다. 그녀는 국화와 즐겼던 커피를 내려 주었고, 그녀가 즐겨 먹던 쿠키를 대접했다. 그간 살아왔던 여러 가지 이야기를 나누고, 이번에 진행될 가족형 트랙킹 코스의 장단점에 대해서도 말해 주었다. 여행이 시작되기 전 그들의 안전을 위해 각별히 주의할 것을 당부하며, 산행에 노련한 가이드를 일부러 붙였다고 말했다. 더불어, 언제 어디서든 산행 동안은 그를 믿고 의지해도 좋다고 했다.

피터는 오랜만에 가족을 만난 것처럼 그녀와 따뜻한 마음을 나누었다. 어린 제나는 미셸이 참으로 밝으며 따뜻한 여인이라는 것을 알았다. 그녀의 몸체로부터 새어 나오는, 밝은 노랑색 오오라를 보며 이미 알아채고 있었다.

미셸은 티타임이 끝나갈 무렵, 피터를 직접 만날 때까지 자신이 소중하게 간직하고 있었던, 국화의 일기장을 피터에게 건네주었다.

"사실 이것을 경찰들이 조사차 가져가려고 했었지만, 내가 숨겨 두고 내어 주지 않았어요. 국화가 이것은 제일 소중한 물건이라고 늘 말했거든요. 누구에게도 건너서 전해 줄 수 없는 물건이라는 걸, 난 확실하게 알고 있었지요. 드디어 물건의 주인을 만날 때가 왔군요. 플라워도 무척 기뻐할 거예요."

그녀는 선글라스 밑으로 눈물을 찍어 내며, 분홍색 표지를 가진 화사한 일기장을 피터 앞으로 내밀었다.

"이것은 국화가 평상시에 기록했던 일기장이에요. 탐사여행이 있던 마지막까지 일기를 썼을 거라고 생각되는데, 일기장에는 두 개의 잠금

장치가 있어요. 열쇠 없이는, 이것을 부수기 전에는 오픈할 수가 없을 거예요. 서랍 속에는 한 개의 열쇠밖에 없었거든요. 두 개의 열쇠가 필요한데 말이죠….″

사실, 일기장의 열쇠는 국화가 오래전 북섬으로 컴백했을 때, 성당의 수녀님께 보내는 감사 편지에 피터를 위한 선물로 보내졌었다.

″아, 혹시… 이것인지도 모르겠습니다. 제가 성당에서 자립할 때 수녀님이 주신 조그만 열쇠가 있어요.″

피터가 열쇠를 꺼내어 일기장의 가운데 부분의 열쇠 구멍에 대어 보자, 그것이 찰카닥 소리를 내며 오픈되었다. 첫 페이지를 열자, 국화가 적어 놓은 은행 계좌와 통장이 보관된 사서함 비밀번호가 적혀 있었다. 또한, 그 안에는 피터와 떨어져 있는 동안 벌어졌던 많은 이야기들이 적혀 있었고, 자식을 그리워하는 모성애가 여기저기 가득 담겨져 있었다. 각 페이지마다 남섬 생활의 일상과 감정들도 하나하나 기록되어 있었다. 피터는 서둘러 맨 뒤쪽에 기재된 마지막 여행기록을 떠들어 보았다. 급한 글씨체로 쓴 듯 Mt. 애덤의 지형과 여행기록이 암호처럼 군데군데 기록되어 있었다. 그는 그것을 여행지에 도착하기 전, 버스 안에서 모두 읽어야겠다고 마음먹었다.

은섬은 피터에게 어린 시절 부재였던 국화의 이야기를 듣는 내내 찡한 마음이 들어서, 두 손으로 가슴 언저리를 보듬고 앉아 있었다. 그녀는 미셸이 내어 준 허브차를 마시며, 피터의 얼굴을 걱정스레 연신 살피고 있었다. 그의 심정이 염려되었다. 피터는 얼핏 보면 행복한 듯했지만, 어머니의 옛이야기가 풀어져 나오는 동안 애잔함이 일렁이는 모습을, 얼굴 표정에서 결코 감출 수가 없었다. 그가 눈물을 보이지 않으려고 안간

힘을 쓰고 있음을, 은섬은 벌써부터 알아채고 있었다. 그녀는 피터의 오른손을 꼭 잡아 주었다. 피터도 은섬이 잡은 손에 힘을 주어 잡았다. 어느 순간이라도 그들은 서로가 하나로 결속되어 있었고, 의지하고 기대어 가며 힘을 얻었다.

'내가 더 따뜻이 감싸 주어야겠어.' 은섬은 마음속으로 자신이 그에게 해 줄 수 있는 쉬운 것부터 생각해 냈다.

피터는 국화의 이야기를 듣는 내내 속눈썹이 파르르 파르르 떨렸다. 은섬을 잡고 있는 손에 힘이 잔뜩 들어가서인지, 왼쪽 손바닥은 시간이 갈수록 점점 땀에 젖어 들고 있었다.

미셸과의 시간은 그렇게 한 시간이 흘렀다.

제나는 몇 분 동안은 엄마 은섬의 옆에 함께 앉아 있었고, 다른 몇 분 동안은 소파에서 바라다 보이는 숲의 표본실에 건너갔다. 안내직원과 함께 표본들을 관람하고 있었다. 제나의 움직임이 피터와 은섬이 앉아 있는 사무실에서 유리창 너머로 보였는데, 제나는 식물들의 표본과 그림 앞에서 한참 동안 심각하게 서 있는 것처럼 보였고, 얼굴빛은 그다지 행복해 보이지 않는 듯했다.

미셸과의 티타임이 끝나자, 그들은 이윽고 산행을 시작할 만반의 준비가 되었다. 제나는 가급적 평탄한 길은 은섬이나 피터의 손을 잡고 걸으려 했고, 힘든 코스가 나타날 때는 피터의 백 팩 의자가 달린 배낭에 걸터앉아, 안전한 끈으로 고정되어 그들과 동행했다. 그들 가족은 가이드의 도움을 받으며, 아주 천천히 산 정상까지 도달할 수 있었다. 새로 만들어진 트랙은 가파르지 않았다. 완만한 곡선으로 둥글둥글하게 돌려놓아서, 목적지까지 도착하기에는 시간적인 여유가 훨씬 더 필요한 코스였다. 그들은 서두르지 않고 데이 트립 여정을 계속했다.

산 정상에 도착했을 때, 그들은 예외적인 탐사의 허락을 구했다.

"미스터 마틴, 죄송하지만 식사시간 동안 저희가 주변을 좀 돌아보고 와도 될까요?"

"아, 네, 그렇지만… 휴대용 전화기로 연락이 될 수 있는 거리에 계셔야 합니다. 모바일이 잘 안 터질 수도 있으니까요. 이곳에서 다시 돌아오실 때까지 저는 이 자리에서 기다리도록 하겠습니다."

그는 조금 염려스러운 표정으로 말했으나, 은섬이 숲 탐사의 전문적인 지식인이었다는 사실을 알고 있던 터라, 조였던 불안감을 조금은 늦추는 듯 보였다.

"앞으로 얼마 동안의 시간이 휴식시간으로 남아 있나요?" 은섬이가 시간적 여유를 물었다.

"2시간 정도의 여유가 있습니다. 식사와 정상에서 사진 촬영과 약간의 자유 시간을 포함해서입니다."

가이드가 은섬에게 침착하게 말했다.

"네 알겠습니다."

피터와 은섬이 동시에 대답했다.

피터는 달리는 버스 안에서 어머니의 일기를 모두 읽었고, 마지막으로 기록된, 급하게 휘둘러 쓴 듯한 기울어진 문장들을 기억했다.

그는 이제 막, 은섬과 제나에게 산 정상에서 휴식을 취하고 있으라고 말할 참이었다. 피터가 혼자 일어서려고 했을 때… 제나가 피터의 손을 꼭 잡고 놓아 주지 않았다. 그녀는 피터를 올려다보며 또박또박 말했다.

"모디, 유 니드 미."

어린 그녀의 얼굴은 단호한 표정을 짓고 있었다.

제나는 피터의 모험에 자신이 꼭 필요하다는 것을 이미 알고 있었으므로….

그녀는 바이올렛-C의 속삭이는 소리를 벌써부터 듣고 있었다. 그것은 마지막 생을 마감하기 전에 부르는 노래였다. 제나는 영험한 식물이 자신의 도움을 기다리고 있다는 것도 이미 알고 있었다.

피터는 은섬과 제나를 번갈아 보았다. 은섬이 피터의 나머지 한쪽 손을 슬며시 잡았다. 그녀도 피터와 대동하기를 원했다. 세 사람은 가족이고, 한 몸처럼 움직여야만 했다.

그는 어머니의 일기장대로 모든 것을 기억하고 있었다. 그녀의 기록대로 나무 사이가 넓은 직선으로 보이는 길을 지나, 소나무와 붉은 꽃이 핀 나무와 잎이 무성한 나무들을 지났다. 꼬불꼬불 험난한 길들을 한참 동안 내려갔다. 어린 제나를 데리고 트랙이 아닌 길을 내려간다는 것은 참으로 어려운 일이었으나, 의지할 수 있는 은섬이 있었기에 그것은 가능했다.

험난한 길로 내려가는 동안 어린 제나는 힘들다거나, 보채거나 하지도 않았다. 그녀는 어른처럼 꿋꿋하고 아무 말이 없었다. 한 시간이 넘도록 내리막길로 한참을 걸었을 때, 초원같이 광활한 숲이 보였다. 일기장에서 기록된 대로 질서정연한 나무들의 천국 같은 곳이, 믿을 수 없을 정도로 푸르고 정갈한 숲을 이루고 있었다. 신들이 머물러 쉴 만한 장소처럼 포근하고 신선했다.

그곳까지 당도했으나… 국화가 언급했던 보라색 불빛은 보이지 않았다.

제나는 피터의 어깨를 툭툭 치더니 배낭의 의자에서 내려 달라고 했다. 그녀는 손을 잡고 걷기를 원했다. 바닥은 오랜 시간 동안의 나뭇잎들이 퇴적되어 있어서 아래층은 땅속에 스며들었고, 윗부분은 쿠션처럼 기분 좋게 푹신했다. 걸을 때마다 구름 위를 걷는 듯 가벼운 탄력을 주고 있었다.

제나는 50미터 정도를 대각선으로 걸어가더니, 나뭇잎이 도드라지게 엉켜 있는 곳으로 그들을 이끌었다. 그리고 어느만큼 가서는 그들의 손을 놓았다.

"웨잇 히어."

그녀는 기다리라고 했다.

은섬이 놓친 제나의 손을 다시 잡으려다가, 그녀를 붙잡으면 안 되겠다는 생각을 했다. 피터와 은섬은 그곳에서 잠자코 멈추어 섰다. 제나는 작은 걸음으로 뒤엉킨 나무가 있는 곳으로 천천히 걸어가더니, 나뭇잎 사이를 벌리려고 손을 댔다. 그러자 그것들은 신기하게도 저절로 문을 열어 주는 듯, 스르르 잎사귀들을 풀었다.

그곳에는 희미하게 보랏빛으로 깜빡거리는 작은 꽃나무가 고개를 떨구고 있었다.

제나가 다가서자… 바이올렛-C는 힘없이 숙이고 있던 고개를 살며시 들어 올렸다. 그리고 제나에게 말했다.

"나의 씨앗을 받아 줘, 제발… 네가 그것을 할 수 있어. 그리고, 땅속에 안전하게 심어 줘. 나의 직계 후손이야."

제나는 고개를 끄덕이고 조그만 두 손을 펼쳐 모아서 바이올렛의 꽃잎

가까이에 그것을 가져다 댔다. 다이아몬드 모양의 투명하고 반짝거리는 분홍빛 씨앗 하나가 꽃의 정중앙 수술 부분에서 굴러 나왔다. 제나는 그것을 받았고, 손으로 흙을 파고 그 자리에 될 수 있는 한 깊게… 그 씨앗을 심었다. 그리고 흙을 정성스럽게 덮고 나뭇잎으로 그것을 가렸다. 그녀는 흙이 묻어 까매진 손을 다시 바이올렛의 앞에 갖다 대었다. 이번에는 보랏빛 가루가 쏟아져 나왔다. 그녀는 그것을 두 손에 받아 담은 채 한참 동안, 꽃나무와 말을 건네는 듯했다. 그리고 이윽고 그곳에서 일어섰다.

그녀가 일어서자, 제나를 위해 문을 열어 주었던 나뭇잎들은 다시 엉겨 붙었다.

제나는 눈물이 흐르는 얼굴로 피터와 은섬 앞으로 걸어왔다. 흙이 잔뜩 묻어 있는 두 손에는, 영롱한 보랏빛 가루가 놓여 있었다.

"모디, 이것을 받아 주세요."

피터는 가방의 중간 부분에 조심스럽게 싸 두었던 채집용 유리병을 꺼내서, 제나의 손에 있는 가루를 조심스럽게 옮겨 담았다. 은섬은 제나의 흙을 털어 주고, 가지고 있던 물티슈를 이용해 제나의 손을 닦아 주었다. 제나는 얼굴이 빨개진 채로 아직도 울고 있었다. 피터는 제나가 진정될 때까지 말없이 꼬옥 안아 주었다. 은섬도 함께 제나를 안아 주었다.

"제나… 그런데… 보랏빛 가루는 어떻게 가져온 거니?"

피터가 눈물을 멈춘 제나에게 물었다.

"그녀의 선물이에요. 그녀가 남기고 가는 마지막 선물이라고 말했어요. 난 그녀의 말대로 그녀를 도와주었어요."

제나는 그 말을 마치고 은심에게 가더니, 소리 내어 다시 엉엉 울었다. 은섬과 피터도 갑자기 눈물이 흘렀다. 왜 그런지 자신들도 이유를 몰랐다. 제나를 허그한 순간, 그녀의 감정이 또한 그들에게 전달된 것 같았다. 그들도 제나와 똑같이 그것을 이해하고 있었고, 그녀의 감정과 똑같은 슬픔이 복받쳤다. 몇 분간 그들 셋은 부둥켜안고 울고 있었다.

눈물이 그친 뒤 그들은 돌아갈 시간을 확인했다. 그리고 염려스럽게 기다리고 있을 담당 가이드에게 전화를 걸었다. 휴대용 전화가 쉽게 터지지 않자, 서둘러 1킬로미터쯤 오던 길로 거슬러 올라갔다. 다행히도 전화가 연결되었다. 그들은 '걱정 말라.'고 가이드를 우선 안심시켰고, 도착할 때까지 조금만 더 머물러 달라고 부탁했다. 그는 기꺼이 그러겠노라고 했다.

피터와 은섬은 땀을 뻘뻘 흘리며, 내려온 길을 다시 힘들게 거슬러 올라갔다. 천재 피터는 어려서부터 머릿속에 현상을 캡처하는 능력이 잠재해 있었기에, 내려왔던 길을 쉽게 기억해 냈다. 그들은 피터의 리드대로 하나도 헤매지 않고 안전하게 정상에 도달했다. 그리고 예정보다 빠른 시각에 가이드와 합류할 수 있었다.

모든 여정을 마치고 숙소에서 피터 가족이 쉬는 동안 그들은 많은 새로운 사실들을 알게 되었다. 국화의 홀로였던 삶과 피터를 성당에 버려두었던 심정과 죄책감 그리고, 그녀의 성취와 꿈. 모든 것은 피터를 위한 선택이었음을 알게 되었다. 그가 원망했던 엄마는 변함없이 언제나 피터를 사랑했던 것이다. 피터와 은섬은 밤이 지새도록 어머니 국화에 대한 이야기를 나누었다. 그들은 새벽녘이 되어서야 잠 속에 들었다.

그들이 모두 잠들었을 때, 강한 불빛을 인지하면서 제나가 갑자기 눈을 떴다. 그녀는 침상에서 일어나서 보랏빛 가루를 넣어두었던 채집용 유리병이 있는 곳으로 갔다. 제나가 다가갔을 때 그것들은 낮 시간보다 더 밝은 빛을 내기 시작했다. 마치 그녀를 보고 기운을 차린 것처럼.

제나는 말했다.

"제발, 우리 지구를 살려 줘…."

애완새우와 메신저

보랏빛 꽃가루는 밀봉된 봉투에 담겨져서 목적지로 향했다.

피터는 아버지, 윌리엄에게 연락했다. 어드밴쳐 세븐 팀에게 꽃가루를 전달하기로 했다.

실종되었던 은섬을 찾고 나서 보랏빛 꽃이 머물고 있는 지역에 대한 이야기를 언뜻 들었던 생각이 났다. 뉴질랜드의 청정지역. 그곳에 머물던 바이올렛-C의 신비한 꽃가루가 영국에 전달되었다.

♣

많은 시간이 흘렀다.

다섯 살이 된 제나는 제법 구체적으로 길게 말할 줄 알았다. 영어와 한국어를 모국어처럼 구사할 수 있었다. 그녀는 길을 걷다가 멈추자고 제안할 때가 많았고, 동물과 식물을 볼 때마다 그것에 대해서 꼬치꼬치 캐물었다.

"이름은 뭐야? 왜 여기 살아?"

"여기 너무 더러워, 엄마 이것 좀 치워 주세요."

"엄마, 강아지가 몸이 아프대요."

"야옹이네 아가가 없어졌나 봐요. 엄마가 울고 있어요."

이해 못 할 말과 질문을 수시로 했다. 제나는 자신이 생물체로부터 들었던 내용을 그대로 전달해 주기도 했다. 피터와 은섬은 제나가 자랄수록, 그녀의 신비한 능력도 함께 자라고 있음을 깨달았다.

어느 날, 하모니의 가족은 에밀리와 리사의 새로운 집에 초대받게 되었다. 그들은 얼마 전 분가했다. 오랜만에 모인 그들은 그간의 이야기를 나누게 되었다.

괄목할 만한 새로운 이슈는 피터의 성과였다. 얼마 전에 그는 한국인으로 귀화했다. 더불어, 그의 신분증 뒷자리 번호의 첫 번째 숫자는 '3'의 번호를 부여받게 되었다. 드디어 '제3의 성'을 합법적으로 인정받은 것이다. 오랜 시간이 걸렸지만, 이제는 당당히 제3의 성으로 '커밍-아웃'하게 되었다.

서로의 삶을 축복하는 가운데 워밍업 파티가 끝났다. 하모니의 사람들은 지름길을 이용해서 귀가하기로 했다. 시내 중심가 최단 거리 도보를 정하기로 했다.

다양한 종류의 점포들이 늘어서 있는 중앙거리를 슬슬 구경삼아 지나오고 있었는데, 횟집 근처의 골목길에는 물이 흥건하게 고여 있었다. 물 웅덩이에 제나의 발이 빠지는 것을 방지하려고 피터가 그녀를 들어 올렸다. 물이 튀지 않도록 조심스럽게 지나가야만 했다.

홍이와 태완은 새로 이사 간 집에 대해서 칭찬을 늘어놓고 있느라 바빴고, 피터와 은섬은 남은 방 하나를 제나의 놀이방으로 꾸미자는 데 동의하고 있었다.

둘씩 대화에 집중하고 있는 동안, 제나의 눈길은 지나치고 있던 수족관을 응시하고 있었는데, 그때 눈이 딱 마주친 조그만 생명체가 있었다. 그것이 제나에게 말을 걸기 시작했다.

"거기… 우리를 보고 있는 아가씨! 우리 좀 살려 주세요. 무서워요! 우리 좀 구해 주세요. 제발! 데려가 주세요."

제나는 소리 나는 새우 쪽으로 시선을 고정했다.

"무서워? 데려가? 응… 알았어."

그녀는 작은 소리로 대답하더니, 피터의 귀에 대고 속삭였다.

"모디 모디, 저기 있는 애들을 데려가야 해요, 플리즈, 플리즈…."

제나의 방을 꾸밀 계획에 기분이 들떠서 은섬과 얘기를 나누던 피터가 그 말을 듣더니, 갑자기 멈추어 섰다. 제나가 손으로 가리키고 있는 방향을 돌아보았다. 횟집이었다. 횟집의 수족관에서는 새우들이 분주하게 헤엄치고 있었다.

"누구를 데려가? 저거? 쉬림프?"

피터가 손가락으로 수족관의 새우를 가리키며, 제나의 얼굴을 보며 확인하는 듯 물었다.

"예스, 쉬림프. 데려가야 해요. 집에. 제발…."

제나가 빠르게, 그리고 애타게 말했다.

"오케이! 제나가 데려가고 싶구나….."

"달링, 제나가… 이번엔 새우!"

피터가 눈을 찡긋하며 은섬에게 말하자, 이번에는 은섬이 알았다는 듯이 오케이 사인을 보냈다. 은섬은 횟집으로 들어가 수족관 앞에 섰다.

"아저씨 수족관의 새우를 전부 주세요. 죽이지 마시구요. 산 채로 바닷물과 함께 담아 주세요. 다치지 않게 살살 잘 부탁드려요."

어이없는 은섬의 요구에 횟집 직원은 이해 못 한다는 표정으로 당황해서 재차 물었다.

"저어… 새우를 산 채로 싸 달라는 말인가요? 물도 함께요? 거참 이상허네… 허허 알겠습니다만, 물은 왜 필요하실까… 어차피 잡수실 건데."

그는 고개를 갸웃거리며 그녀를 이상한 여자 보듯이 한번 훑어보았다. 은섬은 그냥 미소만 짓고 서 있었다.

"혹시 바닷물이 필요하면 가끔 와서 좀 더 가져가도 될까요?"

은섬이 기다리면서 새우의 물갈이를 생각하고 한 번 더 물었다.

"아, 네… 거참, 뭐에 쓰려고 그러실까."

직원이 한 번 더 묻자, 은섬은 이번에도 그냥 웃기만 했다.

그날, 쉐어 하우스 하모니에는 새로운 종류의 생물이 추가로 입주하게 되었다. 제나에게 구원받은 운 좋은 새우들이다.

거실에는 이미 많은 종류의 동물들이 입주해 있었다. 집 앞 정원에는 다양한 식물들이 옹기종기 자리를 잡았다.

홍이와 태완은 가끔씩, 피터와 은섬 앞에서만 불만을 토로했다. 동물들 털이 날린다며 재채기를 해 댔고, 홍이는 청소라도 자주 하자며, 로봇청소기와 스팀걸레를 사서 들여놓았다. 그들은 불편하더라도 그런 느낌을 제나가 조금도 눈치 채지 않도록 조심했다.

"나는 제나 보는 낙에 살기 때문에, 털 날리는 것쯤은 참을 수 있단 말이지."

태완은 홍이를 보며 웃었다

"그럼그럼, 동물과 식물을 사랑하는 것은 다 이유가 있어서야. 아무나 베풀 수 있는 자애로움이 아니지. 우리 제나는 동물을 지키는 천사고, 식물을 지키는 천사다, 천사… 엔젤!"

홍이도 태완도 제나를 무척이나 아꼈다.

홍이의 말처럼, 어린 제나는 모든 살아 있는 생물들과 함께일 때 가장 빛이 났다. 그녀의 눈빛은 반짝거렸고, 피터가 알아챌 수 있는 그녀의 오오라는 아주 넓게 확장되었다. 그녀는 지극정성으로 동식물을 보살폈다. 수호천사 같은 존재였다. 성장할수록 생물과 교감하는 신비한 능력이 점점 더 선명하게 드러났다. 공감 능력과 함께 생기를 불어넣어 줄 수 있었고, 이제는 그들의 말을 알아들으며 대화가 가능해졌다.

피터는 제나의 능력이 드러날 때마다 알파가 했던 말을 명심하고 있었다.

'피터 님은 선택받은 존재고, 당신의 아이는 모든 생물을 이어 주고, 지구의 치유와 풍요를 위해서 큰일을 할 존재입니다.' 흐뭇하게 미소 지었던 밸런시안, 알파….

그가 말했던 것처럼, 지구는 치유가 필요한 것처럼 아픈 몸체로 버티고 있다. 풍요로움이 고갈되는 아슬아슬한 미래로 향하고 있다. 망가지고 있다. 머지않아 밑바닥을 드러낼지도 모른다.

도움의 손길과 치유가 절실히 필요한 지구.

우리는 숨어 있는 채로 감히 나서서 행동하기를 꺼려 하면서도, 마음속 깊은 곳에서는 더 이상 망가지기를 원치 않는다. 모든 생물체가 아름답게 공존하기를 바라고 있다. 지구상의 모든 생물체가 평화롭고 조화롭게 지속되기를 바라고 있다.

조화로움이 지속되기를 원하는 인류.

여성과 남성. 그리고, 숨겨진 젠더.

그뿐만이 아니다.

지구상의 삶을 공유하고 있는 언어가 없는 식물과 동물까지도….

모든 생물체는 존엄하다.

지구상의 모든 생명체는 존엄한 존재다.

소외되고 말 없는 존재라고 해서, 존엄하지 않은 것이 아니다.

오늘,

모두의 소망과 신뢰가 만들어 낼 끌어당김의 법칙을 걸어 본다.

소통, 평화 그리고 공존!

누군가 물어본다.

"Who is Jenna?"

누군가 대답한다.

'초록 눈의 빛나는 아이.'라고.

♣

그녀는, 살아 숨 쉬는 것들의 동행이 가능케 할 소통의 브리지.
우주와 모든 생명체를 조화롭게 이어 줄 평화와 공존의 메신저!

We are waiting for someone…

오늘은 신비한 존재를 기다립니다.

불안한 미래…
그래서 마침표도 찍지 않고 누군가를 기다리고 있습니다.

그러고 보니, 고백하건대… 사실은 어제부터였습니다!
살펴 줄 누군가를 기다리고는 있었습니다.

누군가… 누군가를 기다리면서도,
'신비한 존재'란 두렵기도 합니다.
평범하지 않은 것들을 거부하기도 합니다.
모든 것은 불안한 마음에서 비롯되었습니다.

설마… '내가 생각했던 바와 다르다.'면, 외면할 작정인가요?

제3의 성은 생각해 봤던 인류가 아니던가요?
아이를 낳는 남자는 어떨까요….

Passionate few,

히든젠더

ⓒ 강은송 (Alicia Kang), 2022

초판 1쇄 발행 2022년 7월 31일

지은이   강은송 (Alicia Kang)

발행인   이기봉
편집   좋은땅 편집팀
일러스트   강은송, 신수정, 박경대, 감차(표지)
펴낸곳   도서출판 좋은땅
주소   서울특별시 마포구 양화로12길 26 지월드빌딩 (서교동 395-7)
전화   02)374-8616~7
팩스   02)374-8614
이메일   gworldbook@naver.com
홈페이지   www.g-world.co.kr

ISBN   979-11-388-1178-1 (03810)